历史小说

天降贵人

苏 跃◎著

孝庄皇后

（上册）

中国铁道出版社有限公司
CHINA RAILWAY PUBLISHING HOUSE CO., LTD.

图书在版编目（CIP）数据

天降贵人：孝庄皇后：上下册 / 苏跃著 . — 北京：中国铁道
出版社有限公司，2024.8
ISBN 978-7-113-31292-3

Ⅰ . ①天… Ⅱ . ①苏… Ⅲ . ①孝庄文皇太后（1613-1687）—
传记 Ⅳ . ① K827=49

中国国家版本馆 CIP 数据核字（2024）第 106287 号

书　　名：天降贵人：孝庄皇后
　　　　　TIAN JIANG GUIREN：XIAOZHUANG HUANGHOU
作　　者：苏　跃

责任编辑：荆然子　马慧君　　　　　电　　话：（010）51873005
封面设计：尚明龙
责任校对：刘　畅
责任印制：赵星辰

出版发行：中国铁道出版社有限公司（100054，北京市西城区右安门西街 8 号）
网　　址：http://www.tdpress.com
印　　刷：三河市国英印务有限公司
版　　次：2024 年 8 月第 1 版　2024 年 8 月第 1 次印刷
开　　本：710 mm×1 000 mm 1/16　印张：30　字数：572 千
书　　号：ISBN 978-7-113-31292-3
定　　价：158.00 元（上下册）

目录

【第一回】

豆蔻女远嫁大金，大阿哥情迷大妃

在努尔哈赤率领建州女真族征服、统一草原的过程中，爱新觉罗家族与蒙古族科尔沁部结下了不解之缘。

科尔沁部是蒙古族的一支，姓博尔济吉特（即孛儿只斤，在蒙古王公世系中，这是元太祖成吉思汗的姓氏。其直系后裔多分居于东至吉林、西抵贺兰山、南倚长城、北接瀚海的大漠南蒙古地区）。他们世代生活在富饶辽阔的科尔沁大草原上，过着自由自在、逐水草而居的游牧生活。这里地处嫩江流域，清澈的江水浇灌着富饶的草原，肥沃的土地养育着剽悍的民族。可是由于其特殊的地理位置，他们时常受到周边部族的威胁、侵扰。科尔沁草原东连神奇葱茏、沃野莽莽的白山黑水，西部和北部是绵亘千里的兴安岭山地，南与大明朝的辽东相接，与辽河平原相邻。兴安岭森林中的无尽宝藏、嫩江两岸肥美的水草同样滋润出另一个强大的蒙古部落——察哈尔部。自从这个崛起的察哈尔部日益壮大后，科尔沁部便无宁日了。

由于自身弱小，科尔沁部一直屈从于察哈尔部的统治。同时，明朝为了加强对蒙古、女真各部的有效控制，历来都采取"以夷制夷"的方针，对各部加以挑拨、分化。为了限制快速强大起来的建州女真即后金的发展，明朝还拿出大量的金帛分给蒙古各部，又于万历末年和察哈尔部达成协议，将赐给蒙古各部的大量金帛转赐给察哈尔部。因此，科尔沁部与后金在开始时一直保持着敌对的态度，甚至兵戎相见。

努尔哈赤是个高明的钓手，少年时的不幸遭遇锤炼了他惊人的容忍与倔强，也锻炼出他办事的精明与果敢。他在坚定不移地迈向统一目标的征程中，一直在静候科尔沁部归附的时机。欲伏大明，必先安蒙古；欲伏蒙古，必先得科尔沁。因为科尔沁部正处于大明、察哈尔、后金的交界处，是要冲之地。尤其是科尔沁右翼前旗东南的席北城，更是后来建州女真征服海西女真，也就是包括叶赫、乌拉、哈达和辉发四部的"扈伦四部"以及野人女真的必经之地。大明、察哈尔、后金三股势力，一个想扬国威于千里，臣服四夷，一统天下；一个想恢复昔日祖先荣耀，成为整个蒙古乃至整个天下之主；一个则不甘心永远处于屈辱地位，也想持牛耳于一方。于是，小小的科尔沁部成为兵家必争之地，仿佛谁争得了它谁就取得了获胜的一个砝码。

机会总是给有准备者留下的，尽管这样的机会充满了血腥的屠戮。

明万历十九年（1591年），努尔哈赤的姻亲叶赫部首领纳林布禄派使者来到建州并送上一封书信。这封书信中挑衅性的字句为努尔哈赤出兵统一女真以及日后清朝的建立拉开了序幕。

在明朝的暗中支持下，万历二十一年（1593年），海西女真部首领布寨、纳林布禄纠合哈达首领孟格布禄、乌拉首领布占泰、辉发首领科音达里以及蒙古五部组成的联军兵分三路攻向努尔哈赤所建的山城费阿拉。

而努尔哈赤凭借着"任其来路多，我只一路去，诱敌深入，拼力一战，专打叶赫部"的作战方案，率领众将击败叶赫，活捉乌拉部首领布占泰和科尔沁部的明安贝勒。布占泰与其弟自尽而亡，明安贝勒被放回。第二年，明安贝勒遣使通好。后来，喀尔喀五部贝勒相继与之通好。

努尔哈赤深知通好的最牢固方式是联姻。他本人先后娶过十六位妻子，除了大福晋佟佳氏是糟糠之妻外，其余皆是"战利品"、"贡物"或"交易物"。因此，他积极响应，遣使通好，厚加赏赐、馈赠，直至联姻。他自己就娶了科尔沁部明安贝勒之女和郡王孔果尔之女为妻，又令诸子陆续迎娶蒙古各部首领之女。

万历四十二年（1614年）四月，蒙古扎鲁特首领钟嫩亲自送女至建州嫁于努尔哈赤次子代善为妻。努尔哈赤令代善亲自迎接，设大宴以隆重的礼节成婚。接着，该部另一首领内齐嫁女于努尔哈赤第五子莽古尔泰。同年，科尔沁部首领莽古思在古勒山之战中同明安贝勒一样被俘并没有被伤害、侮辱，而是穿上锦衣，骑着战马率部返回，之后，莽古思把女儿哲哲嫁于努尔哈赤第八子皇太极。十二月，努尔哈赤与蒙古再次联姻，其十子德格类迎娶了扎鲁特首领额尔济格之女为妻。

后金天命十年（1625年），即努尔哈赤迁都沈阳的前一年，一支马队冒着严寒，风尘仆仆地进入后金都城——辽阳。四贝勒皇太极的宅第里张灯结彩、喜气洋洋。入城的是一支送亲的队伍，一支给皇太极送亲的队伍。当四贝勒府第的喜宴开始的时候，努尔哈赤笑了：科尔沁部将永远地绑在后金的战车上了。

那位新娘正是科尔沁草原上最显贵的莽古思的孙女、皇太极的正室大福晋哲哲的侄女、宰桑贝勒的小女——博尔济吉特·布木布泰，这一年，她十三岁……

半年后，努尔哈赤展开了他誓师伐明、征服蒙古的伟大计划。

四贝勒皇太极的府第内，布木布泰静静地伫立在屋檐下，不时抬眼望望青砖铺就的院落上的残叶，凝重的神情和她十三岁的年龄显得那么不协调。或许这样的秋雨最容易让人回想起过去的美妙时光。

明万历四十一年（1613年）二月初八，科尔沁草原上宰桑贝勒的家中，女眷们进进出出，忙忙碌碌，而宰桑却坐立不安，在帐篷中来回地踱着步。他在焦急地等待，等待妻子的房中传来惊天的喜讯。他实在是太想听到这样的喜讯了，那就是希望妻子能给博尔济吉特家族再添男丁。偌大的显贵家族，是多么需要儿子来支撑家业啊。如何使科尔沁部摆脱察哈尔部的压制，就看每一个王公家中能有多少蒙古男儿。此时，他似乎比生产的妻子更为焦急，额头上已沁出密密的汗珠。里屋，妻子撕心裂肺的喊叫又使他感到愧疚，他不由得双手合十，祈祷妻子顺利产下孩子。

终于，一声响亮的婴啼传来，宰桑心中的石头落了地。

“恭喜贝勒爷，又得了一位千金。”

“好，好。”宰桑眯起细眼，长长的脸面泛着红光，急不可待地向里屋走去。

妻子躺在炕上，汗水把长发沾在脸上，脸色苍白，似是经历了一场生死劫难，仍在不停地大口喘着粗气，殷红的血浸染了锦被。

宰桑上前，仔细睇视尚有紫青色斑痕的女儿，顿生无限爱怜。他一手轻抚着女儿的脸蛋，一手紧紧握着妻子的手，不停地揉搓着，刚毅仁厚的他从心底涌出了一股柔情。

大女儿海兰珠举着萨仁花放在鼻下嗅了一会儿，又递至刚刚降临的妹妹脸前。她看到妹妹的一对乌黝黝的眼睛如同水银中养着的两颗黑珍珠，转动着，充满着对一切事物的新奇感。

宰桑的妹妹哲哲惊叹道：“哥，这命硬的小侄女将来定是个美人，你看，白白胖胖的，一笑还有酒窝呢，准会出落成亭亭玉立、人见人爱的小雏凤。”

宰桑揶揄道：“女孩家再美有什么用？若是将来嫁不到富贵之家，美丽对于女人来说说不定是一个灾难呢。”

哲哲一噘嘴，道：“看你说的什么丧气话，这小侄女，我包下来了。”

宰桑知道哲哲妹妹的意思。父王莽古思已将她许给崛起的大金国英明汗努尔哈赤第八子皇太极，明年就要出嫁，但草原上风云诡谲，谁又能预测得了将来呢？

哲哲睁着一双明亮的眼睛，望着哥哥宰桑略显忧郁的脸，突然大笑起来，像骤然响起的一串马铃声，道：“哥，你是不相信妹子，还是不相信大金的实力？看看吧，白山黑水，沙漠草原，还有哪个部落能和大金相抗衡？”

对此，宰桑无话可说，道：“大金是大金，你是掉到福窝中去了。不过，科尔沁就很难说了。”

一旁的海兰珠一边逗着小妹妹，一边唱着优美的蒙古民歌："大雁又飞向南方去了，我的家却还是那么远……"用蒙古话儿唱出来的歌谣是那么令人忧伤，音调却又是那么温柔，如同牧羊犬温热的舌头，又仿佛鸣声婉转的画眉鸟……

布木布泰就是从那时起逐渐熟悉了那些令她魂牵梦绕的歌谣，只要哼起那些蒙古长调，她就会想到宽广无边的科尔沁大草原，想到日夜流淌的嫩江河水，想到故乡草原上的落日和羊群，想到那河畔的美景。

她感谢父亲对自己的宠爱，除了给予她优越的环境外，父亲还特意聘请了一些文人学士来教她读书，开启她的智慧。自嫁入四贝勒府中以来，皇太极对她就像是在欣赏一张古字画，逐渐变得仔细而有些近乎虔诚了。

布木布泰伸出柔软的手掌，任细小的水柱冲击着，凉凉的。掐指算来，她嫁到后金已有半年多了。她自己清楚，她的到来表面上是姑姑感到孤单，需要她来陪伴、慰藉，实际上只不过是英明汗努尔哈赤在联络科尔沁部落上又加重了一个砝码，婚姻只不过是部落间的亲密纽带。

初嫁的姑娘总是需要一段适应期的。

布木布泰的丹凤眼扑闪着，她在猜测皇太极在这样的雨夜会不会临幸。前几日的缠绵已让她宽慰了许多，而早上遇见姑姑时，见姑姑略带寒意，她便觉心中不安。想必今晚皇太极去了姑姑的房里，要不，怎么到这会儿还没听到庭院的门环扣响呢？

布木布泰转身进屋，轻轻掩上房门，慵倦地坐在绣褥凳上，眼睛望着红绢罗帐的顶篷，取下一把秀雅别致的马头琴，纤纤玉手轻轻一拨，铮铮作响。她的脑海中却是风卷云飞，恍若置身于茫茫无际的草原。

马头琴是蒙古这个马背上的民族创造出来的最古老、最优美的乐器之一，琴声中包含了草原、蓝天、羊群和忘情的牧人。

从她坐上远嫁的马背那一刻起，她就知道自己将永远离开那生她养她的大草原，离开父母、兄弟、姐妹，去一个陌生的异乡开始她的新生活。对于家族来说，他们是在赌博，押上的是安全的法宝；对于她来说，她赌的是幸福，是一生的婚姻幸福。在见到皇太极之前，她听到的是充耳的赞语：能征善战、勇冠八旗、天生英武、腹藏韬略……一切还算真实。

可是，刚刚嫁过来一个月，还没有落稳脚跟的布木布泰就不得不跟随着她的皇太极匆匆迁往沈阳。

"沈阳乃四通八达之处，西征大明，从都儿鼻渡辽河，路直且近；北征蒙古，两三日可至；南征朝鲜，自清河路可进；沈阳浑河通苏苏河，于苏苏河源头处，伐木顺流而下，木材不可胜用，出游打猎，山近兽多，且河中之利亦可兼收。"努尔哈赤的一番决策，在布木布泰看来，简直完美无缺。她心中窃喜，大金父汗果然是胸有大志，怪不得偌大的蒙古乃至女真人自己都对付不了建州女真。

马背上颠簸不定的家园就仿佛地上无数的河流，总该有一个去处。

她缓缓起身，走至铺着绫罗锦被的炕铺。热气在空中散发，或许在这令人忧郁的季节，只有温暖的炕铺才是最好的归宿。她仍在幻想，幻想他那高大的身影能够蓦地出现，幻想他伸出有力的臂弯轻轻地将自己揽在怀中。如果能这样，那么她这一只随风飘荡的小船便有了停泊的港湾。

可惜，那幻想中的高大身影如同在悠悠的水波中被波浪不停地拍打着变得模糊不清。而自己的生命之船何时才能安然地停泊，行程有多远，一切都说不清楚。或许，那高大的身影正与姑姑大福晋哲哲相拥而眠呢。

在过去的半年多时间里，布木布泰作为新嫁来的蒙古新娘，并未像她的姑姑那样引起很大的轰动。十二年前，姑姑初嫁四贝勒皇太极时，努尔哈赤竟破例让皇太极亲自迎至辉发扈尔奇山城。而自己只是由哥哥吴克善台吉像是送一件礼品似的送到大金。对于此时已拥有好几位福晋的皇太极来说，她只不过是一个侧室罢了，尽管她美丽温柔，秀美无比。

雨声淅沥，布木布泰坐到妆镜前，解下高挽的双鬟，如墨的柔丝瀑布般地倾泻下来。布木布泰转向南面一幅黄色幔帐下的佛龛，摇曳的烛光映着黄幔后一尊时隐时现的佛像。在接受蒙古文化的同时，她也接受了信佛的传统。大凡遇到喜事或烦恼，她都会对着这尊佛像诉说一番，这佛像也因此成了她的寄托、她的依恋、她的知心朋友。

布木布泰端一盘银丝酥梨膏馅饼恭敬地放在佛像前，清茶漱口已毕，她盈盈跪下，嘴里喃喃不停，神情肃穆。

佛就是这样灵验，此时皇太极来了。

推开这扇厚实笨拙的木门，皇太极几乎难以抑制心头的冲动，要不是和他一道回来的布木布泰的侍女乌兰侍立在侧，他一定会加快步伐。当布木布泰带着一身初春的朝气嫁到辽阳时，已有众多福晋的他确实没有把眼前这十三岁的科尔沁女子放在心头，与其说她是自己的侧室，倒不如说是大福晋哲哲的伴女。直到有一天他偶然来到这个木屋时才发现这个柔弱的美貌女子竟有令他刮目相看的才气。

一方素白的锦缎手帕，上面写满了蝇头小楷，字迹娟秀，十分工整；旁边还画有一幅淡淡的水墨画，两崖高耸对峙，一水排闼而来，中间千帆竞发，江水奔涌而下。

"这画是何意？"皇太极惊诧于这小女子的才艺。

"贝勒爷，看字知画，汉人所谓的诗中画、画中诗。"布木布泰小声应道。

细瞅工整小字，竟是"天下大势，分久必合，合久必分"，下面是读《三国演义》的一些心得体会。

"你能阅读《三国演义》？父汗最喜爱此书了，一直夸赞该书是一本好书，读了它，不仅能知道三国时代的一些故事，而且能从中学到不少学问。可我还未完整地看一遍呢。"皇太极忽然觉得布木布泰犹如一泓幽深的潭水，深不可测。

"小女在来这儿之前就听父亲说过，读史使人明智。古往今来，成就伟业的人有谁不嗜书成癖？我想，父汗喜欢读《三国演义》可不会是把它当成一种爱好。"布木布泰脸色涨红，诚恳地说。

"不错，父汗常常提及，他是在读历史。他敬佩曹操远大的胸怀、坚韧不拔的创业精神，更佩服他善于用人的度量和气魄。他喜欢诸葛亮出众的计谋、料事如神的预算，还有他对蜀汉的忠诚，虽然出师未捷，但足以名垂千古。父汗常说《三国演义》还是一部兵书，其中的兵法韬略，让人感喟不已。官渡之战中，曹操千里奇袭；赤壁大战中，周瑜的苦肉计等妙策，确实让我们这些人开了眼界。"皇太极对父汗向来恭敬有加，提及父汗的深谋远虑，总是赞不绝口。

布木布泰知道皇太极在汗王的熏陶下，自幼喜欢读书，尤其是对历朝的典籍很有研究，喜读《春秋》。在这一点上，他可谓是自己难求的知己。她白皙的脸庞泛着兴奋的光晕，她抬起俊美的双眸，认真地说："贝勒爷，依贱妾之见，父汗喜欢《三国演义》还有更深的原因，那就是无论刘备还是曹操，都是能够创造历史的超人和英雄，而这些英雄人物又是应天而生，受命于天，得王道者得天下。而今，虽然大明朝幅员辽阔，兵多将广，但实际上却是金玉其外，败絮其中。依贱妾的短见，而今的大明恐怕是一辆快散架的战车，江山不会坐很久了。"

皇太极的两道剑眉下的大眼显出惊羡之意，他怎么也想不到，在科尔沁部中竟还有这样的奇女子，胸有治国之策，才智聪颖，看事透彻。她要不是女儿身，肯定能成为科尔沁部的盟主，真是兰质蕙心。

"告诉你，用不了几天，大金的八旗就要进入科尔沁了。"皇太极神秘地一笑。

"难道科尔沁又有大难吗？"布木布泰的神情顿时有点紧张。

"没有什么，察哈尔的林丹汗控制科尔沁的贼心不死。不过，这回科尔沁倒是很快求援，没再做墙头上的草。只有父汗才是他们最稳固的靠山。"

布木布泰的脸一红，她当然知道自己的爷爷莽古思曾被努尔哈赤捉住又放回的事。对此，布木布泰十分佩服努尔哈赤对蒙古各部所表现出的宽容气量。现在，在她爷爷的帐篷中还保存着努尔哈赤所赠的蟒衣、裘帽、靴带、鞍马等物件。当年九部联军失败的明安及莽古思均被努尔哈赤授予三等总兵官，隶属满洲正黄旗。

布木布泰望向那南墙下的佛像，更是一番感慨：建州女真人信奉萨满教，敬天神；而蒙古各部却信奉佛教中的喇嘛教。喇嘛教是藏传佛教，在蒙古地区传播极广，几乎人人信奉。喇嘛教中有好多派别，其中以元代宗喀巴开创的俗称黄教的一支最为盛行，蒙古人总是虔诚地信奉黄教。她知道，父汗努尔哈赤本来对喇嘛教并无好感，但他对蒙古人信奉的东西从不横加干涉，而是保护、共存。她也知道，蒙古各部的分歧归根结底是教派的分离。察哈尔的林丹汗自以为部落强大，改信与黄教对立的红教，致使信仰出现危机，互相征伐不止。英明的努尔哈赤借此尊崇起喇嘛教的黄教，一举征服了大多数蒙古人的心。去年，蒙古科尔沁部的军师苏喇嘛来到时，努尔哈赤从座位上站起趋步，热情相接，设宴款待。记得苏喇嘛曾说："英明汗善于养人，又优待喇嘛，关心黄教，我真想在此不走了，就死在这里吧。"

佛教的偈语总是那样准，苏喇嘛果然死在辽阳。努尔哈赤在辽阳城南门外，辟出地段修庙安放，还委托同在辽东的巴噶巴喇嘛主持祭礼。这对于蒙古人来说真是莫大的安慰。

布木布泰道："那么伐明的步伐又要为了科尔沁而耽搁些时日了。不过，贱妾以为，纵然明朝是架破车，也不能急于摧毁，毕竟是百足之虫，死而不僵。而满蒙只有结成铁板一块，才能持久长远。既然林丹汗一意孤行，已经成为后金的心腹之患，那就不可不除。但愿贝勒爷马到成功，一举荡平。"

皇太极频频点头，道："我想父汗也是这个意思，不然不会放下宁锦、山海关而调兵向西。"说着，皇太极细眯着眼，走上前，把布木布泰颈上的银色狐裘整了整，道："你难道是智慧的化身吗？"

说着他捧起布木布泰的脸，迫使她收回已经显得悠远的眼神，将她的目光拉回到自己的身上，然后吩咐乌兰道："你去歇息吧！"

乌兰应声而出，心里美得如同自己被临幸一样。即使是一个婢女也看得出：皇太极在众多贝勒中越发显得耀眼，那将来的汗位……

一夜阴雨过后，往往预示着一个晴朗的白昼。晨光几乎是陪着清冷的气息一道爬过那扇木制的窗棂，在布木布泰慵懒的裸露着的肩上、背上印下几条明暗相间的线条，同时使得她的肌肤泛起诱人的光彩。

"贝勒爷，您还不去大政殿，不是说有出兵的军情吗？"

那语气好像没有余情与温热，在皇太极看来，有些冷淡，昨夜的温暖都成了缥缥缈缈的空气。皇太极真的吃惊于她的定力，难道在她身上没有狂热的血液奔流？不然她怎么可以一脸淡然，好似什么事情都没有发生过呢？她到底在想些什么？皇太极猜测着，不能确定她的心意。她脑海里、心里想的是什么，他一点也不懂，也猜不到。

"你到底在想什么呢？"皇太极扳过她的身子，皱着眉问，"想家了吗？"

布木布泰摇摇头，她至少明白，在这个男人的社会里，决定大事的谋略还没有她的份儿。她坐起来，披上外衣，坐到一张木制的矮桌前梳理她那一头长长的秀发。镜面泛起一片光影，皇太极看不到她映在镜中的脸。

淡黄的光柱照在她的背上，那光柱里飞动着无数纤尘，似是增加了她丰盈温热的一种暖色，这恰与灰蓝色墙壁的冷色形成一种对比。对比无处不在，柔滑而富有弹性的肌肤与木桌、木椅、木盒子、木窗棂的坚实，同样也映射着质感上的差距。

皇太极道："这里是有些简陋了。"

布木布泰梳理已毕，迎着光柱站起，道："贝勒爷，科尔沁的姑娘过不惯奢侈的生活。再说，咱金国从富裕上总是比不上明朝。古人云，'由俭入奢易，由奢入俭难'，'忧劳可以兴国，逸豫可以亡身'，千古至理。贱妾感到这里的生活强似以往。只要科尔沁不再有生灵涂炭、刀光剑影、血雨腥风，那贱妾就感到无比满足了。"

皇太极低声说道："这次我率军前往科尔沁，真想带上你。"

布木布泰淡淡地说："女人回去又有何益？再说还有大福晋，她可是来这儿十几年了，何曾回去过呢？"

斜照进来的晨光把皇太极的伟岸之躯和布木布泰的玲珑娇小浑然地统一为一个十分协调的整体。刚中有柔，粗中有细，媚中有拙，静中有动。整个屋子充满了无边的青色，洋溢着美的诱惑，震撼着彼此的心灵。

听了布木布泰的话，皇太极感觉到有说不出来的滋味，像是喝了满满的一碗琼浆醇酒。他带着回味，离开了布木布泰的房舍。

布木布泰也不挽留，只是倚在门框边，目送皇太极远去。皇太极行至庭院门口时，回望了一眼，灰蓝色的墙壁上已有斑斑驳驳的沧桑的痕迹，而倚在那痕迹旁的布木布泰无疑是这屋舍里年轻而活跃的生命。

人生真是一个奇妙的过程，虽说它只包括两个因素：愿望和事实，可是待仔细琢磨这两个看起来极其简单的因素时，就可以发现，两者是如此难以融合。

或许正是这"愿望"和"事实"把人的一生编织得梦一样绚丽多姿，又梦一样阴森恐怖，并且又为人在积极进取的道路上凭空制造了"烦恼"与"懊丧"这一终生也摆脱不了的情感。

努尔哈赤就深知此理。此时他为了杜绝后患，正在进行保全科尔沁而征察哈尔的战斗。

黄罗伞下，努尔哈赤骑在一匹枣红大马上。虽然已逾花甲之年，岁月的沧桑在额头刻满了印痕，但他那魁梧的身子骨、四方阔脸、羽翼般的重眉、威严的双目都一如壮年，颌下的花白胡子迎风飘动，为他平添了几分威严庄重。

努尔哈赤挺直身板端坐在马上，五百名骑着高头大马、挎着腰刀、昂首挺胸的巴牙喇分列两侧，紧跟其后的是两行吹牛角长号的号手引导着努尔哈赤的仪仗队，两面杏黄龙旗迎风招展，金瓜钺斧朝天镫炫人眼目。

代善、阿敏、莽古尔泰、皇太极四大贝勒身穿绣有四爪蟒的黄袍，黄袍上罩着御赐的大披肩领，威风凛凛地并辔前导。

看到眼前的场景，努尔哈赤不由得再一次热血沸腾：天命三年（1618年），在都城赫图阿拉的南门外，努尔哈赤亲率爱新觉罗家族及其八旗铁骑祭天告祖，誓师伐明。从二十五岁时接父祖留下的十三副铠甲起兵起，一个四分五裂的女真部统一在自己的麾下了，但这并不是他事业的终点，充其量只能算是一个新的起点。他要结束二百多年来一直对明廷俯首称臣的关系，也要和明廷平起平坐，建立一种新的国与国之间的关系。于是努尔哈赤庄严宣告自己总结出的"七大恨"。

自那时起，当初不起眼的建州女真而今已和明朝彻底断绝了关系。萨尔浒大战，后金大败明军，紧接着又攻灭叶赫，统一了女真。天命六年（1621年），攻击辽沈，很快抚顺、铁岭、开原、沈阳、辽阳俱被占领，此时后金再也不必仰人鼻息、苟且偷安，而是逼得大明军队闻风丧胆，如千里溃堤。

因此，当八旗大军行进到开原以北的镇水的时候，察哈尔的林丹汗看到了努尔哈赤大军的威胁，主动退出科尔沁草原，此战也就不了了之了。

努尔哈赤也因各贝子的劝阻，以及对宫中的大妃阿巴亥的记挂而打消了继续征讨察哈尔的念头，班师回朝。

大妃乌喇那拉氏阿巴亥十二岁时入宫侍奉努尔哈赤，今年已是三十多岁了，生得十分标致美貌。她颀长挺拔的身材，鹅蛋形的脸，修长的细眉，亮晶晶的杏核眼，身着淡绿色镶着花绦的旗袍，旗袍下一双天足，穿着红色软缎的绣花鞋，妩媚动人，聪明伶俐，从外表上看去确实是一个温柔、端庄、恬静的女人。在皇太极生母孟古大福晋死后，她就被立为大妃。但这个女人在天命五年（1620年）三月时，差点被努尔哈赤处死。只因她与代善关系暧昧，被小妃代音察告发，激怒了努尔哈赤。最终，努尔哈赤借一位蒙古福晋告发大妃阿巴亥偷盗陪嫁时带来的嫁妆珠宝的事处置了她。

年过花甲的努尔哈赤面对着三十多岁、如花似玉的大福晋，从心底割舍不下。后宫诸妃不是年龄偏小，不谙风月，就是花容失色，年老珠黄，总不及大妃阿巴亥。努尔哈赤找了个借口，再度把大妃迎入宫内。

明朝天启元年，后金天命六年七月十四日，努尔哈赤综合明朝辽东封建军事屯田制和后金八旗牛录制，颁布"计丁授田令"。努尔哈赤命将收取海州地方田十万亩、辽阳地方田二十万亩，共计三十万亩，给予在该处驻居的兵丁。如不敷用，再将松山堡以东之田耕种。如仍不足，则可出境耕种。

紧接着，努尔哈赤下令推行"满汉合居"，下令要女真和汉人同住一村，合食粮谷，合以草料饲马，甚至不仅要同住一村，更是同住一室。所谓"房要合住，粮要同食，田要同耕"，实际上就是将所有汉人完全变为女真人的奴隶，让女真人合法合理地占有汉人的劳动，让汉人恭顺服帖地供给女真人所需的一切。汉人成了依附在八旗子弟门下的农奴。

最终，"按丁编庄"使得努尔哈赤的征服举措大大地倒退了一步。八旗军进入辽沈后，将已形成的自然村落全部打乱，将俘获的大量汉人降为奴隶，编入田庄。

因此，这带有封建制因素的新的经济形式意味着后金经济只是开始步入了封建化的过程，无法和已经成熟的明朝的农村村落经济组织形式相比。尤其是在实施的过程中，此举引起了三种人的强烈不满：

一是后金乡绅不满。在计丁授田时，上等肥沃土地有的被本管官占种，有的被富豪占据，剩下的一些贫瘠的土地被众人分割，名义上是一人五亩，实际上分到手的不过二三亩而已。而且，他们除纳劳役外，还要纳地租，服公差和兵役。后金连年争战，马不卸鞍，常年服兵役不说，还得自己卖牛典衣，买橄制装，若丧身疆场，妻子无依，家小无靠，其生活苦不堪言。

另一种不满的人是汉族地主。努尔哈赤征发"无主之田"和实行"按丁贡赋"的政策，直接损害了辽东汉族地主的利益。因为"无主之田"原来是有主的，只不过其主人多是辽东官僚地主、缙绅富豪，他们或死或逃，受后金贵族排挤，与后金新贵们形成了尖锐的冲突。尽管努尔哈赤后来颁文："本汗绝不允许诸贝勒大臣向底下索取土地、财物。贫富都应公平地以男丁计"，但在落实中难以做到真正的公平。

再一种不满的人是辽东的汉族普通人。辽东的汉人，无论是"按丁授田"的民户，还是"按丁编庄"的壮丁，其身份都被降为后金汗、贝勒、额真的农奴。他们的生活不但没有因此而有所好转，而且还因歧视及农奴身份而遭受严重的奴役。

为了安抚日趋愤怒的民心，努尔哈赤又制定了一系列政策。一方面谕令收养汉人，勿要杀掠；一方面又常滥施酷刑，如强行剃发、迁民、查粮等。这方面最明显的例子莫过于大金国初期努尔哈赤最为信赖而得力的汉人将领刘兴祚的叛金事件。

努尔哈赤感到有些汉人是靠不住了。而皇太极利用这个时机将时任大金国章京的汉人范文程笼络到身边，使他成为自己日后的重要幕僚之一。

努尔哈赤的后宫外飘起了零星的雪花，雪花散入珠帘，旋即融化。大妃阿巴亥望着窗外的天空，感觉自己的心思如同那密布空中的铅灰色的浓云一样阴重。她深叹一口气，转过来对着镜子顾影自盼。白净的椭圆脸蛋上嵌着深湛的杏眼，微微上翘的鼻子再配上小巧的樱唇，怎么看都是美人一个。她前后转了转身子，镜中的倩影娇小甜美，男人应该喜欢这种小鸟依人的身影吧？

可是……她黯然地转回身。以前她一直觉得自己是个美人，直到皇太极的侧福晋布木布泰到来后，她才隐隐地感到什么是真正的美。美丽包含着气质、谈吐、仪表和涵养，大妃阿巴亥确实没有想到布木布泰活脱脱就像是从画里走出来的美人，轻柔雅致。她似乎根本不用说话，光是用那双盈盈如水的眼眸瞅着人看的神韵，阿巴亥就感到自己被打败了。唯一值得庆幸的是，布木布泰是皇太极的侧福晋，如果当初汗王将她据为己有，那自己还能有复宠的机会吗？

"额娘，"多尔衮一步跨入内室，道，"孩儿给额娘请安了。"说着就俯身在地咚咚地磕了几个响头。

"起来吧，额娘不是喜欢讲俗礼的人。"阿巴亥收住了忧郁，急着问道，"你给父汗问过安了吗？"

"嗯，我最先去了大政殿，父汗正在那儿览阅奏折呢。"多尔衮道。

"可别辜负你父汗对你的期望。"阿巴亥看到多尔衮，心中安慰了不少。这孩子是自己的心肝，更是自己的护命符。当初自己和大贝勒代善有些微情愫萌动而惹恼了努尔哈赤时，多亏了这孩子的哀求和四贝勒皇太极的求情，才使自己被疏远了一年多后又得恢复宠爱。好在儿子的翅膀硬了，并且跨入和硕贝勒之列，当母亲的怎么不感到欣慰呢？

"想必汗王昨夜是在小妃代音察那儿。"阿巴亥小声嘀咕。

"是的，"多尔衮眨着一双聪慧的大眼，清秀的眉毛抖了三下，道，"不过，额娘，正是父汗叫孩儿来给您问安的。"

阿巴亥心头一阵温热：老汗王无论多忙也没有忘掉我啊。她心头的阴云稍稍散去了些。

"汗王都问你些什么？"阿巴亥问。

"父汗将自己征战所用的弓箭交给孩儿试射。"多尔衮兴奋地说，"恰好王殿前的参天古槐上有只山雀，孩儿一下子就把那宝雕弓拉满，嗖地一箭射向那鸟，只听空中一声惨叫，那只鸟儿一头栽下来。父汗大声喝彩，夸孩儿好箭法，还亲热地抚摩孩儿的手，夸赞说：'吾儿可以驰骋疆场了。'"

"好，好，只要有功劳在身，也不枉你父汗提携你。"阿巴亥说着，眼圈兀自先红了。或许只有她自己知道，那次将自己所生的三个儿子列入八和硕贝勒之列的代价有多大。一回想起那朔风凛冽、枯木萧萧的日子，阿巴亥总是欲语泪先流。

努尔哈赤毕竟老了，而自己却是三十多岁正当年，要不是努尔哈赤的多次提及，就算借给她虎豹之胆，她也不敢对大贝勒代善有丝毫亲昵的举动，可，可……往事不堪回首。阿巴亥明白，至于后来自己因私藏珍宝而受贬只是一个借口，真正的原因还是在自己和代善那层没有捅破的感情窗户纸上。现在，事情明了了，大贝勒代善已没有继承汗位的可能。

代善已被排除在八和硕贝勒之外，这就意味着他失去了继承汗王之位的资格。而今后的汗王，只能从八旗之中选，谁能胜出，众人都将拭目以待。

"难道汗王是想让多尔衮……"阿巴亥有点喜不自禁了，她端起五子补酒昂首喝下。

一杯补酒下肚，阿巴亥的性情在酒力的作用下变得非常温柔。她目送多尔衮远去，心中渴盼努尔哈赤的到来。

门前的青石板上响起熟悉的脚步声，那么清晰，那么沉重。阿巴亥情不自禁地站起来，匆忙中仍没有忘记将用芍药、牡丹、玫瑰的花露调和酿制的香精洒在腋下、颈部和前襟上。她回眸的瞳光中掠过几许激动、几多期待。她要使出浑身解数，拿出一腔痴情来彻底地击败努尔哈赤日渐宠爱的小妃代音察。现在，她似乎连想到这个名字也感到恶心：这个女人不就是有年轻的资本、会告密的伎俩吗？

阿巴亥轻移碎步至窗棂前，透过薄薄的纸窗，她看到一个高大的身影正向寝屋走来，模糊不清。她水眸移动，索性打开房门来到屋檐下。她要看个清清楚楚、明明白白，她要调整好因汗王的到来而急速跳动的心。

阿巴亥微微扬起脸，窗外的雪花落在粉脸上真的没有什么感觉。她要尽量使自己的亮眸最先掉入来者的瞳孔。她要让对方感到，她并不是刻意而出，而纯粹是为了欣赏空中飘舞的雪花，感受高天中滚滚的寒流。

斜射入眼帘的景象足够引起她的欣赏：玉树琼枝，大政殿顶部已呈现出黑白相间、参差不齐的雪迹，像是一幅水墨山水画，斑斑驳驳。几声马鸣从深宫墙外传来，显得异常冷寂，以致邻院中女子爽朗的笑声也传入耳膜，勾起阿巴亥的阵阵醋意。她终于忍受不住将目光平视过去。

或许是散乱而稠密的雪花阻碍了平视的目光，阿巴亥蓦然觉得那伫立不动的身影不似汗王的身影。她深深向前一看时，脑间霎时变得一片空白。

"你……大阿哥，"阿巴亥嗫嚅地轻叫，"大阿哥，你这是做什么？你终于来看我了吗？"

大贝勒代善甚是懊恼，他本来知道汗王就在大政殿内，多尔衮在请安回去的路上已经告诉了他，可……可自己还是鬼使神差地径直来到后宫。刚走几步，他就克制不住想见一见阿巴亥的欲望，真的没有什么别的杂念，他只探问一下，毕竟这是做儿臣的礼仪。然而，他的幻觉中出现了父汗嗔怒可怖的面孔。代善内心激烈地斗争着，他必须转身，必须在寝宫还没有人发觉他来到之前离开这是非之地。

就在他刚想转身离去时，大妃阿巴亥充满诱惑的声音已经划过雪幕而来。

那一瞬间，时间过得飞快，清寒的天气夹着些回旋起的碎雪打在代善的脸上。代善感到脑门上起了一层细密的汗珠，他不知道是雪水还是汗水。

风雪漫过之时，平静下来的代善这才低声应答："大阿哥给汗妃额娘问安。"

大妃阿巴亥已来到近前，眼前的男人怎么会是这副尊容？分明是昂然七尺、身手矫健的男子，此刻却卑微至此。这样的贝勒爷，汗王又怎么不把他排除在八大和硕贝勒之外？

阿巴亥清了清嗓子，道："大阿哥，你来得不算早啊。"说着，两只迷蒙的眼睛变得呆滞了。

代善被她逼人的香气所撩拨，在这天地一色的纯净中，阿巴亥身上的香气实在引人遐想。他没有忘记父汗下谕斥责阿巴亥的事，尽管那是因为她贪财。但是，这其中有没有自己与之生情的缘由呢？要不然父汗为何因自家中的一桩小事而大动肝火？为何视自己的赫赫战功而不见，却不停地斥责自己小小的过失呢？

感情出现裂痕后的努尔哈赤父子再想弥合就不那么容易了，在努尔哈赤眼中，代善的缺点日益严重了。

步入晚年的努尔哈赤很希望从诸子中再立储汗，有一天，他私下询问他所信任的精明的阿敦："阿敦虾（虾即侍卫），你看诸子之中谁可以接继汗位？"

阿敦不敢正面回答，含蓄地答道："最了解儿子的只有父亲本人，谁敢说三道四呢？"

"唉——本汗信任你，私下说说有何不可呢？权且换作是你，你不希望有个明确的人选吗？"努尔哈赤追问。

"汗王，依阿敦之见，还是智勇双全、大家都称赞的人好。"阿敦答得小心翼翼。努尔哈赤心领神会："我知道你的意思了。"

因为在众贝勒中称得上智勇双全、忠诚卫国而口碑较好的只有皇太极了，何况皇太极这个名字的谐音怎么听都像汉人的"皇太子"、蒙古的"皇台吉"，难道这是天意吗？但努尔哈赤还是不敢肯定。

这极为机密的谈话还是由阿敦泄露了出去。皇太极心里像是喝了蜜似的，准备进一步吹风找代善的缝。这使得本已倾向皇太极的阿敦又对代善产生恻隐之心，他叮嘱代善小心防备。代善一听，哪有办法防备呢？这倒是一个绝好的机会。于是，他便在努尔哈赤面前采取流泪的办法。努尔哈赤一再问他原因，代善总是支吾不语，最后才将阿敦的话说出来。努尔哈赤怒不可遏，立即传皇太极、莽古尔泰入宫交代。他们一口否认，大呼冤枉，攻击阿敦心术不正。努尔哈赤再传阿敦，善良的阿敦见事态扩大了，只得默认。努尔哈赤便以"交构两间"，有损国政，要给他定罪。众贝勒群情激愤，要将阿敦活活打死。努尔哈赤道："论罪，阿敦该杀。不是本汗原谅他、怜惜他，你们应该记得，本汗在萨尔浒时说过，今后不要用我们的手去杀犯罪的人，犯了死罪的人可以监禁在高墙之中。现在，本汗怎能违背曾经说过的废除死刑的话呢？如果说过的话不算数，八旗子弟就不会再信赖我们了。还是监禁起来吧。"

自此以后，代善变得谨小慎微起来。

而现在，阿巴亥的一声"大阿哥的心中还有大妃吗？"，实在有如附上魔法一般将代善牢牢地钉在那里。

一脸粉黛幽戚，双目泪珠盈眶。代善手足无措，他要是再不开口，弱似风中柳枝的大妃阿巴亥恐怕要哭成一枝带雨梨花了。代善深吸一口气，抬首慎重地道："大妃额娘，儿臣……儿臣确实是来给您问安的。"

阿巴亥狐疑地上下打量半响，盯着代善纯挚干净的脸庞，她不相信代善的话。

"大阿哥，不到室内喝点茶，暖暖身子吗？"阿巴亥饱含雾气的美丽眸子、如贝的细密皓齿、轻巧的上下翕合的樱唇令代善不能自持。他真想一把搂住她的手臂，猛地将她扯向自己的胸膛，方才稍稍硬化的那丝柔情，此刻反倒成为自责的引信。一丝淡淡的愧疚潜滋暗长，他感到情绪几乎濒于失控了，驾驭不住的潮浪随着气血的游走遍及全身经络，瞬间将他体内暗藏不住的危险因子引爆开来。所想的，都付诸行动。代善扳过阿巴亥飘着香气的双肩，用力地拥抱几乎不给她留一丝喘息的空间，阿巴亥头昏脑胀，意识中一片空白，失控的力气几乎折断她的身子。

阿巴亥完全被突如其来的狂热所覆盖，残存的理智被报复的快感侵吞了。她忘了反抗，他厚实浑韧的胸膛散发出慑人的力量，温暖而强悍。

一阵吱呀的车辇声传来。代善知道，那是父汗回来了。

机警的阿巴亥顿时收住了一切多余的表情，用丝巾抹着眼圈，一声娇笑："大阿哥，既然大阿哥不废礼仪，可不要忘了去你小妃额娘那里问安。"说着，急迈碎步，打开院门，伸出嫩白的手指，点着门外的落雪道，"雪地路滑，大阿哥慢走。"

代善退出门外，他听到了身后的杂沓声，但他没有回身，一直对远送出门的大妃弓着身子，不敢抬头，仿佛礼数甚恭。

努尔哈赤立在黄罗伞下，眯起虎目，仔细地睥视着眼前的场景，心想：代善真的变了吗？

【第二回】

情殷殷姑侄闲话，急切切主仆避凶

天命十年（1625年）的春天似乎来得格外早，早得让人吃惊，让人隐约感到不同往年。

昨日还是风沙弥漫、枯草覆地、冷气袭骨，一夜之间便柳絮纷飞、草长莺啼、春光和煦；昨日还是霜色凝重、寒气逼人、冰封河滞，一夜之间便雾气蒸腾、暖流拂面、绿波微皱。

皇太极搂着布木布泰躺在温热的炕上，静静地听着房檐上的冰凌融化后滴答滴答的水珠落地的脆音，仿佛自言自语地说："看样子，父汗对大明用兵的时间要提前了。"

布木布泰睁开微闭的双眼，心有灵犀地点头默应。她伸手将额角的几缕鬓发掠至肩上，心中不免暗自惆怅，忧郁地说："贝勒爷，古人说春秋乃用兵之时。可眼下，贱妾听说广宁四周的义州、平阳桥、西兴堡，辽阳附近的石屯石、大康镇、同阳驿、团山、镇宁等地，百姓大多衣食无着，刚刚挨过寒冬，春耕在即，此时用兵，怕是有所不妥吧。"

皇太极道："父汗是心中焦虑呀。你不知道，宁锦一线自从来了袁崇焕，便日夜修复工事，锦州的城墙都快赶上盛京的了。一个小小的宁远竟屯兵三万之多，且日夜操练，志有所得。自父汗举旗立国以来，明廷亡我之心就一直不死。前日，探马来报，宁锦一带的难民都耕者有其田了，逃回去的汉人都得到安置，出于感激，有不少男子充入戍边的军中。这些人对大金十分熟悉，如果不继续将他们赶到关内，势必留虎为患。"

皇太极翻身坐起继续说道："父汗的决策总是对的。记得五次迁都时，每次都遭到一些王公大臣的反对。可事实证明，若没五次迁都的雄心，偌大的辽沈怎会掌握在金国的手中？小富即安的思想要不得。"

布木布泰知道，打杀征伐，这些都是男人们的事，自己说多了反倒无益，尽管凭自己的直觉，她感到此时进兵并不是最佳时机。实际上后金的铁骑向来是以快速迂回和奔袭见长，若去攻城，困难很大，除非守城的明将是个弱者、懦夫或见识浅陋者。

一夜过后，清凉的晨气漫进内室，把室内的馨香味冲淡了许多。幸福过后是安然的宁静，布木布泰闭上眼睛，她真想沉浸其中，不愿醒来。她伸出小手，摸了摸皇太极灼热的汗水，贴在他的胸前，确实感受到了他如雷的心跳。

皇太极将衾被盖在娇妻身上，欣赏起她轻皱的眉毛、红艳的双唇、朦胧而迷离的眼神，感到无比的惬意。他轻轻扯过汗湿的发梢，温情地说："我要去操练了，你再歇息会儿，春寒料峭的，别不注意身子。"

布木布泰的唇边泛出微笑，她真的想长久拥有。只可惜，她不得不像往常一样要去给哲哲大福晋请安。她已经感受到自己的亲姑姑对自己越来越不满了，原因再简单不过——皇太极这一段时间来得勤了点。

晨风徐缓，鸟声啁啾。

果然是寒气随着春潮而来，早上本来还有阳光，可一忽儿视野便已溟濛一片，连悬在半空中的太阳也变得闲懒，蔚蓝的天空压得低低的，仿佛随时要下霜。

结束了无尽缠绵后的布木布泰带着侍女乌兰出了院门，醇厚、诱惑的芬芳还残留在心头。

寂寂的院落、长长的幽巷，传出主仆二人单调的脚步声，显得那么脆生生的，就如同布木布泰去见哲哲的心情。

布木布泰梳理着自科尔沁草原嫁过来以后的酸甜心绪：从姑侄二人亲密无间到现在的点点生分。

有一天清晨，布木布泰像今晨一样去给大福晋请安，刚走至门前，一位婢女便上前说道："哟，是侧福晋吗？怎么不让乌兰来呢？乌兰那丫头来看看就可以了嘛，我这是回不回禀呢？"

布木布泰问道："乌巴音，你这是什么意思？每天清晨的问安礼，我有哪一天落过吗？至于晚上，我确实有时叫乌兰过来，这每日两次的问安，有何不妥呢？乌巴音，我是来见我的姑姑，可不许你这般嚼舌。"布木布泰说着便往里走。

哲哲的婢女乌巴音也不是一个善茬儿，她根本没把这位小女子放在心上，上前拦道："还真亏了侧福晋的一番惦念。不过，今天大福晋身体不适，不见诸位福晋了，刚刚有几位侧福晋来拜见都被挡回去了。"

布木布泰微微一怔，病了？昨天不是还好好的吗？

她刚想继续再问一些诸如什么病之类的话，却听到门后传来其他小福晋们哧哧的笑声。

布木布泰明白了，刚入宫不及一年，她就深受皇太极的恩宠，朝夕相伴，日夜难离，享受着一般女子难以得到的恩宠。这就在其他福晋那里掀起了醋意，不论是曾经受宠的或不曾受宠的，都由嫉妒而生怨恨。她们疏远她、中伤她，甚至在大福晋面前挑拨她们姑侄的关系……

布木布泰默默地转身走开了，既未去向皇太极哭诉，也未入门为自己辩解。她认为在其他福晋在场的情况下去向姑姑讨说法，无形中会损害她和姑姑的颜面。因为她既不愿意因这点后室的琐事让皇太极分心、不安，也不愿意让别人以为她是个争风吃醋的浅薄女人。她相信自己的姑姑，她也从未停止过向大福晋请安，尽管每次依旧被挡了回来。

乌兰手中拎着一份沉甸甸的礼物，这是布木布泰亲自挑选的两包丹参、一小袋酸枣仁、几支大的羚羊角和四瓶蜂蜜糕。她没有珍珠首饰，没有金银玉器，尽管她对玉特别喜爱，皇太极也曾送给她一两件玉器，但她确实不敢拿出，她怕这样做会让别人猜想她的房间里不知道还有多少玉器呢。

乌兰的小嘴高高地噘着，她是在替自己的主人抱屈，她并不明白为什么侧福晋受到几次冷遇后还是一如既往地前去问安。乌兰道："姐姐，今晨这么冷，谁知大福晋起来没有？"

这时从远处的三官庙隐隐地传来几声钟响，那钟声浑厚而圆润，霎时在布木布泰的心中荡起层层波澜。多么美妙的钟声，那仿佛是来自佛国的召唤，一股藏在内心深处的佛性再一次被唤醒了。布木布泰止住了脚步，静听了一会儿那钟声的袅袅余音，全然没有理会乌兰的怨言。

"姐姐，"乌兰道，"我们还是回去吧，免得又遭受不冷不热的奚落。"她见布木布泰站住，疑心她采纳了自己的建议，抱着礼包就要往回走。

布木布泰对自己的婢女总是以诚相待的，丝毫没有主人的架子，由于年龄相仿，彼此说话也少了一层尊卑的厚壁。见乌兰转身欲回，她忙道："乌兰，可不许乱来。大福晋见与不见，那是她的事，我们去不去则是我们的事，礼不可偏废，何况大福晋又是我的姑姑。尽善尽美，那是佛家的最高境界，我虽然做不到，但也要努力去做。别忘了，佛前总是一杯水，那有什么意义呢？是表法的呀！水是干净的、清净的，代表我们的心要像水一样干净。水是平的，我们看到那杯水，心也要像水一样清净、平等。你听那三官庙的钟声，那是在提醒我们要以真正的诚心、无量的大觉从容应付一切烦恼。这样做了，就是结果不遂人意，也能让我们心安理得，何必计较呢？"

乌兰听得不明不白，道："姐姐的意思是我们就是要用热脸去碰冷门？"

"姑姑毕竟是我的亲姑姑，我猜想，连续几天不见我，她保准会想我的。别忘了，是她让我到大金来的。"布木布泰宽慰道。

她知道，女人最大的天性就是妒忌。

她或许还没有品尝到嫉妒的滋味，但理解别人嫉妒的宽容之心还是有的。毕竟影子是由光产生的，只能用光来消除。

到了大福晋的门口，布木布泰示意乌兰叩门。乌兰迟疑上前，正欲举手，房门吱呀一声开了，哲哲福晋的婢女，那个让乌兰厌烦的乌巴音一脸憔悴地走出来，见到寒风中的布木布泰，充满血丝的眼眸陡然一亮，道："侧福晋，真的是你吗？我家大福晋昨晚念叨了你一夜。"

布木布泰急忙入屋，边走边问："怎么了？姑姑她怎么了？"

乌巴音嗓音干涩，道："大福晋病了。昨夜天气骤暖，大福晋吩咐熄了炕火，谁知夜半时分竟咳嗽不止，额头直冒冷汗，直喊怕冷。我温了好几次热水替她擦洗，今晨仍不见好转。本想夜里去叫贝勒爷，但大福晋不让；若是去叫太医，又放心不下这边，真急得我不知如何是好。"

布木布泰道："那你现在去吧。"转头对乌兰道，"快去，将带来的蜂蜜熬一熬。"

哲哲福晋的屋子比起自己的木屋至少要大上两倍，房内透出的烛光依然可见。半倚半卧于榻上的美丽的哲哲福晋在看到侄女布木布泰走入房内时，神色在瞬间温柔起来。

这是什么声音？扑通、扑通地有节奏地声声作响，除了那个类似心跳的声音外，还有沉沉的呼吸声。随着那气息的吸吐，哲哲福晋想起了那份感觉：那是心灵的旷野中蛰伏着的鼙鼓声，只有在科尔沁草原上经历过的人才能感受到。马背上的民族总是将自己的心跳合着嘚嘚的蹄声以及胯下马儿的呼吸一起飞翔，一夜的感觉都是如此，这种感觉有时在冬日空寂的午后，有时在冰河开封的水边……

布木布泰俯在床沿，秀慧的眼眸望着姑姑，心中竟滋生出愧意，如果皇太极能陪在大福晋身边，那该是一种多么大的安慰。

她伸出双臂将姑姑紧紧地抱在怀中，偎入自己的面颊和身躯的暖意，像床上柔细暖和的舒被。布木布泰轻声自责道："姑姑，都怨侄女，昨晚没能来探望您。我知道，姑姑不是有意不见侄女的，侄女确实……"

哲哲睁开睡眼，张开美眸，映入她眼帘的是布木布泰那双写满担忧的眸子。

"布木布泰，来了就好。"大福晋哲哲的脸上笼罩着一层红云，"唉，还是我们姑侄俩最亲。昨晚姑姑又梦见科尔沁草原了，蒙古包、炊烟、云雀、酥油香味，还梦见小时候的你。"

说着，她困难地眨眨眼，适应光线，稍稍移动四肢，感觉全身筋骨都在咯咯作响。

"这些日子，让你受委屈了。姑姑知道，你的心里一定不好受，可——可是，你知道其他的福晋们都在抱怨你呢，说是自从你嫁到大金后，贝勒爷就时常去你那儿。这也不好。我几次不见你，就是想让你反思一下，要从侧面说说贝勒爷，雨露均沾，不可独宠。要知道，我们这些女人不同于普通的平民之妻，我们丈夫只有一个，而且是共同的一个。姑姑知道，我们科尔沁草原的明珠到哪儿都闪耀出夺目的光芒，想遮掩都遮掩不住。姑姑是人老珠黄了，而你却还是袅袅婷婷，豆蔻梢头，如花似玉，贝勒爷宠爱你本应是情理之中的……"

"姑姑，少说几句好吗？"布木布泰拉着哲哲的手说道，"烧了一夜吧，想喝点什么？我叫乌兰去给您炖蜂蜜汤了，这里有些酸枣仁，您放在嘴里慢慢地咀嚼，改改口味。我知道起夜烧的症状，总是不想吃东西的，嘴中无味，是吧？"

哲哲福晋试着抹去不在意的淡淡醋意，挤出一丝微笑，她不想让侄女看出她心中的波涛汹涌。

此刻她享受着侄女的细心关照，可万万没有想到布木布泰的心地竟如此善良，她似乎被侄女的真挚关怀给感动了。

"开春了，草原的初春该是多么美啊！"哲哲福晋勾起浓浓乡情，她的眼前仿佛有一缕袅袅轻烟在牛皮帐篷外浮升。小草从地下钻出来，伸展着腰身，抽发着嫩芽。而眼前的后金都城盛京却到处是浓烈的木火、炭火味儿，城下四处的匠铺整日叮当叮当地锻造着牛耳尖刀、弓矢长矛、铠甲盾牌。

说实在的，她是个性情中人，她在需要男性抚慰的同时，也需要到郊外去把自己托付给一处熟悉的风景。她有时只能在想象中去亲手触摸四季的变化，倾听在那里响起的天籁。

风和日丽般的想象同样在布木布泰的心头飞扬，她何尝不想从喧闹的市声中抽身出来，让自己心灵的空间从俗务中退出，专一寻找心灵的旷野中生机勃勃的大自然风景？最近她正在读一些汉人的古籍，她认为那些抽象的、庄重而深奥的词句有些晦涩，倒是"修身、齐家、治国、平天下"的至理名训，她是刻在脑子里了。

"姑姑，等您身体安康后，叫上其他福晋，我们一齐到盛京北岗踏青去。"

布木布泰起身到窗前盛满热水的盆中取过紫色的方巾，沾沾水，又拧了拧，掭在手上，轻轻地替哲哲福晋擦拭额角的汗渍，道："还别忘了汗王的大妃阿巴亥。"

哲哲福晋叹口气道："带她干什么？我们又不巴结她。她除了在汗王面前尽施娇媚外，何曾将我们姑侄放在眼里？我这都两年多未去给她问安了，见了心烦。"

布木布泰道："也罢，就依姑姑之意。不过现在不行，姑姑还是要将身子养好，不然的话，户外野风一吹，姑姑可就受不了了。"

哲哲福晋无力地抬起手臂拍了一下侄女，道："姑姑这哪里是病？你一来，全都好了。"

"还说没病，看姑姑的这张美脸，都瘦了一圈。"布木布泰边擦边心疼地说，"要是侄女有什么不对的地方，姑姑就明着指出来，侄女可是每天不落地来问安的。"

哲哲福晋耷下眼睑，酸酸地说："姑姑什么时候说过你有不对的地方呢？你要知道其他几位福晋对你有意见，那倒是真的，你别怨恨姑姑。实际上，贝勒爷宠爱专房，我何尝不高兴呢？你看，贝勒爷的福晋中，有几个人的地位能比得上我们姑侄二人？可她们偏偏争气，先后生了贝勒爷的种：那拉氏生了高塞，伊尔根觉罗氏生了常舒，颜扎氏生了布舒，还有早已死去的韬塞的母亲，这些人都是小部落或女真诸部的女子，眼前的小福晋钮祜禄氏生的豪格如今已带兵打仗、立功显名了。而姑姑呢，说句脸红的话，至今膝下空空。贝勒爷宠幸你，我高兴来不及呢，真希望你能为贝勒爷诞下脉种。不过，同为女人，姑姑也需要呀，倘若天神显灵呢？"

这番推心置腹的体己话令布木布泰粉面娇红。她低首不语，细长的眼睛中却闪出一种异样的光来。那神情足像个保温瓶似的，外面不热，里头却滚烫滚烫的。

布木布泰咧了咧嘴，气闷一会儿，雪白的牙齿闪了闪，道："姑姑训诫的是，侄女以后注意就是了。"

哲哲福晋却拉下病脸，那张很有棱角的脸似被冰凌划过，有数条一眼就能看出的皱纹，显得苍白、冷峭，使人觉得那里面有一缕缕逼人的寒气。

布木布泰惊诧道："姑姑还有哪里不舒服呢？"

哲哲福晋叹口气说道："我是不中用了，还想那么多有什么用呢？我真担心有一天我这大福晋的位子肯定会让你占了去。不过，你要有贝勒爷的脉种，就是让你占了去，我也心甘。虽然我们是姑侄二人，但我们的地位却是靠偌大的科尔沁换来的。一旦科尔沁被察哈尔占去，或金国全部征服了蒙古，我很担心我们能否长久。别看姑姑不像你那样识文断字懂事理，但姑姑有一个朴素的愿望，就是希望我们科尔沁的姑娘人人心里都跟明镜似的。"

布木布泰没有想到哲哲福晋居然有如此心思，忙道："姑姑说得是。"

哲哲福晋又道："因此，我想科尔沁的姑娘可不应该霸道，要给其他福晋们和侧室的女人留下好印象，让别人无话可说。"

布木布泰的一颗心，像是擂鼓一样怦怦地跳了数跳，刹那间脸似下面还生着火的装在煲汤里的液汁一般，热乎乎的。

乌巴音回来了，和她一起回来的还有四贝勒皇太极。

努尔哈赤听说四贝勒皇太极的大福晋身体不适，当即着宫中的太医赶紧过来探望。一番望闻问切后，太医开了几个方子，由乌巴音负责煎药。

皇太极接过布木布泰递过的茶杯，本来只想唇沾一沾茶水，但刚一碰及杯沿，只觉茶香扑鼻，咽下第一口便忍不住咽第二口，一下子一杯干尽，只觉得暖人心脾、周身舒泰、胃暖舌香。他举着空杯，真恨不得一口气喝它十杯八杯。

哲哲福晋半仰躺在榻上，皇太极的到来着实给了她很大的安慰。哲哲飞眼看着皇太极道："贝勒爷，慢点喝。这茶可是我们科尔沁草原上有名的花沾唇，人说一杯值千金，只可慢品，哪能如此畅饮。"

布木布泰见哲哲福晋的气色大有好转，道："哟，我还不知道姑姑还带着这样的好茶，肯定是爷爷偏了心。我嫁来时，怎么没有给我带上点呢？"说这话时，白里透红的脸更添一种娇艳。

"再过几天，大金的军队就要出征了。"皇太极深邃的目光中露出一种征服的欲望，道："此次征伐，就是要打得明朝彻头彻尾服输，将整个辽东纳入大金的版图。"

"这么说，贝勒爷又要去冲锋陷阵了，真叫我们姑侄二人担心。"哲哲福晋幽幽地说。

布木布泰道："父汗的雄心就是奠定大金国的千秋基业，我们纵是舍不得、担心又有什么用呢？"

听说哲哲福晋生病了，陆陆续续地来了一大帮侧室。她们一一见过哲哲福晋，对布木布泰却没有片言只语的问候，尽管论府中的地位，她们都比布木布泰低。

这样的场合，布木布泰总是寡言。

她侍候在姑姑的旁边，亲自将汤药一勺一勺地给哲哲福晋喂下，临了还特地加上几勺蜂蜜。

一阵叽叽喳喳过后，布木布泰道："姑姑静心安养，明儿我还来侍候姑姑。"

哲哲想挽留几句，但见众多侧室围在皇太极身后，不时投来冷漠的目光，心底想，布木布泰总是这样不合群，留下反而无益，便挥手道："你要是有事就回去吧。"

皇太极捋着短须，起身道："大福晋，大政殿还在议事，既然大福晋病体无碍，我也不能耽搁了。"

哲哲福晋勉强挤出一丝笑容，道："何时出征，告诉福晋们一声。"

皇太极侧目望着远离的布木布泰的背影，不再言语，便急急赶上几步。他知道，这位新来的科尔沁女子有着太刚毅的一面。

皇太极正欲追上前去安慰，猛然听得半空中仅有的一团乌云内传来一阵闷雷，雷声震荡着地面，仿佛就从脚底下滚过。

皇太极和布木布泰同时愕然。

祭天是女真出兵打仗或重大事件前必做的祭奠风俗。今日努尔哈赤祭天宣布兴兵伐明，出征的后金八旗子弟是如此雄壮威武。

汗王大政殿前金鼓齐鸣，乐声大作。众贝勒、大臣齐集殿内，左右肃立，表情静穆，都在等待汗王努尔哈赤宣读汗谕后振臂高呼的那一刻。

努尔哈赤坐在大殿外高台上的一把龙椅上，身穿黄缎子的衮龙袍褂，足蹬一双黑缎子朝靴，头戴金顶红缨纬帽，帽顶一串三颗亮红珠子，下飘红穗，直披至坎肩，庄严的脸上微带笑容，眼睛里闪着振奋的光芒。

在他身旁坐着盛装的大妃阿巴亥，兴奋的娇颜闪着红光。她的眼神和努尔哈赤的虎目——在众贝勒的脸上游移。

努尔哈赤见臣子们个个精神抖擞，豪情涌起。

殿外广场上，七万后金将士整装列队站立，八面大旗被风吹得呼呼作响。队伍前面立着一根高数丈的神杆，神杆下放着一张神桌，上摆香炉、供器，牛、羊一头各居左右，分插汗王所属的金黄色的龙旗。

努尔哈赤起立，黄罗宝伞遮在头顶，他迈着坚实的步子走到神案前，八旗旗主紧随其后。

代善、阿敏、莽古尔泰、皇太极四大贝勒早已护立在神案旁，个个戴红缨金盔，外罩乌鹊、麒麟马褂，恭候努尔哈赤的到来。

努尔哈赤停住脚步，接过司仪递上来的带火的香举过头顶，恭敬地插在香炉中。

缕缕轻烟飘浮而上散失在空中，馨香漫布开来。

大妃阿巴亥的身旁站着多尔衮，少年的他，眼中闪着极度渴望和羡慕的亮光。他本想亲自跟随父汗和阿哥们一道出征，去沐浴战争风云，经受炮火的洗礼。但努尔哈赤不让，他舍不得让这个眉清目秀的小儿过早地闻到鲜血的腥味，他怕这样做会给多尔衮带来两种结果：要么嗜血成性，要么恐惧难除。这不是在初创之时，他有的是精兵良将，而多尔衮成人后将有的是机会，也许……

努尔哈赤想，也许在自己百年之后能传位于他，他就将稳居汗位，可以不必整日像自己一样东征西讨。做父汗的，有几个不是为子孙而稻粱谋？若能将金、明的边界以武力确定下来，我大金还求什么呢？

大妃阿巴亥注视着迤逦而前的队伍，她眨动着长长的眼睫毛，并不理会在一旁小嘴噘得老高的多尔衮，而是目光越过人群去追踪一个人，即大贝勒代善。前几日，不知是否是出于即将打仗的考虑，大贝勒代善又得以回到"四大贝勒"之列，这令阿巴亥激动不已，因为只有她知道表面上英武强壮的努尔哈赤似乎越来越不行了，要不是自己施展床笫间的万般手段，她真不知道能不能从努尔哈赤那儿获得男人的剽悍和阳刚。

"额娘，父汗给我这么高的地位，赏我旗地，给我人马，却不让我带兵出征，众阿哥都瞧不上我了。"多尔衮嘟囔道。

阿巴亥没有理会，凝神注目于缓缓而过的代善的身影。一身戎装的代善并没有回头，这使阿巴亥有些不满。

陆陆续续散去的福晋们心里都空落落的，尽管她们相信各自的男人会在开战后带着战利品归来，但也担心那战利品中有比自己更加出众的美女。好在她们也习惯了，有哪一年她们的耳畔消失过金戈铁马的战音呢？

布木布泰跟在哲哲福晋身后，面色静穆如水。如雷的震颤还在她心头萦绕，她眯起双目，有点忧郁地看着飞扬的尘土，两白旗的方阵早已不见了踪影。她知道，每次出征，两白旗总是打头阵的。她宁愿夫君永远待在府里，哪怕只看着他的身影，听着他的言谈，也比整日揪心受怕地等待强，何况凭自己的猜想，此次出征的后果难料。那个汉人范文程不就说过，兔子急了还咬人呢？即使能攻克宁远，若想再攻克山海关还是不容易。

山海关乃天下雄关，历来都是兵家必争之地，岂有拱手相让之理？然而，女人毕竟是女人，除了供给那些疲惫的男人以遣娱，给他们享受、生子，还有什么大政上的谋略和主见呢？

哲哲福晋见大妃阿巴亥还在那里发愣，忙过去问安。她快步走到近前，深深一个侧弯身道："拜见大妃娘娘！"

阿巴亥一愣，缓过神来，红扑扑的脸上刹那间竟有些苍白，仿佛自己深藏的心思被看穿似的，骇然怔住了。

女人的芳心是易碎的，它和娇贵的花儿一样，若不小心，便可能在不经意之间片片散落在遍地飘零的黄叶中，而多情更是会撕碎女人心的一件事。看着阿巴亥努力恢复平静，布木布泰跟在哲哲身后也一起见了礼。

大妃阿巴亥忙着回了礼，道："都不必多礼了，各自回府吧。"说着兀自站起来，拉起旁边站着的多尔衮道："走，回去，为娘还要考查你的箭法呢。"

多尔衮瞅着眼前的一班命妇们，突然他的眼睛一亮，好爽朗、娇美、快乐的一张脸，如初春第一枚叶片。

这时半空中的阳光懒洋洋地照在布木布泰的脸上，使她微微皱着鼻子，凤目也微微眯着，瞳孔中更有一种淡淡的金色，又俏皮，又可爱，然而因为皮肤白皙，连鼻尖浮起的一层细密的纤毫也清晰可见。多尔衮忍不住产生要亲亲这张脸的冲动，一双美目怔怔地瞧着布木布泰，身子像是着了魔似的竟一动不动地站在原地，额娘的话犹如一阵风吹过，根本没有引起他的注意。

"这么急着赶我们走吗？"哲哲福晋道了一个万福，道："平时很难有机会在一起。"她是有点不把这位大妃放在眼里，谁不知道她和大阿哥代善的关系闹得沸沸扬扬，以致汗王有近两年的时间和她分居呢？要不是她为汗王一连生了三个儿子，说不定早已是荒野坟丘里的一把白骨了。

想到这儿，哲哲福晋不禁打了一个冷战，她为自己陡生的恶念而羞惭。

是啊，毕竟人家生了儿子，而自己呢？

阿巴亥见贝勒的福晋执意要多玩儿一会儿，也不好再说什么，便忙着吩咐汗宫中的侍女准备一些游戏之术供大家娱乐。

如花似玉的众福晋都围靠过来，要参加游戏。

布木布泰却无心于此，她扯着哲哲福晋的衣袖，轻声道："姑姑，您要是多留一会儿，就多留一会儿。侄女我还有一本书刚看了一半，不接下去，心里挺痒痒的，能否容我先回府去？"

哲哲福晋微蹙柳眉，向身旁叽喳不停的其他美眷征询："你们说呢？"

众人竟频频点头，一来大多数人对这位新嫁来的、平日里又很少出府门的科尔沁姑娘不熟悉，二来对她提出的回府读书一事颇为不满。贝勒的侧福晋还读什么书？那还要男人干什么？

布木布泰从众人冷漠的神情中感到了自己的与众不同，面对不高兴了的哲哲福晋，她倒也不去深想，而是送还给大家一个歉意的笑容，转身离开了人群。这期间，她已经感受到了多尔衮投向自己的异样的目光。

那目光让布木布泰刚才的一丝受伤的痛感消解了，她莫名其妙地脸红了。

大妃阿巴亥黠慧的眸子眨了眨，心中隐约不安，她想起那日的一幕，难道这个科尔沁的姑娘是从心底鄙视自己吗？于是忙急赶几步，追上问道："咋能走呢？既然大家的男人都不在府上，不如就在一起拉拉家常。"

布木布泰无奈地止步，回身行礼道："大妃娘娘，恕我年幼无知，我也想在此其乐融融，可是——可是我确实不懂，不知如何玩儿，怕扫了大家的兴。"

多尔衮哪能放过这个机会，忙上前道："没有什么，无非将三枚色子投来投去，看谁的运气好。要不，我和小嫂嫂一起。"

布木布泰嫣然一笑，低语道："要是汗王回来听说我们整日在汗宫中玩耍，总是要责备的。"

多尔衮一听，脸色涨红，他疑心这是小嫂嫂在取笑自己，于是闷闷不乐地走开了。布木布泰一看，后悔莫及，她口无遮拦，但确实没有贬损多尔衮的意思。好歹人家现在也是和硕贝勒，看努尔哈赤汗王对他的恩宠，将来他继承汗位的可能性未尝没有。她记得皇太极曾在无意间聊过，早在几年前，也就是褚英被废、代善失宠的情形下，有一天，八和硕贝勒兄弟觐见父亲，问及未来的打算，问及什么样的人可以继承汗位。汗王说了一大通训诫的话，最后才道："继我之后嗣登大位为君的，不能是那种恃强力的人，因为这种人往往依恃暴力行事，以暴力行事必获罪于天。你们八王中应选择既有才能，又善于接受劝谏意见的人继承我的汗位。

"推选时，一定要合谋议政，谨慎择贤，特别要防止品德不好的人靠花言巧语侥幸被荐举。

"嗣位后，若发现才能浅薄，不能主持正义，甚至坐视不管，经过众议，可以将其换掉，再在你们的子弟中选取贤者为君。"这就是今天的八大和硕贝勒共治国体。

但到底谁为汗呢？耳闻了不少汗王对多尔衮宠爱有加之语，莫不是汗王有意传位于眼前这位和自己年龄相当的俊美少年吧。

阿巴亥看到儿子遭了抢白，眼中立时闪出母性的柔光，道："也罢，既然如此，那就请回。本来我也不乐意，要不是你姑姑非要这样，我还要带多尔衮去校场射箭呢。别看他年龄小，上百斤的劲弓，他一拉就开，只不过是汗王不让他带兵打仗罢了。"说完一阵碎步移去，头上凤钗颤动。

谁无疼子之心呢？布木布泰望着大妃阿巴亥牵着儿子多尔衮悻悻地向汗宫走去，心里有股说不出的滋味。看那多尔衮的英俊外貌，确有帝王之相，别说是阿巴亥，就是自己也希望有这样的儿子漫步在庭阶院前，嬉戏于宴客酬宾之间。她很后悔，自己无意的语言可能刺痛了阿巴亥母子。

汗宫内外，有哪位大臣、哪家贝勒不对多尔衮凭母亲的大妃之位而获得旗主的称号和领地多有微词呢？若是在大金初创时期，不经过多次战斗，不立下赫赫战功，这些荣誉是无论如何也不敢想的。

布木布泰知道，皇太极和代善就曾在萨尔浒之战中为了争头功而闹过不快。努尔哈赤每每让皇太极留在身边，他总是偏要出战；努尔哈赤让代善为先锋，他却争在代善之先，成了进攻的急先锋。好在天命庇佑，尽管有多处刀剑伤，却并无大碍。

哲哲福晋才浮上脸的笑容飞到了阴沉的天空上，她不悦地对怔在原地的侄女说道："唉，若你什么时候能改掉不合群的孤僻，我们科尔沁的姑娘在大金就更加游刃有余了。"

布木布泰一副兴味索然的模样，瞥了一眼哲哲福晋，不知说什么好。她感到空气中有凉飕飕的冷意，心也跟着冷起来。在一班福晋们的冷漠注视中，她感到无地自容，就像小时候在嫩江水边玩耍，不小心踩到水里，毫无防备地让一个大浪打翻，湿淋淋的寒战与后怕一起涌上心头。

她望着天南，天南的迷尘还没有散去，她的心也仿佛追随那迷尘去了刀光剑影的沙场。布木布泰释然了，她的忧郁随着想念的人飞起来，或许还有种尚未理清的思绪，她不得而知。

她对姑姑粲然一笑，不以为意地耸耸香肩，道："多谢姑姑的提醒，下回我一定会记住的。"

布木布泰抬起轻巧的下巴，挑眉睥睨着那一班福晋们，眉尖往里一蹙。

此时，对于她来说，任何质疑都无法改变她的想法，心底的一丝抗拒欲遮还露。她挺起胸脯离开汗宫，眼睛里溢出的泪她也不去擦。

布木布泰并没有回府，而是随着一大片飘浮的云影去了城西的荒丘。

路边几茎枯草根根直立，顶着毛茸茸的白色小伞。布木布泰知道，这轻飘的小伞，就是蒲公英的种子呀！一阵大风过后，这些种子就会被吹起飘浮在空中，随风流浪到海角天涯。吹到哪里，就在哪里生根发芽。

"女人的命运和这蒲公英何其相似。"布木布泰想。

路依旧延伸在荒芜的漫漫野地里，一片荒漠般的静谧。风翻涌着无边的蒿草，潮水般一浪浪涌向遥远的重山。没有了男人的郊野显得好荒凉啊！

举目四野荒芜，此时，忽然刮起了北风，布木布泰所穿的淡绿色镶边旗袍紧紧地裹在身上。真是怪啊，明明已是春在打头了，难道又要回到冬季的寒冷之中吗？她看了看从东南涌起的云幔，乌云正在一点点地扩大。脚下沿路密生着的蓬蓬的小叶樟草，纠缠在乱草野藤中，也落着山雀或一两只黑乌鸦。

布木布泰知道，那几只乌鸦在旗人看来无疑是神鸟了，它们曾救过汗王努尔哈赤的性命。记得刚嫁过来时，皇太极就曾对她讲述过努尔哈赤坎坷而危险的经历中极富传奇色彩的传说。

布木布泰不信邪似的走近那几只乌鸦，哪有神鸟之意？刚刚才挪了身形，那乌鸦便受惊了，呱呱地叫着飞走了，空旷的原野显得更加苍凉。

乌云漫过头顶，从云缝中漏下的风吹在脸上，如针刺一般。布木布泰明白了，虽说入了春，可还没有到七九呢，此时按理应当休养生息，但汗王等不及了。

太阳在乌云的浸漫下已只剩下一点点淡淡的晕红。它已吻在西山群峰的山巅了，远远望去，就像一首千古寂寞的歌谣，没有改变过，也没有消失过。乌鸦飞过的老树、枯藤，挂着残阳空立那儿。

布木布泰看到旷野中有个女人，瘦瘦弱弱的，正蹒跚地走向一座坟茔。女人的胳膊弯里挎着一只白柳条小筐。布木布泰问身边的乌兰道："那女人来这旷野干什么？"

乌兰不高兴地说："福晋干吗不问自己来这干什么呢？这么冷的天，说是回府，又不回，偏偏要到这索然无趣的荒凉地。告诉你，一看那女子的装束就知道她是来给丈夫上坟的。"

布木布泰仔细一瞅，可不是？那纷乱的后鬓边果然有一朵白色的布花。

只见那女子拿出一只灰碗、一双筷子，放在一座新土垒起的丘堆前，已经抽抽噎噎了。

布木布泰的心一酸，她见不得女人哭泣，尽管听自己的奶娘说过，自己刚生下来时，哭声在众姊妹中是最响的一个。

突然，空中的凄厉声令布木布泰脸色陡变。刚才还悠闲地飞着的几只乌鸦已被一只巨大的苍鹰追得无处躲藏。

乌鸦绝望地呱呱叫着，从一棵树顶落到另一棵树顶，从一处草丛钻进另一处草丛。

而那只盘旋着的苍鹰却如凝固一般，张开两扇巨翅居空俯瞰，根本没有将布木布泰主仆二人放在眼里。

连乌兰也吓得变了脸色，但其护主之心不减，急忙将布木布泰护在身后，道："怎么办呢？"

布木布泰的心也揪成一团，她实在不愿意眼前惊慌失措的"灵物"成了巨鹰的美餐，但作为一名弱女子，身边又无操枪持剑之人，她也只是干着急没办法。

果然，那巨大的苍鹰仿佛想结束这场捕捉前的游戏，猛地振翅，空中的那团阴影迅速落下，真有迅雷不及掩耳之势，仿佛高空坠石。那两只所谓的"圣鸟"瑟缩羽翎喊喊地叫着，声音极为绝望，那是临死前的悲鸣。

布木布泰似乎感到那绝望的眼神正在望着自己，而自己却手无缚鸡之力。她想急冲过去，甚至想到效法佛祖释迦牟尼舍身饲虎——如果巨鹰愿意的话。

她的身子微微战栗起来，一股寒气从脚下升起。她双手环抱自己的身子，贝齿上下打战。

乌兰眼巴巴地看着，道："难道乌鸦生来就是要给苍鹰做美味的吗？这是不是自然界的一种冥冥中的命定归宿？"

布木布泰喃喃地说："胡说些什么？"

她不忍看到眼前悲惨的一幕，蓦地，她拔腿奔向那几株枯树，高舞着手中一面窄小的方巾，娇斥地尖叫一声。她的勇气陡地增强，连自己也弄不明白这勇气来自何处，她只是不想看到血淋淋的场景。

或许是不祥之兆，或许是慈悲之心，布木布泰飞奔的姿势在短距离内是那样飘逸。紧随其后的乌兰惊骇不已，也迈开脚步疯也似的跟上，惊呼："危险哪——"

话未说完，突然半空中喷出一道火光，旋即幻化成一丛又一丛的烟花，五光十色，光霞璀璨。

布木布泰柔弱无助的身子晃了几晃，她伫立在一片乱石中为眼前的景象而入神。空中的烟花如万灯齐明，尤其在阴晦的天空下，如千点碧莹飞舞，声如万雷始震，光霞强烈，声势骇人，耀目难睁，简直就是年节时燃放的烟火。

不料千霞万彩的烟花中，其数点呈线型，快若飙轻电旋，带着一股青焰，直射巨鹰。

那巨鹰躲避不过，在半空中一声嘶鸣，斜斜地向远处飞去。

布木布泰看得真切，空中竟洒下点点鲜血。她惊骇地捂住眼睛，丝毫没有欣慰感，即使是为那两只躲过劫难的乌鸦。

布木布泰知道，这发射至半空的箭乃火弩流星箭，就是在箭杆上套上急燃的火药，在攻城时起到燃发的作用。

是谁呢？布木布泰悠悠转身，不远处的一个半坡岗上，一支马队正斜立在那儿。布木布泰看清了那为首的一个竟是阿巴亥的爱子——多尔衮。

年少英俊的多尔衮身着一袭深黄色绸锦软缎，头上的金盔红缨一抖一抖的。他勒马奔出队列，那神情仿佛是目送坠向地面的巨鹰。他心里十分惋惜，要是能活捉，经过一番熬炼，该是多么好的一只猎鹰啊！但为了那片奔跑起来的彩云，为了她轻盈的身姿不至于在乱石岗中摔倒或划破娇嫩的肌肤，他只能射出用来取乐的火弩流星箭。

多尔衮催马上前，他要问候一声，他要多瞅几眼。这位科尔沁的女子弱似风拂柳枝，在情急之下，倒也能迸发出舍命的情状，不计后果地毅然决然，不简单。

布木布泰在乌兰的帮助下，小心翼翼地走出那片乱石岗，几株沙枣刺丛横在前面。主仆二人想绕过去，又见一块巨石挡住去路。

布木布泰不知道自己是怎么跑进来的。她低头一看，裙裾的下摆已缀满了一颗颗野刺。她索性坐下来，娇喘微微，认真地捡拔。

多尔衮令人牵马而入。布木布泰的脸一红，她没有言语，只是将头撇开。她已经感觉到多尔衮的眼里流露出一种异样的目光。

谁也没料到，兴兵伐明非但没有想象中顺利，反而在袁崇焕所守的宁远便夭折了。宁远一役，后金惨败。这是多少年来的第一次惨败。

宁远之败在努尔哈赤心中留下了永远的痛，留下了终生遗憾。自宁远兵败后，努尔哈赤便陷入了不可名状的苦闷中。愤恨、懊丧、痛心和失望，交相袭扰着他，使他本就烦闷不安的心更无片刻宁静。而心情的沮丧，使努尔哈赤的思索更深了一步。

偌大的后金江山将由何人主宰呢？

感慨、嗟叹不已的努尔哈赤急赴清河温泉疗伤，临行时特意带上了大妃阿巴亥。

【第三回】

皇太极继承汗位，孔有德归顺大金

秋风萧瑟，天色昏暗，一切都归于寂静。

努尔哈赤在疗伤期间忽然病重，决定返回沈阳。紧赶慢赶的努尔哈赤最终没能闭目于自己的皇宫中，而是在距沈阳四十里处的瑗鸡堡，刚好是下午未时，努尔哈赤的心脏停止了跳动。血液渐渐凝固在他壮硕的躯体中，时年六十八岁。

汗位，虚空的汗位所造成的权力真空在后金统治集团内部引发了一场争权夺位的激斗。

这以后发生的事情都是努尔哈赤所不知道的。他未留下一句话就离开了多情的阿巴亥。一代天骄陨落了，他再也不能指挥若定了。

幽深的王宫笼罩着惨淡的氛围。

安葬汗王及其身后的一应事项由以四大贝勒为首的诸子们紧张而秘密地进行着，墓地、葬仪、日期……还有四大贝勒公布的汗王的"遗嘱"，"后大妃，饶丰姿，然心怀嫉妒。每致帝不悦，虽有机变，终为帝之明所制。留之恐后为国乱，预遗言于诸王曰：'俟吾终，必令之殉。'"

阿巴亥的命运就这样被决定了。

叫天天不应，叫地地不灵。

次日清晨，辰时。

阿巴亥艳妆而坐，面如芙蓉，梨花带雨般娇艳。凄绝之美，令人怦然心惊。生殉，这是满人社会中屡见不鲜的习俗。《宁古塔志》载："夫死，必有一妾从殉。当殉者必于生前定之，不容辞，不容僭也。主妇皆率下拜而享之。及时，以弓弦扣环而殒之。倘不肯殉，则群起而扼之死矣。"

布木布泰也在下拜之列。她目不转睛地望着大妃阿巴亥，内心一阵阵悸动。她不敢相信眼前的一切都是真实的，难道年仅三十八岁的阿巴亥就这样去生殉吗？她仔细地盯着阿巴亥的眼睛，那双眼睛空空而散乱的目光无以聚集，除了偶尔地微有转动外，就仿佛是两颗安放进去的眼球，随时都有掉出来的可能，可怕、瘆人。好在嘴角有些上翘，带着笑意似的。

诸妇拜别退下后，众贝勒上前依旧当着众人宣读老汗王的"遗训"。按长幼序列，阿巴亥的三个儿子排在众人之末。

多尔衮忍不住喊了一句："额娘，一路走好。"

阿巴亥一听，犹如万箭穿心。自己生殉是小事，她最最放心不下的便是自己的三个儿子，他们既无势力，年纪又小，一旦受人欺负，又有谁为他们撑腰呢？尽管他们三个承老汗王的荫庇，以冲龄之祚各有一旗属地，皆在八大贝勒之内，但若是没有人保护，这身后的事变幻莫测，谁又能料想呢？阿巴亥噙着眼泪，知道自己不能哭。她努力地抑制着自己，透过模糊的眼帘，终于向诸贝勒做出临终前的最后哀求："国不可一日无主，我死后，各位贝勒应新立汗王，新汗王无论如何都要照顾哀家的幼子，这也是先帝生前的意思。我自十二岁时侍奉先帝，丰衣美食已有二十六年。先帝待我情深，我实在不忍相离，就以此法相从于地下……"

皇太极上前道："大妃娘娘，我等都已谨记，还是请娘娘上路吧。"

布木布泰暗暗吃惊，她还是第一次看见夫君说话时的表情那么生硬、冷漠，细想之后，又觉得这是情理之中的事。倘若阿巴亥留下来，势必位居宫中，那样的话，无论是谁为汗都绕不过这道坎。加上阿济格、多尔衮、多铎三兄弟一旦成人，略施手段，那么金国的天下如囊中取物般易得，但她确实替阿巴亥感到心痛。她听出了阿巴亥临死前一番话的深意，她更知道，按目前的形势，最有实力问鼎汗位的只能是皇太极。就在议谁为汗的头天晚上，皇太极离开先汗的灵柩匆匆回府，急急派人去找二贝勒阿敏、三贝勒莽古尔泰，用意十分明显，就是联络他俩共同对付大贝勒代善推举自己为汗。布木布泰立时感到这样做十分不明智，劝道："此时不是相访的时刻，依贱妾看，在众贝勒中您的威望最高，绝无半点瑕疵。在这个时候，您派人去找两位贝勒议事，倘若传了出去，别人会说您结党营私，素怀野心，还能推您为汗吗？"皇太极恍然大悟，方知举措失当，急忙打消了念头。

面对皇太极的催促，阿巴亥落泪了。二十余年的宫廷生活，已使她了解了宫廷斗争的残酷，她也知道抗拒是无用的。她不相信这是先汗的"遗命"，但她却知道只有她死了，才能保证三个年幼儿子的安全。她不想却又不得不将自己的儿子托付给这些逼自己自尽、玩弄阴谋的先汗的子臣们。

皇太极似乎感到自己的话有些不妥，忙又泣道："大妃娘娘，多尔衮、多铎二幼弟，我们当然恩养，否则便是忘父，我们岂有不恩养之理？"代善等人也随声附和。

盛妆珠饰的阿巴亥最后瞟了几眼多尔衮、多铎，毅然决然地踏上了死亡之旅，此时为天命十一年（1626年）八月十二日辰时，同时从殉的还有两个小妃阿济根、代音察。

阿巴亥死了，皇太极暂时可以放心了。众人前往大殿朝议，此时的皇太极悲戚难当，哀怨呜咽，对立新汗一事绝口不提。

代善作为长子首先说道："国不可一日无主，我们应尽快推举新汗，避免旁生枝节，被人乘虚而入。近有消息，蒙古察哈尔的林丹汗又在与大明勾结，意图一统蒙古的其他弱小部落和我大金国相抗衡。而明朝的宁远守将袁崇焕也跃跃欲试，意图东征，夺我抚顺、辽阳、广平直至盛京。"

众贝勒、大臣沉默不语。这是代善意料之中的事，他的话无人响应，足以说明众人都否决了自己，作为长子，身为大贝勒，居四大贝勒、八大固山王之首的自己，已没有希望被立为汗了。实际上他本人也早已不奢望继承汗位了。

沉寂，死一般的沉寂。

大殿内，烛灯高燃，一身缟素的诸王公、贝勒、大臣们沉默良久。似乎除了代善有资格侃侃而谈外，其他任何人的一句话都可能引来一片血光、一场恶战。漫长的沉寂中潜伏着杀机。谁都企盼登上汗位，但谁都不敢说自己一定能登上汗位。以大贝勒身份统理军务大政的代善四下遍望一遭，竟没有人回应他的话。

一身缟素的皇太极扶着案桌而起，道："长兄言之有理，我们应推举德才兼备之人为新汗，主持国事，壮我大金，完成先汗遗愿。我等尽力辅佐，绝无二心。"

代善频频点头，此时，他真希望皇太极说出推选的人是自己。可是，皇太极没有说。皇太极的一番话没有实质性内容，只是想打破尴尬的局面，也算是给了自己面子。

二贝勒阿敏身为镶蓝旗旗主，有实力，也有野心，但他毕竟是努尔哈赤的弟弟舒尔哈齐的儿子，是旁支。阿敏的头低得很，他知道父亲是因谋反而被处死的，倘若他站起来争位，必将成为其他三大贝勒的共敌，成功的希望微乎其微，索性连一句话也不说。

三贝勒莽古尔泰拥有正蓝旗，但为人桀骜不驯，鲁莽暴躁，曾手刃犯有过失的生母，为人唾弃，声名一败涂地。倘若所推选的人他不满意，谁也不能保证他能干出什么事来，往往与汗位无缘的人说起话来更加刺人。

至于多尔衮兄弟，还都嫩了些。

剩下的呢？只有四贝勒皇太极了。

良久，大贝勒代善突然缓缓站起身来，说道："国不可一日无君，立君大事，应该早定。"他停顿了一下，希望有人接着他的话说下去。还是无人响应。

他知道想让别人推荐自己肯定是没戏了，于是干咳了几声，接着道："现在，四贝勒皇太极才德冠世，最符合先帝心愿，深得人心，众皆悦服，可立他为君，尽快继登大位。"

众人愕然，惊奇的眼神中透着迷惘，难道大贝勒不想继承汗位吗？他们二人一直暗中较量，各展才能，对汗位虎视眈眈，何以今日代善放弃？放弃也就罢了，他又为何力举皇太极呢？难道他想激四贝勒一下，再由四贝勒之口推荐自己吗？

莽古尔泰早有推举皇太极的想法，他见大贝勒首推皇太极，立时站起道："皇太极足智多谋、勇猛善战，我等皆不及他，当立皇太极为汗。"

代善一见这个局面，更明白这个汗位与自己无缘了。实际上，努尔哈赤死的当日，代善叫来两个儿子，问谁应继承汗位。长子岳托、三子萨哈廉都吞吐半晌，最后岳托嗫嚅道，论才德，应当荐皇太极。自己的儿子都认为皇太极适合，那还争个什么劲呢？在众人眼中，皇太极也是才学出众，勇武过人。

皇太极面带悲戚，缓缓而起。他虽早有谋取汗位的想法，但想到父汗生前没有遗命，有长兄在，出于慎重，他还是向众兄弟表示谦让道："父汗无立我为君之命，若舍兄而嗣立，既害怕不能很好地继承父亲的遗志，又害怕自己不符合上天之心。而且统率群臣，抚绥百姓，这事对我这样一个没有出众才能的人来说很难做到。"

这番话是经过皇太极精心修饰的，他不是不想登大位，而是顾虑登基后的种种难处，不知诸贝勒、王公、大臣是否真心拥护。

代善道："我大金面临强敌，若无得力的人领导，极有可能重新为明朝所压。只有皇太极这等智勇双全的人才可主持大局，我等倾力辅助，共同治国，共同御敌，则大金可日益强盛，老汗王的抱负也就可以实现了。"

此时，众人皆劝。皇太极见实在拗不过众人的意愿，才表示接受请求，同意继位。

天命十一年（1626年）九月一日，皇太极举行盛大而庄严的继位大典。

望着正在发生的一切，皇太极感到由衷的满足。人畏天命，对天发誓，就是要用天的意志来约束他们的行为，达到上下同心同德、人心安定，服从他的治理，维护他的地位。他看到列在嫔妃之中的布木布泰终于露出了笑容。

紧接着，皇太极开始进行他的下一个军事行动——出征察哈尔。

远征察哈尔，目标就是要直捣林丹汗的巢穴，一举荡平察哈尔，统一漠南蒙古。可以说，皇太极的这个目标达到了。千里行军，强势攻击，林丹汗已成惊弓之鸟，正当他驱赶富户人家与大批牲畜抢渡黄河时，金兵已以迅雷不及掩耳之势直趋归化城（今内蒙古呼和浩特）。林丹汗抛下大批辎重，日夜狂奔。皇太极下令全速追击，必欲全歼。

长途行军中，皇太极看到的多是荒无人烟之地。大草原一望无垠，偶尔看到一两座破旧的帐篷，里面住着穷困的牧民，这些令皇太极心酸。而因为追击林丹汗，军队行踪不定，也无法运送粮食，皇太极只得命将士沿途打猎，捕食兽肉充饥。

一天，大军来到朱儿格。这是一个荒凉而无人烟的草原地带。刚入盛夏，草木青青，一片碧绿，中间还夹杂着去冬枯黄的草丛。皇太极向远处眺望，忽见一片浅黄色的东西把草原遮掩住，如同波涛滚滚而来，迅速滚到眼前。

"黄羊！黄羊！"将士们惊呼不已。

"上天送来的美味佳肴！"皇太极大喜。望着饥肠辘辘的部众，皇太极急令："斜着包抄，既不耽误行军，又能射羊为食。"

全军将士欢呼雀跃，边冲边射。箭矢如雨，驰逐草原。皇太极每矢必中。全军饱餐一顿，精神更加振奋，多余的羊肉烧烤后，随身携带，继续赶路。

历时一个月，皇太极便将林丹汗逐出蒙古。林丹汗西逃，但已陷入崩溃瓦解的边缘了。

大军东归，将近午时，天空湛蓝碧透，骄阳似火，天气酷热难耐。前面是一片茫茫的河海，漫漫黄河，一望无际。阿济格属左路军，主攻大同、宣府边外，走路最多，约一万里，此时早已人困马乏不想动弹了。阿济格建议，不如直接沿长城线上走，避开沙漠，但皇太极拒绝了。拒绝有拒绝的理由：他一定要去科尔沁看看。这几天，布木布泰的话似乎总在耳边回响；再者，范文程八百里快报已经传到。近日，明廷提拔了袁崇焕担任辽东督师。但袁崇焕刚一上任即诱杀了守在鸭绿江口的皮岛总兵毛文龙，宣布了他的十二条罪状，激起毛文龙部下叛变。那些原本与毛文龙有手足之情的干将，如登州巡抚孙元化、中军孔有德、参将耿仲明、尚可喜竟一齐扯旗呼哨，携了登州的西洋炮、莱州的粮草，一齐从海路归顺了大金。皇太极当然要急着赶回去设宴款待。

于是，皇太极下令大军星夜回师。

落日下的大漠煞是壮观，血色的阳光把整个沙漠镀上了一层金色，辉煌一片。连续两天的行程使端坐在宝马良驹上的皇太极也感到头晕眼花、口干舌燥。夜幕降临之时，沙漠上竟冷风迭起，两匹宝马大白、小白轮换着骑，一刻不停。这可苦了那些步卒，一些人掉队了也没人知道，派出去找水的十几个牛录额真回来的不多。密密的沙丘上一丛丛的蒺藜把兵士们的腿脚都划破了。沙地上白天腾腾的热气到了晚上都凝结在地面，冰凉湿滑的沙粒敲打着伤口，不时有人忍不住呻吟起来。

皇太极不为所动，继续前行。

整整一天一夜，大军艰难地越出那片茫茫的沙海后，眼前有了些生气。耐旱的木苗在风中昂首挺立着，几棵酸枣树紫红而干瘪地立在密密的刺丛中，偶尔有几匹野骆驼跑跑停停，煞是有趣。猛然间抬头，几十只苍鹫正盘旋在上空，不愿离去。

渐渐地，路旁出现了倒毙的尸体，血液渗进沙土中，呈现出一片一片的暗紫色，浮灰在上面流动，带着阵阵腥气。皇太极知道，这是一个月前的战场。而前面不远翻过一座山就到科尔沁草原了。

峡谷中袅袅地升起几道烟雾，又在阳光的照耀下分散开来，很是清晰，仿佛有人在用无形的手轻轻地撩拨。

穿过峡谷，眼前豁然开朗：碧绿的草原，牛羊肥壮；蓝蓝的天空，白云飘飘，雄鹰高翔；一顶顶五彩斑斓的毡帐前，无数身着鲜艳盛装、头戴金银首饰的美女在翩翩起舞，翕合的嘴唇，仿佛在引吭高歌，迎接远方的来客，真是一幅降临人间的仙乐图。

果不其然，科尔沁的王公贵胄们列队欢迎凯旋的大金将士，当然也有自己的儿郎。

皇太极和众贝勒一样，看得有些痴呆。草原上的姑娘们好似在向他频频招手，邀请他一同加入她们欢乐的海洋。那勾人心魄的眼神，那令人陶醉的音乐，几乎令皇太极不能自持。

科尔沁贝勒宰桑以及诸王公显贵手捧哈达一一敬献。皇太极欣悦无比，一路征战的疲惫都烟消云散了。

礼毕，皇太极一行被领进五彩华毡。两个侍女端着热水，手持脸巾，躬身递上。皇太极擦拭已毕，和宰桑等人攀谈起来，细说追杀林丹汗的经过。宰桑父子唯唯诺诺地恭听着。

这时，帐帘一挑，出现一位装束华丽的女子，秀美的鹅蛋脸庞，肤色胭红，脖颈肌肤圆润、洁白滋嫩。她款款而行至皇太极身边时，盈盈俯身，轻启樱口："汗王陛下，科尔沁贱女海兰珠拜见。"说着睁开诱人的双眸，抛过来两道电火般的柔情，一下子使皇太极怔在那儿。他只觉得眼前的女子眉宇之间甚至整个面庞都浮现出一种光彩，这光彩并非所有的佳丽均有，只有天真无邪中隐含纯洁无瑕且具有女性特质的人才具有。

皇太极不由得将身子前倾，他感到真的不能离得太远，否则让人感觉不真实。一袭飘逸的白色纱裙，盈盈的秋波很会勾人心魄，雪白的肌肤映着黑绸般的长发，隐隐可见那纤细白嫩的颈子。她那脸上的明净，让人真想把她好好地拥在怀中，樱红的唇似在吸引人一亲芳泽，她浑身上下都散发着诱人的芳香。

皇太极不禁气血上涌，面色潮赤，只觉浑身有股冲动，几乎难以自制，神情絮乱得近于痴醉。布木布泰曾向皇太极提起过海兰珠，并极力劝他娶海兰珠。

阳光从帐门照射进来，正好衬托着眼前的美人，如同一只美丽的仙鹤轻盈地在空中飞翔。他真想幻化成空中的一缕微尘随她飞舞，一齐融化在灿烂的光芒中。

海兰珠也是这样，眼前这位大金汗王就是姑姑和妹妹侍奉的男子，那浑身上下逼人的英武气质、健硕魁伟的身躯，何尝不令她心仪神往？早就听说了这位四贝勒爷，可是一直无缘相见。而今一见，她就感到他是自己经常于幻觉中看到的那位在波光渺渺的河边向她招手的男人。她知道，自己的生命之船遇见他以后就可以启航了。

皇太极立身而起，想扶起她。

"汗王一路风尘，就由海兰珠为汗王沏茶吧。"海兰珠轻移碎步，吐出的竟是一串珠圆玉润之声。

宰桑道："汗王，这是我家大公主，从小自以为是只金凤凰，我又宠着她，一直不把前来求亲的王公贵族放在心上。今年二十六岁，真是老大不小了。要不然，就请汗王在大金国的贝勒中找一个勇武之人，把她嫁过去。"

皇太极道："此事不难，此事不难，一切由本汗王做主。大福晋和侧福晋都一直惦着她呢。"

宰桑道："那就在此谢过了。等汗王将大金国治理得蒸蒸日上，我就跟她国大妃（大福晋哲哲的母亲）一齐到盛京去朝见，国次妃也去。"

"好啊，就这么定下来了。"皇太极端起茶盏啜了一口，道，"好茶！"

海兰珠道："这茶由大明而来，名叫庐山云雾。汗王看那茶形，条索秀丽，青翠多毫，香气持久，茶汤清澈而明亮，叶底嫩绿匀齐，味浓鲜嫩而醇和。诗人李白有诗云，'庐山秀出南斗傍，屏风九叠云锦张。'此茶产在庐山的雾带中，因而有'云雾茶'的美名。"

真是一语惊四座。

宰桑斥道："海兰珠，你也老大不小了，少说几句，汗王贵为天子，比你知道得多！"说罢转头对皇太极道，"汗王，大公主和侧福晋一样，小时候都由汉人传授知识。但大公主喜欢养生之道，多愁善感，每有会意时便生感叹，尤其喜欢旁门，如茶道、饮食什么的，而侧福晋更注重修身、齐家、治国之言。"

海兰珠嫣然一笑，不再多言。而皇太极则道："大金国真离不开科尔沁草原的解语鸟啊！"

皇太极心中比较，布木布泰虽然贤淑无比，还有一个颇为聪明灵活的头脑，对国事家事分析得头头是道。然而，对自己而言，若是有一个能全心全意听自己倾诉的人，那是最好不过了。而现在，这个人非海兰珠莫属。从她流露出的对自己崇拜的目光中，皇太极确信这一点。

就在皇太极准备多留些时日时，盛京又传来消息：阿敏亲王派兵去永平等新占四城驻防，正值袁崇焕率明军大举反攻，包围了滦州城。由于阿敏救援不力，金兵血战数日，力竭城破。而阿敏闻知后，惊慌失措，未见一兵一卒，未发一箭一矢便下令撤军。不但如此，撤军前他还无视皇太极临出征前"毋侵害归顺之民"的训谕，大肆屠城，致使边境明廷军民视金兵为嗜血之贼，连新降的汉将们也有惶惶之意。

皇太极急忙辞别科尔沁率军回返，一路上再不敢有片刻的停留，但海兰珠的形象则已永远定格在他脑海中，挥之不去。

是年十月，皇太极准备就绪后，亲率十万大军避开袁崇焕的宁锦防线，绕道山海关，借道科尔沁草原，直扑长城的西北隘口。兵分两路：七贝勒阿巴泰、十二贝勒阿济格、十三贝勒多尔衮、大汗堂弟济尔哈朗、侄儿岳托攻大安口；皇太极亲统大军携大贝勒代善、三贝勒莽古尔泰入洪山口。十万铁骑铺天盖地杀来，直惊得明朝守军魂飞天外。两路人马势如破竹，只三天时间便已攻至蓟州城，直逼京师。京师宣布戒严。

后金与明廷的和谈断断续续已有四年了。后金汗王皇太极所开的条件是要明朝出黄金五万两、银五十万两、缎五十万匹、绫布五百万匹，作为讲和之礼；后金给明朝东珠十颗、黑狐皮两张、元狐皮十张、貂鼠皮两千张、人参一千斤。

袁崇焕怎么做得了主呢？从崇祯帝到大臣，甚至到民间百姓，都以宋与辽、金和谈为训，耻于同一个"夷狄"和谈，那要传出去，就是里通外国。袁崇焕进行和谈，不过是为了拖延时间，加紧备战；而皇太极和谈不过是争取"自固"时机。彼此都在唱高调，彼此都无诚意。袁崇焕因财力不济不敢贸然进攻，制定出"守为正着，和为旁着"的策略。皇太极畏惧袁崇焕的大炮，又要抚内，故相安无事。

倒是不断有明将背离朝廷而去，这是袁崇焕始料不及的。他杀毛文龙就是因为毛文龙躲在皮岛，经营一方买卖，完全不听指挥，还拥兵自重，再不铲除，整个皮岛就变成独立王国了。然而，轻杀毛文龙的后果却日益严重。

袁崇焕急命赵率教驰援，但消息很快传来：山海关总兵赵率教战死遵化。

紧接着，崇祯帝急颁三道诏书，飞檄袁崇焕千里驰援京师。在路上，袁崇焕就听说赵率教死在自己人手里：他三天三夜急行军，人马疲惫，赶至三屯营，正遇阿济格、多尔衮率军掩杀，但三屯营总兵朱国彦拒不接纳。赵率教绕城而走，正遇金兵，双方恶战。明军两千人马全军覆没，赵率教身中二十七箭，持宝剑立地而死，好不悲壮！

不久，朱国彦不敌多尔衮，上吊自尽。遵化陷落，金兵直逼蓟州。眼看蓟州攻下之际，猛地轰、轰、轰三声炮响，紧接着杀声震天，数万明军立于山岗之上，烟雾中飘扬着一面大旗，上书斗大的黑字——"袁"。

"莫非袁崇焕神人转世？"皇太极大惊。要知道，宁远至蓟州千里之遥，这么短的时间挥师前来，简直不可想象。

范文程道："来了就好！他来，我走。"

皇太极不解。范文程召过岳托耳语一番后，对皇太极道："汗王，袁崇焕小命不丢，他的官也做不长了。"

第二天，皇太极令贝勒豪格及额驸恩格德一路抢劫着人口、牲畜、金帛、粮食，直扑京师。他们一方面补充给养，一方面散布谣言：袁崇焕和我们大金早就议和了，否则我们也不可能顺利南下。再者，若是明皇同意议和，不也免去了刀锋血刃之苦？

袁崇焕因为是千里援师，仅带九千兵马，自然不敢在郊外和皇太极决战，只能据城坚守，大片良田物产任由皇太极抢掠。

祖大寿率大军赶到时，见袁崇焕还在蓟州忙惊问："袁督师，皇太极已派兵奔袭京师，督师为何按兵不动？"

正说着，中军何可纲进来道："皇上派人宣诏！"

话未毕，太监高起潜、杨春等四人进入。

"袁崇焕接旨！"

"臣在！"袁崇焕等人忙跪倒听诏。

"蓟辽督师袁崇焕千里驰援，忠心可嘉，朕心甚慰。今京城危急，特命袁崇焕立刻入京勤王，不得有误！"

袁崇焕道："一路奔波，寻机歼敌，京城自有厚城守兵，定能挡住皇太极，臣在此稍待数日，再做定夺。"

高起潜怔怔地望着袁崇焕，撂下一句："怕是不妥吧！皇上在京师等你佳音呢，你可是大明朝的袁长城啊！"语带讥讽。

两天后，皇太极便率部骚扰京师。袁崇焕不敢怠慢，又率部紧随。刚刚驻在德胜门外，皇太极便率军掩杀过来，他一身金盔金甲，亲自督战。而袁崇焕背倚城墙，拼死抵抗，幸好有城上大炮，否则根本抵不住几万金兵铁骑。

这一仗，刀光剑影，血色弥漫，直杀得天昏地暗、日月无光。

战后，袁崇焕请求入城，没想到被崇祯帝一口拒绝。传言已经入宫，道金人是袁崇焕故意放进来的。起初，崇祯帝坚决不信，但随着王室国戚纷纷入城，言说袁崇焕早与皇太极缔结和约、共谋大明江山时，崇祯帝不禁半信半疑起来。

果然，在接下来的十几天里，袁崇焕不出兵作战，反而一个劲儿要求入城休息。而此时，袁崇焕以战胁和的传言已弄得满城人尽皆知了。

京师百姓看袁崇焕按兵不动，越发怒不可遏，大骂袁崇焕是借勤王之名回军反噬。

皇太极的机会终于来了。

豪格来报，金兵抓住了两个太监。皇太极不以为意，他此次千里奔袭已经获得丰厚的回报：将袁崇焕调离辽东，损兵折将。他已准备大模大样地沿喜峰口班师回朝了。

范文程道："大汗！这两个太监倒可以拿来做最后一篇文章。"

"怎么做？"皇太极问。

范文程又是一番妙计。皇太极频频点头："若真如先生所言，大明即可以成为随便攀折的树枝了。"当即招来两名降将鲍承先、宁完我密授计谋，按计行事……

袁崇焕的死讯传到盛京时，皇太极正在宫中和布木布泰一起商议如何重用汉官事宜。

皇太极和努尔哈赤一样熟读《三国演义》，知道曹操万般优待关羽，而关羽却"挂印封金"。或许是袁崇焕的死勾起了他的怜悯之心，他叹道："用兵打仗，养贤使能，本是明君所为。像袁崇焕，我若是一战而擒，优待如亲，即使不为我所用，也不会再与我为敌。"

布木布泰道："大汗，自古忠臣战死疆场，他们死的是节气、是名声，这样的人即使上马金、下马银也难换回真心。就宋代的文天祥，先大王忽必烈对他不可谓不好，但他依然自请而死，留下'人生自古谁无死，留取丹心照汗青'的诗句，成为一代名烈，为后人景仰。为妾看袁崇焕也是这样的人，他是不会自毁清誉的。"

"如此看来，取大明谈何容易？"皇太极道。

"那倒不尽然，纵看汉人历史，无不是兴也勃焉、亡也忽焉。凡事物自腐而必烂。那时，所有明朝的官员，或是其大部分都感到这个王朝要衰亡而且一定衰亡的时候，人们也不会为它唱挽歌了。只有这样，降官才能死心塌地。"布木布泰侃侃而谈。

"是啊，我常对诸贝勒大臣说：金银财物有用尽之时，如果能有一两个贤能的人为国所用，所得的利益就会是无穷的。"皇太极感慨道。

"汗王能这样，大金就一定会兴旺起来。"布木布泰道，"还记得孔有德、尚可喜、耿仲明吗？"

皇太极道："一刻不忘。他们过得还好吧？"

皇太极知道这三个人来降之后驻扎在驿馆，没有妻室的还配给妻室。前来归降的汉官，不分职衔尊卑，不论人数多寡，一律收留。对稍有影响的人物，先是宴请，后又赏赐各种财物，任命官职，安排生活，配给马匹、奴仆等。

"臣妾想，袁崇焕被杀后，肯定会有大批降官前来。如果真的有最终未降的，该怎么办呢？"布木布泰问。

"养着，直到死为止。"皇太极肯定地答道。

"汗王，这些政策可与先汗有出入啊！"布木布泰提醒道，"已有几个贝勒私下里不满呢。"

是的，努尔哈赤对不降的人，措施就一个字：杀。杀汉人，抚养满人。皇太极如此对待降将，以致有人感叹说，拼命干的，还不如来投降的，流血的不如玩弄嘴皮子的。有的汉人封了章京，而同宗室的人，有的竟变成平民百姓，时势颠倒，竟到如此地步，自然会引起某些贝勒的私怨。

皇太极默想一会儿，道："他们这些人短视啊！投降的汉官对此恩养感激涕零地表示虽肝脑涂地，实在难报答万分之一。他们应该从中看出，这些人都已成为大金的忠诚子民，并应对此而欣慰才对呀。"

"汗王，既如此，何不大张旗鼓以行其事呢？"布木布泰的眼波流出两道深邃的智者之光。

与此同时，大明朝已是烽火遍起。

陕西连年大旱，高迎祥组织兵马扯起造反大旗，发兵杀向大明国腹地——凤阳府。他们掘开朱家王朝的祖坟陵墓，一把大火，楼台歌榭、朱府门院，顷刻化为废墟。

辽东没有了袁崇焕，锦州成为一座孤城，早破晚破都是破。这一点，守将祖大寿比谁都明白。

崇祯帝在京城大兴科举，广选良才，而皇太极正接受审时度势、目光远大的范文程的建议，在后金国实行科举考试。一次科举考试，两百名奴隶脱身为民；又一次专门选拔汉族生员的考试，二百二十八名汉族生员脱颖而出。一时间，昔日的奴隶一跃成为朝廷的豪杰，满殿英俊，无不尽忠以报答皇太极的知遇之恩。

人的因素、人的力量、人对于乾坤的重要意义在皇太极看来是那么清朗、明晰。

在布木布泰的提醒下，皇太极率领王公、贝勒及文武大臣以盛大的仪式迎接孔有德、尚可喜和耿仲明三个人的到来。

一阵炮声过后，号角齐鸣，两排盔甲明亮的金兵铁骑远远地疾驰而来。他们军容整齐，全副武装，一式黄色征衣，一副威武雄壮之态。

皇太极在两面金黄大旗的引导下，骑着高头大马气宇轩昂地行进着。他身着黄灿灿的袍甲，头戴红羽金盔，精神抖擞，神采飞扬。

多尔衮、范文程带着孔有德、耿仲明、尚可喜三人缓缓上前向皇太极行三拜九叩之礼。皇太极亲自手捧金爵向三位降官敬酒，语带歉意道："三位加盟大金，大金可谓如虎添翼。三位来金已有些时日，本汗政务缠身没有及时去贵所晤见，实在抱愧。今日特以隆重之礼，还望三卿不要责怨。来人，将赐品搬上来！"

三位降官感动得热泪盈眶。皇太极手捧蟒袍、貂裘、撒袋及鞍马等物品一一赐过。孔、耿、尚三人复又跪谢。皇太极问道："三卿，你们可愿做大金国的官？若有丝毫推脱之意，本汗绝不怪罪。"

"誓死为汗王效犬马之劳！"三人再次跪拜叩首道。

"甚好、甚好！众卿皆竭力为我大金国效忠，那自是我国重臣，本汗王心里很是欣慰。不知众卿要干什么？"皇太极问。

"末将不才，当年追随毛帅，懂水战之术，我等愿为汗王训练水师。"

"好啊，大金国也有水师了。说实话，当年我们大金国可吃了你们水师的不少苦头哇。现在，都过去了。"皇太极道，"有你们在，何愁训练不了水师？一旦训练成功，征伐朝鲜易如反掌，直取登莱也不在话下啊！"

满朝文武皆笑声四起。

孔有德突然站起身道："汗王称霸，欲图大业，还应称帝才是。"

皇太极扫视着众人，见代善默不作声，阿敏自顾和阿济格窃窃私语，一时没有了主张。

此时，多尔衮进言道："汗王德高望重，泽被海内，理应称帝。"

范文程也道："汗王，称帝正是箭在弦上，不得不行。汗王继位已经快十年了，整个形势光彩夺目，大金前程似锦。明朝内忧不除，朝政废弛；曾经强悍的察哈尔如今已彻底灭亡，难以驾驭的漠南蒙古终于归一；原先附属于明朝的朝鲜李氏王朝已向大金称弟纳贡。如此一来，汗王应上皇帝的尊号，应与明朝皇帝平起平坐，甚至取而代之，君临天下。"

皇太极听得心花怒放，但表面上仍平静似水，慢慢说道："罢了，上尊号事大，一定要有天兆，而今大金虽说人气正旺，但还不足以上尊号。"

小一辈的子侄当然希望皇太极称帝。礼部承政萨哈廉看出来皇太极的真实心意，忙进言道："汗王，各贝勒都表示修身、谨慎行事、各尽臣道，诚心要求汗王上皇帝尊号。如若汗王推辞，岂不拂了臣子们的一片苦心？再说，大金肯定要夺大明天下而代之。为服汉人，汗王也必须上尊号。"

皇太极再三推辞道："诸贝勒请求我上尊号，但我以为大业未成，天意不明，受尊号未必合适，我是真心拒绝。"

众人还劝，皇太极道："明日早朝再议。"

回到宫中，皇太极的心病犯起，坐在桌边冥想："十年了，是该改朝换代了，否则，别的不说，也对不起爱我、等我的海兰珠了。"

盛京，金色的琉璃瓦在秋阳下金光灿灿、熠熠生辉。自英明汗努尔哈赤迁都盛京之后便开始大兴土木，营造城池，招募良将，建筑宫殿，把盛京装扮得如同仙境，足可以与大明的北京城相媲美了。

努尔哈赤当初把沈阳城开了四个门，率六宫后妃、满城文武移都之后，便改名为盛京了。皇太极变四门为八门，更加气派。中置大殿，名为笃恭殿。前殿名崇政殿，后殿名清宁宫，均是雕梁画栋。东有翔凤楼，西有飞龙阁，楼台掩映，流水潺潺，很是雅丽恬静。虽是关外都城，却不亚于大明宫阙。

布木布泰身着粉红色的旗袍徜徉在盛京后宫的御花园中，她那天使般的容貌、深情的紫罗兰色眼睛总有一层淡淡的忧郁。她怎能不忧郁呢？在皇太极的"崇德五宫"中，她是位居最末的永福宫庄妃。

皇太极登基汗位已经十年了，而海兰珠来到宫中不过两年。在这两年里，除了政事皇太极还偶尔向自己问一问外，在一起亲密接触的日子是少之又少。母以子为贵，自己不争气的肚子十多年未能为太宗生育男丁，可姐姐海兰珠在太宗授尊号之后短短的两年多时间，即于崇德二年（1637年）七月，经过十月怀胎，在关雎宫产下一子，是为皇太极的第八子。即使在中宫有子嗣的情况下，宠妃生子，亦有望成为天子，将来继承皇位，何况中宫皇后入宫多年，一直未诞育皇子，立嫡似不可能。此时爱妃诞育皇子，"立爱"也极为合情合理。

在海兰珠产下皇八子时，皇太极做了一个梦，梦中说皇太极在太祖努尔哈赤前与大贝勒同处一室，面北坐，仰观天空，见五彩斑斓的祥云密密地重叠了三层，祥云之上复见青天。皇太极想，天如此高远，人怎么看得如此分明？代善也称奇不已，并说麟趾宫贵妃的养女淑济也曾说过，她见有火球自天而降，落入宫中，非常美观。我等幼稚，初见时惊奇，后来也就不怕了。代善话还未说完，皇太极便醒来了。次日召文武大臣圆梦，众人皆云，祥云从天，此乃"非常之贵征"，寓意皇八子为天降之贵子，将膺天命，即皇位。在庄妃的印象中，因爱妃产子而颁诏大赦令，在笃恭殿举行重大庆典的，宸妃海兰珠是第一人。

庄妃默想着，风衣飘洒，神情如梦幻般迷离深邃，给人难以捉摸的忧郁，令人侧目一瞥便顿生爱怜。

侍女乌兰急急地赶来，老远就见庄妃站在湖边的柳丛下怔怔出神。乌兰碎步移风般地靠近，轻声道："庄妃娘娘，皇上驾临永福宫。"

庄妃将目光从春湖的粼粼碧波中收回，闻说皇上驾临，马上感到视线有些模糊，激动的泪花润湿了她的眼睛。

幽静的青石路上传来清脆的脚步声，那是高屐木底的笃笃声。庄妃侧目望去，只见宸妃带着几个侍女正款款而来。

庄妃并不急于返回，而是转身迎上，道："宸妃姐姐，皇上入宫了，说不定是去看皇子呢，姐姐还不回去？当心着了风寒。"

宸妃点头应答："妹妹，皇上已去过了，还亲了皇子三口呢。说不定现在转到永福宫里去了，妹妹还不快快回去。姐姐看皇上今天的心情非常好。"

姐妹同事一夫，这让她们感到既自豪又有些不安。在庄妃看来，女人的嫉妒是不可避免的，尤其刚一入宫的姐姐一下子就赢得了皇上的欢心，自己顿时感受到冷落。庄妃还能够克制，但中宫清宁宫中的哲哲皇后就不那么乐意了。天聪八年（1634年），当海兰珠如愿嫁到大金国时，皇太极似乎从风情万种的海兰珠身上找回了青壮年时的感觉，夜夜承欢雨露。对于皇太极来说，从宸妃身上，他得到了自然无拘的真爱，这也是一个扮演了特殊政治角色的皇帝所缺乏的；从庄妃那儿，他却品味到一个女人为自己特殊的皇帝夫君完成所肩负的历史使命所付出的纯情。实际上，海兰珠刚入宫时，皇太极一直忙于辽东战事和追剿察哈尔残部，未曾顾及海兰珠。庄妃屡屡提示，皇太极也未明白，致使这位刚入宫的才貌双全的女子独处深宫，幽怨不已，日日弹琴抒怀，发泄心中苦闷。一天，皇太极将没有忙完的军务带到庄妃寝宫。庄妃稍事料理，硬拉着皇太极出室漫步。转过一段矮墙时，皇太极被一阵美妙的琴声所吸引……

琴音琮琮，有如高山幽泉艰难地挤出山崖，坠落地面，急切时如嘈嘈杂杂的暴雨，圆润时又如玉珠落盘，从琴声中可以听出隐忍着的无限幽愁暗恨。

皇太极信步踱入房中，却看见一位窈窕秀美的妙龄女子正低头抚琴，双眼含泪，楚楚动人。皇太极懊恼不已，他神思飞扬，想那婀娜的舞姿、动人的娇靥、清脆的歌喉，想那尽情的歌舞，想那飘逸的长袖在身前身后飞舞，袖风挠得他浑身又酥又痒。柔媚的脸庞浮现在他的脑海中。那苍郁黛青的山峦背景是一片高远而蔚蓝的天穹，白云、羊群棉絮般舒卷着、荡漾着……

皇太极的眼前霍地亮堂起来，喃喃道："海兰珠，海兰珠，委屈你了！"跨步上前，紧紧地抱住海兰珠，约有半晌，蓦地想起布木布泰还在身后，一扭头，不知何时，房门已被紧紧地合上。自此，后宫佳丽，宠爱一人。

今儿个可谓投桃报李。庄妃何等聪明，她对海兰珠一笑，道："姐姐终于想到妹妹了。"

宸妃脸一红，啐道："还不快去，瞧你这身打扮，鲜嫩嫩的倒真像个新嫁娘了。"

"哟，妹妹我还奢望鲜嫩？"庄妃不无苦涩，道："姐姐最明白'关关雎鸠，在河之洲，窈窕淑女，君子好逑'的诗意了，那可是歌咏后妃之德的。谁不知道姐姐和顺温柔、懂礼仪，丝毫不亚于那二八佳人，看姐姐这身打扮，倒真称得上冰肌雪肤、丽质天成。"庄妃轻撇唇角，揶揄不停。

"好，姐姐说不过你。"海兰珠秀发轻飘，头一扭，转身离去，心里却美滋滋的。只要能和皇上在一起，那皇上就是自己的天堂。在她看来，她的皇上到底是一个男人。海兰珠红唇微哂，似笑非笑，或许她真正领悟到了成熟女人的人生妙境。她丝毫也不感到以二十六岁的高龄嫁与皇太极而有缺憾，仅仅这种晚嫁后的感受就全部填满了她曾有过的亏损。她不时地拓开记忆的天地，时常在静思默想中体会皇太极的大手轻轻抚摩她的秀发，而此时的她被白色丝织的衬裙紧紧地包裹着，任裙摆松散在脚踝处，恰似一朵睡莲。她时常在获得皇太极的雨露后，深居简出，陶醉于自我的融融之乐中。

此时的皇太极正端坐于永福宫内静候庄妃的到来。这朴素、宁静、温馨的小屋对皇太极来说无疑是一块圣地。在这里，他总能找到"赠君释狐疑"的秘诀。他环视居室，几乎和从前没有两样，只是新换的家具散发着幽香。他站起身，容色肃穆地站在香案前，屏气凝神，静静地望着轻扬散淡的烟雾，心潮澎湃，难以自制……

天聪十年（1636年）四月十一日，皇太极终于接受贝勒大臣"上尊号"的请求，并将这一天作为黄道吉日。

在王公、贝勒和全体文武大臣的再三劝说下，皇太极接受了名为"宽温仁圣皇帝"的尊号，改国号为清，改年号为崇德。

第二天，在太庙追尊祖先，从始祖到祖父都被尊奉为王。尊父亲为努尔哈赤皇帝，尊号为"承天广运圣德功肇纪立极仁孝武皇帝"，庙号太祖。

两天后颁大赦令，复又规定仪仗品级品数：封其兄大贝勒代善为和硕礼亲王，贝勒济尔哈朗为和硕郑亲王，多尔衮为和硕睿亲王，多铎为和硕豫亲王，豪格为和硕肃亲王，阿济格则为多罗武英郡王，杜度、阿巴泰等也各封不同等级；又封大明降将孔有德为恭顺王，耿仲明为怀顺王，尚可喜为智顺王，范文程等几名文臣被封为大学士及学士不等。

封赏毕，君臣商议，轮流围困宁锦，伺机夺取山海关。于是一批又一批的精兵铁骑向着明境浩浩荡荡地杀了过去……

"皇上！"庄妃款款而进，眼泪倒先出来了。

皇太极捕捉到潜藏在庄妃眼神中的迷离而不可捉摸的忧郁。

庄妃抬起白皙的纤纤玉手随即在眼角抹了一把，自嘲道："古人有'空里流霜不觉飞'的诗句，现在倒真感到空里流'虫'不觉飞了。"

"爱妃，"皇太极关切地问，"让朕替你吹吹？"皇太极体会出庄妃的忧郁是因为自己的疏远，可那是没办法的事。就像穿在脚上的靴子，合适与否，只有自己知道。可以肯定地说，这世界上每天都有许多眼泪，同样有更多的心泪，流淌眼泪表达出人的悲伤和喜悦；潜在的心泪却无关悲喜，全凭各自的体察和感受。

就像现在这样，庄妃已被皇上的灼灼目光逼得低下螓首，心跳蓦地加快起来。

庄妃斜斜地起身倚在他身上，陪伴似的静坐。她确实喜欢这种不加渲染的无言依偎，感受彼此心灵的交会，她不想破坏这份彼此理解的温馨。

皇太极恢复了王者的笑，他不能在庄妃面前流露出绞尽脑汁的过程和苦苦搜索枯肠的思考。

宫中执事太监那特殊的柔和而尖细的嗓音传进来："皇上，笃恭殿外，范文程大学士求见，说是宁锦战事吃紧——"

【第四回】

多尔衮攻伐中土，洪承畴屈降北国

天底下哪儿就有这么巧的事呢，这一喜一悲发生在清帝后宫，发生在姐妹二人身上。

崇德三年（1638年）正月二十八，对关雎宫宸妃海兰珠来说无异于天塌地崩一样：还不及一周，未来得及命名的皇八子奈何命如纸薄，从发病到夭折，前后仅三天时间。实际上，对这个孩子的宠爱，上至皇帝，下至一般皇亲国戚，都到了无以复加的地步。为了这个"非常之贵征"（火球天降）的皇八子，皇太极颁大赦令，成为轰动一时的大事情。朝鲜国王李保特敬贺表："德是渊冲，英姿玉裕……兹当端月之会，盖增前星之辉……"进献礼品，计有：细白绢十五匹、白绵绸十匹、皂青葛布十五匹、黄色花席十张、满花方席十张、各式纯花席十张、貂皮六张、白纸五百刀。皇太极为宸妃生子举行庆典之礼，更是引来八方朝贺，轰动盛京内外。一切与皇太极有姻亲关系的皇亲国戚或归附的蒙古部落都不远千里而来。他们一路上驱赶着驼马牛羊，驮载着各式各样的土特产，络绎于途，奔赴盛京，进献的貂裘、牛、马、貂皮等物不计其数。皇太极大宴宾客于崇政殿、清宁宫，盛况空前。

然而，这个被视为"天命神授"的高贵而幼小的生命，三天便夭折了。失子之痛一下子将海兰珠打击得数度晕厥，至今还郁郁寡欢，终日不苟言笑，处于魂牵梦萦之中，身染沉疴。

而偏偏两天后，即崇德三年正月三十日深夜，整个盛京内行人寂寥、朔风凛冽，一阵婴儿的啼哭仅仅划破永福宫内的空气。虽然消息传得飞快，但谁不知大清皇帝新添爱子之丧，不可欢颜喜笑。当值事太监将喜讯急速传至关雎宫时，皇太极只是淡淡挤出笑容："好啊。"当太监大肆渲染皇九子降生时，如何红光照宫闱，香气久不散时，皇太极又道："先定名为福临吧。"

关雎宫内哀声未绝，永福宫内张灯结彩。庄妃一再吩咐，大喜宫灯只挂厅堂，连院门也不要挂了。皇太极既伤心爱子，更心疼爱妃，为安慰爱妃几辍朝政，哪还顾得上欣赏新生儿的神态和容颜？庄妃知道，永福宫诞生皇子的喜庆已被皇八子之丧冲得淡淡的了。同为宫妃生子，礼遇如天壤差别，以喜衬悲，悲更悲。

庄妃领着福临正走着，迎面碰着宸妃海兰珠。庄妃一惊，忙将孩子交给奶娘，自己迎上去。

总算缓过劲来了，庄妃望着海兰珠，一时竟找不到恰当的话语来安慰。"宸妃姐姐，你不待在关雎宫，出来干什么？"她眯着眼上前搀扶着海兰珠。两位侍女都闪在身后，有一个小声应答："宸妃娘娘执意要出来走走，奴婢们也拦不住。"

望着妹妹，海兰珠已是泪眼婆娑了。她比之前好看了许多，苍白的脸上有了几缕看得分明的血色，清瘦的脸庞使一双美目和高翘的鼻梁更显突出，话未出口，滴滴清泪已染湿了前襟。

"饮食如何？"庄妃关切地问。

旁边的侍女应答："只喝半碗莲子稀粥，怎么劝也不行。"

"姐姐，可不许这样。"庄妃帮着将宸妃的狐裘披掖了掖，"御医看过了吗？"

宸妃点头又摇了摇头，长叹一声道："看了又有什么用？妹妹还不知道我这病？我自己都不知道是哪里出了毛病，我只要一闭眼，就看到皇八子的面容，他粗壮的小手在空中乱舞。"

"皇上有些日子没有回来了。"宸妃接着道。

"皇上要是回来能不去看姐姐吗？"庄妃安慰道，"眼下，皇上正带兵与明军在松锦一线打仗呢。鹿死谁手，实难预测。不过几天前，睿亲王多尔衮又运去四十门红衣大炮，估计用不了几天，皇上就会得胜回朝了。"

"我时时刻刻都在为皇上的安危牵挂，皇上已不能这样连日操劳了。"宸妃想，自己多活的这几年，都是替皇上活的，要不然，她早就追着儿子的幽魂走了。

"姐姐，你太瘦了。皇上若是回来，肯定要责怪你的。"庄妃想，依皇上对宸妃的恩宠来看，一旦宸妃有什么闪失，那简直太可怕了。

想到皇上，宸妃的眼睛里闪出一丝光彩来，失子的哀痛虽时时侵蚀着她的身心，但每当皇太极来到备生爱怜地握住自己的手时，仅那眼中流露出的柔情蜜意就可以让自己宽慰一阵子了。可是，每当皇上不在时，睡至半夜也能被自己淋漓的冷汗惊醒。她感到作为一个失去亲子的女人以后的岁月就像永远品着一杯浸泡着黄连的茶。

侍女取出随身带的绣缛铺在亭榭的木椅上，庄妃搀海兰珠坐下。这一搀吃惊不小，姐姐太瘦了，身上的余热还不及自己手上的温度。仔细睇视时才发现宸妃的脸色是那样煞白，一道明显的青黑色罩在眼圈上，因瘦而紧抿的嘴唇凹在脸颊中。

庄妃从宸妃的病情预感出她真的去日无多了，心中一阵绞痛。

在崇德五宫中，只有宸妃和庄妃最为投机，即使在皇太极对宸妃宠爱至极时庄妃也时常到关雎宫走动。她能从关雎宫华丽的赐物中感受到皇上对宸妃的深情。此时她看着宸妃羸弱的身躯，心中唏嘘而悲叹不止，不禁劝道："别的不说，你要为皇上着想啊！"

松锦前线，死一般地沉寂，战争阴霾笼罩着大地。

入夜，寒风凛冽，寒气袭人。驻扎在城外的军队悄无声息。皇太极陷入沉思之中，他在思考着对策，心里多少有点恨意。十年了，你祖大寿就是一块石头也该被焐热了吧。

天聪五年（1631年）七月，皇太极再次亲率大军围攻被明军刚刚修复的大凌河，整整两个月的围攻，守城总兵祖大寿在粮草皆尽而援军迟迟不到的情况下被迫投降。期间，祖大寿多次突围，都被金兵挡了回来。金兵挖掘了大小四道壕堑，在离壕堑五丈远处筑墙，高丈余，墙上有垛口，俨如一道城墙。相互对峙中，城内粮荒，杀马充饥。最后实在挺不住了，由祖大寿的儿子祖可法出面议降。而祖大寿在酒宴过后说："大汗如此优待，大寿无话可说，当献锦州为礼。"皇太极大喜，锦州是他的心病，他两败于此。于是当即依祖大寿计放他回去，静候献城佳音。诸贝勒提醒："祖大寿有诈怎么办？"皇太极道："我以诚待他，他必不负我，即使负我，我也在所不惜。"果不其然，祖大寿一去十年，而锦州仍在大明手里。皇太极多次写信，祖大寿就是不复信。这一等就是十年。

锦州是明朝设置在辽西的军事重镇之一。它的正南面二十里左右是松山城，松山偏西南十八里处是杏山城，而杏山城西南二十里左右是塔山城。松山、杏山、塔山三城如卫星羽翼一般卫护着锦州，而锦州的背后是更为坚固的宁远。五座城池，依山傍海，连成一线，是明军关外防守重点。

曾几何时，清兵在明朝腹地如入无人之境，但其行军路线却不得不数度绕过山海关防线，取道北京北面的长城及蒙古山口。有宁、锦诸城，山海关牢不可破。因此，打破明军的宁锦防线就成为皇太极战略进攻的重点。

皇太极早在去年三月就接受范文程的建议，以屯田之策围困锦州，同时辅以壕沟，筑以垛口。锦州就如同大凌河一样被紧紧围住。假投降的祖大寿仗锦州城设施完好，存粮充足，因此，面对清兵的誓死围困，他请求总督洪承畴沿山筑守，与清军决一死战。

洪承畴，字彦演，号亨九，福建南安人，曾任陕西布政使。崇祯时，镇压内乱，渐显才华，擢为陕西三边总督，加太子太保、兵部尚书。崇祯十四年（1641年），清军进逼明都，调至蓟辽任总督。

此时，锦州外城已完全被清兵占领。而松、杏二山则牢牢地掌握在明军手中。

皇太极紧盯着铺在案上的宁锦态势图，心中不免踌躇。他知道，成败在此一举。如能击败明军，取京师易如反掌，大明就真的覆亡了。若是此役失利，难保大清不退回白山黑水，拱手让出盛京。想到这儿，他的手有些哆嗦。

"洪承畴与袁崇焕相比如何？"皇太极脸面显得冷峻肃穆，向左右询问。

"文武皆不在袁之下。尤其修身养性，高于袁崇焕。"章京张存红抢先回答。

"是这样，"范文程道，"袁崇焕为人多骄，锋芒毕露，平日朝中对其多有微言。而洪承畴则一副谦谦君子之态，对己要求甚严，城府极深，口碑甚好。"

"中原地沃土肥，尽是人杰之物。"皇太极咕哝一句，他深感洪承畴的出现又给自己立下一道无法逾越的屏障。难道说此次南下的大谋略会砸在他手中？看来，如不先打败洪承畴，锦州的祖大寿定然不降。

星夜，君臣定计，为了探明军虚实阵法，决定由多尔衮率兵马攻打松山。

第二天清晨，号角连响。清军阵中，多尔衮架好大炮，率两红旗、镶黄旗一字排开对明军展开强攻。

一排炮响后，地动山摇。多尔衮遣先锋伊尔登挥刀杀上。马嘶箭鸣，号角如嗥，各旗兵士一齐抢杀。

洪承畴立马松山城上，挥剑放炮，霎时，火炮蹿着火舌扑向清军。清军血肉横飞，潮水般后退。"放箭！追击！"洪承畴又一声令下，飞翎齐射，如漫天箭雨。

多尔衮气得咬牙切齿，传令收兵进入壕堑，固守待援。

皇太极得讯，郁郁不乐。

三天后，多尔衮怀着不甘失败及报仇的心情再次率兵攻击松山。洪承畴坚守不战，只是以火炮攻击。多尔衮取之不下，刚下令撤退，突然松山城门洞开，宁远总兵吴三桂率众杀出，多尔衮再败。

皇太极闻讯又是一阵急火攻心，自感鼻孔温热，用手一摸，竟是殷红的鲜血。

众臣惊骇不定，脸上都挂着从未有过的黯然。

范文程道："是否调降将孔有德、耿仲明、尚可喜三人前来助我？"

"也好，看来不打败洪承畴，暂时要水师无益。他们水师营的配备大都是火器，来了就能用得上。"皇太极思忖片刻同意调来降将，以汉制汉，对守军也是一种诱惑。

洪承畴取得了初步的胜利后变得十分谨慎。吴三桂建议乘胜追击，他没采纳，而是采取以坚固对坚固，以营垒对营垒的方针。实际上，这个方针对于明军来说过于保守了。

就在清军按步骤增兵发援之时，大清后宫八百里传来急报：关雎宫宸妃娘娘病重。两军对垒关键之际，皇太极身为三军统帅本不应离开阵地，但爱妃病重使他委实放心不下。无奈之中，皇太极立即召集王公、贝勒重新部署之后，自带一千人马星夜赶回。一路上马不停蹄，连走了三天三夜，在众臣的劝说下才在距沈阳城不远的旧边驻跸歇宿。夜一鼓，皇宫遣人报宸妃病笃。皇太极下令拔营，同时遣大学士希福、刚林快马疾行，先趋问候。此时的皇太极真是心急如焚，恨不能插翅飞到爱妃身边。五鼓，天尚未明，銮驾刚入盛京城就传来宸妃娘娘薨逝的噩耗。

未能与心爱的人见面，皇太极犹如五雷轰顶，悲不自胜，抢入大清门，直扑关雎宫。当看到出现在他面前的竟是香消玉殒的海兰珠遗体时，皇太极实在按捺不住心中的悲痛，声泪俱下，痛哭失声。一时间，清宫上下哭得天昏地暗，日月无光。

庄妃强抑悲戚，劝慰道："皇上，宸妃去得安详，临终一再说要皇上节哀，保重龙体。"

"爱妃！爱妃！令朕肠断啊，肠断啊！"皇太极戚怆自责，"爱妃与朕情深意笃，本应长守，奈何朕驰骋沙场，身不解甲，竟与爱妃长诀。爱妃呀，你叫朕到哪里去找你啊？"哭着，说着，眼泪如同飞雨，突然，皇太极鼻孔中血流如注，胸闷气喘。

庄妃的泪水就一直没断过，带着哭腔拼命地摇着皇太极："皇上，皇上醒来。太医！太医！"一番忙碌，皇太极悠悠转来。真是"上穷碧落下黄泉，两处茫茫皆不见"。

皇太极一手紧紧抓着宸妃冰凉的手，一手抓着庄妃的手，不停地问："宸妃，你怎能先朕而去呢？庄妃，宸妃为何不等朕呀？朕对她可有薄情之处吗？"

庄妃拼命摇头："臣妾请求皇上节哀顺变。"

皇后带领后宫的嫔妃齐齐跪下，哀求皇上节哀顺变。

皇后道："外面的大臣都跪在关雎宫前，请谕如何料丧。"

"皇上，人死不能复生，皇上要以国事为重，振作起来。"庄妃收敛哭容，正色劝道，"这也是宸妃的临终遗言。皇上所遗憾的是没能和宸妃见上最后一面，这也是宸妃怕皇上过于哀恸，先逝而去的原因。"

皇太极涕泣渐止。爱妃之丧，自然要办得隆重些，既慰逝者，亦慰生者，于是颁旨："一切丧殓之礼从厚。"设宸妃仪仗，梓宫暂安放于盛京地载门。皇太极亲率诸王以下，牛录章京以上，固伦公主、和硕福晋、和硕公主、多罗格格以下，梅勒章京、命妇以上，每日到宸妃灵前三奠致祭。皇太极又命在关雎宫内临时搭御尾以示哀悼、怀念。而自己却茶饭不思，饮食顿减，终于病倒。

都察院参政祖可法等上疏：皇上乃"万乘之尊，中外仰赖，今皇上过于悲痛，大小臣工不能自安。皇上要自保圣躬，勿为情牵，珍重自爱"。疏言已布，众臣纷纷进谏。然而，对宸妃的魂牵梦萦仍使皇太极难以自拔。他抱病参加各种祭奠活动，并请僧、道高人为海兰珠布道诵经，超度亡魂。初祭、月祭、大祭、冬至令节祭等。追封宸妃满、蒙、汉三体制诰："奉天承运，宽温仁圣皇帝制曰，唯尔关雎宫宸妃，秉德柔嘉，持躬淑慎，侍朕以来，壶仪攸著……今仿古典，复加追赠，崇称隆号，慰尔幽灵，追封为敏惠恭和元妃。庶几有知，承我休命。"

追封已毕，又宣皇太极亲撰的祭文："尔元妃侍朕有年，克娴内则，敬助中宫，不意中道薨逝。朕心追悼，用备祭物，以荐馨香，又命喇嘛僧道，礼佛诵经。灵其有知，尚克祗承。"

皇太极每祭必奠酒，每祭必恸哭……终于病不能起。

庄妃日夜侍奉在侧，寝不解衣，端茶倒水，熬红了双眼，也哭干了眼泪。她为皇太极的健康每况愈下而担心落泪，也为皇太极对姐姐的一片真情而落泪，同时也为自己被冷落、为儿子的前途未卜而落泪。

这一天，皇太极猛然睁眼，朦胧中见红纱灯影下，端坐一妇人，背影很熟，不禁脱口道："宸妃！朕找得你好苦哇……"

"皇上，臣妾是庄妃。"庄妃抹泪强笑道："皇上龙体欠安，臣妾自当整日侍候着。"

皇太极挣扎着起身，但力弱不能。庄妃将他扶正，端上汤药，道："皇上，先让臣妾喂些汤药。"

"唔。"皇太极面无表情，仰脸望着帐顶，觉得头脑昏沉沉的。忽然他瞥见文案上的一大摞奏折，足有二尺多高，心中一惊，道："庄妃，朕耽误国事了吗？"

庄妃不语，将温热的汤药轻轻地拌匀，凑到自己嘴边，咂巴了一口，低着头，不敢正视皇太极，道："皇上，松山决战已近尾声，睿亲王多尔衮八百里急报奏捷，怕是没几天大批明军俘虏就要押到盛京了。"

　　皇太极似有所悟，虽然面容憔悴，但那双眼睛渐趋明亮，顿时又充满了期待，道："天之生朕，原为抚世安民，今乃过于悲悼，几乎不能自持。天地祖宗知朕大过，以此示警。朕自今日始，应当自行排遣。"

　　庄妃道："皇上能这样想，就是大清的福运了。"说着将汤药一勺一勺地给皇太极细心喂下，一边又用夜莺般的口舌温柔地说，"臣妾昨夜南柯一梦，甚是奇特，皇上可想听听？"

　　"不妨说来。"皇太极按住了庄妃的手。消瘦的庄妃越发清秀，淡淡的愁容令他倍生爱怜。

　　"昨夜三更，臣妾刚刚把药给皇上喂下，突然宫院内狂风大作，一条金龙自天而降。臣妾大惊，急回房中，谁知更是一惊，皇上竟然不见了。臣妾自知情由，对那金龙大声询问万岁爷何在。那金龙额首不语，身形一转，又一阵狂风掠过，宫院依然星光璀璨，夜风习习。臣妾赶回房中一看，呀，万岁爷正在床上酣睡呢。"

　　皇太极拍着庄妃的手，感激道："爱妃，朕今日就去上朝。"

　　庄妃道："那倒不必，朝中诸事有范大学士主持着，一切都井井有条。皇上，这封就是范大学士的奏疏，臣妾看了，才知道松锦会战快要结束了。"

　　皇太极接过翻阅，不禁为范文程的忠心所感动，奏疏上写道："得悉皇上病体康泰，微臣感到十分安慰。臣以为凡心劳则动气，臣愿皇上清心定志，万寿无疆！一切细务，交由各部分理，不劳皇上费心。臣唯以圣躬为重，伏望皇上息虑养神，幸甚。"字字诚恳，情真意切。

　　皇太极明白，在自己卧床的日子里，众臣皆以为自己在细心调养呢，于是更加勤于国事。这一切都是庄妃调度有方，想到这儿，皇太极把庄妃的手握得更紧了。

　　三月的阳光温暖诱人，寂寞的山道、油黑的土地、幽蓝的水流，丛丛白桦树林间，山雀高飞而鸣……关外的自然景色使洪承畴破碎的心得到暂时的慰藉。长达两年之久的松锦会战结束了，战局的结果是，除了吴三桂把守的宁远其余全部落入清军之手。

　　此时，立在木槛车里的洪承畴所能想的只有一个字：死。

　　蒙面的尘土使洪承畴的脸面变成黑色。发紫的嘴唇上一道道干裂渗血的口子。笨重的枷锁折磨得他全身奇疼无比。一路上不吃不喝的洪承畴一心求死，盼早日解脱……

　　皇太极当然不能让洪承畴死，他太需要像洪承畴这样的人才了。皇太极吩咐将洪承畴安置到三官庙，雕花床、兽皮褥子、绫罗被、文火炉子、油漆桌椅，遣四位宫女侍候在侧，皇太极不信他就软化不了洪承畴。于是，一拨又一拨的王公显贵、大明降臣被派去劝降。

消息反馈到宫中：洪承畴除了叫骂外就是求死，而且对金馔玉食视而不见。

皇太极长吁短叹，谓众臣道："人心都是肉长的，朕要亲自劝降，以示恩厚有加。"

范文程出班禀道："还是由臣先去说和说和。"他是担心洪承畴骂语难以入耳，说不定会激怒皇太极，反而功败垂成。要知道，杀了洪承畴，就等于断了引路人。

皇太极应允："还是有劳范先生了，朕在此等候消息。"

"那倒不必了，臣想，皇上还需要些耐心。"范文程道，"皇上能等祖大寿十年，为何不能等洪承畴十天呢？"

"先生言之有理。"皇太极顿悟。是啊，祖大寿不是拱手交出了锦州吗？

"罢朝吧。朕在宫里等先生的回音。"皇太极的声音里充满了疲惫。

自关雎宫主人宸妃辞世后，永福宫一改往日的冷清，渐渐热闹起来。

庄妃精心地将自己妆饰一番，粉腮上抹了些淡淡的胭脂，华丽的旗袍衣边上缀着一块温润的玉片儿，别有一番风韵。

皇太极揽着庄妃细细地欣赏，毕竟是姐妹俩，在庄妃身上他有时能找到宸妃的影子。

而庄妃知道，皇上之所以常至永福宫，就是要对她倾诉朝策，她静等皇太极的下文。

"松山大捷后，俘虏了明总督洪承畴，此人是个人才呀，但他决意不降，不能为朕所用。爱妃可有什么妙策呀？"

庄妃道："刚直的人总有脆弱的地方，想死的人终有留恋之情。臣妾想，金银玉馔、高官厚禄都不能打动的人，若从情入手，说不定会有奇效。"

一席话说得皇太极频频点头："朕等范先生回来后再好好合计。"

正说着，执事太监入禀："皇上，范大学士求见。"

"快，召见！"

范文程行君臣之礼后，皇太极急急地问道："事情办得如何？"

范文程答道："还是请死不降。"

"他身体怎样？"皇太极问。

"已饿得骨瘦如柴，要不是天天灌奶，怕是早就死了。"

庄妃道："就是死，也有个愿望啊！"

范文程眼睛一亮，道："对呀，适才臣在三官庙中与洪承畴对谈时，有一丝尘埃飘落在他的衣袖上，那洪承畴轻轻拭去。臣想，一个身陷囹圄的人，如此深爱自己的衣服，肯定会更爱惜自己的生命，只是时机还不到罢了。"

庄妃道："古语云：'良禽择木而栖，良臣择主而侍。'臣妾以为，洪承畴是在等皇上亲自抚慰。"

范文程道："臣担心那洪承畴会满口秽语污言。"

皇太极道："只要能真心降朕，朕就是给他骂上一阵子也毫发不损。就这样吧，范先生辛苦了。"

范文程告退后，皇太极对庄妃道："看来，只有爱妃能解朕之忧了。"

庄妃点头应允，从容地对镜梳妆……

入夜，两名宫女手提食盒来到三官庙。洪承畴多日水米不进，形容枯槁，兀自直坐在文案前。门旁的两个牛录死死盯着，以防他撞墙或自杀。

宫女装束的庄妃款款而进，用眼神示意守卫退下后，打开食盒，乌鸡炖参汤的香味弥漫了整个房间。洪承畴一言不发，目光呆滞。

"洪大人，喝点参汤吧，这是大清皇上御赐的，请趁热喝了吧！"庄妃将参汤端至洪承畴跟前，轻声问道，"洪大人一心求死，难道不有所顾恋？难道洪大人不想家吗？多年征战在外，家中妻小岂不望眼欲穿？"

洪承畴的身子微微一抖，这是他被囚三官庙以来听到的最温情的话语。想到家，洪承畴的眼角溢满泪水，"无情未必真豪杰，怜子如何不丈夫"？洪承畴想：这几天除了死，就没想过别的。是呀，家是多么温馨的字眼。他仿佛又看到了过去每每出征归来，妻妾相迎、儿女偎膝的场面。可现在自己兵败被俘，亲眷还不知道自己的下落呢！

"唉——"洪承畴叹了口气。

"人非草木，孰能无情？离家久了，洪大人不挂念家小，他们会挂念大人呀！他们一定盼望着大人能早日回去共享天伦之乐。如今洪大人却身陷此地，归期无望，真不知他们如何以泪洗面，度日如年。"说到动情之时，庄妃也是语带哽咽。

虽说大丈夫四海为家，不以家为，但现在自己是囚犯，是俘虏，能活着回家，那该多好。洪承畴望着冒着香味的参汤，喉结上下滚动。

庄妃道："还是喝一点吧，要不让奴婢给大人喂下？"说着，真的端起来凑到洪承畴的嘴边。

洪承畴打量着庄妃：这美妇鬓云高拥，鬟凤低垂，纤纤玉手，柔若无骨，定不是一位普通的宫女。

"自古以来，识时务者为俊杰，朝代更迭绝不单单发生在明朝。洪大人愚忠至此，抱残木守瓯缺，不是太不明智了吗？"庄妃妩媚一笑道，"我家皇上重厚大人，大人为何不归顺大清，也好早日与家人团聚，以解妻小相思之苦？"

"你是何人？"洪承畴问。

"洪大人喝了参汤，奴家自告身份。"庄妃道。

洪承畴已饿得老眼昏花，俯下身子嗅了嗅，道："也好，洪某就喝了它。"一碗参汤下肚，洪承畴顿时感到千万毛孔都舒张开来，惬意无比。是呀，活着真好，我洪某为何要求死呢？

这几天，洪承畴的心里也在不停地进行自我斗争。范文程的话掷地有声："《尚书》上说：'民为邦本，本固邦宁。'你洪承畴讨伐农民军有功，可你为什么不问一问，那些老实巴交的农民为何起来造反，冒着杀头的危险和官府作对呢？你洪承畴是一介清官，但大明朝有多少贪官，你清楚吗？你洪承畴是一个忠臣，但大明朝的忠臣都有什么下场，你比谁都清楚！"

洪承畴当然清楚：辽东经略杨镐兵败后被定为死罪；文武双全的熊廷弼经略辽东有功，最后被捕入狱，尸首巡视九边；孙承宗，一代宗师，因支持袁崇焕，解职回家；而袁崇焕呢，这座大明的长城被千刀万剐。为什么忠心为国的人都落得悲惨下场？如果自己侥幸逃回京师，那会是怎样的结局呢？恐怕皇上也会给自己定个死罪以谢天下……

眼下，这位宫女也是出语不凡，振聋发聩。洪承畴喝完参汤，问道："你是何人？"

庄妃将外罩的宫女服饰除去，现出一袭紧身的葱绿色旗袍，眼光内敛，朱唇微启："洪大人，我的身份不说更好。只要洪大人能看重自己的身子，不要一心想什么死呀死的，本宫就满意了。"

"什么？"洪承畴当然明白"本宫"的含义，他吃惊地睁圆了双眼。

"皇太极要我有何用？败军之将，死不足惜。"洪承畴顿足道。

"洪大人，"庄妃直截了当道，"皇上把你当引路人。洪大人为何要执迷不悟呢？"接着又道，"皇上怕洪大人落寞久了，特命臣妃服侍洪大人。"说着，起身上前，伸手扶起洪承畴，对门外道，"来人，先给洪大人洗洗脚。"

"不，不。"洪承畴闻到庄妃身上的阵阵脂粉香，神思恍惚，但语气坚定地说，"请回去吧，告诉皇太极，我洪某领情了。"

庄妃笑道："我知道洪将军是个重情之人，不过，好好活着，要不了多久洪将军就会和家人团聚。"说罢，留下另一个宫女，转身出了三官庙。

第二天，洪承畴还在睡梦中时，就听门外有太监高声朗语："皇上驾到！"

第一次躺在簇新衾褥里的洪承畴慢慢翻身坐起，他实在不相信，心想，难道皇太极亲自来看我不成？他甚至有点不相信昨晚发生的事。

范文程疾步而入，道："洪大人，皇上来看你了。"

洪承畴这才起床，着衣，出门，望着人群中的一个身材伟岸之人，开口道："洪某多谢皇上不杀之恩。"说着深深一揖。

皇太极头戴九龙冠，身着九龙黄绫袍，腰束玉带，面如朗月，上前几步道："北地风寒，先生可还适应这寒冷？"说着，从身上解下貂裘披风，亲自披到洪承畴身上。

洪承畴说不出话来，蓦地，他看到站在皇太极身后的妃子那么熟悉。噢，她不就是昨夜力劝自己饮食的那个"本宫"吗？

洪承畴仰视皇太极良久，是梦境，是幻觉，是百年才出一人的明君？玉帛临身，如沐春风，败将被视为良相……突然，洪承畴伏地跪道："皇上实乃真龙天子。"

一切顺理成章，一切水到渠成。

皇太极大喜过望，双手搀起，立即赏给金银、绫罗、貂皮，并令其搬进一座王府，给亲兵五十、随从三十、奴婢十二人听其调用。

即刻，洪承畴被带到一座王府，沐浴更衣。因夜受寒气袭身，微感不适，饮下一剂汤药后在床取暖出汗。这时，一奴婢入内禀告："洪大人，庄妃娘娘听说您身体欠佳，特命人送来鹿茸、人参。"

几天后，洪承畴自请剃发，忠心归顺大清。

皇太极端坐在崇政殿龙椅上，宴请松山会战后的大明降将。

君臣畅谈，莫不投机。

酒席间，庄妃上前劝酒。洪承畴这才明白，那天三官庙的女子竟不是皇太极的普通妃嫔，而是永福宫庄妃。

洪承畴低语道："洪某何德何能，蒙皇上和娘娘厚爱。看来，洪某只有效犬马之劳，才能报答万一。"

崇德八年（1643年）八月九日。庄妃陪着皇太极在崇政殿召见嫁给察哈尔的科尔沁固伦公主。皇太极接受了庄妃的提议，册封女儿、女婿诰命、仪仗。礼仪毕，皇太极的脸色有些难看，但他并未在意，又召见了刚从前线归来的多尔衮，询问山海关、宁远一线的明军布防情况。多尔衮据实回报。

渐渐地，皇太极感到有些目眩，喝了点参汤，闭目停思，叹了句："脑力不及啊。"

大学士范文程看在心里，隐觉不安，上前奏道："皇上道德醇厚而齐备，凡心劳则气动。愿皇上清心定志，一切细小事务，交付部臣处理，至于军国大事，方许向皇上报告。况且，大业将成，万国来归，正是圣心安慰欢悦之时，也可稍停忧劳。此时兵强食足，皇上可否选佳日出游巡猎，以慰圣心？"

皇太极睁开双目，叹道："山峻则崩，木高则折，年富则衰，天命不假人长寿，何以自求？"说罢，倒是自己先笑了。这句话，皇太极时常挂在嘴边，众臣只以为这是皇太极豁达乐观之语，并未深想。

退朝后，皇太极即去了东宫。不过，刚至清宁宫门前，皇太极又转身吩咐内宫道："传朕的话，晓谕众臣工。朕日理万机，非好劳也，那是因部臣不能分理，是用躬自裁断。今后各事，可令和硕郑亲王、和硕睿亲王、和硕肃亲王、多罗武英郡王合议。"说完，皇太极坐在东暖阁上小憩。皇后蛾眉微蹙，眼睑低垂，但心里甚为欢悦，亲自为皇太极宽衣准备就寝。皇太极摆手道："让朕自己坐一会儿。"皇后有些不悦，自是先去了内寝，留下几个内侍太监和两名宫女静静立在珠帘外。

庄妃躺在凉炕上，思绪翻滚，难以入眠。她真担心皇上哪天真的倒下去，留下自己孤儿寡母，该如何是好？至于皇上的身体，没有谁能比她还清楚已衰败到了何种地步。她感到在皇上的眉宇间隐隐有暗气流动，这肯定是思虑过度的缘故。特别是皇上经常从夜梦中醒来，口呼宸妃之名，而表面上健硕的皇上自己却浑然不觉。

庄妃暗忖，若真的有一天皇上驾崩，自己的命运会怎样呢？她的脑海中浮现出大妃阿巴亥临死时的悲戚容貌，不由得打了个冷战。如果找个适当的时机向皇上进谏继位事宜，皇上会怎么想呢？

突然，清宁宫传出一声惊呼："快，快叫御医！"紧接着，有女人的凄哭传来，跟着一片哀声大恸。庄妃翻身而起，已有宫女跌跌撞撞地跑进来："回庄妃娘娘，皇上在清宁宫驾崩了！"

庄妃只感到天旋地转，眼前一黑，就什么也不知道了。

皇上驾崩，震惊宫廷，震惊朝野。所有贝勒、大臣连夜入宫，一场权力之争再次上演。

范文程官居高位，又是权力旋涡中心的局外人，他最先从忙乱和哀痛中清醒过来，道："各位王爷，现在大清力昌运，边无战事，而大明无时不在腐朽。依臣之见，先将皇上驾崩的讯息暂时封锁，先立继位事宜。"

代善是和硕礼亲王，又是皇太极之兄，此时，他再一次处在矛盾之中，道："众位贝勒王爷，有皇后在，可先按懿旨行丧，至于立君位，还是挑个日子吧。"

"既然这样，还不如先行祭奠皇上，按仪制行事。"皇后颁下懿旨，"立君位，那是各位贝勒王爷的事。"

庄妃领着幼子福临在皇后左侧，悲戚的面容下，一双秀目在众贝勒亲王身上扫视着。她最清楚，要论势力，现在最大的当属睿亲王多尔衮。

想到多尔衮，庄妃的脸上涌出浅浅的潮红。她想起早年的那一幕奇遇，郊外的清风和多尔衮那双充满温情的眼睛，她总觉得多尔衮身上有一种男人的阳刚之气。那时，多尔衮的这种魅力令她既紧张又兴奋。但是，自大妃阿巴亥生殉后，多尔衮变得寡言起来，平日在自己面前也是规矩有度，从未有任何异样的举止。庄妃感到多尔衮蛰伏着一颗雄心，在以后东征西讨的岁月中，他的军事才干日渐显露，几乎没有什么过失。皇太极对多尔衮也总是封赏有加，特别是多尔衮获得玉玺后赶紧献上并且积极推动皇太极上尊号。

多尔衮，他是否有承大位的愿望呢？庄妃想，如果有，这也是在情理之中，皇太极的汗位是权力均衡的结果，最后以逼死阿巴亥为代价，顺利登基。若是多尔衮继位，会不会逼自己生殉？真的如此，那福临又靠谁呢？

庄妃看到，此时的福临就站在多尔衮身后，一身缟素，嘴里不停地念叨："我要皇阿玛，我要皇阿玛……"庄妃不忍目睹。

第二天，满朝文武被一个消息震惊了：永福宫庄妃愿以身为皇上殉葬。诸贝勒、大臣顿时慌作一团。谁不知道庄妃不仅仅是一个后妃，更是皇太极的政治智囊。皇太极自登基以来，所有的朝纲举措无不包含着庄妃的心血。从满汉分屯到设立三院，从开举科考到礼贤汉官，庄妃的见地就连范文程这样的贤者有时也自叹弗如。他常常感叹，庄妃之美德谋略在己之上。

平日里众贝勒谁不曾得到过庄妃的好处？谁家有个婚丧嫁娶的大事，庄妃不总是操持在前？庄妃的亲和力可谓是有目共睹。

于是，诸贝勒、大臣齐聚永福宫，合力劝阻："皇上方逝，皇妃愿以身殉，诚然可敬。然三位公主和一位皇子尚且年幼，皇妃应节哀顺变，将年幼子女抚育成人，抚恤皇上骨血，才可报答皇上的恩宠，又怎么能以身殉葬呢？"

庄妃望着年幼的子女，在众大臣的劝说下，她犹豫了。

"皇额娘，您不能死啊。"皇九子福临稚嫩的童音令她听了悲不能抑。

夫君的猝然去世，确实给了她沉重的打击，但复杂而又艰险的宫廷生活也迫使她不得不为孩子们着想。她知道失去父皇再失去额娘的年幼子女在宫中将会过一种什么样的生活。

"唉！"庄妃将福临搂在怀中，看来她得好好活着。她在脑中将所有亲王贝勒中最有能力继承帝位的人都思考了一遍。论资格和实力，有权问鼎的有代善、阿济格、多尔衮和豪格。

代善掌有两红旗，无论从资格还是实力上，都是竞争王位的强者，但已年过花甲，早年曾有过皇位之争的短暂想法，但输给了皇太极，此时已暮气沉沉了。

多尔衮兄弟中，多尔衮目前最为突出，有两白旗的势力，尤其是在处理军政大事上英明果断，但多尔衮有个强劲的对手，那就是肃亲王豪格。

豪格是皇太极长子，自然呼声最高，时年三十五，可谓年富力强，而且他有皇太极生前所统的两黄旗大臣支持，还有代善掌握的两红旗，济尔哈朗掌握的镶蓝旗，以及他自己控制的正蓝旗。看来，豪格极有可能成为领军人物，但多尔衮会愿意吗？

事情肯定闹到宫里来，庄妃想，静观局势吧。

果不其然，肃亲王府内，豪格正与两黄旗大臣索尼、谭泰、图敕、巩阿岱、锡翰、鳌拜等人商议。众人皆言应立肃亲王为君，并共立盟誓，愿生死一处。豪格道："此事还应与郑亲王商议。"索尼道："肃亲王，这事交给臣办。"

时辰不长，索尼转回："郑亲王没有犹豫，但要将此事和睿亲王商议。"肃亲王豪格面有难色，道："这等于与虎谋皮。"

与此同时，睿亲王多尔衮府中灯火彻夜不息。阿济格、多铎心急如焚，他们齐齐跪在多尔衮面前，急切地追问："你怎么不答应呢？莫非是怕两黄旗大臣吗？舅舅阿布泰和固山额真阿山都说了，两黄旗大臣中的亲戚都希望你继承皇位。"

多尔衮没有轻易表态，但视而不见地听任阿济格、多铎到处联络。

皇太极去世已有五天了，而新君嗣位的大事还没有最后议定。哲哲皇后和庄妃商议后，发出懿旨敦促负责国务政事的睿亲王多尔衮、郑亲王济尔哈朗、礼亲王代善加紧办理。

崇德八年（1643年）八月十四日，诸王大臣齐集崇政殿决定皇位继承人。

天刚刚亮时，多尔衮匆匆赶往三官庙，询问索尼——这位两黄旗中最有威望的大臣——对皇位继承人的意见。索尼答得直言不讳："先帝有许多皇子在，必立其一，别的我就不知道了。"

多尔衮听后心已凉了半截。要知道，这是盛京，没有两黄旗的支持，谁也别想继承帝位。前面就是崇政殿，多尔衮抬头看去，只见两黄旗护军已经弯弓搭箭将崇政殿团团包围。不远处，大清门外，两黄旗的大臣会集在那里，手扶腰剑，面呈怒色。

多尔衮拾级而上刚要入殿时，忽然听到身后有声响。他一回首，只见庄妃一身缟素地站在殿角的白玉柱旁，她的身旁是刚刚六岁的福临。多尔衮瞥了一眼皇嫂，眼睛突然一亮。"立皇子、立皇子……"他在嘀咕着。

崇政殿，肃杀的气氛令人窒息。

两派人员，截然分坐两旁，剑拔弩张的气势一触即发。

代善、多尔衮、济尔哈朗、豪格等亲王们坐在上首。

两黄旗大臣鳌拜首发宏论："先帝有子，皇子继位天经地义。"

多尔衮怒斥："诸王尚未发言，大臣有什么资格说话？退下！"

鳌拜心中十分不快。

济尔哈朗道："先帝有那么多皇子，到底立哪一位呢？"

阿济格即刻站立直言："皇上乃一国君主，必文武双全、谋略盖世者承当。当朝唯有睿亲王能担当此任。"

多铎立即附和："阿济格所言极是，睿亲王文有韬略，武能率兵征战。立睿亲王为主是大清之福。"

索尼立即反对："两黄旗坚决不同意。有皇长子在，又怎么能由睿亲王继位？"

多铎见多尔衮有所顾虑，急不可待道："睿亲王，如果你不同意，就应该立我为帝，我的名字本来就是列入太祖遗诏里的。"

多尔衮一听，有点不高兴了，心想，本来都商议好的立我为帝，事情刚开个头就扯出自己了。于是反驳多铎道："肃亲王的名字也是太祖遗诏中有的，不只有你的名字。"言下之意，并不是太祖遗诏提到名字的都可以继位。

多铎碰了一鼻子灰后，脱口而出道："不立我，立长，立长应当立礼亲王代善。"

代善避之尚恐不及，他早已尝过在汗位的争夺中败下阵来的沮丧滋味，此时更加甘于与世无争的淡泊和宁静，怎肯参与其中？一直未作声的他忙开口道："睿亲王如果答应，当然是国家的福分。不然的话，豪格是先帝的长子，应当继承大统。至于我，年老体衰，力难胜任。"

阿济格、多铎立时请多尔衮继位，两白旗的大臣乘机鼓动。

索尼、鳌拜等人立刻拔剑向前，齐声道："我们这些人，吃的是先帝的饭，穿的是先帝的衣，先帝的养育之恩比天大、比海深。如果不立先帝的儿子，我们宁可一死，跟随先帝。"

此时，宫外的嘈杂声也大起来，多尔衮知道那是两黄旗的人马。看这情形，自己要是答应了多铎等两白旗大臣的请求，势必引发兵变。看来，只有先退，才能立起形象。想到这里，多尔衮缓缓起身，直视众人："我们本是兄弟，一族同胞，怎么能自相残杀呢？办法总会有的，我表明态度：我多尔衮绝不自主，立君主乃国家大事，各王公大臣切不可意气用事，以保社稷安稳。先帝尸骨未寒，我们却要血流大殿，对得起先帝的在天之灵吗？不错，立皇子，但既然立皇长子豪格有人反对，我们不能再议别人吗？"

一番入情入理的话果然将众人镇住了。所谓无欲则刚，既然多尔衮已明确绝不自主，那么两黄旗大臣再也找不到反对的理由了，只好按剑悻悻退下。

豪格目睹多尔衮兄弟的表演，十分气愤，深知自己要是自立，肯定会被两白旗大臣坚拒，便赌气自嘲道："我福小德薄，哪能担此重任呢？你们议，立谁我都没有意见。"说完起身离座而去。

代善、阿济格见状，也相继离去。大殿中只剩下两黄旗大臣和多尔衮、多铎、济尔哈朗三位亲王。

皇位啊皇位，多尔衮想，那是自己一直觊觎的目标，偏偏父皇努尔哈赤没有在活着时明示，被皇兄夺了去。而今皇兄仙逝，正是夺回来的天赐良机，可是偏偏又遇上势力强于自己的豪格。

这时，殿外的两黄旗臣子们一齐高声呼喊："立皇子！立皇子！"

多尔衮顺着声音望出去，殿外的太阳正白花花地射下刺目的光亮。多尔衮知道，在这样的日头下，什么事都有可能发生，必须找出一个方案，一个令双方都能接受的方案。他踱至殿门口，斜目，突然，大殿平台的拐角处，一阵风起，刮起一朵白色的纸花。不用说，那是刚才庄妃娘娘失落于此的。

差点忘了，多尔衮自责，真的是利欲熏心了吗？何不让庄妃的儿子福临继位呢？他才六岁，对什么都不甚明了，立他，由我辅政，不，再拉一个济尔哈朗共同辅政，这样，大权还不是掌握在我手中？这样也有机会出入宫室，说不定寡嫂庄妃对自己有情呢？

于是，一个退而求其次的方案形成了。多尔衮在短暂的静寂后缓缓开口道："诸位所言极是，既然肃亲王谦让退出，没有继位之意，就立先帝之子福临。不过，他尚年幼，由我和郑亲王左右辅政，共管八旗事务，待福临长大，当即归政。"

两黄旗无言了，立的是皇子，两黄旗仍是天子自将之旗。豪格复又返回来，知道自己弄巧成拙，本来退意是借两黄旗大臣威逼多尔衮，大不了火拼，此时立了皇弟，可谓有苦难言。代善认为立谁都可，唯怕火拼殃及自身，现在立了皇子，两王辅政，认为此议有理。济尔哈朗虽然私下里同意拥立豪格，但朝议时并未表态，立了皇九子，自己可做辅政王，自然没有异议。

一场狂烈的政治风暴就这样平息了。

一场恶性的厮杀格斗就这样避免了。

消息传至永福宫时，庄妃喜极而泣。同时，她也知道，自己和福临在今后很长的一段时间里将依靠多尔衮。怎么才能有效地笼络多尔衮呢？庄妃陷入了深思之中。

八月二十六日，新皇帝举行登基大典。一大早后宫就忙碌起来，清宁宫皇后、麟趾宫贵妃、衍庆宫淑妃都聚在永福宫内。庄妃亲自给福临梳洗更衣。见福临穿上特制的皇帝朝服威武英俊的样子，庄妃自皇太极走后第一次露出了欣慰的笑容。

在隆重的庆典中，福临即皇帝位，改元顺治，尊生母庄妃为皇太后。

【第五回】

恸哭六军俱缟素，冲冠一怒为红颜

1644年，这一年在中国历史上是值得记住的一年。

就在这一年的正月，农民起义军领袖李自成在西安正式建立了大顺政权。

与此同时，远在千里之遥的东北，白山黑水之间，经过内部的激烈斗争，清政权终于产生了新的君王。作为折中方案而被推选出来的六岁幼儿——皇太极的第九子福临在沈阳继承帝位，并于这年元旦改年号为顺治。

三月，大顺二十万大军势如破竹，从西安一路东进攻陷北京城。生不逢时的崇祯帝虽有明君贤主之遗风，但也无力回天，只得杀死爱女，自缢于煤山。

五月初二，这是一个艳阳天。

旭日刚刚升起，万道金光照射着大地，古老的城墙涂上了一层金色，高大的宫殿顶上的碧瓦反射出荧荧的绿光。远处，一条大道隐没在白茫茫的天际，直通到太阳里面。大道两旁稀稀落落的有一些民居，偶尔有草棚上冒出一缕袅袅炊烟。

朝阳门外，此时早已是人山人海。

几百名锦衣卫身着崭新的甲衣，手握大刀列立于大道两旁。霞光照在甲衣上，反射出耀眼的光芒。

大道上三百甲士列队于前，后面是几十名宫人举着各色大幡。中间有一黄盖，下面是一辆四匹赤白马拉的辇车。

围帐、顶篷全用黄绫覆着，辇后是身着五颜六色彩衣的宫女，这是迎接太子的銮仪法驾。

日近中午，太阳已由红红的大车轮变成一个金盘，现在又成了一个银碟，看起来越来越小，可光却越来越强。人们早已是汗流浃背。

"来啦！"不知是谁喊了一声，声音很小，但好像大海上刮过一阵风，吹起了层层波浪。后面有的人竟然不顾礼仪，偷偷站起来向远处望去。

天地之间，尘土飞扬，各色彩旗像天边涌起的彩云，迎风招展。

渐渐地，马蹄声由远及近，隐隐可见铁骑上盔甲的闪光。大队人马滚滚而来，前呼后拥。

"不好了，辫子军来啦！"声音很小，却像晴空响起一声炸雷。

明御史曹溶一怔，忙抬头去看，只见大道上有一大队战马正飞奔而来。跑在最前面的全是汉人，盔甲鲜明，可手里举的不是明朝的旗帜，像是白旗。这倒怪了，这宁远总兵吴三桂奉太子来京怎么会举着白旗？

再向后看，是大片彩旗，有面飞虎大旗扬起，上书一个大大的"吴"字。曹溶舒了口气，的确是吴三桂来了，可他还是纳闷：吴三桂为何举着白旗，难道是为先帝戴孝？以前可没这样的先例。

"臣曹溶叩拜太子爷！"

曹溶低声拜着，满脸的诚恳和激动。

听到他这一说，附近的几个人也拜了起来。人群里有人声音里带着哭腔，大概是喜极而泣。

"快跑，辫子军来了！"

身后不知谁喊了一声，同时伴着一阵骚乱。

曹溶刚想呵斥，只见又有十几个人起身跑去。他不由得抬头向前看，顿时大吃一惊。

大道上的人马已到了近前，一切已看得清清楚楚。跑在最前面的确实是吴三桂的兵马，但走到离他们有一箭之地时突然不走了，而是闪到两旁。从后面冲出大队的士兵，个个头戴圆顶胡帽，身穿朝服，挽弓挎箭，脑后一条长长的大辫子拖在背上，所有的旗帜全是白的。

众人大惊，这时再想跑已来不及了，脚也站不起来了。

后面有几个人起身跑去，只见一队满兵冲了上来，有几个满兵拉弓射箭，跑了没多远的那几个人纷纷栽倒在地，其他的人再也不敢跑了。

没等大家反应过来，满人已把銮仪和众人围住。曹溶两股战战，嘴张得老大，一时合不上，更是说不出话来。

正在惊异，又见大道上跑来几匹战马，马上端坐的均是将领，后面中间有一把黄盖，下面是一匹赤色马。马上之人身材魁梧，满脸胡须，看上去约三十多岁，双目炯炯，神采飞扬，但迎驾诸人都不知来者何人。

后面的人马似乎也停了下来。曹溶正不知所措，忽见对面飞出一匹战马来至众人面前高声道："哪位是为首的？"

曹溶偷偷看了来人一眼，是汉人，从盔甲上看是明军。

"下官和这位沈大人就是。"

曹溶这时候仍没忘记沈惟炳，临死也得拉一个垫背的。

"吴王有请。"

吴王？哪个吴王？吴三桂只不过是个平西伯而已，离王位差着好几级呢！怎么世道乱了，爵位也跟着乱了？

二人不敢怠慢，忙起身准备前去。

可能跪的时间长了些，曹溶起身时差一点儿没站住，站起身再仔细一瞧，二人都惊呆了：远远看见远处的兵马像蝗虫一般，正向京城四门而去，整个原野都白旗招展，只有不远处吴三桂的手下有一些彩色旗。

前行不远，便来至一员大将马前。此人正是吴三桂，他身材并不太高，脸上有些胡须，双眼深邃有神。

"哎呀呀，原来是曹御史和沈侍郎。三桂担当不起，三桂何功何德，敢让二位大人出城相迎？"

曹溶见了吴三桂，鼻子发酸，像见到亲人一样，泪眼汪汪地道："吴将军，本官早闻将军回京，特率众人来迎将军和……"

"太子爷"三个字还没说出口，曹溶突然发现吴三桂的盔下有一根小小的辫子垂于脑后。

他自然明白了，把下面的话咽了回去。

"好！好！难得二位大人有此忠心，三桂这就向辅政王引荐二位。"

"辅政王，什么辅政王？"沈惟炳惊问道，一旁的曹溶早惊吓得说不出一个字来。

"'辅政王'这名字二位大人没听说过？大清的辅政王多尔衮啊！这可是一位能征善战、战功赫赫的人物，在大清没有不知道辅政王的，哪个女人见了他都不能忘记，他赛过中原的吕布。"

沈惟炳见吴三桂沾沾自喜，心有不悦：都说你奉太子回京，这回不是奉太子，而是引着清兵来了，这不是引狼入室吗？

"吴将军奉命守关，大败贼寇，今回师京都，为何清兵也来了？"

吴三桂哈哈大笑，用手捋了捋那几根美须，笑道："侍郎大人，本帅镇守边关，卫国保民，可李自成犯京，强占妻妾，杀我老小，本帅与之有不共戴天之仇。石河之战，清兵助我一臂之力方才破贼。现在清兵要帮我们杀尽贼寇，以雪君父之仇。"

"借清兵杀贼在边关尚可，可现在他们已入我京师，此非上策。"曹溶从惊吓中慢慢回过神来。

"曹御史，你看看那是什么？"吴三桂用手一指。

曹溶、沈惟炳顺着他的手指望去，只见是他军前的一面大白旗，上书"仁义之师"四个大字。

曹、沈二人面面相觑，一时无话可说。吴三桂翻身下马，笑道："二位大人，本帅为二位引荐辅政王，请跟我来。"

这时的曹、沈二人已没了任何主张，脚和头已不是自己的了，昏昏然跟着吴三桂而去。

行不多远，就见道两旁站着佩刀卫士，路中央是一黄盖，盖下有一匹白马，马上端坐一人，身穿黄色蟒袍，身材魁梧，浓眉大眼，鼻直口方，颔下有一缕胡须。此人脸色红润，一双眼睛深邃、坚毅，泛着凶光，令二人不敢正视。他的身旁也有几匹战马，马上坐着虎将，个个虎背熊腰，怒目而视。

吴三桂来至马下，忙单膝跪下，一手支地，口中呼道："臣平西王吴三桂叩见辅政王。"

"平身。"

"谢辅政王。"

望着吴三桂那跪地施礼的样儿，再看他背上那根又细又短的小辫子，二人心中又好笑又好气，有一种说不上来的滋味。

"你们快来见过辅政王。"吴三桂起身后，忙转身对二人道。

曹、沈二人迟疑了片刻，一时不知如何是好。吴三桂瞪了他们一眼，忙又转身对多尔衮笑道："辅政王，这两位是明朝的重臣，这位是御史曹溶，这位是吏部左侍郎沈惟炳。"

多尔衮用他那深不可测的目光看了他们一眼，看得二人不敢正视，两腿发软。

扑通一声，曹溶倒在地上。他并不是跪，而是坐在地上，一指吴三桂道："你身为大明重臣，食皇粮俸禄，受龙恩滋润。先帝爷把十万铁骑交与你守卫家门，可你却背弃龙恩，引狼入室，诈称奉太子回京，骗我朝百官信任，是何居心？"

吴三桂把眼一瞪，厉声喝道："大胆！竟敢在辅政王面前指责本王，何人言说本帅奉太子来京？一切都是你们一厢情愿的！"

再看沈惟炳仍站在原处，目视前方，一副临危不惧、视死如归的架势，凛然正气直冲云霄。

突然从旁边蹿上来两名侍卫，眨眼间，两把锋利的长剑已架在二人的脖子上。

空气凝固了，双方在对峙。两名侍卫的眼睛始终望着多尔衮，只要王爷稍稍一个眼色，曹、沈二人的人头便会滚落在地。

"王爷息怒，此时万万不可杀人。"

说话声从旁边传来。众人一看，从后面走出一个五十多岁的汉人，身穿胡服，头戴官帽，一支红花翎翘起老高，前额剃得光光的，泛着青色。他来到多尔衮面前施礼道："王爷，我军此次入关，号称'仁义之师'，帮明朝灭贼除寇，故从山海关而来，长驱千里未遇一兵一卒的抵抗。泱泱大明天下，竟无一热血男儿率军相抗，可知明朝死士太少。今遇二人能视死如归，也算有节之臣。再说，刚刚入京就杀明之重臣，不利于我，请王爷三思。"

多尔衮微微点头，声若洪钟："范大学士所言极是，把他们押起来，进城再说。"又来了几个侍卫，把二人押去。

这范大学士就是范文程。这范学士虽为先皇重臣，多尔衮也不敢怠慢他，此次清兵挥军入关，与汉人打交道正用得着他。

多尔衮向前望去，见道上侍卫林立，旌旗招展，于是问吴三桂道："前面道上为何有那么多人和旗子？"

吴三桂哪敢怠慢，忙道："回王爷，前面是宫中派来接天子的銮仪法驾，特来接王爷进京。"

多尔衮闻言，心中已明白了。你吴三桂不要再拍马屁了，本王看不出来吗？若是接我的，为何明朝遗臣不愿下跪？不过，他也不愿说穿这事。说穿了有什么好？他吴三桂丢人现眼，你辅政王也没面子。所以，多尔衮并没言语，一提马缰向前而去。

众人见曹、沈二人被抓，一时群龙无首，又见一身着黄袍的人骑马而来，便知是皇上，于是齐伏地山呼："叩见皇上！"

多尔衮闻言，心中酸酸的，这些庸人！谁是皇上？可望着众人跪拜，心里却很舒服，这些人比刚才那两位大臣好多了。

来到仪仗前，那些卫士、宫女早已跪了一地。多尔衮不去看卫士，眼睛只在宫女群里溜来溜去，但只看见一缕缕青丝和那粉白的脖子。

多尔衮咽了咽口水，又看了看居于路中央的御辇，想象自己坐在上面的情景。

"新王驾到，请王爷乘明帝的辇车进城。"

多尔衮正在想入非非，被这声高叫吓了一跳，本想大怒，可仔细一看，马前地上正跪着一个穿蓝衣的仆人。此人声如公鸭，不男不女。大清并没有宫廷太监这样的另类人物，所以，多尔衮根本不知此人是干什么的。

"何人在本王面前大呼小叫？"

"小人高玉奇，是明宫中的副押班，专门侍候皇上的，今天特来迎候新王。"

这些太监长期生活在宫中，已经习惯了见风使舵，随机应变，他们的信条就是：有钱就是爹，有奶便是娘。谁能入住皇宫，谁就是他们的衣食父母，所以明帝、闯王、清王都是一样的。

多尔衮看了看吴三桂。吴三桂点点头，笑道："这些确是明帝的仪仗，请王爷上辇入城。"

多尔衮有些心动，在关外他有过两次做皇帝的机会，第一次被哥哥皇太极抢去了，并在夺权中失去了母亲；第二次又被孝庄皇后和豪格他们死缠硬磨了去。自己真的没有做天子的命吗？

想到孝庄皇后，多尔衮的心微微一动。他似乎闻到了她身上那幽幽的香气，看见了那嫩嫩的脖颈、勾魂顾盼的明眸、婀娜的娇躯和幽幽的笑。

"王爷，请上辇。"

多尔衮正在梦中与孝庄皇后神交，被这一声呼叫惊醒。他有些恼火，刚想发怒，见御辇已停在面前，他心头的火没发出来。得了，来到北京，坐坐这御辇，也算过了做皇帝的瘾吧。

多尔衮翻身下马，一脚踩在一个软软的东西上。他吓了一跳，忙低头看去，只见一个小太监正跪在他的鞍下。垫上这么个人，下马就不需跨太大的步，所以很舒服。但他以前终究没这样的经历，所以在下马时，脚下有些不稳，打了个趔趄，那小太监忙起身来扶。多尔衮这才看清这太监只有二十岁的光景，长得白白胖胖的，像个大娃娃。见王爷看他，小太监忙低下头，习惯性地上前来扶。

多尔衮手一甩，把他打了一个趔趄，他被甩出去三四步远——我堂堂一个王爷，南征北战，驰骋疆场，还要你来扶我吗？我如果那样的话，如何能进北京？以后又如何平定中原？

被多尔衮一甩，小太监白脸羞得通红，过去在宫里，不扶要挨板子，今天好心来扶竟被甩了出去。

多尔衮抬步登辇车，那小太监又条件反射似的跑上来去扶多尔衮。多尔衮刚想用力去甩，忽然想起刚才的一幕，便停了下来，转脸看那小太监。

小太监见王爷看他，忽而想起刚才的事，脸又羞红了，扶的手伸出去，却不敢用力，只得停在空中。

多尔衮见他的窘样十分好笑，于是道："叫什么名字？"

"小人吴良辅。"

"噢，"多尔衮点点头，"今后侍候本王，不要说'小人'，要说'奴才'。"

"是，王爷。"

"也不要说'是'，要说'嗻'。"吴三桂急忙说道。多尔衮笑了笑，看看吴良辅，没说什么。

"起驾回宫——"

随着高玉奇一声高喊，辇车缓缓驶动。

吴良辅一手抚在车旁，一边跟着向前走。

后面的范文程似乎想上前对多尔衮说什么，但见多尔衮已上了辇车，便不再上前，于是向旁一闪，垂首而立。

"王爷，午门到了，请下辇。"

多尔衮坐着辇车入城，并没体会到胜利的喜悦。在盛京时，他曾无数次地在梦中想象攻入北京的情景：整个北京，万民空巷，数十万民众跪立两旁迎请。明朝皇帝白车素马，率文武百官，迎降于城外，自己则端坐于辇车上，接受明帝及百官朝拜。而后，明帝亲自扶辇随行。

可现在，这一切都没有，出城迎接的仅有数百人，就是这些人还不是来迎自己的，而是迎他们的太子，而且为首的大臣拒而不拜。入城后只见城内十分冷清，家家闭门合户，大街空无一人，像是一座死城，偶尔可见街边有些房屋被战火摧残，残墙断壁，瓦砾满地。再看辇车前后人等，个个没精打采，面无表情，活像一个个木偶在舞台上演戏。一些明臣垂头丧气，扶辇而行的不是明帝，而是一个小太监。多尔衮不由得闭上了眼，他不愿再看面前这冷清的场景。

多尔衮睁开眼时，辇车已停下。小太监吴良辅早已立于车门前，准备伺候。

多尔衮伸出手，吴良辅忙上前扶住。不是多尔衮年老体衰要人搀扶才能下辇，而是他以前都是骑马征战很少坐这种辇车，一时不习惯，万一出了什么闪失，岂不在众人面前出丑？

下了辇，只见面前是一座两层的高大城门。下面一层由大条石、方砖砌成，涂成红色，有三个大门洞；上面乃一城楼，朱柱画栋，飞檐翘角，琥金瓦闪闪发光，檐下有一横匾，上写"午门"。多尔衮知道，这就是紫禁城的南门，明代百官上朝集会的地方，也是征讨凯旋的"献俘"之地。今天，午门上并没有天子、百官，而只有楼下的大清辅政王和随从的众将，剩下的就是几十位明朝的残官废吏了。

进了午门，里面宫殿重重，楼阁云集，庭院宽阔，气势宏伟。中原王朝就是中原王朝，看这宫殿多有气派，那盛京的皇宫和这里比起来，大清还真有点小家子气。

"叩见王爷！"一阵齐声的叩拜声，满院子跪着太监、宫女。太监们一律穿崭新的蓝长袍，宫女们则是五颜六色的长裙。原是准备迎接太子的，不想迎来的却是个满人。

多尔衮并不理睬他们，而是在吴良辅的搀扶下来到一座大殿。这座大殿自然也是金碧辉煌，檐下有一竖匾，上书："皇极殿"。

跨过高高的门槛，里面是雕梁画栋。天花顶上是蟠龙藻井的雕刻，那雕刻精致极了，彩画绚丽。四周墙壁有黄色的墙布，地上铺着猩红的毡片。正面有一个高高的玉台，两侧有几个汉白玉台阶。台上有一金做的御床，床上雕铸了九条金龙。床前乃一书案，案上有文房四宝，案前有两只金铸的仙鹤立于地上。

多尔衮望了望那御座，双眼露出羡慕的目光，刚想上去看看，却被吴良辅搀着向大殿旁的偏门走去。多尔衮有些不耐烦，到了金銮殿，为何又出去？转念一想，入乡随俗吧，这些太监们知道该怎么做。

来到殿外，走了几大步，又到了旁边的一座大殿：武英殿。吴良辅把多尔衮扶到一金椅前坐下，他也看到了多尔衮的不满之意，忙俯身道："王爷先在此小憩，等大殿百官到齐，自有人请王爷升殿临朝。"

原来如此，想想也是，皇上乃万乘之尊，怎可早早坐在殿上等百官呢？

有一宫女忙献上茶，多尔衮稍感口渴，端起那茶杯喝了一大口。又苦又香，味道怪怪的，哪比得上关外的奶茶，又香又甜。他并没吐出来，而是皱了一下眉，喝了下去。他知道，今后喝这茶也是自己的一份职责。

"恭请王爷上朝！"殿门外，高玉奇跪在地上。

今天全乱套了，这个吴良辅竟把王爷径直带到了金銮殿，多亏他机灵才没酿成大错。

这也怪不得小太监，多尔衮虽居王位，在关外也常出入皇宫，但大清的礼仪与大明怎会一样？他径直上殿，那吴良辅敢阻拦吗？

多尔衮登上汉白玉台阶，站在御座前，扫视了一下殿下。此时已有许多人立于殿前，站在最前面的是大学士范文程、贝子尼堪、辅国公满达海、大学士刚林。再向后是一些满族将领。门外站满了明朝遗民。

多尔衮慢慢坐在御床上。

殿内众臣忙施礼相见，但没有一个人行跪礼。多尔衮虽为辅政王，但并无让大臣们跪拜的权力，只有自己旗下的奴才才须向主子跪拜。

"百官请求拜见王爷——"殿下高玉奇高声叫道。

满人向两旁闪开，一群明朝的官吏上了殿，行三跪九叩之礼，口中呼道："明罪臣见过王爷，王爷万岁、万岁、万万岁！"

完全是拜见皇上的礼节。多尔衮开始有些不自在，可当群臣三跪九叩、三呼"万岁"时，他心里舒坦多了。多少次梦寐以求的场面今天终于实现了。

多尔衮不动声色，极力控制着自己的情绪。当他偷偷拭去眼角的泪花时，他突然发现范文程正皱着眉，不时偷看自己。

他的心震动了一下。是呀，我并不是皇上，怎么能在这金銮殿上接受众人的跪拜呢？虽只有一步之遥，但咫尺之间如隔天涯。

多尔衮回过神来见刚才跪拜的人已去，又上来一群人跪在地上。

多尔衮大手一挥，厉声道："好了，好了，不要这些繁文缛节了。本王要商量军国大事，你们都退下吧。"

吴良辅在旁低声提醒道："王爷，这……"

"好了，好了，你也下去吧！"

众人自觉没趣，纷纷爬起来去了。殿上只剩下满人，站岗护卫的也早换成了满人的牙兵侍卫。

多尔衮看了看范文程，道："范学士，大军进展如何？"

范文程忙上前一步道："回王爷，我八旗大军已全部入关。豫亲王多铎、武英郡王阿济格、恭顺王孔有德、怀顺王耿仲明、智顺王尚可喜均已率部抵达京都。其中豫亲王和武英郡王的兵马正在京都北、西、南门等候王爷的命令。"

"好，马上传命，令二位王爷入宫议事，所率兵马暂驻城外。"

半个时辰后，大殿外来了几十匹战马，为首二人径直向殿上走来。

二人见多尔衮正端坐在御座上，便上前微微施礼道："见过王爷。"

多尔衮看看自己的兄弟，不由得心酸。十几年来，兄弟三人从汗逝母殉，孤儿弱主的惨境中终于走了出来成了三员虎将。他们手握两白旗，是拥兵数十万的大清重臣，当初做梦也没想到会有今天。

多尔衮语气中饱含关爱："二位王爷辛苦了，请坐。"

"二哥，我们打到了北京，为何不让进城？"多铎是个急性子，又是三兄弟中的老小，说话从不拐弯，直来直去。

多尔衮微微笑道："此事正要请大家商量。"

范文程忙道："王爷，依臣之见，我大军不可进城。"

"此言何意？我大清将士浴血奋战，从盛京千里迢迢打到北京，不就是为了中原的人畜、财宝吗？今日京城已不攻自破，为何不能进？"多铎一拍大腿站了起来，瞪着范文程吼道。

多尔衮也望着范文程。范文程面无惧色，朗声道："王爷，京都虽为明朝都城，但数日之内三易其主，城中物资早已损失殆尽，生灵涂炭，民不聊生。若我数十万兵将入城，吃、住均成问题，势必要与民争利。这无异于雪上加霜，不利于我大清长远之计。我军号称'仁义之师'，应不与民争利，不扰民，才可名副其实，请王爷三思。"

"二弟，范学士所言有理，但依兄之见，还是应入城为上。北京乃明之首都，我八旗之兵入城，分而据之，必断汉人光复明室、还于旧都之妄想，可瓦解汉人的斗志；再者，北京乃三朝古都，物产丰富，可为我进军中原据点，据其城防，用其物产；其三，北京地势险要，居于要冲，又有帝王之气，小则可据城守地，大则可迁清都于此。先帝在世的夙愿便是迁都北京，今日我们正可了却先帝的心愿。"

多尔衮不住地点头，他认为哥哥阿济格说得很有道理，便道："城是要进的，不过不可乱来，为了防止各旗兵马为争地盘而闹乱子，应划地而据，范学士意下如何？"

范文程见这三兄弟都要入城，他哪有回天之力？而进城也有进城的理由，所以忙道："王爷英明，臣以为应进城。"

"那好，依学士之见，八旗之地应如何划分？"

"王爷居于皇宫，八旗之兵当然应以保卫皇宫为要务，可命北京内城之汉人全部迁往南城或其他地方，将内城划为八旗驻地，拱卫皇居，星罗棋布。若依'五德兼全，五行并用'之准则，以土胜水，两黄旗应位正北；金胜木，两白旗位正东；火胜金，两红旗位正西；水胜火，两蓝旗位正南。"

多尔衮很满意，不住点头："就依范学士所言，各旗抵京后依划地守驻，不得相互争夺。"

众人点头。多尔衮似乎想起了什么，又道："从明日开始，贴出告示，所有京中人等，不论官民贵贱，一律剃发留辫，先从明朝官员开始。"

安定门内大街旁有一个小院落，这院子很特别，不是四合院。大门像一座城楼模样，雕梁画栋，可进了院，正房却是一个四方的二层楼，上面顶部建得高高的，很陡，房顶还有一根很尖的塔顶。这样的房子在北京没有第二座，所以很扎眼，每个路过的人都不免要看上一眼。

住在房中的老者总是不慌不忙，既不收拾东西也不出门打听消息，而是安安静静地把自己关在房子里。

风风雨雨的三天，鬼哭狼嚎的三天。可这个小院仍像以往那样平静，那位老人依然每日三餐，剩下的时间就是躲在房里。

第四天，一队铁骑来到了这个院子。一个小头目用长矛把虚关的大门推开，对着院子叫道："有人吗？"

没人说话，死一般地寂静。

"人在正房里，我们每天巡逻走过这儿都能见到那个老头儿，他根本没搬走。"一个满兵对头目道。

"搜！"

几个人下了马，闯进了小院，一脚端开正房的门，不禁吃了一惊：房挺大，里面有一排排椅子。两侧有窗，窗上安着洋玻璃，挂着黑窗帘。前台是一面墙，正中有一个大大的金十字架，架上还绑了一个人，裸着躯体。两旁有一些对联之类的饰品，那金像前有香案，香案上没有香炉，而是一个个高高的烛台，上面有一根根长长的红烛。

那老头儿正立在像前，一手捂着前胸，一手翻着一本厚厚的书，口中念念有词，对几个闯入者视而不见。

几个清兵蹿上去，用刀架在老人脖子上，大喝道："你是什么人？在这做妖法。"

老者微微睁眼，面对寒光闪闪的大刀毫不畏惧，轻轻道："我是上帝的使者。"

"上帝？上帝是谁？"清兵从没听说过这个人。

"上帝是我的主人，万物之主。"

"你的主人在哪儿？"

"在天堂。"老者用手指指天。

"在天堂？天上只有天神，有玉皇大帝、萨满妈妈，哪有什么上帝？"一个清兵不解地说道。

"上帝在我心中，人人都是上帝。"老者轻声念道。

"什么乱七八糟的，说，你家主子叫你到北京来干什么？"一个清兵不愿与他讨论想不明白的事。

"主让我来拯救人类。"

"救人？你想救谁？是救汉人吗？还是要救大明？如果是，那就杀了你！"小头目怒吼道。

老者微微一笑："我是上帝的人，我的生命由上帝掌握，而不是在你的手中。"

"上帝？上帝在哪儿？"

老者双手向外一摊，指指天，又指指四周，从容地说道："上帝无处不在，上帝在你我心中。"

这几个清兵怎么也搞不懂他想干什么，可也不敢伤着他，怕妖法害了自己，所以就退了一步，道："得了，得了，我们也不找你的主人上帝了，你快走吧，这是我们满人的地方。"

老者不紧不忙指了指屋里的一切，道："这神像、书籍、仪器，三天内如何搬完？又搬到哪儿去？谁给我重建这教堂？"

"嗬！都是你的理了！我们怎么知道这么多？你不走，我们带你走，带走！"

两个清兵上前去捆他。那老者也不反抗，用手在胸前画了个"十"字形，口中念道："让主保佑你，我的孩子们，阿门！"

"'阿门'，你找不到门，我带你找。"一个清兵边捆他边说道。

"请你们把我送给范文程，我要见到范先生。"

"范大人是当朝大学士，内阁大臣，是谁想见就能见的吗？走吧！"

也许是由于老者的长相帮了他的忙，清兵并没有把他赶出城或者杀掉，而是把他交给了大人，一级一级地上交，最后交到了范文程那里。

老者被带到皇宫中一间很大的房子里，正堂上有一书案，书案前端坐一人，两旁有很多办差的人等，进进出出的大臣也很多，见了这人都不免看一眼。

"范大人，洋人给大人带来了。"押解他的清官给范大人跪地施礼。

"好，你去吧！"

范文程上上下下打量了这个洋人一遍，觉得他很慈祥，像个老父亲。看他也不是一脸的愁苦，而是镇定自若，像是见过大世面，便道："叫什么名字？"

洋人也看了看久负盛名的范大人，他早在初来中国在明朝为官时就听人讲，后金有个汉人，还是北宋名臣范仲淹的后人，在后金很得后金皇帝的器重。此人很有才华，帮了皇太极不少忙，向皇太极积极推荐汉学，重用汉人。这么一位尊重知识、尊重人才的人，一定会帮自己。

"大人，我来自日耳曼草原，名叫亚当·沙尔，中国的明皇帝叫我汤若望。"

一口汉语很流利，只是带着浓重的西方口音。

范文程一愣，又看了看他，眉头一扬，道："汤若望？你就是那个帮大明造红衣大炮来对付大清的汤若望？"

汤若望内心一惊：坏了，这个汉人会不会杀了我？

"大人，我乃传教士，受主的托付，不远万里来到中国，是想拯救中国百姓。主教导我要有爱心，爱天下每一个人。平等、博爱为我教宗旨，我心中只有上帝，其他的事是不得已而为之。"

对自己的结局汤若望心中没有底，早听说满人野蛮不化、烧杀抢掠，这次怕是在劫难逃了。当初明亡时，为了能在中国传教，自己坚持留了下来，那李自成被人说成是杀人魔王，谁知竟是一位谦恭有礼的领袖，非但没杀自己，还说："欢迎你，上帝的使臣。"不知今日会如何。

范文程仍不动声色，问道："汤教士，你没看大清的告示吗？为何不搬走？"

汤若望听这口气不像要杀自己，这才明白，眼前这位名臣也和李自成一样，都是爱惜人才的开明之士，于是鼓起勇气道："范大人，北城有我的教堂和一个仓库，里面有许多天文、历法的书和印版，还有许多科学仪器，这些东西三天内根本搬不完。再说我一个传教士，离开那教堂，我又能搬到哪儿呢？我想，那些书和仪器，对大清也许有用，在兵荒马乱之中搬迁，如丢失或损坏，都是不可弥补的损失。"

"你传教，还会历法天文吗？"范文程有了兴趣。

"天文、历法、数学、地理，我都在国内学过。中国人的天文、历法都陈旧了。"

范文程笑笑道："那好吧，你说的本官要亲自去看看，若没说谎，本官会帮你的。来人，带这位神父到宫内休息。"

汤若望被侍卫带到一个很干净的房内休息，等待处理。

下午，汤若望又被带到范文程办公的地方。这一次，范文程面带笑容地对他说："大神父，请将这个贴在教堂的大门上。你暂住在宣武门内，本官为你准备了三间房子，需要看书或做什么可到教堂去。等以后奏请皇上，在宣武门内为你建一座更大、更新的教堂。在新教堂没建成之前，旧教堂是不会被毁掉的。"

说罢，递给他一张告示。汤若望展开一看，上书："兵民严禁入内骚扰，违者斩！"并加盖着大清的玉玺。

汤若望喜出望外，连连致谢道："多谢范大人！多谢范大人！"

汤若望，这位洋教士凭着胆识和先进的文化知识，在中国站住了脚，而且在北京数十日内三易其主的动荡中，居然毫发无损。今日，他又凭着范文程的一个告示保护了他的教堂和信仰。日后，凭着这位范大人，他的信仰走进了宫墙，并与皇帝和庄太后这些当时中国最高的统治者结下了深厚的友谊，也使基督教在中国生根发芽。虽然这一外来的宗教最终没能战胜中国土生土长的佛教、道教，但也给大清带来了一丝大西洋上的新鲜海风。

五月九日，在北京城里出现了一场奇特的葬礼。

整个北京城的大街小巷，到处都飘扬着满洲的红、黄、白、蓝八旗。在西直门外大街上，一支送葬的队伍正缓缓出城向城西北而去。前面是五百身穿重孝的官兵，手举白色大幡；紧跟的是二百宫人，他们手持各种纸糊的人、物、器皿，原本这些纸糊的东西都应是真物，可惜现在只能用纸扎的代替了。二十个撒纸的太监将一把把黄纸钱抛向空中，飘落得满地都是。中间是梓宫，由三十二个锦衣卫士扛着，虽然里面没有人，但仍很重，三十多人抬着也很感吃力。梓宫前放着一个牌位，上书"大明思宗文皇帝"。后面紧跟着的是洪承畴、吴三桂、祖大寿、冯铨、沈惟炳等人，他们个个身穿重孝，泣不成声。只是他们孝帽下面的那根小辫子很刺眼，不伦不类。他们是在为失去皇上而哭，还是为自己命运多舛而叹，那就无人可知了。道路两旁跪满了明朝的遗老遗少，人人伏地痛哭，大放悲声，涕泗交流。

安葬了崇祯，招抚了明吏，又为南朝迁民修建了房屋。这一系列的安抚政策收到了实效，北京的形势稳定了下来，满、汉之间的紧张关系有所缓和。

多尔衮召集众人议事。范文程道："王爷，经数月安抚，京都已平，第一步已告完成。王爷接下来有何打算？"

多尔衮看看豫亲王多铎道："豫亲王，粮草之事进展如何？"

"回辅政王，臣弟已筹集粮十五万担、草三十万担、钱十万两，可够我军半年之需。"

多尔衮点点头，很满意，又去看阿济格："武英郡王，城池修筑得怎么样了？"

"回辅政王，皇宫已修补得差不多了，但整个内城被闯贼破坏太重，一时无法修好，再说，京中一时也无银两修城。"

多尔衮没说什么，扫视了一下众人，朗声道："本王久有定鼎中原之志，然我军初入关中，根基不稳。今日京都稍平，我大清铁骑应西出秦关，灭闯贼，定中原。"

多铎道："王兄，与我争天下者明也。今明朝余孽已在南京建立南明，拥兵百万，占据江南，我八旗铁骑应直下扬州，渡江击敌。为何要西出秦关去打李自成，让南明坐收渔翁之利？"

多尔衮微微笑道："与我争天下者闯贼也。贼寇虽败，但仍有残兵十万，又有秦关可守，无论从实力还是潜在威胁上看，闯贼均比南明强大。若不乘胜追击，一旦让其卷土重来，后果不堪设想。若我军西击闯贼，树'仁义之师'之旗号，南明必与我大清亲善，有联清剿寇之想，对我也不会防范。等到灭了李自成，江南乌合之众根本不堪一击。"

多尔衮的这番话不但让多铎、阿济格等满人点头，也让冯铨、洪承畴等汉人心悦诚服。多尔衮不愧为一代名将，足智多谋，胸怀大志，完全是帝王之才。

"豫亲王，再过几日可出征？"多尔衮进一步道。

多铎略略沉思，道："五日后。"

"好，五日后我大清八旗之兵西征击寇。"

多尔衮做了如下部署：命武英郡王率镶白旗西出山西，向太原一带进军；豫亲王率正白旗向河南进军，直指西安，其余各位王爷率各部随二位王爷出征。

令蒙古出兵榆林，直指延安，配合清兵。

多尔衮布置完了军事，转脸向东，看着文臣，吩咐道："洪承畴，本王命你从明日起，尽征京中百姓，修建京城，并在南北城中挑选旧大宅院，准备修建各王府。"

多尔衮命范文程去盛京，请两宫懿旨，早日定吉期迁都北京。命冯铨清扫后宫，整顿宫女、太监，准备迎请幼主和两宫太后。

接着命沈惟炳抓紧时间选派各部、寺、院的官吏，一旦幼主进京，马上要加冕称帝，各中央机构，早日重建起来。

还吩咐京、津等地抓紧剃发，绝不允许再有人心有二志。听完这条，各位汉官无意中用手摸摸自己的辫子，头上渗出汗来。

"众位都下去吧！"多尔衮安排完毕，心里十分轻松，靠在太师椅上闭目养神。

五日后，一队队铁骑举着白旗，出京城西去，后又有各色旗尾随其后。多尔衮立于西直门上，为将士们送行。

多尔衮送走出征的壮士，便着手准备迁都之事。修宫城、整顿后宫，那是在准备硬件设施，迎天子、迁京都，还有许多的软件工作要做，如制历法、拟年号等。

范文程被召到了多尔衮的面前，这位饱学之士是领导这项工作的最佳人选。

多尔衮对范文程道："范学士，我大清迁都在即，是否还有新的工作要做？"

范文程忙道："王爷，我圣祖上皆以游牧为生，不事农业，对历法、天文之术不精。今入主中原，沃野千里，盛产粮米，应修历法，重农事，方为立国之本、固国之基。"

多尔衮闻言点头："大学士看何人能修历法？"

"我修历之士皆在盛京，论编历不及中原人，故臣以为可用明故臣整修历法。"

"有这样的人？"

"明礼部旧臣，钦天监吏汤若望正在京城，可差他来修新历。"

"汤若望？是何许人？"

"回王爷，他是个洋人，来自日耳曼。"

"洋人？"多尔衮又惊又疑。

"王爷是否召见他？"

"让本王爷见见洋人是何等模样。"

在武英殿前的东暖阁里，多尔衮平生第一次见到了西洋人。

洋人为新朝上了新历，立刻引起朝野的轰动。汉人可能出于民族自尊，也可能要邀誉于新朝，纷纷有人上书，说西洋之历不可信。

当时，有蒲城布衣魏文魁上书道："我中华民族已历数千载，自夏就有历法，怎可信西洋人之妖术？西洋之历只适合西洋，并不有用于我。"

也有人上书道："旧明已有《大统历》，此已存数百年，新朝可沿用，何必重新修历，劳民伤财呢？"

多尔衮一时没了主意，找来范文程商量，对范文程道："范学士，依你之见，眼下是否需要修历？"

范文程略略沉思道："修历之争，由来已久，中原所流行的历法已有《大统历》。《大统历》乃明初刘基所制，因袭元郭守敬之《授时历》，时日已久，此两历皆有谬误。崇祯年间，有礼部尚书徐光启依西法测得日食，较之此二历更精，遂生修历之议。此后众说纷纭，各家林立。崇祯六年，天下言历者有四：除《大统历》外，另有礼部尚书李天经依洋历，立为西洋局，还有魏文魁在宣武门内，为东局。据近几年验证，由汤若望等人推崇的新历较其他三家更精，故臣以为应着汤若望修新历。"

多尔衮有些不耐烦，修个历法还这么复杂，于是道："就让那洋人先修吧，事成后再作定议。"

七月二十日，钦天监事上书：

臣依《大统历》推算：八月初一，顺天府有日食。到时，日近中午，月明星闪，日月共现，日暗月昏。此天象告谕，大明气数已尽，我大清必兴。

此后，陕西府上书：

依历法为据，八月初一有日食，但顺天府并不可见，仅在山西、河南、陕西可见。

多尔衮把汤若望召进宫问道："汤教士，据我朝旧历推测，八月初一有日食可见，教士所修之历是否有此天象？"

汤若望从容道："王爷，八月初一是有日食，但顺天府仅日食三分，日上方残缺；应天府应有日食六分；琼州、大宁北等无日食。"

多尔衮笑着对身旁的范文程道："三人三个说法，真是公说公有理，婆说婆有道。到底谁有理，八月初一见分晓。"

八月初一，北京许多人都不时望着天，想一睹天狗食日之状。辰时三刻，明亮亮的太阳开始变得模糊。不多时，一个黑豆般大小的东西出现在太阳上方。黑豆渐渐在长大，圆圆的太阳边上长出一个缺口。二分左右，这缺口又慢慢消失。

消息传到朝中，多尔衮和范文程十分吃惊，对汤若望刮目而视。此后，两江总督和两广总督上书俱报日食之状，皆与汤若望之言相符。不久，汤若望便被多尔衮封为钦天监执事。所修历法于第二年颁布天下，定名《时宪历》，汤若望加衔太仆寺卿，后改为太常寺卿。

后来，汤若望又尽心历事，修《大清时宪书》有成，赐"通玄教师"，加通政使，进秩正一品。此时的宰相不过三品而已，一个西洋人能居如此显位，可见他与皇上的关系之亲密。当然，这是后话，暂不多言。

多尔衮给两宫太后上了一道奏折，上言：

臣辅政王多尔衮叩首奏上：今大明已亡，闯贼大败西去，我大清将士已攻占北京，定鼎中原可指日而待。臣谨记先皇在时，曾立誓曰："若得北京，当即徙城，以图进取，底定中原。"今臣可了先皇夙愿，北京依山临海，地势险要，水陆通衢，正是抚四夷、临天下之要地。望两宫圣断，早议此事，早择吉期，定鼎北京。

书毕，交给范文程立刻去盛京迎请两宫和幼主入关。

一日午后，天气十分炎热。虽然每年的六七月份关外和中原都已进入盛夏，南北相距千里，炎热相近，但关外的盛京还是要比北京凉爽一些。盛京所谓的热，仅在中午，早晚的温度并不太高，不像北京，直到太阳西下，仍是热风扑面。

皇宫里很静。中原人都有午睡的习惯，每到盛夏午后都要睡一觉，满人可没这个习惯。所以宫女、太监们天天午后要睡觉，多尔衮却睡不着，只好坐在殿内看看书，养养神。看看那些执事的太监、宫女个个强睁着眼睛，为他扇风、进茶，侍立左右，只有门口的侍卫，个个精神抖擞，那全是武功高强的满人。

多尔衮难得如此清闲，可坐了一会儿，心情又开始不安起来。这武英殿内虽没有大树遮阴，但房屋高大，又有太监们向瓦上泼水，宫女们扇着风，并不会太热，但他却像热锅上的蚂蚁。

他站起来向外走去，宫女、太监们哪个敢拦，只好跟在后面。刚出门，热浪滚滚扑来，多尔衮稍稍一怔，立刻有人举起黄伞，撑起一片阴凉。多尔衮见吴良辅正讨好似的微笑着撑着那顶伞，不由得有一股莫名其妙的厌恶，便一手推开那伞，独自走到太阳下。四名身穿黄马褂的侍卫跟在后面，宫女、太监紧随其后。

来到皇极殿，大殿里空荡荡的。多尔衮来到御座前，仔细看了看，好像要把这座椅上的每一个地方都记在脑子里。看了一遍后，他一屁股坐在旁边的太师椅上，向下看了看，原来文武百官站立的地方，现在空荡荡的，一个人也没有。他躺在椅背上，闭上眼，又不由自主地歪着头，看了看旁边与自己仅一步之遥的御座。

一阵脚步声响起，虽然很轻，但他仍能听到，不多时，耳旁响起侍卫的奏报声："王爷，盛京来人了。"

多尔衮一惊，坐了起来，瞪眼道："何人？"

"两黄旗大臣、一等侍卫冷僧机。"

冷僧机，他知道，这是两黄旗的重臣，原为莽古尔泰之妹莽古济的家奴，为人机警狡黠，善察言观色，卖主求荣得到皇太极的赏识，改隶正黄旗，授三等梅勒章京，世袭不替，后又授御前一等侍卫。一名家仆一跃而成显赫的世职大臣，他因此对皇太极感恩不尽，极为忠心。在自己与豪格争位时，两黄旗死保要立皇子。六大臣索尼、图赖、鳌拜、谭泰、图尔格、遏必隆是元老级的人物，冷僧机等是少壮派，他们都曾宣过誓，并佩剑冲进八王议政会。今天冷僧机来，一定是两宫派来的使者，他正效力于幼主和两宫。

"宣进来。"

不多时，一位魁梧的满族将领来到殿上，跪地施礼道："一等侍卫冷僧机见过辅政王。"

多尔衮挤出点笑来，道："冷侍卫从盛京来，两宫有何旨意？"

"回王爷，范学士已抵盛京，向幼主及两宫奏闻了王爷的主张。两宫太后十分高兴，一致同意王爷迁都的建议，礼亲王代善和郑亲王济尔哈朗及其他王公均同意迁都。两宫太后特派奴才前来告诉王爷，两宫已决定九月迁都。"

多尔衮又喜又忧，喜的是迁都之议了却了先皇的夙愿，也实现了自己的抱负，同时，又可与家人团聚，自己的爱妃元妃早在盛京望穿秋水了。忧什么呢？他又不自主地看了看那虚着的御座。两个月后，这座上就会有一个六岁的幼童坐在上面，而自己只能永远坐在旁边这个椅子上。虽然殿前的大臣们对自己说的每一句话都会执行，但他们在执行前都会看看那六岁小儿的脸。即使什么也看不见，但他们还是要看，从心里要看。

想到那幼童，自然又想到那幼儿的母亲，那香味、那体态让他一阵阵心跳。自己为何一见到她就心慌呢？甚至连皇位也被她一笑就勾了去。

"王爷，想什么呢？"

多尔衮正在沉思，被人打断，刚想要发火，但看到的是冷僧机那张笑脸。多尔衮一阵恶心，因为那胖脸上写满了献媚和讨好。

他没表现出来，喜也罢，忧也罢，恶心也罢，只能自己心知，怎可让他人知道？特别是眼前这两宫的走狗，更不可让他看出任何蛛丝马迹。

"冷僧机，先帝待你们两黄旗不薄。现在主上年幼，两宫又是妇道人家，你们这些御前的人等应多为幼主着想，力保我大清江山永固，早日统一中原。"多尔衮的这番话，亦庄亦谐，亦真亦假。

冷僧机忙赔笑道："王爷太看重奴才了，大清有了王爷还怕什么呢？"

"这话什么意思？"多尔衮似怒非怒道。

冷僧机一点也不畏惧，忙道："王爷是辅政王啊，有王爷辅政，还用得着我们这些做奴才的吗？"

这话倒有点味道，多尔衮虽然不齿于冷僧机的出身和为人，但他需要两黄旗的人为他效力。祸起萧墙，坚固的堡垒容易从内部突破。现在横在自己面前的就是两黄旗，若把他们瓦解了，何人还能奈何自己？这些两黄旗中直接为两宫、幼主办事的人更是他要网罗的人才，从此人的出身来看，网罗冷僧机有很大的把握，不过不可太急，还应试探一下。

"本王是辅政王，但郑亲王也是辅政王，还有礼亲王、肃亲王，怎么大清全靠本王了呢？先帝在时，宠信的四大王礼、郑、睿、肃，本王只排第三位嘛。"多尔衮不冷不热地说道。

冷僧机微微上前两步，低首笑道："王爷所言差矣。先帝亡崩，四大亲王的排次已没什么价值了。郑亲王虽与王爷同为辅政王，但王爷亲率两白旗十四万铁骑入关，陷北京，平闯贼，其功盖世，不要说礼、肃两王，就是郑亲王也不可与王爷相提并论了。王爷的功劳，大清路人皆知，王爷在大清的地位，无人可取代。"

这番话正说在多尔衮的心窝里，十分地舒服，他像吃下了一个冷冻西瓜，此时一点儿也不感觉热，倒是冷僧机的鼻子上渗出了小汗滴。

多尔衮把手一挥，朗声笑道："话万万不可这么说，现在中原未定，一切还有待时日。冷僧机，准备何时回盛京？"

"王爷，奴才来时，两宫太后说了，现在王爷正缺人手，若王爷能用得着奴才，奴才愿帮王爷出一份力。"

多尔衮心中一愣，马上又笑道："那正好，本王差洪承畴修建各王府，准备迎请两宫、幼主和各位王公大臣，可他正忙于修筑京城，无暇顾及，你正可为本王爷办此差使。"

冷僧机一听，心中大喜，想不到这睿亲王一点儿也不忌恨两黄旗的人。这可是棵大树，能靠在他身上少不了阴凉，于是忙跪地谢道："多谢王爷器重。"

"对了，别忘了沿途多修几座临时行宫，千里迢迢，孤儿寡母的，受不起这折腾。"

"嗻。"冷僧机退下后，多尔衮心中翻起波澜：两宫派冷僧机来京是来刺探情报的，还是来暗中监视的？不论怎样，我要看他的行动。看他那言行，更多的是讨好我，若他真有意投靠本王，他自会做给本王看。

三日后，冷僧机来见多尔衮，一见面他便神秘地笑道："王爷，这几日奴才跑遍了全城，才为王爷找到了王府。"

"噢，在哪儿？"多尔衮自己都没想到这一点，这奴才却想到了。是呀，幼主来了，我还能住这皇宫吗？堂堂辅政王，没个像样的王府怎么行？

冷僧机见多尔衮面有喜色，知道自己这事办对了，便更加得意地说道："睿亲王府就在明南宫，也就是前明的洪庄宫，在紫禁城以东。奴才已去看过了，那宫占地几十亩，宫中的殿堂十分气派，红墙绿瓦，屏风宝座，毡毯布帷，十分富丽，不亚于这皇宫。只要略加修缮，便可住人。"

多尔衮假惺惺地说："太奢华了，不必花银子大修，倒也省些，所有王公府宅，不可奢侈。大清刚刚立国，还没富到可摆阔的地步。"

"奴才记下了。辅政王如此节俭，千古高风。"

冷僧机暗道，别的府可以不花银子，这睿王府能不花银子吗？只要把辅政王侍候舒坦了，还有什么事不好办？

多尔衮望着冷僧机的背影，暗暗点头，这小子也是个随风倒的货色。让他为自己办事，看来还行。

九月九日，天高云淡，秋风送爽。九九重阳，中原雅士多有登高之俗，可现在兵荒马乱，民不聊生，自然也就少有登高之人了。

多尔衮在皇极殿正襟危坐，洪承畴、冯铨、满达海、辅图公屯济克、和托、固山额真何济会、沈惟炳等满汉大臣侍立殿下。

多尔衮看了看众人，清清嗓子道："冯学士，后宫准备得怎么样了？"

"回王爷，后宫已打扫干净，收拾整齐，宫女、太监已派往各宫，所需器物已采买齐备分到各宫。现在万事俱备，只敬候皇上和两宫了。"冯铨立刻奏道。

"通向山海关的御道和行殿修得如何？"

洪承畴闻言，忙出列道："回王爷，从京都到山海关的御道已于十日前修好，道旁每三十里设一临时行殿，在通州、蓟县、抚宁都修了行宫，保证两宫太后和幼主一路吃好、休息好。"

多尔衮点点头，眼睛在人群中寻找什么。

"冷僧机哪儿去了？"

"回王爷，冷侍卫正在睿王府监工修缮。"一个满臣奏道。

"据驿报，皇上今天可过山海关，不日即可到京，各位要抓紧准备，恭迎圣驾。"

"嗻。"众人齐声应道。

北京城又热闹起来了，人们私下纷纷议论：

"喂，听说大清皇帝要来了。"

"对呀，这回才是真龙天子！我们要一睹龙颜，消灾去祸。"

"听说只是个六七岁的孩子，真正掌权的是辅政王。"

七日后，快马来报，幼主已到通州。多尔衮闻讯，急命尚衣监备好冠服，锦衣卫监卤簿仪仗，旗手卫手执金鼓旗帜，教坛司备好各种乐器。整个宫中来来往往，出出进进，但井然有序。

一个时辰后，多尔衮率领满汉大臣，大开城门，出城而去。

刚到通州界就见东边天际，旗号招展，人欢马跳，遮天蔽日，席卷而来。

稍近就见飞奔在前的是五百精骑，个个盔甲鲜明，威风凛凛，手执长矛厚盾。后面龙旗飘飘，各色彩旗飞舞，一队队蓝翎侍从目不斜视。中间乃一黄盖，下面是四马銮舆，黄色帷幕。数十名身穿黄马褂的侍卫，腰挂大刀，骑队紧紧护卫着那銮舆。再往后是一辆辆车驾，最后是几十位将军骑马殿后，身后是黑压压一眼望不到头的骑兵。

多尔衮哪敢怠慢，忙滚鞍下马，只见太监、侍卫早在御道旁搭好了行殿，司设监设了帷幄御座。多尔衮忙跪于道旁，王公大臣随其后跪伏于地。

銮辂和铃，金鼓齐鸣，铙歌大乐响彻天际。皇上的銮舆停了下来。

御帘一打，里面现出一个孩童来，头戴圆顶红缨金王冠，身穿黄龙袍，面如满月，眉清目秀。那双乌溜溜的眼睛向外望了望，十分好奇，又有几分羞涩。

多尔衮一见，忙膝行上前，伏地呼道："臣和硕睿亲王多尔衮叩见皇上。"

身后众臣也伏地齐呼："叩见皇上，吾皇万岁、万岁、万万岁！"

"众卿平身。"

"谢皇上。"

"平身。"那声音很甜润、很稚嫩，但语气中带着威严。

多尔衮立于銮边道："行殿已搭好，臣请皇上停銮休息。"

"朕一路坐车，烦死了，距京已近，快快走吧，到京再歇。"

别看是六岁的小孩，但幼主很有主张，他早坐够了车。

多尔衮向后看了看，后面的两乘御銮就是两宫太后的金銮，他应去打个招呼。

多尔衮刚要迈步，就听幼主道："睿亲王，随朕起驾吧。"

"嗻。"多尔衮有些失望，他本来是可以看看两位皇太后的，特别是孝庄太后，数月不见，别有一番相思，可皇上有旨，谁敢违抗！

"皇上有旨，起驾进京——"御前太监一声高喝，整个队伍又热闹起来。多尔衮骑在马上，伴着銮舆，缓缓而行。

虽是御道，但路也不平，忽上忽下地颠簸。幼主打开帘子想看看是什么路。

一阵轻风伴着徐徐香气扑面而来，幼主微微一震，放眼一望，銮舆正行进在山脚下，远处蓝天下，漫山的树叶全是红色。

"停！"幼主在辇上喝道，声音虽稚嫩，但十分威严。銮舆停了下来，前后整个队伍原地站立。

"皇上，有何吩咐？"多尔衮忙道。

"这树叶怎么是红的？朕倒要看看。"幼主满脸的稚气，他对这北京的树叶有了兴趣，关外白山黑水，有草原、白桦树，但哪有这红树叶呀。

多尔衮哭笑不得，刚才已建了行殿让他歇，他要走；现在来到山脚，道路崎岖，连建个行殿的地方也没有，他偏要停下来！

"皇上，此处乃荒山野岭，山高风大，还请皇上起驾进京吧！"多尔衮仍劝道。

幼主有些不悦，小孩子脾气上来了："山怎么荒的？到处都是树，还长着红叶子呢！海公公，快抱朕下来，让朕看看。"

那边马上跑来一位三十多岁的老侍卫，他便是海中天，清宫中的贴身侍卫。

"皇上爷，这树叶有啥好看的？到了京城，奴才专门为皇上砍一捆，留给皇上看。"海中天见多尔衮有些不耐烦便也来劝幼主。

"海公公，你怎么也和他们一样？朕说下辇就下辇，你敢抗旨吗？"幼主顺治一本正经地说道。

海中天扑通跪地，忙道："皇上息怒，奴才不敢！"

海中天把顺治抱下了御辇。顺治立在山坡上，极目远眺，眼前是崇山峻岭，连绵不断，万山红遍，层林尽染，蓝天、白云、红叶，汇聚一块儿，真是一幅完美的风景画。

"海公公，为朕摘一枝来让朕瞧瞧。"

"嗻。"海中天知道这主子，别看年龄小，脾气可大啦。于是跑到山坡上，命一名侍卫用大刀砍下一根树枝，送到顺治手上。

顺治拿着这树枝，翻来覆去地看，这树叶儿为何是红的呢？

"传大学士范文程。"顺治对海中天道。

"皇上有旨，传大学士范文程。"当值太监高喊道。

不多时，范文程急急忙忙从后面跑了过来。

"臣叩见皇上。"

"好好，好好，平身吧。"顺治帝没等范文程跪下来就急急地问道，"范学士，这树叶为何是红的？"

范文程忙道："皇上，恕老臣才疏学浅，不知这树叶为何发红。不过，在北京，这种红叶树很多，叫枫树。此叶春夏不红，只等秋天才红。现在还不是最红的时候，等到下了霜以后，这叶子会更红。京中的香山上，这种树很多，所以'香山红叶'也算北京一景，每年到深秋，很多人都会到山上去看红叶。唐代有个大诗人杜牧曾有诗歌咏这红叶。其诗曰：'远上寒山石径斜，白云生处有人家。停车坐爱枫林晚，霜叶红于二月花。'"

范文程摇头晃脑，陶醉其中，而顺治一脸的茫然。他根本不懂汉话，更不知这诗了，那范文程简直是对牛弹琴。

这君臣正在品评红叶，那边又来了位宫女，跪地道："皇上，两宫太后传旨，让皇上快快起驾，在这旷野之中小心着凉。"

"知道了。"顺治有些不耐烦，又对范文程道，"范学士，刚才那诗是什么意思？说给朕听听。"

范文程满脸的无奈，小幼主在这个地方请教学问多不是地方，身后几十万铁骑和文武百官都在道上候着，咱们在这儿讲学问，合适吗？再说了，这是三言两句能说清的吗？

那边又跑来一位三十多岁的满人妇女，手里拿件披风，来到顺治面前道："皇上，这儿风大，别着凉了。来，让奶娘给皇上披上风衣。"

顺治这才对那妇人道："不用了，奶娘，朕这就上舆。"

来的妇人是顺治的奶妈子，也就是乳母李氏。按清宫的规矩，为防后宫专权，皇子生下来就由乳母喂养，生母不能随便看望儿子。所以在清宫中，有很多的皇子对乳母情深似海，形同母子，可对生母却没有多少感情，这顺治就是其中一个。

"范学士，到了北京，你要教朕说汉话、学汉文。"顺治临上辇的时候丢下了一句话。

这句话是六岁小孩的一句无意的话却让范文程为难了。昔日里都察院承政辅国公满达海曾上书睿亲王和郑亲王，请求为幼主配备师傅讲经授课，多尔衮对此不屑一顾，今日皇上亲口让自己为他讲经，这不是给他出难题吗？

范文程嘴里咕噜了一句什么，可没有人听清，幼主也没听清，因为御銮早已走了。

风在吹，旗在飘，空空的原野上只有马蹄的踏踏声。遥远的北京城从天际隐隐现出，大清的皇帝终于从那白山黑水之间来到了中原……

"轰！轰！轰！……"九声炮响，震天动地。顿时北京城朝阳门洞开，大清皇帝的仪仗銮舆进了京城。

福临毕竟是个孩子，刚过城门，便伸手掀开一条缝向外望去：哇！北京这么大！大街比盛京的街还要宽，街两旁都是大大小小的四合院。有的宅子很大，门楼也很气派，三间两层，朱漆大门，门外还有石狮子把守；也有的只是三间屋作门面，但也是砖墙灰瓦，雕梁画栋。

"啪！啪！啪！"御道官甩起了静街鞭，鞭声一响，老百姓就知道回避，不像在盛京时，还要派人在前面敲着锣，高喊："肃静！回避！"

街上没什么人，沿途百姓虽然想一睹天子真颜，但他们只是好奇，从内心中是不愿看这场面的。现在满人又静街，他们也不敢出来了，只有躲在自家的门内、窗前，从缝里向外偷看。偶尔在一些大宅门前，可见有一香案，案前跪着老老小小几十口人，这些人大多是满人，他们有资格跪迎清帝。

不觉间来至正阳门，进了皇城。

福临见御街迎面有一门楼，上悬匾额，便道："这是什么门？"

"大明门。"舆旁的范文程忙道。

"大明早亡了，哪还有'大明门'？要改成'大清门'。"

贴身侍卫海中天马上扯着嗓子喊道："传皇上口谕，改'大明门'为'大清门'。"

过了此门，两旁衙门林立，每个门前均有香案。全衙的官吏，除了随百官迎驾的，其余的全跪在衙门前，恭迎皇上入宫。

进了午门，前面的仪仗分列两旁，让皇上和两宫的御辇直驶武英殿。众侍卫早已把武英殿围住。

御辇停在殿前，帘子一打，福临便听到了一声公鸭嗓子般的叫声："恭请皇上下辇入殿休息。"

福临起来正等人抱，忽见辇旁早有一人跪在地上，平平的后背呈现在他脚下。福临一愣，不知这是干什么的。

就听地上那人道："请皇上下辇，入殿休息。"

福临这才明白，原来是个人身台阶。他一脚踏在上面，软软的，很舒服，并且纹丝不动。海中天忙伸手牵着福临的手，走了下来，地上那人这才起身。

"过来。"福临对那太监说。

那太监忙过去跪在地上，低首不语。

"你叫什么名字？"

"吴良辅。"

"吴良辅？"福临歪着头，感觉这名字挺好玩儿的。

"请皇上入殿休息！"地上的吴良辅又说，福临这才转过身笑呵呵地进了殿。

又有两辆御辇停在殿前。吴良辅刚想跑过去，却被另一个小太监抢了先，跑到了前面那辆辇前跪地，他只好到后面那辆了。

"请皇太后下辇！"

前辆辇帘子一掀，一位身穿大红锦袍，头戴金丝八宝攒珠髻的娘娘踩着小太监下了辇。

一旁的多尔衮忙施礼道："臣弟多尔衮见过太后娘娘。"

此人正是皇太极的正宫皇后博尔济吉特氏，可惜她一生没生个皇子，只能沾她侄女的光了。

后面那辆辇的帘子也打起了，一位身穿水绿盘锦绣凤长袍，头绾金丝八宝攒珠髻，鬓插双凤八宝金钗的女子立在了帘门前。只见她体态丰腴，风流婀娜，那双美目顾盼流飞，面带微笑，似六月荷花，又如三春杨柳。

在场的众臣没一个人敢仰面而视，只有多尔衮，虽然低着头，却不时用双眼的余光偷窥。此人乃福临的生母——皇太极永福宫的庄妃，现在已是子贵母荣，与姑姑一起并称皇太后。

庄太后抬玉臂扶辇门，一脚踏在太监的背上，脚一软差点儿跌下来，一个宫女忙上前扶住了她。

与此同时，站在不远处的多尔衮也连跑了几步，几乎到了庄太后面前。见庄太后并无大的闪失，反而闹得面红耳赤，特别是看到庄太后的粉面升起两朵云霞时，更是心跳加快，喉咙发胀，只好对着地上的太监连踹三脚："该死的奴才，竟然闪了皇太后。来人，把这奴才拉出去砍了！"

"嗻！"两名侍卫如狼似虎，上前摁住了吴良辅。

"王爷饶命！皇太后饶命！奴才不是故意的。"

庄太后轻启玉唇，含笑道："王爷，哀家自己不小心，与这奴才何干？饶了他吧！"

"谢谢皇太后！谢谢王爷！"吴良辅磕头如捣蒜。

"看在太后的面子上，今日饶了你，滚！"多尔衮有劲儿没地方使，只有拿这小太监发泄。

两位太后入了殿，稍息片刻，多尔衮在殿内奏道："皇上，百官正在大殿外等候朝贺，请皇上升殿接受群臣行觐见礼！"

"皇上，快上朝吧！"一个甜润的声音，多尔衮不看也知道是谁。

不一会儿，顺治由海中天扶着走了出来。

"皇上上朝——"

太监的喊声依次传去，在皇宫回荡。

福临走在去皇极殿的路上，由海中天牵着，这时才可看出他那身龙袍并不合身，又大又长，下面拖着地。走了几步，福临突然把海中天的手甩掉，自己倒背着双手，迈着八字步走去。后面的多尔衮看他那个样子，不禁泛起一丝冷笑。

来到大殿，福临走到御座前毫不含糊地坐了下来。这人也太小了，坐在这么大的御座上，双脚不沾地，后背不靠座，只能用一只胳膊扶在椅把上，高高的书案挡住了整个人，只露出一个小小的脑袋。

鸿胪寺官侍立一旁，殿下诸王大臣依次排列，一一唱名，行三拜九叩之礼。

福临根本就看不见下面的大臣是什么模样，只能听到他们的名字。刚行完礼，福临便道："八旗王公大臣留下。"

众臣退去。只有各位王爷、贝勒留在殿内。

"来人，把这前面的东西抬去。"福临有些不耐烦。

海中天忙道："皇上，这是皇上办公用的，怎可撤去？"

"留它障眼，朕看不见人。"

"皇上让撤就撤吧！"多尔衮在一旁道。他心想：六岁的黄口小儿，能办哪门子公？这个海中天一心想着尽忠。

"这个椅子是干什么的？"福临一指御座旁的那张太师椅问道。

多尔衮马上道："回皇上，那是皇上没来时，臣坐在上面办公的。"

"噢。"福临点点头，突然又道，"十四皇叔你为何不坐在这御座上办公？"

童言无忌，但听者有忌。多尔衮不由得面红耳赤，想想自己初进北京不就坐在这御座上吗？后来范文程一再进言要安抚汉民，迁都北京，自己这才搬出乾清宫，离了那御座。

"皇上，那御座只能皇上坐，臣只是辅政王，并不能坐那御座。"

福临点了点头，道："那好，以后上朝，十四皇叔就坐在这儿。不过，在这边也为郑亲王添个椅子，你们二人为朕辅政。"

郑亲王和多尔衮二人马上跪地道："多谢皇上，臣不敢。"

"得了，现在没有旁人，都是咱们一家人，各位王爷都上来坐吧，说说话。"

"多谢皇上。"众王爷纷纷叩首谢恩，坐了下来。

多尔衮对济尔哈朗笑道："郑亲王，盛京距此地千里，王爷率精骑护送两宫皇后、幼主和诸王贵族来京，一路上吃了不少苦吧？"

郑亲王忙道："睿王爷说哪儿去了。王爷亲率两白旗入关，定鼎燕京，伟功盖世。本王与王爷相比，所受之苦微不足道，不足挂齿。"

此时的济尔哈朗从心中对多尔衮有了畏惧。虽然自己是第一辅政王，但眼下已不比多尔衮了，立足于国靠的是军功，无功于国又凭何立足呢？

"礼亲王，一路鞍马劳顿，能否吃得消？"多尔衮转脸与大贝勒礼亲王代善寒暄。

代善忙应道："多谢十四弟挂念，为兄这副老骨头总算挺过来了。此番入关，为兄怕有生之年难再回乡喽。"

多尔衮知道这代善原支持豪格与自己争夺皇位，心中的隔阂这辈子怕也无法消除了。不过他现在已是人老体弱，如日薄西山，听他这语气，话中既有不满，但更多的是无奈。

多尔衮不由得去看与自己差不多大的侄儿豪格，此时，豪格正上下打量着金銮殿，对他们的谈话似乎不是太在意。

"肃亲王，这金銮殿比盛京的大殿如何？"多尔衮故意搭讪，要显示一下自己的功劳。

豪格虽是一个粗人，但这话语、语气和神态，他能感觉到一种自得。

"不错，太好了，不过，不知有没有盛京大殿牢固。"

"你这话是什么意思？"

"没什么意思，只是有些担心，毕竟这是别人修的宫殿，别人的东西，用起来总是让人不放心。"

"你们说吧，朕要尿尿。"福临见大人们说话把自己晾在一旁，很是无趣，找个借口跑掉了。

众人一听，齐声大笑，多尔衮与豪格的斗嘴也只好到此为止。

"睿王爷，太后有请。"一位侍卫道。

多尔衮立即起身去武英殿，远远就听福临在闹："皇额娘，朕要与额娘住在一起。"

"皇上，这事要问问十四叔，知道吗？"

多尔衮来至殿前，大声施礼道："臣拜见两宫皇太后。"

"有请！"

多尔衮走进大殿，只见哲哲太后和庄太后分坐在殿上，福临正依偎在母亲身边用期盼的目光注视着多尔衮。

"太后唤臣有何吩咐？"

庄太后微微一笑道："睿王爷，皇上虽已登基，但仍是六岁的孩子，从盛京来此，初来乍到，要与本宫住在一起，你看如何？"

多尔衮不卑不亢，奏道："太后，我大清祖制，历来后宫母子不可同居同住。皇上虽只六岁，但从生下来就与太后分开住，为何到了北京偏要住在一起呢？"

多尔衮这话有理有据有节，庄太后一时无语以应。

"朕是皇上，天下由朕说了算。今日朕说和额娘住在一起，哪个敢抗旨？"福临一挺身子摆出了皇上的架子来。

多尔衮心中暗乐：你是皇上？若不是你额娘苦苦求我，又有那豪格、代善跟在后面伸腿起哄，现在你还不知在哪儿玩儿呢。这庄太后外秀内慧，颇有心计，若让他们母子同住，她定会为皇上出谋划策，我这个辅政王怕起不了什么作用了。

"皇上虽为一国之主，但也不是说的话都对，做的事都符合治国的要求。所以，皇上也不可以想干什么就干什么的，请皇上三思。"

"思？朕不思！朕就要和额娘住在一起！"福临要起小孩子脾气，又哭又闹，庄太后也不禁掉了泪。这母子虽同在后宫，却如隔天涯，并不能享受天伦之乐。

多尔衮没办法，看了看一旁的哲哲皇太后，便道："皇太后，这祖上的规矩是不是可以……"

哲哲太后明白多尔衮的意思，她又能说什么呢？

"好了。祖上的规矩谁也不能改！福临哪，你住乾清宫，那是皇上住的。我和你额娘住在后宫，也不远，想娘的时候，就去后宫找。让你奶娘陪你住。不要再闹了，现在你是皇上，不是一个小孩子，知道吗？"

福临委屈地点了点头，随着奶娘李氏去了乾清宫。

多尔衮拖着疲惫的身躯出了午门，不由得又回头看了一眼皇城。那重重的殿宇、金碧辉煌的大殿、豪华富丽的寝宫就在身后，可现在已不属于他了。这么大的地方，它的主人只有六岁，他能管好这片地方吗？

多尔衮心里空荡荡的，翻身上了马，又一次回头，心中暗道：皇城啊皇城，你里面有我的梦，也有我的情，可以后却不能随便来了。男人如果没有权，没有心爱的女人侍候，活在世上还有什么意思呢？"不，我不会放弃！我要努力，要得到我想得到的！"一个声音在多尔衮的心中响起。

"王爷，奴才来给王爷请安！"一声献媚惊了多尔衮的沉思，向前一看，正是冷僧机。

"冷侍卫，睿王府修好了吗？"

冷僧机忙道："睿王爷，看您说的，在这京中，谁的事也没王爷的事重要，奴才就是有天大的胆子也不敢误王爷的事。现在福晋、妃嫔们早已安置妥当，元妃娘娘差奴才来宫中看看王爷是否忙完，好回府呢。"

知道疼男人的还是自己的老婆。不过这元妃病恹恹的，没味儿，入府已十几年，连一男半女也没生一个。

睿王府真的不错，整个府宅巍峨高大，正门乃两层城楼，正中的大殿红墙红瓦与宫中的金殿几乎一样。

城墙高耸，一对石狮守在门两侧。进了门，屋宇栉比，有多进四合大院。整个院宇宏大，回环四合，很有气派，虽比宫中小了许多，但比其他王府怕要大多了。

院内荷花池、大花园、马厩、鹰房、神殿、佛堂、屏风、影墙、亭台轩榭，一应俱全。

"王爷以为如何？"冷僧机尾巴似的跟在后面讨好道。

多尔衮点了点头，不动声色道："冷侍卫为本王费了不少心，本王心中有数，日后定有回报。"

"奴才不敢，为王爷办事是奴才的荣耀，怎敢奢望回报呢？奴才告辞了。"

听说王爷回府，后院的嫔妃们马上蜂拥而至。走在最前面的是他的正房妻子元妃，她也是蒙古的博尔济吉特氏，后面还有三妻四妾，七个如花似玉的美妇。

"臣妾见过王爷。"元妃微微施礼。

多尔衮看了看她那日益消瘦的脸。元妃早已人老珠黄，几个月不见，她虽强装欢颜，绽开了那整日绷着的脸，多尔衮还是不舒服，没有一点儿夫妻重逢的喜悦。

元妃悻悻而退。

再看后面的妻妾们，个个养得像小肥猪，可也是一只只不下蛋的母鸡。我多尔衮十二岁娶妻，养了八房女人，过了十几年，没一个人为我生个孩子。不生就不生吧，可看她们那一个个的样，哪像王府的嫔妃？你看那庄太后，三十多岁，还生了四个孩子，可仍像少女似的，人家是怎么保养的？

多尔衮鼻子里哼了两声，冷冷道："一路劳累，都到后院歇着吧！"

众人都悻悻而去，她们知道，要拴住这风流倜傥的王爷比登天还难呢。

庄太后在四位宫女的引领下来到一宫中，马上被这宫里的豪华陈设惊呆了。她自十三岁入宫就一直待在皇太极的身边，虽不是正宫皇后，但也是五宫之一，可盛京的皇宫哪儿比得上这北京的一半。

门口有四个太监，见了她忙跪地请安。进了殿，只见地上是猩红的毡毯，四周墙壁是大红的布，所有的桌椅均是上等红木，雕龙刻凤，镶着黄金白银，门窗全是镂空的图案。

打起珍珠帘，里间是寝宫，黄丝帷帐重重。靠墙有一张象牙床，上铺大红缎被，罩一真丝红纱帐。床前是梳妆台，一面大铜镜前放着大大小小一堆匣子，里面全是化妆品。

刚坐下，马上有四个宫女鱼贯而入：第一个手捧玉盘，盘内放一条真丝手巾；第二个双手端一铜盘，内有温水；第三个也托一盘，盘内有清水一杯；第四个端一瓷盂。这是让太后洗脸、漱口的。

庄太后洗了脸，漱了口，四个宫女鱼贯而去。

一个太监跪地道："天已正午，请太后用膳。"

"好吧。"

"传太后午膳——"

不一会儿，殿外来了一小队太监至殿前。

一太监跪地道："御膳房管事太监张大宝叩见太后。"

"平身吧。"

"嗻！"

两个太监把膳桌抬进来，放在庄太后面前，后面的四个太监手提饭篮站在桌前。只见那张大宝上前掀去碗盖，一一陈列，边端边报菜名：

"大碗菜四品：猴头烩海参、燕窝烧麻鸡、清蒸鸭子、红烧鲤鱼。中碗菜四品：三鲜鸽蛋、鲜虾仁、烩鱿鱼、冬瓜炒肉，由四品厨役王茂堂恭做。碟菜四品：炒野鸡、木须肉、蘑菇炒鸡丁、炒三冬。片盘二品：挂炉乳猪、熏鸭肝，由六品庖丁刘三两恭做。火锅二品：蒙古小山羊肉炖白菜、鳜鱼煲豆腐，由三品厨师胡大良恭做。"

四个太监下去了，桌子上已摆得满满当当。庄太后早被他说得耳鸣眼花，不知所以。

"还有蒸食膳品：白糖油糕、如意卷、烙饼、戗面馒头，由冯文福恭做；粥膳四品：香稻米粥、八宝小米粥、鸡丝面、燕窝八仙汤，由七品庖人王二根恭做。请太后用御膳吧。"

又有两个太监上殿，把这些馍、饭、汤端到桌上，后退立于殿下。

整张桌子摆得满满的。庄太后一人对着这桌子，呆了。这么多饭，让一个人吃，怎么吃得下？她看了看满屋子的太监、宫女，一时不知所措。

"请太后用膳。"张大宝催促道。

"哀家怎能吃得了这么多菜？太浪费了。"

那张大宝忙笑道："太后呀，您是谁哪，您是皇上的额娘，天下之母，就是吃天上的月亮也不为过呀。奴才愿太后天天能喝上天庭的玉液琼浆。可惜，奴才们无能，不能让娘娘如愿。"

庄太后听了这话差点噎死，这太监太会奉承了。

她挑了两样菜，盛了一碗小米粥，拿了一个馒头，对张大宝说："哀家吃这么多就行了，其余的快送膳房给其他人吃。"

"回太后，这些都是给您做的。皇上、娘娘和妃嫔们各人都有一份。"张大宝道。

庄太后笑笑道："那就留下晚上再吃吧。"

张大宝忙道："太后，您就别说笑话了。太后怎能吃剩饭呢？我大清富有天下，难道还供不起太后吃几样菜吗？"

庄太后心中不悦，这是干什么？大清再富有也不能把好东西白白扔到水里去。明明吃不完还做这么多干什么？这规矩得改一改。

庄太后吃完了饭，笑着对张大宝道："来，你们都来吃吧，反正不能白扔了。"

张大宝忙道："太后的御膳，奴才们不敢吃。"

庄太后一气，再也忍不住了，啪地一拍香案，怒道："你们成心气哀家是不是？吃又吃不完，退又退不掉，还不让吃剩的，别人又不能吃，是不是非要把这些好好的东西扔了你们才舒服？这不是败家子吗？"

张大宝吓得屁滚尿流，伏在地上磕头如鸡啄米，连连哀求道："太后息怒！奴才该死！奴才不该惹太后生气。可这是宫里的规矩，奴才就是长了天大的胆，也不敢改呀。"

满屋子的太监、宫女几十个都跪下求情："太后息怒！"

庄太后见众人如此，心也软了，这能怪谁呢？怪这些太监？他们哪有这个权呢，要怪还是怪朝廷。

"好了，你们要不让本宫生气，就把这剩饭都吃了，下顿饭少上些。只要够吃就行了，做这么多岂不浪费了？长此以往，再富的人家也会吃穷的。"

"太后见教得是，一定听太后吩咐。"

众太监、宫女纷纷走过来，把桌上的饭菜一一拿去，不多时便吃了个精光，而后又跪地谢赐膳之恩。

此后，又是四个宫女上殿侍候，洗脸漱口。

众人退去，只留两个宫女侍候庄太后午睡。庄太后躺在舒适的象牙床上却没有丝毫的睡意，她又想起皇太极猝死时的情景，那段时间，真比油煎火烤还难熬啊！后来自己的儿子竟继承了皇位才平息了豪格和多尔衮的争夺。

现在又从盛京来到了北京，这多像是一场梦啊！这北京的皇宫比盛京气派多了，里面的奢侈也让人吃惊。吃顿饭要几十个人侍候，做几十个菜，这不是治国之道。俗话说："勤是摇钱树，俭为聚宝盆。"以勤治国，以俭养德。如此奢华必定消磨人的斗志，腐蚀人的灵魂，大清如何灭贼平乱，一统天下？大明之所以亡，怕与此也有关联，这亡国之路不能重走。再说，这宫中的人也太多了。单这一宫住有几十人，全宫不下几千人。几千人侍候几十个人，没这个必要。林子大了什么鸟都有，这几千人中能没有心术不正之人？听这些太监说话，就知道这宫中的人大多是见风使舵、阿谀奉承之人，让这些人每天围在身边转悠不是个好事。明朝时宦官专权登峰造极，王选、魏忠贤这些人当初都是小太监，可后来呢，权倾朝野，专权误国，使明朝灭亡。

不行，一定要改了这宫里的规矩，要改就要和辅政王商量。

想起辅政王，庄太后自然想到多尔衮，粉面不由得微微泛红。这多尔衮从一开始看见自己那眼神就不对劲，直勾勾的。后来为了福临，自己又去求过他。这以后，他看自己时胆子更大了，目光也有些放肆，但眼下自己幼子弱母，还要倚仗他，也不能太得罪他。再说了，他多尔衮也不是草包，有才有貌，风流多情，文武双全，自己从心底里并不十分讨厌他。

庄太后摸了摸发热的玉腮，不由得暗恼：看你想哪儿去了，你是皇太后，当今皇上的额娘，若与小叔子通好，在一般人家并无大碍，但对自己而言，岂不让天下人笑掉大牙？还是尽量少与他见面。

可改宫制的事怎么与他说呢？他现在可是有功之臣，连郑亲王都让他几分，他若不同意，啥事也办不成。得了，还是去找姑姑吧，明日两宫一起约他，有姑姑在，想他也不敢放肆。

哲哲皇太后的宫殿也是如此豪华。庄太后来时，哲哲太后正在午睡，门口有四个太监值守，殿前有四个宫女垂立。

"奴婢见过太后娘娘。"宫女们忙施礼道。

"平身吧。皇太后睡了吗？"庄太后问道。

"回太后，皇太后正在午休。"

"罢了，别吵醒她，本宫在这等一会儿。"庄太后知道姑姑的脾气。当初在盛京时，自己经常挨她的训，直到福临继位，这姑姑才和侄女心连心，共同辅佐幼主，谁叫后宫里她们娘俩儿最亲呢。胳膊肘不能向外扭，肉烂了还在锅里。

"谁呀？是玉儿吗？"是哲哲太后的声音。庄太后在家时的小名叫大玉儿。

"是我，姑姑。"庄太后忙应道。

"你坐，姑姑马上就来。"

不多时，哲哲太后从寝宫出来，略施粉黛，五十岁的人，早已人老色衰了。

庄太后忙上前行拜礼，被哲哲拦住了，笑道："罢了，罢了，这是内宫，又没外人，就不必多礼了。刚刚入宫就来见我，是来看看姑姑，还是有国事要找皇太后呀？"

庄太后笑道："初来北京，先是来看姑姑吃住还习不习惯，后面才有事与太后商量。"

"今日敢情是公私都有？"

"不错。"

这娘俩亲热地开着玩笑，她们现在是一条船上的人了，要同舟共济，否则，谁也没有好处。

"姑姑，这儿吃住还习惯吗？"庄太后笑问道。

"哎呀，太奢侈了。一个老太婆，一顿能吃多少？上了几十个菜，还不让退，又不让吃剩饭，说他们，那太监说是宫里的规矩。比起盛京来，简直是天壤之别。"

"姑姑，你看这规矩是不是要改一改？"

哲哲太后明白了，下面所谈的就是公事了，于是道："你也是皇太后，你说了算。"

哲哲太后知道，自己虽是皇太极的正宫，但现在已经不值钱了，像过了季节的服装，要打折才有人肯买。

"这是什么话？论辈分您是姑姑，论地位您是皇太后，这主意还得您拿。"庄太后又把球踢了回去。她知道，虽然皇上是自己的儿子，但哲哲太后的地位是不可轻视的。她现在需要来自各个方面的支持，哪怕是微薄的支持也应争取。吹波尚能助澜呢！

哲哲太后也明白，庄太后是给自己面子。她不能推辞，也不能不同意，于是道："这规矩是该改一改，人太多，宫中太浪费了，不过，这要与辅政王说才行。"

庄太后微笑着点了点头，没有说话，哲哲太后并没看出庄太后脸上那一丝不易察觉的羞涩。

"噢，本宫明白了，你是想让本宫与辅政王说，是不是？"哲哲太后用玉指一戳庄太后，笑道，"拐弯抹角，最后是让本宫当炮灰替你冲锋陷阵。"

哲哲太后猜对了，庄太后是想让她向辅政王说这后宫改革的事，可为什么要让她说，她却是猜不到的。仅仅是因为她是皇太极的正宫皇后吗？当然是，但又不全是。

"这样吧，明日由我们两宫同时召见两位辅政王，商谈此事，一则显得慎重，再则我们也好相互照应，说不到的地方相互指出来，你看如何？"哲哲太后望着庄太后道。

庄太后点点头。她需要见多尔衮，但又不愿单独见他。

多尔衮还没见到，儿子福临却跑来了。

庄太后大清早刚起床，正在梳洗，就听殿外宫女齐声道："奴婢叩见皇上！"

庄太后一惊，忙起身向外殿跑去，刚出偏门就见福临衣冠不整地站在殿门口，手里还提着鞋子，小脸上挂着两行泪珠。

庄太后扔了手中还未来得及插的首饰，跑过去一把抱住自己的儿子，用脸紧贴着他那小小的肉脸，泪水禁不住涌了出来，口里喃喃道："儿呀，怎么啦？儿呀，怎么啦？"

福临一声不吭，任由母亲爱抚着，眼中的泪水像断线的珍珠。

庄太后心头一酸，忍不住悲声哭起来，一边哭，一边用手去拭儿子脸上的泪水。

"儿呀，到底怎么啦？"

"额娘，朕要回盛京！"福临生冷冷地说。

庄太后大惊，忙把他拥到怀里，小声道："儿呀，千万不能说这话。当初你父皇在世时，就曾说过，'若得北京，当即徙城，以图进取，定鼎中原'！今日你父皇的夙愿终于实现了，他一定含笑九泉。你作为皇太极的儿子，就要继承先皇的遗志，怎可说出如此无志之言？若让你十四叔知道了，可不是闹着玩儿的。"

"什么十四叔，朕恨他！"福临双眼中露出凶狠的目光。

庄太后一把堵住了儿子的嘴，大惊失色，把他抱到里屋，小声道："这是什么话，你我娘儿俩能来到北京，全靠你十四叔。若不是他亲率两白旗十四万将士入关，定鼎燕京，我们哪有今日？就是日后灭贼平叛，一统中原，还要全靠你十四叔。小孩子家，怎能说出这样的话？”

“朕就是恨他。每次他看朕，那目光都是怪怪的、凶巴巴的。到北京，又不让朕与额娘住在一起。这么大的房子，让朕一个人住，晚上睡不着觉。好不容易睡着了，半夜醒来又睡不着。我们还是回盛京吧，那儿没有十四叔，朕可以和额娘住在一起；就是不住一块，那房子也小，离额娘也近，可以随时去找额娘。”

“在这儿也可随时来找额娘。”

“不，昨天晚上朕让那太监领朕来找额娘，他不肯。后来朕说他抗旨，他吓得跪在地上求饶，说十四叔交代过，不让朕随便见额娘。今早，朕趁他们没醒便装尿尿偷跑了出来。”

庄太后听了这话，心中不是滋味，她不明白多尔衮为何不让他们母子相聚，他怕什么呢？

“儿呀，要乖，听额娘的话，在外面千万不要说恨十四叔的话，不然的话，十四叔一生气，你和额娘就会被十四叔扔到一个黑地洞里，想出也出不来。那时，别说去盛京了，你连太阳也见不到，你愿意吗？”

福临不懂这番话，但他不愿待在那个黑洞里，所以点了点头，道：“知道了，额娘，朕不对任何人说。”

庄太后亲了一下儿子的额头，笑道：“这就对了，今晚让奶娘和你一起睡，不要怕，等你长大了以后，就不会再怕任何人了，明白吗？”

福临懂事地点点头，他并不十分爱自己的额娘，但他知道，这些话只能对额娘说。奶娘虽好，但她不懂任何事，只有额娘能帮自己。这也许是母子的天性使然吧。

“奴才该死，奴才该死，太后娘娘，快让皇上回宫吧！”外面乳母李氏慌慌张张地跑来，后面还有一群太监、宫女。

福临看了看他们，正色道：“叫什么叫？清早朕到额娘这儿问安，你们叫什么？”

“奴才该死！”十几个人一齐应道。

“李氏，皇上年纪太小，晚上你就在他旁边睡，照应一下。”

“嗻。”李氏忙应道。

“去吧。”庄太后对福临笑道。

福临随李氏而去，临出门，回头看了额娘一眼，目光中包含了很多东西，让庄太后既心酸又心疼。

没等两宫召见，多尔衮自己就上门来了。

九月二十五日上午，庄太后正在后宫与哲哲太后商量如何改革宫制，忽听宫女来报："太后娘娘，睿亲王求见。"

两位太后一惊，相互看了看，一时间不知所措。

"此时他来有何事？"哲哲太后不解道。

庄太后内心也是忐忑不安，但她比哲哲太后有气度，并不表现出慌张，静静地说："此时求见，他一定有要事要与我们商量。现在，我们最要紧的是要沉住气，不要惊慌，自己乱了手脚。"

哲哲太后点了点头。庄太后道："传旨，两宫太后在交泰殿召见睿亲王。"

多尔衮来到交泰殿时，两宫太后早已端坐于殿上。哲哲太后在西，庄太后在东。

多尔衮忙低头紧走几步，伏地叩首道："臣睿亲王多尔衮叩见两宫太后，祝两宫太后吉祥！"

"平身。来人，给睿亲王赐座。"

"谢太后。"

多尔衮并不敢放肆，他多想抬头去看看庄太后，但最终还是克制住了。这是在后宫，又有哲哲太后在场，万不能放肆。再说，现在自己的地位并不高，只不过是个辅政王而已，岂敢打皇太后的主意？

哲哲太后笑笑道："睿亲王辅弼幼主，率兵入关，功盖千秋，不愧我大清第一功臣，没辜负先皇对王爷的器重。"

多尔衮忙道："多谢太后夸奖，这些都是本王应尽之职。"

庄太后轻启朱唇，笑吟吟地说道："睿王爷智勇双全，胸怀大志，为大清的千古江山，呕心沥血，废寝忘食，真有古代周公之遗风。"

多尔衮心里那个美呀，像大汗淋漓后冲了个热水澡，心情十分舒畅。能得这位皇嫂的夸奖比什么都强，但他并没因此而忘形，表面上仍装作很谦恭的样子。

"庄太后太高看本王了，周公乃千古名臣，岂多尔衮所能比？"

博得两位太后的夸奖后，多尔衮说明了来意："两位皇太后，本王受两宫之托，辅政已半年有余，大清泰民安，疆域猛增。今又入关南下，定鼎燕京，此时，正应乘此顺势，让幼主在燕京登基，以昭示天下，大清有一统中原、君临四海之志。故本王和诸王及满汉百官，特上表，劝幼主早登大宝，祭告天地。"说罢，忙从怀里掏出奏折，双手呈上。

两宫太后相互看了看，不禁点点头。哲哲太后道："睿亲王乃辅政王，朝中大事，多与诸王商量，若百官同意，王爷自可定夺。"

"谢太后。"

多尔衮很干脆，上过表后，便退了出去，把原本有些紧张的两位太后搞得很不好意思。想想刚才紧张的样子，两人不由得相互笑了笑。

就在两位太后准备改革宫廷内制的时候，前面的朝堂也掀起了一场风波。

这日，百官上朝议幼主登基之事。

先由冯铨奏明新皇登基的整个仪式的过程和要准备的东西。多尔衮一一吩咐礼部、太常寺及相关部门准备，十月初一正式举行登基大典。

此议刚结束，梅勒章京、一等侍卫冷僧机持笏上奏："皇上，辅政王睿亲王治国有方，有周公之才，此番入关，功高盖世，彪炳千秋，臣奏议朝廷应对睿亲王给予加封。臣以为，幼主年少，诸事需经八王大臣众议。此时正是我大清一统天下之良机，又是多事之秋，日理万机，而诸王又常在外作战，很难聚集，议事时，人多嘴杂，久议不定，坐失良机，不利国事。臣请加封睿亲王为摄政王，凡事由摄政王与辅政王郑亲王二人定夺，提高办事效率，当断立断，方可振我大清威，统摄四海。"

此言一出，像投了一颗重磅炸弹，朝堂上一下子就炸开了，众人议论纷纷，吵闹不已。

"这是什么？这不违背祖制了吗？"

"哼！违背祖制事小，还违背了誓言了呢！当初二人发誓，一心尽忠于幼主，现在都要加封，以后的大清不是要由睿、郑二王专制了吗？"

"这个冷僧机是怎么啦？他可是两黄旗的大臣，不忠幼主，怎么胳膊肘向外弯？"

"唉，这人哪，闻不得腥味，这不是见睿亲王手握大权了吗？马上又盯上了。"

"十四叔，我要尿尿。"御座上的福临叫道。

多尔衮看了他一眼，又气又没办法，向御前太监使了个眼色，那太监领福临去了。

皇上走了，大家的目光都集中在多尔衮的身上。

"静一静，诸位有话一个一个地说，不要乱嚷嚷。"多尔衮大声喝道。

朝堂里一下子静了下来，有人低下了头，有人在看着那几位王公大臣。

"谁先说？"多尔衮扫视了一下众臣，最后微笑不语，盯着郑亲王济尔哈朗。

郑亲王心里很复杂，他原本与多尔衮同列为辅政王，凭威望，还可称为第一辅政王。可率兵入关时，多尔衮以辅佐幼主的名义让自己与礼亲王、肃亲王都留在了盛京，只让两白旗全军出兵入关。

现在多尔衮立了军功，又扶幼主来到燕京，论军功、论威望，自己都很难与其抗衡了。

好在即使他做摄政王，但仍由二人决策。本王在名分上是低了些，但与其他王公大臣相比还是有一定实权的。此时若不同意，恐怕自己的这点实权也要丢了；若同意，可这又有违祖制。

郑亲王现在的位置正如鸡肋，食之无肉，弃之可惜。多尔衮也正抓住了他的这一弱点，让他表态。他若不同意，就会失去一定的权力；他若同意了，下面还有谁敢反对呢？

思虑良久，郑亲王济尔哈朗道："前众议公誓，凡国家大事，必众议后定夺，今诸事繁多，廷讼纷争，久而不决，误国家之政务，其弊日见明显。今既有人提议，本王愿和睿亲王共担国事，日后荣辱，全由我二人承担。"

"我反对。"没等郑亲王说完，就有人站了起来，大家一看，乃肃亲王豪格。

多尔衮冷冷一笑，看也不看他一眼，说道："肃亲王有话说在当面。"

豪格慨然道："八王议政，乃我祖传的旧制，由先英明汗努尔哈赤亲定。今天睿亲王排斥异己，欺君年幼，妄改祖制，其居心何在？"

豪格这么一说，下面的王公、贝勒、贝子等人都点头。是呀，我们原来还有议政的权力，现在这议政权被剥夺了，以后只能听命于两位亲王了。

"我们也不同意。"有几个人小声嘀咕，他们不是王公，所以不敢大声发言。

这杂音还是被多尔衮听到了。本来今天这事就是个试金石，顺逆向背一目了然，他多尔衮能不竖起耳朵听、睁着眼睛看吗？

嘀咕的是两黄旗的几个大臣。两黄旗原由皇太极亲领，皇太极一死，没了旗主，表面上仍是受皇上节制，实际上，多尔衮才是他们的旗主，但一些老臣仍忠于先皇和幼主，对多尔衮不理不睬。

多尔衮心中不悦：好啊，索尼、鳌拜、遏必隆，你们几个等着瞧。一旦有机会，我就报复你们。谭泰、拜平图、巩阿岱几个还没表态，对，要把他们拉过来，分化两黄旗。

想到这里，多尔衮冷笑道："肃亲王，本王知道，你久有登位之志，但迫于本王及大清群臣的压力不能实现，于是便对本王耿耿于怀。今天竟然在朝堂之上公然指责本王欺君年幼，你倒是当堂说说本王是如何欺君的？"

豪格是个粗人，冲锋陷阵是好样的，但咬文嚼字便不行了，而且又好怒。在八王议立新君的会上，豪格竟然中途退会，可见其武将粗率之风，今天说话又被多尔衮找到了漏洞。

"我想登基？最想登基的是你！什么'摄政王'，你干脆挟天子而令天下不得了吗？干吗装模作样？"

一气之下，什么话都说出来了。

"大胆！肃亲王竟敢当庭侮辱本王。来人！把他幽禁起来，待以后议处。"

早有侍卫上殿，把豪格押到殿下。临下殿时，他仍又吼又跳："多尔衮，看你瘦小的样，能有什么洪福？"

看着豪格被押下殿，朝堂里静了下来。大家都低垂着头，不敢出声。

多尔衮扫视了一下，没人出声，看来今天只有如此收场了。好端端的事被豪格给搅了局，看我不好好收拾他。

多尔衮嘴角泛起一丝冷笑。

"老臣说两句。"众人一惊，忙看说话人，原来是礼亲王代善，"刚才众人所议，老臣思虑再三，以为二王所虑极是。二王为我大清利益着想，不如集中权力，各司其职，共辅幼主早日统一天下。臣赞同睿亲王为摄政王。"

代善这几句话，像一条大鲨鱼从海里钻来，表面上很平静，但海底已涌起了股股暗流。这老王爷难道是昏了头吗？他在先皇时备受尊崇，一言九鼎，可今天怎能说出这样的话？

最高兴的自然是多尔衮了，眼看黄花菜冷了，大势已去，可突然间又峰回路转、柳暗花明了，礼王爷开了口，谁还反对？

这代善此时也是万不得已。昔日的风光早成明日黄花了。先皇驾崩，自己年老体衰，儿子们又一个一个地接连死去，有的战死，有的被杀。他哪还能经受打击？当时，自己指名要肃亲王豪格继位，结怨于多尔衮。今日，豪格被禁，幼主无知，多尔衮如日中天。顺者昌，逆者亡，还是保住这条老命和王位吧，为子孙也支撑点荫凉地。

果然，老王爷开了口，堂上再也无人反对。多尔衮干笑道："既然大家都同意，这事就这么定了。郑亲王，我看我们二人就把这副担子担起来吧。"

济尔哈朗微笑着点点头。多尔衮又道："既然我二人总理政务，部务便不再兼理了，各部务之事悉由各王公、贝子代理，再上奏我们二人定夺。两黄旗是皇上亲自主理的，幼主年幼，本王又不再兼理，旗务繁忙，着谭泰、冷僧机和拜平图、巩阿岱等人各晋一级，与索尼、鳌拜等人共理。诸大臣有何异议？"

没有人说话。多尔衮道："大家若无异议，就由范学士拟奏折，奏请两宫吧。"

"嗻。"范文程应道。他们这些汉臣对此事闭目不问，满人的事，汉人插什么嘴？

这次冲突是黄、红旗与白、蓝旗的再次交锋。上一次是争夺皇位，两方势均力敌，只好折中让六岁的福临继位，这次交锋可说是白、蓝旗大获全胜。多尔衮晋封摄政王，肃王豪格被禁，代善退保其身。两黄旗大臣人心不齐。多尔衮向御座又迈了一小步，离御座更近了。

这事很快就传到了后宫。当日，索尼、鳌拜、遏必隆、谭泰四人请求拜见两宫太后。

交泰殿上，四位老臣伏地不起，老泪纵横。索尼已历三朝，此时伏地道："太后，先皇早崩，幼主无知。今朝中有人专权，群臣众心不齐，两黄旗内又有分裂之倾向。老臣见此危局，束手无策，无力回天，痛心啊痛心！"

索尼这一流泪，哲哲太后和庄太后也不禁落泪。庄太后安慰道："索大人，哀家知道你们几位的忠心。今后我孤儿寡母要全倚仗你们几位了。事后，哀家没齿不忘。"

鳌拜也是个急性子，见庄太后流泪，愤然道："太后放心，多尔衮胆敢欺负太后和幼主，我鳌拜就和他拼命，每人只长了一个头，谁怕谁？"

庄太后道："将军所言让哀家十分感动。不过，你们同为大清重臣，现应同心协力，共保大清江山，不到万不得已，不可兵戎相见，自相残杀，干出让仇者快、亲者痛的事。"

索尼忙道："太后所言极是。眼下还没到势不两立的地步，多尔衮只是专权，还没生不臣之心。不过现在我们要保存实力，积蓄力量，只要有实力在，谁也别想轻易僭越。实力决定今后的一切。"

"不错。索大人所言在理。"庄太后道。其他几人纷纷点头。

"几位大人进宫可有高见？"哲哲太后对政治并不太熟悉，所以对前廷发生的事心中没底。

索尼看了看庄太后，她才是后宫的主心骨。

"两位太后，老臣以为，当前的要务是力保肃亲王，只要肃亲王不被治罪，我们就胜利了。至于其他的，可以让肃亲王给多尔衮个面子。"

"此事应如何运作？"庄太后明白索尼的意思，忙问道。

索尼面有难色，低声道："太后，现在朝中已无人可救肃亲王。礼亲王明哲保身，郑亲王鼠首两端，其他王公大臣，位卑言轻，唯一的希望就是两宫和皇上。臣以为，眼下多尔衮还没到敢公开反对两宫和皇上的地步，若皇上和两宫开了口，这肃亲王可逃过一劫。"

话不需要再说了，庄太后何等聪明，况且还有谭泰在，他今天在朝堂没表态，多尔衮又拉了他一把。可他心里没底，没有一下子过去，前来后宫，也是表明一个态度。此后会怎样，谁也不好说，所以索尼言到即止。庄太后也是心领神会。

刚回到后宫，忽闻有问安声："奴才乌兰请太后娘娘安，祝太后吉祥。"

庄太后一路想着如何处理肃亲王的事，所以对宫里没注意，突然冒出个人来，不由得一惊，刚要生气，又见是自己最喜爱的宫女乌兰，不由得转怒为笑："乌兰，多大了，二十多的人啦，怎么还一惊一乍的？真没规矩，等明儿给你找个人家，送出宫去，让你男人管管你。"

地上的宫女一听，小嘴噘出老长，愤愤道："太后，奴才不是说了吗，这辈子谁也不嫁，就陪太后过一生。"

庄太后用手一刮她的鼻子，嗔怪道："就会说好听的。哀家让你在盛京收拾一下，怎么这么久不来，是不是不想在哀家这里待了？"

乌兰急得直跺脚，撒娇道："哪儿呀，奴才在盛京可想太后啦。所以刚收拾完便急急地跑来了。"

庄太后哈哈大笑，这些天乌兰不在，她连个说话的人都没有。宫里人倒不少，有百十个呢，可哪个敢跟她说这么亲热的话？只有这个她从蒙古草原带来的陪嫁侍女了。

主仆二人来到屋里，乌兰道："太后，奴才把万历妈妈像带来了。奴才知道，太后最信万历妈妈的。"

庄太后望了一眼香案，果然有一个身穿明服的女子像被供奉在案上，像前还有一神牌，上写：万历妈妈之位。

这事说来怪了，大清的太后怎会供奉一位明朝的女子像呢？其实，这女子还是明朝皇帝万历的母亲呢。这位中原帝王的母亲早在努尔哈赤执政时就成了内廷供奉的神。这里面是有一段来历的：

昔日，努尔哈赤起兵攻打抚宁曾兵败被囚，死罪难逃。后金买通了明朝的一位大太监，让他向万历帝的母后求情。这位仁慈的母后听完努尔哈赤的悲惨遭遇后顿生恻隐之心，于是劝说儿子释放了努尔哈赤。自此，后金内廷便设案供奉这位中原皇帝的母亲——明孝定庄皇后。后来，归顺的明朝官员到了清廷，见了这位老奶奶被供于大清皇宫中，大为感慨，跪拜不已，清廷也以此招徕汉人之心。现在入关了，要安抚明人，这神像更是大有用途了。

庄太后很虔诚地在万历妈妈像前烧了一炷香，跪地默念道："祈求万历妈妈保佑，保佑吾儿福临长命百岁，保佑大清江山流传千古。"

良久，庄太后起身道："乌兰，明日告诉海中天，在皇城后宫专门打扫几间屋子，供奉这万历妈妈。"

"嗻。"

庄太后突然像想起了什么似的，低声道："乌兰，快去告诉海中天，今晚把皇上带来，本宫有话跟他说。"

乌兰觉得有些好笑，叫皇上来，还这样偷偷摸摸的，至于吗？当然，她不知道最近发生了许多事。

"不要声张。"庄太后严肃地说。

乌兰知道此事严重，默然点头，转身而去。

吃罢晚饭，庄太后坐在殿上静思，一边思考如何救豪格，一边在等福临。

不一会儿，海中天与福临来到宫中。福临站在殿前，望着母后，像犯了错误似的，不敢上前，站在那儿怯怯地看着额娘。

庄太后向他招招手，笑笑道："过来呀，让额娘看看。"

福临这才向前施礼道："孩儿给皇额娘请安！"

"罢了。"庄太后拉过福临拥在怀里，轻轻地说道，"儿呀，今日在朝堂上发生了什么事，知道吗？"

福临摇了摇头。庄太后十分惊讶，把福临向外推了推，双手抓住他的胳膊，瞪着他问道："上朝的时候，你干什么去了？"

福临知道犯了错，站在那儿不出声，两眼看着庄太后。

"皇上，你是皇上，知道吗？上朝的时候，你干什么去了？"

福临见额娘生了气，愤愤道："今日上朝，大臣们只和十四叔说话，没人理朕。他们在那边吵，根本不在乎朕，甚至没有人看朕一眼。朕在那儿有什么意思？"

"所以皇上就溜了，是不是？"

"一听到他们吵，朕就想尿尿，所以就出来了，尿完便跟一个小太监去城墙根找蟋蟀去了。"

庄太后一听，差点气晕过去。朝廷上发生这么大的事，皇上却在城墙根捉蟋蟀，这算什么事？

福临望着额娘生气的神色，怯怯地说："朝堂上不是还有十四叔吗？一切由他办理，就是朕在朝堂上，也是由他说了算。额娘为何生这么大的气？"

是呀，就是皇上在堂上又能怎样？能阻止多尔衮？

庄太后不由得气消了许多，缓了一下语气对福临道："是的，一切由十四叔说了算，可你是皇上呀，每次十四叔处理什么事是不是都要问问你？"

福临点点头道："可朕每次都是点头。"

"这就对了，皇上再小也是皇上，今后上朝可不许再去找蟋蟀。"

福临很懂事，点了点头。

"皇上知道今日朝堂上发生了什么事吗？"

福临摇摇头，望着额娘。

庄太后低声道："你十四叔把你大哥哥关押起来了。"

"是那个肃亲王吗？关得正好，他也想当皇上，十四叔把他关了，没有人和儿臣争皇位了，这不好吗？为何额娘不高兴？"

庄太后闻言，不知是气还是笑，真是个孩子！豪格要争皇位，你十四叔就不想争？现在，你能坐在那个御座上，全靠两黄旗的誓死力争，还有你那个哥哥豪格，若不是他们，你早被十四叔赶下位了。

可这些对一个六岁的孩子说又有什么意义呢？他能听得懂吗？

"儿呀，你哥哥过去是想争皇位，但他现在不想了，他现在只想让你坐皇位，所以，你要保护你哥哥。"

"朕怎么保护哥哥？没有人听朕的。"小福临不解。

庄太后附在他耳边说了几句话。小福临点了点头，突然问道："额娘，十四叔对咱们不好吗？"

庄太后一惊，这是什么话？多尔衮要听到这话，那还了得。于是忙笑道："十四叔待我们挺好，他是皇上的亲叔叔，怎会待皇上不好呢？"

"哼，亲叔叔，他待朕就是不好！"福临愤愤道。

庄太后大惊，忙正色道："你是皇上，千万不可乱讲话！"

"儿臣知道，只是说给额娘听听，对其他人是不会说的。"

庄太后见自己的儿子很懂事，用手抚着他的头，谁知福临用手一拨。

"朕是皇上，额娘怎么老抚朕的头？多晦气！"

庄太后无可奈何，只好尴尬地笑了笑。

第二日，多尔衮召集王公、贝子、贝勒议事，讨论肃亲王咆哮朝堂之事。这事不是分权，谁也捞不到实惠，再说这事很微妙，处理不好，会落个两头不讨好，谁愿出这个头呢？

多尔衮的嫡系是两白旗，可现在两白旗正在陕西平贼。京中两白旗没什么重臣，只有一位苏克萨哈，但此人耿直，一般不愿涉足旋涡。其他各旗对这出力不讨好的差事都不热心。

多尔衮看了看苏克萨哈，见他正低垂着头不说话，不由得心里生气：你这个狗奴才，正直，正直，对谁都正直，人家已欺负到你主子头上了还正直什么！

苏克萨哈见多尔衮老用眼睛瞪自己，心里明白，这是让自己出来说话。可这事多少有些不妥，但不说又不行，于是他清清嗓子道："肃亲王号为亲王，但仍是睿亲王的晚辈，昨日在朝堂所为，确有不妥之处。"

说到这儿，他不说了。他也只能说到这儿，再说就要违心了。

郑亲王济尔哈朗笑笑道："平心而论，肃亲王昨日咆哮朝堂，有失臣仪，以下犯上，有悖礼法，应受议处。"

"对，对，应受议处。"众人附和道，但没有人提及肃亲王想"谋逆""篡大位"之类的话，那可是重罪。至于这有悖臣仪之事，不过是作风问题，小事一桩。

见没有人议重罪，多尔衮只好自己站出来说道："肃亲王久有异志，先皇刚崩之时，便有承大位之想。后没能实现，心有余恨，此大逆不道之人应严惩，对不对？"

多尔衮向福临问道。只要皇上点头，肃亲王这"大逆"之罪就定了，重则杀头，轻了也要削官去爵，贬为庶人。

可今天福临却没像往常那样点头。

他朗声道："睿王爷，肃亲王是个粗人，只知领兵杀敌，不拘小节，对皇叔确有冒犯。不过，作为皇叔，也应大度一些。家丑不可外扬，叔侄俩在朝堂上吵了起来，还闹出个大罪来，岂不坏了皇家的名声？再说大敌当前，我朝正是用人之际，怎可废除良将？依朕之见，此事还是以和为贵。"

多尔衮一听就愣了，这哪里是六岁孩子的话？这小皇帝什么时候学懂事了？

有了皇上这话，其他大臣也不敢说什么了。

正在多尔衮生气之时，海中天来到殿中，高声道："两宫太后有懿旨！"

众臣忙起身接旨。

海中天念道："近闻肃亲王豪格在朝堂上因政见不同，与辅政王睿亲王发生口角，咆哮朝堂，有失臣仪，辱没尊长，理应重惩。念其军功显赫，有功于国，眼下正是用人之际，可让肃亲王将功补过。睿亲王身为长者，应宽大为怀，以体现尊者风范。口角之言，无凭无据，不足为信。睿亲王应以大局为重，断不可因区区小事，而误国之大事。两宫议为：可降肃亲王为郡王，领兵出京平叛，戴罪立功。并令肃亲王当面向睿王赔罪，罚银一千两。"

两宫的议处，言之有理，轻重适当，众臣纷纷点头。

多尔衮又气又惊，气的是今天没能扳倒豪格，惊的是今天这事出得有些蹊跷，先是皇上口谕，后有两宫懿旨，这口气、内容如出一辙，莫非后宫早已授意这个小皇上了吗？

此事就此了结，多尔衮虽没达到心愿，但也挣了天大的面子。仅凭豪格跟自己吵了几句，便丢了亲王，又是赔罪，又是罚银，自己的这口恶气也出得差不多了。现在他担心的不仅是这豪格，还有那后宫的两位皇太后。

就在这时，顺天府尹柳寅东上书朝廷，言昌平州红山口有人聚众造反，他们以保护明陵为名，聚众数万，伺机进犯北京，为首的是名叫徐尚文的盗贼。多尔衮闻奏后，马上派肃郡王豪格去平叛，并派固山额真巴颜石廷桂、李国翰、刘三源等所属军队协助平叛，名为协助，实为监督。

北京的十月，风景迷人。

西山上红叶烂漫，紫禁城里炮声隆隆。

不多时，皇上的仪仗浩浩荡荡地出了午门，向南而去，过端门、承天门出皇城，直奔南郊。

过大清门，出正阳门来到永定门内。此处有一处宫殿乃天坛，皇上要在这里祭告天地社稷。

一切都像演戏一样，有一套早已准备好的仪式，这出戏的主角是刚七岁的大清皇帝福临，而导演者则是他身旁的十四皇叔多尔衮。

上香、行礼、献玉帛、献爵、读祝、亚献礼、终献礼、撤馔、焚祝帛、授御座、迎神、送神，等等。

等办好了这套烦琐的缛节，小皇帝早累得坐在御辇上一动也不动了。

这支队伍又浩浩荡荡地原路返回，进午门升皇极殿。

小皇帝福临仍穿着那件不太合体的龙袍，端坐在御座上。文武百官，满汉群臣，拜跪趋跄，颂祝之声震天。

接受完众臣的贺拜后，新皇要封赏功臣，大赦天下。

内侍大臣高声宣诏：

大清承天鸿运，龙驾入关，今定都燕京，改年号为顺治纪元。特大赦天下，免全国赋税一年。

殿内文武大臣跪满了一地，齐拜倒伏地，三呼万岁。

御座后有一帘，帘内端坐二人，正是两宫皇太后。二人见此场景，不由得热泪盈眶。

内侍见群臣退立两旁，又高声道："今日是吾皇登基大典，皇上对佐命功臣一一加封，睿亲王听旨。"

"臣在。"多尔衮早跪于御前。

皇考上宾，宗室觊位，皇叔坚辞不允，力保皇九子继位，尽惩不轨之人。一心辅弼幼主，又趁势率兵入关，破贼数十万，抚定中原，定鼎燕京，迎朕来京膺受大宝。此周公所没有，而皇叔过之。特加封睿亲王多尔衮'叔父摄政王'，颁赐册定，明示天下。着礼部将尔开国之功勋刻于碑上，以传后世。钦此！

多尔衮虽早知这戏文内容，但仍喜出望外，伏地高呼："谢主隆恩！臣祝吾皇万岁！万岁！万万岁！"

内侍大臣又道："其他诸王听旨，封郑亲王为信义辅政叔王，晋武英郡王阿济格为和硕英亲王，复封豪格为亲王。晋贝勒罗洛浑为郡王，硕塞为郡王，赐吴三桂为平西王册印。"

有几位王爷不在京，在京的都跪地谢恩。多尔衮听说豪格又被复封，感到很生气。这不是闹着玩儿吗？但今天是什么日子？是皇帝的登基大典，他多尔衮有天大的胆子，也不敢冒天下之大不韪，只有心中暗暗发恨：这一定是两宫太后的主意。豪格，我看你还能招摇几日，等本王一旦立稳，一定要你好看！

"前明旧吏，不论官职高低大小，不计前恶，一律照旧录用。对隐匿山村、逃离京都者，只要归顺，官复原职。凡剃发归顺的地方，所有官吏均升一级，前明朱姓王归顺者，一律不夺王爵，加恩优养。"

那些前明降官，感恩涕零，伏地而泣，语不成声。

皇上的登基大典一过，其他政务也该理顺，所以两宫太后一直关注的宫制问题便摆在了首要位置上。

这一日，多尔衮奉召又来到了后宫，见到了久违的太后。让多尔衮大喜的是，当他到交泰殿时，只有庄太后一人在，而哲哲太后并没来。

多尔衮远远就见身穿大红锦袍的庄太后像一朵盛开的牡丹花，坐在殿上的御座上。

"臣多尔衮叩见太后。"

多尔衮跪地后，并不是低着头，而是偷偷去看庄太后。

庄太后有些意外，原本说好两宫同时召见的，可哲哲太后还没到，这多尔衮就到了，顿时，两朵羞云升在香腮上。

太后，太后，叫起来像个老太婆，可庄太后年仅三十一岁，正是女人一生中最光彩的时候。

这庄太后虽生养了三个格格、一个阿哥，可她十三岁就入宫，保养得特别好，所以，人过三十，仍如二十岁的少妇，明艳夺目，光彩照人，浑身散发出青春的气息。让不知见过多少美女的多尔衮也抵不住内心的冲动。

"王爷免礼。王爷可是我们母子的大功臣，何必如此多礼呢。"说着这话，还没忘送一个甜甜的微笑。

多尔衮内心像有八只小兔子在乱蹬，多温柔！多可人！比府上那些争风吃醋、卖弄风情的女人好一万倍。

庄太后早看出多尔衮有些心猿意马，可她也是如坐针毡。这位皇弟虽说相貌不算出众，但风流倜傥，举止文雅。最要命的是他这人文武双全，足智多谋，胸怀大志。特别是那小胡子，更使他显得坚强、沉稳，有男人气概。

皇太极宫中有美女无数，单是后宫就有五个宫妃。这庄太后十三岁入宫，得过几年的宠爱，可后来自己的姐姐也嫁了皇太极，那老皇帝扔下了妹妹，宠上了姐姐，恩爱了几年。若不是他们的阿哥夭折，姐姐神志不清，哪有她庄妃的今日？

十几个甚至几十个女人共同拥有一个男人，其情状不言自明。庄太后虽得恩宠，但仍不能像平常女人那样，与丈夫有多少相处时间。现在先皇宾天，而自己正值三十岁，每每长夜，独自拥衾而坐，彻夜难眠，这日子多煎熬人哪。

庄太后内心一阵阵狂跳，微微低首，斜目而视道："王爷，我们孤儿寡母的今后全靠王爷照应。"

多尔衮极力克制内心的躁动，佯装平静道："辅佐皇上、保护两宫乃多尔衮之天职。只要太后和皇上依着我，一切均由得本王担着。"

依着你？这话什么意思？庄太后不由得心中一动。

多尔衮也是一惊，自知失言，怎么心里的话不留意跑出来了？

正在二人尴尬的时候，外面传来太监的叫声："皇太后到——"

二人忙克住窘态。多尔衮起身迎至殿门口。

"臣多尔衮叩见皇太后。"

"平身吧。睿亲王早到了，本宫宫里出了点事，稍迟了。"

"臣不敢，臣等太后是天经地义之事。"

庄太后也过来施礼。哲哲太后看了看庄太后，又去看多尔衮，她心中有点疑问：这两人怎么表情不太自然？

君臣重新坐好，哲哲太后看了庄太后一眼，见她微微点头，便转脸对多尔衮道："摄政王，今日两宫召王爷入宫是想谈谈后宫的事。"

多尔衮表面上点头应着，内心暗道：你们不说，我也要改改这宫里的规矩。两宫与皇上之间密谋，大臣们随便入宫，时间长了，要出事的。

"有何吩咐，太后请讲。"

"摄政王，我朝一切沿袭明制，这后宫是否也要沿袭？"

"回太后，这明后宫极为庞杂，为史上所罕见，共有十二监、四局八司，共二十四个衙门，抵得上半个朝廷的衙门了。如此庞杂的机构，养着数千宫人，确实是一弊政。"多尔衮应道。

"听说宫中还有'批红''票拟'之制，这些都不利于我大清。"庄太后也从局促中走出来。

多尔衮道："二位太后，臣欲请大学士冯铨草拟个方案，对后宫进行改革，减裁冗员，整顿宫制，不知如何？"

此言正中两宫下怀，可谓英雄所见略同。

冯铨见了两宫，伏地道："臣冯铨叩见两宫太后。"

"平身吧。"

"谢太后。"

"改革宫制之事，议得如何？"

"回太后，今日臣是专门来请太后定夺此事。"

几日后，大学士冯铨奉召入宫，向两宫汇报改革宫制方案。

众臣所议：后宫衙门由二十四减为十三个。宫中人员由两千减至五百，凡四十岁以上的太监一律逐出宫去，此其一。其二，取消"票拟"和"批红"之旧制，严禁中官干政。其三，宫中各宫之人员不得擅自串门走动，以乱宫闱。其四，各王爷、大臣，不经允许，不能擅自进宫，两宫太后及皇上召见大臣，应着人通报摄政、辅政二王。

两宫太后听了不由得点头。庄太后道："依哀家看，还可添上一条。大明历史上有好几位皇上淫乱后宫，为保证我爱新觉罗氏的龙子龙种，应将宫中所有汉家宫人全部放出宫去，宫内严禁私养汉女。"

哲哲太后点点头，冯铨忙记在心里。

"还有，明太祖朱元璋立碑示人，我大清可立铁板于宫城，以示子孙。"

"行了，把庄太后此二议交前廷大臣商议。"哲哲太后吩咐道。

于是，朝廷对宫廷进行了改革，内侍大臣当廷宣读了由冯铨草拟，经多尔衮审阅，又由两宫皇后审定，借顺治帝的名义下发的诏书：

> 中官之设，虽自古不废，然任使失宜，遂贻祸乱。近如明朝王振、汪直、曹吉祥、刘瑾、魏忠贤等专擅威权，干预朝政，私自缉事，枉杀无辜，出镇典兵，流毒边境，甚至谋为不轨，陷害忠良，煽引党类，称功颂德，以致国事日非，覆败难寻，足为鉴戒。朕今裁守内官衙门及员数，执掌法制甚明，以后但有犯法干政、窃取纳贿、嘱托内外衙门、交结满汉官员越分擅奏外事、上言官吏贤否者即行凌迟处死，定不姑贷。
>
> 特立铁板，世世遵守。

内侍大臣读罢，喝道："赐铁板！"

话音刚落，殿下数十名侍卫抬一大块铁板，上盖黄缎，来至殿上，当众扯去黄缎。只见铁板上铸有一行行文字，正是刚才宣读的诏书。

"交大内司，竖于后宫乾清门前。"

早有几个太监过来，领铁板而去。

多尔衮向冯铨看了一眼。冯铨马上心领神会，上前道："两宫太后有谕，后宫二十四衙门改为十三个；所有汉人宫女和四十岁以上太监全部出宫；废除'票拟'和'批红'旧制；任何王公大臣不许擅自入宫，宫内人等也不得擅穿宫门。"

众臣听后纷纷点头，都以为此项措施很英明，特别是汉降官更能体会出此次改革的重要性。

在中国的政治舞台上，治兴衰亡，轮回而行，但每次把帝王拖向衰亡深渊的都是来自宫廷的力量，其中破坏最大、最有影响力的就是宦官。

汉人宫女们倒还冷静，她们出宫算是出了苦海，可以重新找个人家，生儿育女，可那些年纪大的太监却感到了世界末日的到来。昔日在宫中威风凛凛的大小太监脸上全变了色。

交泰殿旁边的空院里，所有大小太监都集中起来，由内侍大臣宣读名单，凡念到的就要站到一边去，马上出宫，没念到的便留下。

海中天带着几十名侍卫立在一旁维持着秩序。

"张二狗出列！"

一个五十多岁的太监双手捂着脸，慢腾腾地走过去。

"王大根出列！"

"哎呀，这叫我们怎么活呀！天哪！出宫我能干什么？"一个四十多岁的太监坐在地上捶胸顿足，号啕大哭。

海中天一使眼色，两个穿黄马褂的侍卫走过去把那人架到一旁。

名字一个一个地喊，人一个一个地出，全都垂头丧气、没精打采的，也有的刚听到自己的名字就晕了过去。

不知何时，这边突然传来不男不女的哭声：

"请摄政王开恩，赏奴才一条活路吧！"

"太后啊，我们出了宫，还怎么有脸见人哟！"

"吴良辅。"内侍大臣不管他的死活，照样读名单。

"会不会搞错？我才二十岁，入宫仅几年，诏书上不是说四十岁以上的不要吗？"

一个白胖脸的太监死活不愿离开，两个侍卫正架着他。

"你还有脸说，那日你侍候太后下辇，差点儿把太后摔倒，还有什么脸待在宫中？"一名内衙的官吏道。

吴良辅一听这话不闹了，他知道自己没戏了。

"这个人不能走！"一个幼稚的声音说道。

众人一惊，向说话处一望，魂差点没吓飞了。不知何时，顺治站在那儿，身后是两个贴身侍卫。

内侍大臣等人急忙跪地："臣叩见皇上。"

顺治看也不看他们一眼，冷冷道："平身吧。"

"谢皇上。"

"把这人分到朕的乾清宫，让他侍候朕。"

内侍大臣爬起身，面有难色。

"皇上，这……"

"这什么？这个人说要给朕捉十只蟋蟀，可只捉了两只。还说明年夏天带朕去煤山上捉蝈蝈，把他赶走了，你们替朕捉蝈蝈去？"

内侍大臣哭笑不得，小声道："奴才是按摄政王和太后的旨意办的。这人只是……"

顺治有些不高兴，用小手一指，高声道："大胆奴才！你敢抗旨不遵？"

内侍大臣吓得伏在地上，磕头如啄米，连声求饶道："奴才该死，奴才不敢，奴才该死，奴才不敢……"

顺治并不理他，对吴良辅道："走，随朕去乾清宫。"说罢，头也不回转身走了。

吴良辅一时间不知所措，见内侍大臣示意他跟顺治走，这才欢天喜地跟了上去。他在后面一个劲地小声道："皇上，奴才一定给皇上捉一百只蟋蟀，捉一百只蝈蝈。"

顺治回头对他轻轻一笑，露出了孩子似的天真。

此后几天，皇城外的筒子河里，每天都可捞出几具尸体，都是出宫的太监一时想不开走上了绝路。这几条小命，并没引起皇宫主人的注意，阵痛过后，一切又都恢复了正常。

转眼间，新年到了，顺治和庄太后迎来了入主中原后的第一个新年，自然要大加恭贺一番。

与此同时，天遂人愿，陕西方面传来好消息：武英亲王已攻破潼关，攻占西安，闯贼残余已败退江南。

武昌张献忠部见豫亲王的大军南下已南逃两广。

消息传来，北京城一片欢腾。笑得最开心的当算多尔衮，前线的每一个胜利，都为他增添一份军功。

为了祝贺胜利，增加节日喜庆气氛，鼓舞士气，收拢朝臣之心，两宫太后决定请王公大臣和满族权贵到御花园赏梅。

新年刚过，虽然已经打春，但北京仍没有一丝春意。北风仍像刀子一样刮在脸上阵阵刺痛。

多尔衮来得很早，穿一身淡蓝色的丝绵蟒袍，戴一顶嵌着大明珠的暖帽，外罩大红披风，十分儒雅英气。

他是摄政王，所以要早来一些为两宫太后招呼客人。

其实，更重要的是，他想早点见到庄太后。在北京，这皇宫不能随便进出了，虽然是摄政王，但他也不敢冒昧。

可两位太后一直没出来，多尔衮坐在交泰殿，度时如年。

不一会儿，众大臣一一来了，见了多尔衮不免寒暄起来，交泰殿很快熙熙攘攘热闹起来。

"各位臣工都来了，对哀家很赏脸。"哲哲太后从外面走来，后面跟着庄太后。

众人忙跪迎两宫。

"臣等给两宫太后拜年，祝两宫太后新年万福。"

"平身吧。海公公，将为每位爱卿准备的银子送上。"

"嗻。"海中天向后一招手，四五个太监抬了两个箱子进来。

哲哲太后和庄太后坐于殿上，诸大臣陪坐两旁。多尔衮不时用眼去扫庄太后，见她身穿黄锦缎旗装，外罩紫裘披风，美目含笑，注视着群臣，对多尔衮不闻不理。

"摄政王爷，太后的压岁钱，请收下。"海中天双手捧一个大红包，很沉，大概有几百两银子。

多尔衮稍稍一愣，马上回过神来，忙起身道："多谢太后。"

其他人接到赏银自然也是千恩万谢。

哲哲太后笑笑，道："大清刚刚入关，国泰民安，一切顺利，八旗将士势如破竹，江南指日可平，哀家高兴。今日请诸位到御花园看看梅花，中午哀家请大家喝两盅。"

众人很高兴，大过年的，太后又是给银子，又是赐宴，谁能不高兴呢？

御花园里的花并不是太多，山上的树木仍是光秃秃的，连个小芽也没有。池中也没有花草，一群鸭子在漂着薄冰的水中游着。

来到梅园，眼前一亮：这里的花开得很灿烂，一丛丛地簇拥着，有火红的，有粉红的，有紫色的，还有一片片雪白的，一串挨着一串，一朵接着一朵，在微风中摇曳。

这群人走在花丛中却没几个人去仔细赏花。从小就生长在马背上，除了打仗抢东西，就是吃肉喝酒，哪有中原人那种雅兴？胸中文墨不多，又不能像文人雅士那样作诗吟对，他们能在这园子里转悠，一则是给太后面子，二则是为了中午那顿御宴。

多尔衮漫无目的地走着，见旁边有个园门，便独自拐去，绕过假山，临池有一亭子。池塘四周是一排垂柳，树下还有一株株无名花也开了，很好看。

还有更好看的呢！当多尔衮的目光碰到亭子里的一个人时，他差点没高兴得叫出声来，那紫裘披风点缀在花丛中，十分醒目。

"太后为何把臣等撇在一边，独自一个人赏花？"多尔衮打着哈哈上前搭讪。

庄太后似乎惊了一下，马上转过脸来，面含微红，笑吟吟地说："原来是摄政王爷，你怎么也一个人？"

多尔衮见庄太后那双明眸秋波轻泛，粉面含春，不由得笑道："太后，今日是年节里，又是太后赐众臣赏花赴宴，在这后宫，我们便是一家人。家人不叙常礼，请太后不要称臣等为王爷，而以家人相称，叫臣弟'十四叔'。让臣弟也不称太后，而喊一声'皇嫂'如何？"

多尔衮说得在情在理，又情真意切，庄太后只好点头道："十四叔言之有理。"

多尔衮也来到亭子里。庄太后不由得面红心跳，浑身有些不自在，忙站了起来，道："十四叔，请坐下。"

"唉！"多尔衮叹了一声，"先皇宾天，扔下嫂嫂一个人在后宫，也够寂寞的。花一样的青春年华，都在深宫寂寥中付诸东流，多可惜啊！"

庄太后粉面泛红，笑笑道："十四叔取笑了，哀家如今已是人老珠黄，早已过了如花的年龄，哪里还谈得上'花一样的青春年华'呢？"

多尔衮忽然向前探了一下身子。

"嫂嫂怎么能说这样的话？你虽过三十，可仍像这迎春花一样明艳夺目，娇柔迷人。有皇嫂在，把那些花都比下去了。"

庄太后扑哧笑出声来，忙掩口道："十四叔真会说话，哀家有那闭月羞花之貌吗？"

"在弟弟眼里，嫂嫂比那天上的嫦娥还漂亮百倍。"多尔衮说。

庄太后没有勇气去看多尔衮那火辣辣的目光，喃喃道："十四叔风流倜傥，府中妻妾成群，什么样的美人没有，又何苦来讽刺嫂子呢？"

"弟弟怎敢挖苦嫂嫂，府中那些人不过是乌鸦、雏雀，怎能与嫂嫂比？"

庄太后完全明白了多尔衮的意思，她心里有种异样的滋味。按理说，嫂嫂嫁弟弟，也不是不行，对满人来说，天经地义，"兄终弟妻其嫂"合乎伦理。这多尔衮虽不是美男子，但有才华，有大志，是一个不错的男人。

可他二人一个是皇太后，一个是摄政王，这段弟嫂之恋绝非寻常，直接牵扯到大清的安危。

沉默、恐惧、揪心的沉默……

"来呀，快来找呀，朕就在这儿。"

一声稚嫩的童音打破了这沉默，同时也让二人吓了一跳，急忙站了起来。

亭后假山石后，顺治正对远处喊着。

"皇上在干什么呢？"

庄太后忙喊着向顺治走过去。

顺治见是额娘，很高兴，又看到还有一个摄政王，稍有不悦："朕正在捉迷藏。"

"和谁捉迷藏？"

庄太后看了看，并没有人。

"都怪你们，那两个小太监明明追来了，可看到你们，他们转身就跑，没人和朕玩儿了。"

庄太后见顺治脸上冒着汗，一道儿一道儿的灰被汗水浸湿成了大花脸，两只手也沾满了泥，不由得气道："皇上每日只知道玩儿，为何不学点治国之术呢？老大不小的，都七岁了，还不懂事？"

顺治一听，瞪了她一眼，转身跑了。

"回来！"庄太后又气又急地喝道。

但顺治并没有停下来，头也不回地去了。

庄太后无可奈何，刚才的好心情全没了，悻悻地独自离去。多尔衮看着那娇弱的背影，叹口气也去了。

这御宴太丰盛了，好酒、好菜、好心情，各位王爷开怀畅饮，一直到太阳西下才宴罢席散，各自回府。

多尔衮没有回去，他无法回去，因为他喝醉了。

醒来已是掌灯时分，宫里已点亮了大红宫灯。

多尔衮睁开蒙眬的双眼，头像压了块石头般地重，同时一跳一跳地痛，胃里面酸酸的、辣辣的，说不出来是什么滋味。

他左右看了看，良久，才记起这是在后宫，刚要喊人，有一个太监早已站在床前，轻声道："摄政王爷醒了。来呀，把太后送的汤端上来。"

不多时，一个宫女手端一个白金碗，轻声说道："王爷，太后听说王爷醉了，特差人送一碗紫菜酸汤解酒，请王爷慢用。"

多尔衮愣愣的，一时没反应过来。

"太后送的？哪位太后？"

"庄太后。"宫女轻声道。

"庄……"多尔衮一阵心喜，马上伸出手端起碗，喝了一口，味道确实不错。接着一仰脖子，大口大口地喝起来。

"王爷，小心呛着。"一旁的宫女提醒着，可多尔衮哪听她啰唆，一气儿把一碗汤喝了下去。

咦！这汤还真管事，喝下不久，胃里面好受多了。

"来人，送本王回府！"

"嗻。"

睿亲王府的侍卫和仆从们早就在外面等候着，听了这话，忙侍候多尔衮上了轿，准备出宫。

"先到后宫里去谢太后。"多尔衮改变了主意，在轿里吩咐道。

差役哪敢怠慢，掉转轿子，又向后宫而去。

"是谁？"刚至六宫门前，几名侍卫拦住去路。

多尔衮在轿里说道："本王爷赴御宴喝醉了，多蒙太后赐汤解酒，特来谢恩。"说罢，把摄政王的腰牌丢在轿外的地上。

侍卫一看是睿亲王的牌子，哪个敢拦，忙把宫门打开。

一带粉墙，两扇朱漆大门，四盏八角大红宫灯在檐下轻摇，柔和的灯光洒在门楣上的金匾上，"慈宁宫"三字在光下熠熠生辉。

门口两个太监似乎一愣，马上跪地施礼道："叩见摄政王爷。"

"本王来谢太后赐汤之恩。"

"嗻，容奴才进去禀报。"

"罢了，本王与太后是叔嫂，并无大碍，本王谢了恩就走。"

"乌兰回来了吗？皇上怎么样？睡下没有？"

庄太后听到有人说话，以为是乌兰。

宫内灯光很亮，庄太后正在灯下绣着什么，一阵浓郁的香气充盈着屋内。

多尔衮屏住气，站在原处，又深深吸了一口气，用力去嗅这香味。

"乌……"庄太后惊呆了，她身后正站着多尔衮。她万万没想到这种情景会出现在后宫。

片刻后，庄太后从惊吓中醒来，盈盈起身道："摄政王爷驾临，也不通报一声，让哀家吓了一跳。"

多尔衮忙施礼。

"臣弟夜闯后宫，惊扰了太后，罪该万死。"

"王爷乃自家人，不必客气。"

二人都呆呆地站在那儿，一时无语。

"王爷，请，请坐吧！"

庄太后极力控制住自己复杂的心情，侧身让位。

"哐当"一声，随后又是"哎哟"一声，多尔衮伸手拉起庄太后的纤手。庄太后马上玉面绯红，忙把手从多尔衮手里抽出来。

她为多尔衮让座，后退一步，把一个凳子踢倒，绊了一下，差点儿摔倒在地，多亏多尔衮拉住了她。

庄太后的那只手局促不安，一会儿放后面，一会儿又放前面，找不到放的地方，多尔衮的体温一直留在那只手上。

庄太后自然明白，低声道："十四叔真是我们母子的大恩人。现在我们不是已经依靠着你了吗？不依靠你还能依靠谁呢？"

多尔衮再急也不敢贸然行事，只好强忍着，又咽了口口水，轻声道："刚才一时性急，下手太重，没伤着嫂嫂的手吧？"这纯粹是没话找话说。

庄太后无意地把手举在灯下，笑笑道："嫂嫂的手再嫩，也是三十多年的手了，还能像三岁小孩的手那么娇贵吗？"

多尔衮就势又抓住那只白嫩嫩的纤手，佯装检查伤势，在灯下仔细地看呀看，庄太后抽了几次也没抽出来。

庄太后佯装生气，瞪了他一眼道："王爷，深更半夜，王爷在这深宫中，传出去，不怕大臣们笑话？还是请回吧！"

多尔衮一路上都在想庄太后，想了一路，头都想炸了，也没理出个头绪来。

不觉到了王府，管家、侍从忙迎至门口。多尔衮心中不悦，也不理睬这些下人，下了轿便道："天色不早了，本王累了，你们都去歇着吧。"

"嗻。"

这些下人，哪个不想痛快，听了这话，像遇到大赦似的一转眼便溜了。

多尔衮一屁股坐在太师椅上，侍女兰花忙上茶。

"大福晋在吗？"多尔衮厉声问道。

"福晋娘娘可能安歇了，奴才这就去请。"兰花不敢怠慢，忙回道。

"算了，你也歇着吧。"

"嗻。"

兰花逃命似的去了，她见王爷不高兴，在他面前多待一分钟就多一分危险。

多尔衮端起茶喝了一口，正可口，便大口大口地一气喝完，像和谁赌气似的。而后把灯吹灭，独自坐在黑暗中。

啪！

多尔衮在黑暗中猛地捶了一下桌子，暗暗道：大玉儿，本王要让你乖乖地钻到我怀里来！

【第六回】

摄政王依制娶嫂，皇太后违心再嫁

这一日，范文程穿戴整齐，坐着轿来宫里办公。刚至暖阁前还没落轿，就已有后宫太监在等候。范文程走下轿，那太监道："奉太后懿旨，请范学士入宫。"

范文程不敢怠慢，随太监来至后宫，这才知道是庄太后召见他。

请过安后，太后一使眼色，宫中的宫女、太监一一退去，只留海中天立在一旁侍候。

"范学士，皇上登基已一年有余，年满七岁，按祖制也该请师上学了。可今日，仍无为皇上请师之议，为何？"

范文程早知道有一天会受太后指责，但他有什么办法。

早在盛京之时，都察院承政满达海、给事中郝杰等人就曾多次上疏请择博学之士，对皇帝"朝夕话讲，及时典学"，可多尔衮充耳不闻。作为大臣，自己又能如何？现在多尔衮地位更高，他不点头，这事就不易办。对太后又不能明说，自己只好受点委屈，想到这里，范文程道："太后所言极是。为皇上择师之议，早在盛京即有，但我大清刚刚草创，百废待举，前方战事又紧，一时疏忽了。迁都后，千头万绪，臣每日忙得焦头烂额，仍是捉襟见肘，瞻前而不能顾后，请太后见谅。"

太后又能说什么呢？面前这位名臣对大清皇室忠心耿耿，可谓死节之臣。

"范学士不必多虑，哀家并无埋怨学士之意，只是见皇上每日无所事事，与一班小太监打闹，捉虫捕鸟，哪有半点帝王之风？不思进学，日后怎可治理天下？"

范文程点头道："太后所虑极是，臣一定奏请摄政王，早为皇上请师讲学。"

范文程这下犯难了，前有满达海之议，这次自己若亲自出面，万一多尔衮拒绝，日后便再无法提此事，这路便走进死胡同，应想个万全之策才行。

从后宫到暖阁，一路沉思，最后有了个小计划。

第二日，上朝议事，大学士洪承畴、冯铨联名上奏："今日大清定鼎中原，政通人和，百废正举，一统中原已成指日可待之势。日后君临天下，皇上必习汉文。今皇上乃值冲龄之年，虽聪颖过人，若不勤学，则古今之道废也。上满书俱已熟悉，但帝王修身治人之道，尽备于六经。一日之间，万机待理，必习汉文，晓汉字，始上意通达，而下情得通。伏祈择满汉词臣，朝夕进讲。"

多尔衮听二人此言，鼻子里哼了几声，出了几股冷气，但脸上表现得并不十分明显。他望了望郑亲王济尔哈朗，似笑非笑。

"郑亲王，我八旗子弟以骑射为本，以快马利剑威天下。本王以为幼主眼下尚且年幼，等再过两年请我八旗壮士教幼主骑射之术，只要有一身过硬的武功和强壮的体魄，还怕治不了天下吗？明朝崇祯帝饱读诗书，精于六经，但其治国之术何在？肩无举刀之功，手无缚鸡之力，又有何为？"

这话说得多损，让洪承畴、冯铨二人面红耳赤，张口结舌，自感羞愧难当，默默退立一旁，不再出声。

多尔衮虽心中有气，但也自感这话说得有些重，不该当面揭汉人的短处，让这些降官的脸放在哪儿？

于是，多尔衮又笑着道："两位大学士所言很有道理，理应如此，本王与郑亲王也正在考虑此事。然御前讲席，择之须慎而又慎，一时尚无合适的人选，待日后再议吧！"

济尔哈朗还能说什么呢？

他现在无论在名分、地位还是在实力上都已根本无法和多尔衮相比，他这个"辅政叔王"不过是聋子的耳朵——摆设。

"摄政王所言极是，此事以后再议吧！"济尔哈朗讪讪道。

此事传到宫中，庄太后心里飘起一丝阴影，她隐隐约约地感到有一种威胁正在逼近，但她对此无能为力。

不久，顺天府柳寅东上书，请求圈占近郊五百里内的土地作为旗地，安置满洲庄头。

此奏立刻引起朝中的争议，满、汉双方都不同意，一时间议论纷纷，满城风雨。

清国迁都，大批的满族庄头、贵族以及王公大臣的包衣等，蜂拥入关，他们所到之处即强行圈地，弃农兴牧。

一时间，北京、蒙古、河北、河南、山西等地圈地之风大兴，大批的汉人流离失所，无家可归，满汉矛盾日益尖锐。

但对柳寅东之议，满族人以为限定的范围太小，不能满足满人对领土扩张的要求；而汉人呢，不愿让满人圈地，认为中原的农业文明是先进的文明，而满人的游牧业是落后的文明。

若朝廷同意在京五百里圈地，以后就会在全国范围内圈地，元朝蒙古人圈地的悲剧又会重演。

在今天看来，柳寅东之议是一个很好的折中方案，既满足了满人的欲望，又最大限度地保护了汉人的利益，只是当时满、汉人各自站在自己的立场上，一叶障目。

此事自然传到后宫，庄太后立刻意识到柳议的正确性，但她又不便出面。后宫不得干政，这是祖训，也是刚刚写在铁板上的内容。

满、汉大臣在前面又吵了起来，冷僧机道："我八旗入关，就是要入主中原，建立大清，若仅限五百里之地，满人如何能统治天下？大清的根基在八旗之制，在满族的贵族、庄头上，岂能依靠汉人来统治呢？"

洪承畴虽不敢理直气壮地出面争吵，但柔中带刚，不温不火："中原文化历千年不衰，今我大清入关，非中原落后，而是前朝政治腐败，国家积弊太深，大清一时占了上风。若要把关外游牧之习带到中原，必覆前朝蒙古人之后辙。铁木真的子孙曾统一中原，但存不足百年，便被汉人再次赶回蒙古，就是因为圈地。我大清若想久居中原，传千古基业，必须学习中原耕作，摒弃游牧之习。"

双方人等各执己见，众说纷纭。

就在这时，后宫海中天来到前面传太后懿旨：

本官虽居后宫，风闻圈地之议。本官不想干预政事，只是怜惜失地之汉人无所依靠，特从后宫每年供奉中拿出白银一万两，用于安置圈地之汉民，使其不至流为盗贼，感戴我大清之恩威。

太后没说支持哪一方，但她这一举措已经表明了一种态度，那就是满、汉不要争斗。明降官闻言，心存感激，便不再争议。满官从太后的旨意中也体会到太后要他们善待汉人的心思，自然也不再坚持了。

尽管有了这一万两银子的安抚款，当时圈地的景象仍是非常悲惨的。满官奉皇帝和户部的命令前往各村勘测和跑马圈地时，村中农民听到外面圈地的锣声和呼喝，个个惊恐万状，泣不成声。

圈定之后，数以万计的农民立即被驱逐出村。农民不仅失去了土地和房屋，连柴堆、粪堆、蜂窝、铁锅、井板、家禽等所有东西都被满人抄去，稍有不满便遭毒打。

失去土地的农民虽有清朝为他们拨了土地耕种，但路途遥远，没钱可到新地居住，拨的地也都是盐碱地或者荒地，根本无法过活。

至于太后的救灾款，更是杯水车薪，再加上官府层层盘剥，到了农民手里已是所剩无几，根本无法感受到大清的皇恩。

京津一带的汉、蒙百姓只得离开祖祖辈辈生活的土地，背井离乡，四处流浪，很多老弱病残之人倒毙道旁，许多人沦为盗寇。

就在满族庄头们在北京附近疯狂圈地时，八旗铁蹄在江南对汉族百姓展开了血腥的屠杀。

李自成败走江南后，张献忠也南逃而去。多尔衮立刻命令豫亲王多铎率兵东进，直指南京，英亲王阿济格率兵渡江出击四川。

在南京临时拼凑起来的南明小朝廷，号称有百万大军，但从未有渡江北伐之心。当大清以一纸"吊民伐罪"的檄文西击农民军时，南明君臣竟产生了"联虏剿寇"的幻想，不加任何防范，文武百官轻歌于焚屋之下，痛饮于漏舟之中。直到大清的铁蹄直踏扬州时，这才如梦方醒，但为时已晚，顷刻间土崩瓦解，树倒鸟散。

清兵入关时，主举"仁义之师"的大旗，可他们哪有一丝一毫的"仁"和"义"。当多铎攻陷扬州时，十日之内诛八十万人，而投河自尽、闭户自焚者不计其数。江阴城破，小小县城，三日内诛杀十七万两千人，全城仅有老幼五十一人尚存。攻占嘉定，不分男女老幼，见人就杀，顿时"浮尸满河，舟行无下篙处"。

此时，江南名士要员钱谦益、龚鼎孳、赵之龙、徐九爵、徐宏爵、焦梦雄、方一元、朱之臣等人归降。另有王一心、冯可宗、冯梦祯、陈济生等人亡命天涯。

此役使大清基本上肃清了明朝残余的主力，清朝上下一片欢腾。

多尔衮喜出望外，立刻以幼主顺治的名义，派侍卫尼牙都下江南犒劳两白旗军队，并正式令礼部示谕京城内外、直隶及各省、府、川、县和江南各地：

从今日起，京城内外限十日，各省自部文到日起十日内，尽令剃发。今中外一家，衣着发须一统，若不画一，纯属二心。仍从明制不随本朝制度者，杀无赦。

顺治听礼部尚书当堂宣读草拟的部令觉得十分好笑，嘴一咧，笑道："天下这么多人剃发，那剃头匠可发财啦！吴良辅，朕让你也去学剃头，如何？"

满朝的大臣你看看我，我看看你，无人敢言。

御座旁的吴良辅早吓得两腿打战，低声道："皇上，这是大殿，怎可胡言？"

多尔衮心里十分生气，但表面上仍道："皇上，剃发之俗乃我满人之习，是忠不忠于大清的标志，不可不推行。"

"摄政王，朕没说不推行。"

多尔衮哭笑不得，只好道："此令即日发布，各地务必执行，凡发现有蓄发者，追究地方官的责任。"

范文程小心道："王爷，时间这么短，怕一时找不到如此多的剃头匠吧？"

范文程虽得多尔衮器重，但他毕竟是汉人，他发现多尔衮在入关之初还能宽容汉人，但随着清军节节胜利，多尔衮对汉人的政策也逐渐严厉起来。他有心阻拦，但自知无力，只好在中间缓冲一下，让汉人免受重击。

"我八旗子弟谁没有这个？"多尔衮抽出一柄短剑，愤然道，"令剃头匠与八旗军一起南下，见蓄发的，当场剃发，违者斩！"

范文程不敢再说什么，当初自己是忠于皇太极的，所以，在顺治继位上，是坚决站在保皇子一边的。

多尔衮能不计前嫌重用自己，可见他尚有远大抱负，今日不能仅因为让汉人少受点冲击而坏了自己的前途。唉！中原的百姓，你们就忍点吧，长痛不如短痛。

"十四叔，尼牙都能到扬州去玩儿，朕也想出去玩儿了。"大臣们退下后，顺治偷偷对多尔衮说。

多尔衮不太想管顺治的事，他越来越觉得自己伟大，身边那几岁的黄发孩童能懂什么？但也不能让他出事。

"皇上，尼牙都不是去玩儿，而是代表皇上去犒劳三军了。皇上要玩儿可以到御花园去玩儿。"

"御花园有什么好玩儿的，朕早玩儿好多次了，朕要出城去玩儿。"

"出城有什么好玩儿的，外面兵荒马乱的，不行！"多尔衮不耐烦了。

"朕听说城外满井那地方好玩儿，吴良辅说那地方蛐蛐可多了。朕一定要他替朕捉几只来。"

多尔衮心中笑了，吴良辅你倒是挺会哄这小子玩儿，怪不得这幼主整天跟在吴良辅屁股后转悠，日后还得谢你呢。

"皇上，满井离京有几十里，怎能说去就去呢，万一遇上贼寇怎么办？"多尔衮吓唬着小皇帝。

其实，他心中想，真要碰上贼寇还真好！但这念头只是一闪而过。

"十四叔，朕不用仪仗，谁知朕是皇上？再说宫中有那么多的武林高手，派几十个侍卫就行了。宫中的海公公武功高，让他陪朕。"

多尔衮想了想，道："那好吧，就让两黄旗的巩阿岱、鳌拜护驾前往，让海中天带五十大内侍卫护送。"

命令传到，护驾众人得知，那海中天吓得魂都飞了。这么小的天子却要出城游玩，只带几十个侍卫，不是开玩笑吗？这脑袋是不想在肩上扛了。

他一刻也没停留便报知了庄太后。庄太后也吓了一跳，但皇上偏要去，摄政王也已下了令，再出面干涉怕留下干政的把柄。再说，自上次多尔衮走后，就再也没到宫里来。并且，摄政王下令，皇上与皇太后不能随便见面，必须按祖制，每逢节日才可相见，所以母子俩虽一墙之隔，但已有一个多月没见了。

"海公公，此事全依赖你了。连夜从后宫精选五十名高手，武功要高，还要有忠心，多选能以死报国之士。明日见了鳌拜，告诉他太后想念他了，让他抽时间到宫里来坐坐。"

海中天边听边点头，他感到肩上有千斤的担子压着，几乎喘不过气来。

天刚亮，一支人马便冲出了紫禁城，出了午门，出东直门而去。

这支人马全部是普通满族人家的打扮，前面是四匹战马开道，中间有一个三十多岁的人骑着马，满脸的胡须，怀里坐着一个七八岁的小男孩。随后又是两匹马护着，后面是几十个仆人跟从。

沿街的人家对这队人马没太在意，现在这年头，有钱人家出门，哪个不带几十个家仆？没有人能想到，这是当朝天子出行。

按规定，皇上出宫，警卫森严，护从如云。应有引领大臣十员，后扈大臣两员，豹尾班侍卫二十人，御前侍卫、乾清门侍卫、一二三等侍卫五百名，前有鸣锣开道，浩大的仪仗队，紧跟一千御林军。后面还有一千名护军随从，同时，六部差役、六房巡捕遍及街头，若有一人不闻声而避，立刻便被捉去坐牢。可这次皇上出游，竟只有侍卫五十人，连一个尚书家的公子出门的声势都不如。是少年天子的无知，还是多尔衮有意在试探什么？没有人明白。

若干年后，每当顺治回忆此事时，仍感胆战。这一次还真的出了点事，差一点儿酿成大祸。

出了城便是一望无际的田野。时节虽是初春，但北方的春天总是姗姗来迟。风吹在脸上仍隐隐作痛。

天是蓝的，万里无云，太阳明亮，不冷不热，空中偶尔有一只鸟飞过，匆匆地像是回家，又像是在急找亲人。

顺治在马背上高兴地张开双臂，高声叫着。他在深宫中每天看到的都是那一角天空，没有树，没有云，没有这浓浓的泥土气息。

海中天双手搂着他，生怕他摔下去。两旁的鳌拜和巩阿岱见幼主如此高兴，不免也受到了感染，绷紧的脸上也露出了微笑。

道路两旁是大片大片的田地，有的是小麦，绿油油的，有几寸深，齐齐的，像浓浓的头发，整块田地像一条绿毡子。也有的是黑色的土地，却长满了杂草。

"这田里为什么种的不一样？这块地种的庄稼长得好，这一块长得不好，乱糟糟的。"顺治大声道。

海中天低声道："主子，你错了，那边是小麦，是人种的庄稼；这边是杂草，没人种，自个儿出的。"

"这边的地为何没人种了？"

"这些地现在都归咱们满人了。有的庄头来得早就种上了，有的庄头来晚了，没种上。"海中天耐心地解释着。

顺治似懂非懂，又问道："来晚了，为何现在不种小麦？"

"现在是可以种，但不能种小麦了。每种庄稼的下种、收割都有一定的时候，不是想什么时候种就种，想什么时候收就收的。就是在不同的地方，也不一样。比如说，在我们东北，每年只能种一季，小麦、玉米、大豆都在春天种，秋天收。可在这北京呢，一年就可以种两季，每年初冬前种小麦，初夏收，再种玉米、大豆。到了江南，每年可以种三季呢！"

"噢！"顺治点点头，"怪不得江南那么富，一年可以抵得上我们东北三年。朕一定要平定江南，统一天下。"

海中天忙低声笑道："好志气，不过主人要小声点，别让人听到。"

"看，那雪山！那绿树！"顺治毕竟是个孩子，高兴得在马背上直跳，像只出了笼的小鸟。

远处是连绵的山，山上仍有薄薄的积雪，偶尔露出一片山岩来，迎着阳光。雪上泛着多彩的光色，像一位美丽的少女刚刚洗过脸，正梳理着秀发一样。偶尔有一两株松树，亭亭玉立，有的树上还积着点雪，煞是好看。山下有一条高堤，堤上是两排柳树，柳枝已经绿油油的，随风摇摆。

天下初定，兵荒马乱，游人并不多，大多是满族贵族公子，有的骑马，有的坐轿，三三两两的。

上了高堤，便是一个湖泊。湖里的水仍被冻封着，太阳一照，冰已开始融化，泛着光，闪着亮。

顺治下了马，叫道："吴良辅。"

在人群中的吴良辅急忙跑过来，立在他面前。

"捉蛐蛐去。"

顺治满脸的阳光，笑得很灿烂。

"主子，现在还没有蛐蛐。"

"大胆，原本说来捉蛐蛐，怎么又没有呢？"

吴良辅差点吓趴下，跪地道："蛐蛐只有到夏天才有。"

"得了，有没有找找看不就知道了，别让人看出破绽来。"海中天一边望望四周，一边低声道。

吴良辅跟着顺治向前走，海中天、鳌拜等人尾随其后。在京城，这五十个人不多，但到了这地面上，五十个人挺扎眼的。

顺治向后看了看，停住脚步道："这么多人，到哪儿捉蛐蛐？有蛐蛐也早被你们吓跑了。"

海中天向后面的侍卫吩咐道："你们分开走，散在主子四周，不许超过百步，两只眼睛放活些。"

众侍卫纷纷散去，但仍不离左右。顺治和吴良辅一道走，海中天不离三步远，两个大臣佯装观景，四只眼不时观察着四周。其实他们大可不必担心，因为这儿的人很少，偶尔有几个人在湖边或坐或站。

前面是一条小溪，溪边坡上种满了花草。有三个公子模样的人席地而坐，正用溪水煮茶，见这边来了不少人，也并不在意。

再向前是一个小山坡，坡上没有雪，小草已偷偷钻出来，嫩嫩的、绿绿的。几个蒙古族青年在这儿游玩，四个席地而坐，有两个正在那儿跳舞，边跳边唱，地上的人拍手和着。从衣着上看，没一个是穷苦人家的孩子。

来到一个花圃前，里面已开了几样花，有一种花又红又蓝，花瓣是粉红的，但花蕊是黄色，花萼却是蓝色的，很好看。

这种花很多，是野花，花丛中有许多小虫在爬。

"这儿有没有蛐蛐？"顺治忙蹲在地上找。吴良辅明知没有，但仍蹲下身在草丛中找。找了一会儿，没找到，顺治有些失望。

正要走，忽听有人诵诗：

碧玉妆成一树高，万条垂下绿丝绦。
不知细叶谁裁出，二月春风似剪刀。

定睛一看，前面一池，临池有一亭，亭内正有一人面对池周围的垂柳咏诗。

顺治不懂这诗的意思，但听起来圆润流畅，朗朗上口，似吟似唱，很有韵味。他问身边的吴良辅："这诗说的是什么意思？"

吴良辅摇摇头，他这个穷光蛋的孩子，穷得连饭都吃不上，哪有钱上学？只要有一口饭吃，谁家的孩子舍得净身入宫？

"走，听听去。"

亭内那人中等身材，身穿蓝色长褂，内罩夹衣，一条又长又粗的辫子垂在脑后，正背对着这边。

"你刚才背的这诗是什么意思？"

那人正在品诗，冷不防背后响起个孩子的问话声。入关一年多，顺治的汉话说得蛮流利的。

一个七八岁的满族小儿，长得很精神，挺讨人喜欢，正瞪着大眼睛望着。

那人有四十多岁，浓眉大眼，白净净的，像是个做官的人。

他有些不悦，看了看身后这小人儿，没说话。

"你能教我诗吗？"

这个小孩儿挺可爱。虽对满人不满，但不能对这孩子太冷淡了，古人说"拳不打笑脸"嘛。

那人慢慢蹲下来，微微笑着。

"来这儿干什么？"

"捉蛐蛐。"

"现在哪有蛐蛐捉呀！"

"那现在有什么？"

"现在有布谷鸟。"

"布谷鸟，在哪儿？我要捉一只。"

那人终于被这小孩逗乐了："这儿哪来的布谷鸟？布谷鸟在江南。"

"布谷鸟为何不到北京来？"

那人怔了一下，见这小孩问话挺认真，不忍心打击他，便道："鸟儿虽会飞，但不是什么地方都到的。一种鸟该到什么地方就到什么地方，不该去的它是不会去的。"

说罢，他若有所思地停住了。

顺治感觉这人挺有意思，便不离开，而是在亭子的护栏前立着，一高兴爬上了护栏。

啊的一声惊叫，顿时引来几十双眼睛，只见顺治在护栏上没站稳，就要摔下去。那人刚想伸手去拉，却被一柄剑挡住。

同时，一个黑影蹿上来，一把抱住顺治。那人一惊，回头一望，四周几十条汉子正向这儿飞奔，每人手中都握着衣下的长剑。

那人转身就跑，被鳌拜一剑指来。他一歪头，帽子掉了，那条大辫子也露了馅，原来是假的，满头的黑发，假辫子系在发髻上。

"抓贼寇！"

海中天大吼一声，五十个侍卫立刻蹿了过来，把那人团团围住。那人手握的剑都没抽出来，几把钢刀已架在脖子上。

"快回城！"

几十个侍卫护着顺治押着那人往城中赶。

皇上这次出行虽然是有惊无险，但在朝中还是引起震动。刑部审出那是南明余孽福王的近臣，特来京东联络义军的。这使许多人感到后怕，特别是后宫的庄太后，她惊得三天三夜没睡好觉，半夜时时被噩梦吓醒。

如此母心，人人能理解，况且这还是皇上，万一有个闪失，于国于己都是不可挽回的损失。

太后降旨，垂询此事缘由，可前朝众臣竟无人响应太后，议政会上也没有人提出要追查。因为众人见摄政王对此事并不热心，只冷冷说了一句："是本王同意皇上出行的，但也是皇上多次请求，并自行要求微服出城的。"

有了这句话，谁还能说什么呢？最后只好把吴良辅拉出来，说他怂恿皇上，廷杖二十，用他堵住了太后的嘴。当太后趁机提出要赶吴良辅出宫时，摄政王并不同意，还有顺治，他也不同意。庄太后自然知道吴良辅冤枉，也不好把事做绝，只好让步，此事最终不了了之。

庄太后从这件小事中感到了一种威胁。

多尔衮从这件小事中看到了一丝希望。

满朝的大臣从这件小事中看到了以后自己该怎么做。

因为鳌拜曾当场说过一句："天子出行为何不循旧制？皇上出了事，你们何人能担当得起？"

多尔衮冷冷一笑。

"鳌拜，皇上出事时，你在皇上身边，皇上出了事，当然由你担当。"

鳌拜憋得直翻白眼，但说不出一句话来。

不久，他为这句话付出了沉重的代价。

说来也巧。那天被捉之人是刘正宗。

刘正宗是明崇祯年间的进士，明亡后，随众官南逃，在南明政权中任福王的侍案，协助处理一些政事。清兵渡江，福王感到支持不住，忽闻京东有刘自什率众起义，反对清朝，并知京郊有许多义士组织了闻香教、无为教、白莲教等反清组织，便派刘正宗潜往京东联络义军，南北呼应，共举大计。他做梦也没想到会撞上微服的大清皇上，真是冤家路窄。可谓平地跌跤，清水塞牙。

尼牙都回京复命，多尔衮在明南宫私宅单独召见了他。

"奴才尼牙都叩见摄政王！"

多尔衮一手端着茶杯呷了口茶，道："平身吧！"

"谢王爷！"

"尼牙都，此次犒军是个美差啊，既饱眼福，又得人情，朝廷出钱让你到江南游了一圈。素闻江南乃温柔之地，鱼米之乡，黄金遍地，美女如云，怎么样，看到什么了？向本王说说。"

尼牙都忙道："多谢王爷恩赐，奴才没齿不忘。此番南下，江南初定，残垣断壁，哀鸿遍野，扬州等地已成空城，唯金陵尚算繁华。"

多尔衮才不管这么多呢，他要的是土地，要的是大明的江山，繁华与否眼下还不能考虑。

"金陵如何？豫亲王如何？"

尼牙都见多尔衮此时微眯着眼，并微笑着看自己，知道摄政王对金陵很有兴趣，便向他详细介绍了在金陵的见闻。

听了尼牙都的叙述，多尔衮感到一种忧虑。自己的两位同胞手足长时间在外征战，实力消耗大，他们的身体也受不了。

再说，他们若沉醉于温柔乡里后果不堪设想。不如趁现在他们有军功在身立刻调回京都，既能保存实力，又能帮自己一把，还能管管他们，真是一石三鸟。

现在，自己在朝中虽然大权在握，但终觉力量单薄。一个人要面对两宫太后、满汉大臣，还有两黄旗的那些保皇党。打仗还是亲兄弟，上阵还是父子兵，若我三兄弟全在京中，一家三王，谁人敢言一个"不"字！

第二日，议政会上多尔衮对议政大臣道："豫亲王多铎、英亲王阿济格久战在外，兵疲将乏，思家心切。应着令调回京师，休整待命，江南剿战之务，交由其他旗兵。"

有谁反对呢？这话说得合情合理。

多铎、阿济格、肃亲王豪格等先后回到京师。

三王回京，朝野上下一番震动，几家欢乐几家愁。

多尔衮在明南宫大摆宴席，为胞兄弟接风洗尘。朝中闻风而动，郑亲王济尔哈朗、礼亲王代善亲临睿王府祝贺。

两白旗五品以上的官员全都云集明南宫，两黄旗也有一些人前往，护军统领、固山额真谭泰、贝子巩阿岱、一等子冷僧机都前去献媚。另有其他旗的贝子赐锡、内大臣讷布库等人。镶蓝旗的固山额真何洛会也偷偷地来了。

席间，多尔衮居于首席，左为辅政王济尔哈朗，右为礼亲王代善。紧接着就是豫亲王和英亲王。坐在下首的是白旗的苏克萨哈，两黄旗的冷僧机、巩阿岱。其他席上分坐着王公大臣。

酒是好酒，菜是好菜，脸上的笑容也是一样的，只有内心的感受不同。

酒过三巡，郑亲王首先端起酒杯道："今日豫亲王、英亲王凯旋班师，又为我大清立下奇功。睿王爷在朝中尽心辅弼幼主，整治朝纲，二位王爷去闯贼、破南明，三位王爷真乃大清第一功臣。来，让本王敬三位王爷一杯！"

多尔衮斜眼看了看郑亲王，心中暗道：你还算聪明，今后若敢与我作对，我绝不会手下留情。什么辅政王，有我三兄弟，你那辅政王不值什么！心中想归想，但表面上仍应付道："多谢郑亲王夸奖，郑亲王为辅幼主也出了不少力嘛！"

礼亲王也举杯道："本王年老体弱，老眼昏花，连马也上不了。真羡慕二位亲王能为大清立下不朽之功。让老夫也敬二王一杯。"

多铎忙道："礼亲王过谦了，想当初，王爷也是能征善战、勇冠三军的勇士。人一辈子谁能不老呢？我们也终会有你现在的境况。"

多尔衮心中冷笑道："这个老狐狸，越老尾巴夹得越紧。"

贝子巩阿岱笑吟吟地起身道："各位王爷，本贝子位卑言轻，本不该在这席面上乱言，但我始终以为睿亲王为大清操碎了心，事无巨细，日理万机，呕心沥血。两位王爷又是从山海关一路南下，降三桂、灭贼寇、平南明，其功与山河同在，可与日月同辉。没有三位王爷，这大清还不是偏安于白山黑水之间的一个部族？所以，今后我们对三位王爷所令之事要坚决拥护。"

这话是什么意思？不太合适吧？但没有人说一个字，大家脸上都挂着笑，隔着一层皮，相互注视着。

冷僧机趁机道："贝子爷说得对呀！没有睿王爷就没有大清的今天。我们应该拥护睿王爷，唯睿王马首是瞻。"

"唯睿王爷马首是瞻！"邻桌的也跟着起哄，整个大宴马上沸腾起来了，"我们拥护睿王爷！"

平心而论，在开始的时候，多尔衮是没有野心的。虽然他一生中曾有两次可登基的机会都失去了，但他仍忠心耿耿，辅佐幼主，完成了先皇的宏图大业，同时也实现了自己的远大理想。

男人天生有一种占有欲，他们需要成就感，需要别人拥护他们、赞扬他们。为了别人的鲜花和掌声，为了女人的笑脸，他们会赴汤蹈火，冒死前行而毫无畏惧。可一旦他们拥有了掌声和鲜花，往往又容易陶醉其中，不愿出来。他们喜欢发号施令，喜欢前呼后拥，喜欢女人的温柔和眼泪。

要征服男人，要征服有雄心壮志的男人，不可在他们进行的途中出击，而要在他们取得成功后，给他们掌声，给他们女人的笑脸，再慢慢让他们窒息在欢乐的梦中。

面对这场面，多尔衮那颗不安分的心终于膨胀了，当然，这种膨胀不是今天一下子就出现的，但这种气氛刺激了它，让它疯长。

多尔衮笑了笑，站起身来对众人道："各位，今日到本府来祝贺，本王很高兴。我三兄弟为大清立下了不朽之功，诸位是有目共睹的。今后，诸位要看得起本王爷，本王绝不会亏待大家。"

这是动员话还是客套话，谁也说不清楚，不过，这番话把整个宴会推向了高潮，大家纷纷向多尔衮举杯献媚，有的还信誓旦旦表白心迹。

就在睿王府热热闹闹的时候，肃王府却是门可罗雀，冷冷清清。

肃亲王豪格与福晋婉容儿正相对而视，桌上摆着些酒菜，身旁没有一个女仆和家丁，大概被他们喝退了。

婉容儿亲自执壶为豪格斟了一杯，也为自己斟了一杯，而后盈盈一笑，举杯道："亲王，臣妾向亲王敬一杯。"

肃亲王也不说话，端起杯一扬脖子，一饮而尽。

婉容儿劝道："亲王，凡事要多用心，现在不是父皇在位的时候了。如是父皇在位，做错了事自有人原谅。但现在不行了，幼主年少无知，朝中是睿亲王说了算，你们素日不和，万事要小心。我们斗不过就要忍一忍，人在屋檐下，不得不低头。"

"忍，忍，人家骑在你头上也要忍吗？你看现在的多尔衮多么嚣张！毫不把幼主放在眼中，就连对两宫太后也是爱理不理。上次皇上出游的事，本王在军中也听到了风声。他眼里哪有皇上？"

婉容儿耐心地劝道："王爷，满朝文武对此都不过问，单凭王爷一人，又能如何？"

啪！肃亲王把手中的杯子猛地摔在地上，大怒道："呸，满朝文武没一个好东西，郑亲王、礼亲王都是缩头乌龟，生怕丢了顶戴花翎。那巩阿岱、冷僧机这些曾起过誓的奴才也不是好东西，早已卖主求荣。索尼、鳌拜、遏必隆这些人都是胆小鬼。先皇在位时对他们都是皇恩浩荡，可现在他们一个个都背恩弃义。"

婉容儿忙道："王爷，千万别这么说，这话要是叫多尔衮知道了，可了不得。上次仅凭你与他争吵两句，就被他押了起来，多亏庄太后相救才逃了那一劫。"

肃亲王又喝了一杯，把杯子向桌上一扬，大怒道：

"多尔衮，看你尖嘴猴腮，也不找镜子照照，还想当皇上。你那熊样长得就福小命薄，不知哪一天就会死，你不会得善终的。"

肃亲王还要喝，婉容儿道："王爷，你能不能别说这话！"

豪格把眼一瞪。

"怎么了，你还护着他？你以为他是你姐夫？是不是你姐姐又请你到她府上去了？"

听了这话，婉容儿一愣，想起了那日在睿亲王府的遭遇，不知是气还是委屈，两行热泪夺眶而出，跪在地上。

"王爷，你是臣妾的夫君，是臣妾最亲的人，臣妾会为你做一切事。我那姐姐也是苦命人，到睿王府有二十年了，也没生下一男半女。睿王根本不拿正眼看她，一年也不能去她房里一次。臣妾怎么能为姐姐而伤害王爷呢？"

肃王爷见地上的福晋痛哭流涕心也软了。想想她们姐俩也怪可怜的，从蒙古草原嫁到盛京，又来到北京，没有亲人。

多尔衮风流成性，不理自己的福晋；自己又长年在外征战，让婉容儿独守空房。唉，谁让你们摊上我们俩呢。

肃亲王伸手把婉容儿扶起来，安慰道："本王脾气不好，福晋多担当些。"

"只要王爷能平平安安的，臣妾甘愿受王爷的呵斥。"

婉容儿一头扑在肃王怀里。

"肃王爷，后宫太后有旨，恩准肃王爷去后宫探视贵妃娘娘。"门外有人禀道。

"知道了，本王马上进宫。"

豪格回京，马上请奏太后，要进宫向额娘请安。

这是人之常情，自然会被恩准。

刚至交泰殿一侧，豪格正准备向右拐，忽听有人喊："肃亲王，请留步！"

声音不是太大。豪格仔细瞧瞧，那边海中天正快步走来，到了他面前低声道："太后有旨，请肃王爷和贵妃娘娘到慈宁宫说话。"

"嗻。"豪格忙应道，海中天迅疾离去。

不多时，豪格扶着母亲来到了慈宁宫，庄太后早已立在殿前迎候。

施礼毕，豪格挨着母亲的身边坐了下来。庄太后笑吟吟地说道："肃亲王，此次去直隶、山东平叛一切还顺利吧？"

"谢太后挂念，儿臣一切顺利。"

贵妃忙道："太后，上次肃王多亏太后搭救，老身在此谢过太后了。"

豪格的母亲是皇太极的侧妃，已有五十多岁了，身子已不太灵便，此时又要起身施礼，早被庄太后拦住。

庄太后又看了看豪格，道："肃王也是先皇的儿子嘛，与福临是亲兄弟，'亲讲近，房讲寸'，骨肉同胞，情同手足，又何必谢呢。"

豪格闻言一股暖流涌上心头，不由得慨然道："额娘，多尔衮此次召回三王，另有图谋。当今幼主太小，多尔衮独揽大权，此次又召回自己的哥哥和弟弟，三人同在朝中，如虎添翼，必定更为跋扈，额娘应早做准备才是。"

豪格这话说得很真挚、动情。原本他也曾恨过太后和幼主，但后来一想，就是没有太后和幼主，那皇位就一定会轮到自己坐？多尔衮会善罢甘休？上次自己被多尔衮囚禁，多亏太后出面搭救才没身陷囹圄。所以，此时豪格对太后母子的态度已大为改变。

庄太后不动声色，良久才道："肃王，有些话是必须说的，不能留在心里，但有些话必须留在心里而不能说。病从口入，祸从口出。人为何生了两只眼、两只手，而只生一张嘴？就是要我们多看、多干，而少说。明白吗？"

豪格似懂非懂，点头道："儿臣记下了。"

太后又道："多行不义必自毙！这是天理。肃王要小心说话，小心做事，不必与人争强斗狠逞匹夫之勇，只要大清的皇上仍是你皇弟，就不会亏待你。"

贵妃突然跪在庄太后的面前，伏地泣道："太后，看在先皇的面子上，太后一定要为我母子俩做主。肃王生性粗鲁，有口无心，一切还仰仗太后包涵。老身就把肃王交给太后了，请太后多关照，老身死而无憾了。"

"姐姐请起，如此重托让哀家如何担当得起？"庄太后很为难，从内心深处，她想保护肃王。这对自己有利，但这肃亲王早已成人，而非孩童。他又心直口快，与多尔衮结怨很深，自己很难说能保证他的安全。

那贵妃见太后有些迟疑，一把拉过儿子，让他也跪在地上。豪格伏地道："请太后多多关照儿臣。"

庄太后叹了口气，忙搀起贵妃道："姐姐，只要哀家还有一口气，就绝不会坐视肃王受人欺负。"

"多谢太后！"母子俩齐声叩谢。

不久，通过对各旗圈地的重新划分，多尔衮斗败了两黄旗。这让多尔衮内心十分高兴，可西南的形势又让他高兴不起来。

兵部尚书兼都察院右副都御史洪承畴向他奏道："摄政王，大顺军与大西军正联手抗清。平西王吴三桂、平南王孔有德上奏朝廷请求派兵增援。"

多尔衮不动声色，问了洪承畴一句："大学士看朝中何人可以出征？"

洪承畴望了多尔衮一眼，小心道："王爷，不是有人想立功吗？不妨给他个机会。"

多尔衮冷冷一笑，微微点头。

议政会上，洪承畴把西南形势简要说了一下。多尔衮道："诸位，现在大顺、大西贼寇联手，西南吃紧。本王记得，有人曾说要为大清立功，不知各位有何异议？"

每个人都明白多尔衮的意思，所以没有人说话。

"那好，既然大家没异议，洪学士速拟诏，命肃亲王为抚远大将军，鳌拜为先锋官，索尼、谭泰、冷僧机等人为护军，苏克萨哈为监军，出兵湖广、川贵，扫平贼寇。"

多尔衮边说边望着豪格道："肃亲王，你以为何如？"

豪格此时还能说什么呢？自己和豫亲王、英亲王一道回京，他们可在京中享福，自己却还要出征。也好，在外带兵总比在朝中看人家脸色强多了，于是道："本王愿受命。"

"好。"多尔衮脸上露出了一丝笑意。

打发了镶蓝和两黄旗中的宿敌，京中一下子平静下来，众臣对多尔衮都是唯唯连声，不敢出一言违抗。

多尔衮十分高兴，经常在明南宫里摆酒设宴，一些拍马逢迎之徒围在他身边。朝中有事只好到明南宫去请示。

时间一长，多尔衮也懒得到皇宫理政了，每日都待在家里，朝中的大小事宜，均由大臣们到明南宫去办理。

这一日，众王议政，多尔衮很晚才不情愿地从睿王府明南宫来到宫中。郑亲王济尔哈朗笑笑道："诸位，本王最近身体老感不适，想休养些时日。以后凡三院六部所奏之事，均送睿王府办理。"

郑亲王看得很明白，现在的多尔衮权力欲极强，有些事自己虽然点了头，但多尔衮仍然给予否定或批缓办，明显在压制自己。大小事由都要到睿王府去办，自己坐在皇宫中又有何用？不如躲躲，落个清闲。

众人无语，多尔衮也不说话，算是默认了。

范文程忙去看御座上的皇上。此时的顺治虽长了几岁，但对这朝中之事毫无兴趣，正用手摆弄那只蟋蟀。

郑亲王奏道："皇上，刚才臣已请诸王公大臣合议，臣请休养一些时日，请皇上恩准。"

顺治看了看下面，不经心地说道："既然郑亲王身体不好，就休息几日吧。"

"谢主隆恩。"济尔哈朗两眼含泪，不知是高兴还是感激。

"皇上，臣还有一事奏闻圣上。摄政王总理国事，日理万机，每日要从王府来宫中，多有不便。臣请圣上恩准摄政王在王府办公，议政之日再来宫中议事。"跪在地上的是贝子锡翰。

"准！准！"顺治连头也不抬，没好气地说。

从此以后，南明宫前轿舆络绎，人马川流，睿王府内高朋满座，宾客如云，正是"百僚车马会南城"，而皇宫前倒是冷冷清清。整个国家的政权中心南移至睿王府，皇宫成了一种摆设。这一切都逃不出一个人的双眼，那双冷眼从后宫一直注视着南宫的一举一动。虽然她无法走出后宫，但她仍关注着这一切，因为这关系到她们母子的安危。

中秋节将至，按清制，皇上要亲自到后宫向皇太后请安，并亲自过问过节物品置办情况。

此时的顺治已满十岁，登基也有几年了，但仍没启蒙上学。一则大清草创，无暇顾及，满族又是马上民族，重武轻文。再则是多尔衮有意为之，因为无论是在盛京还是在北京，满汉大臣都曾多次上奏，请为皇上请师讲学，均遭多尔衮拒绝。连满达海、冯铨、洪承畴这些重臣之请都不理睬，多尔衮之心，路人皆知。

　　顺治每日也没什么政务要处理，有事大臣们都去南城明宫了，所以他除了玩儿之外，就是想怎么玩儿。

　　这一日，顺治吃罢早饭，对站立身旁的太监吴良辅道："吴公公，今日带朕到哪里玩儿？"

　　吴良辅忙道："启奏皇上，刚才奴才接到司礼监的通知，今儿是皇上入宫给皇太后请安的日子。"

　　顺治有些怕见额娘，每次见她都是先抱着这亲亲，那摸摸，过后就是训斥，什么要读书呀、要学汉文呀、要学骑射呀，烦死人了。可这是规矩，不能不去。

　　来至后宫，庄太后早已等候在宫中，听到一声"皇上驾到"，便马上迎到门口。

　　顺治看了看母亲那期望的目光、那又喜又有些忧的表情，心中并不以为意，近前施礼道："儿臣叩见皇额娘！"

　　"吾儿快快平身。"庄太后见顺治今日穿戴整齐，不似往日衣冠不整，身子骨也长高了，走起路来也知道端起皇上的架子来，那姿势、那情形特别像他父皇。

　　寒暄过后，庄太后稍稍迟疑了片刻，关切地问道："皇上，近来朝事忙不忙？"

　　提起朝政顺治就头痛，他不由得皱了皱眉，不冷不热地说道："朝中一切都由十四叔打理，儿臣十分清闲，只每隔十日临朝与诸王公大臣议事。"

　　庄太后点了点头，心中酸酸的，看着眼前这位渐渐长大但一无长处的皇上十分焦急。多尔衮权势日重，而皇上却完全是一个无知无能的混混儿，日后如何亲政？就是能亲政，又能把国家治理得怎么样呢？想到这些，庄太后不由得劝道："皇上继位已有数年，理当多想一些朝政大事，多向大臣们学学治国之略才是。"

　　顺治有些不耐烦，又来了不是？于是把脸一转，冷漠道："朝中不是有十四叔吗？什么事都由他去处理，朕还要学什么？"

　　庄太后闻言更是心酸，心中暗道：儿呀，你十四叔就盼着你这样，而你还执迷不醒。若这大清的皇位有个闪失，额娘与你荣辱事小，怎么对得起九泉下你的皇阿玛？又怎么对得起列祖列宗呢？

　　庄太后不觉泪水盈眶，但她克制住了并且强装欢笑道："儿呀，你是大清的皇上，总有一天，吾儿要亲政治国的。你皇阿玛在位时平定四夷，建立大清。你十四叔率兵入关，定鼎中原。他们都建立了不朽的业绩，而你准备如何治理国家？你不想像你皇阿玛、十四叔他们那样成为千古伟人吗？"

　　太后一席话激起了顺治心底久藏的雄心大志，他动情地说："额娘放心，儿臣从今往后一定苦学骑射之术，练一身武功，像皇阿玛那样建一番惊天的事业。"

庄太后从来没听到顺治说过这么激动人心的豪言壮语，不由得上前把顺治拉到怀里，轻轻地爱抚着他的头，亲切地说道："儿呀，你皇阿玛、十四叔是靠马上打天下的，但你不能靠马上治天下。"

顺治有些不明白太后的话。什么马上马下的，做皇上不就是带兵打仗吗？谁打胜了谁就做皇上，谁败了谁就做奴才。

太后见顺治并不理解这话的意思，也不再说什么，对身边的乌兰道："乌兰，快把东西拿上来。"

乌兰应声进了里屋，双手捧着一个黄布包。太后打开黄缎布，里面是一叠书。

"这是什么？"顺治有些惊奇，他原本以为额娘会送他些好吃的东西，可并不是。

"这是书，是额娘从宫中借的，送给皇上。皇上闲暇之时，不妨翻翻。"

顺治翻了一页，只见上面密密麻麻地写了许多字，自己连一个也不认识，不由得惊道："这是什么书？儿臣一个字也不认识。"

太后笑道："这些都是汉字写的书，全是皇上应读的书，所以，吾儿应该看这些书。"

顺治顿时有些不悦，自己一个字都不识，怎么读？

"额娘，儿臣一个字也不认识，怎么读？"

太后小声道："儿呀，现在宫中也没什么事，你可以自己看看，不认识的，可请教范学士、冯学士他们，只要肯用功，慢慢就会读懂的。另外，不要说这些书是额娘送的，知道吗？"

"为什么？"顺治不解。

"不为什么，长大以后你自会明白。"庄太后转身叫道："吴良辅。"

"奴才在。"

"把这书收起来，回去后不准乱说，走漏了风声，小心你的舌头。"

"嗻。"

又是议政的日子，每月只有此日皇宫才有些生气。平时，午门以里，乾清门以外，偌大个地方，几进院落，只有几个太监、宫女来来往往、忙忙碌碌的，哪里像是全国政权的中心呢？

诸王、贝勒、贝子、领侍卫内大臣齐聚东暖阁，顺治端坐于御座，多尔衮就坐在御座旁主持会议。顺治原本可不来的，但庄太后偏让他来。

众臣商议的是江南用兵之事，什么肃亲王亲率镶蓝和两黄旗一部痛击大顺军，李自成溃逃湖南，吴三桂一路追击南明弘光小皇帝到了云南，等等。

议后，众臣都去看多尔衮的脸色，等着他拍板。只要他点点头，这事就定了，马上会有人记下来准备发诏。没有一个人去看顺治，顺治这才发现自己傻乎乎地坐在这儿是多余的。

原来他每次都是玩弄小蟋蟀、小蝈蝈什么的，根本不去管其他事。可自上次母后说了他一次，他突然开了窍，也开始关心朝政。所以，这次临朝他什么也没带，准备好好参与朝政，可没有一个人去看他，同他说话，他们对自己视而不见，置若罔闻。

他仔细看着多尔衮听大臣们汇报时的表情，特别是点头拍板时那种自得、自信让顺治很不舒服。这里到底谁是皇上？不行，要让他们知道，还有朕在堂上。

"诸位臣工，仲秋已过，正是狩猎之最好时节。朕想举行木兰秋狝，不知各位意下如何？"顺治尽量学着多尔衮的样子和声调。

众臣闻言，稍稍一愣，忙去看皇上，而后又去看多尔衮。

多尔衮正在与大臣们商讨江南用兵之事，冷不防顺治冒出这么一句，又是捏腔拿调，装腔作势，不由得心中好笑：这浑小子，整日就知道玩儿，现在怎么想起去狩猎？本想数落他几句，可又一想，不让这小子玩儿，又让他去干什么呢？他越想着玩儿，本王心中越高兴。何况自己也有几年没狩猎了，手也早已痒痒，于是笑道："诸位大人，皇上要去狩猎，大家以为如何？"

众臣一时不知摄政王心中的意思，没有人说话，垂手而立，头低垂着。

"本王愿向皇上请旨，请求护驾。"多尔衮微微一笑道。

"臣等也向皇上请旨护驾。"

众人直直地跪在顺治面前。

顺治面对这场面，心里舒坦极了，仿佛找到了做皇上的感觉。他正了正身子，清清嗓子说道："众卿平身。这事朕就交由摄政王办理，八月二十日出京。"

咦？这小子！说你胖，你倒喘上了。给个好脸，你就上了天，竟敢指使老子。

"嗻。"

多尔衮表面上不敢非礼。

皇帝狩猎，四季都有固定的名称：春天叫"春搜"，夏天叫"夏苗"，秋天叫"秋狝"，冬天叫"冬狩"。

在四季的狩猎中，以"木兰秋狝"规模最大。

"木兰"在满语里是"哨鹿"的意思。

鹿的习性是入秋前后牡鹿和牝鹿开始分群，到了中秋前后，牡鹿从分群变为寻求牝鹿交配。这时猎鹿者头戴假鹿头，口中吹着木哨，模仿鹿鸣求偶声，引诱群鹿前来伺机射杀。

一切准备就绪。八月十九日，多尔衮以顺治的名义，命令所有扈从大臣齐集奉先殿祭祖。

众人跪于祖宗牌位前，焚香叩首，请祖宗的神灵保佑他们万事如意。

顺治身穿戎装，这副纯金盔甲是专门为他赶做的，还算合体。殿前随从的文武官员个个也是顶盔挂甲，挽弓挂箭，齐立两旁。最后一个到的是多尔衮，只见他身穿金甲，左配弓箭，右挂长刀，胯下一匹枣红马威风凛凛。

随着九声炮响，顺治跨上了一匹白龙马，一名侍卫手持一顶黄盖置在他头上。

"出发！"随着多尔衮一声令下，三百精骑组成的前锋营出了宫门，随后是皇上的仪仗：彩旗、锦幡、宫女、太监、引领大臣。

此后是五百个侍卫组成的健锐营护着骑马的顺治出了午门，身后就是多尔衮，然后是随从大臣，最后是从各旗挑出来的狩猎高手组成的神机营、虎枪营，殿后的是五百铁骑。

出了正阳门，留守大臣豫亲王多铎、英亲王阿济格、兵部尚书洪承畴率百官身穿朝服，跪在道两旁送行。

出了城门，人马浩浩荡荡向北而去，大道上彩旗猎猎，盔甲鲜明，人如猛虎，马似蛟龙。向前看人头攒动，回头瞧人山人海，这一万多人的队伍整整有十几里路长。

顺治看着这场面，又回头看看满面春风、正被群臣拥着的多尔衮，他不由得想起上次出游的场面，仅仅五十名侍卫，两名大臣护从。

与今日相比，天上地下。我还是我，为什么两次出巡的场面差别竟这么大呢？不同点在哪儿？上次没有摄政王，而这次有他。

找到了答案，顺治不免心中一酸，一股悲凉涌了上来。到底谁是皇上？是我，还是他？走在前面的顺治忽然觉得自己成了那只走在老虎前面来恐吓百兽的狐狸。

走出几十里，离了大官道折向小路，路面又窄又不平。渐渐地走进了山中，山路更加凹凸不平。

顺治坐在马上被颠簸得直想吐，不由得回头道："这路怎么如此不平？"

多尔衮看他那狼狈样，不由得冷笑了一下。范文程忙在马上道："皇上，这围猎场并非专门建造的，只是从城北找了一山地而已，所以道路没修，让皇上吃苦了。"

"吃苦？行军打仗时都走这样的路，那吃不吃苦？"多尔衮冷冷道。

众臣再也没有人敢出言与顺治说话了。谁看不见多尔衮的表情呢。

顺治一手抓着马缰，一手捂住胸口，表情很难受。

　　巩阿岱见顺治那狼狈样不由得好笑，他看了看多尔衮，又望着顺治，道："皇上，前面有一条近道，是不是抄近路？"

　　"抄近路！抄近路！"

　　顺治听说有路可早到猎场，马上答应下来。

　　巩阿岱又看了看多尔衮，才高声对众人说道："传皇上口谕，前面向左拐，走近道去猎场。"

　　仪仗拐进了一条小山路，路很窄，人流走得很慢，顺治在马上稍稍舒服了一些。

　　路越来越陡，像是在翻越一座山。山道两旁有茂密的林子，火热的阳光透过树林，照在人的背上感到很热。

　　白龙马正奋力前行，忽高忽低，一会儿向左拐，一会儿向右斜。顺治在马上早已没了皇上的威严，身子伏在鞍上，双手紧紧抓住马鬃，身子向这边一歪，向那边一倒。每次他都咬着牙，双腿紧紧夹住马肋。

　　此时的多尔衮骑在马上，直着身子，一手牵马缰，一手执马鞭，还在加鞭前行。其他大臣们也很悠然地坐在马上，他们看着皇上那落魄的模样，想笑又不敢笑。

　　路更陡了，马上的颠簸更厉害，坐在鞍上忽左忽右地晃，同时，身子还向后仰，几乎坐不住。顺治早已是满头大汗，手脚发麻。

　　随行太监吴良辅忙上前道："皇上，还是下马步行吧，过了这座山，猎场便到了。"

　　顺治吃力地点了点头，他已经顾不得说话了。

　　"皇上要下马！"吴良辅高叫一声。

　　前后的队伍停了下来，两名侍卫跑过来把顺治抱了下来。顺治一屁股坐在岩石上，脸色蜡黄，头上渗着密密的汗，张大口喘着粗气。

　　休息了片刻，顺治稍稍好受些便起身前行，吴良辅和一名侍卫在两边搀扶着。

　　队伍又慢慢前行了。顺治正在高一脚、低一脚地往前走，忽听身边有马蹄声，侧目一望正是多尔衮。只见他身子微微前倾，两脚紧夹马肚，一手握缰，一手挥鞭，很轻松地上了山。

　　路过顺治身边时，多尔衮看了他一眼，但并没说话就向前走去。顺治明显可以感受到那目光中的轻蔑和鄙视。他的心痛了一下，望着那马背上矫健的背影，一股难言的滋味涌上心头。

　　巩阿岱、锡翰、席纳布库也跟了上来，他们骑在马背上，居高临下，望着幼主在两人搀扶下前行的身影，不由得心生鄙意。

巩阿岱满脸堆笑望着他的同党，自语自言似的说道："年少不学骑射，像这种路也要下马步行吗？"

虽然巩阿岱没明说，但在场的人都明白，都知道他在奚落一个人。

顺治听到如此的嘲讽，顿时面红耳赤。他看了巩阿岱一眼，那巩阿岱正用鄙夷的目光望着这边。

一个臣子竟敢在大庭广众之下如此奚落皇上！真是"龙游浅水遭虾戏，虎落平阳被犬欺"。巩阿岱，你这条疯狗，朕总有一天会让你知道什么是君王之威，你会为今天付出代价的！

这只是发发哑巴恨而已，他并不敢呵斥他们。狗是仗着人势的，他们身边的主人怂恿他们如此，打狗还得看主人，所以有些狗是打不得的。

这种仇恨此时已深深扎进了这位少年天子的心中，若干年后，当他面对巩阿岱那乞求哀怜的目光时，他想到了今天。顿时，他不但不起恻隐之心，而且一股仇恨油然而生：这样的奴才，朕会留着你吗？那时，巩阿岱才明白一个道理：人不论在什么时候都不要太张狂。

黄昏的时候，终于到了猎场，远远望去，大山下有一片平坦的草地。一座黄幄帐立在草地中央，四周有一道幔城，隔十步，四周又有一道铁网围的网城。这便是皇帝的御营。在御营旁边，同样有一个规模相当的营帐，仅仅帐顶是白色的。那是摄政王的营帐。两座营帐外是戒备森严的警卫营帐。在靠近御营的边上，还有大大小小的几十个帐篷，是各部官吏和随行大臣临时办公、住宿的地方。这片草地成了大清临时的政治中心。

进了御营，顺治向御床上一倒再也不想动了。他开始后悔，后悔不该来狩猎。

第二天，尚未破晓，顺治就被一阵号角声惊醒，揉揉眼，就见昏黄的灯下，几个宫女、太监早已在御榻前准备伺候皇上起床。

"皇上可醒了，奴才喊了十几声，可皇上仍睡得那么香，奴才不敢叫醒皇上。现在皇上自己醒了，快更衣吧，马上就要请皇上驾幸围场了。"

就在顺治更衣的时候，外面正在布围。在夜幕的笼罩下，八旗劲旅陆续走出营帐，按正黄、镶黄、正白、镶白、正红、镶红、正蓝、镶蓝八旗的序列集结在看城附近，准备布围。

忽见黄旗中大旗一挥，两翼的红、白两旗向远方撒开延伸围拢，压阵的是蓝旗。两翼撒开范围约有三四十里长，当红、白旗合拢时，中央的黄旗又挥动了几次，整个包围圈一点点缩小，最终人并肩，马并耳，组成了第一道人墙。

随后，黄旗又舞动了一下，又有镶红、镶白两旗的壮士向两翼撒开延伸围拢，组成第二道人墙。如果野兽蹿出第一道人墙，第二道人墙必须把它杀死，否则要受惩罚。

布围结束后，全体将士都摘下了帽子，高举马鞭，大呼"玛尔噶"（"帽子"的意思）。高呼"玛尔噶"是发出待围的信号，宣布布围已结束。这时，蓝旗的将士驰马直奔御营请皇帝驾幸围场。

顺治出御营的时候，太阳已从东面的山上升起来了。整个猎场沐浴在朝霞中，十分壮观。他看了看四周，大臣的营帐内早已是人去帐空，只有摄政王与自己几乎同时出帐，二人的帐前都停着步舆。

来到看城，顺治和多尔衮被人引领，登上了用木板搭建的高台，外面全用黄绫围住，板上铺着红毡子。

登上看城，远远可见红、白两旗将士围成两道人墙，围住近五十里方圆的草地、树林，场中的野兽听到人欢马叫吓得正四处逃窜。

"皇上，是不是让将士们开个口子，把野兽放出一些？"旁边的范文程道。

皇上在狩猎，若见围场内动物太多，可放一部分，以利它们长期繁殖。

顺治哪里懂得这些，正在迟疑时，听多尔衮说道："算了吧，还不知能猎到几只呢！"

语气中明显带有轻视和嘲讽，顺治明白他这话的意思。

"皇上，请狩猎。"城下有一将校模样的人跪地道。他是负责这围场的小头目。

顺治下城，骑上了那匹白龙马，左手拿弓，右手握缰，冲向围场。多尔衮、巩阿岱等随从大臣和神机营、虎枪营的将士紧紧尾随，有人牵着猎狗，有人驾着雄鹰，还有人专门递箭，不离左右。整个围场内，虽然有许多人，但只有顺治一个人射猎。

刚走没十里，忽然草丛一动，一只梅花鹿受惊后猛地一跳，向远处蹿去。

顺治骑马去追，旁边早就有人把箭递了过来，他搭弓向那鹿射去。可箭射出去，最终射在一块岩石上，砰的一声，闪出几点火星。那只鹿在草丛中一闪便没了踪影。

已猎了一个多时辰，顺治射了十几箭，连只野兔也没猎到。这多丢人，皇帝狩猎射中的猎物要一一载入起居注的。若一个猎物也没射中，岂不让子孙耻笑？

陪猎的人都很失望。多尔衮目视远方，不屑于看身边的这些人，一旁的锡翰、席纳布库正掩口而笑，低声说着什么。

不行！朕一定要射只野兽给你们看看，一扬马鞭，他向远处的一片树林跑去。众人也跃起紧跟其后。

"皇上，黑熊！"一名侍卫低声提醒道。

顺治猛然心喜，他也看见远处一棵树下的草丛中有只黑熊。那只熊似乎也听到一些异响，正支起耳朵听呢！

嗖，一声弓响，那黑熊身子一动，大吼一声跳向草中。

"射中啦！"

侍卫们欢叫一声，众人齐追。

"注意护驾，黑熊腿受了伤，一定会报复的。"多尔衮冷冷地说道。

这黑熊受了伤，能跑到哪儿去呢？

顺治纵马找了半天再也没见到那黑熊的影子。

"皇上，这儿有血迹！"还是侍卫眼睛好使，看到地上有几滴鲜血。

就在顺治心中高兴的时候，忽觉前面不远处有一个黑影突然站起来，向这边飞扑过来。

"皇上！"

周围是一片惊呼，顺治吓得向鞍上一趴闭上了眼。

只听到动物大叫一声，摔倒在地上。顺治睁开眼，就见那只大黑熊已躺在面前五步处，四肢向上，一支利箭穿透心脏，箭口处正泪泪地出血。

顺治左右看了看，就见多尔衮正在向身上挂弓，这才明白是他射死了黑熊，救了自己一命。

几乎同时，虎枪营的将士们纷纷抬出了虎枪，熊身上立刻长出十几支投枪来。那熊最后动了一下，再也不动了。

顺治回到看城，有人高喊："某年某月某日，皇上秋，射中黑熊一只。"

起居郎在一旁忙把此事记了下来。

众人一片欢呼。

顺治的脸微微发烧，他走上看城，观看王公大臣们骑射。

刚坐定，多尔衮他们便纵马而去。刚出不到半里，就见多尔衮纵马前冲，一只小鹿一闪一闪地在草丛中奔跑。多尔衮搭箭在弦，一磕战马，向前蹿出，同时，手起弦响，就见草丛中的小鹿在空中翻了个跟头，重重地摔了下来。

鹿虽小，却是动物中跑得最快的。能射到鹿说明猎人的骑术和箭法都很娴熟，所以，古人常以鹿作为狩猎的目标。

顺治看着那矫健的身影、英勇的雄姿，还有那上乘的骑射之功，他又恨又羡慕。做男人就应该像十四叔那样强大。自己不好好学习，不认真动动脑子，又怎能赶上他、战胜他呢？

从这一刻，顺治体会出很多东西。他知道了多尔衮的强大，也产生了要战胜他的愿望。只有像十四叔那样才有能力、有资格做皇帝。

场中每个人都奋勇当先，无人松懈。按祖制，这狩猎是一项很重要的活动，察看皇子王孙的骑射是否娴熟，谁有能力继承皇位。狩猎大臣谁勇猛，谁武功高，可作为提升或黜降的依据。猎场就是战场，猎物就是敌人，谁杀敌多，谁就可以得到封赏。所以，人人奋力冲杀。

中午时分，众人陆续回来了，有人专门统计战利品：

"摄政王爷猎鹿五只、野鸡十只、野兔二十只、狼三匹。"

"贝子爷锡翰猎幼虎一只，鹿三只，野鸡、野兔各五只。"

"贝子爷巩阿岱猎狼一匹、鹿四只、野兔七只。"

听着这些数字，看着侍卫们抬着一筐筐的猎物，顺治心中不是滋味。他对吴良辅耳语了几句便离了御座下城而去。多尔衮看了看他的背影，嘴角泛起一丝冷笑。

吴良辅扯着嗓子喊："皇上有旨，对今日狩猎者，得猎物二十只以上者赏银一百两；得十只以上者，赏银五十两；五只以上者，赏银十两；三只以上者，赏银五两。"

整个猎场一片高呼。

这次狩猎使顺治感觉到了自己的渺小，也看到了对手的强大。此后不久又发生了一件事，使他看到了对手咄咄逼人的气焰。

狩猎归来，江南传来喜讯，抚远大将军豪格已打败大顺军，贼首李自成被击毙。弘光小皇帝也被捉，吴三桂已用乱箭将其射杀于云南军中。

豪格已请求班师回朝复命。

听了洪承畴的奏报，顺治心中大喜，一则贼寇被灭，二则皇兄班师回朝对自己有利。于是道："洪学士，速下诏，令肃亲王班师回朝。"

"慢！"多尔衮看了一眼顺治，心中道：这小子胆子越来越大了，竟敢发号施令了。

"为何？"顺治看了一眼多尔衮。

多尔衮不敢太放肆，低下了头，语气强硬地说道："皇上，大顺军虽灭，闯贼首领已毙，但其残余仍存，另有大西贼寇未灭，此时班师为时尚早。若给贼寇以喘息机会，还会卷土重来。依本王之见，可召肃亲王、各护军、监军回朝，着先锋鳌拜代理军务，不得回京。视西南局势，再定出兵与否。"

顺治有心反对，但也说不出理由。因为多尔衮所言句句有理，处处为国家着想。顺治只好点头。

一个月后，豪格、苏克萨哈、冷僧机三人来到了京师上殿复命。

顺治见豪格去后虽只半年有余，但又老又瘦，胡须已有很长时间没有理了，不由得心生怜意。

"抚远大将军豪格叩见皇上。"

"皇兄免礼。此次南征辛苦了。"

"谢皇上。"

豪格起身，正碰到多尔衮那冷冷的目光，他又忙向多尔衮弯腰施礼道："豪格拜见摄政王！"

多尔衮强装笑意。

"肃王免礼，你我之间不必太客气了。"

另二人也过来拜见皇上和摄政王。礼毕后，顺治道："肃亲王劳苦功高，此番回京，朕要重重赏赐他。众卿议议，应如何赏？"

"且慢！"多尔衮大声道。

顺治看了他一眼，心想，你这是怎么啦，为何处处与朕作对？

"摄政王，又有何事？"

"皇上，本王曾收到前方将士的多份密奏，说大将军违抗圣旨，克扣将士粮饷，冒领军功，如此之人，岂可重赏？本王请求议政大臣议处肃王。"

这话真是石破天惊，当堂众人目瞪口呆。

"多尔衮，你为何血口喷人？"豪格怒道。

"血口喷人？你看看这些奏折！"

多尔衮把一叠密折扔给了豪格。

豪格翻看了几本，上面全是奏自己克扣粮饷、冒领军功的。

"这是诬陷！这是有人栽赃！请皇上明察！"豪格用哀求的目光望着自己日渐长大的皇弟，这时候，只有他能救自己。

"好了，此事待朕慢慢查清再议。"顺治要给豪格一个反击的机会，争取时间就是对他的支持。

"皇上，依本王之见，根本不需以后再查。现在当朝就可查清。"多尔衮当然能看明白顺治的心思，你那小鬼还能哄得了阎王爷？

顺治有些不悦，厉声道："此事关系重大，涉及多人，怎能当堂查明？许多证人远在千里之外的军中，应容朕把他们召来当堂对质。"

多尔衮冷冷道："皇上，正因事关重大才需速速解决，以免引起激变。证人当堂就有，皇上现在就可垂询。"

顺治看了看殿下，一个苏克萨哈，一个冷僧机，两人一个白旗，一个黄旗，这不是要扯皮吗？

顺治犹豫了一下，多尔衮就势道："苏克萨哈，你身为监军，你说说肃王有没有克扣军饷之事？"

苏克萨哈是白旗重臣，多尔衮派他去监军，就有暗中监视之意。无奈这苏克萨哈生性耿直，虽是多尔衮的属下，但也不是完全顺着他的杆子爬。苏克萨哈不愿昧着良心说谎，于是道："启奏皇上、摄政王，臣在军中监军，确实听说将士的粮饷不能按时发放。原因有时是下面的供需官工作不力，有时是因为军队分得太散，川道难走，送粮饷需要时间，也有时是因为朝廷下拨粮饷不能及时运到。至于克扣粮饷之事，臣不太清楚。"

多尔衮的鼻子差点都被气歪了。

苏克萨哈，苏克萨哈，我派你到军中去，你就给本王说这些，你……你还是白旗的人吗？

多尔衮的这枚重磅炸弹没炸响，气得咬牙切齿。

"皇上，刚才监军所言已十分明白，不能及时发放粮饷，确非本王一人之过。"豪格也不愿束手待毙，任人宰割，他也抓住有利时机，主动出击。

"冷僧机，到底军中有没有克扣军饷之事？"多尔衮用期待的目光望着冷僧机，这是他最后的希望。

"回皇上、摄政王，奴才在军中确实听说有人克扣军饷。上次，闯贼首李自成乃湖南一乡团所毙，肃王却上奏称是蓝旗所杀，把功劳记在自己的账下。此不为冒领军功，又为何呢？"

"冷僧机，你血口喷人！你愧对先皇恩遇。"豪格气得说不出话来。白旗的人没说，黄旗的人却叮死口咬住不放。

"皇上，那些奏折不是捕风捉影吧。"多尔衮十分得意。

"算了，朕累了，明日再议肃王之事。"顺治起身要走。

多尔衮厉声喝道："来人！把肃王的顶戴花翎摘去，关押待议。"

顺治一惊，大叫道："慢！我皇兄冒险入川，出生入死，何罪之有？今日就凭冷僧机一人之言就可定罪？此事朕觉得蹊跷，一定有人暗中操纵，朕一定要查个水落石出。先把肃王放了，查清后再抓人也不迟。"

多尔衮寸步不让："皇上，肃王之罪有人证，有奏折为证，必为事实。此时若放他，必定煽动江南之兵作乱，于国于皇上不利。本王请皇上下旨，在没查清肃王之前，不许肃王出狱。"

顺治气得小脸涨红，一拍御案，高叫道："多尔衮，到底谁是皇上？"

多尔衮不但不气，反而笑道："当然皇上是皇上了。"

"那好，如果朕是皇上，你就放了肃王。"

"不行。皇上是大清的皇上，大清不是皇上一个人的，在场的每人都有份，所以，本摄政王这才冒死违抗圣命。"

顺治气得说不出话，一屁股坐在御座上喘粗气。

"来人，把肃王押下去，幽禁于宫中，闭门思过。"

"嗻。"

上来几个侍卫摘去豪格的顶戴花翎，把他押了下去。临出殿时，豪格仍回头看着顺治，大叫道："皇上，冤枉啊！"

散朝后，顺治越想越气，多尔衮今日所为，眼中哪有我这个皇上？他比皇上还厉害。那不是太上皇吗？不，不是太上皇，太上皇是皇帝的阿玛，太上皇也要听命于皇帝，他多尔衮简直是无法无天！

顺治长大了，他已明显地感觉到自己这皇上当得窝囊，不是真正的皇上，大清真正做主的是多尔衮，自己只是他手中的小木偶人。一种被欺骗、被抛弃的悲凉涌上心头。

"吴良辅。"

"奴才在。"

"朕要去慈宁宫。"

"皇上，天这么晚了，太后怕早休息了，是不是明日再去？"

顺治把手中的茶杯向地上一摔，喝道："吴良辅，连你这个狗奴才也敢不听朕的？"

吴良辅早跪在地上，连连磕头："皇上息怒！皇上息怒！奴才不敢，奴才这就引皇上去慈宁宫。"

几个太监手执宫灯在前引路，吴良辅扶着顺治去后宫。

刚至交泰殿旁，一名侍卫喝道："什么人？深夜闯后宫。"

没等后面发话，前面的太监便道："叫什么？没长眼的狗只会瞎叫，看不见皇上寝宫的灯吗？"

那侍卫忙跪地道："恭迎皇上！"

顺治看也不看他，直向慈宁宫而去。

"皇上！"跪地的侍卫叫道。

顺治一愣，站住脚，回头看那侍卫。

"皇上，不是奴才多嘴，此时已夜深人静，皇太后也早已休息，还是不便打扰。再说……再说依照宫中的规矩，皇上也……也不应此时去后宫。"

那侍卫虽然说话的声音很小，也很胆怯，但顺治还是气得火冒三丈，转身朝那侍卫走去，到了跟前，对着他用力踹去，边踹边骂："你们这些奴才，都想来管朕！朕是皇上，这后宫，这皇宫，整个天下都是朕的。朕晚上睡不着，出来在自家院子里走走都不成，是吗？"

那侍卫被顺治踢倒在地上，忙又爬起来再跪在地上。顺治又把他踹翻，口中道："说！是不是那个摄政王让你在这儿站岗的？说！是不是？"

地上的侍卫哪敢出一言，只有双手抱头伏在地上任由顺治拳打脚踢，哭道："皇上，奴才罪该万死！奴才不该惹皇上生气。奴才只是按宫规办事，并没犯错！"

"你还嘴硬？吴良辅，朕命你掌那奴才的嘴。"

顺治气得连打人的劲儿都没了，只好命吴良辅去效劳。

吴良辅哪敢怠慢，走过去蹲在地上去掌那侍卫。当然，吴良辅没有下死劲去打，而是挡挡官差，边打边小声道："兄弟，活该你倒霉，皇上正在气头上，被你撞到枪口上了。"

那侍卫低声泣道："吴公公，这是宫里的规矩，再说，摄政王有令……"

吴良辅用力打了一下，低声道："小心你这臭嘴！"

打了十来个耳光，吴良辅忙过来笑着对顺治道："皇上，奴才认为还是不要在此纠缠的好，速去慈宁宫吧。"

顺治见那侍卫伏在地上不动，这才消了些气，一甩袖子走了。

慈宁宫一片通明，远远可见，五间大殿均亮着灯。宫门口的太监、宫女见皇上来了，忙跪在道旁恭迎。

庄太后正坐在灯下，面对一方丝绢，想绣花，可手捏着针，只是呆呆地望着灯座，绢上什么也没绣。

朝廷上发生的事她已听到，内心如何能平静呢？

"太后，皇上来了。"宫女乌兰小声道。

庄太后一惊，马上道："皇上在哪儿？"

"儿臣叩见额娘。"顺治已来至她的面前。

"皇儿，这深更半夜的忽然来此，有何急事？"庄太后心急却不能表现出来。她知道宫中的规矩，要想帮他，只能在暗中，所以，虽然内心不安，但表面仍很冷静。

"额娘，儿臣不做这皇上了！"顺治没好气地说。

庄太后大惊，忙喝道："胡说，不许胡言！身为皇上，怎可如此没有规矩？"

顺治见太后并不安慰自己，反而板着脸训斥，不由得气道："干脆让十四叔当去，他现在不是皇上，却比皇上更厉害。孩儿岂不是个儿皇帝？"

庄太后伸手拉过顺治，慈祥地望着他，语重心长地说道："儿呀，你要记住，这大清的江山是你十四叔打下来的，当初若不是他，你能登上皇位吗？现在满朝文武都听他的。胳膊终究拗不过大腿，你现在长大了，要学会忍耐，退一步海阔天空，小不忍则乱大谋，大丈夫能屈能伸。我们孤儿寡母全依靠你十四叔，只要他承认你是皇上，那就行了。其他事能忍就忍，不能忍就躲，万不可与十四叔争执。儿呀，你还小，来日方长，留得青山在，不怕没柴烧。等你长大亲政以后，你我母子便可扬眉吐气了。"

顺治听了母亲的话，似懂非懂，但有一点他听明白了，只要以后自己亲了政，便可以做一个真正的帝王，说一不二。于是他心想：我一定要等到那一天。

庄太后把顺治搂在怀里，轻声道："儿呀，额娘在后宫不能出面干政。你也长大了，要学会保护自己，不要争强好胜。明白额娘的意思吗？"

顺治用力地点点头，他感觉母亲一会儿离自己很近，一会儿又离自己很远。

庄太后正为顺治顶撞多尔衮的事烦心，豪格的母亲贵妃又来到了慈宁宫。

老贵妃远远地便跪地不起，泣道："太后一定要为我们母子做主，求太后一定救救肃王啊！"

庄太后忙扶起她："太贵妃，咱们祖上有规矩，后宫不得干政。本宫也无能为力。"

太贵妃一听，哭声更大了，喃喃道："太后，昔日老身曾托太后照应肃王的，太后也答应了，为何今日又推辞了呢？"

庄太后忙安慰道："太贵妃，不是本宫推辞，现在肃王虽被幽禁，但仍没定论，待本宫向摄政王打听打听缘由再说。"

太贵妃听太后答应过问此事，便又看到了希望，忙千恩万谢了才去。

多尔衮在自己的府中正在看固山额真何洛会告发肃王的奏折，忽闻内侍来报：

"王爷，慈宁宫管事海中天求见？"

"海中天？"多尔衮一惊，随后又是一喜，你这个美女蛇，终于来求我了。心里想说"不见"，可说出的却是"有请"。

"海中天叩见摄政王。"海中天跪拜道。

"海公公，请起！哪阵风把慈宁宫的人吹来了？太后还好吗？"

"谢王爷挂念，太后安好。"

"公公今日光临敝府有何贵干？"

海中天最怕看多尔衮这似笑非笑的脸，硬着头皮道："奉太后旨意，来请王爷去后宫，太后要请王爷尝尝蒙古新贡的奶茶和昨日在宫中刚发现的御酒。"

多尔衮心里甜滋滋的，但表面上仍一本正经："本王何德何能竟得太后如此宠幸？"

这话说出口才觉得不合适，多尔衮那瘦脸微微发热。好在海中天并不理会这些，见任务已完成便告辞而去。

多尔衮心里像炸开了锅：这庄妃要什么花招？摆鸿门宴？谅他母子还没有这个胆，也没有这个能耐！

去，一定要去！多尔衮按捺不住内心的激动。单是换衣服就用了一个时辰，试了四五身都觉得不合适，最后挑选了一件紫花丝绸长袍，头戴珍珠暖帽。那根大辫子，两个宫女梳了半个时辰才整理好。

到了慈宁宫，多尔衮十分高兴，正殿上早已摆好一桌子的菜，还冒着热气。

"摄政王驾到——"

随着一声高喊，庄太后拉着顺治走了出来。多尔衮见了嫂嫂和皇上忙行君臣之礼：

"臣多尔衮叩见皇上、皇太后。"

动作是象征性的，因为还没跪地便又起来了。明眼人一看就知礼行得很勉强。

"福临，快见过叔父。"太后一推顺治道。

顺治也不十分真心地行了家礼。多尔衮根本没看他，而在看他的额娘。

庄太后今天特意打扮了一番：一头的青丝梳得整整齐齐，挽成一个高高的髻，稍稍偏在脑后，十分妖媚。那粉面略施粉黛，仍是香腮如雪，朱唇微启，一身粉白丝绸旗装，上身套一粉红坎肩，若玉树临风，杨柳依依。多尔衮已有几个月没见她了，他原本以为会忘了她，可今日才知道，这种思念时时刻刻都在折磨着自己。他不由得咽了口口水，在太后笑吟吟的示意下，坐在了首席之上。

看形式像个国宴，但多尔衮总感觉这是个家宴，自己一家三口人坐在一起吃饭，没有什么皇上、摄政王、太后，而就是阿玛、额娘和自己的儿子。

有了这种感觉，多尔衮心中泛起一种幸福感，笑容也爬到脸上。

庄太后坐在多尔衮身边，轻轻笑道："十四叔，今日嫂嫂请你来是为你侄儿赔礼的。"

口吐兰香，一股浓浓的香气弥漫在空中，沁入多尔衮的心里。

"福临，虽然你是皇上，但大清的江山是你十四叔打下来的，这皇位呢，也是你十四叔保你坐的，你怎么能顶撞十四叔呢？来，听额娘的话，向十四叔敬杯酒，赔个不是，我们今后还全仰仗你十四叔呢！"

顺治看额娘那个样子，心中有气，干什么吗，又是劝酒，又是献笑脸，这不是靠色相勾引人吗？他知道，这一切都是为了自己，但也不至于如此吧？

顺治看着额娘那威严的目光，只好端起杯对多尔衮道："皇叔，都怪侄儿年少不懂事，不该当堂顶撞皇叔。今日让侄儿为皇叔敬两杯酒，以表歉意。"

"好，好。"多尔衮的小眼笑成了一条缝。接过酒杯一饮而尽。

庄太后伸手把盏为多尔衮斟酒，笑吟吟地说："十四叔，俗话说，'子不教，父之过'。可惜先皇突崩，哀家我又不能日日管教，福临年已十岁，还不知礼，都是我这做额娘的错。来，让哀家敬十四叔两杯，算哀家赔礼。"

庄太后说时不由得引起悲伤，明眸含泪，盈于眶中。

美人垂泪是最让人心动的，何况又是对追慕美人的英雄！

多尔衮不由得动情，忙道："皇嫂放心，福临年幼，本王不与他一般见识。有皇嫂在，本王不会对你们母子如何，也绝不允许其他人对你们如何！"

说到这，多尔衮一挺身子，像只发现敌情的公鸡，用身子护住身后的母鸡和鸡雏。

几杯酒下肚，多尔衮趁着酒意，胆子渐渐大了，常直勾勾地去看庄太后。庄太后也不回避，正面迎上去，两人四目传情，秋波暗送。这边的顺治气得发晕，额娘与十四叔这算怎么回事？

"额娘，儿臣已吃饱了，宫中还有事，先走一步了。"说罢起身而去，把那两人撇在桌旁发愣。

"这孩子，脾气太倔，十四叔还要多包涵。"

庄太后先打破了这尴尬局面，笑笑道。

多尔衮见顺治走了，自己表情达意没有障碍了，便大胆地看着庄太后，笑道："皇嫂，几月不见，可想死弟弟了。"

庄太后粉面飞红，斜目嗔视："十四叔，你就别拿老嫂开心了。明南宫美女如云，你怎会想起你嫂嫂？"

多尔衮心中不由得一荡，这人今天说话比以往温柔，于是道："皇嫂笑话本王了。那些个女人比起皇嫂来，简直就是乌鸡和凤凰相比。"

庄太后见多尔衮说这话时双目含情，知道他说的是真心话，但嘴上仍道："十四叔，别再哄老嫂高兴了。南宫中妻妾成群，听说最近朝鲜国王又为南宫送来个公主。十四叔哪还能想到后宫还有个老嫂，半老徐娘，人老珠黄的。来，就凭十四叔能说这句话，干了这杯酒。"

多尔衮一饮而尽，仍认真地说："皇嫂永远年轻，越来越水灵了，一点儿也不老。你看这脸，仍像个十八岁的姑娘。"

多尔衮竟动手摸了摸太后的脸。太后并不太恼，她已有新的打算，因为总没有进展，会让他失去信心的。再说，这个人也不坏，有抱负，有智谋，若是真心待我们母子，嫁他又何妨呢？

有了这个念头，庄太后不由得玉面微红，心跳加快。多尔衮以为是自己失手才致太后害羞如此，便稍稍收敛。

庄太后像忽然想起什么似的，正色道："十四叔，肃王到底犯了什么罪了，让你们叔侄俩当着众臣的面吵了起来？"

多尔衮虽有些心猿意马，但仍有警惕性，对此一言不发。

庄太后知道他的心思，笑道："哀家知道，祖上的规矩，后宫不得干政。哀家无意干涉，只是想提醒十四叔一句，祖上也有不杀亲王的规矩。再说，肃王也是十四叔的亲侄子，虎毒尚且不食子，何况人呢？"

多尔衮笑笑道："肃王之事自有前廷群臣议定，不过太后之言，本王也听到了。我多尔衮不会让人指着脊梁骨骂的。"

"有十四叔这话，哀家就放心了。来，我们再喝一杯。"

双方重又坠入温柔乡中。你斟我饮，一直饮到掌灯时分才罢席而去。席间，多尔衮说了多少醉话，只有庄太后知道，其他人只有推测而没亲耳听到。

摄政王多尔衮召集八旗王、贝勒、贝子及内大臣会审豪格。多尔衮当堂取出一份奏折读道：

固山额真何洛会奏启摄政王：

肃亲王豪格久怀登位之心，然不能得逞，遂怀恨在心，背后曾多次攻讦谩骂，恶意诅咒摄政王，并串通手下，意欲乱政。摄政王不计前嫌，派其将兵，不料其又克扣粮饷，冒领军功，其罪过多端，大逆不道，理应重惩。

读了一份，传与众臣看。此后又读，有的是军中的人写的，也有朝中人写的。最终众人点头允可。冷僧机道："肃王罪恶深重，应诛杀于市，以示皇恩。"

殿内一片寂静，没人敢出言以和。郑亲王济尔哈朗道："大清自立国以来，还没有诛杀皇子的先例。"

多尔衮最后道："肃王虽大逆不道，但仍是先皇之子，不可诛，理应夺其爵位，废为庶人，囚于大内冷宫。"

三日后，诸王议政。巩阿岱上奏道："皇上，昔日国务由摄政王睿王爷和辅政王郑亲王二人处理。现郑亲王身体欠安，国务一直由睿亲王自己处理，日理万机，废寝忘食。臣怕把睿王爷的身体拖垮，于国不利，特奏请加封豫亲王为辅政王，协助摄政王处理事务。"

此议一出，众人都明白，这是多尔衮的授意，在明南宫已谋划好的，所以，一起附议巩阿岱之奏。

多尔衮见众人都同意，便道："举贤不避亲。既然诸位都推豫亲王为辅政王，本王也附此议。"顺治一看，这阵势只有如此了，便道："朕也同意此议。范学士拟诏，封多铎为辅政叔德豫亲王，协助摄政王处理国务。"

"嗻。"范文程忙应道。

多尔衮又举洪承畴加太子太保衔，入内院佐理军机，晋冷僧机为内大臣。

此后，巩阿岱又上奏道："皇上，摄政王为理国务，整日端坐于案前，双膝已生疾，行走大为不便，每日临朝向皇上行跪礼，实在支撑不住。近来国事日繁，皇上每日都要召见。臣以为跪拜事小，若王爷勉强行礼，劳体伤神，身体欠安，耽误国家大事。故臣恳请皇上免去摄政王的跪拜之礼，这也是为大清的江山社稷着想啊！"

顺治一惊，顿时怒发冲冠，这巩阿岱太猖狂了，竟然有如此无理之奏。但他看了看殿下的众人均垂头而立，无人敢言，耳畔不由得响起太后之言。他握紧的拳头慢慢松开，和颜悦色地说道："贝子所言极是，以后凡有跪拜之礼，摄政王礼免！"

"臣谢主隆恩！"多尔衮没有跪拜，只是躬身行礼，看来此事他心谋已久，巩阿岱不过是他一张代言之口。

多尔衮终于扳倒了庇荫顺治母子的两棵大树——肃亲王和郑亲王，满朝的众臣更是倒向了多尔衮，庄太后和顺治犹如倒下大树上的一只鸟巢里的卵。覆巢之下，岂有完卵？顺治这只小卵还能不能保存完好，没有人能知道，包括庄太后也是如此，她们母子随时都有被多尔衮废黜的可能。历史再一次把庄太后推上了前台。

肃王的福晋容妃再次来到睿王府。这一次不是姐姐去请的，而是她自己坐轿来的。

姐妹相见，先是一愣。自从有了上次的遭遇，容妃对睿王府有一种发自内心的厌恶，自然也影响到姐妹之间的关系。今日，容妃突然来到睿王府，怎能不让姐姐惊奇？

"容儿，你怎么来了？"姐姐首先打破冷清的局面，再者自己大两岁，又在自己府里，自然应主动一些。

容妃美目发红，泪水在眼圈里打转，强忍着没掉下来，悠悠地说道："姐姐，肃王被囚，府里冷清清的，连个说话的人都没有。现在姐姐是我唯一的亲人，我不到姐姐这儿，又能到哪儿去呢？"

元妃闻言，一阵心酸涌上心头，咱姐妹俩真是一根苦藤上结的两个瓜。你丈夫被囚，我丈夫从不正眼看我，有其名无其实，娘家又在蒙古，京中只有姐妹俩是知心的亲人。

"我可怜的妹妹。"元妃不由得泪如泉涌，伸手拉过妹妹，姐妹俩相拥而泣。

哭了一阵子，这姐妹心中的闷气才释放了许多，渐渐平息了下来。元妃伸手为妹妹抹去眼角的泪花，低声道："容儿，就在姐姐这儿住一阵子，让我们姐俩说说话解解闷。"

容妃点了点头，忽又想起上次的事，道："姐，妹妹来了王爷知不知道？"

元妃知道妹妹的心思，没好气地说："容妃放心，那老东西自上次发生了那事后，从没来过这里，我们之间仅剩下那个名分了。"

妹妹不知是喜是愁，表情十分复杂，最后点了点头，算是答应了下来。

吃饭时，妻妾坐了满满一桌子：正室元妃坐在首席的右边，其他三妻坐在两侧，四妾坐在下首，容妃坐在姐姐的身边。上席的正位仍空着，那是多尔衮的。

菜很丰盛，满满一桌子，鸡鱼肉蛋、山珍海味都有，比宫中的御宴差不到哪儿去。

"王爷到——"外面一声高喊，妻妾们一阵慌乱，纷纷起身去迎接王爷。

多尔衮板着脸看也不看这群女人，径直向正位走去。刚到屋里，他忽然眼睛一亮：有客人！

只见那容妃身穿粉红色旗装，头戴花冠，手里拿着一方洁白的手绢，面如桃花，目如秋波，立于堂上，婷婷娉娉，婀娜多姿，如二月玉树，似六月荷花。

多尔衮愣了，待在原地不动，两眼直勾勾地望着容妃。

"肃王府容妃拜见摄政王爷。"容妃早已如一阵风似的飘过去，弯娇躯拜了下去，随着这风飘来了一阵沁人的香气。

多尔衮见那面带娇红的容妃跪在面前，一时局促起来，不知是扶还是不扶，伸出的手马上又缩了回来，笑笑道："容妃请起。来到本府不必客气，有你姐姐在，睿王府和肃王府一样都是你的家，不要见外。"

"多谢王爷。"

二人在堂上愣站了片刻，直到元妃故意咳嗽了一声，这才打破局面，各自归位。

这顿饭吃得很有味道。妻妾们可以明显地感觉到王爷与往常不同。以往每餐王爷都是虎着脸，独自喝酒、吃菜，妻妾们纷纷为王爷斟酒、夹菜。

可今天，王爷谈笑风生，亲自为元妃、容妃夹了菜，甚至连妾们也跟着沾了光，也得到王爷的盛情关怀。

饭后，多尔衮望望容妃道："容妃，今日来了，就在府里多住些时日，陪你姐姐说说话。本王太忙了，平时也没时间陪她。"

容妃望着多尔衮那火热而又直率的目光，不由得娇羞起来，低首道："多谢王爷的盛情。"

"谢什么，我们都是一家人嘛。"

多尔衮走后，元妃道："妹妹，这老鬼怎么啦？今日见了你，他话特别多，这有些反常。"

容妃不由得玉腮发热，低头道："姐姐这话是什么意思？若不想让妹妹在此，可明说嘛，何必拿王爷来取笑妹妹？王爷今儿高兴，怎么一定是因为我，或许他在朝中遇到喜事？"

元妃见妹妹微有怒意，也不好再说什么，只是笑道："妹妹不要多心，姐姐怎么会挤兑妹妹呢？我只是感觉那老东西不知又会玩出什么新花样来。妹妹以后要小心点，别让这老色鬼占了便宜。"

容妃微微一笑，轻声道："知道了，姐姐。"

就在多尔衮见到容妃后想入非非的时候，后宫里还有一个女人在为了他而忍受折磨。

"乌兰，过来为哀家梳梳头。"庄太后百无聊赖，唤来贴身宫女以梳头解闷。

乌兰不由得转身抿嘴一笑。这太后一定有心事，自从摄政王上次入宫后，太后一直心神不定，坐卧不安，一会儿梳头，一会儿洗澡的。

庄太后的头发确实是太漂亮了。按理说，快四十岁的人了，头发应该干涩了，有的还会生出白发来。可太后的一头青丝像墨染的一样，又柔又黑，完全可以和十八岁的姑娘媲美。

"太后，你这头发真漂亮。"乌兰边梳边由衷地赞道。

"就你嘴甜，专挑哀家喜欢听的说。"庄太后笑笑道。

"真的，不是奴才瞎说，太后这头发比那二八少女的也差不到哪儿去。"

庄太后伸玉指一指铜镜中乌兰的额头，嗔怪道："你这奴才，你作践人呢！哀家已是三十多岁的人，怎么能与十几岁的少女比？"乌兰好像受了委屈，小嘴噘起老高。

"太后就是漂亮嘛，十八岁姑娘又能怎样？还不一定有太后好看。你看那摄政王，一看见太后，那眼都直了。"

庄太后猛地站起身，转身捏住乌兰的香腮，似怒似笑。

"你个狗奴才，看你还说不说，哀家割了你的舌头。"

乌兰并不害怕，既没有跪地求饶，也没有痛哭流涕，而是微笑不语。她知道太后并没有生气，那手并没用力。

"还说不说？"太后边笑问边用力捏。

"不说了，不说了，奴才该死。"乌兰也说不清楚话，那腮被捏住了。

太后松了手，用含笑的目光瞪了乌兰一眼。

"不是看在你跟哀家多年的分上，今日非割了你的舌头。往后要是再多嘴，一定给你找个男人嫁出去，省得你在哀家身边发情。"

乌兰口里没说，心里暗道：谁发情？是谁整日在宫里坐卧不安？

主奴二人继续梳头，乌兰精心地为庄太后盘好了头发。看见铜镜中的人儿又年轻了几岁，乌兰忍不住又道："太后，有事别闷在心里，咱大清的规矩谁都知道，儿子娶后母、弟弟妻嫂子的多着呢，又有什么不好意思？"

庄太后又站起身，那乌兰早吓得跑出两步，双手捂住脸，笑道："太后饶命！太后饶命！奴才不说了。"

太后见她那狼狈样，不由得笑了起来，转身坐下，望着镜中那美若天仙的人儿，长长地叹了一声："唉！虽说是有这规矩，可哀家与一般的人不一样。一个皇太后，一个摄政王，怎么能走到一块儿？"

乌兰见太后说了知心话，也正色道："太后又怎么啦？过去宫廷里弟弟登皇位，娶皇后、娶嫔妃多得是，何必大惊小怪？"

太后看了看心爱的侍女，主仆相随已有十几年，现在宫中也只有她能和自己说说知心话。

"现在哀家不是担心满人，是担心汉人。他们可讲究礼仪贞节之类的东西，讲究一女不嫁二夫，又讲究伦理，所谓'君君臣臣，父父子子'，'君叫臣死，臣不敢不死；父叫子亡，子不敢不亡；夫叫妻离，妻不敢不离'。我们大清的有些习俗是与他们的习惯和思想相悖的。如果哀家真的做出出格的事，会不会对大清产生不利影响？"

乌兰安慰道："太后，你是为谁活着？是为自己，还是为大清？怎么能为了虚名而苦了自己呢？太后才刚三十多岁，难道下半辈子几十年，就甘心独坐冷宫，每日面对孤灯，了却余生吗？大好的美丽青春一点点地香消玉殒。如果自己一辈子不快乐，又要这'太后'何用？"

太后被乌兰的话说得心动。

"哀家何尝没想过这些？但哀家是太后，不能完全为自己活着，还要为大清活着，为天下百姓活着。"

乌兰有些听不懂，好像自言自语："只要自己喜欢就去追，还管那么多干什么？"

太后笑着摇摇头——与她说这些，她是不会理解的。

"乌兰，把哀家的那身紫装拿来。"

穿上这身紫旗装，配着那花冠，衬着香腮玉面，真是一位天仙般的美人。

主仆二人望着铜镜中那美人，不由得陷入沉思。

"太后，如果不去追求自己喜欢的东西，整日在这深宫里，打扮得这么漂亮又给谁看呢？"乌兰幽幽地说道。

"唉！"太后长叹一声，"汉人讲究'和泪试严妆'，没人看也要打扮得漂漂亮亮的。"

"什么是'和泪试严妆'？"乌兰不解。

"'和泪试严妆'就是女孩子没有人爱，没有人来欣赏，但流着泪仍然认真仔细地装扮。打扮得漂漂亮亮，不为别人看，只是表现自己的心态，这是对自己的人格、品质和操守的一种尊重。如果没人爱就哭哭啼啼，整日懒得梳洗打扮，整得邋里邋遢不堪，那也是不尊重自己。"

庄太后自幼聪明，精通蒙、满、汉文，入了清宫又常与范文程等汉人接触，对汉文化有颇深的修养。这一点乌兰并没有，此时听到太后的这番话只能是镜中望月，雾里看花，似懂非懂地点点头。

"乌兰，去看看哀家的丝线买来了没有。"太后打发乌兰走了，她要坐下来冷静地梳理一下杂乱的思绪。

独自坐在寂静的宫中，时间凝固了，一切都模糊了……忽然，有一个声音叫道："庄妃，朕的江山来之不易，你要帮助朕的子孙坐稳龙位，不辜负朕对你的恩宠。"

太后一惊，四处找说话之人，可什么也看不见。正在诧异，就见大殿门口皇太极正站在那儿，满面笑容地看着她。

"皇上，你到哪儿去了，这么多天为何不来永福宫了？想死臣妾了。"太后飞奔过去，一头扑进皇太极的怀里。

皇太极抱住她，一手抚弄着她的秀发，一手轻拍着她的娇躯，笑道："朕也想你，你为何不来见朕？让朕想得寝食难安。"

太后心中大喜，不由得仰脸去亲那滚烫的热唇。

"哈哈哈……"一阵大笑，太后抬脸仔细一看，不禁惊呆了：自己正躺在多尔衮的怀里。

"你，怎么是你？"太后惊得说不出话来。

多尔衮用力抱住她，不让她挣脱。

"大玉儿，自从本王第一眼看到你，本王就想要你，可你是皇兄的。现在皇兄不要你了，本王仍要你。你看本王与皇兄有什么不一样，长相？才能？本王并不比皇兄差！只要你随了我，本王一定善待咱们的皇儿，让他稳稳地坐在皇位上，这有什么不好？来，让本王亲亲。"

多尔衮那张嘴压了下来。庄太后奋力反抗，但没有用，她只有在心里大喊："多尔衮，多尔衮……"

"太后，太后，丝线拿来了。"

庄太后被乌兰晃醒，这才发现自己竟然坐在椅上睡着了。看看眼前的乌兰，又想想刚才梦中的情景，不由得满面飞红，低声道："乌兰，刚刚哀家说什么没有？"

乌兰抿嘴一笑。

"太后，奴才进来的时候，太后正在打盹，口中念着一个人的名字。"

"什么名字？"

"奴才就听太后说：'多尔衮，多尔衮。'"

庄太后的脸更红了。

"你个狗奴才，今日老拿哀家取笑。看哀家不整治你这个奴才。"

乌兰忙笑道："冤枉呀，冤枉呀，是太后让奴才说的，奴才说了，还要治奴才的罪，天下有这样不讲理的主子吗？"

庄太后没办法，只好道："你滚远点，别让哀家看到你！"

乌兰忙笑道："嘛，奴才就不打搅太后的美梦了。"说罢，转身跑了出去。庄太后独自坐在那儿，仔细回想刚才的梦。是呀，多尔衮与皇太极多么相似，鼻子、眼、笑、走路的姿势、说话的腔调，简直是一模一样，特别是现在，更像了。当初自己初入宫时，皇太极已三十四岁，正和现在的多尔衮年纪相仿。

不但外表像，这两人在才华上也很像，都是雄才大略、文武双全、足智多谋，是让女人心动的那种男人。

皇太极、多尔衮，多尔衮、皇太极，两个男人一晃一闪，直闪得庄太后眼晕心痛。她不再多想，把手中的丝线一扔，起身走出宫门去找哲哲太后说话去了。

庄太后还在胡思乱想时，多尔衮在情场上又得新欢。

容妃在睿王府一住就是半个月。开始的时候，元妃还有提防之心，生怕妹妹吃亏。但见多尔衮对容妃一天天地冷淡下来，根本连正眼也不看一眼，渐渐地就放松了警惕。

元妃和容妃仍住在后院正房中。这日，哲哲太后传旨，请睿王妃入宫侍奉说话。元妃跟妹妹打声招呼便去了宫中。

中午，多尔衮喝得醉醺醺地向后院走去，径直来到正房。门虚掩着，多尔衮推门进了屋，里面很静，没有人声。他屏住气，蹑手蹑脚来到寝室前，隔着绣帘就闻到一股香气。顿时，多尔衮心中大喜，轻挑门帘钻了进去。

室内窗帘半掩，罗帐低垂。再看那床上，隔着罗帐，可见一女子躺在那儿。多尔衮心跳加剧，慢慢走过来，撩开丝帐，一个仙女映入眼中：鹅蛋脸儿，一双细眉弯如新月，半润的鼻子一张一翕，朱唇小口红润欲滴，香腮如雪。薄薄的绵被盖在胸以下，露出红绸夹袄，袖管肥而短，一手戴着金镯，另一手戴着翠镯。美目微闭，模样十分迷人。

多尔衮再也把持不住，扑了上去，随后，房里传来一阵扭打声和几声沉闷的叫喊……

元妃从宫中回来，容妃早已回府了。元妃感到很意外，早上走时妹妹并没说要回去，为何突然走了呢？元妃唤来几个宫女、侍卫询问，众人都说不知道。从他们惊慌的眼神中，元妃知道府中一定出事了。

第二天，她亲自去了一趟肃王府，什么事都知道了。元妃不禁又气又恨，原本就不太好的身子骨哪经得起这番打击，一下子就倒下了，卧床月余，竟一命呜呼。

睿王府出了点乱子，朝廷上也出了点乱子。巩阿岱、席纳布库联名上奏，说郑亲王装病躲在家中不上朝，欺君罔上。还说郑亲王昔日就曾支持立皇子为帝，与肃王有勾结，现在又私下为肃王鸣冤，诋毁摄政王，有乱政之罪。多尔衮马上召集诸王、大臣议事，将郑亲王提拿问罪。

议政会议议了多日，始终也未找到郑亲王乱政的确凿证据，最终议定：降郑亲王为多罗郡王，罚银五千两，派往江南讨贼。从此，这郑亲王被彻底踢出了中央的决策层。

正在后宫密切注视着郑亲王案子的时候，多尔衮却主动找到了庄太后。

午后，庄太后刚刚午睡起来，乌兰正在为太后梳洗，宫外海中天奏道："太后，摄政王多尔衮请见。"

什么，多尔衮来了？庄太后心中一惊，刚才还平静的心立刻慌乱起来。

"乌兰，哀家的头梳好了吗？"

"太后，奴才刚刚梳好，请太后看合不合适。"

庄太后仔细看了看铜镜中的头型发式，还算满意。

"把那件大红旗装拿来。"

穿上那红旗装，太后立起身，在镜前看了又看，问乌兰道："哀家穿这件是不是太艳了？"

乌兰抿嘴笑道："太后穿什么衣服都好看，并不艳。"

庄太后反复看了看，最终仍摇摇头道："太艳了。还是穿那件粉白色的吧。"

多尔衮在交泰殿内等得有些不安，为何太后还没来？是不想见？不会的。

正在胡思乱想，就听太监高喊："皇太后驾到——"

多尔衮忙出门迎接，刚出门他便惊呆了：庄太后一身白中泛红的旗装、粉红的披肩，头顶红锦凤冠，脚蹬高跟凉盆鞋，冰清玉洁，如玉树临风。

庄太后见多尔衮呆呆地立在那儿，不由得也有些娇羞。他不施礼，也不让路，如何入殿呢？

二人立在原处，难倒了太监、宫女们，海中天喊道："太后驾到——"

多尔衮如梦方醒，忙微微躬身施礼："摄政王多尔衮拜见皇太后。"

庄太后粉面略红，笑吟吟道："摄政王平身。请王爷入殿坐下说话。"

两人分主客坐好，多尔衮又忙里偷闲看了几眼。

"太后，日前众臣议事，均言皇上年满十岁，已到订婚的年龄。众臣上奏，请为皇上聘定后宫。"

庄太后一愣，她没想到多尔衮来见自己是为儿子娶妻，想想刚才自己还有异想，不由得红霞飞上香腮。

多尔衮见庄太后红潮微泛，更是娇艳可人，不由得心猿意马，脱口而出："太后真漂亮！"

庄太后闻言心喜，但在太监、宫女的面前怎能如此失态，忙道："王爷准备为皇上选聘何处的女子，还没说出来，就夸漂亮？"

多尔衮这才知道自己失态，忙收敛了野心。

"满蒙联姻乃我大清的既定国策。本王拟选蒙古科尔沁部落贝勒吴克善之女博尔济吉特氏为皇后。"

庄太后听后大喜，因为所选皇后正是自己哥哥的女儿，当今皇上的亲表妹。当年，哥哥吴克善送自己去了盛京，结果被皇太极封为庄妃，现在成了大清的皇太后。眼下自己的亲侄女又要成为大清的皇后，"姑舅亲，辈辈亲，打断骨头连着筋"。亲上加亲，岂不更亲？再说，这可大大巩固蒙古女人在后宫的地位，对自己也有利。

太后想着想着，突然一惊：多尔衮为何突然之间要为皇上选后呢？这里面有没有阴谋？

"十四叔，给蒙古下聘帖了吗？"

"还没有。没征得嫂嫂的同意，本王怎敢擅自做主？"多尔衮开始嬉皮笑脸，说话也随便起来。

"这事与福临说了吗？"庄太后很关心地问道。

"没有。"多尔衮摇摇头，马上正色道，"选后之事历来由父母说了算，就是汉人也讲究什么'父母之命，媒妁之言'。皇上同不同意事小，他还年少不懂事，全由咱们做主。"

多尔衮故意把"咱们"说得很重。他想试探一下太后的反应。

果然，太后又是娇笑连连，微斜双目。

"十四叔一心为福临着想，哀家先谢谢你。此事仍要与哲哲太后和福临说一声，然后再下聘礼才行。"

多尔衮道："此乃议政会议定的，当时皇上也在，并没提出异议。只需向哲哲太后说一声就行。"

"那好吧，此事暂且如此，待哀家与哲哲太后商量后，马上报知十四叔。"

二人又说了些不着边际的话。直坐了两个时辰，多尔衮才依依不舍地离去。庄太后也破天荒地把他送至宫外，临别时还向多尔衮送去一个微笑。

"十四叔没事多来后宫坐坐！"

多尔衮有点头重脚轻飘飘地去了。

庄太后重又坐下来，收了心思，仔细思虑这事，因为这可是牵扯到大清千古基业和儿子一辈子幸福的事，马虎不得。

权衡再三，想遍了所有的因素，这桩婚姻是目前最明智的选择。只不过多尔衮在这件事的背后是不是隐藏着其他阴谋让人不得而知，但单就这桩婚事来说，还是可行的。

正如多尔衮所言，蒙满联姻是清朝的一项基本国策，也是立国之本，特别是在清初立国未稳的时候，这种政治联姻显得尤为重要。

庄太后考虑成熟后，马上找到了哲哲太后。

哲哲太后已是年老体衰，名为太后，皇上却不是自己的儿子，所以对政事也不太热心。听完庄太后的陈述，哲哲太后道："这桩婚事是可行的。至于多尔衮有没有阴谋，哀家也不好说。现在哀家身子骨已不如以往，也懒得操这份心了，一切呀，由庄太后和摄政王做主了。"

庄太后也不好说什么，马上让随行的海中天奉两宫之命请皇上入后宫请安。

不多时，顺治在海中天的引领下来到了宫中。此时的顺治已长高了许多，走起路来也像个大人样了，那一举一动特别像他父亲皇太极。十分明显的变化是他比以前沉默了许多，不大爱说话，性子有些孤僻，对什么都是冷冷的。虽然母子相见的次数少，但毕竟母子连心，儿子一丝一毫的变化庄太后都可以看出来。

"儿臣给两位太后请安。"顺治行了家礼。

"平身吧。"哲哲太后道。

顺治起身坐在一旁，双目平视，不说话，只等着两位太后说什么。

"儿呀，额娘听说议政大臣们已议定为皇上聘皇后，是真的吗？"

"是的。"顺治点点头，并不多言。

"听你十四叔说，当时皇上也在场，并无异议。"

"是的。"顺治又点了点头。

庄太后从儿子冷漠的表情中隐隐约约地感到一种反抗、一种仇恨。

"儿呀，今天在两位额娘的面前，说句真心话，对这桩婚事有何想法？"

顺治看了庄太后一眼，目光充满了冷漠和孤愤，但在余光中仍有一丝温暖："额娘是让儿臣说真话，还是假话？"

庄太后一愣，她从儿子的目光和言语中感到儿子已经成熟多了。

"当然是真心话了。"

"儿臣不喜欢！"

"为什么？"两位太后都很惊奇。

顺治一个字也不说，就在那儿坐着。

庄太后道："儿呀，这皇后可是你的亲表妹。额娘不骗你，这位表妹长得很漂亮，虽不能说美若天仙，但在这后宫中也是数一数二的，亲上加亲有什么不好？再说，你舅舅，也是你岳父，统领着蒙古数万铁骑，对你坐稳这皇位也很重要，你再想想！"

"不用想，不喜欢就是不喜欢！"顺治仍是冷冰冰的。

"为何在议政会上不说呢？"庄太后有些生气，她不太了解儿子为何如此固执。

顺治的目光更加凶狠，瞪了庄太后一眼："额娘，儿臣说了会有人听吗？十四叔定的事，谁可以推翻？"

庄太后听后，心中一酸，儿子已经能看出自己的处境，那皇上只是个木偶，真正的皇上是十四叔。庄太后的心隐隐作痛，口气也缓了下来，温柔地问道："到底是什么原因？跟额娘说清楚，让额娘心里有个数。"

"只要十四叔喜欢做的事，儿臣都不喜欢！"

声音并不大，但震动却不小，石破天惊，就连不太热心的哲哲太后也颤了一下，劝了一句："福临呀，你十四叔是摄政王，你们母子全仰仗着他，万不可说这种话！"

顺治没有回答，仍静静地坐在那儿。

庄太后进一步问道："若是十四叔执意聘娶皇后，儿又作何打算？"

顺治目光茫然，悠悠地说："他高兴干什么就干什么，儿臣没办法。"

庄太后松了一口气，忙劝道："眼下十四叔也是为了你好，所以，要听十四叔的话，等你长大了，自然会明白做父母的一片苦心。这事就这么定了，见了十四叔可不许无礼。"

顺治冷冷地看了庄太后一眼，目光中包含着复杂的感情，微微施礼道："若没有事，儿臣向两位额娘告辞！"说罢，施礼而去，头也不回，很坚决，也很无助。

庄太后立刻以两宫太后的名义传旨议政诸王公及大臣，同意为皇上选聘皇后。

多尔衮立刻派英亲王阿济格率队前往蒙古行聘，为皇上解决了婚姻大事。

聘好皇后，便要进行下一步的程序。多尔衮召集议政大臣开会，对诸大臣道：

"皇上的婚事已定，不久就要完婚，今日宫中各殿均为旧明所建，不吉利。为了皇上的大喜，本王以为应为皇上另建一处新宫作为皇上的新房，以示皇上的新婚之喜。诸位以为如何？"

摄政王发了话，有谁敢说个"不"字？更有那拍马逢迎之徒马上附和。

巩阿岱道："摄政王所言极是，大清皇上的大婚不可草率，应隆重庆祝一番，让中原汉族也知道我大清的威严。"

锡翰也道："摄政王辅佐皇上开创大清帝业，今亲自为皇上选聘皇后，重建新宫，可见摄政王对大清忠心耿耿，对皇上赤胆忠心，不愧为我大清第一功臣。"

有了这两个马屁精，其他人也纷纷附和，只有范文程献疑道："摄政王，不知新宫地址选在何处？"

多尔衮道："本王已差人寻了多日，据奏，在大内西有块宝地，宜于建宅，本王想在那儿为皇帝建立新宫。"

在大内外建新宫？这不是要重建新的皇宫吗？那现在的皇宫留给谁住呢？

范文程思虑了片刻，道："摄政王，下官以为修建新宫应在大内，一则可与现在的皇宫连在一起，旧宅起屋，不会破风水；再则可省去许多钱物、工夫。另造新宫，必建围墙，重设司衙，大兴土木，劳民伤财。我大清草创之初，国力并不太强，江南仍有南明余孽作乱，一时不可如此铺张。"

"范学士，你这话是什么意思？我大清连为皇上盖栋新房的钱都没有吗？"说话的是席纳布库。

范文程是老臣，得皇太极和多尔衮的器重，只有他敢站出来提异议，但被席纳布库这么一说，又没有人说话了。

多尔衮这才道："此事就如此议定吧，选基造宫之事，由辅政王多铎亲自负责，尽快开工，建成后为皇上完婚。"

"嗻。"多铎心领神会，忙领命。

庄太后在后宫风闻多尔衮要为皇上另建新宫，十分震惊，原来的担心果然得到验证。看来为皇上选后只不过是一个幌子，背后隐藏着更大的阴谋。

一旦新宫建成，皇上大婚，居于新宫之内，多尔衮就可将他们永远囚禁于新宫中，封以亲王，自己则坐镇紫禁城，独拥大权。到那时，他多尔衮就可以不流一滴血登上皇位，顺治就会成为第二个豪格。

想到此，太后不由得一颤，一股寒气从背后升起。多尔衮你竟然连自己的侄儿、哀家的儿子也不放过，白费了哀家对你的一片深情！

"太后唤奴才有何吩咐？"海中天不知何时已跪在太后面前。

"海公公平身吧。"

"谢太后。"海中天立在一旁等着问话。

"海公公，最近有没有听说朝中发生了什么事？"

"回太后，奴才听说摄政王正在为皇上大婚而另建新宫。"海中天不敢有丝毫的隐瞒。

"噢，海公公怎么看这件事？"

"奴才拙口笨舌，鼠目寸光，怎敢乱言？"

"朝中有没有其他议论？"

"太后，现在摄政王一手遮天，无论是京城还是地方都只知有摄政王，不知有皇上。此事乃摄政王亲自定的事，有谁敢言一个'不'字！"

庄太后点点头，她知道海中天说的都是事实。可现在谁又能阻止多尔衮呢？

"太后，奴才忘了一句话，听说在议政会上范文程曾提出异议。"海中天忙补充道。

庄太后微微点了点头，她知道，在今日的朝中，肃亲王被囚，郑亲王被逐，礼亲王更是不敢出头，每次议政都称病不去。两黄旗的几个忠臣都被派往江南讨贼，留下的几个都是多尔衮的鹰犬。只有这位三朝元老，德高望重，又深得皇太极的殊遇，尚有一丝尽忠皇上之念，不妨探探他的口风。

"海公公，近日让手下的人多留意外面的动静，有情况马上奏报。"

"回太后，奴才已把心腹们全派出宫去，有了消息自会奏闻太后。"海中天早已知道主子的心思，所以工作做在了前面。

太后点了点头，对此很满意。她知道，有些事可能宫中的大人物不知道，而小太监、宫女们却了解得很清楚。因为消息需要对上层封锁，但奴才与奴才之间的交流，可使主子不知的事，奴才反而知道。

"海公公，哀家在宫中没事，为打发时光，学着看一些汉文，有些地方不解，请范学士在闲暇之时来后宫为哀家讲经解疑。"

"嗻。"海中天领命退去。

太后在宫中度日如年，如坐针毡，每天都向海中天打听有关建造新宫的事。海中天也非常尽力，对新宫之事了解得很清楚。

今日，新宫的选址已定了，在太液池西岸，占地五十亩。明日，新宫已开工了，地基开挖，石料、木材开始运往新宫工地。某日，豫亲王多铎亲自到工地，督促差役们加快进度，等等。每听一句，太后的心就抖一下，可她无能为力，只有眼睁睁地看着多尔衮为自己母子一点点筑造监狱。

这一日，太后正在发愁，见海中天匆匆而来。

"太后，朝中有人上奏，反对建新宫。"

太后大喜，忙道："何人上奏？摄政王态度如何？"

"据说，上奏的是索尼和鳌拜。二人联名上奏，说大清初立，国力疲弱，不应大兴土木，铺张奢侈，应集中精力，平定江南匪乱。"

太后点点头，自言道："对呀，这些话才像大清忠臣所言，为何朝中没有人提及呢？"

"太后，依奴才看，此言虽忠，但不会有人听。摄政王对建宫之事谋划已久，岂肯轻易放弃呢？"

海中天所言极是，多尔衮看到二人的奏折后切齿大骂，马上命英亲王以皇上的名义下了一道诏书，对二人严加谴责。

信息反馈到宫中，太后十分失望，茫茫大海中的一根稻草也被风浪冲去，眼前看不到一点儿希望。

"海公公，哀家的旨意传到了吗？为何范学士还没入宫？"

"回太后，懿旨早已传到，范学士近日太忙，一时无暇，请太后见谅。"

怎么？他是不敢来吗？为太后讲讲经学也会招致灾祸？朝中畏惧多尔衮已到了如此地步！太后感到一阵恐惧。

还有令太后更恐惧的事：肃亲王死于冷宫中！消息传来，庄太后重重跌坐在御座上，半晌没说一句话。这种结局，有朝一日会不会落到福临和自己的头上？

肃亲王的死对庄太后打击太大了。她的神经绷得紧紧的，宫内外稍大一点的声响都会使她受惊。

她忍受不了这种精神的折磨，她准备去找多尔衮，向他摊牌。

没等她去找多尔衮，有人来找她了。

"臣范文程叩见太后。"

庄太后瞥了一眼跪在地上的范文程。

"是范大学士，今日怎么有空到后宫来了？"

范文程明白太后的意思。

"臣违旨不见，罪该万死，不过，臣近日确实没有闲暇，无法来后宫问安。"

"平身吧！大学士都忙些什么？看来摄政王很器重大学士，以致大学士日理万机呀。"

范文程听出太后对自己的嘲讽，但他又能说什么呢？只好道："臣自入后金以来，始得太祖器重，后又受恩于太宗，沐浴皇恩，所以，臣心中时时刻刻都在想着大清，愿为大清献出自己的一切。能为大清忙碌，是老臣的荣幸。"

庄太后素知范文程的人品，所以稍稍放缓了语气：

"范学士，哀家近日闲来无事，翻看一些宫中藏书，对一些事不解，所以请学士入宫，为哀家释疑解惑。"

"臣愿为太后效劳。"

"汉人书中篇篇都讲'仁、义、忠、孝'，可见，此乃汉人数千年来的古训，一直为汉人所推崇。是这样吗？"

范文程忙点头道："太后所言极是。自秦汉以来，孔子儒家之说独统中原。汉有董仲舒'罢黜百家，独尊儒术'，宋有'程朱理学'，中原之人都奉孔子的三纲五常之说，'忠孝仁义'乃儒学之精髓。"

太后点了点头，不解道："哀家不明白，中原汉人世世受此儒学影响，历数千年而不衰，理应人人都是忠孝之士，个个都是仁义之君，为何会有那么多人背信弃义，投敌叛国呢？还有的助纣为虐，为虎作伥，帮助奸人兴风作浪，这不与他们的信仰相背吗？"

范文程此时才听出太后这话的味道，不禁脸上微微发热，沉吟了良久才道：

"太后所言，确有其事。古人云：'人之初，性本善，性相近，习相远。'有些人生于末造之世，沙石俱下，鱼龙混杂。有的人便背信弃义，投敌卖国。但也有些人是生逢乱世，言不由衷，身不由己。

"此类人有多种，有的如李陵，有的像徐庶，有的似关羽。李陵有满腹报国之志，但偏遇暴君庸帅。他率五千步卒驰骋于敌国心腹，杀数万敌军，最终被困，内无粮草，外无救兵，只好投降，以图后举。只可惜武帝听信谗言，诛李陵全家，使他老死西域，无颜回朝。徐庶不屑曹操之奸，义拥刘氏，然操囚其母。庶因孝而弃义，投于魏营，然身在曹营而心在汉也，进曹营一言不出，使曹操徒得徐庶之躯，而不得其心。徐庶不忠，实为大忠也。关羽千里走单骑，保皇嫂入曹营，面对高官厚禄、美女金银，不改其志，此所谓千古忠义第一人也。

"此三子者，虽都入敌营，表现各异，但忠义之心犹在。故臣以为，评价一人有无忠心，不能单凭此人身在何处，而应看此人之心志何在。"

太后听了这席话，不由得大喜，忙道："范学士之言让哀家茅塞顿开。"

范文程这才明白太后已消除了对自己的误解。

太后微微笑着对范文程道："哀家风闻摄政王正为皇上建造新宫，学士对此有何看法？"

范文程一愣，他曾想到太后会打听一些朝政，但他没料到太后会这么直接地问他。

"老臣以为，建造新宫并无不可，只不过……""只不过什么？"太后见范文程不敢出口，忙示意左右退下，而后急不可待地问道。

范文程见众人已退远才小声道："只不过此事怕有另谋。大内的宫室乃前朝新建，虽有百年，但仍可住用。就是需建新宫也应在大内建造，不必另选他址。"

太后点了点头，忽然道："学士以为摄政王如何？"

范文程忙跪地道："太后，恕臣不敢言。"

太后起身，亲手扶起范文程道："范学士，哀家知道你受先皇太宗的殊遇深恩，一心想报之于幼主。今日哀家召你进宫也是对你十分信任，所以哀家才会问你此话。学士不会眼睁睁看着我们母子被废，先皇开创的基业在你我手中葬送吧？"

范文程这才长出了口气，摇摇头。

"现在朝中形势万分紧急，摄政王也是有雄才大略之人，与先皇一样，是胸怀天下、顶天立地的伟人。辅政之初，尚能遵守臣道，一心为国，但随着功劳的增高，他的权力欲望也在膨胀，排除异己，扶植党羽，独专朝政，现在已置皇上、两宫于不顾，一意孤行。长此下去，怕生不臣之心。"

"学士有没有良策可挽此危局？"

范文程摇了摇头："今日的摄政王已是位高权重，又有伟功于身，朝中文武均归服于他。虽有两黄旗数臣不满于此，但势单力薄，根本无力与之抗衡。"

太后点了点头，她看到范文程那失望、迷茫的目光，对他又多了几分信任。

"范学士，若能使摄政王视皇上如己出，能否保住皇上的帝位？"

范文程看了庄太后一眼，见她一本正经，不像是说笑话，便道："太后此言让老臣无从回答。摄政王虽无子嗣，但早已过继了豫亲王的一个儿子。就是没有这个继子，也没办法让摄政王视皇上为己出啊！"

太后见范文程一个劲儿地摇头，心中不悦，却仍笑道："学士，不要说有没有办法，先说如果能如此，能否保住皇位。"

范文程沉思了良久，摇摇头。

"这事很难说，老臣也拿不准。昔日，也有太上皇不满儿子，废子自立的。不过，绝大多数还是太上皇不废帝王儿子的。"

庄太后似乎在黑夜中看到了光明，笑道："依学士的说法，只要能让摄政王视皇上为己出，就能保住皇上的帝位？"

"如果真能那样，或许能保住皇上不被废，但谁能让摄政王做到视皇上为己出呢？"

"哀家能。"这话说得很轻，但像一声炸雷。范文程从太后那娇羞的脸上已读懂了这三个字的意义。早听说摄政王垂涎太后的美貌，老往后宫跑，可谁也不敢想象太后能下嫁，但今天这似乎有了可能。

再想一想，这也没什么，太后寡居，摄政王丧妻，这孤男寡女倒也般配，一旦事成，皇上就成了多尔衮的儿子。

老子总不至于和儿子夺天下吧？何况中间还夹着一个美太后。

"这事还得有劳学士。"庄太后也顾不得娇羞满面，微笑着对范文程道。

范文程忙道："微臣尽力去办，请太后放心。"

范文程刚离宫，海中天便满脸喜色地跑来。

"太后，好消息！太后，好消息！"

庄太后还没从刚才的激动中醒过来，见海中天满面含笑、气喘吁吁的样子，有些许不悦。

"有何好消息？看把你高兴成这个样子。"

"太后，新宫已经停建了！"

"什么，新宫停建了？消息可靠吗？"这次该轮到太后高兴了。

"可靠。奴才还装着公办出宫去瞧了瞧呢，确实已经停工了。"海中天很兴奋。

庄太后又想了想道："海公公，新宫为何停建？"

"奴才听说，豫亲王病了，有个洋人，对，就是上次算出日食时间的那个人，叫什么汤……若望。他会观天象，还会造大炮，还会看病，是个挺有本事的主。摄政王请他为豫王爷看病。他看了后说是营建新宫，冲撞了天神，遭到天神的谴责。摄政王听了他的话，便下令停建新宫了。"

太后高兴得差点跳起来，她站起身，转了两圈，又坐下，对海中天道："那人叫什么来着？"

"汤若望。"

"汤若望！"

这三个字深深地印在太后的心里。这个洋毛子，真帮了哀家的大忙，日后有机会一定要见见他。

汤若望，这个来自万里之遥的洋老头，在庄太后最无助的时候，竟阴差阳错地帮了她一个大忙。

虽然庄太后并不认识这个洋老头，但她内心的感激是无法言表的。所以，当后来他们相识的时候，太后认汤若望为义父，了了心中的一个愿望。

多尔衮端坐在睿王府的正殿上，这座明南宫此时已装饰得更加富丽堂皇，和大内的宫殿相差无几。

每日他就是坐在这儿处理政务，文武大臣出出进进来向他禀报国事。

多尔衮伸手抓过案上的一个小黄包，打开黄绫，里面晶莹剔透，光芒四射，正是大清的国宝——"制诰之宝"的玉玺。

他把这国宝捧在手上，正面瞧瞧，反面看看，爱不释手，把玩不已，口中默念道："这玉玺本该是本王的，它就该属于我。"

"启奏摄政王，大学士范文程请见。"内侍奏道。

多尔衮一愣，这个老狐狸此时来见，又有何事？闻其屡与后宫来往，应多加提防。

范文程进殿望见案上的玉玺，心中暗暗忧虑，他明白多尔衮的心思。

"微臣范文程拜见摄政王。"

多尔衮尽量装出一丝微笑来。

"范学士，你是三朝元老了，对本王不必如此多礼。"

"多谢摄政王恩典。"

二人沉默了片刻，多尔衮道："范学士前来是有公事要奏吗？"

范文程笑了笑，道："摄政王，老臣提醒王爷一句，大清江山重要，王爷的身体也重要。没有王爷，这大清万里河山又怎能安稳呢？"

多尔衮早已听惯了别人的奉承，但这话从范文程口中说出来却不一般，他不免喜上眉梢，道："此功非本王一人，诸位都有份嘛，范学士不也为大清呕心沥血、殚精竭虑吗？"

二人相互吹捧了一番，关系融洽了许多。

范文程笑道："王爷近来精神如何？"

多尔衮长叹了一声："唉，福晋仙逝，豫王生病，江南贼寇猖獗，本王的心情能好吗？"

范文程也陪着叹了口气，转而劝道："王爷，凡事要看开些。人生在世，谁都逃不了生老病死这一关。多想想活着的人，老想伤心的事会伤身体的。请王爷多保重。"

多尔衮苦笑着摇摇头："这是心里面的事，说不想就能不想吗？"

范文程又叹道："也是的。老臣近日奉诏入宫为太后讲经，庄太后也是整日愁眉苦脸、心事重重的，听着听着就走了神。这人啊，无论多高贵，总得有个知心的伴，相依相存才好。"

多尔衮听了"庄太后"三个字耳朵便竖了起来，但脸上仍装作无所谓的样子，微笑不语。

范文程好像突然想起了什么似的，忙道："摄政王，老臣有一事不知该不该说？"

"说说看。"

"老臣怕冒犯摄政王爷。"

多尔衮身子向后一靠，笑笑道：

"我的大学士，你随本王也有些年头了吧，你看本王是那种鸡肠鼠腹之人吗？本王先恕你无罪，如何？"

"多谢王爷！"

多尔衮微笑着去看范文程。范文程犹豫再三，终于道："王爷，太后盛年寡居，郁郁不欢，身处深宫，寂寞难耐，这日久天长，定将生出病来；而王爷壮年丧妻，孤身冷床，长吁短叹，久忧伤身。依老臣之见，你们不如……不如合宫同居，共辅幼主。于国，可合力辅政，共创千古基业；于己，可相依相靠，共续前欢，也可延年益寿。"

"范文程，你——"多尔衮似乎很生气，瞪着范文程说不出话来。

范文程忙道："王爷，老臣早已有言在先，王爷也早恕老臣无罪，老臣这才敢说。其实，老臣早已看出，二位是情投意合，只是谁也不愿跨这一步。老臣今日为王爷和太后点破这层纸。"

多尔衮一指范文程，道："范学士，本王乃一男人，名声好坏无妨，可太后贵为天下之母，怎可任由你胡说？此话若让太后知道怪罪下来，本王绝不饶你。"

多尔衮嘴里这么说，可心里早美滋滋的，暗暗道：范文程，原本以为你去后宫是通风报信，现在才知道是去窥探太后。若能为本王办成这事，本王定会好好赏你。

范文程并不畏惧，反而笑道："王爷，你身为大清摄政王，立有盖世的伟功，可在男女之情方面，未免也太没人情味了，怎么没有一点儿怜香惜玉的英雄气概呢？"

多尔衮也不好再佯装发怒。

"范学士，这男女之事是一厢情愿的吗？本王可以答应，那太后会答应吗？"

"只要王爷答应就行了。太后那边容臣再去劝说。事成之后，臣可是要向王爷讨杯喜酒喝的。"

多尔衮听范文程如此说，心知太后可能也有此意，这美事有可能成，那大玉儿，本王朝思暮想的美人就要拥在怀里了，这比什么都好。

"范学士，此事若能成，本王送你十坛贡酒。"

范文程把多尔衮的意思带到了慈宁宫。庄太后又喜又羞。

"范学士，哀家下嫁可有不妥之处？"

范文程久居关外，早知满人之俗。

他说道："太后，我满人之俗由来已久，弟娶寡嫂屡见不鲜，也在情理之中，有何不妥？"

庄太后听了这话，像吃下了定心丸，点了点头。

"哀家虽嫁，但身份不可废，所以仍居后宫，摄政王可与哀家居后宫，也可居睿王府。"

范文程点点头："这是自然，臣认为摄政王不会强求太后去睿王府的。"

"剩下的事全由大学士操办吧。"

范文程心中大喜，促成这段姻缘，既可得两位的恩宠，又可保先皇的帝业。想起先皇，他心里酸酸的，暗暗道：太宗，臣也是没办法，事到如今，只有如此了。百年后，在九泉之下，臣与太后再向你解释吧。

范文程走后，庄太后来到了哲哲太后的宫中。哲哲太后看了她一看，淡淡地说："大玉儿，现在来又有什么事？"

庄太后微微笑道："姑姑，今天侄女想跟姑姑拉拉家常。"

"拉家常？你有那个孝心吗？"哲哲太后仍保持着皇后的威严。

庄太后道："侄女想和姑姑商量个事。"

"瞧瞧，哀家说你没这份孝心吧？说吧，什么事？"

"侄女要嫁给摄政王。"庄太后十分平静。

"什么？"哲哲太后差点儿栽倒在地上，瞪着混浊的大眼望着她。

过了良久，哲哲的脸色凝重了。

"快四十的人了，能有几年活，还能熬不住吗？"

庄太后眼泪汪汪道："姑姑，男欢女爱，人人都想拥有。侄女承认喜欢多尔衮，但嫁给他，并不全是为了这些。"

"你想过先皇吗？你不是普通女人。是的，我们满人有'弟娶寡嫂、子妻后母'之俗，但你是皇太后，当今皇上的额娘，却嫁给一个王爷。百年后，你的牌位摆在哪儿？你的梓棺葬在哪儿？你想过这些吗？"哲哲越说越气。

"姑姑，这一切我都想过，可这些都是百年之后的事，是我们都看不到的事，眼前我们能看到的事让我无法不这样做。多尔衮独专朝纲，权倾朝野，他随时都可废我们母子自立。到现在之所以没这样做，是因为他还没想好，一旦思虑成熟，我们母子，还有你，都会成为第二个肃王的。这一切，姑姑看不到吗？侄女嫁给他，可以收了他的心，同时，福临也就成了他的儿子，他若废子自立，与儿子争天下，会让后人笑掉大牙的。这难道不是为了先皇吗？为了保住先皇的帝业，我管不了百年后的事了！人死之后，任由后人评说吧！"

哲哲太后听了这话，态度也软了下来。

"这事你可想好喽！这一步迈出去，你可就没退路了，千万别一失足成千古恨啊。"

"姑姑，不迈这一步，我们能有退路吗？"

哲哲太后长叹了一口气。"唉！孩子，委屈你了。"说罢，哲哲太后起身离去，临进屋的时候偷偷地抹了一下眼泪。

庄太后定了定神，对立在旁边的海中天道："海公公，快传旨，说太后身体欠安，请皇上问安。"

顺治来的时候，庄太后正躺在床上。她确实有些累了，同时，内心也烦躁不安，并没有大婚前的喜悦。

"儿臣叩见额娘，问额娘安。"顺治跪在床前，神情不冷不暖。

"平身吧。"太后见儿子如此冷漠，心里更加难过，这么大的孩子正是天真活泼的时候。即便是农家儿女，也是缠绕父母膝下，躺在母亲的怀里，可他却生活在如此沉重、如此险恶的环境之中，有母亲却得不到母爱，更没有父爱，有的只是耻辱、烦恼和忧虑。这幼小的心灵负荷着这么沉重的东西，可谓天下最不幸的人，贵为天子又有何用？

"你们都退下，哀家与皇上说说话。"太后向众人道。

太监、宫女退后。太后伸手拉过顺治。

"坐在这儿，陪额娘说说话。"

顺治目光中流露出一丝温暖，很温顺地点点头，坐在床沿上。

"额娘生了什么病，有没有传太医来诊治？"

庄太后听了这句问候，感动得落了泪。

"儿呀，额娘有的是心病，太医又怎能诊治？"

"额娘有什么心病？说出来让儿臣听听。"

"儿呀，额娘的病就在你身上。只要你能平平安安地坐在御座上，额娘什么病也没有了，你要为额娘争气。"

顺治懂事地点点头，挺挺身子。

"额娘放心，一切都会过去的，等儿臣亲了政，一切都会好起来。"

望着儿子那少有的自信，庄太后感到更有理由委屈自己。

"儿呀，今天额娘还想跟你商量件事。"

"什么事？额娘说吧。"

"额娘要嫁给十四叔，你同意吗？"

顺治猛地站了起来，望着额娘，很久没有说话，脸色越来越沉重，目光越来越冷漠，刚才的那点温暖和光彩又散去了。

庄太后等着儿子发火、撒泼，甚至是甩手而去，但这一切都没发生。顺治只是淡淡地说："额娘，不嫁给十四叔行吗？"

庄太后望着儿子，眼里噙满了泪水，摇了摇头。

顺治没有说什么，慢慢地、默默地走了出去，一直没有回头。

又是议政的日子，议政大臣们齐聚东暖阁。

范文程首先道："启奏摄政王，臣今日有一事想请诸位议议。"说时望着多尔衮。

多尔衮当然知道他所言何事，微微点了点头。

"大清入关已有数年，虽没四海一统，天下太平，但中原已定，乾坤已明，仅有区区几处南明余孽在海边作祟，但已不足为患。中原民众沐浴皇恩，安居乐业。摄政王功高盖世，位极人臣，然新妇悼亡，孤身鳏居，论身份、才智皆为国中第一人也。而我皇太后盛年寡居，孤灯长夜，孑然一人，春花秋月，悄然不怡，秋宫沉沉，长夜难眠。依臣等之见，宜请摄政王与皇太后合宫同居，让太后、摄政王爷重续欢颜，以尽皇上的孝道。"

此言一出，殿内鸦雀无声，有几个人偷偷去看顺治，见他神情淡然，目视殿顶，方知皇上对此事并无异议。

"范学士之言极是，臣久有此心，然不敢贸然进言，今日臣附此议。"说话的是锡翰。

"臣等附此议。"众人争先恐后纷纷表态。

这样的顺水人情谁又甘于落后呢？

多尔衮极力克制内心的喜悦，一脸平静。

"此事仍须与皇太后商议，不可仓促。"

"启奏摄政王，臣已取得太后首肯，方才敢奏议此事。"范文程忙解释道。

"既然如此，就着礼部草拟诏书，告示天下。"

"嗻。"礼部尚书金已俊忙跪地领命。

礼部的办事效率极高，当日下午，一份草诏便已拟好，放在了顺治的案上。这是多尔衮故意如此，若是其他的事，他根本不让这小皇帝过问。可这事不行，今后就是一家人了，若整日父子沉着脸，哪像个家呀。

顺治拿起诏书，只见上面用满文写道：

朕以冲龄践祚，定鼎燕京，抚有华夷，廓清四海，内赖圣母皇太后训迪之贤，外仗摄政王匡扶之力，一心一德，方才仰承大统，幸免失坠。然皇太后自皇考宾天后，攀龙髯而望帝，执旧物而垂泪，盛年寡居，笑口难开，春秋代序，冷宫孤灯，郁郁寡欢。朕尊祖训，不可绕于膝下尽孝，望母后容颜消退，日渐憔悴，圣心难忍。摄政王福晋仙逝，鳏居南宫，形影相吊，长夜难眠。朕躬实深歉仄。今诸王大臣合词吁请，佥谓父母不宜异居，宜同宫以便省定，斟情酌理，正合朕意。既全夫夫妇妇之伦，又慰长长亲亲之念。圣人何妨达节？大孝尤贵顺亲。朕之苦衷，当为天下臣民所共谅。爰择吉日将恭行皇父皇母大婚之仪典，谨请合宫同居，着礼部核议奏闻，毋负朕以孝治天下之美意！

"呸！"顺治气得把草诏扔出几步远，还对着诏书啐了一口。

"皇上！这……"吴良辅忙狗似的跑过去，从地上捡起诏书，拂拂上面的尘土，望着顺治。

"滚！快给多尔衮送去，朕不要看这满纸的话。"

"嗻。"吴良辅如得了大赦似的捧着诏书跑了出去。

礼部正准备草拟大典的事宜时，却有人上书反对这桩婚事。

"摄政王爷，臣收到一份奏折请王爷过目。"内大臣冯铨奏道。这位大学士分管修史、文教等事务。

"何人所奏？"

"国史院编修刘正宗。"

"所奏何事？"

"反对太后的婚事。"冯铨据实相奏。

多尔衮接过奏折，上面用汉文写道：

　　朝臣私下议论太后与摄政王合宫，臣以为不可。大清入主中原，所旧有之习应与中原之习相合，方可收拢汉心，满汉融合。叔嫂成婚，在中原乃有违伦理，为世人所不容。皇太后贵为天下之母，摄政王为当朝宰臣，此事若成，必让汉人耻笑，也不利汉心归化。臣谨请皇上、摄政王三思。

顺治在多尔衮看奏折的时候，也悄悄伸脖子去看，但见满纸汉文，离得又远，一个字也没看到，但刘正宗这个人名他记下了。这个人不就是在满井捉到的那个南明的奸细吗？什么时候归顺我大清了？

多尔衮把奏折递给了范文程，范文程看后又传给其他人。最后，那奏折又回到多尔衮的手里。

"诸位对刘正宗所言有何意见？"

范文程道："王爷，刘正宗所言虽出自忠心，也有一定的道理，但不可信。臣以为王爷与太后应早行大礼。汉人一时对我大清之俗不理解，时日一长，自可接受。"

"范学士所言正合臣意。"有人附议，马上又是齐声赞同。

多尔衮看了看冯铨，见他一直没说话，便知定有隐情。

"冯学士以为如何？"

冯铨怕的就是这个局面。作为一名降官，多尔衮对他有再造之恩，但是，他几十年所受的汉人思想文化的浸染，又使他从骨子里不赞同这桩婚事。可自己是汉官，比满人低一等，所以议政时，大多时候都不说话，最后等大多数人都同意了，再附别人之议。

可他对这事有点想不通，于是怯怯地说："臣乃前朝罪臣，摄政王不计前嫌，重用微臣，恩同重生。然臣自幼受汉文熏陶，对这有碍汉人风俗的事不敢苟同。请王爷见谅。"

好样的！冯铨是大忠臣，刘正宗也是忠臣。朕会记下你们的。御座上的顺治表面上不动声色，内心却很激动——终于有人反对这事了。

多尔衮有些不悦，看了冯铨一眼没说话。

"王爷，臣不赞同冯学士和刘正宗之言。"说话的是巩阿岱，"我大清自有大清的习俗，何必要顾及汉人的风俗呢？汉人的传统不一定适合我满人。我们生性豪放，善骑射；汉人喜读书，生性怯弱。我们若跟在汉人后面慢慢学他们，能战胜大明、入主中原吗？依我大清之俗，君臣同川而浴，并肩而行；父死子妻后母，兄终弟娶寡嫂。几千年来我们都是如此，又有何不妥？昔日大汗时，莽古尔泰贝勒死后，其妻分给了侄子豪格和岳托。德格类贝勒死后，其妻被英王所娶。太宗的后宫，皇后与庄妃是姑侄，庄妃与宸妃是亲姐妹。姑侄三人共事一夫，诸位以为有何不妥？摄政王的福晋与肃王妃也是亲姐妹，这些在汉人看来都不妥的事，又有哪件不妥呢？"

巩阿岱说得理直气壮。

一旁的顺治气得咬牙切齿。

众人纷纷点头。

大学士刚林道："摄政王，依臣等看，此事不必再议，就这么定了吧。"

刚林一直跟随着多尔衮，很得多尔衮的信任，不久前刚被任命为大学士、内大臣，现在正是立功的机会。

"请摄政王爷定议！"众人一齐呼道。

"好吧，既然众臣一再恳请，就定了吧！礼部准备筹备大典，着和硕亲王为迎亲正使，多罗郡王为副使，范文程为大典司仪。"

"嗻。"几位大臣领命。

慈宁宫里一片欢腾，喜气洋洋。成群结队的太监、宫女进进出出，有的抬着新家具来，有的抬旧家具出去。也有的抱着、拎着、背着各种各样的崭新物品来到慈宁宫。他们正在为太后的婚礼做准备。

院子里，海中天累得满头是汗，正指挥太监们擦拭门窗，粉刷墙壁。屋里，乌兰正与几位宫女为太后试穿刚赶做的凤冠和霞帔。望着镜中那大红的婚衣和那被新衣服映红的娇腮，庄太后的心里喜滋滋又酸溜溜的，不知是喜还是忧。

吉期已到，正、副使引导摄政王到午门外行纳彩礼。睿王府的总管把一个大红的礼单捧给早已迎立午门的慈宁宫执事海中天。

多尔衮一挥手，身后的差役们抬着礼物，浩浩荡荡地进了皇宫，有锦缎五百匹、布五百匹、黄金一千两、银两千两、甲胄五十副，最后还有头扎红绸的战马二十匹。这些礼物全放在太和殿上，上面蒙着大红丝绸，还有汉字写的大大的"囍"字。顿时，宫中洋溢着喜庆的气氛。

宫里的太监、宫女们个个都换上了崭新的衣服，收拾得干干净净、整整齐齐，三三两两地立在远处看热闹。

六日后是迎娶的日子。天刚蒙蒙亮，紫禁城内早已是人欢马叫、灯火辉煌了。

整个皇城早已收拾得干干净净，各处挂着大红的纱灯，宫门上贴着红"囍"字和大红的对联。

太阳刚刚出来，金色的阳光为紫禁城抹上一层金辉。城外的大街上人头攒动，热闹非凡。

摄政王的迎亲队伍已到了午门，走在最前面的是一百名宫廷乐工，操着各种各样的乐器，吹吹打打，钟鼓齐鸣。此后各色的旌旗、蠹幡、扇灯、伞盖应有尽有，让人目不暇接，眼花缭乱。中间竖一面黄龙大旗，旗下是四匹赤红马拉的金辇，马头系着红绸，辇上披着红绫。

辇上端坐着多尔衮。他身穿崭新的滚黄龙袍，头戴圆顶王帽，上系大红绸绫，身上斜挎红绫，胸前有一朵大红花，虽近四十，但仍是一位威风凛凛、风流儒雅的新郎官。

辇后是一千御林军，手执枪刀弓矢，骑在马上，威武无比。近千名太监捧着金炉、拂尘、金盥、金水瓶、交椅等物，一队队地缓缓走进了宫门。最后面还跟着身穿崭新朝服的百官，众官来到午门便与迎亲队伍分开，直接去武英殿恭候圣驾。

顺治像个木偶人，面无表情，任人摆布。几声炮响后，司仪范文程引领皇上率百官去后宫向太后辞行。

庄太后端坐在殿内，一身盛装，娇艳夺目，无论怎么看也不像是三十岁的女人。今日梅开二度，重披嫁衣，其心情虽很复杂，但表情是温柔的、迷人的。

顺治深深地看了一眼庄太后，停了片刻，双膝跪地，行了三跪九叩之礼，低垂的双目中早已溢满了泪水。

百官跟在皇上的身后也行了大礼。众人见太后今日如此美丽，心中暗叹：怪不得摄政王垂涎太后这么久，真是绝色佳人。

礼毕，顺治率百官离去。太后望着儿子的背影，泪眼蒙眬。她从儿子刚才那深深的一望中已经明白，自己已失去这个儿子了，因为那目光中充满了冷酷、仇恨和愤怒。

众人离去，摄政王的金辇驶至慈宁宫前，早有女官上前扶出多尔衮，另有女官扶出庄太后。

二人就在慈宁宫中，在一阵惊天的锣鼓声里，各自走完相思相恋的路程，并肩站在一起。

在多尔衮与庄太后相依相偎走进洞房的时候，乾清宫中，顺治正一个人躲在屋里，用一把匕首一刀刀地划写有"多尔衮"三个字满文纸片。

对太后为何下嫁，历来众说纷纭，莫衷一是。

今日观之，满人有原始意味的婚姻风俗，使当时的满人对此并不以为然，反对的大多是汉人。另外，多尔衮无论在外在的形体上，还是在内在气质上，都与哥哥皇太极极为相似。而且也有在皇太极宾天时庄妃主动要求殉葬的事，可见这位多情的女子对皇太极爱得很深。现在见到了酷似意中人的多尔衮，她心里一定会产生某种幻觉，在潜意识中就有一种归属感。更何况，后来的多尔衮日益走上独断专权的道路，无视孤儿寡母的存在，使庄妃产生了一种危机感。

经过冷静的分析，她感到若能迈出这一步，既可以解除自己的相思之苦，又可以解决儿子帝位不稳的问题，于是她才不顾一切地下嫁。

多尔衮垂涎庄妃的美貌已久，立福临为帝就不排除讨好庄妃的因素，后来能与之成婚，使他无论在生理上还是心理上都得到满足，同时在权力上、名分上又满足了他做皇帝的欲望，所以才有后来他与顺治母子俩相安的局面。

这桩婚事，当时在清廷并没有遇到什么阻力。因为入关不久，汉人在朝上远没站稳脚跟，满人对此并不以为有何不妥，只有当时在南方的张煌言不知是从政治上还是从伦理上对此大加嘲讽，留下了三首诗。其一为：

上寿觞为合卺尊，慈宁宫里烂盈门。
春官昨进新仪注，大礼恭逢太后婚。

太后下嫁的事与顺治出家和雍正夺嫡一起成了清宫三大谜案。

【第七回】

顺治爷宫内观赌，多尔衮关外宾天

新婚，庄太后更加容光焕发，仿佛又回到了青春岁月。二人是相爱恨晚，如鱼得水，如胶似漆。

一天夜里，庄太后躺在多尔衮的怀里，娇娇地说："王爷，现在哀家的一切都托付给你了，你可不准欺负我们母子俩。"

多尔衮一边用手爱抚着庄太后，一边微笑地望着她道："本王什么时候欺负过你们？天地良心。"

庄太后娇娇一笑："那是你老是想着哀家，心有余悸，现在如了心愿，以后可说不准。"

多尔衮用手一戳庄太后的鼻子，无限爱怜地说："你是本王的福晋，福临是本王的儿子，本王还会欺负你吗？哪个男人会欺负自己的老婆、孩子？"

庄太后想听的就是这句话，忙奖给多尔衮一阵热吻，而后道："这个福临啊，从小被你惯坏了，又任性又古怪，以后可怎么办？到现在也不来看看我们，以后要让他改口称你为父。"

多尔衮笑了笑。

"咱们成了亲，我不是他阿玛也是他阿玛了，改不改口还不是一样吗？"

"那不一样，你说，你愿不愿意让他喊你阿玛？"

多尔衮道："当然愿意。不过，他也大了，不可强求。"

庄太后仔细看着多尔衮的脸，从他的眼神和神情中可以看出他还是希望有人喊他一声"阿玛"的。

蜜月过后，多尔衮要处理政务。

太后传旨乾清宫，请皇上入宫请安。

顺治来到慈宁宫，只见宫门上贴着大红的婚联，宫内外焕然一新，屋里崭新的帷帐、家具、大红的"囍"字，帷帐上、绣被上的彩色鸳鸯更增添了喜庆的气氛。

殿上，多尔衮和庄太后并坐在桌案旁。庄太后的脸色更好看了，而多尔衮的脸色更难看了，又黄又黑。

顺治怯怯上前，跪地行家礼："儿臣给叔父、额娘请安。"

"平身吧。"多尔衮语气很温和。顺治立在一旁，刚想坐下，庄太后用柔和的目光望着顺治，语气也很温和："皇儿啊，额娘与你叔父合宫同住，以后要改口叫'阿玛'才是。"说完，庄太后紧紧盯着顺治，目光中有期待也有威严。

顺治看了一眼太后，低头沉思了片刻，马上跪在多尔衮面前，说道："叔父视儿臣如同己出，儿臣以后叫叔父为'阿玛王'，不知如何？"

多尔衮高兴得差点儿昏过去，他没想到皇上愿意喊自己为"阿玛"——那我不就是太上皇了吗？

比多尔衮更高兴的是庄太后，她从儿子的目光中看出几分不情愿，但儿子真的懂事了，他看出母亲的目光中说了什么。

"福临，额娘对你说过，这皇位是你叔父的，他现在是你阿玛王，是他让你坐的，这江山也是你阿玛王打下来的。现在他又视你为亲儿子，你可不许与你阿玛王顶撞，要把他当成你真正的阿玛。听到了吗？"

顺治忙道："额娘，儿臣知道，没有阿玛王就没有今天的儿臣，所以儿臣对阿玛王是真心真意的。"

这娘儿俩一个抚前胸，一个抚后背，把多尔衮伺候得心平气和、服服帖帖的。他的嘴裂开一个大缝，连连道："好，好，只要我们一家人同心协力，谁敢动大清一根毫毛？"

议政会上，众臣见到了婚后的多尔衮，自有一番祝贺。

众人还没开口，一向沉默的皇上倒先说话了。

他扫视了一下群臣道："朕有一事要请诸位议定。今太后与摄政王已合宫同居，朕对摄政王的称呼也应改一改。摄政王一心辅佐朕，视朕为己出。请诸位替朕为摄政王议个封号。"

多尔衮一听美滋滋的，自己一点儿劲没费就有了这么大的儿子，能不高兴吗？

他高兴，可把下面的大臣愁坏了。

这名号如何拟？

冯铨道："启奏皇上，在中原古时，秦始皇为感谢朝臣吕不韦辅政之功，曾尊吕氏为'仲父'；项羽为报范增辅弼之恩，也认范氏为'亚父'。不知皇上能否沿用古人之称谓？"

满族人的称谓很简单，直来直去，所以拟不出什么号来。叫"皇阿玛"不行，叫"父皇"也不行。

这么一叫，那又该称皇太极什么呢？皇上就是与一般的人不一样。

范文程沉思道："皇上，依臣之见，既然皇上认为摄政王视皇上为己出，皇上就应对摄政王尽父礼。能否在原来的封号中去掉一个'叔'字？"

众人默默一读："皇父摄政王"，这封号妙，既有"父"字，又不是"皇阿玛"的意思，甚妙！甚妙！

顺治也感觉这个封号挺好的，便道："此号正合朕意，即日起加封多尔衮为'皇父摄政王'，特颁宝印、名册，告示天下。"

多尔衮忙起身，微微施礼道："谢皇上隆恩！"

得了这个封号，多尔衮很高兴，自己真成了大清的太上皇了。

多尔衮与庄太后更加恩爱。

太后大婚，百官上表祝贺，独有两黄旗的鳌拜、索尼不上表。多尔衮心中大怒，暗中准备给两人点颜色看看。

还没来得及动手，多尔衮就开始结交厄运了。

顺治六年（1649年）三月，辅政叔德豫亲王多铎出天花而死。

尽管这个结果多尔衮早已知道，但他仍不愿这么快就来临。他总抱着一丝侥幸，但严酷的现实击碎了他的美梦。

多尔衮陷入悲痛之中，躲在南宫一连多日不回慈宁宫。这多铎是多尔衮深爱的左膀右臂，没了他，多尔衮的权力大厦有一半要悬空、倾斜、倒塌。三兄弟握成拳，何人敢碰？可现在多铎去了，阿济格是有勇无谋的武夫，野心勃勃又鼠目寸光，终难成大器。

多尔衮正在沉思，一阵香气扑来，待他回过神来，已有人将一件夹袍披在自己身上。多尔衮回头望去，正遇着庄太后那饱含无限柔情蜜意又有丝丝哀怨的目光。

"你怎么来了？"多尔衮有些惊异。皇太后竟追到了南宫。

庄太后微微一笑。

"怎么，不欢迎吗？妻子找丈夫不是天经地义的吗？王爷一连多日不回宫，也不打声招呼，哀家心中挂念，所以到南宫来看看，不想人家还不欢迎。"

说着，太后扭过脸去偷偷地抹泪。

多尔衮哪里受得了这美人的流泪，忙过来搂住她。

"瞧瞧，三十多岁的人还像个十几岁的丫头，说哭就哭。好了，好了，本王这几日心里难过，豫亲王刚去，我心里能好受吗？回到宫里唉声叹气的，怕影响了你的心情。"

庄太后转嗔为笑。

"人家也不是非要你回宫，只是心里挂念，过来瞧瞧。"

多尔衮用手拭去太后的泪水，相拥着坐下。

庄太后道："哀家前来还有一事，皇上快十二岁了吧？整日地疯玩儿，不学无术，沉迷于渔猎，天天带着吴良辅几个奴才去北海钓鱼，王爷也该想个法子才是。"

多尔衮也很忧愁。

"依太后看怎么办？"

"王爷在十二岁的时候不是已完婚了吗？哀家以为该让他成亲，收收他的野心，有个女人管着总要好些吧！"

"可新宫还没建成，如何成亲？"

多尔衮有些为难。

"王爷，皇宫里的宫殿多得是，不一定非要新建皇宫。先让皇上在宫中完婚，日后再建新宫也不迟。看看福临这孩子，不能再等了，眼看着就废了。"

多尔衮点了点头道："那好吧，等今年秋天本王去接那皇后，让皇上完婚。"

"这还像个做阿玛的样。"庄太后给了多尔衮一个媚眼。

庄太后正焦急地等待着自己的侄女，也是未来的儿媳早日来京，替自己管管那个混混儿子。

可她等来的不是让人高兴的消息，而是让人担忧的坏消息。她隐隐地感觉到，那个曾对自己千般恩爱的多尔衮渐渐又远离了她。

这一年，江南的战事很顺利。

首先，两黄旗英猛顽强，一举歼灭了大西军，并射死了张献忠，其残部逃入了云南深山老林。洪承畴也招抚了江南各地叛军。南明各派在相互争斗和大清兵马的双重压力下很快土崩瓦解。

洪承畴仍官封原职，并晋一级。而两黄旗的将领们并没有这么幸运，他们回京后，得到的不是奖赏，而是处罚。

索尼、遏必隆、鳌拜等众臣回朝。

议政大臣们议其军功。

会议刚开始，方向就错了。

首先发言的是贝子锡翰：

"索尼等人此次虽用兵取胜，但他们纵兵骄将，滥杀无辜。索尼、鳌拜对摄政王久怀愤恨，此次太后大礼，各官均上表奏贺，唯西南军营无人奏贺，藐视皇太后和摄政王。理应议处。"

大臣们见这风向不对，一时没人出言。

"贝子所言极是。昔日先皇宾天时，众王议立新君，索尼、鳌拜、遏必隆等人不等诸王传讯便佩剑闯入，这有违祖制，可见这些人久有欺君罔上之心。"发言的是多尔衮的亲信拜平图。

巩阿岱也是当时的八人之一，现在见有人翻旧账，忙出来推脱责任："当时所为，皆索尼、鳌拜二人唆使，此二人应重处。"

多尔衮早视两黄旗为眼中钉、肉中刺，眼下他们新立军功，此番回朝必定趾高气扬，不煞煞他们的威风也不行。于是道："太后大婚，两黄旗军前无人上贺表，实有罔上之心，应对索尼、鳌拜、遏必隆三人议处。监军苏克萨哈也有责任，一同议处。"

有了这话，大家都明白了攻击方向，于是你一言我一语，对四人揭发、检举，一条一款罪恶累累，其中最严重的是鳌拜。

鳌拜有"大逆""乱政""欺君罔上"之罪，议处死。索尼、遏必隆、苏克萨哈等人剥夺世职，效力军前。

消息传到慈宁宫，庄太后大吃一惊。

两黄旗是自己和儿子的最后一道保护屏，如果失去这几位重臣，他们母子将完全被控制于别人之手。

两黄旗此次因功受罚，看来多尔衮并没被自己所俘虏，他的心中仍有一个解不开的结。

"乌兰，把那几只燕窝给摄政王送去。"庄太后吩咐道。

此时的多尔衮已很长时间不来慈宁宫了。

人常说：凡是得不到的东西才是最好的。此言不爽。多尔衮在没得到庄太后时朝思暮盼，恨不得马上拥到怀里。可有一天，那娇艳的美后真的躺在自己怀里时，那种激动远远不如私下想她的时候厉害，过了几个月，新鲜劲儿一过，一切又都恢复了平静。

多尔衮是个占有欲极强的人，见到漂亮女人就想占有。得到了庄太后，确实也恩爱了一段时间，可现在他又想着肃亲王的容妃。听说，现在又偷偷地把容妃接到了南宫。那容妃现在还有什么可依靠的呢？乱世飘萍，只能随波逐流。

庄太后也风闻了这事，但她又能如何？只有凭借自己的手段来拢住男人的心。所以，南、北二宫，两位美人都使出过人的招数，让多尔衮两头跑。

掌灯时分，庄太后坐在灯前，望着那一闪一闪的烛花出神，娇美的面庞映着烛光，更显得艳丽。

"摄政王驾到——"

一声高呼，把庄太后从梦幻中惊醒，慌乱中仍没忘记对着镜子整理装束。这些其实早已由乌兰为她整理好了。

她知道，多尔衮会来的。

"王爷，今日怎么有空回宫啦？"太后迎上去，半嗔半怪道。

多尔衮见庄太后那如泣似怨的模样，不由得心动，笑笑道："你是太后，还与那些乌鸦般的女人争风吃醋。本王事太多，精力上受不了，所以不能天天回宫陪你，不要胡思乱想。"

庄太后轻轻一笑，道："太后怎么啦？太后也是女人，是女人就一定想让男人疼。哀家什么时候与人争风吃醋了？"

多尔衮无奈地笑了笑。

"好啦！你的心思本王还能不明白？"

"王爷，听说朝中正在议处索尼、鳌拜等人，不知真假？"

多尔衮躺在一旁，正闭目养神，听了太后的话，并不睁眼，也不说话。

"不是哀家想干政，只是觉得这事做得不妥。两黄旗此次勇灭大西军，击歼贼首张献忠，却以功受罚，这会寒了八旗将士的心。大清号称大统，但并没彻底扫平四夷，不能让天下人对大清失去信赖。"

"本王自有主张，现在只是廷议，并未定处，太后不必着急嘛。"多尔衮不动声色，淡淡地说道。

"王爷，所议之人均是我朝军功卓著之人，若处重罪，会给人以鸟尽弓藏、兔死狗烹的话柄，以后谁还愿为大清效力呢？特别是现在，大批的汉人归顺，他们还不了解大清，若王爷诛杀功臣，追查陈年旧账，不是让那些汉臣有后顾之忧吗？整日地提心吊胆，惶惶不安，又哪有心思为治国出谋划策呢？请王爷三思。"

多尔衮终于睁开眼，望着太后笑道："看不出你这张嘴还挺会说的。好了，睡觉吧，女人啰唆招人烦！"

此后，议政会对几人反复廷议。先议鳌拜，欺君罔上，大逆乱政，处死。其余诸人削职。

多尔衮道："此番两黄旗诸人有功在身，议之要慎重，不可轻率，再议。"

又议了几次，最终还是要处死鳌拜，废索尼等人。

多尔衮想起庄太后的话，便对众臣道："大清初立，不可诛杀功臣。鳌拜虽十恶不赦，念其为大清立功不少，免去死罪，革去世职，充于军前效力。索尼老迈昏聩，不宜为官，送他去盛京，留守后宫，祭扫祖陵。遏必隆、苏克萨哈革去世职。"

此议一定，三官庙起誓的两黄旗大臣中，图赖已死，索尼被贬，鳌拜、遏必隆被削职，巩阿岱、冷僧机投靠了多尔衮。

保护太后母子的最后一道屏障终于被多尔衮砸碎了。

娶了太后，拔了两黄旗中的几个钉子，多尔衮心里很舒服。朝中的诸臣对他更是畏惧，临朝议政不敢正目而视。

路遇摄政王的辇驾，众臣纷纷跪地而拜，待他远去，方敢离去。议政也不去皇宫了，在南宫议政，整个大清的权力核心全部移到了睿王府，皇宫里只有那改嫁的太后和儿子带着先皇的遗子旧妻们。

到了八月，皇宫又热闹了几日，多尔衮亲自去蒙古接回了选立的吴克善之女。

八月十二日，正是中秋节前三天。

庄太后一大早就起了床，乌兰早已准备好了梳洗用具。

"乌兰，王爷什么时候到京？"

庄太后很兴奋，多尔衮去了一个多月，她今日不知是思念多尔衮，还是急切地想见一见未来的儿媳妇。

"回太后，据驿马说王爷昨晚下榻在延庆驿，今日可抵京城。太后放心，王爷和皇后娘娘有众兵相随，又有那么多的宫女、太监侍候，不会有苦吃的。"

太后只轻轻一笑。

"乌兰，哀家倒不是为他们的生活、安全担心，不知为什么，心老是悬着。这侄女还没见过面，不知长相如何，福临会不会喜欢她？"

乌兰笑道："太后放心，咱们科尔沁草原草美水肥，养出来的姑娘个个赛仙女，更何况是王府里的千金呢。太后长得是倾国之貌，那未来的皇后娘娘也一定是花容月貌。"

太后心里舒服多了，自言自语道："人哪，真是怪。三十岁前总想让儿子快长大，过了三十，又怕儿子长大。儿子大了娶了媳妇就忘了额娘喽！也不知侄女能不能管住那混混皇上。"

乌兰抿着嘴笑。

"看来太后真的老了，说这话像个老太婆似的。"

"老了就是老了，再过两年就四十岁啦，能抱上孙子啦！"庄太后一脸的幸福。

一直等到日西时分，前面的宫中才传来礼炮声。

庄太后掩饰不住内心的喜悦，对乌兰道："快去前面看看，是不是来了？"

乌兰忙跑了去，不多时便回来了，面带笑容，叫嚷着：

"太后，是王爷来了！正在午门接受百官的迎接呢，马上就入宫了！"

"快，给哀家收拾收拾，别让人家说咱慢待她。"

不久，有太监来请："启奏太后，奴才奉摄政王之命，来请太后去交泰殿。"

"知道了。"

来到交泰殿，这儿早已是人山人海了，八旗侍卫站了几排，宫女、太监围了一院子。还有满院子的车马、行李。

"叩见太后！"

众人见了庄太后纷纷下跪。太后并不理睬，径直走向大殿。

殿内没几个人，上首坐着多尔衮，由于长途跋涉，面带倦色。

下首坐着一个十二三岁的蒙古姑娘，身穿斜襟绣花红袍，头戴圆布花绒帽，面如满月，目如清湖，晶亮明澈，弯弯细眉，香腮如雪，朱唇稍厚，仪态端庄，文雅大方。身后立着四位蒙古少女，个个也是貌美无比，那是随嫁女。

"王爷辛苦了。"太后刚进殿，便向多尔衮打招呼。

没等别人介绍，那蒙古女孩已微微起身，轻启朱唇，莺声燕语道："见过太后，蒙古博尔济吉特氏给太后请安！"

多懂事的孩子！

多可爱的人儿！

庄太后想起了二十年前的自己，也是这么漂亮，也是这么招人喜爱。

"郡主请起。"

侄女行的是三跪九叩的大礼，自己必须以官礼相待。

太后坐在多尔衮旁边的空位上。准皇后退坐原位，低着头，羞色满面。俗语说：丑媳妇最怕见公婆。

这媳妇虽然不丑，但见了公婆也怕羞。

"太后，本王选的皇后如何？"多尔衮不免有些得意，斜眼望着太后道。

庄太后笑道："王爷选美的眼光在我大清是一流的，能被王爷看中的女人，哪个不是千里挑一的美女？这真是皇上的福分。"

多尔衮听不出太后这话是恭维他还是讽刺他，也不便说什么，只好转移话题道："要不要请皇上来看看？"

太后忙道："算了，人家初来乍到，面上征尘未洗怎可面见圣颜？让她先在宫中住下，等适应了宫中生活再见皇上。"

"那也好，本王就把这宝贝交给太后了。"

太后点点头。多尔衮起身离去，准皇后起身行礼拜别。太后见她举止有礼，心中更添了几分喜爱。

"乌兰，传哀家旨意，着人收拾储秀宫，让皇后暂住。"

"嗻。"

乌兰领命而去。

屋里没了外人，准皇后忙起身行了蒙古家礼。

"侄女见过姑姑。"

庄太后伸手拉过她，拥在怀里，无限爱怜。

"乖闺女，姑姑还未见过，长这么高了，叫什么名字？"

那准皇后有些不好意思。

"慧敏。"

"这名字好，女孩子又贤惠又聪明，会招人疼的。"

听了这话，慧敏更加害羞，脸红得更厉害了。

中秋佳节，一轮明月挂在天空。

天上月圆，地上人团圆。

太后在后宫摆宴，请家人吃团圆饭。

多尔衮坐在上首，太后靠在他旁边。顺治挨着多尔衮，慧敏靠着太后。一家四人围坐在一起。

慧敏是第一次见到皇上，不免有些娇羞。皇上刚来时，她施礼相见，根本没敢抬头看，所以，自己要嫁的男人长什么样，她仍不知道，只隐隐见他比自己稍高一点，满脸的威严，不苟言笑。

慧敏坐在那儿，心突突直跳。

顺治此时的心情也不平静，本来他对这门婚事并不乐意，可自己又有什么力量违抗父母之命呢？今日见了这慧敏，他心中动了一下：这女孩太漂亮了，宫中这么多女子还没有这么美的。只是太正经了点，说话、做事都一本正经，老练、刻板，像个三十岁的女人！

多尔衮怀着复杂的心情望着这一家人，他又喜又有些悲。

喜的是，自己心想的事都一一实现了，自己也有了个体面的家；可忧的是，自己心中总有些不自在，总像缺点什么，太后、皇上虽然对自己很好，可里面有没有虚假的成分，他并没有把握，终究不是自己的原配和亲生的儿子。太上皇是做了，可做得心中不舒坦。

"慧敏，你刚从蒙古草原来，宫中生活一时还不能适应，安心在这儿待着。现在虽没行大礼，但本王是把你当未来皇后看待的。本王把你从蒙古选来，不要给本王脸上抹黑。这宫里嘛，太后又是你亲姑姑，绝不会亏待你，只希望你能一心一意地把皇上侍奉好就行了。等过段日子，你适应了宫中生活，再为你们举行完婚大礼。"

慧敏忙起身施礼。

"多谢王爷，慧敏一定铭记王爷教训。"

一旁的顺治从鼻子里哼了一声，声音很小，没有人听见。

"来，我们全家喝一杯！"多尔衮举杯道。

"多谢王爷。"一旁的慧敏道。

庄太后笑笑。

"王爷此次为了皇上，不远千里亲自去蒙古接慧敏来京，对我母子可谓恩重如山。福临，不该感谢阿玛王吗？"

顺治微微起身，端起杯对多尔衮道："阿玛王，你为朕外辅国政，内理家室，细致入微，让朕感动。今日乃中秋佳节，让朕敬阿玛王一杯。"

太后心中一惊，这个福临，怎可如此？称着"阿玛王"，又称"朕"，这分明是对多尔衮的不恭。这孩子，怎么一点儿心机也没有！

多尔衮自然也听出了这其中的不和谐音，脸上掠过一丝不易察觉的冷笑，举起杯，一言不发，一饮而尽。

庄太后闻到了桌上的火药味，忙道："福临，今日是中秋节，这是家宴，就不必拘于君臣之礼，应以家礼相见。你阿玛王为了你出生入死，内外操心，怎可对阿玛王如此呢？"

顺治立刻起身，屈膝跪了下去。

"阿玛王，恕儿臣无礼，让儿臣敬阿玛王一杯。"

这太突然了，是赌气，还是真心，谁也说不清。

多尔衮忙道："快起来，快起来。本王知道你的心思，不必如此。"

顺治起身，把杯中酒一饮而尽，望着多尔衮道："儿臣先饮为敬。"

多尔衮也一仰脖子喝下那杯又苦又辣的酒。一旁的慧敏至此才隐隐看出这一家人与别人家有许多不同。

又喝几杯，多尔衮起身道："你们在此赏月吧，本王还有些公事要办，这就回府去了。"

太后心有不悦，望了他一眼，道："王爷，今日是中秋节，公事能不能放一放，明日再办？"

多尔衮一本正经道："国事要紧，一日也不可耽搁。你们慢慢赏月吧！"

多尔衮走后，顺治也起身。

"额娘，儿臣也有些事要回宫了。"

太后把脸一沉，厉声道："福临，你坐下！额娘有话要说！"

顺治愣了一下，乖乖坐下来。

太后叹了口气，无可奈何地说道："儿呀，你也长大了，是快成家的人了，怎么还不懂事呢？"

"额娘，儿臣哪点不懂事？"

"额娘说了多少次，要你对阿玛王不要顶撞，不要惹他生气，等你长大后，亲政了，额娘的心头才能烟消云散。现在已经忍了几年，不能再忍几年吗？万——"

太后还想说什么，忽然明白旁边还有一个人，便把话又咽了下去。

"知道了，额娘。儿臣一定听额娘的教诲。如果没别的事儿臣要回宫了。"

太后望着顺治道："今天是中秋节，不能在这儿陪你表妹说说话吗？"

顺治看也没看她一眼，道："儿臣真有事要处理，以后有的是时间说话。"说罢，起身施礼而去，甩下太后和慧敏。

顺治回到宫中，越想越气。

多尔衮娶了太后，不到一年便不冷不热，母后为了讨他欢心竟低三下四。当初为何要嫁给他？

想到此，他的脑海里突然闪过两个人：刘正宗、冯铨。这两个人反对太后的婚事，看来还是汉人看得远。冯铨朕倒认识，那刘正宗朕与他有段奇遇，从谈吐、气质上看，也是个人物，只是不知这人的底细如何。

"吴良辅。"

"奴才在。"

"你在明宫待了十几年，认识一个叫刘正宗的吗？"

吴良辅一乐："皇上，奴才在宫中是什么？是只小蚂蚁，能认识谁呀？可今儿巧了，皇上问的这人，奴才还真认识，他与奴才还是远亲呢。"

顺治一惊。

"真的？"

吴良辅点头笑道："皇上，奴才长了几个头敢在皇上面前撒谎？"

"他现在干什么？是个什么编修？"

吴良辅小声道："皇上，刘正宗是前朝的进士，很会作诗写词的。上次奇遇皇上被捉进京，便降了大清，到国史院去了。"

顺治突然想起了什么，大怒。

"吴良辅，你狗胆包天，竟敢在朕面前撒谎，说与刘正宗有亲戚，为何上次在满井相遇你不阻止朕？难道你们串通一气，想害死朕吗？"

吴良辅原本想吹吹牛皮，想不到故事没编圆，惹下杀身之祸，急忙伏地求饶："皇上息怒！皇上饶命！奴才原来根本不认识他。奴才从小入宫，没见过他的面，再说又不是什么至亲，素日根本没有什么来往。只是后来，他听家人说奴才在御前效力，才找人引荐叙旧，牵上亲缘。请皇上明察。"

顺治这才笑道："是不是不能凭你一人说了算，明日把他带到宫里来，朕要亲自审问他。"

吴良辅磕头如鸡啄米，道："皇上，刘正宗不过是六品编修，又怎能入宫呢？除非皇上下令去拿他。皇上若想亲见他问问，奴才可让他到万寿山下和皇上见见面，不知可否？"

吴良辅是多聪明的人！他早知道皇上是借口想见那刘正宗，这正合他的心意，刘正宗正托他向皇上引荐呢。

"算你聪明。"

顺治笑了笑。

顺治到了万寿山下的一个假山旁。

就见吴良辅拍了一下掌，一个人从树丛中闪了出来，跪地道："微臣刘正宗叩见吾皇万岁、万岁、万万岁！"

顺治一阵感动。

自从继位来，很少有人像刘正宗这样真心真意地叩见自己，特别是近年来，这样的人更少了。

"平身吧！"

"谢皇上！"

刘正宗诚惶诚恐地立在一旁。

吴良辅忙用袖子擦了擦一块石头。顺治坐了上去，看一眼旁边的刘正宗。

"坐！"

"臣不敢！"

"朕让你坐。"

"谢皇上隆恩。"

刘正宗激动得说话带着哭腔，怯怯地坐了下去。

"刘大人，那日朕见到你，从谈吐上知晓你很有文采。"

顺治还没说完，那刘正宗早又跪在地上。

"臣罪该万死！臣有眼无珠，不识龙颜，冲撞了皇上。"

顺治在刘正宗的面前，似乎找到了做皇上的感觉，不由得从心里喜欢上了这个人。

"刘正宗，给朕说说，这皇上应如何做才能成为真正的皇上？"

刘正宗一惊，斜眼看了看吴良辅。

吴良辅正在假山前向四处张望，为他们望风呢。

刘正宗定了定神。

"皇上，恕臣直言，今日天下只知有摄政王，不知有皇上。"

顺治点点头，静静地听他说。

刘正宗一指身旁一棵小树道："皇上，这棵小树为何枝稀叶黄？因为这棵大树罩在它的上面，它得不到阳光。要想让小树长大，就要除去它上面的阴影，而去掉阴影的办法就是……"

"砍倒那棵大树。"顺治忙接过话茬儿道。

"皇上英明。"刘正宗小声道。

"依刘大人之言，要朕……"

刘正宗摇了摇头："皇上力量太小，就像现在一样，没有斧锯，没人帮助，皇上能除去这棵大树吗？"

顺治不解地望着他，不知他到底要说什么。

刘正宗又道："皇上要有耐心，要忍，等长大了，有力量了自会有办法除去这棵大树。"

顺治望了望那棵参天大树，点了点头，又进一步道："那小树会不会枯死？"

刘正宗指着那小树。

"皇上，那小树为何枝稀叶少？就是因为它吸收不到足够的养分，所以，只有少长几根枝、几片叶子，收敛起张扬的欲望，等那棵大树老死。一旦大树枝枯叶黄时，小树就会重新得到阳光。"

顺治似乎明白了什么，他点了点头。

刘正宗又道："皇上，臣讲个故事，三国时，司马昭捉住了蜀主刘禅，囚于宫中，每日奉上美女酒菜。刘禅大吃大喝，尽情享受，乐不思蜀，直至终老而死。五代时，南唐后主李煜被宋太祖所捉，终日以泪洗面，思乡怀国，不出三年，太祖便把他毒死于囚所。人在檐下，不得不低头啊！"

顺治虽然听不太明白那些历史发生的前因后果，但他似乎知道刘正宗想说什么。

"皇上，有人来了，快上山！"吴良辅急切地喊道。

顺治急忙起身而去，临走时，又回头看了一眼刘正宗。

这天夜里，天气十分闷热。

顺治睡不着觉，唤来近侍吴良辅："吴良辅，你们如果晚上睡不着觉，如何打发呢？"

吴良辅仔细打量了一下顺治，见皇上特别高兴，便说："皇上若想知道奴才们如何打发时光，可让奴才带皇上去瞧瞧。奴才们可有办法打发寂寞了。"

顺治一时性起，便道："那好，朕今晚就随你去瞧瞧热闹。"

到了乾清宫门口，一名侍卫跪地道："皇上，此值夜上，天黑路滑，不宜出宫。"

顺治看了看那侍卫道："朕睡不着觉，想随吴公公去瞧瞧热闹，并不远离。有事去吴公公那儿找朕。"

"嗻。"侍卫并不敢阻拦。

顺治去后才发现后面跟了两名侍卫。

走了不多远，便到了宫东边的偏门。两名把门侍卫见皇上来了，吓得忙跪地迎驾，面带惊恐之色，平时皇帝从未来过这里，这里面住的都是太监。

吴良辅向他们使了个眼色，便带着顺治走进长长的巷子。巷子两边都是小院，院里住着太监们，有的在冲澡，有的坐在院里乘凉。

行不多远，只见一个院子里人声嘈杂，正房里灯火辉煌。吴良辅领着顺治悄悄来到房门口，门大开着，里面围了一圈的人。

有的坐着，有的站着，都伸着头大叫着：

"一、二、三。"

"四、五、六。"

"五猴。"

"三豹、三豹。赢了，赢了，给钱吧。"

"闪开，闪开，爷也来玩儿一把。"吴良辅叫着进了门，顺治也跨了进去。顺治刚进门，顿时有一股怪味扑来，他不由得用手捂了捂鼻子。

"哈哈哈！"屋子里传来一阵大笑，无拘无束。这时，顺治才知道，这些整日低着头、阴着脸的奴才们也会笑，也和自己一样有喜有乐。

"李五，你背地里不知说了我多少坏话，今儿不与你计较，别扫了爷的兴。来，主子爷，坐在这儿玩玩。"

众人这才向后望，天哪！那不是皇上吗？

屋里顿时静了下来，齐刷刷跪了一地："奴才叩见皇上！"

顺治坐在上座的凳子上，笑笑。

"都起来，陪朕玩玩。来，来呀！"

没有人起来，大家都垂着头。

在宫里赌博是犯宫规的，谁敢在皇上面前赌？

吴良辅笑笑。

"各位，今日皇上高兴，想和大家在一起玩玩。你们就别愣着了，陪皇上玩玩，让皇上高兴高兴。"

"对，对，让朕高兴高兴。"

太监们这才明白皇上真是来玩儿的，便纷纷起身重又围在一起。

吴良辅笑道："今天玩骰子，输赢都算在我头上。骰子呢？由主子爷掷，开始下注吧。"

开始的时候，众人还有些顾忌，几次下来，见皇上并不发怒，输赢也不放在心上，胆子便大了起来，又恢复到刚才狂热的程度。顺治被围在中间，热得满头大汗，可他一点儿也感觉不到热。

"闪开！闪开！"

门外传来一阵大吼声，不多时，一群人冲进了屋子。满屋子的人吓得分站两边，让来人进门。

两盏宫灯顿时照亮了屋子，几名侍卫分站两旁，几名大臣立在中间，看着坐在矮凳上的顺治，手里正拿着骰子准备掷，脸上掠过鄙夷的冷笑。

"冷僧机、巩阿岱、何洛会、巴哈纳，你们怎么来了？"顺治认出了来的几个人。

四人慢慢跪地。

"臣等奉摄政王之命，请皇上去睿王府探视。王爷生病，已卧床不起。"

"什么？阿玛王昨天还好好的，今日为何就卧床不起了呢？吴良辅，快扶朕回宫去探视阿玛王。"

吴良辅自知闯了祸，忙小心应着，不敢看几位大臣的脸。

"这大内总管是怎么管的？聚众赌博。竟然连皇上也……"

暗中，不知是谁嚷了这一句。

到了乾清宫，果然见御辇已停在了宫门口，随行的侍卫也早立在辇旁。

吴良辅看了看茫茫夜空，不由得心中一颤。

"皇上，这么晚了，能不能不去睿王府？"

顺治小声道："朕去更衣，你马上去慈宁宫。"

吴良辅心领神会，一闪身隐到了黑夜中。顺治到了宫里，故意高声道："快给朕更衣，朕要去睿王府。"

片刻后，顺治登上了御辇。

"吴良辅！"

"回皇上，吴公公到后面小解去了。"

"这个小子，偏这时小解。"

"来啦！奴才来啦！"吴良辅从黑暗中跑出来，扶辇而走。

出了乾清门，深深大院漆黑一团，稀疏的宫灯像萤火虫似的发着昏暗惨淡的光，随着夜风，摇摇晃晃的。两旁的宫墙伸向黑暗中，无边无际。

出了午门，一下跌进了黑暗，只有前面的几名侍卫手中的宫灯撕开一小片黑幕，照亮了脚下的路。

"吴良辅，太后知道了吗？"

"奴才已告诉海公公了。"

黑暗中，顺治紧紧握住吴良辅。吴良辅明白，皇上心里十分害怕，他毕竟只是十一二岁的孩子。

进了睿王府，顺治稍稍平静了些。府里明灯高悬，人声鼎沸，多尔衮的寝宫外已围坐了许多文武大臣。

"皇上驾到——"

吴良辅一声高喊，院子里立刻静了下来。

"臣等叩见皇上！"

大臣们纷纷跪在地上。

"平身吧！"

顺治径直走进殿里，边走边对里面道："阿玛王，病好些了吗？"

刚到寝室门口，只见多尔衮身穿睡衣，在两名宫女的搀扶下，坐在床沿上，口里喃喃道："皇……皇上，臣不过偶感不适，怎能让皇上深夜驾幸？天黑路滑，万一皇帝出了点意外，臣如何向大清百官、向太后交代啊？"

一口气说了这么多，多尔衮似乎有些喘，顿了顿又道：

"是谁护驾？"

"臣等在！"

四个人一一站在多尔衮面前。

"你们几个也太放肆了，皇上出了事，谁负得了这个责任？"

顺治看了看他们，笑笑。

"阿玛王，朕不是没出事吗？"

"太后驾到——"

后面又是一声高喊，庄太后从外面风风火火地进来了。

"王爷怎么样？深更半夜地连皇上也来探视？才几天没回宫，你们这儿的人是怎么侍候的？"

多尔衮听了这句话，不由得看了看四位大臣，目光中充满了责备和不满。

太后进了屋，看见顺治正立在多尔衮面前，多尔衮坐在床沿上。她马上过来，拿床毯子给多尔衮盖在腹上，关切地说："王爷，得了什么病？"

多尔衮咳嗽了几下。

"偶染风寒，并无大碍，倒是让下面的人闹腾大了。"

庄太后坐在多尔衮的旁边，温柔地替他捶捶背。

"让你住在宫中，你偏不，这府里怎么连个伺候的人都没有？人呢？"

"臣妾在！"

一个怯怯的声音从后面传来，帷帘一掀，肃王妃走了出来。

"你是怎么侍候王爷的？昨日还好好的，怎么突然病成这样？"太后声色俱厉。那容妃哪敢出一言，垂首立在一旁。

"好了，本王生病也怪不了别人。倒是冷僧机你们几个小题大做，竟敢惊动圣驾，每人罚银五百两。"多尔衮似乎很生气。

"皇弟何必生气？皇上不过是无知幼童，让他循家人之礼来探望病情也在情理之中嘛。"英亲王阿济格冲多尔衮道，同时，还翻白眼看了看顺治。

"你——"

多尔衮更气，你这个有口无心的阿济格，在众臣面前怎么能说这样的话？如此大不敬，若不治你的罪，太后和皇上会怎么看我？"来人，英王喝醉了，在此胡言乱语，带回府去，囚禁三日，罚银五百两。"

"嗻。"

上来几名侍卫把英亲王拖了下去。旁边的太后和顺治都在冷眼旁观，看这出戏如何演下去。

"你们退下吧，本王与皇上和太后说说话。"多尔衮吩咐道。下面的大臣们退到了门外。

太后关切地对多尔衮说："王爷，还是躺下吧，别受凉了。"

多尔衮艰难地笑道："太后和皇上都在，本王怎敢躺下？让本王倚在床上就行了。"

太后帮着他斜倚在床上，后面垫上一床棉被。

"福临，你阿玛王为了迎接皇后，亲自去蒙古，累病了。你可要好好待阿玛王，不要和他顶撞。没有你阿玛王，就没有你的今天。"

顺治忙道："儿臣记下额娘的话。阿玛王是儿臣的保护神，有了阿玛王，儿臣就谁也不怕。"

多尔衮听了这话，心里舒坦了许多，病也好了许多。

"来人，把王爷的参汤端上来。"一直在旁边不出声的容妃突然吩咐道，俨然是这王府的女主人。

"王爷，时候不早了，哀家和皇上也该回宫了。等王爷病好些了，回后宫让哀家伺候几日。"说着故意去看容妃。那容妃身着鹅黄绸裙，腰束紫绸带，杨柳柔腰，亭亭玉立，对太后与皇上不理不睬。

多尔衮拉着太后的手。

"府里为太后准备了房间，是不是在这儿过一夜？"

太后微微笑道："哀家在宫里住惯了，不习惯在外面住。府里有人侍候，哀家也就放心了。"说罢，向顺治一使眼色，起身就走，理也不理容妃。想想当初为了救豪格费了那么大的力气，现在他死了，他的福晋还来与我争风吃醋，人啊，真不可思议！

"传本王令，命百官护送皇上、太后回宫！"

这件事按多尔衮的本意是想借生病之机，派心腹以要皇上探病为借口，突然进宫去看看皇上在干什么，来不来探病并不重要，可谁知顺治竟乖乖地来了。后来又听巩阿岱他们汇报说顺治竟与小太监们混在一起赌钱，他放心了许多。这是做皇上的料吗？不过，太后也闻风而来，说明这个女人不简单，对儿子也是瞪着眼关注着。细想想，也能理解，有哪个母亲不关心儿子呢？

这事对太后的刺激也很大。她凭女人的直觉可以看出多尔衮对他们母子仍有戒心。这很可怕，但最可怕的是皇上竟在宫中堕落到那种地步，再不找个人管管，谁知他会滑到哪里去！

半年后，多尔衮和庄太后怀着各自不同的心理，把顺治送进了婚姻的殿堂。多尔衮是想用美色迷住那个浪子；而庄太后呢，她想用女人的温柔留住那日益下滑的儿子。

一切都是按照太后和摄政王的安排进行的，顺治虽然是这场戏的主角，但他只是台上的木偶，操纵他的是台后的太后和摄政王。

婚礼前的最后一晚，慧敏正在储秀宫中怀着欣喜、羞涩的心情任由宫女们嬉闹。外面传来乌兰的声音："慧敏郡主，太后有请。"

慧敏忙收起嬉笑随乌兰来到了慈宁宫。庄太后正坐在灯下等她。

"侄女见过姑姑。"

慧敏行了家礼。

太后望着慧敏，她比来时更漂亮了几分，白皙的脸上挂着羞红，在灯下更显得妩媚。

"慧儿，来，坐在姑姑身边。"

慧敏坐在了太后身边的椅子上，任由姑姑爱抚着自己的头和手。

"慧儿，你知道为什么要选你做皇后吗？"

慧敏红着脸，低垂美目，喃喃道："大人们的事，孩儿如何知道？"

"唉——"庄太后长叹了一声，一脸的茫然，好像自言自语道，"咱们女人总是男人们的工具，命苦哇！"

"姑姑，你身为太后，在这宫中吃山珍海味，穿绫罗绸缎，还有何苦呢？"慧敏不明白太后的意思，天真地问道。

庄太后望着慧敏那天真的神态，苦笑了笑。

"儿呀，以后你便会明白姑姑说的话。"

慧敏突然想起什么。

"姑姑刚才说，咱们女人都是男人的工具，难道侄女也成别人的工具了吗？"

庄太后道："慧儿，皇宫里的事你现在还闹不明白，但你要知道，摄政王选你为皇后，除了你的美貌，还有更重要的原因——怕姑姑不同意。"

慧敏有点云里雾里的感觉。

太后笑笑道："摄政王为皇上选后，原是想让皇上另居新宫，囚皇上于宫中，自立为帝。姑姑我没办法，只好下嫁于他，让他无法与儿子争位。他现在又想借助女人迷惑皇上，让皇上永远像个浪子一样，不学无术，他就可永远做他的太上皇，但他选的皇后，必须征得姑姑同意才行，所以便选了你。"

慧敏感到胸口闷，好像压了块石头。

"想不到侄女出嫁，还有这么多的缘由。"

太后拍了拍慧敏的小手，语重心长地继续说着：

"慧儿，我们蒙古女人是大清后宫的主宰，你可不能给姑姑、给蒙古丢脸。姑姑之所以急着把你嫁出去，一来迷惑多尔衮；二来，想让你管一管皇上，让他走正道，平时多劝他学习、看书，别干那些下三流的事，这是姑姑的一番苦心。只有皇上能成个皇上的样子，以后我们娘儿俩才有出头之日。慧儿，你明白姑姑说话的意思吗？"

慧敏用力点点头。

"侄女明白姑姑的意思，一定尽力管束皇上，让他能走正道。"

太后笑了笑。

"皇上也只有交给你姑姑才放心，换了别人，姑姑说什么也不肯让她入宫。"

庄太后的这番话最终却葬送了慧敏一生的幸福，由于她是多尔衮选的，又管束皇上太严，使她仅居了三年正宫便被废了。而且，在居正宫三年中，除了开始的一个多月，以后的日子大多是独守冷宫。

下聘、迎亲、拜天地、入洞房，所有的程序都是按原来的设想进行的。只有到了最后，顺治才从木偶人变成了真正属于自己的人，因为洞房里的事是别人无法操纵、无法代替的。

顺治对这桩婚姻，从开始就有一种说不出的不满，但暂时的欢乐使他忘了不满，每天除了吃饭，他都躲在坤宁宫里，与自己的新娘子待在一块儿。

太后听说皇上老实多了，每天都在坤宁宫。一对新人无声地待在宫中，慧敏绣花，皇上愣坐，有时也看看书，大多看不到几页，便又愣坐，望着美人发呆。

最高兴的是多尔衮，他看到自己预见的局面成为现实，十分高兴，他知道什么可以拴住男人的心，特别是顺治那样的小男人。

人逢喜事精神爽，多尔衮乐呵呵地来到慈宁宫，这对老鸳鸯也尽情地戏了一番水。多尔衮笑道："本王选的这儿媳妇怎么样？"

庄太后笑道："王爷看准的事能不好吗？哀家高兴得不知干什么好了。说不定一年后就能抱上孙子。"

多尔衮高兴地捏了太后一把。

"本王才不想让你抱孙子呢，你抱孙子，谁来伺候本王？"

"去，你个老不正经，你的女人还少吗？单那南宫中就有七八个，还能用得上我这老太婆？"

多尔衮笑笑。

"行了，行了，不说这些，说正事。听说朝鲜国王近日对大清有些反常，本王要到关外走一趟，以行猎为名，去探一探朝鲜国的虚实。"

太后闻听多尔衮要出京去关外，不由得一惊，不知他又要要什么花招，瞪着他。

"王爷要去多久？"

多尔衮道："瞧瞧，还没走呢，就盼着回来。"

太后一推多尔衮，一脸正色。

"哀家说的是正经事，你这一走，福临的担子可要重了。"

"还是先疼儿子，后疼男人！放心吧，本王走后，京中多留几个人，出不了大事。本王外出狩猎，少则一个月，多则半年。"

第二天，廷臣定议：摄政王外出冬狩，英亲王阿济格、大学士范文程、刚林、贝子锡翰、席纳布库、固山额真何洛会、巴哈纳、拜平图等人为护从。京中留下冷僧机、巩阿岱、谭泰等人监视后宫。

多尔衮率领他的一大批亲信，还有他不信任的鳌拜、遏必隆等几人浩浩荡荡地出了京城。顺治率百官送至午门外。多尔衮望着这浩大的仪仗和前呼后拥的场面，心里有一种说不出的高兴，不经意回头望了望那高高的五凤楼，看见顺治正立在上面，恭敬地目送着自己，冷冷地笑了笑。他自己万万没有想到，这是他看顺治的最后一眼；顺治也没想到，这浩浩荡荡的仪式出了京就再也没回来。

多尔衮走后，太后心里轻松了许多。虽然朝中布满了多尔衮的眼线，但他们毕竟是奴才。官再大终究是奴才，而不是皇上、太上皇。

"乌兰，去坤宁宫请皇后娘娘来说说话。"太后现在总算有时间来过问一下不争气的儿子了。

慧敏身着盛装来到慈宁宫，见了太后忙行大礼。

"儿臣叩见母后。"

太后见慧敏婚后更加妩媚漂亮，知道她已体味到人生的乐趣，微微笑着。

"平身吧，来，坐在额娘面前，咱娘儿俩说说话。"

"谢母后。"

"慧儿，皇上待你如何？"

慧敏闻言，立刻想起皇上天天晚上像个小狼崽似的，又咬又亲的，十分恩爱，不由得羞红了脸，微垂秀目，笑而不语。

太后是过来人，从慧敏的表情上，太后已知道这对小人儿会疯到什么程度，心中有些不悦，稍稍沉了沉脸色道："慧儿，别忘了婚前哀家说的话，一个好女人，不是把男人天天拴在自己身上，而是让他能干一番事业，有出息、有作为，夫贵妻才能荣啊。这是做女人的一条准则。"

慧敏从太后的话中听出了责备和不满。

"儿臣说他，他不听，儿臣也不好拂了他的意。"

"男人开始都是那个样子，过段时间就会好的。做女人千万不能老想着让男人如此。"

"儿臣记下了。"慧敏怯怯地应道。

"要让他看看书，学学汉文，多想一些治国的道理，以后亲政做一个好国君。若像现在这个样子，怎么能治理好国家呢？慧儿，你的担子不轻啊，肩负着哀家的希望，也肩负着天下百姓的前途和命运，明白吗？"

慧敏点了点头，十分庄严地说道："母后的话，儿臣全记下了。儿臣一定尽自己的努力把皇上拖上正道。"

庄太后听了这话才高兴地拉过慧敏的手称赞道："哀家不会看错人，慧儿是个有志气的孩子。哀家和皇上的未来都拜托你了。"

娘俩又说了许多知心话，直至中午时分，顺治派宫女来请，慧敏才回到坤宁宫。

晚上，刚洗漱完毕，顺治便来到坤宁宫，独自爬上床。可等了很久，慧敏仍无动于衷，在灯下绣着花。

顺治感觉不妙，不知额娘跟她说了些什么，使她变了，不再像以往那样温柔、顺从、小鸟依人。

"侍奉朕休息。"顺治说了两次，慧敏才羞羞地过来，立在床前，看着顺治那急切的目光，不由得娇羞满面。

"皇上不是躺下了吗？还要如何侍候？"

顺治用眼瞪着她，想从她的目光中寻找答案，但她把目光移向他处。顺治伸手拉过她，慧敏一边用手阻拦，一边道："皇上以后别老这样，让人家笑话。"

"你怎么了？"顺治瞪着眼道。

慧敏想起太后的话，低声道："皇上不能每日只想着这事，要多读读书，想想治国的道理。否则以后亲了政，如何治理国家？"

顺治燃烧的火被浇了一盆冷水，火焰慢慢熄下去了，翻身躺在一旁，不再说话。本来他只想发泄发泄，谈不上对她有恩爱的成分，现在见她如此冷淡，便也没了兴趣。

慧敏见皇上生了气，忙温柔地伏在他的胸上，细声道："不是臣妾不想与皇上亲近，只是臣妾想劝劝皇上。"

以后的坤宁宫中多了一样东西，每个案上都摆放着书，无时不在提醒顺治。本来他是很有兴趣来的，但看见那书本，再看看这宫里的气氛，那火热的心渐渐冷了下来。

一晃三个月过去了，多尔衮仍在关外。据驿马来报，他已到了靠近朝鲜的喀喇城，看来一时半会儿回不了京。

顺治这些日子玩儿得很开心，没人管束，头顶暂时又没了那块乌云，心中明亮了许多。

"吴良辅，朕要尽情乐一乐，一旦摄政王回京，朕的日子就不好过了。"

吴良辅神秘地笑笑，忙奉承着。

"皇上请放心，王爷两三个月内是不会回来的。"

顺治望着吴良辅道："你这个奴才，消息比朕还灵通！说，为什么摄政王不回来？"

吴良辅故意卖弄。

"皇上，奴才听南宫几个老乡说，这次摄政王出关狩猎是假，重要的是朝鲜国内有些异常，王爷前去探探虚实。现在呀，王爷正在喀喇城搂着朝鲜的公主睡大觉呢！"

顺治大惊，指着吴良辅道："你听谁说的？若是别人胡言，回来摄政王会割了你的舌头。"

吴良辅毫无惧色，笑道："皇上，这事除了瞒住皇上和后宫太后，朝中谁不知道？"

顺治暗暗咬牙：多尔衮，你娶了母后，夺了肃王妃，还不够，现在又去搂朝鲜公主。这么大的岁数哪来的精力？多尔衮，你最终会因女人而死。你在关外乐，朕也要乐乐。

"吴良辅，传朕的旨意，今日朕要饮酒听乐，命御膳房和教坊司认真侍候。"

"嗻。"吴良辅忙去传旨，只要能哄皇上高兴干什么都行。

酒菜抬到了乾清宫，很丰盛。顺治很高兴，端起宫女斟满的酒杯，一口喝下去，哇，真香！

"音乐侍候！"顺治望一眼旁边的吴良辅。吴良辅当然领会，叫了一声。

顺治夹菜的筷子停在了半空，他惊呆了：鱼贯而入的全是太监，个个身着绛紫长袍。教坊里原都是如花似玉的宫女，可今日为何都是这男不男、女不女的怪物？

顺治望了一眼吴良辅，吴良辅忙跪地道："皇上，奴才不知此事。"

"传教坊司总管见驾！"顺治气急败坏地厉声喝道。

不多时，教坊司总管赵公公跑上殿，伏地不起，静听圣训。

"赵公公，这教坊司为何都是公公们演奏，原来的乐手哪儿去了？"

"回皇上，上次皇后娘娘到教坊司去，看见了那些宫女，便传旨给奴才，把女乐全部裁掉，一律换成公公。"

"呸！谁是皇后？有册文吗？掌嘴！"顺治气道。

"奴才该死！奴才该死！不是皇后娘娘，是慧娘娘。"赵公公一边自己打自己的嘴巴，一边跪地道。

"滚！全都滚！"顺治把酒杯向地上一摔，起身直奔坤宁宫而去。吴良辅跟在后面小声喊："皇上！皇上息怒！"

坤宁宫里，慧敏刚用完膳正在漱口。远远地见皇上气冲冲地来了，一挥手，宫女们全都退下。

她起身迎至门口，施礼道："臣妾恭迎圣驾！"

顺治两眼瞪着她，厉声道："教坊司的女乐是你下令裁的吗？"

慧敏立刻明白了事情缘由，微微笑道："是臣妾裁的。"

"你有什么权力裁宫乐？你自以为是皇后是不是？册文呢？诏书呢？你以为背后有人给你撑腰？可册不册封皇后，还要朕说了算！还不是皇后，就在后宫指手画脚，若真成了皇后，后宫还有人能活吗？"说罢，顺治拂袖而去，不给她留任何解释的时间。

一个时辰后，慈宁宫有旨，请皇上去请安。顺治明白，一定是有人告状，太后才会来请。

到了慈宁宫，太后正端坐在殿上，一脸的怒气。

"儿臣给额娘请安！"

太后哼了一声："你现在翅膀硬了，敢在宫中口出狂言。别太得意了。"

顺治早知道有人会告状，愤愤不乐。

"她为何下令裁掉教坊司的女乐？"

"那是为了你好。古今多少帝王沉湎于声色犬马之中，误国误民误己。你小小的年纪就要享乐声色，长大后又如何能治理好国家？再说，现在正是你学习的最佳时候，你不顾哀家多次劝说，仍沉湎于渔猎，不学无术，像个皇帝的样子吗？"

顺治不服气："教坊司是宫内官衙，她怎可说裁就裁？"

"她是皇后，她有那个权利。"太后坚定地说道。

皇后？这皇后是多尔衮选的，看来太后也支持这事，他们都是站在一条线上的。怪不得慧敏刚刚入宫就有这么大的气魄，身后有两棵大树撑着呢！好，咱们走着瞧。

顺治知道在太后这儿讨不到一点儿理便不再说话。太后又苦口婆心地劝说了很久，什么读书、学汉文、治国、平天下。越说母子之间的距离越远。

此后，顺治很少去坤宁宫。他把那个小美人划到了自己的对立面去了。一旦美人变成了敌人，那就是美女蛇，不可碰，不可沾。

最终，多尔衮和庄太后的计划都落了空。虽然他们的目的不同，但结局是相同的。

顺治七年十二月。

这年的气候有些反常，天气特别冷，刚进入冬天，便下了一场大雪。雪花比鹅毛还要大，下了三天三夜，屋上、地上积了整整三尺厚的雪。

此后的天气，北风呼啸，寒气凛冽，积雪化得很慢，房檐下挂着长长的冰棍。雪还没融化完，又下了一场大雪。直到年底，整个北京城都被雪覆盖着。

宫中到处是冰天雪地，只有通向各宫殿的一条条小路露着地砖，其他地方都是白白的雪。慈宁宫的屋檐下挂着一排冰棍，大的如茶杯粗细，足足三尺多长。

没有人走动。各宫门前的侍卫也不是如往常那样站立在那儿，他们早已穿着厚厚的皮衣，戴上皮帽子，只露出两只眼，但仍冷得发抖，只好在门口跺着脚，搓着手，刀鞘里的刀早拔不出了。

宫门都垂着厚厚的棉帘，里面的宫女、太监们都把手缩在袖子里，主人们则围坐在火炉前取暖。

庄太后也坐在炉前，望着红红的炉火，低声道："北京这么冷，关外岂不更冷！人可怎么受啊！"

乌兰抿着嘴，她知道太后心里在想什么。近来，太后经常说这句话。一日夫妻百日恩，男人在外，女人总少不了牵肠挂肚。

二十一日，刚刚睁开眼的天空又布满了阴云，不一会儿便飘起了大雪。

东直门外的驿道上，一匹火红的战马正在向京城飞奔。马上有一人，身穿皮袍，头戴皮帽，只露两只眼，看不清是谁，身上已落满了雪花。白茫茫的世界里，这匹飞奔的红马十分醒目。

进了城门，大街上很静，雪很深，两旁的房舍全都闭门合户，棉帘低垂。地上隐隐可见士兵巡逻走过的脚印。马蹄踏在积雪上，拨起一团团雪花。

那匹马在城中跑了一圈，到了所有王府和固山额真的住处，最后回到了城西自己的府上。看门的仆人听到拍门声，开了一条缝，一见是主人，忙跪在雪地上。

"叩见主子。"

那人一摆手，连人带马闪进大门，整个大街又恢复了平静，只有那一串马蹄印无声地留在雪地上。

嘭！嘭！嘭！午门的宫门被拍得山响。侍卫在门房里咕噜了一句："是谁呀，这时来敲门？多冷的天，宫里的主子们正要午歇了。"

打开门，只见郑亲王济尔哈朗正立于马前，身后跟了四名侍卫。

"郑亲王，这么晚了还进宫？"

郑亲王满脸庄重，急促道："快，去慈宁宫禀奏太后，郑亲王有要事求见。"

侍卫见亲王如此急切，转身向后宫奔去。

"太后，郑亲王求见！"这一讯息立刻传到了海中天这里。海公公顾不得披皮衣便跑来禀报，立在棉帘外，冻得直打战。

屋里的太后正由乌兰伺候准备上床，忽听海中天的奏报，还没脱去的棉衣马上又穿上了，命道："快请！"

郑亲王此前被削为郡王，率兵打仗，又在江南立了新功，恢复了亲王的封爵，只是不再辅政，而是披甲执锐，领兵打仗。

郑亲王一路小跑来至慈宁宫，挑帘进屋，来不及脱衣服，便跪地道："太后，大事不好了！"

庄太后猛地从椅上站起身，很是吃惊。

"郑亲王，发生了什么事？"

郑亲王咽了口唾沫，气喘吁吁。

"刚才大学士刚林到本王府里，告诉我摄政王已经……已经宾天了。"

"什么？"太后向后一仰差点儿摔倒，乌兰、海中天忙上前扶住。

庄太后跌坐在椅子上，片刻后，她清醒过来，忙道："什么时候？"

"十二月初九，报丧的人马明日就到。他偷偷提前来京还有一事！"

"还有什么事？"太后已从惊慌中清醒过来，她最大的优点就是越是在别人的慌乱中越清醒。

"据刚林说，英亲王阿济格正率三百铁骑向京中驰来，目的不详。"

太后浑身颤了一下，盯着郑亲王道："王爷，据你看，这消息是真的吗？会不会有人耍阴谋？"

郑亲王略略沉思了一下，摇摇头。

"太后，这事恐怕无人敢谎报。刚林已遍告在京的所有诸王和固山额真，他有天大的胆子也不敢咒摄政王宾天。"

太后疑道："刚林为何不入宫禀报，而是先告诉诸王呢？"

郑亲王思考了一下，道："他本是摄政王的人，但对英亲王不满。现在摄政王虽已宾天，但京中形势并不明朗，他不敢贸然入宫，怕同党骂他叛徒，但他又不想背与英亲王一同叛乱的黑锅，所以折中了一下。"

"依王爷之见，现在应如何处置？"太后望了一眼郑亲王。她知道京中诸王中，他是可以信赖的。

郑亲王略略沉思，道："应以皇上的名义召刚林入宫，并召兵部尚书洪承畴、贝子满达海、大学士冯铨进宫议事。"

太后马上传旨乾清宫，以皇上的名义召刚林、洪承畴、满达海、冯铨入宫。

顺治正在乾清宫生闷气呢，忽闻多尔衮死了，差点大笑起来，但多年养成的冷峻的习惯，使他只冷笑了两声。

"吴良辅，传朕的旨意……"

武英殿内，气氛紧张。顺治坐在御座上，太后坐在旁边，紧接着是郑亲王，满达海、洪承畴、冯铨则站立一旁，刚林正伏在地上。

一见这阵势，刚林一切都明白了，他知道今日不说实话，日后不会有好日子过。

庄太后厉声道："刚林，你随摄政王狩猎，为何独自回京？"

刚林伏地道："启奏太后，罪臣该万死！摄政王早于十二月九日宾天。臣随报丧人马回京，突见有三百精骑混于报丧人马之中。臣遂偷偷回京，遍告诸王、固山额真，早做准备。"

"此铁骑为何人旗下？"郑亲王问道。

"此三百骑乃英亲王手下的精兵。"

"英亲王来了吗？"顺治一拍御案道。

"来了。其他人等正在扶摄政王的灵枢来京。"

"摄政王是如何宾天的？"庄太后关切地问道，她不能理解，一个壮年汉子怎会说死就死了？

"回太后，摄政王在关外狩猎，一路围猎到了喀喇城，突感胸闷不适，而后咯血不已，随从太医数次会诊，医治无效，不到十日驾崩。"

太后面有惨淡之色，轻轻叹了口气，顺治则一脸的茫然。

"摄政王临崩前说过什么话？"郑亲王突然问道。他是老臣，已历三代，所以还是有经验的。大凡多尔衮这样的人，在临死前不会没有交代的。

"这——"刚林迟疑了一下，面有难色。

"说！"顺治厉声道。

"启奏陛下，摄政王临终前曾召见英亲王。听睿王府的传命说，是摄政王向哥哥语其后事，所以，所有的人，包括睿王府内的近侍全部退至帐外，帐内二人说了什么，没有一个人知道。"

此言一出，在场的众人个个惊讶万分，面面相觑。

郑亲王看了看刚林，道："大学士，现在是大清多事之秋。摄政王已崩，皇上必定要亲政，只要你能如实说出关外实情，于己于国都有好处，万不可让奸佞趁此乱势，坏我大清的基业。"

刚林慨然道："郑亲王，在下不才，也是大清二品之臣，位居大学士，'忠奸'二字还是能分清的。刚才所言俱是实情。"

"大学士千里归京辛苦了，速回府休息。"庄太后放缓了语气，安慰他道。

刚林退去，殿内几人聚在一起商量。

一直没说一句话的冯铨道："太后，英亲王作为摄政王的亲兄长，不扶枢来京，而要带三百精兵先回京城，其中必定有诈。"

满达海道："还用说吗？一定是摄政王临终交代了什么，其弟面授机宜，为兄付诸行动。"

洪承畴见庄太后在座，有些不自在。听了满达海的话，他提出了自己的疑问："此事不可定论。若真是摄政王怂恿其兄图谋不轨，同为一党的刚林绝不会策马入京，遍告诸王。摄政王若能授意其兄，为何不遍告诸党羽支持其兄呢？也算他临终前在政治上做了交代。"

诸人闻言暗暗点头。

满达海道："无论他兄弟俩说了什么，但英亲王偷率三百精骑入京是事实，不可不防。"

庄太后望了一眼郑亲王："郑亲王，依你之见，此事应如何处理？"

没等郑亲王说话，一直沉默的顺治突然说了一句："立刻诛杀英亲王。"

郑亲王连连摇头。

"此事不可操之过急，以免发生激变。英亲王虽是长兄，但此人论智谋、论军功都不及他的两位弟弟，所以摄政王对他一直也不重用。此人有个最大的缺点就是有勇无谋而又野心勃勃，乃一介武夫。此次出奇之举，也不排除他异想天开，图谋不轨。所以，万不可轻易下结论说是摄政王授意。摄政王虽驾崩，但他生前军功盖世，摄政数年，党羽遍天下，在此当口，稍有不慎，便会激起哗变。"

"依王爷之意，听任英亲王入京吗？"顺治仍不服气。

"当然不是。应在九门设下伏兵，一旦英亲王的精骑一到，立诛于城门。至于英亲王，可先以不守王灵、图谋不轨之罪因于大内，待风平浪静、查清真相后再做处理。"

庄太后点了点头，对顺治道："做事万不可鲁莽，越是面临危局，越是要沉着冷静。别人越乱，当政者越要稳，这才能临危不乱，果断处理一切不测之事。现在起，任何人都不要慌乱，凡事三思而后行。有情况及时入宫。"

"嗻。"众人齐声应道。大家见太后虽为妇人可处之泰然，大有运筹帷幄、制胜千里之风，大为敬佩。

"洪学士，以兵部的名义诏令各督抚、州县，一个月内不可轻易动兵。并以皇上的名义下一道旨，令各旗兵马驻原地不动，没有兵部的命令，不可调一兵一卒，违者斩！"

"嗻。"洪承畴望着太后那庄严的神情，听着那有力的话语，很难把她与二十年前劝降自己的那位绝美的佳人联系在一起。

"满达海，明日你率一千精兵，伏于东直门内，一旦英亲王的精兵入城，立即诛杀，囚英亲王于大内。"

"嗻。"

"冯学士，你立刻会同礼部、太常寺一起准备摄政王的葬礼。"

"嗻。"冯铨也领命。

"郑亲王，你召集各王公、大臣廷议摄政王的葬礼按何制处理，并密切关注各处动静，有意外情况及时入宫。"

"嗻。"郑亲王见太后如此果断，暗暗佩服。再看看旁边那位十二岁的少年天子，不由得想起多尔衮生前种种行为，他如此嚣张仍没敢废君自立，这与太后是分不开的。

几个人走后，殿上只剩下太后和顺治，娘俩围着炉子默默无语。太后亲自为炉子加了几块木炭，忽然想起什么。

"海公公，马上回宫，把所有大内侍卫全部集中，分两班上岗，日夜守卫皇宫。没有太后的旨意，任何人不得入宫。"

"嗻。"海中天应了一声，刚想去又被太后喊住。

"哀家给你写份手诏，速去德胜门和安定门内二黄旗军营，令全营兵马立刻入宫，加强防卫。"

海中天立在殿下等太后把诏书写好，立刻揣在怀里去城北调兵去了。顺治一直呆呆地坐在旁边，见太后镇定自若，调兵遣将，如同三军统帅，不由得对母后有了几分敬畏。

庄太后又看看顺治，仍有些不放心。

"儿啊，心中再苦，但此时万不可有丝毫流露。摄政王虽驾崩了，我们母子的出头之日并不能立刻到来。他的爪牙、党羽遍布天下，稍有不慎都会招致激变。朝中人心惶惶，良莠不齐，忠于我们的将士又在京外，一时无法回京，该忍的一定要忍。多少年都忍过来了，现在还有什么不可忍的呢？"

顺治听了母后的话，忙点头。

"一切听从额娘安排。"

太后苦涩地一笑："儿啊，你是皇上，一切都听皇上的安排。额娘安排，不是后宫干政吗？遇事多思，不可轻易表态。多听议政大臣们的发言。"

顺治又点头道："儿臣记下了。"

"皇上、太后，该用晚膳了。"太监在殿前提醒道。

娘俩这才发现，不知何时宫女们已掌灯了。出了门，一阵寒风吹来刺入骨髓。太后抬头望望满大的星斗，自言自语起来：

"雪后晴，太阳红。明日一定是个好天，过了这场雪，天也许就暖和了。"

第二天果然是个艳阳天，一轮红日从地平线上升起，照在白雪皑皑的大地上，银装素裹，分外妖娆。

东直门外的驿道，从地平线上杀来了一支人马，大约有三百人。到了近前，只见个个盔甲鲜明，弓箭齐配，枪刀在手。

为首的是位年近五十的老将，满面杀气。他坐于马背，望了一眼京城的大门，见一切如往常一样。一丝冷笑掠过多须的黑脸，他大手一挥："进城！"

刚冲进城门洞，忽听哐当一声，猛回首，见城门已闭，猛一吃惊，还没来得及大喊，忽听四周一阵弓弦之声，阵阵惨叫震得门洞山响。为首者再看看周围，只见三百精骑纷纷坠马，仍坐在马上的不过百人。

"冲出去！"一声叫喊，剩下的人马向城里冲去。迎面又是一阵矢雨，冲在前面的早已身中数箭一头栽到地上，有的已死，有的在地上哀号。

"什么人如此大胆，竟敢阻拦本王入城？"为首的那人高喊道。

"英亲王，你随摄政王狩猎，为何私自回京，有何图谋？"

英亲王定睛一看，门洞口早已站满了正红旗的军马，为首的正是礼亲王代善的儿子满达海。

此时，代善已去世，正红旗由满达海暂领。

"满达海，你为何射死本王的兵马？"

满达海微微笑道："在下奉皇上之命，巡守九门，凡有可疑人等入门，立诛不赦！不知亲王为何入城？"

"摄政王已宾天，本王前来报丧！"英亲王有勇无谋，一急就什么话都说出来了。

"放肆！你竟敢诅咒摄政王，是何居心？"

"满达海，本王与摄政王乃同胞兄弟，岂能诅咒他？"

"既然亲王说是报丧，为何人马不戴孝？摄政王的讣告在何处？"

"这——"英亲王一时无话可说。

"英亲王，摄政王宾天，你作为长兄，不扶柩护灵，反而擅带三百精骑入京，图谋不轨。在下奉皇上之命，在此等你多时，还不快快下马，与我一同入宫见驾！"

英亲王见事已败露，恼羞成怒，挥马向前冲来，残余数骑也一起向前杀去。

满达海一挥手，城楼洞四周又是一阵乱箭。英亲王的随从一个也没有在马上的，全坠在地上，只剩英亲王毫发未损。

"英亲王，皇上有旨，摄政王刚刚宾天，天下悲痛，不要再伤亲王。若亲王再不下马谢恩，恐怕对王爷没什么好处吧！"

英亲王向四周看了看，整个门洞内外全是正红旗的弓箭手，弓在手，箭在弦，所有的箭均指向自己，只要一声令下，自己会被乱箭穿心。

英亲王突然老泪纵横，大喊道："摄政王刚刚宾天，你们便如此对待本王，是何居心！两白旗将士不会放过你们，摄政王的在天之灵不会放过你们！"

"王爷，有话进了宫再说，还是请王爷识相点。"

英亲王见无路可逃，只好乖乖地下马，刚一落地，马上蹿上来几个人，长枪抵住前后胸，又有几个人手拿绳索，把他捆了起来。

把英亲王处理好，摄政王报丧的人马也到了京城。消息传出，全城震惊，摄政王不到四十岁便英年早逝，朝野惶恐！

顺治第一次单独坐在御座上，望了一眼旁边的另一把龙椅，上面空空的。多年来，那个并不太高的身影一直坐在上面，挡住了众臣望向皇上的视线。

在京的诸王、贝勒、贝子、内大臣全都齐聚于此。一向由多尔衮主持的会议，改由郑亲王济尔哈朗主持，下面的巩阿岱、冷僧机仍不服气，鼻子里不时哼着冷气。

"诸位，摄政王已宾天，请诸位议议如何安葬摄政王。"

济尔哈朗说过后，没有一个人出言。如何安葬，谁敢说？昔日摄政王在位时，一切都看摄政王脸色行事。现在斯人已去，还看谁？郑亲王？皇上？

"皇上，臣以为摄政王灵柩还没进京，有许多王公大臣不在京中，此时议此事怕有不妥，若不慎，恐遭京外众臣反对，还是等英亲王他们到京再议吧！"

打破沉默的是冷僧机，他怕此时议，自己的同党多在京外，对摄政王不利，所以才出此言。

英亲王，哼！他早进了囚室了。冷僧机，你这个忘恩负义的东西，到这个时候了还不忘为主子说话。有朝一日，看朕如何治你。

顺治见众人不言，知道大家不好开口，便动情地说起来：

"摄政王功高盖世，对大清、对朕鞠躬尽瘁，呕心沥血，理应以帝制下葬。朕要为摄政王举行国丧，全国臣民易服举丧。灵柩进京，朕要亲自缟服出迎。"

顺治这话说得很动情，也很真实，不知他动了哪根神经。汉王大臣们都很感动，包括多尔衮的党羽们也伏地高呼。

"皇上圣明，以如此大礼待摄政王，让天下为之动容。摄政王在天之灵也应含笑了。"

多尔衮的党羽们害怕发生的事并没有发生，他们想不到的却发生了。

十二月二十三日，多尔衮的灵柩在其养子多尔博的引领下，在阿济格的幼子劳亲、大学士范文程及何洛会、巴哈纳、锡翰、席纳布库等随从大臣的守护下来到了京城。

当多尔博披麻戴孝，手持哭丧棒，引领着多尔衮的梓宫来到城外五里时，就见东直门外白幡飘飘，缟服满地。顺治帝身穿孝服，在两名太监的搀扶下，泪流满面，号啕大哭。到了梓宫前，以膝为足，连跪三次，悲痛欲绝。在场的百官见此情景，无不感动得流泪。在他的两旁是身着缟服的百官，跪在路旁举哀。护灵的大臣也纷纷跪地。雪地上顿时一片哀痛之声。

众臣反复劝阻，顺治这才起身。灵柩缓缓进了京城，从东直门到玉河桥，沿街两旁白幡对立，纸钱飘舞，四品以上文武百官跪在道旁哭拜。

灵柩安放在南宫正殿大堂上，由诸王贝勒通夜守灵。另有六十四个喇嘛诵经超度，还有四十九个萨满太太跳舞请神。王府上的妻妾们呼天抢地，泪湿衣襟。

其中哭得最凶的便是容妃，早成了泪人一般。是哭自己红颜薄命，还是哭王爷福小命短？只有她自己知道吧。

顺治当堂传旨：

> 摄政王之灵，由诸王贝勒通夜守护。在京四品以上文武官员，亲至王府哭祭；六品以上的京官到各衙哭祭。京中所有命妇，一律着孝，在大门内跪哭三日。

此命一出，王府的哭声更高。一时间，南宫内松柏垂泪，堂殿含悲，烟火缭绕，挽幛低垂。

随后，顺治又颁发礼部草拟的哀诏，晓谕天下。

顺治从睿王府回宫后，直接去了慈宁宫，因为太后早派人在乾清门等他，让他一回宫立刻去后宫。

慈宁宫十分庄严肃穆。门口的太监、宫女全都换上了青紫孝服，外罩白布。当时宫中的太监、宫女的衣服颜色有定制，大致分为五色：灰、茶、驼、蓝、绛。春天时穿灰色，夏天穿茶、驼色，秋冬穿蓝色。逢一些特别的日子穿绛色。若是主子寿辰，则穿绛紫，若是忌日则穿青紫。今日是摄政王大丧，所以一律穿青紫色，外罩孝服。

进了门，只见宫里所有的帷帐全换成了黑色。大殿正中设一香案，上供奉一灵牌，上书"诚敬义皇帝"，牌前供奉着几碟时令鲜果。案前设有香炉，三炷香正燃出袅袅紫烟。

庄太后坐在案旁，秀美的脸庞一夜间憔悴了许多，满面庄重肃穆。她身着黑色长袍，头扎白布，髻上斜插一朵小白花，正在为多尔衮守灵。她身为皇太后，自然不便去王府哭灵，但死的又是她的丈夫，她理应尽一个妻子的义务，所以在这慈宁宫内设了灵堂，日夜守着。

顺治见了这场面，心里酸酸的，他痛哭多尔衮，并不全是悲痛逝去者，也有对自己不幸的发泄和倾诉，多少还有点喜极而泣的成分。所以，看见太后如此毕恭毕敬地为多尔衮守灵穿孝，他从心里感到不舒服，他不乐意让母后这样做。

庄太后似乎看出儿子目光中的不满情绪。

"儿呀，此时万不可轻举妄动，稍有不慎便会出现意想不到的事情，你以为多尔衮一死，一切都结束了吗？你还小，还不懂一些事。你想想，八旗之中，多尔衮独领两白旗，正蓝旗原归皇上，却被多尔衮调借，现传与其养子多尔博。镶蓝旗旗主肃亲王已死，两红旗主代善已逝，暂由满达海代领，但非旗主。两黄旗内人心不齐，唯有索尼、鳌拜二人忠于皇上，然索尼被削职充军盛京，鳌拜被革职治于军前。八旗之主唯有郑亲王一人支持皇上。面对如此局面，你能有半点非分之想吗？"

顺治听了太后的话，顿感恐惧。

"儿臣记住额娘的话，额娘如何吩咐，儿臣便如何做。"

庄太后双目含泪，真切地说："儿呀，额娘知道你不愿让额娘下嫁，可事已至此，无可挽回，起码多尔衮从名分上来说是你继父。所以，不论从道义上还是从政治上，你都要对多尔衮尊敬，先稳住大局，暗中慢慢试探，看看众人有多大的承受能力。步子不能迈大，跑得太快容易栽跟头。明白额娘的意思吗？"

顺治点了点头，道："额娘，如何试探朝中的众官？"

庄太后似早已深思熟虑，马上道："国玺象征着至高无上的权力，乃一国之君的信符。我大清玺现存放于睿王府。现在皇上可以发布诏书为摄政王发丧为名，派人取回信符。看朝中是否有人反对。"

顺治笑道："这事容易，明日派人去王府取来便是。"

庄太后瞪了他一眼："此事若易，眼下还有难事吗？此事仅仅为试探之举，若有人反对，应立即再送回睿王府，可命一人代掌，万不可强行收回。噢，对了，还有一事，去取信符的人必须是多尔衮的亲信。这样才不会引起注意。"

顺治这才真正明白什么是政治权术，太后在这方面并不缺乏。

"依额娘之见，应派何人前往？"

庄太后略略沉思了片刻，点点头道："刚林。他是多尔衮的高参，睿王府里的红人，平时也常接触信符。这次，他又进京报警，让他去，既可试探睿王府的人，又可试试刚林这个人。"

高！顺治在内心发出感叹。怪不得人常说：姜还是老的辣！母后这招高明。顺治虽然心里对母后不是太满意，但现在自己又能靠谁呢？

顺治回到乾清宫，马上传旨宣大学士刚林入宫。

刚林来到乾清宫，见顺治仍是孝服在身，不由得感激。

"臣刚林叩见皇上！"

"大学士，摄政王宾天，举国悲痛。你与朕同受摄政王的恩赐，对其应有更深的感情，故朕想，这悼文应由大学士执笔最为合适。"

刚林有些受宠若惊，忙叩头不止。

"多谢皇上器重，臣一定不辜负皇上的期望。"

"那好吧，明日把拟好的草文送进宫来。"

"嗻。"刚林虽觉得有点急，但圣命难违，何况这又是一份不寻常的差事，虽是苦差，但这是皇上的信任，是一种荣耀，有多少文人可望而不可即。

开了一夜的加班车，天刚亮时，刚林拖着疲惫的身躯，手捧草文入宫见驾。顺治见他双眼发红，面有倦色，知道昨夜一定没睡。接过祭文一看，满篇歌功颂德，溢美之词读来让人动容。顺治点了点头道：

"不错，正合朕意，拿去发往礼部。"

刚林便道："皇上，这诏没盖国玺，怎可发往礼部？待臣去睿王府盖了国玺再送礼部。"

"噢，还要加盖国玺？现在睿王府人员嘈杂，哭声震天，办公之人进出府中多有不便，也是对摄王爷的不恭，若惊扰王灵乃吾等不孝。依朕看，学士去把信符取来，等办完丧事后，再把信符送回王府，由议政大臣们商讨由何人辅政，学士认为如何？"

刚林见这十三岁的小皇帝说得也有道理，便点头道："圣上英明。待臣马上去南宫取回信符。"

半个时辰后，刚林真的把信符捧到顺治面前。现在的南宫早乱作一团，没有人在意刚林取信符，他平时就常用，现在用了也没什么不妥。

顺治接过国玺，打开黄绫，正是大清的国玺。他望着这块宝玉，沉思很久，这才亲手捏起它，在刚林写的祭文中盖上玺印，对他道："有劳学士把祭文送往礼部。"

"嗻。"刚林捧着祭文，看顺治把国玺包好，收回屋里，这才明白，一个时代结束了。

过了两天，朝中并无异常，顺治又在议政会上重用苏克萨哈，分化了两白旗的势力，同时，皇上又一次试探了多尔衮党羽们的态度。这正应了一句古话："树倒猢狲散"，没有人站出来反对。

苏克萨哈幸遇明主，终生感恩不尽，先是揭发多尔衮，后又与鳌拜做不懈的斗争，为顺治和皇太后出了不少的力，最终以死报恩，成为清史上少有的死节之臣。

随后，顺治又为多尔衮举行了盛大的出殡仪式。

下葬之日，顺治亲自率百官去王府哭临送葬。京中四品以上的官吏均沿街设祭跪送，各王府命妇在王府内哭丧。

梓宫出府，哭声雷动，孝子多尔博披麻戴孝，手持哭丧棒于梓宫前领棺。其子年幼，由一人抱于怀中，肩扛招魂幡，走在队伍最前面。顺治扶棺而泣，众王公、贝子亲自扛棺，文武大臣随棺后而行。一时间，整个北京城白幡飘飘，纸钱飞舞。

顺治及百官送至东直门而返。送葬的队伍浩浩荡荡，出城而去，葬往九王坟地。

安葬了多尔衮，朝中君臣虽孝服未除，可大家都心照不宣地盯着御座旁那个空位子。

最有希望坐在那位子上的是郑亲王济尔哈朗。

与此同时，两白旗的人也在积极活动。郑亲王立刻上书，请求皇上早日召集议政会，议辅政之事。

顺治在接到此奏的同时，又接到多尼、多尔博联名上奏，请求皇上亲政，反对设立辅政王。

两封奏折都摆在了庄太后的面前，她虽居后宫，但对前面朝廷中的事看得一清二楚。这又是一场不见硝烟的战争，谁是赢家，一时难料。

范文程、冯铨、洪承畴三人被召到交泰殿。他们见到了多日不见的太后，她那昔日红润的脸上而今微微泛着苍白，那双美目失去了一丝妩媚，多了几分坚毅和刚强。一身黑丝长袍，头插白花，显出几分脱俗的俊俏。

三人跪地施礼后，太后一一赐座，而后把两封奏折传与他们看。三人看了看奏折，相互望了望，一时不知如何是好。

太后见他们有些疑惑，轻轻说道："哀家今天就打开窗户说亮话吧，摄政王刚逝，朝中一时无人辅政，群臣议论纷纷，莫衷一是，哀家想听听你们三人的看法。尔等有的受恩于先皇，有的见幸于摄政王，但你们都是哀家信得过的人。"

"多谢太后。"三人忙施礼道。

庄太后一挥手道："先别谢，你们都是汉人，就站在汉人的立场上，不要偏向任何一旗、任何一个满人，说说今日朝中应如何摆布。若能议出良策，哀家要重谢你们。"

"奴才不敢！"三人听了这话，一阵感激，慌忙答道。

"不要拘泥于君臣之礼，哀家先把话说在前面，今日在交泰殿，只有四人，无论说什么话，均不准向外人言。哀家也不追究你们每句话的责任，只本着一个宗旨：站在汉人的角度看，如何才能让大清稳定，使先皇开创的帝业流传下去。"

太后满面的庄严，三人也顿感肩上的担子重有千斤。

"太后，臣以为，目前的形势下，我朝不可做大的调整。"首先发言的是范文程，他见太后和另外二人都看着他，又道，"此时大清虽扫荡了中原，但并未天下太平，云、贵、川、闽、湘、粤、桂等省仍在南明余贼之手。大西、大顺虽主力被灭，但余部仍很猖狂。我朝的圈地、投充、逃人、剃发、易发等政策的推行，使中原汉人多有不满，两广、两湖、江浙一带仍有贼寇起事。朝廷多年来派数十名大将军分赴各地剿杀，但仍未扑灭余烬。朝廷内八旗之中，两黄、正蓝三旗中，正蓝旗被摄政王借调，两黄旗中的重臣，心口不一，多人投靠了摄政王，唯有索尼、鳌拜仍有忠心，可一贬一废，满旗凋零。两红旗主满达海虽有忠心，然一时还不能统掌全旗，两白旗主为摄政王和豫亲王之子所领。镶蓝旗主郑亲王德高望重，大权在握，能取得他的支持，乃稳定局面之根本。由他辅政，也是顺理成章之事。若皇上亲政，郑亲王不服，故意搪塞敷衍，两白旗再从中作梗，两黄旗无力护主。这朝政必陷于瘫痪之中。"

范文程说得头头是道，情真意切，太后听着，不时点头。

洪承畴对庄太后有一种发自内心的说不出的感觉，他真心想帮助这位曾使自己失节的女人，每当看到她无助的神色心便隐隐作痛。

"太后，臣以为大清最大的威胁不是南方的那些贼寇，他们不过是沙漠之雨、强弩之末，不足为患，真正的威胁乃是清朝内部的体制。"洪承畴此言一出，太后大惊，另二人也用惊恐的眼光瞪着他。

太后惊道："洪学士之言何意？"

"太后，清朝实行八旗政体，每旗旗主掌管各旗的军队、人口及土地、财产等此军政合一的组织，使各旗主成了实力雄厚的诸侯王。在入关后的征战中，各旗主、贝勒、贝子、公侯掠夺了大量的人口、马匹、财宝，通过计丁授田又占有辽阔的土地。所以，各旗旗主兵丁众多，仆婢如云，良马无数，兵力、财力十分雄厚，各省新建的绿营兵已有数十万，许多提督、总兵均由两红、两白、镶蓝下五旗的旗主提拔。各省总督、巡抚、布政使、按察使等大吏，中央部院的尚书、侍郎不少也出身下五旗，他们都仍各效忠于本旗旗主。而两黄、正蓝三旗，幼主年少，四分五裂，又屡遭打压，势力、财力十分薄弱，根本无力与下五旗抗衡。单是郑亲王一个旗主便拥兵五万，辖子民二十万。各旗旗主为争权夺利，相互争斗，才有今日这种局面。若有一日，他们联合一处，向中央发难，不知朝廷用何策可平？长此以往，必危大局。"

太后频频点头，长叹一声道："学士所言极是，这正是哀家所担心的。"

范文程大惊，望着太后道："难道太后要废八旗制吗？"

洪承畴忙接过话茬儿道："此时当然不能废八旗，八旗虽有弊端，但若皇上驾驭得当，可使诸旗相互牵制，朝廷便可驾驭各旗。臣只是说，不如趁现在削王权，扶君王，以固大清根基。"

"如何削王权，扶君王？说与哀家听听。"庄太后对此忧虑已久，所以对洪承畴的话很有兴趣。

"太后，眼下各旗势力已厚，若再用旗主诸王辅政，势必更添各旗的实力。现在，多尔博、多尼虽统两白旗，但他们刚袭父职，年不满二十，尚无力统领全旗之军。满达海初袭父爵，受恩于皇上和太后，上三旗原本就为皇上所领，虽有叛逆，但大部分兵将仍有忠主之心。两白旗自知无人可与郑亲王抗争，故提出让皇上亲政，若此时皇上亲政，那郑亲王绝不敢冒天下之大不韪向皇上发难，再说凭郑亲王的胆识和政治权谋，他没有能力对抗朝廷。一旦皇上立稳脚跟，马上扶持上三旗，拉拢两红旗，削镶蓝旗，再砸碎两白旗，皇上岂不是大权独揽，还怕出现独断专权之人吗？"

这话正说在太后的心窝里，她做梦都想着如何才能在此危局扶儿子一把，别再出现第二个多尔衮。今天听洪承畴这么一分析，顿时眼前一亮：这些汉臣，他们从小就学治人之术，对政治很有手段，以后多多重用这些汉人官吏，对清朝会大有好处。

庄太后望着范文程道："范学士对洪尚书之议意下如何？"

范文程略略点头："洪尚书所言确有道理，现在也正是皇上亲政的最好时机，只不过皇上年龄太小，过了新年也仅十四岁，远未到十八岁亲政的年龄。且皇上从小疏于启蒙，至今不识汉字，不懂汉文，不知能否挑起如此重担。"

一直没说话的冯铨开了口："太后，两位学士之言均有道理，不过两者相害，择其轻者，应看皇上亲政与否的利弊孰大孰小。臣以为，皇上年龄虽小，然聪颖伶俐，璞玉可琢，若内有太后相辅，外有郑亲王及我等相助，皇上亲政尚有可行之理。"

太后连连点头："众卿家说得有道理，哀家非常赞同。哀家以为，现在正是皇上亲政的最佳时节，各旗主更新换代，皇上正与他们在同一起跑线，此时亲政，日后方可驾驭他们。至于郑亲王，由哀家出面去说。当务之急是为皇上选饱学之士传经授业，讲授汉文。"

洪承畴笑道："太后，若求饱学之士，范、冯两位大人哪个不是学富五车、才高八斗，何必再去踏破铁鞋呢？"

范文程道："太后，皇上已过启蒙之年，不必再开馆讲经，再说，皇上若亲政，也没有时间去听讲。所以，臣以为皇上聪明智慧，可不必从头学起，只需派一两位大臣入内廷，日夜伴于君侧，见缝插针，皇上一有空闲，便可传道授业。皇上与学士交游，日久天长，便可绳锯木断，水滴石穿，学问必有大进。此乃一举两得。臣虽通满汉诸文，自感不若冯学士，臣请荐冯学士。"

冯铨惶恐，忙道："下官乃被废之人，怎可与学士相比？若范大人谦让，下官更不敢受命了。"

太后笑道："好了，你们就不要推辞了。哀家明日请皇上册封你们二人为内廷大学士，入宫佐助皇上日常之务，上半日处理政务，下半日读书。如何？"

两人忙跪地施礼。

"多谢太后信任，臣等一定不负太后期望，尽力辅君。"

"那好，哀家明日便下诏各旗诸王、贝勒、贝子，让皇上亲政。"

太后下诏之前，先召来顺治。

"儿呀，额娘想让你亲政，你意下如何？"

顺治心中狂喜，他早已盼望这一天了，但此时又不敢过于张扬。

"母后，儿臣自以为才疏学浅，不敢独自执政，请母后明示。"

太后道："让你亲政，并非处处由你决断，尚有议政大臣们辅佐你。另外，额娘为你选了两位老师入内廷帮你学习，处理公务。"

"何人？"

"范大人和冯大人。"

"母后，儿臣也认识一人，此人也是有才学之人。是否可让他也入内廷侍候？"

"何人？"

"刘正宗，国史院的编修。"

太后点点头："那好，让他们三人入内廷协助皇上处理文案。"

顺治走后，郑亲王被召到了交泰殿。郑亲王很高兴，此时太后单独召见，一定是商量辅政的事，当今朝中又有谁能与自己比肩呢？

"臣济尔哈朗叩见太后。"

庄太后一见是郑亲王，忙起身相迎，道："原来是郑亲王，快快请起。"

郑亲王谢恩后，喜滋滋地坐在一旁，今日一听太后的语气，就知辅政的事有门了。

"太后此时召臣进宫不知有何吩咐？"郑亲王有些急不可待。

太后微微笑道："哀家听说王爷上奏议辅政之事，特请王爷前来商谈。依王爷之见，可由何人辅政呢？"

郑亲王听了上半句，心中狂喜，可听了下半句，心中一凉：太后为何说这样的话？难道本王还能毛遂自荐吗？

"太后，臣上奏是请皇上召集议政会，议辅政之事，谁可辅政由众大臣定议为准。"

庄太后见他那信心十足的样子，心中暗笑，表面却不露声色，道："郑亲王，议政会上众人会不会推你为辅政王？"

郑亲王心中大喜，但嘴上却道："不、不、不，臣昔日辅政，并没很好地辅弼皇上，此番怎可再辅政呢？"

郑亲王原想谦虚一下，可太后却道："亲王既然这么说了，那你看有谁可辅政呢？"

郑亲王一惊，暗道：难道太后已有辅政人选？不可能！有谁比我还更有辅政的条件？

"太后，我大清虽人才济济，但眼下朝中，还真没有辅政的人选。"

太后笑道："怪不得两白旗上奏请皇上亲政，今日郑亲王又如此说，看来皇上只有亲自执政了。那也好，省得别人专权。"

郑亲王这才明白，太后的问话是个圈套，他只好讪讪地说："太后英明。应让皇上亲政。不过，皇上也太年幼了些，臣怕处理事务有闪失，特恳请太后辅政。"

庄太后高声笑道："郑亲王，你老糊涂了。来时没见乾清门前的大铁板吗？'后宫不得干政'。哀家立了这块板，又自己带头违反，这不是自己扇自己耳光吗？"

郑亲王仍有些不甘心，道："太后，皇上亲政，太后不愿辅政，真让老臣担心。"

庄太后笑道："皇上年幼，还有议政大臣们，还有你这位老亲王，以后，议政会由王爷主持，大小事由，先由议政会商议，再由王爷报请皇上裁决，哀家又命范文程、冯铨、刘正宗三人入廷辅佐文务。有你们几位辅佐少年天子，哀家还有什么不放心的呢？"

郑亲王多少得到点安慰，虽没做上辅政王，可毕竟还是干上了召集议政会的差事，这差事原由多尔衮干的，自己现在也干，只不过比他少了个"辅政"的名号。

太后传诏给各旗诸王、贝勒、贝子及各内大臣，请皇上亲政。众臣定议由皇上亲政，定于正月十二举行亲政大典。

吉日良辰，天气晴和。此时虽未立春，可春天却悄悄地来了。自过了新年，天气一天天地变暖，阳光普照，春风和煦，积了一冬的雪已完全融化，垂在檐下的冰棍也早已消融。大殿上的金色琉璃瓦在太阳的照射下闪着金光。

皇宫中早已热闹起来了，人流穿梭，车马云集。九声炮响，身着崭新龙袍的顺治在近侍吴良辅的搀扶下登上早已停在乾清门的御辇，驶向午门，彩旗仪仗早已排列于辇前。满汉王公，文武大臣簇拥着御辇向南而行。

这支浩浩荡荡的仪仗队沿着笔直的石板大道出正阳门去天坛。幼主顺治坐在辇上，脸上露出难得的笑容，映着阳光，十分灿烂。顺治抬头向前望去，开道红棍，黑漆描金，由一对对身着黄马褂的銮仪兵骑着高头大马双手高擎，紧跟的是身着绛紫长袍的宫廷乐队，鼓、板、龙头笛、画角、铜号，琳琅满目，钟鼓齐响。数百红衣銮仪兵手执赤、橙、黄、绿、青、蓝、紫各色龙纹伞；朱红、碧蓝、金黄、乌紫的龙凤扇，有圆形、方形、六边形等。此外还有各色的幡、麾、节、氅，迎风招展，灿若云霞。回头望望，一个个手持斧、枪的黄马褂侍卫拥在辇后。郑亲王、礼亲王及八旗王公，范文程、洪承畴、冯铨等满汉重臣随辇而行。再向后便是两黄旗巴牙喇兵组成的豹尾枪班、弓箭班，最后仍有黑压压的人群，都是朝中的文武百官。

顺治望着这前呼后拥、壁垒森严的场面，不由得想起以往两次出巡，一次是去满井，仅有五十名侍卫；另一次是出城猎狩，场面也有这么盛大，只是身边有一个人也乘辇而行，所以有一种狐假虎威的感觉，可今天自己有了虎行深山的感觉。虽然今天的身边也有一个人乘辇而行，与自己并列。

想到这，顺治侧脸看看母后。庄太后一脸的安详、从容，面带微笑，身着明黄色绣金团龙的朝服，胸前那挂长长的念珠更衬出她的慈善。她不时看看御辇上的儿子，脸上露出无限的幸福。

出了正阳门，向东一拐，到了天坛。

天坛方圆近十里，位于永定门内东侧。

来至天坛大门，仪仗分列两边，侍卫布好哨位。皇上和太后的御辇来至院中。近侍吴良辅和宫女乌兰分别搀下顺治和太后，行在石板路上。

院内有一圜丘为三层汉白玉石坛，北有皇穹宇和回音壁。迎面有一大殿，镏金宝顶三重飞檐，高约百尺，直入苍穹。中央四根盘龙圆柱，代表春夏秋冬；外圈另有两排十二根柱，代表一年十二个月和一日有十二个时辰。

九声礼炮响后，顺治和太后来至天坛，只见天坛有台基三层，由汉白玉所筑。顶为蓝色琉璃瓦，高入云天。坛面为圆锥，围墙北圆南方，蕴涵"天圆地方"之义。坛上司礼各官早已焚香而候，袅袅紫烟在阳光下升起。

顺治龙行虎步，走至香案前，手执炷香，跪地对天行礼。身后诸王公贝勒、满汉众臣黑压压跪了一地，均行三跪九叩首礼，山呼万岁。此时宣诏大臣手捧满、汉、蒙三种表文，站立坛东，布告大众向天地宣布幼主即日临朝亲政。

礼毕，皇上的辇驾回宫，通向午门的大街又是遮天蔽日。

回到皇宫，顺治又登上了太和殿，也就是原来的皇极殿，坐上那久违的御座。八年了，还是登基时坐了一次，现在坐上去比上次舒服多了。殿下的群臣还如上次一样，分批进殿叩头。

接受完群臣的贺拜，顺治扫视了一下众人，下面鸦雀无声。他顿了顿，尽量学着多尔衮的神色和腔调厉声道："今日乃朕亲政之日，从此朕每日要临朝听政，凡事先交议政大臣定议，由郑亲王报朕定夺。望各部院众卿尽职尽责，共创大清千古帝业。"

"谨记圣上教诲，臣等定尽心尽力，报效圣上。"殿下众臣齐声应道。

顺治见一呼百应，感觉与以前大不相同，虽然下面仍有几个人不服气，但在这大殿之上，也不敢贸然行事。

"诚敬义皇帝大丧期间，众卿哭哀守孝，令朕感动，朕欲嘉奖众卿。着吏部侍郎明日至睿王府，把赏功册取来，朕要审度此事。"

"嗻。"有一位大臣马上出列，跪地领命。

顺治见无人反对，又接着道："朕年幼贪玩，学业荒废，不习汉文，自感愧疚。特命冯铨为内三廷大学士，范文程为东暖阁大学士，辅朕文务。命国史院编修刘正宗为秘书院大学士，入内佐理事务。此三人皆饱学之士，朕欲借日常协理文务之机研习汉文。"

范文程、冯铨、刘正宗三人齐跪地叩首："臣谢主隆恩！"

顺治亲政进行得很顺利，没有人反对，也没有人劝阻。庄太后悬着的心稍稍放了下来，总算没出大的问题，但以后儿子能不能走出多尔衮的阴影，朝中会不会起风波呢？太后又有了新的担心。

她的担心并不是多余的。随后，朝中果真掀起了一场风波，但掀起这场风波的不是多尔衮的属下，也不是两黄旗的叛臣，而是自己的儿子——当今的皇上。这场风波的矛头，不但对准了死去的人而且也对准活着的人……

【第八回】

谈儒圣君臣有论，掌大权风波渐起

这天刘正宗看到一本奏英亲王"谋逆"的奏本，这是由吏部侍郎亲自上奏的。

"皇上，请看这本奏折。"

刘正宗已感到有某件事要发生，便走过来把奏折捧到顺治面前。

顺治正为书上的句子短而难解发愁，见刘正宗把奏折奉上，知道这奏折不同一般，接过去看了看，茫然地抬头看刘正宗。

"学士，这上面写了些什么？"

刘正宗知道这位皇上不懂汉文，便笑道："皇上，这奏折上说英亲王阴谋逆反，请皇上议处。"

"英亲王？朕知道了，此奏留中不发，待朕想想。"

午后，顺治来到了慈宁宫，庄太后正坐在椅子上喝茶。

"母后，儿臣有一事要请母后定夺。"

顺治见过礼后说明来意。

太后见儿子亲政后语言庄重，举止得体，十分高兴。

"皇上现在已经亲政，有事可多与大臣们商议，不必来后宫，以免朝臣有非议。"

顺治道："母后，儿臣只是来问问，并不是来受太后之命，何来后宫干政之说？请母后不必担心。再说，此时只有母后才是儿臣最放心、最相信的人，不来问母后又去问谁呢？"

庄太后心中大喜，一度与自己疏远的儿子正一步步走近自己。天底下还有比母子相亲相近更让人高兴的事吗？

"皇上，不知有何事？"

"母后，儿臣收到要求议英亲王'谋逆'的奏折，不知母后对此有何看法？"

太后沉思了片刻，摇摇头。

"不可，摄政王刚刚下葬，余威犹在，此时若议英亲王谋逆之罪，恐打狗伤人，适得其反。"

顺治感觉有理，点头道："依母后之意，此事再放一放？"

太后摇头："英亲王被囚月余，日久生变，不若趁机杀杀两白旗的威风，也摸摸他们的底。现在，英亲王虽被囚冷宫，但仍是两白旗的核心人物。此人一日不去，两白旗人一日不死心。"

顺治轻轻一捶案子。

"那就治他的罪，引蛇出洞。"

太后笑了笑，关切地说："一定要找个合适的罪由才行。"

顺治想了想，忽然灵机一动："母后，英亲王虽被囚于宫中，但皇弟驾崩，他理应哭临，可他一次也不前往。依祖制，囚犯奔丧也是允许的。他不哭临可治他对摄政王不恭之罪。"

庄太后很满意，她发现儿子亲政后一夜之间成熟了许多。其实，顺治早已成熟了，只是他不愿表现出来而已。

顺治对刘正宗道："奏英亲王之折，题朕的意见'着议政会议英亲王对摄政王不恭罪'。"

刘正宗忙按顺治的话，用朱笔写在奏折上。顺治拿过来看了看，一点儿不懂。

若刘正宗假传旨意，岂不坏事？拿过红笔，又用满文在奏折上批道：着议英亲王对摄政王不恭罪。

议政会上，众臣历说英亲王恃功自傲、飞扬跋扈之事。

顺治最后道："英亲王久有野心，对摄政王多有不恭。摄政王乃大清缔造之人，伟功齐天。驾崩后，诸王五次哭临丧所，朕亦三次哭于灵前，以示对摄政王哀思、怀念。然英亲王置若罔闻，一次不往，其不恭之心已昭然若揭，胆大妄为至此种地步，理应议罪，以儆效尤。"

众人定议：废英亲王为庶人，永囚高墙。

满达海又道："皇上，英亲王被囚，两白旗将领席特库、阿思哈、毛显尔根等人曾口出狂言要劫狱救人，并四处鼓动，大逆乱政，应予论处。"

大人物不能轻易动，这几个小小的家奴，英王的偏将，也敢作乱，岂能饶过？

"来人，传朕的旨意：席特库、阿思哈、毛显尔根图谋反叛。着刑部立拿三人，席特库处斩，阿思哈、毛显尔根鞭笞五十，革职。抄三人家，没收家产充公。其妻子充王府为奴。"

"嗻。"

刑部尚书出列领命。

睿王多尔博、豫王多尼虽心有不满，但他们都不过十几岁，年龄和皇上差不多，哪有魄力出言相救呢？其他大臣见王爷不出面，又怎能轮到自己出面？所以巩阿岱、冷僧机及刚林、阿洛会、巴哈纳等人虽心有不悦却无人敢出一言。

这对两白旗是个打击，削弱了它的实力，又使很多人缩下头，不敢出面乱言，同时也稳定了局势。

顺治见两白旗无人出言，十分得意。

满达海出了力应予奖励。

顺治道："昔日朕年幼无知，有许多臣工为大清默默工作，内修法度，外戍忘身，朕欲对之褒奖，以示皇恩。请诸位议议，何人可受奖？"

这可是个难题。

许多人也不知少年天子是何意图，圣意难揣，谁敢乱说？人人都想受奖，但伸出头去得到的不一定是宝冠，也许是当头一棒。

朝中一时沸沸扬扬，议政会议了三日也没排出受奖的名单。有的想受奖却不敢说出口，有的列上了却不愿受奖。

后宫的太后早听到风声，她心里明白，这一切都是儿子在试探朝中众臣，最终会提拔谁只有他们母子心里清楚。

"海公公，朝中对褒奖之议反应如何？"

海中天忙道："禀太后，朝臣议论纷纷，莫衷一是，但对皇上却交口称赞。"

太后点点头："此事要慎重，不可走得太远。海公公，准备笔墨，哀家要传诏皇帝。"

海中天立刻吩咐下去。

不一会儿，文房四宝收拾停当，太后端坐于案前，提笔写道：

为天子者，处于至尊，诚为不易。民者国之本，治民必简任贤才，治国必亲忠远佞，用人必出于灼见真知，莅政必加以详审刚断。赏罚必得其平，服用必合乎则。毋作奢靡，务图远大，勤学好问，惩忿戒嬉。倘专事佚豫，则大业由兹替矣。凡机务至前，必综理勿倦，诚守此言，岂惟福泽及于万世，亦大孝之本也。

写好后，交与海中天道："立送皇上御览。"

"嗻。"

海中天手捧此诏急奔乾清门。

到了东暖阁，顺治正在与范文程、冯铨、刘正宗三人一同批奏章。

汉臣的奏章由三人轮流读给顺治听，并做解释，然后由顺治裁决，再由三人写在奏折上。

"皇上，慈宁宫海公公求见。"

"宣上来。"

"慈宁宫执事海中天叩见皇上。"

"海公公此时来有何事？"顺治望了他一眼道。

"奉太后之命，来传太后的诏书与皇上御览。"

"呈上来！"

顺治展开诏书仔细读着，不由得神色庄严起来。最后竟轻声诵读起来。

"好！"顺治不禁拍案叫绝，"三位学士，看看太后诰谕朕的话，是否是金玉良言？"

三位传阅了太后之诏，个个点头，竖拇指夸赞。

范文程道："皇上，太后之言字字珠玑，句句如金。臣以为应发往各部院，让众臣一起聆听教诲。"

"正合朕意，刘正宗，你用满、汉文把此诏抄下，给朕贴在这御书房的御座旁。朕要日日默诵，天天反省，不负母望。"

第二日，顺治命范文程当殿宣读太后诰谕，并把此谕发向各王公大臣、部院。

随后，顺治道："太后之言，朕铭记于心。昔日索尼、鳌拜宣誓尽忠皇上，又立显功，后有微瑕，遭贬受罚。今日朕已亲政，两黄旗军务繁重，朕欲复两人世职，入军佐理军务，不知众卿意下如何？"

大家心里都明白，索尼、鳌拜平反昭雪是早晚的事，任何人也阻挡不了，谁又愿以卵击石，伸头挨打呢？于是，索尼、鳌拜官复原职，立返京城。

顺治又道："礼亲王满达海尽忠报国，勤政爱兵，袭父之爵，今改称巽亲王。其弟博洛为端重郡王。其子阿波扎封为贝子。郑亲王，你以为如何？"

郑亲王正在一旁怀着酸涩的心情等待着什么，听皇上点到自己，马上收起心思，忙道："皇上，臣以为圣意英明，受奖之臣均为我大清忠臣，理应受奖。"

"那好，此事就这么定了。若诸位以为还有该奖之人，可报吏部，或直接上奏，朕会认真考虑的。"

消息传到后宫，太后脸上露出了笑容。她知道，儿子的帝位已初步坐稳，朝中无人敢贸然生事了。

太后脸上的笑容还没退尽，一股寒意袭上心头。她看到顺治脸上的那一丝冷笑，预感到一场风暴即将来临，而且连自己也未能幸免。

这一日，顺治正与刘正宗在一起研习《孟子》。每次顺治在学习前，总是要看一遍墙上太后的诰谕。当然，今天也不例外。

刘正宗站在一旁，看着这一切，轻轻一笑，对顺治道："皇上，今日臣冒死问皇上一句，不知可否？"

顺治一愣，望着刘正宗一本正经的脸，有些惊异，便道："刘学士有话可直说，你我君臣之间不必多虑。"

刘正宗道："皇上是想做昔日的皇上，还是今日的皇上，抑或真正的皇上？"

顺治一时没明白他的话，笑道："刘学士之言何意，朕一时不明白。你把话说清楚，不要绕来绕去的，一张嘴里长了几个舌头。"

刘正宗正色道："皇上，昔日的皇上，是有人摄政，皇上可居于内宫，不问朝政，自由嬉戏，无忧无虑；今日的皇上，圣驾临朝亲政，但枷锁重了，步履蹒跚，事事受人掣肘，不可挥洒自如，吐气扬眉。"

没等刘正宗说完，顺治道："朕当然不做昔日的皇上，朕继位七年，从未过问朝政，也没人向朕奏闻，哪是什么皇上，简直是儿皇帝！今日亲政，虽临朝听政，众臣也俯首听命，但朕总觉受人压制，如履薄冰，不敢轻举妄动。朕虽为皇上，但处处小心，不开心，不舒坦，朕也不想做今日的皇上。"

"那皇上是想做真正的皇上喽！"

"真正的皇上是怎样的皇上？"

"真正的皇上乃九五之尊，一国之君，万民敬仰，驾临之处，官民伏地，一言九鼎，令行禁止。喜则百花齐放，悲则万木垂泪，怒则海啸山崩，此乃真皇上也。"

顺治无限神往，大笑道："朕要做那真正的皇上，只有如此才算是真正的天子，真正的伟丈夫。岂可苟且偷安，拘泥于旧？不过，朕若做真正的皇上，应怎么做？"

刘正宗道："皇上今日仍没走出多尔衮的阴影，这棵大树虽已枯死，但皇上一时还没能自由地吮吸阳光。要自由，必须彻底走出多尔衮留下的无形的心理阴影，清除他的淤底，摧毁他的无上权威。"

顺治似乎想起许多往事，一拳击在案上。

"多尔衮！朕不会轻饶你的！"

二人正在说话，吴良辅走进来奏事。

"皇上，太后有请皇上和刘学士。"

二人一惊，忙去慈宁宫，远远就见范文程和冯铨早已坐在殿上了。

众人施礼过后，重新坐下。

太后笑笑道："今日哀家请三位学士来，主要想问问皇上的学业进展如何。当着皇上的面，三位可直接提出有哪些不是，以利皇上日后改正，是不是，皇上？"

顺治见母后正用热切的目光看着自己，忙点头道："正是，正是，母后所言正是朕的意思。今日诸位开诚布公，让朕明白自己的短处，日后受益。"

范文程首先道："太后，皇上自亲政后，勤于政务，处事果敢，每日上午处理政务，下午习汉文。皇上生而神灵，聪明英睿，学业大进，已读至《孟子》。常人三年之功，皇上两个月可成。真乃天才也。"

冯铨也道："太后，皇上不仅学业大进，书、画之艺也渐入境界，颇得其中三昧。臣活半百，未见如此聪慧之人，真乃我大清之幸、太后之幸。"

太后心中大喜，脸上却很平静。

"二位学士，不要在皇上面前故意谬夸，哀家虽天生笨拙，但也知世无天才。有人寒窗苦读，十年乃成，也有人皓首穷经，仍不得要领。两月之期，能有如此进展？皇上能否书写一幅，聊作额娘的检查，也请三位学士当面指正？"

顺治道："母后之命难违，请三位学士多多指教。"

早有宫女准备了文房四宝。顺治立于案前，随手写下了两幅："民贵君轻""防民之口，胜于防川"。字体虽还不够劲道，甚至还有些笨拙，但已颇有些韵味。

范文程手捋胡须，频频点头，冯铨笑着去看太后。

此时的太后也面含微笑，连连道："几位学士真是辛苦了，皇上能有如此进步，一定耗费了几位不少心血。哀家在此谢过了。"

太后说着又对顺治笑道："皇上，这两句话应时时记在心里，要爱民如子，体谅下人，广开言路，尽收忠言，这样才会国运昌盛。"

顺治频频点头，一旁的刘正宗官阶较低，不敢多言，只是静观壁上。

几人又谈了顺治这字的缺点、长处。

顺治一一点头记下。

而后众人重又坐下。

顺治道："朕前日读《孟子·离娄上》，有句曰'为渊驱鱼，为丛驱雀'。不知其意，请几位指点。"

范文程看了看冯铨，这方面冯铨是专家里手，精于"四书五经"。

冯铨也不推辞，朗声笑道："皇上，此言之义是，水獭想捉鱼吃，却把鱼赶到深渊去了；鹯鹰想捕麻雀吃，却把麻雀赶到丛林中去了。"

顺治还有些不明白，学习两个月汉文的少年天子，不可能一下子领悟汉文那博大精深的语言内含，他瞪着眼睛望着冯铨。

冯铨只好耐下心来，缓缓说道："皇上不要着急，汉文语精义奥，晦涩艰深，'冰冻三尺非一日之寒'嘛，慢慢领悟。这句话的意思就是说，水獭本来想捉鱼，结果鱼跑到深水里了；鹯鹰想捕鸟吃，把鸟都赶到森林里去了。为何会出现这种适得其反的结果呢？是因为水獭、鹯鹰太张狂了，锋芒毕露，受到惊吓的鱼和鸟自然不会上当。"

顺治恍然大悟，拍手笑道："朕懂了，任何人做任何事都要有个度，不可太嚣张了，否则就会适得其反，追悔莫及。就如同多尔衮与朕，多尔衮就是那鹞鹰，朕就是那只麻雀。对吗？"

太后、范文程、冯铨听了顺治的前一句话还都十分高兴，皇上的领悟力很强，一点就通。正要喝彩，顺治突然说出后一句话来，众人的笑都凝固在脸上，笑也不是，不笑也不是，呆呆地相互望着。

受震动最大的还是庄太后，她不知这位少年天子怎么会有这样的比喻，而且他在说这句话的时候，双眼射出仇恨的凶光。

庄太后虽然是顺治的生母，但她并不了解儿子，这是清廷的制度造成的恶果。

五个人面面相觑，各人想着各人的心事。

最后还是太后打破了僵局：

"三位学士，皇上的学业果真长进很快，以后还要多多催促，不可松懈。"

"臣等谨遵太后教训，不负太后之托。"

临别时，太后用复杂的目光去看顺治，可顺治看也不看昂着头阔步而去。

顺治八年（1651年）二月，奔突于地下的烈焰终于冲破地壳涌了出来，而且瞬间便冲垮了人们许多年以来的禁戒。

一日议政时，顺治坐在御座上望着下面那一位位大臣。他们神情各异，有的垂着头，不言语；有的缩着头，低垂眼睑，装睡；也有几个盯着皇上的脸，揣测圣意；还有的一脸正气，昂然而立。

顺治有些不悦，冷冷道："众卿有何议要议？若没有事就退下吧，别浪费大家的时间！"

众人刚想退朝，忽有一人站出来。

"皇上，臣有一事奏明皇上。"

是苏克萨哈，此人是正白旗重臣，一向以耿直著称。

顺治一时不知他有何奏，两白旗的人现在连大气也不敢喘，这位大汉又要干什么？

"大人有何事要奏？"

苏克萨哈双膝跪地，伏在地上。

"臣与詹岱、穆济伦三人联名上一奏折，奏摄政王有不臣之心，阴谋叛逆，因事关重大，臣这才冒死在廷上当面将奏折呈与圣上。"

苏克萨哈的声音并不大，可这暖阁已是地动山摇。顺治闻言，一拍御座，腾地站了起来。

下面的诸王，有人抖了一下，有人一愣，回过神来，嘴张得能塞个拳头。站立的大臣，有几个差点瘫在地上，有几人差点栽倒。

顺治极力按捺住心中的狂喜。

"苏克萨哈，你好大的胆子，摄政王辅政八年，刚刚逝去，朕已谥他为'诚敬义皇帝'，你敢参他谋反，不怕丢脑袋吗？"

皇上的话刚说完，下面就有人掩口失笑：这个犟驴，不知好歹地到处乱撞，皇上对摄政王如此厚待，岂能信你胡言？这次你死定了。

苏克萨哈挺起身，仍跪在地上，朗声道："皇上，臣天生耿直，不避亲仇，有事就奏，一心为大清千古基业着想，不惜此头。"

"好！好！"顺治兴奋地在御前击起掌来，走下来亲自搀起苏克萨哈，深情地说，"朕就是喜欢这样的人！有何参奏，当朝读与朕听！"

苏克萨哈展开奏折，朗声读道，"臣苏克萨哈、詹岱、穆济伦启奏陛下：已故摄政王多尔衮生前辅政八年，欺君幼弱，独断朝纲，排除异己，结党营私，欺君罔上，久有不臣之心。私制明黄龙袍，并曾想率两白旗前往永平府，阴谋叛逆。臣以为多尔衮生前虽有辅政之功，有定鼎中原之劳，然功不掩过，他犯下僭越大逆之罪，请皇上降旨追查，惩奸除恶，以昭陛下平明之理！"

"皇上，苏克萨哈因受摄政王议处，怀恨在心，公报私仇，请皇上明察。"站出来说话的是固山额真何洛会。

"皇上，臣以为苏克萨哈挟私枉奏，沽名钓誉，妄留忠臣直谏的美名，请皇上明察！"巴哈纳、冷僧机、拜平图、巩阿岱等人纷纷附和。他们明白一个道理：唇亡齿寒，兔死狐悲。

啪！顺治扬手把茶杯扔在地上，站起身大声喝道："住口！你们要干什么？这是在御前大殿，你们如同乡村泼妇，群起而攻，吵架吗？"

这几人见皇上发怒，心中仍不服气，凭什么苏克萨哈能说，我们就不能说？

"怎么？皇上旨意尔等没听到吗？"郑亲王见顺治的威力还不够，马上前来助威，"退下！让皇上问完话你们再奏也不迟！"

老王爷发了话，这几人不敢再言纷纷退下。顺治一个一个地看着他们，默默地记在心里。

"苏克萨哈，你刚才也听到了，有人说你是公报私仇。朕问你，所奏之事是否属实？"

"叛徒！""背恩弃义的小人！""吃里爬外的东西！"……一个个声音从人群中飘出来。

苏克萨哈毫不理会，挺身而言："皇上，臣愿以全家性命担保，多尔衮的八补黄袍就在他的墓中，是臣亲手为他穿上的。若皇上不信，可开棺验尸，是非曲直，不争自明。"

"刘正宗，将苏克萨哈所奏之事记下，待朕查实后再定夺。王子犯法与庶民同罪，朕不会宽恕任何人！"

刘正宗早已伏案疾书，记下多尔衮所犯之罪。

风向变了，众臣已能明显感觉到皇上在刮风，吹向谁，明眼人看得很清楚。于是大家开始纷纷上奏摄政王的一件件恶行，但就在此时，一个带哭腔的声音传来：

"皇上，臣求皇上不要开棺。"

随后又有数人应和：

"臣求皇上不要开棺。"

顺治向下一看，只见多尔衮的养子多尔博正伏地而泣，他身后有六七位大臣跪着。

"为何？"顺治不解。

"皇上，先父刚逝，入土不到百日，天下孝服未除，先父尸骨未寒，皇上便要开棺，岂不让天下百姓笑话，让八旗将士寒心？即使先父有天大的罪过，请皇上看在先父辅佐皇上、开创大清基业的情分上，饶恕先父，不要惊动亡灵。"话没说完，小多尔博已是泪流满面，泣不成声。

顺治见他如此悲切，非但没有产生怜悯之意，反而有一种快感：昔日你先父欺朕时，朕也和你一样悲伤、无助，你为何不求你父饶恕朕？今日想让朕装糊涂，没门！

"睿王之言差矣。有人告发说棺中有龙袍，不开棺怎能验明真假？朕就是要查个水落石出，绝不允许任何人向摄政王头上扣屎盆子。别看他们刚刚议论纷纷，如果朕查实摄政王没有僭越之事，朕定饶不了他们。此事就这么定了。"

多尔博仍不死心，伏地泣道："皇上，臣愿自削世爵，充役军前来换取皇上开棺之命。"

豫亲王多尼、贝子锡翰、何洛会、刚林等人也伏地道："臣等也愿自削世职，以换回皇上的成命。"

顺治一拍御案，大声喝道："放肆！你们这些不忠不孝的奴才，现在有人向摄政王泼污水，你们不思如何为摄政王洗刷污垢，反而求朕罢手，任由他人诬陷，这办不到！你们别忘了，摄政王也是朕的阿玛王！难道朕还没有你们孝顺吗？"

这番厉喝，把殿内所有人都震蒙了，谁也不知皇上心中想的是什么，刚才参奏的人心里也在打鼓。

顺治见没有人说话，便说了一声"退朝"，说罢扬长而去，甩下殿内所有摸头不着头脑的大臣。

皇上要开棺验尸的消息立刻传遍了皇宫内外。

庄太后正在绣花，忽见海中天跑来："太后……太后，皇上明日要开摄政王的棺验尸。"

太后一阵刺心的疼痛，手指上流出了殷红的鲜血。

她怔了怔，说："为何如此？"

"今日朝堂上苏克萨哈突然上奏说摄政王私制八补黄袍，有僭越之心。皇上为了验明真假，已下令郑亲王明日开棺。"

太后没有说话，又低头绣她的花。只是手太疼，不时地把手指放在嘴里吮吸一下，所绣的花已不如原来整齐、漂亮。

庄太后最后终于扔掉手中的针线，静静地坐在椅子上，呆呆地望着宫外那一抹夕阳。

晚膳抬了上来，乌兰轻轻走过来，低声道："太后，请用晚膳。"

连说三次，庄太后才有反应。

"让他们退下吧！哀家今晚不吃了。"

乌兰知道太后的脾气，她不敢硬劝，只好向御膳房的几个太监挥挥手。

"回来！"那几个太监刚走出殿门，太后又喊住他们，"给哀家留下一碗汤、半块馍就行了。你们都退下，哀家自己用膳。出去后，敢说哀家吃食多少，小心你们的舌头！"

"嗻！奴才们不敢妄言。"

整整半个时辰，乌兰一直躲在远处看太后吃饭，只见她一边把馍掰成小块，放在嘴里慢嚼，一边望着殿顶，两行热泪从她的腮上流到嘴边，和着馍咽了下去。

晚饭后，庄太后仍无困意，坐在椅上。

海中天又跑来，乌兰向他摆摆手。可海中天满头大汗，视而不见，跪在太后脚下道："启奏太后，睿亲王多尔博、豫亲王多尼和两白旗重臣七人在午门外求见。"

庄太后似乎早已想到，静静地说："传哀家的旨意，说哀家身体不适，已经歇息了。"

海中天跑了出去，过了两刻钟又回来了，见太后仍坐在那儿。

"太后，两位亲王和七位大臣仍跪在午门前候旨。"

乌兰悄悄贴近太后，小声道："太后，是不是传皇上……"话还没说完，便碰到了太后严厉的目光，于是又把话咽了下去。

"乌兰，侍候哀家休息吧，他们爱怎么跪，就怎么跪吧！"

庄太后起身进了寝室，上了床，让乌兰熄了灯。乌兰和海中天悄悄退了出来，隐没入夜色里。

这一夜京城无眠。

庄太后在黑暗中瞪大眼睛，一直看到窗外一抹晨曦照在宫墙上。午门外的人也没有睡，一直跪在那儿，他们期待着奇迹出现，可是没有。开棺验尸，在古代是最忌讳的事，谁愿意让自己的先人死后还要受到惊扰？再说掘坟开棺是会破风水的，对后世不利。所以，他们宁愿在午门跪一夜，也想保祖先的平安。他们知道，只有太后才能阻止这件事，她应该也能够阻止皇上这一荒唐的举动，但是，她没有。

顺治也没有睡，吴良辅一直陪在他的身边，乾清门已派重兵把守，大内侍卫全部上岗。

鳌拜率五千正黄旗的巴牙喇兵伏在午门外监视着那几个人，一旦有异常便马上冲上去。同时，郑亲王也在王府坐了一夜，镶蓝旗的将士随时等待命令。满达海也和郑亲王一样，接到了皇上的口谕，随时待命出击。这一切紧张的场面都被黑夜笼罩住，没有人能看到。

天亮后，郑亲王和鳌拜率五千人马，同刑部尚书、大理寺卿一道出东直门，直奔九王坟地。

少年天子顺治及内大臣、诸王公均聚于东暖阁静候消息。多尔博、多尼等人垂头丧气，低头坐在一旁。

时间过得很慢，殿内死一般沉寂，没有人敢出口气，只听到几十颗心在跳动。

"启奏陛下！郑亲王已到午门候旨。"两个时辰后，执事太监的声音吓了众人一跳。

"宣！"顺治平静地说道。

"宣郑亲王上殿！"这一声公鸭叫，整个紫禁城都能听到。喊声过后，殿内的心跳开始加快。

郑亲王带着刑部尚书、大理寺卿来了，满脸庄严。

"臣奉旨开棺，确见摄政王棺内有八补黄袍穿在身上，并在棺内发现了一方玉玺。请皇上过目。"

几位大臣伏地启奏，郑亲王手中捧着一方黄绫。

吴良辅上前接过黄绫，有一股腐臭味扑面而来，但他不敢有丝毫表现，转身呈到顺治面前。

顺治揭去黄绫，果然是一方美玉。四方形上刻两条青龙，下面刻有四个篆字："天命大宝"。

顺治抓过玉玺，啪的一声摔在地上，那方玉并没有碎。

顺治瞪了一眼多尔博，冷冷道："来人，除去睿王的顶戴花翎。"

多尔博忙跪在地上，声泪俱下。

"皇上，臣罪该万死，不该隐瞒实情，请皇上看在先父为大清立有伟功的面子上饶恕臣一家老小不死。"

顺治对刘正宗道："即刻将昨日议政会上众臣所议摄政王罪状一一罗列，昭示天下！"

"嗻。"刘正宗忙应道。

顺治突然从御座上站起来。

"摄政王逆谋之罪证确凿，神人共愤。速将其母子妻妾所得封典悉数追夺。诏令削爵，抄家没籍，其子多尔博、女东莪赐于多尼为奴。削夺摄政王'诚敬义皇帝'尊号，平毁墓葬与府第！"

一字一字从顺治牙缝里迸出，越说越气，他不由得走下御阶来至众臣面前，边走边道："朕实不幸，年方五岁，先父太宗驾崩，皇太后只生朕一人，娇生陇养，无人教训，坐失蒙学。年至十四，摄政王死，方始亲政。批阅诸臣奏章，不识汉文，茫然不解其意。今日思之，均因摄政王意欲愚玩朕，让朕成为一白痴昏君，其用心何其歹毒！"

顺治正走至冷僧机面前，瞪着冷僧机，还没说话，那冷僧机早吓得屁滚尿流，伏地磕头："皇上圣明！皇上圣明！"

顺治见状更气，又吼道："摄政王实在罪大恶极，锉尸鞭笞，砍头示众，焚骨扬灰！"

说到最后，声音已颤抖了，字是一个一个地迸出来的。

"嗻。"地上的郑亲王领旨。殿上的每一个人都胆战心惊，默默地任由眼前的皇上发泄心中的不满。

城东坟地，鳌拜正指挥兵丁从墓穴中取出多尔衮的尸体。入土不过月余，尸首还没有太大变化，似闭目微睡，只是看到那张又黄又白的脸，才知他是死人。

一声令下，四名刑卒用棍子抽打尸体，又有几名刑卒用鞭子猛抽，好在那是死人，不知疼，所以，无论抽在哪儿都动也不动。发泄了一通，又砍掉脑袋，运回城中。然后把尸首连同棺木一并放火焚烧，剩下的骨烬，迎风扬洒。那华丽的坟墓也被砸毁。直到日落时分，鳌拜才完成使命率兵回城。

三日了，多尔衮的头一直被悬于午门外高杆上。文武百官天天上班办公，从正阳门进来远远就可望见那只头颅在空中垂悬，出入皇宫的官吏更要从那头颅下经过，但是没有一个人敢抬头看看。他们从进了正阳门开始便低垂着头。那头颅像有千斤重，压得每一个官吏都抬不起头。

庄太后也有好几日没出宫门了，她每天都坐在椅子上。宫外是儿子近乎疯狂的发泄，她能明白儿子的感受，所以，她始终保持沉默。她的心里是痛苦的，明眼人看得很清楚，对多尔衮的处置完全是违背大清律法的，更多的成分是个人私愤的肆意发泄。对多尔衮罪名的认定，也是大可商榷的。多尔衮不是被尊为"诚敬义皇帝"了吗？还发了国丧，既然是皇帝，死后身穿八补黄袍下葬又有何不妥呢？哪位皇帝的墓中没有八补黄袍？欲加之罪，何患无辞！这不过是一个借口而已，可以使多尔衮的权威从顶峰跌入低谷的借口。

这是政治斗争早已确定了的发展方向，谁也不可更改。

她也不想更改，因为这一切对儿子亲政有利，它可以砸碎数年来束缚在他们母子身上的枷锁，撕破那张无形的网，让儿子可以自由飞翔。所以，她保持沉默。如果她想阻止这一切，她也有足够的理由，可她没有，她要为儿子今后的政治前途负责，儿子才是她生命意义之所在。

但是，儿呀，你这样做太伤额娘的心了！多尔衮是我们母子的仇人，仇人伏诛让人快慰，但你这恣肆地发泄，仅仅是针对多尔衮吗？你对额娘的怨恨和不满也一并发泄在多尔衮的身上，你以为额娘会为你的行为高兴、骄傲吗？儿呀，那被开棺鞭尸的人曾经是额娘的丈夫，是你的阿玛王呀！对他不敬，你与额娘的脸上有光彩吗？你可以洗刷身上的污秽，但额娘的身上不是沾了更多的污秽吗？

额娘承认，昔日的下嫁让你蒙受耻辱，但你可知道额娘内心的苦哇！额娘嫁给他，是因为额娘喜欢他，他对额娘也敬重有加，情意绵绵，使额娘感到了做女人的快乐，两情相悦，无可厚非。

更何况，当时的多尔衮已是私欲膨胀，意欲废我母子自立，额娘这才出此下策。若不是为保儿的帝位，额娘就是再苦，也不会做出千古未有的羞事！额娘当时也是身不由己，不得已而为之啊！这心中的委屈、凄苦，儿呀，娘能向你诉说吗？

儿呀，回过头来再看看多尔衮，他一生也不易了。昔日太祖驾崩，你父皇太极拥兵自重，逼殉其母，夺帝位。多尔衮眼看到手的帝位飞了，他仍能从大局出发，抛弃前嫌，与逼殉生母、夺其大位的四皇兄，也就是你父皇通力合作，草创大清的基业。后来，又能从国家利益出发，放弃皇位，拥立你承大统，平息了一场足可毁灭几代人心血的政治斗争。此后审时度势，统兵入关，扫荡贼寇，肃清官禁，分遣诸王，追歼流寇，抚定疆陲，一切创制规模皆他所经画。伟伐殊功，实为古所未有，他可以说是大清的实际缔造者。

他的私欲很大，和你父皇一样，也是私天下之心，但他却没像你父皇那样向孤儿寡母逼宫夺位。他只是以另一种方式——娶国母，挟天子来满足欲望。为了满足他那点可怜的私欲，他背上了千古的骂名，死后却遭此浩劫。

儿呀，你小小的年纪为何这般寡恩薄情？额娘不是怪你惩治多尔衮，是怕你会误入歧途，毁了大清的锦绣山河。

乌兰、海中天都悄悄立在一旁，他们只能看到太后的泪在流，嘴在微动，但他们始终听不到她说了什么。

这些话，太后能让他们听到吗？

"海公公，午门上的人头还在吗？"太后终于说话了，不戚不悲，语气中透着平静。

"回太后，还在。"海中天小心答道。

"你们去吧！让哀家在这儿静静。"

"太后，您已坐了三天了。奴才扶您到外面晒晒太阳。"

"你们去吧！"太后的语气更严厉了。宫外，儿子正在向多尔衮的家人和党羽兴师问罪，她实在没有勇气迈出门外。

儿呀，你可不能因私愤而毁了大清啊！怨气泄一泄也好，但不可过分。

太后担心的事终于发生了。接下来，顺治一连下旨斩了十几位与多尔衮关系密切的大臣，且还不想罢手。

后宫的庄太后再也坐不住了。

她已闻到午门外的血腥味，看见顺治正像匹发疯的野马狂奔在大道上，身后的大清江山被他拉得左右摇晃，几将倾倒，若再无人劝阻，后果不堪想象。她可以忍受耻辱，但她不能忍受有人毁坏大清的江山。

"乌兰，快帮哀家梳头。"

乌兰听到久违的声音，心中大喜，忙跑过来高兴地帮太后梳洗。

来到乾清宫，顺治正坐在那儿发呆，阴沉着脸，已升为司礼监执事的吴良辅仍立侍身旁。

"太后驾到——"海中天高喊一声。

顺治从沉思中醒来，见母后已至殿前忙起身施礼。

"儿臣叩见母后。"

"平身吧。"

太后也是满脸的风霜。

"皇上，哀家在后宫风闻皇上正在议众臣之罪。"

"正是。母后，今日儿臣已处置了几位大臣，他们均为多尔衮的亲信党羽。"

太后微微点头。

"那些人昔日确实有些张狂，不过吏部尚书谭泰并不似其他人，为何皇上也处死了他？"

顺治有些不悦，后宫不准干政，母后也不行！但毕竟是亲生母亲，不能太无礼，只好好言解释。

"母后，谭泰其人虽不如其他人那样飞扬跋扈、得意忘形，但他毕竟是两黄旗的重臣，却投靠了多尔衮。儿臣最恨见风使舵、背恩弃义之人。古人云：'宁为玉碎，不为瓦全。'谭泰昔日背先皇之恩，今日又叛多尔衮，日后也会叛朕，如此宵小之人不可留！母后教导儿臣要亲忠远佞，儿臣正在这么做。"

太后明白，儿子此举是向众臣传出一个信息：日后任何人，特别是上三旗的大臣，绝不准背叛主子，否则只有死路一条。

"罢了，杀也就杀了。皇上还准备议罪于众臣吗？"

太后望着顺治。

顺治愤然站立。

"母后，大清律法，后宫不得干政，请母后回宫。"

庄太后也不示弱，言辞冰冷：

"皇上，今日哀家以皇太后的名义提醒皇上：为君者先爱民。爱民方可勤政，得天下之心。请皇上多怀柔心，严于律己，宽以待人。对首犯可杀一儆百，但不可杀百儆一。君王一个字，百姓一条命，望皇上慎之！"

说罢，庄太后愤然而去，顺治也没有送，母子之间产生了隔膜。

晚上躺在床上，顺治想前思后，反复想太后的话，恍然醒悟：自己是太固执了，一味想发泄自己的不满，下手是狠了些，但那些人不除又实在是咽不下那口气。至于其他人也没法追究了。多尔衮位极人臣，权倾天下，连皇上都要仰他鼻息，更何况大臣们。适者生存，自然之理，不能打击面太大，见好就收吧！

太后的发怒，确实为顺治气晕的头脑浇了一盆冷水，让他清醒了过来，步入正常的轨道。

朝堂上，众臣早已毕恭毕敬地站着，垂手低头而立，什么都不敢说，万一出了声，那是要出人命的。

顺治看了看大家，缓缓道："朕昨夜思之良久，顿然醒悟。多尔衮摄政，如日中天，炙手可热，何人不曾仰视他呢？朕所恨乃那些见利忘义之人。凡迫不得已、身不由己随附于多尔衮的，朕也就不再追究了。以后尔等要引以为戒。"

大臣们听了这句话，像闷热难当的盛夏吹来一阵凉风，又像是被绑于刑场上的囚犯松去了绳索，悬着的心一下子落了地，纷纷伏地，喜极而泣道："多谢皇上开恩！皇上英明！"

顺治挥挥手。

"平身吧。朕历来奖罚分明。凡对大清忠贞不贰、耿直忠信之士，朕要封赏。"

顺治扫了一眼众人。

刚从惊恐中解脱出来的大臣们对封赏没有抱多少希望。

"索尼听旨。"

"臣在。"

索尼已有六十岁了，身子骨不灵便，但听皇上点名，还是急忙出列。

"朕封你为内大臣兼议政大臣，加一等伯，总管内务府。"

"臣谢主隆恩。"

索尼不由得老泪纵横，伏地谢恩，磕头不止。

"鳌拜听旨。"

"臣在。"鳌拜瓮声瓮气地应道。

"朕封你为内大臣，加一等子，授两黄旗护军统领。"

"臣谢主隆恩。"

"苏克萨哈。"

"臣在。"

"尔虽为两白旗出身，居多尔衮重压之下，但耿直忠勇，不畏强权，出淤泥而不染。朕封你为议政大臣，官加一级。"

"臣谢主隆恩。"

苏克萨哈虽心中充满感激，但不像有些人那样伏地磕头不已。

"郑亲王听旨！"

"臣在。"

"刘学士，读朕的册文。"

顺治并没有直接加封，而让刘正宗宣读册文。

郑亲王闻言，伏地谢恩。

顺治又道："郑亲王年事已高，一切朝贺、谢恩，悉免行礼。"

"谢皇上隆恩。"郑亲王再次谢恩。

"郑亲王对朕忠心耿耿，朕不会忘记。今特加封亲王长子富尔敦为世子，袭父爵。次子济度为多罗简郡王，三子勒度为多罗敏郡王。"

郑亲王忙要跪地谢恩。

顺治挥手拦道："郑亲王，朕不是说了嘛，免去行礼。罢了。"

这是故意给众臣看的，让他们知道忠于皇上的可以加官晋爵，背弃皇上的便砍头抄家。谁为皇上出大力，谁就可以得大封。郑亲王在皇上亲政前后，可谓鞍前马后，立下汗马功劳。结果，自己获封"叔王"，三个儿子均为郡王。这是何等的荣耀！

郑亲王此时心中有一种说不出的滋味，本来是"信义辅政叔王"，现在只是"叔王"，不是复封，更谈不上加封。看来天子是要独断乾纲了。

一场风雨过去了。

天降贵人

苏 跃◎著

孝庄皇后

（下册）

中国铁道出版社有限公司
CHINA RAILWAY PUBLISHING HOUSE CO., LTD.

【第九回】

经风雨预想对策，封皇后龙凤不谐

太后经过这场风雨的冲刷，明白了一个道理：让一个还没有自控能力的少年掌权是很危险的。权力一旦失去制约，就会驶向歧途，但制约权交给别人又不放心。作为少年天子的母亲，她应该担当这个责任。

交泰殿里，太后对着她召来的众臣道："各位卿公，哀家今天以皇太后的身份，也以一个母后的身份，请诸位来，是想给诸位提一个醒，皇上年幼无知，今后无论做什么事，都要给皇上提醒此事的利弊。重大的决策，要由议政会定议后才可实行。诸位都是哀家的老熟人，一定要为大清负责，为皇上负责，为天下百姓负责。若让少年人一意孤行，后果不堪设想。此前之事便是一例，望诸位慎之。"

坐在殿上的都是重臣：郑亲王、巽亲王、范文程、冯铨、索尼、鳌拜等。

郑亲王道："太后，臣等明白，以后凡遇大事，臣等一定全力帮助皇上，也会请皇太后审度。"

庄太后笑笑道："有你们就足够了，哀家不便干政。"

"那怎么行？太后虽处后宫，但处事果敢，判断准确，洞察一切，我辈弗如。"说话的是索尼。

太后笑笑道："你们不必过谦，只要你们能尽力辅佐皇上，我大清一定会永远昌盛的。"

话虽这么说，此后朝中有些重大的事，自然有人向太后通风报信。顺治也慢慢知道母后的政治才智远在许多大臣，甚至包括自己之上。虽对她有些生疏，但遇事也愿与她通气。

古人有句俗语："家大烦事多。"前院吵架刚息，后院又有火起。

庄太后刚过了几天舒心日子，麻烦事便来了。

这日清晨，刚用罢早膳，乌兰便道："太后，坤宁宫的侍女诺娃求见。"

太后一惊，坤宁宫的侍女来干什么？侄女这些日子也不来请安，怎么了？

"叫她进来。"

进来一位蒙古女子，虽来了一年多，但仍着蒙古服装，她便是慧敏的陪嫁女诺娃。

"诺娃叩见太后。"

"平身吧，慧敏娘娘如何？"

那诺娃含泪道："太后，奴才是特来告诉太后，慧敏娘娘病了。"

"病了？多长时间了？"

"有半个多月了。"

"为何不早来告诉哀家？"

"太后，前段时间朝廷上正闹乱子，娘娘不敢打扰太后。"

庄太后微微点头，又问道："什么病？太医诊断了吗？"

"回太后，太医已诊治过，可一点不见起色，太医也说不出是何病。"

太后有些不安，什么病太医断不出？是不是有喜了？不对，有喜太医是可以诊出的。

"你先回去吧，哀家有时间去看看。"

"多谢太后。"

诺娃走后，太后仍纳闷，这慧敏刚刚十四岁，又新婚不久，会生什么病？

"乌兰，你说慧敏那丫头会生什么病？"

乌兰轻轻道："怕是心病吧。"

"心病？她能有什么心事伤神的？"

乌兰低声道："太后不知，奴才听宫女们议论，说皇上近来不太喜欢慧敏娘娘了，一个月也去不了几次。你想，一个新婚的女孩子，能受得了这个打击吗？"

太后也忽然想起一件事来，怪不得皇上不提册封皇后的事，原来是准备皇上亲政后册封，谁知多尔衮突然暴卒，她一心只想着如何让皇上亲政。亲政后，又出了问罪多尔衮的事，忙得晕头转向，把这事全给忘了。

"乌兰，快扶哀家去乾清宫。"

乾清宫很静，顺治正在伏案读书，一手托腮，一手执笔，边读边思边画，吴良辅立在一旁。

"太后驾到——"

一声高喊，庄太后已到了乾清宫门口。

顺治忙跪地道："儿臣叩见母后。"

太后看了看地上的儿子，虽有些怪癖，但比以前成熟多了。特别是经过前一次的冲击，母子俩都心有悔意。

"平身吧。现在看什么书？"

"《大学》。不知母后此时驾临有何吩咐？"

"皇上，刚才诺娃来报，说慧敏病了，不知皇上可知？"

顺治稍稍一愣，太后马上明白了，近半个月，皇上一次也没去坤宁宫。

"皇上，坤宁宫里是你的亲表妹，是聘来做皇后的，原打算你十八岁亲政后再册封她为皇后。现在既然你亲了政，就应该册封她为皇后了。"

顺治面有难色，沉默了良久，相对无语。

太后又道："怎么？皇上有何想法？"

顺治慢吞吞地说："母后，儿臣刚刚亲政，千头万绪，一时无从抓起，每日又要学习汉文，本已忙得不亦乐乎，哪有心思封后？儿臣请过几年再行册封之礼。"

"胡说，学习和册封皇后有什么关系？要国就不要家了？皇上认真想想，择个良辰吉日就下诏册封吧。"

顺治忙道："让儿臣向鸿胪寺询问一下吉日再通知母后。"

太后见顺治带有明显的搪塞之意，也不好立刻就定下此事，便道："皇上快快准备，速办此事为宜。"

回到慈宁宫，她慢慢回过味来，一定是皇上嫌慧敏是多尔衮所选，爱屋及乌，恨屋也能及乌。看来，不向他施加些压力是不行了。

三日后，太后仍得不到皇上册封的消息，她知道，根本也不会得到消息。

"乌兰，传哀家旨意，召范文程进宫。"

范文程见了太后，也不知为何召他进宫，只好赔着小心立在一旁。

"大学士，请坐吧！"

"谢太后。"

"范学士，你可知皇上最近有何异常？"

范文程不解其意，只好小心道："太后，皇上近期一切正常，勤于政务，发奋学习，学业进步很快。"

"他有没有提到册封皇后之事？"

"没有。宫闱之事不是臣所应打听的。所以，不知圣意如何。"

太后一想，也是的，不知自己是急糊涂了还是老糊涂了，范文程怎能知道这事？于是笑笑作罢。

"范学士，早在去年皇上就已大婚，可至今仍没册封皇后，所以坤宁宫里的娘娘到现在也没有名分，一急之下病倒了，太医也诊不出是什么病来。哀家想让学士劝劝皇上，促他早日行册封之礼。"

范文程这时才知道太后找自己的意图。

他点头道："太后，恕臣直言，这男女之情不可勉强。"

太后正色道："学士此言差矣，宫里的娘娘早已聘为皇后，她也与皇上大婚，何来勉强之说？”

范文程见自己的话引起太后不满，忙改口：

"臣一定尽力规劝皇上。"

太后这才点头微笑。

范文程又道："臣才闻皇后娘娘龙体欠安，太医久治无效，臣向太后举荐一人，可为皇后娘娘治病。"

"噢？大学士有天下名医的朋友？"

"臣的这位朋友并非天下名医，而是一位洋教士——我朝钦天监监正汤若望。"

"汤若望。"

太后听了这个名字，马上想起顺治五年（1648年）的事，当时，若不是这位洋人，后果不知会怎样。

"这位洋教士也懂医术吗？"

"回太后，这洋教士博览群书，知识渊博，上知天文，下知地理，还精通医学、算学、铸造、印刷等术，臣听说，他的西洋医术有特效。太后不妨一试。"

顺治八年（1651年）四月，从正阳门走出一位面色焦虑的宫女。她的身后是四个身高体壮的皇宫侍卫，人人身穿黄马褂，腰挂长刀。

几人快步向宣武门而去。

远远的，几人看见了一幢奇异的建筑，他们大吃一惊，不知道在皇城里，什么时候筑出这样的房子来的。

那个建筑有点像中国的塔楼，但顶上是三圆顶，淡灰色的小瓦，在最中间高高耸着一个尖顶，上面有一个巨大的"十"字。门窗全都是尖顶拱形，嵌着带几何图形的五彩玻璃，地上铺着花瓷砖，十分精致、华丽。

这几个人无心看这奇景，快步来至那黑黑的大门前，叩响了门板。

不一会儿，门开了，走出一位白卷发、穿黑袍的老人，正是汤若望。

见了面前的几位，他并不惊慌，问道："请问女官有何事？"

那位宫女忙说道："汤大人，皇宫中有位亲王的郡主得了急症，请大人速速前去为之诊视。"

汤若望面有惊色："郡主有何症状？"

"郡主不思茶饭，浑身软弱无力，已卧床不起。"

汤若望闻言，顿时释然，此病无大碍，忙笑着安慰道："女官别急，请屋里坐，待我给女官准备圣水和药物。"

宫女和侍卫进了屋，里面装饰得十分豪华，他们无心观赏，坐在凳上，急切地望着洋老头。

汤若望转身进了里屋，不多时便走了出来，对宫女慈祥地笑道："女官，你家郡主并无大碍，我就不用去了。这儿有圣水一瓶，回去后每日三次，每次饮一酒盅。这儿还有一圣物，把这个十字架挂在郡主胸前，数日内即可痊愈。"

宫女看了看那瓶白清水，又看看那金闪闪的十字架，也不敢怠慢，用黄绫包起来，告辞而去。

慈宁宫里，乌兰把汤若望给的东西拿与太后看。太后也感到惊奇，特别是那十字架，更让她有一种神秘感。

"快，给坤宁宫的娘娘送去。"

心病还得心药治，这一点，太后是非常明白的。所以，她在送圣水的同时，又传旨到乾清宫，请皇上来后宫问安。

太后心里着急，范文程来奏，每次向皇上进谏册封之事，马上就被皇上打断，一个字也进不上。

太后已明白，此事必须摊牌。

顺治来到慈宁宫，问过安后，太后道："不知皇上册封皇后的事想得如何了？要定于何时？"

顺治见太后面有愠色，知道这事也瞒不住，只有明说，于是道："母后，儿臣不想册封皇后。"

"什么？"太后早就看出他的心思，但还是很惊讶，"为何会说这话？慧敏端庄秀丽，貌美若仙，又是蒙古草原的公主，哪一点配不上皇上？"

顺治道："母后不知，那慧敏生性妒忌，奢侈糜华，处心弗端，见貌稍妍者即憎恶，欲置之死地；凡诸服御，莫不以珠玉绮绣缀饰，就是对儿臣也是靡不猜防。既无国母之仪，也无国母之品，如何能册封为皇后？"

"胡说！慧敏乃草原公主，亲王掌上明珠，从小娇惯，可能奢侈了些，自有额娘劝她，断不能成为不册后的理由。至于她妒恶貌美者，是因她怕皇上沉湎于声色，也是为大清着想，有何不好？昔日，以皇后之礼聘为中宫，就应册封为皇后。普通百姓休妻尚不是易事，一国之母，岂能儿戏，让天下之人风言风语，万不可有废后之念，应早日行册封之礼。"

顺治垂首不语，立后的事本就归太后管，太后要让谁为皇后，那是十拿九稳的事，皇上要想废后，也必须得太后的首肯，所以这顺治还能说什么呢？只有软抵抗。

太后心里明白，皇后虽是多尔衮选的，但她是自己的亲侄女，是关乎蒙古女人在后宫地位的大事，也是维系自己和科尔沁利益的关键所在。

皇太极在位时，蒙古女人充斥后宫，现在的两位皇太后均是草原之花，如果慧敏得以封后，就可维持蒙古女人主宰后宫的局面。这无论是对自己还是对蒙古都有利，她岂能放弃？

结果是不欢而散，儿子闷闷不乐而去，母亲郁郁寡欢地坐在椅子上发呆。

不知是汤若望的神水发生了奇效，还是听说太后训斥了皇上，三日后，慧敏的病竟有了奇迹般的好转，能下床走动了。

消息传到慈宁宫，太后十分高兴，更加感激那位从未谋面的洋教士，他一次又一次帮助自己，有必要结识结识这位神秘人物。

不久，宫内传出太后懿旨，召汤若望进宫。众人十分惊诧，就是那位鹰鼻鹞眼的洋神父，在教堂门前接到懿旨时，也是满脸的惊讶。他不明白，当朝的皇太后为何会召自己入宫。

太后第一眼见到汤若望，就有一种很特别的感情。这个一头银卷发、高鼻蓝眼的老人给太后的第一印象，不是外貌怪异、让人发笑的人，而是一位慈祥、善良、充满温情的老者。他那蓝眼睛里放射出的是温暖的目光。

"臣汤若望见过皇太后陛下！"汤若望第一次拜见皇太后，也被她高贵的气质和美貌所打动。

庄太后微微笑道："神父大人，请坐。"

"谢皇太后。"

汤若望那父亲一样慈祥的笑容、娓娓动听的话语和安详、温和的目光让太后感动。

看到汤若望，太后突然有一种遇见慈父的感觉，自己虽是草原上亲王的女儿，但草原上的男子个个凶猛剽悍，很少有温情的表现。她十三岁便离开了父母，来到清宫，更得不到男人温情的关怀。所以，潜藏在她心底几十年的热望今天终于找到了。她与汤若望感情的距离更近了。

"神父大人，哀家可以向你讨一个十字架戴吗？"

太后突然产生了一个奇特的想法。

汤若望顿时大喜过望，马上起身道："当然可以，我颈上的这枚十字架是三十年前我到罗马传教，大教主亲自给我戴上的，今天就送给皇太后。"

说罢，汤若望摘下胸前的十字架，走过来给庄太后戴上。末了，他用手按住胸口，温柔地对太后说："愿上帝保佑你，我年轻的孩子，阿门！"

听着这话，太后更加激动，心里想：哀家要有这么个父亲那该多好啊！

人的感情是复杂的。越是得不到的，心里越是想它。庄太后一生没得到过父爱，她的心里就强烈地渴求得到这种爱。

"汤大人，你知道哀家今日为何请你入宫吗？"

汤若望摇摇头忙道："臣不知。"

"还记得一个月前，有位宫女去请你为郡主治病吗？她根本不是郡主，而是宫中的皇后娘娘。"

"什么？皇后娘娘？现在娘娘的病情如何？"汤若望大吃一惊，他没想到自己会为皇后治病。

"皇后娘娘的病已好了，大人的圣水真是神奇，又帮了哀家一个大忙。哀家要重重地谢神父大人。"

汤若望恭敬地笑道："皇太后陛下，救死扶伤、解除世人痛苦乃我教之根本，是我等之天职，无须皇太后谢意。"

"知恩图报是我中华民族之美德。古人云：滴水之恩，当以涌泉相报，何况大人治了我大清皇后的病，昔日又有恩于哀家，怎能不谢呢？来人，传哀家的旨意，赏钦天监监正白银一千两，良马十匹，丝、绢各一匹，绫罗十丈。"

"谢太后！"汤若望忙跪地谢恩。太后于心不忍，忙上前扶起他。

宫内早有人把太后的奖赏抬来，装上了一辆马车。

汤若望起身告辞。

"多谢太后陛下，臣告退。"

太后略略犹豫。

"神父大人，后宫的大门为你开着，闲暇之时可常来后宫坐坐。"

"多谢皇太后陛下恩典。臣会经常看望皇太后的。"

汤若望忙谢恩，可嘴上这么说，心里却直打鼓：你是皇太后，我是神父，有何话说？再说这皇宫是容易进的吗？

自见了汤若望，孝庄太后常常想起父亲，汤若望那慈祥的面容、和蔼的话语、温和的目光让她感动。

隔一段时间，太后就会下旨召汤若望进宫。汤若望利用这大好的机会，向孝庄太后宣讲基督教教义。

与汤若望的交流，使长期生活在没多少情义的深宫中，也很少能得到如此温情的孝庄太后很感动，她心中与汤若望之间的父女情谊更深了。

快到中秋，孝庄有一个月没见到汤若望了，她想这洋老头孤身一人，远涉万里来到中国，在这万家团圆之际一定很孤独，便对乌兰道："乌兰，去宣武门外传哀家的旨意，请汤若望进宫。"

汤若望来到慈宁宫，施礼落座。孝庄笑道："汤大人，中秋佳节将至，大人独身一人来到中国，必定思念亲人，中国有句古话，'每逢佳节倍思亲'。今日特请大人来宫中热闹热闹。"

汤若望十分感激，目光中充满温情。

汤若望轻声地说道："多谢皇太后陛下为下官着想，不过下官家乡没什么亲人了，父母早逝，唯一的姐姐也于前年升入天堂。下官在中国生活了十几年，也习惯了东方的生活习惯，对东方的家庭亲情十分向往。"

孝庄太后听说汤若望举目无亲，又漂泊异乡，很同情他的身世，便道："过节的时候，哀家请大人到宫中过，如何呢？"

"多谢皇太后陛下的盛情。每逢佳节，到教堂祈祷的人很多，下官要照顾圣徒们，不能陪皇太后陛下过节，请见谅。"

孝庄点点头，也不好强求，只得作罢，随后又说了许多话。最后，孝庄吩咐道："乌兰，把朝鲜进贡的月饼拿两盒赐给汤大人，再送五十两黄金。"

汤若望很感动，每次来这位太后都赐东西。

他动情地说道："皇太后陛下如此待臣，让臣无法报答！"

孝庄太后微微一笑，望着汤若望良久，道："神父大人，哀家还有一事相求。"

汤若望有些意外，坐下和蔼地望着她，轻轻地说道："太后还有何事？只要臣能办到，一定效劳。"

"哀家见到神父，就有一种亲切感，好像见到千里外的父亲。哀家想认神父为义父，以表思父之情，不知神父意下如何？"

洋老头不知是惊还是喜，呆呆地坐在那儿良久。

他最后慈祥地笑道："能成为皇太后陛下的义父，是下官的光荣，也是我圣教的光荣。愿上帝保佑你，我亲爱的孩子。"

太后起身就要行跪拜之礼，被汤若望拦住了，他走过来，双手拍了拍太后的双肩，低头在太后的额头上印上一个纯洁的轻唇，轻轻道："祝你终生平安，万事幸福，我亲爱的孩子。"

庄太后感到有一股暖流涌向全身，她真切地感受到了一种父爱，是那么仁慈、那么温馨。

经过太后多次督促甚至训斥，顺治再也抵挡不住宫内外的压力，终于同意册封皇后。

这些日子，他反复思考过多次，在目前的情况下，要让太后同意废后是不可能的，若太后不同意，自己再坚持也是徒劳。宫内有太后的训斥、皇后娘娘那热盼的目光，宫外有范文程、冯铨天天规劝。后来又有郑亲王、巽亲王，甚至索尼等人也加入了规劝的行列。如果还不同意，这支队伍还会壮大，直至满朝文武都跪下来请求封后。因为太后凭着她的威望和智慧，使许多大臣们仍倾向于她、信任她、支持她。现在想摆脱她，怕一时还做不到。

八月初二，皇宫中早早热闹起来了。

天刚亮，庄太后便起床，侍女、太监侍立殿前。

"乌兰，快给哀家梳头。"

乌兰满面含笑，边梳头边道："太后，今天皇后得封，太后便可好好歇歇了。"

"唉，什么时候能过静心的日子？朝中的事、宫中的事，哪件不要哀家操心？看看，这还不到四十岁，马上就要变成老太婆了。"

"太后，这儿还真有根白发，是不是拔去？"

乌兰像发现了新大陆，十分惊奇。

孝庄太后望着铜镜中日见憔悴衰老的脸，苦笑了笑："拔去干什么？人老了自然有白发，拔去难道就不再长了吗？自欺欺人。"

孝庄太后一身盛装，在乌兰的扶挽下来到保和殿。

此时的保和殿五彩缤纷，人声鼎沸，殿内外都站满了宫女，个个身着五彩的旗装，跟仙女似的。

"太后驾到——"

海中天一声高喊，保和殿内马上静了下来，立刻从殿里走出八名盛装的宫女，中间扶着今日的主角儿——慧敏。

人逢喜事精神爽，今天的慧敏格外明艳。

昔日憔悴的玉容虽没完全恢复，但也是微泛红润，光彩照人。那双大眼睛时时流露出高贵和轻蔑，让人看了有一种自卑和怯懦。一身大红的旗装，十分合体，站在那儿亭亭玉立，走起路来，风吹杨柳，婀娜多姿。

"奴婢叩见皇太后。"

慧敏见了姑姑便没了高傲，忙伏地磕头。

孝庄太后见侄女仍是那么漂亮，而且越来越漂亮，心中十分高兴，可那个福临偏偏看不上她，也真让人费解。

"平身吧。"

随后，各宫的嫔妃、格格也来施礼相见。

今日是封后的吉日，后宫所有嫔妃全来了。

"皇上驾到——"执事太监高喊一声。

众人纷纷离座跪在地上。顺治龙行虎步走上了大殿，看了一眼坐在旁边的太后，又看看跪在地上的众人，神情漠然。

"平身吧。"

"谢皇上！"

顺治似乎有些不耐烦，刚坐下便道："宣内大臣索尼上殿。"

"宣内大臣索尼上殿——"执事太监高喊。

索尼迈步上殿，忙伏地道："臣索尼叩见皇上、皇太后。"

"平身吧。索尼，宣册封诏书。"

索尼立于玉阶前，双手捧着诏书，高声宣读。

　　诏书上说慧敏出身如何高贵，相貌如何出众，品行如何端正，有母仪天下之风。顺治一边听，一边在那儿冷笑，心中暗道：简直是个泼妇！醋坛子！皇后，皇后，朕要你等成黄脸婆也得不到皇后应得到的东西。

　　"谨册封蒙古公主博尔济吉特氏为大清皇后，钦此！"索尼读完了最后一句，转身把册文双手捧与慧敏，双膝跪地，"臣索尼叩见皇后娘娘，祝皇后娘娘吉祥。"

　　慧敏梦寐以求的愿望成了现实，她有些不自然，忙道："索大人，快快请起。"

　　索尼退立一旁，高声道："请皇后娘娘更服接受百官朝拜。"

　　慧敏在宫女的搀扶下起身去东暖阁，两名宫女手捧皇后的凤冠、凤袍，尾随而去。

　　少顷，慧敏身着明黄凤袍走上大殿，坐到顺治的身旁。顺治连看也不看一眼，双目注视着殿下。

　　"请百官拜贺！"索尼一声高喊。

　　首先进殿的是各旗诸王、贝勒、大臣，后面是六部、十二院、寺、司、府的官吏。百官齐跪于地，上贺表，而后行三跪九叩大礼相见。

　　"臣等恭贺皇上、皇后娘娘！祝皇上、皇后娘娘万岁、万岁、万万岁！"

　　"众卿平身。"

　　顺治和慧敏同时道，但声音根本不同步。

　　百官起身，又向孝庄太后恭贺：

　　"臣等恭贺皇太后，祝皇太后万寿无疆。"

　　孝庄太后满脸的阳光，笑道："众卿平身吧。"

　　随后，顺治下诏，大赦天下，令全国官民恭贺三日。

　　太后龙颜大喜，赐宴群臣。后宫在泰极殿设宴，贵妃以上嫔妃留席赴宴，百官在午门设宴，二品以上官吏留席赴宴。众人闻言，又是一阵谢恩声。

　　顺治起身要退朝，太后低声道："皇上，今日是册封皇后吉日，请皇上去后宫赴宴。"

　　顺治没办法，只好点头。

　　喜宴就是喜宴，前、后宫都充满了喜庆的气氛。唢呐声声，钟鼓齐鸣，宫女、太监来来往往忙个不停。

　　泰极殿正中是太后和皇上的御宴。

　　孝庄太后、哲哲太后端坐主席，顺治与皇后并肩坐在两位太后的左侧，下面还有几位贵妃、皇贵妃。

　　大宴开始了，宫女、太监上了酒菜，十分地丰盛。

哲哲太后边吃边唠叨着："大玉儿，你还真有眼力，看这皇后娘娘长得多水灵，和你年轻的时候一个模样。"

孝庄太后看看这位老迈的姑姑，哭笑不得，只有笑道："姑姑，都是陈年旧事了，还提它干什么？"

哲哲太后还很固执，用光光的牙床嚼着一块肉，边嚼边道："什么陈年旧事，就好像昨天一样。你入宫的时候，也是十三岁，和皇后娘娘一样大、一样漂亮，先皇一下子就宠上了你。今儿，皇上也一定会宠上皇后的。"

真是老糊涂了，偏偏说这话。

孝庄太后只得讪讪地笑，皇后也是艰难地赔着笑脸。

一个很标致的宫女立在顺治身旁，不时为他斟酒。

顺治也不说话，一杯接一杯地喝。那宫女见皇上如此，不免在低头斟酒时，小声劝道："皇上，请保重龙体，少饮些。"

顺治很感激，自然会多看她几眼。旁边的皇后坐不住了，当那宫女又来俯身斟酒时，皇后伸手夺过酒壶，厉声喝道："去！每次斟酒都斟这么满，没规矩！"

那宫女自然明白缘由，忙退到大殿一角落静立，皇后亲自为皇上斟酒。

这时，一位太监上了一道菜，刚放在桌上，还没报菜名，皇后双眼一瞪："为何不用金器？"

众人这才注意到这道菜用的是银盘子。

那太监忙跪地道："回皇后娘娘，今日大宴，所用器具太多，一时无法收集那么多金器。"

"放肆！今日乃本宫册封之日，怎能用银器？退回去！换金器来。"

太监忙端去那道菜。

他刚离开，顺治起身也走了，没和任何人打招呼。

"皇上，皇上……"

皇后连喊了两声，顺治头也不回，径直而去。

一桌人面面相觑。

到了乾清宫，吴良辅早已跑过来听令。

"吴良辅，吩咐人给朕在这宫内安个铺，朕晚上就在这里睡觉。"

吴良辅一惊，皇上以前不去坤宁宫，也曾到过其他宫里睡，可今日竟要在这儿安铺，今日刚册封皇后，怎能这样呢？

"怎么？朕的话没听到？到坤宁宫把朕的铺盖行李全搬来！"

"嗻。"

吴良辅忙低头退去。

顺治九年（1652年）四月，江南早已是百花盛开、草长莺飞了，可在北京，春天才刚刚到来。杨柳的枝条变柔了，变绿了，长出黄黄的嫩芽。河水仍有一层薄冰，在阳光的照耀下闪闪发光。远处的群山，一块儿白，一块儿黄，一块儿绿，五彩斑斓。

通向北京的驿道上，飞过一匹战马，马上端坐着一个十三四岁的少年，跃马扬鞭，向北京城狂奔而去。

北京渐渐从冬天苏醒过来，树条绿了，风暖和了，北京城和北京人也从废墟中站了起来。

少年牵着马走在北京城的大街上。两边的房屋有了些许生机。有的是商铺，卖些丝绸、布匹、山果干货，也有茶庄药铺，也有铁铺，传出叮叮当当的声响。

越向北，街面的房屋越高、越宽、越华丽，有的还建了门楼，雕梁画栋，飞檐翘角，很是壮观。朱漆大门，石狮卧地，比起两边的土墙房屋来，显得气派得多，不是当朝贵胄便是暴发户。

来至崇文门大街，这里比起南边更是繁华：两旁全是两层楼房，银号、当铺、客栈旅馆，鳞次栉比。街上行人熙熙攘攘，擦肩接踵，川流不息。

不觉日近中午，少年见前面临街有一酒楼，檐下酒幌飘舞，门上有一横匾：聚仙楼。楼内人声喧哗，酒肉飘香。门前有块空地，埋有几根拴马桩。

少年停住脚步，马上从门内跑出个伙计，满面春风，高声道："这位爷，一路辛苦，请里面坐。"

少年把缰绳扔给伙计，说了声"备些草料"，把小布包从肩上取下来，提在手上，进了酒楼。里面很宽敞，喝酒的人不少，有几张桌子坐得满满的。

又跑来一个伙计，躬身施礼。

"这位爷，这边请！"

少年随他而去，来至临窗一张桌子旁，伙计忙用肩上的抹布擦擦桌凳。

"爷，您请坐。给这位爷上茶！"

一声招呼，早有一堂倌跑来，手提一个带细长嘴的茶壶，沏上一杯茶。

伙计见这位少年虽然年轻，但眉清目秀，气宇轩昂，言谈举止间透着一股豪气。他不敢怠慢，有志不在年高，无志空活百岁，这位爷说不定是哪个王府的少爷呢！

"爷，你看用些啥？"

少年微微一笑，很有女人味，轻声道："来四个菜、一个汤、两个白馍。"

伙计有些惊讶。

"这位爷不喝二两尝尝咱这北京的二锅头？"

少年一惊，问道："是不是不喝酒就不能在这儿吃饭？"

伙计一听口音，不像是北京人，但是北方人，小小的年纪便跑江湖，绝不是等闲之辈，于是笑道："那倒不是。"

刚吃了一半，从门口走进来一个乞丐，有八九岁的光景，蓬头垢面，衣服褴褛，面黄肌瘦，那双大眼睛显得更大，是男是女，一时难辨。

"爷，行行好，给点吃的吧！"

听声音是个女孩，正向临门的一桌四个人讨要。

"滚！滚远点！"

其中的一个人大吼道，同时伸出巴掌威吓着，那女孩只好走向另一桌。

"爷，行行好，给点吃的吧！"

"给你吃？凭什么？这是大爷用银子买的。要想吃，唱个曲给爷听听。"那个尖嘴猴腮的人一边啃着鸡腿，一边逗着那乞儿。那边的少年有些气愤，真想上去扇他两个耳光。但他没有，他还有要紧的事。

去年散米数千人，
今年煮粥才数百。
去年领米有完衣，
今年啜粥见皮骨……

小乞儿张开嘴唱着，声音稚嫩又凄婉、甜美。

"去、去、去，唱的是啥曲！拿去，滚吧！"

那猴脸把手上没啃完的鸡腿递给小乞儿。

小女孩忙躬身谢了谢，来不及说话，便把鸡骨头往嘴里送。

啪！鸡骨头掉在了地上，小女孩一惊。只见一个高大的男子立在她的面前，满脸凶光，鸡骨头是他打掉的。

"说，刚才唱的曲是谁教的？"

小女孩低头看看地上的鸡骨头，又抬脸看看那恶煞般的脸，悲切地摇了摇头。

"没人教。"

"没人教？那你怎么会唱的？你敢撒谎，今儿大爷废了你！"

小女孩怕是见惯了这样的人，并不是十分害怕，只是小声说话：

"我在讨饭吃时跟别人学的。讨饭的人有很多都会唱。"

"嘀，爷还真没看出来，小小的年纪还会耍赖。看我打烂你的嘴。"

那人举手就打。

可他没打下来，因为他的手被一个人抓住了。

抓他的人正是旁边的少年。

那汉子看了看比自己矮半截的少年，脸上露出轻蔑的微笑："哟嗬，少年大侠出世了。怎么，想拦爷办差吗？爷可是顺天府的差役。"

众人一听，一哄而散。

只有那少年淡淡一笑，松开手，抱拳道："官爷，在下失礼了。看在她是个小孩的份上，饶了她吧！"

那差役见少年软了，便又硬了起来，冷笑着。

"饶了她可以，但不能饶了你，你是她的同党吧？跟爷走一趟！"

少年轻轻一笑。

"官爷，在下不过一介书生，此番进京办点小事，怎会是她的同党？在下只是看她可怜，想让她啃下那根鸡骨头而已。"

"书生？凭你刚才那身手是书生？书生在这京城街面上敢拦爷办差？分明是南明余孽！京中老是闹乱子，什么白莲教、无为教、闻香教，闹得人不得安生，都是你们这些人，跟爷走一趟！"

那差役说罢，出手来抓，那少年一扭身子蹿了出去，身手矫健。

"上！抓住他！"差役一声命令，旁边又蹿上来三个人。

少年并不害怕，在四人之间穿梭，宛如龙蛇蜿蜒，游刃有余。四人非但没抓到少年，反而遭到他的几手打击。

少年正在得意，忽觉寒光一闪，有两条黑影蹿出，没等他明白过来，两把长剑已架在他的脖子上。少年愣了愣，二人原是另一桌上的酒客，别人都跑时，唯有他们没走，看来是一伙的。

四个官差愣住了，就见一个人掀了掀长袍，腰间露出一块腰牌，上有"大内"二字，那领头之人忙点头道："多谢二位爷。来人，铐上这位贼寇，那个讨饭花子也带走，一并收监。"

回到顺天府，四名差役忙向府尹老爷汇报。府尹是刚派来的，听了四名差役的汇报，便对旁边的另一位官吏道："柳大人，依本官看，这案子也不必审了，还是写个奏折上到刑部，听候发落吧。"

旁边那人正是柳寅东，在清朝混了八九年始终没上去。本来这次顺天府空缺，他顺理成章该升为府尹，可偏偏出来个郑亲王，把自己的一个亲信安到顺天府，自己仍是个副职，现在一把手来征求意见，那是走走过场，自己能反对？

"大人所言极是，此等小案不需过堂。"

于是，顺天府的一道奏折送到了刑部，又从刑部到内三院，最后摆到了郑亲王的案上。因为郑亲王主持议政会，又是资格最老、年龄最大的亲王，所有奏折均由内三院送至郑亲王批阅后，再交由皇上定度，这也是庄太后为限制皇权采取的一项措施。

郑亲王看了顺天府的奏折，脸上露出不悦之色，自言自语道："这等鸡毛蒜皮的小事也要上奏，还不把本王累死，要你们这些奴才干什么？"顺手在奏折上批阅：斩！随后扔给了索尼。

"发刑部，让顺天府执行吧！"

索尼打开奏折看了看，小心建议着：

"王爷，此奏是否送皇上批阅？"

郑亲王有些不高兴，不耐烦了：

"这等小事还需惊动圣上，皇上能受得了吗？大事都管不了，何况这等小事，若皇上怪罪下来，本王担着。"

索尼虽为内领大臣，但郑亲王有批红权，他没办法，只好把奏折发往刑部。

就在顺天府的奏折在朝廷中游走的时候，柳寅东得到了一条重要信息。

这一日，柳寅东正在家中喝闷酒，一名狱吏来报："柳大人，下官有要事相告。"

柳寅东一看是自己的老部下狱吏王启兴。

"有何事？快说来听听。"

王启兴忙上前，靠近柳寅东的耳朵道："大人，怕要出事了！"

"什么事？"柳寅东把酒盅放下，看着他，"干什么，神神秘秘的。"

"大人，下官今日值班，牢中那位少年对下官说，让下官想办法把这个小包送到兵部尚书洪大人那里，事后许下官一百两银子。下官哪做得主？特来向大人禀报。"

一提洪承畴，柳寅东也是一愣，他也是朝中显贵，位居一品，此人能认识他，也非等闲之辈。此事若办好了，结识了洪大人，日后也可乘乘凉。

想到此，他打开了包袱，一看，吓得魂都飞了。原来里面是一枚关防宝印，印上刻有"平南王"三字，旁边还有皇上授印的册文。原来那少年是平南王的少爷，那还了得！

柳寅东忙包好宝印，低声道："快，我们现在就去找洪大人。"

"现在？天都黑了。"

"天黑也要去，晚了要闹乱子。"

二人偷偷出了顺天府，怀揣小包来到了洪承畴的府上。

门房不认识二人，也没有帖子，便道："二位请回吧，洪大人已休息，不便会客。"

柳寅东把小包奉上道："请这位爷把小包送给大人，在下在门口候命。"

那门房冷笑两下，轻蔑地撇了撇嘴。他见柳寅东是个当官的，送上包，肯定是银子。但他又不敢不送，便去了书房。

"洪大人，门外有顺天府官吏求见。"

洪承畴正在看书，听报后道："天已晚了，不便见客。让他回吧。"他知道顺天府是郑亲王的地盘，他不愿搅和。

"大人，奴才也是这么说的，可他送上一个包裹，说大人见了再回话。"

洪承畴一惊，干什么？送银子？不节不年的，送哪门子礼？

"打开看看，若是银子让他们拿回去。"

"回大人，不是银子，是关防宝印。"那门房惊道。

"呈上来！"

洪承畴看了宝印，马上知道出了大事。这平南王刚到广西，关防宝印却到了京城，不是好兆头。

"快！快请他们进来！"

洪承畴急急忙忙地听完柳寅东的话，大吃一惊，望了他一眼道："你立刻回去，抽调两百狱卒连夜看守牢房，任何人不得动牢中二人一根毫毛，出了差错，本官拿你问罪！"

柳寅东见洪大人如此惊慌，知道牢里是个大人物，忙道："下官这就回去。"

刚到门口，洪承畴又把他喊回来：

"慢！带本官的手书和本府四名侍卫看护。"

洪承畴连夜进宫，将事情禀明顺治。

顺治听后皱了皱眉头，问道："孔有德何时出镇广西？为何关防宝印回到京城？"

洪承畴应道："孔王爷是去年底去的广西，现在突然关防宝印来京，恐是边陲出了大事，孔王爷怕已遭不测，家人来京向朝廷面陈此事，误入囚牢。"

顺治闻言大惊："边陲出事，兵部收到奏折没有？朕为何不知？"

"臣也未收到奏折，大概是奏折还没到而人先到了。否则的话，为何王爷的宝印来了呢？丢失关防宝印是要杀头的，孔王爷会如此大意吗？"

顺治点了点头，对洪承畴道："明日一早，你带上朕的旨意去顺天府，把两名钦犯带到宫中，朕要亲自问问缘由。"

"嗻。"洪承畴应道。顺治亲自拟了一道圣旨，交给洪承畴。洪承畴领旨回府，准备明早之事。

刑部的批奏到了顺天府，府尹很高兴，正在堂上看批文，心中暗喜，杀了这两人，又立一功。

正在得意，忽听门房来报："知府老爷，门外兵部尚书洪大人已到。"知府一时不知所措。洪大人是当朝一品大员，来这顺天府干什么？

"快快有请！"

知府忙出来迎接，至院中跪地叩迎。

"顺天府知府恭迎洪大人。"

"知府大人请起。"

二人来至大堂，洪承畴被让至上席端坐。

刚坐稳，洪承畴又起身道："顺天府接旨。"

府尹刚坐下，马上又站起来，伏在地上。

"奉天承运，皇帝诏曰：顺天府所捕二犯，系我朝重臣之后，宜交有司论其刑赏。今特着兵部尚书洪承畴前往顺天府，押解二犯入宫，朕要亲自审问，钦此！"

府尹愣了愣，最后伏地道："臣领旨。"起身后重新落座。

府尹赔着小心道："洪大人，下官有一事不明，皇上昨日刚下旨批斩，今日为何又下旨亲审？"

"有这事？"洪承畴不信。

府尹拿出刑部的奏折，上面果然有朱笔批阅：斩。

洪承畴也不解，只好笑笑道："府尹大人，你我同在御前当差，怎可妄揣圣意？我们按旨行事就行了。"

"那是，那是。"府尹点头不已。

"来人，去大牢提出那两名囚犯。"府尹吩咐道。

不一会儿，堂上来了两个囚犯，都是小孩，大的不过十三四岁，小的不过八九岁。真是胡闹！这么两个孩子怎么会是南明贼寇呢？

二人十分惊恐，瞪着眼睛看堂上的人，见又多了几个当官的。

"见了洪老爷还不下跪？"府尹喝道。

洪承畴忙拦道："不必，快，打开枷锁，本官要带他们进宫。"

那少年闻言，悲喜交加，跪地道："多谢洪大人搭救之恩，等见了皇上，再把一切说清楚。"

"那好吧，我们马上进宫面圣。"

那少年倒见过世面，到了乾清宫，马上跪地。那小女孩吓得发抖，见前面大哥跪，她也跪了下来。

"民女孔四贞叩见皇上！"

顺治见了两个孩子，差点笑出声来，这么两个毛头孩子也是贼寇？乱弹琴！

民女？哪有民女？再定睛一看，那少年已脱去小帽，露出一头青丝。洪承畴和顺治都吃了一惊。

"你是何人？为何女扮男装？"

那女孩还未说话，早已泣不成声。

"皇上，民女乃平南王孔有德四女，名孔四贞。"

"你家父兄何在？为何让你孤身一人携关防入京？"

孔四贞哭得更厉害了，泪眼汪汪。

"皇上，吾父王奉命出镇广西，又奉命与平西王吴三桂的大军钳击大西军余部李定国。父王率军屯于严关，李定国率五万大军猛攻严关，发生激战。父王开关迎敌，大战三日，两军互有胜负，死伤惨重。第四日，父王刚刚开关，就见贼军阵后冲出一个象阵来。这大象皮太厚，刀枪砍上去，大象感觉不到，仍向前冲。父王的兵马听了象叫就怕，阵脚大乱。贼兵去追，父王兵退桂林，贼兵把桂林围了三层。父王向平西王发去求援书，一去不复，如泥牛入海，眼见内无粮草，外无救兵。后来贼兵攻城，长兄于城头中箭而死，城被攻破。父王见大势已去，自缢于王府梁上。二兄收起父王的关防，带我向城外冲杀。在乱军之中，二兄身中数箭，他自知性命难保，便将关防宝印交给四贞，让我出城去京中面圣，上交关防，以谢皇恩。四贞我杀出重围逃了出来，家中百余口人全部被杀。请皇上为民女做主！"

孔四贞在下面哭，顺治也不由得流泪。

他听完孔四贞的诉说，擦了擦湿润的眼，说道："孔王爷着实令朕感动。他在四大汉王中归顺最早，功勋最卓，却第一个为国捐躯，此乃大清之不幸。孔四贞，朕会为你报仇的。你暂且就留在京城，朕为你重修王府，让你居住。"

孔四贞伏地磕头，连连道："多谢皇上，多谢皇上。"

顺治又看了看孔四贞身后那女孩，是个乞丐，她怎和孔家小姐混在一起了？

"身后那人是谁？"顺治厉声道。

那小女孩早吓得浑身发抖，瘫在地上。

孔四贞见状忙道："回皇上，她是讨饭的，民女在酒楼碰见有人欺侮她，上前劝阻，这才误入囚牢的。"

"顺天府的差役为何会欺侮一个不满十岁的乞儿？"

"皇上，她应别人要求唱歌，唱的曲不太好，被官差拿住。"

"唱的什么曲，官差会难为一个孩子？来，今日唱给朕听听。"

小女孩抖成一团。

孔四贞蹲下身，小声道："快，唱给皇上听听。"

"不，俺不唱，再唱就活不成了。"

顺治也不想浪费时间，便道："来人，先把孔小姐送到驿馆休息，把那讨饭女孩赶出午门。"

"皇上，民女请留下那小女孩做伴，她也怪可怜的。"

"那好吧！"

孔四贞退去后，顺治久久不能平静。这孔有德可是明朝最早归降的大将，无论是在关外还是在入关后都立下赫赫战功，被封为平南王。此次为大清捐躯，可谓仁至义尽，对他的遗孤应厚厚恩赏，方可拢住汉人，特别是另外三位汉王的心。

顺治正在沉思，一抬头见洪承畴仍立在一旁，不禁疑道："洪尚书，还有事要奏吗？"

洪承畴见皇上发问，这才壮了壮胆，低声说道："皇上，臣有一事不解，斗胆问一句，皇上可曾批阅刑部上的顺天府的奏折？"

"顺天府的奏折朕是批阅过的。"

"有关于抓住两个南明贼寇的奏折吗？"

"这……好像没有。"顺治思考了片刻，又摇头，继而惊问道，"洪尚书为何提及此事？"

洪承畴道："皇上，臣在顺天府亲眼看见一本奏折，上有朱笔批奏，斩！"

顺治一怔，疑惑道："真有此事？朕近日没批斩过人。难道有人敢……"

顺治看着洪承畴，洪承畴低下头，不敢说什么。无中生有的事，谁也不敢乱说。

"来人，宣索尼觐见。"

不久，索尼来至暖阁，跪地施礼。顺治道："索大人，近日有人批奏顺天府斩人吗？"

索尼低首应道："前日，臣呈刑部奏折给郑亲王，是郑亲王批的。臣曾问是否上呈圣上御览，郑亲王言其是小事，不必惊扰圣上。臣便发回刑部。"

"大胆！谁给他这么大的权力，竟瞒着朕下了批奏？朕要你这个内大臣何用？"

索尼伏在地上谢罪道："臣知罪，臣罪该万死。不过，郑亲王每日都在批阅内三院的奏折，最后呈皇上御览，有时皇上也只是看看，并不做大的修改。此次是臣疏忽，应坚持送呈御览。"

顺治一想，索尼说得有理。自上次问罪多尔衮以后，太后有意对朝政进行了限制，郑亲王有批红权。

顺治来到了慈宁宫。太后见了他，稍感惊奇，儿子从没主动来过后宫，今天太阳从西边出来了。

"儿臣见过母后。"顺治不冷不淡道。

庄太后见儿子这神色，刚刚泛起的喜悦又消失了。这神色不对！

"皇上来后宫有何事？"太后也是一副公事公办的样子。

"母后，是你答应让儿臣亲政的，为何又用几个人监视儿臣？"

太后大惊："皇上，此言何意？额娘没听明白。"

"母后，现在郑亲王竟敢隐瞒儿臣批奏杀人。儿臣还亲什么政？当年的多尔衮就是这样一步步走下来的，难道还要出个多尔衮？"

一提到这个名字，顺治就咬牙切齿。

一提到这个名字，太后就胆战心惊。

"究竟怎么回事？"太后盯着顺治问道。

"这事索尼知道。"顺治没好气。

太后的旨意马上传到内三院，令索尼入宫。索尼把当时的情况详细说了一遍，太后点头不语。

索尼见太后沉思，便小心道："太后，郑亲王乃昔日拥立皇上的旧勋，今日又有参劾多尔衮之功，他常以此自居。素日内三院的奏折他均要批，并有意培养党羽。上次他曾批吏部提升了数十人，顺天府尹便是他新提的官吏。"

庄太后仔细听索尼奏言，她刚刚为儿子亲政舒了一口气，可现在又出来个郑亲王，前门驱狼，又焉知后门不会入虎？这济尔哈朗会不会成为第二个多尔衮？

太后越想越感到紧张，她对此事很敏感。不管济尔哈朗有没有多尔衮的野心，绝不能让权力外放。权力外放，定会危及朝廷。现在唯一的办法就是趁他立足未稳，迅速将权力收归于大内。

想到此，太后对顺治道："皇上可亲笔写一道谕令传往内三院'以后一应奏章，都直接送朕批阅，不必再送给和硕郑亲王'。索尼，你注意郑亲王有何变化，若有异常，马上入宫禀报。"

顺治见母后如此支持自己，心中稍稍宽慰。回到乾清宫，立刻手书一道谕令传往内三院。

郑亲王仍像往常一样，端坐在案前，静候内三院送来奏折。等了半日，没一本奏折送来，郑亲王纳闷：今日不正常。每日内三院都送来大摞的奏折，今日为何？

"来人，请总管索大人。"

索尼急急来至案前，俯身道："下官参见郑亲王，不知亲王有何吩咐？"

"索大人，今日内三院为何没送奏折？"

"回王爷，奉圣上旨意，内三院的奏折全送皇上批阅。"

"什么？过去一直由本王批阅后再呈圣上御览，现在为何直接送皇上批阅了？"

索尼不言，从怀中取出一道谕令。郑亲王展开一看，上写道：

内三院：以后一应奏章，都直接送朕批阅，不必再送给和硕郑亲王。钦此！

确实是皇上的御笔所写。郑亲王很无奈，重重地坐在椅上，浑身无力。刚刚到手的权力，还未能体味出个中滋味，便又失去了。

郑亲王还有些不死心，故作镇定道："本王的批红权是太后给的，本王马上进后宫面见太后。"

索尼微微冷笑一声，低声道："王爷，皇上手书此诏是经太后批准的。昨日下官在慈宁宫亲耳听到太后对皇上说，要皇上收回批红权。若没有太后的恩准，皇上断不会收去亲王的特权。下官以为，王爷再去太后面前陈述，是自找没趣。"

郑亲王彻底失望了，呆呆地坐在案前，回想自己一生坎坷，宦海沉浮，历尽曲折，既有辅政王之荣，也有被削职流放之辱。现在，为了处治多尔衮一案没少出力，这才得太后信任，赐予批红权。可皇家寡恩薄情，只可共患难，不能同富贵，刚刚有点权，又被暗中夺了去。寒心哪！罢、罢、罢，不批就不批，倒也落得清闲。郑亲王只好暗暗自我解嘲。

看来郑亲王没有多尔衮那样的野心，也没有多尔衮那样的智谋和手段。庄太后及时出击，出其不意，有效防止了济尔哈朗专权，把祸害消灭在萌芽中，阻止了一幕历史悲剧的重演。

太后只看了孔四贞一眼，便喜欢上了这个女孩子。

她浓浓的眉毛，大大的眼睛，双眼皮，长睫毛，闪动的秋波中饱含着温情，又有几分调皮和稚气。一袭桃红旗装，立于殿前，似三月的桃花，又如初春的杨柳。秀美端庄，亭亭玉立，妖媚中透出几分矫健，阴柔中又有阳刚之气，颇有女中丈夫之风。

"民女孔四贞叩见皇太后。"就在太后仔细打量她的时候，孔四贞已落落大方地跪地施礼。

"快快请起，来，到哀家面前来坐。"太后十分高兴，脸上洒满了阳光。

孔四贞并不矫揉造作，款款来至太后旁边坐了下来。

下面还站个小女孩，有八九岁，一头青丝梳得整整齐齐，大大的眼睛一闪一闪的，清澈中有一丝惊恐，一身蒙古服装，让太后看着产生了一丝亲切感。

那女孩见太后看她，忙跪在地上，垂首伏身，不知说什么。

太后并没生气，反而被逗乐了。乡野的孩子哪见过这等气派？没被吓呆已经是胆大的了。

"起来吧！起来吧！"

小女孩爬了起来，怯怯地立在一旁。

"过来，到这边来站！"孔四贞大大咧咧地向小女孩招手，并不顾忌太后在座。

"你叫什么名字？为何穿蒙古服装？"

"民女叫苏麻喇姑，是蒙古人，所以穿蒙古服装，这衣服是孔小姐买的。"

"蒙古人？你家父母在哪儿？为何让你小小年纪出外讨饭？"

苏麻喇姑闻言，双眼微红。

"回太后，俺家原住北京城西近百里的高崖口，爹是蒙古人，许多年前随爷爷从蒙古来到关内。九年前，我刚生下不久，家里的土地就被划归两白旗。全家迁往山西，还未到迁徙地，爹就病死在路上。俺娘只好带俺去投舅舅，去了河南。舅舅一家也是一般人家，无力养活俺娘俩，但又不忍心让俺娘走，便勉强过活。后来河南蝗虫来了，把庄稼吃光了，洪水又来了，把村庄淹光了。娘和舅先后死去。舅母不再收留俺，俺只好出门讨饭。随人到了江南，江南打仗，俺又向江北来，一路讨来，到了北京。"

苏麻喇姑平静地叙说着。小小年纪已经承受了太多的灾难，神经已经麻木了，或者她的眼泪早已流干了，干涸的双眼里再也流不出泪来。所以，她很冷静，如此深重的灾难从她小小的嘴里说出来，十分坦然，坦然得让人震惊，让人感到不舒服。

庄太后的眼泪早已流了出来，她想象不出一个八九岁的小女孩能负荷起如此深重的灾难，也惊叹这个脆弱的生命竟有如此顽强的生命力。她抹了抹泪水，向小姑娘招招手道："快过来，让哀家看看。"

苏麻喇姑望了望孔四贞，见孔小姐正向她微笑着点头，便怯怯地走了过去。

太后很慈祥地看了看那张略显黄瘦的脸，用手轻轻抚着她的头，哽咽道："我的乖乖，多可怜的孩子！宫里的格格们像你这么大，还整天赖在额娘的怀里呢。"说着，太后的眼泪又下来了，不由得用手去擦拭。

"你怎会遇上这小苏麻的？"太后又问身边的孔四贞。

孔四贞微笑道："那日我在聚仙楼吃饭，小苏麻去讨饭，一个酒客让她唱曲，她便唱了几句，讨得的骨头还没来得及吃，就被顺天府的官差打掉在地上，硬逼她说出是谁教的。我实在看不下去，上前阻拦，被大内高手捉住，送进了囚牢。"

"噢？唱的是什么曲，竟让顺天府的官差出面干涉？"

"小苏麻，唱给太后听听。"孔四贞对女孩说道，目光中饱含鼓励。

小苏麻在太后面前呆立了好久也没唱，只是低着头，咬着嘴唇。

"怎么？不敢唱吗？"太后慈祥地笑道。

孔四贞用手扯了扯小苏麻的衣服，低声道：

"苏麻，快唱，这是在后宫，皇太后让你唱，你就唱，没有人敢怎么你。

快唱！"

小苏麻又抬头怯怯去看太后，见太后正微笑着向她点头，这才轻轻地唱了起来：

> 去年散米数千人，今年煮粥才数百。
> 去年领米有完衣，今年啜粥见骨皮。
> 去年人壮今年老，去年人众今年少。
> 爷娘饿死葬荒郊，妻儿卖去辽阳道。
> 小人原有数亩田，前岁尽被豪强圈。
> 身与庄头为客作，里长尚索人丁钱。
> 庄头水涝家亦苦，驱逐佣工出门户。
> 今朝有粥且充饥，哪得年年靠官府？
> 商量欲向异乡投，携男抱女充车牛。
> 纵然跋涉经千里，恐是逃人不肯收。

小苏麻声音很低，凄婉、低沉，如泣如诉，想到她自己的身世，唱到最后，和泪而歌。整个宫内十分安静，只有苏麻稚嫩的歌声在轻轻飘荡。

太后在流泪，孔四贞在流泪，一旁的乌兰在流泪，殿下站立的宫女、太监也在流泪。

"小苏麻，你告诉哀家一句实话，这歌词唱的是不是真的？"太后一边拭泪，一边问苏麻。

小苏麻用力点点头，她不会用言语去形容她所见到的场面。

孔四贞在一旁道："太后，民女从广西进京，从江南到塞北，从城镇到乡村，一路上尸骨遍野，满目疮痍，民无遗类，地尽抛荒。真乃'白骨没于野，千里无鸡鸣'。"

庄太后长长地叹了口气："唉，想不到民间百姓如此之苦。"

孔四贞淡淡一笑，她没说什么，她也不便说什么。作为太后、皇上，他们身处后宫，高居于宫中，怎知底下民众之苦呢？

太后见孔四贞低头沉思，增添了几分妩媚，不由得心生怜意。孔有德早年投顺于大清，为大清立下汗马功劳，现在为国捐躯，仅有一女生还，来到京师，若不得善待，必使汉人寒心。孔有德虽亡，但余部仍有数万人，其旧部们，还有其他三位汉王，也正盯着京中朝廷对孔小姐的态度。眼前这个小小的姑娘，身系天下。再说，自己也很喜欢这丫头，可大清在入关之初便立下规矩，宫中禁止蓄养汉女。否则的话，一定要把她养于宫中。

"四贞，驿馆住得惯吗？"太后关切地问道。

孔四贞笑应道："回太后，小女在驿馆住得很好。"

孝庄太后仍摇了摇头，笑道："一个女儿家，孤身住在驿馆实在不方便，哀家也不放心。"

孝庄太后低头想了想，转脸吩咐道："海公公，传哀家的旨意，请皇上、范学士、洪学士、冯学士到交泰殿，哀家要为孔小姐接风洗尘，请他们作陪。"

太后这样安排是有意图的，这些汉人都与孔有德同朝为官，有的虽不相识，但在感情上有一种亲近感。

顺治再次见到孔四贞时，他才发现孔四贞的与众不同。这姑娘有宫中女子的容貌，但又有关外女人的强悍，既温柔又硬朗的气质引起了少年天子的注意。

席间，孔四贞像只小鸟般依在太后身边。太后对她也呵护有加，见顺治频频用眼瞟孔四贞，便笑道："皇上，四贞乃一介女子，孤身住于驿馆，额娘放心不下。不如让她暂时居于后宫，小住几日，一旦王府修好，再令她搬去，广赐奴仆。不知如何？"

顺治皱了皱眉："母后，大清有宫规，不可擅蓄汉女于宫。这有些不妥吧？"他虽然对四贞有些异样的感觉，但眼下还没到能打破禁规的程度。

范文程明白太后的心思，忙道："皇上，太后并无蓄养之意，只不过让孔小姐暂住宫中。"

顺治不好再说什么，低头喝酒。

孝庄太后又望了望几位汉臣，缓缓说道：

"哀家近日听到一曲，不知诸位听过没有，今日想请你们听听，再向哀家说说你们的想法。"说罢，一挥手，殿下立刻走出一个女孩，慢慢地看了太后一眼，得到鼓励的眼神后，轻启皓齿，低低唱来：

"去年散米数千人，

今年煮粥才数百……"

大殿静悄悄的，只有那低婉的童声在缭绕，凄惨的唱词出自童口，更添了几分凄惨。

唱毕，小女孩被人引去。殿上的群臣个个惊恐万状。

太后轻轻道："诸位对这歌词有何想法？"

顺治一拍案，喝道："这是谁写的词？"

"回皇上，此词乃明朝遗民尤侗所作，名为《煮粥行》，在江南流传甚广，近日传入京师。"范文程忙赔着小心奏道。

洪承畴也小声道："皇上，此曲有意诋毁朝廷，反对逃人法、圈地法，是对大清的不满。据臣所知，京中正加紧搜捕传唱此曲的人。"

顺治看了看几人，满脸疑问。

"这歌所唱是否属实？真是这个样子？"

"这是真的。"一个女子的声音回答道。几位大臣还没说话，有人已替他们作答了，而且很肯定，这人正是孔四贞。她见顺治正瞪眼看着自己，不由得又羞又怕，粉红满面，垂首无语。

"皇上，歌者，风也。在心为志，发言为诗，诗中上乘可传唱天下，流传千古。从这些歌中，可知天下之治。在古时，中原便有献诗之风，朝廷也有采风之事。《诗三百》便是采风所集之。汉有乐府，专司其职。风者，可淳民化、王得失、了民情。明君贤臣可从风中观照天下，裨补缺漏。对这等民歌不可严禁，也不可提倡，应从中吸取教训。天下得治，则此歌不除自灭。若强抑之，则坐失进言之路，失民心，废政治，请皇上明察。"冯铨在一旁咬文嚼字，引经据典。

顺治听了这歌也受到震动，他不知这是有意诋毁大清，还是反映的实情。

"皇上，据四贞所言，歌词所唱确有实情，看来朝廷应对此关注才行。"太后道。

顺治又望了望孔四贞，这丫头有什么魔力，刚见到她，太后便会相信她。

"看来圈地之法应废才行，袭中原耕作之习。"顺治自言自语道。

"圣上英明。中原降雨丰沛，土地肥沃，宜农耕而不宜圈地。"

这是范文程说的。他早有此意，但他不敢进言。圈地是满人的特权，作为汉人，怎敢在太岁头上动土？

孝庄太后道："治国之道，其先安民，民不安而国不稳。哀家愿拿出宫中节省的四万两白银赈灾。"

三位汉官马上离席跪地，高呼道："太后真乃菩萨心肠，爱民如子，不愧天下之母。臣等在此代官民谢太后的恩赐。"

顺治也很感动，慨然道："范学士，回去后马上草拟诏书，减免直隶、河南诸省的赋税，抓紧制定赋役全书，理顺财政收入。"

"嗻。"范文程跪地领命。

谁也没想到孔四贞进京会巧遇小苏麻，一首歌造福天下。更让人想不到的是，孔四贞的到来，会引起宫中的轩然大波，顺治不得安静，连太后也被搞得晕头转向，差点儿失了方向。

孔四贞进京不久，边防的加急奏折就到了。一时间，西南十分危急，李定国乘攻占桂林之势，大败清兵。孔王旧部节节败退。

广西失守，闽浙的风波再起，福王大将郑成功乘胜出击，又夺回了被清兵占领的大片沿海地区。金门海域骤起暴风，席卷北上。江南各地反清之势再起。

一道又一道的加急奏折飞进京城，摆在顺治的案头。少年天子一筹莫展，后宫的太后也如坐针毡。

"洪承畴，今日江南之势到底如何？"太后终于沉不住气，来到了乾清宫。

"回太后，李定国之贼占据广西，孔王旧部节节败退。金门南明余部乘机再起，卷土北上，明降将李成栋倒戈反清。江南一时危机四伏，人心惶惶。"

"朝廷有何应对之策？"

洪承畴面对太后犀利的目光，不禁垂首。

"回太后，我八旗将士正处新老交替之时，郑亲王已年迈，其他各旗旗主尚幼，一时派不出能征善战的将帅。"

"难道眼睁睁看着大清的江山被贼寇糟蹋吗？我八旗难道没有一人敢出兵平叛吗？"

一旁的范文程道："太后息怒。眼前的局势并非如此悲观。八旗虽一时无人能统兵南下，但这并不为忧。一则诸旗无帅，二则路途遥远，千里兴师，此非上策。西南、东南虽乱，但仍有平西王吴三桂、怀顺王耿仲明、智顺王尚可喜三汉王拥兵数十万，另有孔王旧部孙延龄所领余兵数万，只要他们能齐心协力，共同灭贼，区区数万寇匪不足为患。汉兵打汉兵，知根知底，战无不胜。既省我八旗千里劳师，又可削弱汉人的势力，岂不是一举两得？"

洪承畴笑笑道："范学士所言极是，可问题是诸汉王是否愿意出兵灭贼。孔王被围桂林，求救于吴三桂，可平西王并未出兵相救。现在孔王已死，其旧部也无心与敌死杀，因此才有今日这局面的出现。"

太后终于明白了，现在要稳住大清，一定要靠汉人，靠那几位汉王。可如何才能拢住那汉人的心呢？

两日后，太后的懿旨发到议政会，内大臣索尼朗声读道：

哀家久居深宫，咸有趣闻，年事渐高。子、女出宫日久，少能相见。宫深日长，从无天伦之享。今有孔王遗孤，聪慧活泼，甚得哀家所爱，常待左右，便为哀家带来欢乐，意欲养于宫中，以承膝下之欢。

尚未读完，许多人便嚷嚷开了。

"这怎么行呢？我大清早有宫律，禁养汉女，怎可破禁？"

"太后定被那小汉女迷住，才有此事，应将那汉女逐出京师。"

一时间议论汹汹，孔四贞成了众矢之的。口诛之后便是笔伐，一封封奏折送到了太后的手里，什么"大清应首崇满洲"、什么"宫禁不可违"等，理由很多，结论只有一个：不能养孔四贞于宫中。

太后看了这些奏折，一气之下，全部扔到殿外，口中骂道："都是木头脑袋，死不开窍！鼠目寸光，迂腐无能！你们为何不去江南平贼？只会待在朝中指手划脚，妄发议论！"

后宫又给议政会来了诏书，上道："昨议养孔王遗孤事，议论汹汹。今大清平定天下，中原和平已久，满汉一家。今孔王为国捐躯，哀家抚养烈士之后，正可体现吾朝爱抚忠良、体恤功臣之嘉德，使侍卫之臣不懈于内，忠志之士忘身于外。若使忠烈之后遗弃于野，流落于江湖，岂不寒天下志士仁人之心，让我大清陷于不仁不义之地？其心之歹，其意之毒，令人发指，若有再敢劝进者，哀家必唾其面！"

索尼读罢此诏，众臣都大汗淋漓。太后从未有过如此严厉的口气，也从未下过这样的诏书。

顺治夹在中间，进退两难，他想劝太后，又怕太后发怒。再说，他对孔四贞已隐隐而生好感，他若答应太后，又要面对众臣，违规的事，无论谁做，都难向众人交代。

在这场争论中，汉臣都缄默其口。从心里说，他们要让太后养育孔四贞，最起码使皇室向天下做出一个姿态：汉人在大清的地位已不是无足轻重，而是居于很重要的地位。但他们心中又没有底，伴君如伴虎，哪怕有一点不合君意，便会张开血盆大口，轻则遍体鳞伤，重则家破人亡，谁愿引火烧身呢？

庄太后正在后宫气汹汹地等着有人上奏，可一连两天都没有人上书。正在由怒转喜之际，海中天来报："太后，新任吏部尚书陈名夏请求觐见。"

"陈名夏？他来干什么？"

"奴才不知。他并无奏折。"

"宣他进来。"

陈名夏，原东林党人，很有才学，明末东林党遭阉党迫害，死伤甚惨。魏忠贤被诛后，龚鼎孳、钱谦益、陈名夏成为南党名士。多铎攻陷南京时，对这几位降官很重视，仍让他们任原来的官职。北归时，多铎把陈名夏带回京师任吏部侍郎。多尔衮事发，许多头面人物受诛，陈名夏也算贼党，但毕竟居于二线，又曾上书自求流放。人就是怪，大多喜欢那些谦恭之人。顺治见陈名夏如此，非但没治罪，还对他留下了很好的印象。这次谭泰被诛，陈名夏由副转正，顺理成章。

陈名夏伏地叩首，朗声道："臣陈名夏拜见太后。"

"陈尚书请起。今日来见哀家有何事？"

陈名夏见太后满脸乌云，知道她的心思，故意高声道："太后，臣以为太后恩养功臣之孤，不是对忠臣的抚恤，而是陷忠臣于不义，使忠臣既为国家流血，死后又要流泪。"

"放肆！"太后没等陈名夏把话说完，早气得浑身发抖，用手一指，大骂道，"你这个狂徒，竟敢诬陷太后！来人！押去刑部！"

陈名夏并不畏惧，仍大声道："太后，等臣把话说完，再治臣的罪也不迟。"

"说，快说！你想气死哀家！"

"太后恩养汉女，对汉臣是天高地厚之恩，我等汉臣感恩戴德。但清有宫律，若太后一意孤行，满朝满官不敢对太后发怒，必转恨孔四贞，恨她迷惑太后，转而又会恨汉官，人为造成满汉不合，又让孔王爷背上使太后破禁之罪名。岂不是让功臣死后流泪？请太后三思。"

孝庄太后并非平庸之人，她又何尝不明此理？但她心中自有她的想法。

"陈尚书，依你之见，是让哀家放弃此念？"

陈名夏从语气中就知太后的气已消了大半，心料等自己说完这后面的话，她的气便没了。

"太后，臣以为众怒难犯，还是不违旧制的好。太后若想有恩于汉人，可收孔四贞为义女，加封为格格。这孔四贞不就成了太后的女儿了吗？母后养女儿，天经地义，岂不是两全其美？孔四贞赐入满藉，一切问题迎刃而解。"

对呀，这确实是个好主意！还是这些汉人的脑子灵活，肚里的花花肠子多。再难的事，他们也能左右逢源，绝处逢生。

太后转怒为喜，笑道："陈尚书，你为哀家解决了难题，哀家要好好谢你。"

"为太后排忧解难是臣子的天职，也是臣子的荣幸。再说，太后此举，对汉人皇恩浩荡，吾等感谢太后尚且不及，岂敢让太后言谢？"

孝庄太后又下了一道懿旨：收孔四贞为义女，加封为和硕格格，居钦安殿，赐白金万两，年俸与皇室郡主一样定制。

满汉众臣一时哑口无言，再也无人能说出个"不"字来。原来的汉女摇身变为格格，格格养于宫中，在大清司空见惯，不违宫制。

礼部奉命诏告天下，南疆汉兵汉将闻言，感动得涕泪横流，纷纷跪地北向叩首。孔有德旧部更是感激不尽，忘我杀敌，以报皇恩，原来动荡的军心，重新回到本来的轨迹上。

一个月后，孔有德旧部线国安、孙延龄领兵收复了桂林。庄太后没费一兵一卒，桂林又重回大清的版图。至此，北京的满官才看出这一高招的妙处，纷纷称赞太后睿智。

顺治从慈宁宫出来，去乾清宫，正行走间，忽闻后宫有马蹄之声。顺治甚惊：后宫之中虽多满、蒙之女，但并无多少喜爱骑射之人，就是有，也无人敢在后宫玩耍。皇后整日阴着脸，见到稍有姿色的女子，不论是宫女还是嫔妃，上前就骂。皇上也是整日喜怒无常，虽不常去后宫，但也没人敢在如此沉闷的后宫乱来。每次顺治去后宫，一路上都是静悄悄的。皇后的眼线遍布后宫，宫女、嫔妃们见了皇上，不是早早躲起来，就是跪地接驾，不敢抬头，生怕皇上走后，皇后立刻传旨召见，大骂一通，并扣上勾引皇上的罪名。

顺治循声来到一处偏院，远远听到一阵女孩们的喝彩声，似乎很热闹。

这是后宫的一个跑马场，顺治小的时候没少在这院子玩儿，现在好久没来了。

进了院，顺治不由得一惊：场中有一匹枣红马正在飞奔，马上坐着一位女子，一身银灰色的短装，头扎一块蓝绸布。只见她俯身伏于马鞍，双腿夹住马肋，左手牵缰，右手扬鞭，而马越奔越快，院内闪动着一个大大的粉白色圆圈。顺治并没看见何时拉弓，就听耳旁传来弦惊之声，而后是嗖、嗖、嗖三声，三道银光飞射，稳稳插在百步之外的靶上。

"好！好！"院子里一片欢呼声，其中还有一个浑厚的男音。

"皇上！"众多的宫女这才发现，身后正站着整日阴着脸的皇上。她们早吓得伏在地上，不敢抬头。

"哟，是皇兄呀！为何偷偷跑进来，搅得我们看不好戏！后宫难得有今天的乐子。"

说话的是一位十三四岁的女孩子，身着绿丝旗装，明眸皓齿，正是皇太极的第十四女和硕公主金叶。

这金叶是皇太极的一个侧妃生的，生性活泼天真，与顺治虽是同父，却没多少感情可言，但有这一层血缘关系，她对皇上并不像其他人那么小心，皇后也不敢招惹这个厉害公主。

顺治今天很高兴，一指金叶道："你这个疯丫头，没大没小，见了皇兄也不下跪，小心嫁不出去。"

顺治话刚出口就后悔了。这可是金叶公主的心病，她今年十四岁了，早过了定聘的年龄，可这位难侍候的主，对着满朝的王公贵族，竟没一个称她的心。虽然皇帝的女儿不愁嫁，但蔬菜再鲜嫩，一旦过了最佳出售的时节，总是要打折的。

金叶公主真的不高兴了，把小嘴一撇，生起气来。那边早跑来一位女子，跪地施礼道："四贞给皇上请安。"

顺治瞟了一眼，正是孔四贞。只见她粉脸上香汗淋淋，额头的青丝有一绺湿湿地贴在额上，很妩媚。那双美目低垂，雪腮微红。

顺治微微笑道："和硕格格，以后在后宫不准叫皇上，应叫皇兄，朕也称你为皇妹。知道吗？"

“嗻，皇——兄。”

“哈哈!”顺治不知哪来的高兴劲，大笑了起来，笑得孔四贞脸更红了。

“笑，笑什么笑？”金叶公主转脸瞪了顺治一眼。

顺治道：“朕笑那边有个人整日噘嘴，现在呀，那嘴唇可拴头驴了！哈哈。”

金叶公主上来就是几个柔拳打在顺治的胸上，口中念念道：“叫你说，叫你说，你的嘴才能拴驴呢。”

“好啦，好啦，报靶的来了，看看咱们的格格射术如何。”

金叶公主这才转嗔为笑。

一名宫女扛着箭靶来至众人面前，跪地道：“请皇上、格格验靶。”

众人一片嘘声，只见三根利箭都稳稳地扎在靶心上，三箭排成一个等边三角。

“好箭法！好箭法！”顺治情不自禁地夸道，也不管身旁的孔四贞早已面红耳赤。

“让皇上见笑了。”孔四贞低首道。

“见什么笑？皇上的箭法也不一定比格格的高。”金叶公主故意高声道，“不服的话便试试看。”

顺治自叹弗如，但也不能太失面子，只好笑道：“你这个丫头！今日朕还有要事，等朕闲时，一定和皇妹比一比。”

孔四贞忙道：“皇——兄，别听金叶瞎说，皇兄的箭法一定是天下最好的。”

顺治看了孔四贞那焦急的模样，心中十分高兴。再看看一旁的和硕公主，正用狡黠的目光注视着他们。他怕这个嘴上没遮拦的丫头说出什么疯话来，忙道：“你们继续玩儿吧，朕还有事，先去了。”

走出很远，顺治回头，只见金叶正俯在孔四贞的耳边说什么。四贞马上推开她，又追着打起来，接着传来金叶那爽朗的笑声。

顺治回到乾清宫，他的心却落在了后宫，耳旁仍响起金叶公主的笑声，眼前仍浮现着孔四贞那娇羞的面容。

孔四贞的出现，给躲在厚厚壁壳里的顺治吹进了一丝清风。顺治是冷酷的，表面上很冷峻、很坚强，但他是只蜗牛，在坚硬的外壳里，包裹的正是脆弱的躯体和灵魂，外壳是他的保护伞。孔四贞清新、娟秀，而又不乏刚健，正适合顺治的口味。可这是多么遥远的事啊！宫中连个汉女都不能养，大清的皇上能娶一个汉女做娘娘？

“皇上，臣有要事急奏。”一声奏请打断了顺治的遐思。他愣了愣，马上回过神来，洪承畴正跪在他面前。

“洪尚书，平身吧，有何事？”

"皇上，近日兵部连接孔有德旧部的三封奏折，说平西王吴三桂以剿匪之名，派兵占领本属孔王的领地，孔部多次交涉，他仍不退去。这不是好征兆。"

顺治不以为然，淡淡道："平西王借道剿匪，也在情理之中，孔部为何对此咬住不放，耿耿于怀？"

洪承畴道："皇上，此事必有内因。吴三桂引兵入关，西击闯贼，后又南下，追南明，灭弘光，功高盖世。在剿匪中，他的兵马也日益强大，现已拥兵十万。南方诸王无人可比，就是北方八旗各王，也无人可与之抗衡。他手下之兵将，身经百战，骁勇无比，如不早加控制，怕有后患。"

"控制？如何控制？现在边陲未平，若撤兵回京，不是将边陲拱手让与贼寇吗？大清将无一日可宁。"

"依臣看，此事应奏请太后，早想万全之策，不可养痈成疾。"

太后闻奏，也是无计可施。撤兵不行，不撤兵就无法控制。

郑亲王济尔哈朗、巽亲王满达海、索尼、鳌拜、遏必隆，大学士冯铨、范文程等太后的宠臣都被请到了乾清宫。皇太后亲莅乾清宫，商讨此事。

洪承畴刚把南方边陲之事说完，鳌拜便站起说道："太后，那几个汉人早该撤了，他们被封了王，手握重兵，早晚要出事！"

顺治就看不惯鳌拜那得宠的样，冷冷道："鳌将军，朕派你去云贵如何？"

一句话把鳌拜打闷了。郑亲王有了上次的教训，再不敢出头。满达海生性老实，不喜多说话。

众人议了良久，悬而未决。有的说，现在边陲汉将不足为患，一旦肃清边匪，马上班师；有的认为汉将终究不可久留，以防后患，但如何应对边匪，无计可施。南方都是深山老林，山高林密，满旗兵马根本无法深入作战。另外南方又高温多雨，满人不习山地战，不服水土，必须依靠汉人。

"皇太后、皇上，臣以为，对吴三桂应以安抚为主。太后收养义女，可让孔部忘身杀敌，若安抚吴三桂，让他感恩戴德，不也照样可行吗？"说话的是刘正宗。

皇太后对刘正宗的话有兴趣："刘大人，慢慢说。"

"皇太后，吴三桂为大清立下汗马功劳，稍有不慎，天下皆惊，他又手握重兵，两边驻守，一旦有变，后果不堪。此时应让他对大清感恩不尽，方可控制他。昔日君臣为互相控制，常用人质来保证诚信。臣以为，皇上可封吴三桂的妻子为福晋。同时，调令其子来京任职，一则显示皇恩，再则又可控制吴部，岂不是一石数鸟之举？"

"妙！高！好！"刘正宗的这番话赢得一片喝彩。

"如果他不来呢？"遏必隆怯怯地问。

"他不会不来！"太后笑道，"吴子不但会来，而且还会高高兴兴地来。"

顺治看了一眼太后："母后又有何策？"

"昔日有昭君出塞。哀家看和硕公主也早到婚嫁年龄了，配与吴氏之子吴应熊为妻，岂不两全其美？日后吴三桂就是皇亲国戚，他会对大清起歪心吗？"

这一着棋没有人能想起来，只有皇太后，她自己是政治婚姻的牺牲品，所以她对政治婚姻很敏感，也很内行。只是气坏了后宫的金叶，她在宫中又哭又闹，大骂吴应熊为"狗熊"。

此后不久，皇上下诏，封吴三桂之妻为福晋，召吴三桂之子吴应熊为当朝驸马，调入京中。

吴三桂接旨后，一时老泪纵横，率全家及全体将士面北磕头，对大清肝脑涂地，一心报国，屡建奇功，为实现大清"统一中华"的梦想立下了汗马功劳。庄太后此举达到了"以汉治汉"的目的，巩固了南方边陲。

【第十回】

听西学顺治开眼，废中宫朝臣劝圣

顺治与孔四贞的感情随着时间渐渐发展。这天，顺治正与孔四贞相谈甚欢，忽闻太后有请。就在顺治尚未到钦安殿的时候，慧敏也从坤宁宫到了慈宁宫。

慧敏满眼含泪，跪地道："儿臣给母后请安。"

太后正在绣花，见皇后泪人似的跪在地上，惊道："又怎么啦？哭成这个样子！"

"母后要为儿臣做主。"

皇后满脸凄苦。

太后不悦，皇上与皇后不合，她早已知道，当初册封时就闹过别扭。虽然最后还是册封了皇后，可当日皇上便搬进了乾清宫，这皇后只剩下那册文上的一个名分。

太后开始以为顺治生气，过上十天半月还会回宫，谁知一去一年多，皇上从不回坤宁宫，也不临幸宫女，把自己关在乾清宫，过起苦行僧般的生活。

慧敏多次差人去乾清宫请，也曾自己去，但每次顺治都是不理不睬，置若罔闻。皇后由此更恨，遍撒眼线，监视皇上的行踪，一旦发现有宫女引诱皇上，轻则受罚，重则出宫。可现在皇上常去孔四贞那里，孔四贞是太后的义女，她不敢造次，只好求助于太后。

"到底什么事？"庄太后放下手中的活计。

"母后，皇上一直对儿臣冷吹慢打，不理不睬。现在常常去钦安殿，四格格虽是太后的义女，可她毕竟是汉人，皇上此行，怕招人议论。"

太后十分不悦，怪不得皇上不喜欢你，原来是醋坛子，于是道："慧敏，不是母后说你，一个女人连个男人也拴不住，也不能全怪男人。想抓住男人的心，要动动脑子，不能靠盯梢、告密，也不能靠强求。强扭的瓜不甜，捆绑不成夫妻，额娘把他捉进坤宁宫，你能看住他吗？看他一时，能看一辈子吗？"

慧敏见太后说话不像以前那样支持自己，哭得更凶了："母后，孩儿犯了什么错，皇上这样折磨孩儿？皇上不是只对付孩儿，也是对付母后啊，母后逼皇上册封，皇上册封后马上搬出去，这不是明摆着与咱娘俩对着干吗？"

"好了，好了，你放心，皇上无论如何也不会对四格格怎么样的。论名分，他们是兄妹；论身份，四格格是汉女，哀家还没糊涂到让皇上娶一个汉族女子的地步吧？"

听了这话，慧敏悬着的心落了地。她知道自己的命运掌握在太后手里，皇上无论如何待自己，如果没有太后的首肯，自己的中宫之位是不会动摇的。

慧敏刚走，顺治便来到慈宁宫。他见太后阴着脸，不知何故，忙行家礼道："儿臣给母后请安。"

孝庄太后看了看顺治，见他脸黑而且瘦，快不成样子了，十四五岁便苍老得像三十岁，两只大眼深陷在眼窝中。她也不太忍心责备儿子，她心疼儿子，只有他才是大清国的根。

"皇上，刚才在干什么？"

顺治一听，就明白了太后召见的原因，一定是皇后告的状。他冷冷地说："儿臣刚才在四贞那儿。上次有人送了一副金鞍和宝弓，儿臣留着没用，送给了四贞，让她日后上马杀敌。"

太后微微点了点头，笑笑道："很好，你们兄妹俩常在一起说说话，既可解四贞思乡之苦，又可体现我大清浩荡的皇恩。"

太后故意把"兄妹"二字说得很重。顺治自然能体会太后的意思，他的心禁不住又悲凉起来。

孝庄太后尽量用平静的语气说道："儿呀，你与慧敏到底怎么了？"

顺治冷冷笑道："母后，她不已经是皇后了吗？还想要什么？"

听了这不冷不热的话，庄太后就想生气："儿呀，平常人家的夫妻也常吵架、拌嘴。但俗话说，夫妻没有隔夜的仇。额娘我就弄不明白，你们怎么有这么大的仇？论出身、论长相，慧敏也不算差，在宫中也是数一数二的，为何皇上就是不喜欢呢？"

顺治毫不退让，针锋相对："母后，儿臣不喜欢没关系，只要母后喜欢，她不还是皇后吗？"

"皇上到底想怎样？"庄太后气越来越大。

"儿臣的心思，母后自然明白，又何必问呢？"

太后听了这不咸不淡的话，终于忍不住了，厉声喝道："废皇后？这办不到！慧敏入宫近三年，既不通敌叛国，又不失德，怎可平白无故就废了？这是以公而论。若以私而论，她是你表妹，废了她，日后见到你舅舅，额娘怎么说？你又怎么说？慧敏还不只是你表妹，她还是蒙古草原上的公主，若废后，蒙古各部会有何反应？这些你都考虑过吗？"

顺治并不生气，而是有气无力地说："母后，儿臣哪还能考虑那么多？一个连命都不能保的人，还会想那么多烦心事？"

"你这是什么话？嗯？这是什么话？"太后不禁老泪纵横，一旁的顺治也是泪眼蒙眬。母子俩又是不欢而散。

啪！啪！啪！静鞭山响，皇上出城了。

人马出了内城，直向宣武门而去。皇上要去找他慈祥的爷爷。

宣武门内大街，两旁是一排排低矮的民房，临街的房屋稍稍气派一些，但也多是两层。在这片民房中，一座崭新的教堂耸立其中，犹如鹤立鸡群，与巍峨的宣武门城楼遥遥对峙，一中一西，迥然不同，相映成趣。

顺治与汤若望相识，是由范文程引荐的，但让顺治去见汤若望的，是庄太后。

有一次，顺治去慈宁宫请安，发现太后的寝宫里有一个金光闪闪的十字架，顺治很惊奇："母后，那是什么？"

太后用手捏着十字架，放在嘴上吻了吻，笑笑道："这是西方洋人教的圣物。这东西挺神灵的，日后额娘让你玛法也给你带一个，祛邪消灾。"

"玛法？谁是玛法？"

"就是钦天监的汤若望，额娘已认他做义父，他不是你的玛法吗？"

顺治对汤若望充满了好奇，听说这个人是个洋人，一肚子的学问，还能让太后认他为义父，这人不是个神仙般的人，就是一个有妖术的人，倒要见识见识他。

一日，顺治对范文程道："范学士，你与汤若望相交颇深，明日带他来见朕。"

范文程奏道："不知皇上召汤大人有何事？"

"朕听人议论，说这汤若望学识渊博，精通医术、天文，朕想见识见识。"

范文程这才松了一口气，他原不知这位古怪的帝王为何突然召见汤若望。

当汤若望第一次来到顺治面前的时候，顺治就被汤若望那和蔼的目光和慈祥的微笑所吸引。

自从懂事起，他就从未见过如此温情的男人。宫中的太监及朝中的臣子，他们见到自己时，虽然恭恭敬敬、服服帖帖，但那是一种下级对上级的崇敬，而不是平等的，不是发自内心的真诚。

"臣汤若望叩见陛下！"

顺治这才如梦方醒，忙道："汤大人平身。大人是母后的义父，论家礼，朕应称你玛法，以后大礼就免了。来人，给汤大人赐座。"

汤若望坐了下来，用温和的目光看了看顺治，他发现这位少年天子心事重重。

"汤大人，朕听说，大清国第一次出现日食，是你算得最准。你与朕说说这日食是怎么回事，有没有天狗呢？"

汤若望笑笑，道："陛下，世上根本没有什么天狗。我们脚下的地球和太阳、月亮一样都是悬在空中的圆球，它们又都是运动的。太阳是中心，地球围着太阳转，才有一年四季；地球也自转，才有昼夜；月亮围绕地球转。当它们三者转到一条直线上时，地球挡住月球，就是月食；月球挡住地球就是日食。哪有什么天狗呢？"

顺治听汤若望边说边比画，很感兴趣，他从前从没听说过这些。

"汤大人，你说地球是个圆的，而且悬在空中，那地球那一面的人为什么头向下而不掉呢？"

顺治毕竟是个孩子，他有很多问题要问。汤若望道："因为地球有吸引力，把我们都吸附在地球上。"

顺治点点头，若有所悟："地球就像个大磁石，人便是小铁屑。"

"陛下这一妙喻打得十分恰当。"

顺治还有许多问题，比如下雨为什么打雷？用扇子扇风为何感到凉快？等等。汤若望一一耐心地解释。

这些天文、历法、物理等科学知识是顺治从未接触过的，他感到非常新鲜。特别是当汤若望告诉他大清并不是地球中央，而只是一块普通的大陆时，顺治瞪大了眼问道："我大清乃天朝大国，自秦汉唐宋以来就是中心，为何现在又不在中心了呢？"

汤若望道："陛下，中国从来也不是地球的中心，地球是个圆的，它的面上根本没有中心而言。任何一点都可是中心，又都不是。"

顺治点点头，似信非信。

不知不觉到了中午，顺治传旨，赐汤若望、范文程一起用膳。顺治招呼汤若望坐在自己的身边，边吃边谈，一顿膳用了近一个时辰。

当汤若望起来时，因不习惯盘腿打坐，腿早已麻木了，站了几次，竟未站起来，顺治忙上前来搀扶他。

从此以后，汤若望成了顺治心中不可缺少的人，汤若望那渊博的自然知识深深吸引着他。

顺治在汤若望这儿虽然找不到心中纠结的问题的答案，但可以发泄，所以，当顺治从教堂离开的时候，心里轻松了许多。

掌灯时分，顺治回到了宫中，刚进乾清宫他就吓了一跳。只见宫中灯火通明，四名艳丽的宫女立在殿下，见了他，忙款款下拜："恭迎圣上！"

顺治有些纳闷，今日宫里为何来了这么多的宫女？皇后来了吗？可这些人不是坤宁宫的。正在迟疑，宫中有一人迎出："臣妾恭迎圣上！"

顺治仔细一看，面前跪一女子，一身红丝旗袍，青丝高挽。他有些不悦，是谁这么大胆，竟敢不召就私来乾清宫？

"你是何人？"

地上的女子怯怯道："臣妾乃景仁宫的佟妃，今日奉太后之命来侍奉皇上进膳。"

佟妃？顺治想起来了，太后曾跟他说过，要为他选个妃子。他对太后赐予的东西，除了他自己之外，没一样喜欢，所以对这事也没放在心上。

"平身吧！"

佟妃款款起身，顺治不经意间发现，这也是个天仙般的女子：圆圆的脸蛋丰腴而娇嫩，一双圆圆的大眼睛横波流盼，憨态可掬，情意绵绵，似笑似嗔，让人不由得心动。

顺治刚坐下，早有宫女奉上清温水，洗漱之后，佟妃一挥手，又有宫女盈盈而至，变戏法似的，在顺治面前摆了一桌酒菜。随后，众人退去，宫里只有他们两个人。

顺治望了一下身旁的佟妃，她早已娇羞满面。他心中仍有些不悦，这是干什么？送货上门，是引诱还是要挟？

"皇上，请用膳吧。"一股少女的清香连同酒香扑入顺治的鼻孔。

那佟妃已面带微笑，亲自为他端酒。顺治也感到有些不自在，毕竟是太后选的后妃，能如此，已是极为恭敬，这女孩子也不像皇后那样趾高气扬，又何必为难她呢？

"你也坐下与朕一起用膳吧！"顺治终于心软。这几个月没有亲近女人，原始欲望占了上风。

佟妃有些受宠若惊，怯怯地说："谢皇上。"随后轻轻坐在一旁的凳子上，忙着为顺治斟酒加菜。

"什么时候入宫的？"

"入宫已有十日了。"

佟妃有些娇羞，想想这十日夜夜独守冷宫，期盼有人来，可每夜都是孤灯长明。今日奉太后之命来伺膳，是想让皇上知道，后宫已有了新妃子，不再只有皇后了。

佟妃谦恭有礼，让顺治稍稍产生好感。他虽只有十六岁，但毕竟是结过婚的人，懂得男女之间的事，所以，他暂时忘却了这礼物的来源。当然，最终让他下决心的还是皇后。

佟妃正侍奉顺治用膳，吴良辅在门外低声道："皇上，坤宁宫的诺娃求见。"

"她来干什么？"

诺娃跪在门槛前，轻声道："皇后娘娘听说今日有人伺膳，皇上必定高兴，要多饮几杯，特差奴才来献蒙古贡酒一坛，给皇上助兴。"

说罢，两名太监把一坛酒送至殿下。顺治不但不赏，反而气得脸黄，胸口起伏不停，举起酒杯向下面砸去，大吼一声："滚！快滚！"

诺娃等人忙退去，顺治仍坐在那儿生气。佟妃忙上前又是拍背，又是抚胸口，很温柔地叮咛道："皇上，别生气！皇上，别生气！气伤肝，保重龙体要紧。"

顺治见佟妃如此温柔多情、善解人意，气顺了许多，稍稍平定后，轻声道："佟妃回宫吧，朕今夜临幸景仁宫。"

那佟妃闻言，差点跳了起来，但表面上仍是娇羞万分，轻轻道："多谢皇上，臣妾在景仁宫恭候圣驾。"

佟氏的入宫纯属太后一手造成。眼下母子之间为废皇后已闹得不可开交，两方斗争日趋白热化，互不让步，后宫剑拔弩张，势不两立。太后十分苦恼，如若让步，那么她的侄女要受委屈，更重要的是蒙古草原的利益要受损害，自己在宫中的地位也将受到挑战。若不让步，皇上一意坚持，苦守苦挨，拖垮了儿子的身体，她又如何向列祖列宗交代。

就在这时，索尼来到了慈宁宫。见到太后，索尼跪地施礼："臣索尼拜见太后，有要事禀告太后。"

"索大人，有事说吧，哀家在听。"太后正为宫里的事发愁呢。

"太后，臣发现皇上近日进食甚少，龙体消瘦，臣请太后早差太医诊治。"

庄太后长叹了一声："索大人，皇上的病太医能治好吗？"

索尼是内务府总管，他当然知道太后话中的意思，今日，他也正是为这事而来。

"太后，臣以为应早想办法，日久恐生不测。"

"索大人有何良策，说与哀家听听。"

太后发现自己这回真的是束手无策了，她想管，但又管不了，真是欲罢不能，欲管不行。

"太后，恕臣直言。皇上是肝火太盛，阴阳失调，若能另选一妃入宫，调剂皇上的生活，日久天长，等皇上气顺了，所有的事都可迎刃而解。"

太后一惊，她对这个主意很感兴趣。

皇上不喜欢皇后，可再为他选其他妃子，只要他能开心、高兴，什么事都是可以商量的。

"索大人，依你之见，这后妃应如何选？要不要内廷传旨在全国选秀？"

索尼忙道："太后，此事万不可如此，此时选妃入宫仅是投石问路，试探一下皇上的态度。如果大张旗鼓地选秀，皇上肯定会借机要求废后，那就会弄巧成拙，事与愿违。此事还是悄悄进行，看看皇上的态度如何，再做下一步的打算。"

太后暗暗点头，还是索尼想得周到。

可暗中选妃，如何去选呢？又选谁家的呢？

"索大人，暗中选妃又如何去选？"

索尼沉思了片刻，道："太后，此次选妃只是试探，成功与否一时难定，所以，不可选诸王公贵族之女，只有在重臣中选一佳女。一则可视为太后对臣子的恩赐；二则，日后生变也无伤大雅。"

太后不禁暗暗佩服索尼的老谋深算，对他更加信任，于是道："索大人，此事交由你来办，有合适的人家，速来宫中禀告。"

索尼忙道："太后，臣眼下正有一合适人选。佟图赖新立军功，应予提升。今朝中礼部侍郎一职空缺，可召他进京任职。佟府有一女儿，年仅十三岁，相貌端庄，不知太后意下如何？"

太后微微点头。

她现在要挽住蒙古女子在后宫日益摇晃的地位，已经不计较方法了。

见了佟氏，正和太后想象的一样，端庄、清秀、温柔、大方。太后很高兴，这佟氏入宫，既可缓解皇上对皇后的憎恨，又可阻止皇上对孔四贞的依恋。这佟氏身上完全没有顺治所憎恶的蒙古女人身上特有的高傲和华贵，而更多的是皇上所喜爱的温柔、多情，正如孔四贞那样。

庄太后的一番苦心，在顺治那儿并未得到预期的回报，佟氏进了景仁宫，太后也告知了顺治，谁知顺治毫不理睬。

一道谕旨传到景仁宫，太后让佟妃去乾清宫侍宴，让皇上见见这位新妃子，看看他会不会动心。

太后这着棋本是一着闲棋。可皇后这么胡乱地一搅和，竟成了一个高招。那佟妃此时正在景仁宫承受龙恩雨露。

消息传到慈宁宫，太后脸上露出了久违的笑意，她看到死水潭溅起了浪花。

消息传到坤宁宫，醋坛里的浪花更大，溅得满宫都是，连一向受宠的诺娃也没能逃脱，溅了一脸的酸醋。

"狗奴才，景仁宫那个小妖精刚来没几天，她侍宴皇上就吃，本宫让你去送贡酒，却被骂了出来，你有什么用？废物！"

皇后虽长得很漂亮，但从那朱唇皓齿间溅出的都是又酸又辣的东西。

"狗奴才，你们听着，从明日起，天天去送酒，直到皇上不骂为止。听到了吗？"

"嗻。"宫中传来沉闷的、怯怯的应答声。

断断续续地持续了两个月，坤宁宫里常常有人去乾清宫，就连皇后也去了几次，又吵又闹，每吵一次，皇上就去景仁宫过一夜。皇后气得半死，景仁宫中的佟妃正躲在被窝中偷乐。

渐渐地，皇后累了，也彻底绝望了，乾清宫又恢复了平静，景仁宫也恢复了平静，顺治又缩回到原来的蜗壳中。皇后是太后送的，佟妃也是太后送的，他不要皇后，也不会要佟妃。

景仁宫比坤宁宫幸运一些，皇上偶尔会到景仁宫去寻找他梦中的情人。搂在他怀里的不是佟妃，而是他想象中的孔四贞。只是这种"偶尔"太少了，一个月也轮不到一次。

有了佟妃，顺治似乎明白了太后的心思，于是不时去找一些宫女取乐。过去他是偷偷地干，实在忍不住才会这样做，现在他敢了，因为太后希望他如此。

随着后宫的平静，那潭死水又恢复了往日的宁静。可是太后可以明显地感觉到死水底下的暗流汹涌。

太后正坐着纳闷，一名老太医来到她的面前，跪地道："太医王有为叩见太后。"

太后一愣，回过神来，惊道："王太医为何来了？哀家并没召你。"

王有为伏地道："太后，臣有一事奏报。"

"快请站起说话。"

"太后，皇上近来龙体欠安，日见憔悴，进食甚少，臣曾多次诊治，疗效不佳。臣怕日久生变，特来禀告太后。"

太后叹了口气道："哀家也是愁啊！王太医，依你之见，如何才能医好皇上的病体？"

"回太后，皇上之病乃长久忍屈含愤，抑郁成疾，情郁于中，体伤于内。此时皇上龙体十分衰弱，容颜憔悴，若不速加调理，怕生后患。"

太后对顺治的状况心知肚明，但她有什么办法呢？

"太医，有何良方可医皇上之病？"

王太医摇了摇头："太后，世上最难医之病是心病，心病还须心药医，针石药剂毫无作用，请太后早作主张。"

太医刚去，慧敏又来了。太后见她那容光焕发的面庞已不复存在，香腮脂粉中有一层憔悴和忧伤，身材更加地苗条。

见礼之后，娘俩相对，欲说无言。太后长叹了一声："慧敏，不是姑姑说你，你是皇后，凡事要以大局为重，你与皇上总不能老是这个样吧？"

慧敏双目流泪，可怜兮兮地说："姑姑，你能叫孩儿怎么做？我对他哭过、求过，也闹过，可他软硬不吃，视而不见，不理不睬。从大婚之日起，只过了一个月的好日子，特别是亲政后，皇上根本就没正眼看过我！"

"唉，你们两个小孽种，额娘哪辈子欠你们的，让额娘费这份心，遭这份罪啊！"

太后说的时候，也是眼含热泪。一个是儿子，一个侄女，手心手背都是肉，咬哪块都疼。

"近日皇上龙体不适，太医刚来过，额娘准备传旨后宫都去乾清宫探视，你也好劝劝皇上。"

"姑姑，孩儿不去！"

"为什么？皇上脾气倔，你就让一些，不要总放不下脸来。你看佟丫头，人家不是很好吗？你为何就做不来呢？"

慧敏有些气愤，一挺脖子道："姑姑，侄女可是大清从蒙古草原由摄政王聘、英亲王迎娶的，无论如何也不能低三下四地去勾引皇上！"

"住口！你这是什么话，夫妻之间，谁勾引谁呀？要抓住男人，不能光靠姿色。你也好好想想吧！"

太后的呵斥使慧敏无话可说。

乾清宫东暖阁内，南面靠墙有几张书案，是供内大臣们佐理皇上办公的。北墙边有一张暖床，床头立一书柜，前面有一书案，是皇上办公、休息的地方。

太后和皇后来到暖阁时，顺治正歪靠在床上，身上盖一被单。听到外面母后来的消息，忙起床，还未穿上鞋，太后已到了床前，顺治下床行礼："儿臣恭请母后圣安。"

太后见他满脸倦怠，十分心疼，轻轻道："快起来吧！上床歇着。"

顺治起身，忽听身后有人道："臣妾给皇上请安。"

顺治也不转身，只冷冷道："平身吧。"说罢便坐在床上，垂目无言。

太后见状，心中酸酸的，但她顾不了这么多，她只关心儿子的病情。

"福临哪，今日你跟额娘说真话，你到底怎么了？"

顺治毫无表情，轻声道："母后，儿臣不是好好的吗？"

"好好的？那为何脸那么黄，身子骨那么瘦？你能不能让额娘少操点心？"

顺治向床上一歪，冷冷道："母后，谁叫你操心？你别操这么多心！"

太后被刺伤了，她像只受伤的母虎，叫道："福临，你这是什么话？哪个孩子不是娘身上掉下的肉？做娘的能不操心吗？你虽贵为天子，但也是娘心尖上的一块肉啊！"

太后几乎带着哭腔，顺治却笑了，看着殿顶。

"臣妾叩见太后、皇上、皇后。"一个娇娇的声音从门外传来，太后转身一看，是佟妃来了。

"快来吧。"

佟氏故意打扮了一番，收拾得很光艳，但仍掩饰不住发白发黄的脸。

"佟丫头，怎么脸这么黄？"太后很关切地问。

佟氏忙道："太后，臣妾这些日子胃口不好，吃什么都想吐。"

太后一惊，继而又大喜，斜眼看了看佟妃的肚子，又看看她的脸，刚才还白黄的脸此刻泛上了一丝红润。

"太医看了吗？是不是有喜了？"

佟氏的脸更红了，低头小声道："太医刚诊过，眼下还不能确定，要等几日才知道结果。"

太后从自己的经验上判断，这佟丫头一定是怀上了。她不由得偷眼去看慧敏，见那脸上罩着一丝冷酷，又泛着悲哀。

她们在谈着话，顺治早已拿了本书来看，好像对这一切都不感兴趣。

"吴公公，皇上怎么啦？"

这甜甜的声音传来，众人都是一惊，确切地说，不是她的到来使众人吃惊，而是顺治的反应让她们吃惊。

顺治从第一个字传出来，就知道是谁来了，急忙扔下书，坐了起来，还用手整了整衣服，像要迎接什么重要人物似的。

这一切当然都逃不过屋内三双敏锐的眼睛。

孔四贞从外面走进来，一身粉红旗装，端庄大方，手里拎着一只小罐子。见屋里有那么多人，似乎吓了一跳，微笑的脸，稍稍收敛。

"四贞见过额娘、皇上、皇后、佟妃娘娘。"四贞像只小燕子，一一向众人施礼。

太后伸手拉过她，搂在怀里，亲切地说："来来，乖闺女，有几天不到额娘宫里去了，都在哪儿玩儿呢？"

"额娘，金叶快出嫁了，她老缠着我陪她，所以四贞这几日没去给额娘请安。"

顺治满脸含笑，用手一拍床沿，道：

"来，贞妹，坐在床沿上，与皇兄说说话。"

孔四贞看着顺治的目光，不觉香腮发热，微微娇笑道："皇兄怎么啦？让大家都跟着操心。今儿我给你送一罐江南蜂蜜，滋肺润喉，让皇兄把胸中的气全部吐出来，省得让人家担心。"

这平常的几句话，竟让顺治的眼睛湿润了，接过那蜜良久不放。在场的众人感叹不已。

孔四贞并没有到顺治身边去，屋里有太后，有皇后，还有一个嫔妃，她们是皇上的母、妻，一个也没靠近皇上，自己怎能如此亲近呢？

顺治看了看四贞，有些失望，讪讪笑道："贞妹，朕的病你能不知道吗？根本不要用药，用药能治朕的病吗？"

孔四贞明白顺治的话，怕他乱说，忙道："皇上说得对，这病重在自我调养。望皇上以江山社稷为重，保重龙体。"

二人亲热地说着，把这三人晾在一旁，十分尴尬。

"禀太后、皇上，臣妾身体不适，先告退了。"皇后娘娘实在坐不住了，起身对太后进出这句话，眼睛仿佛湿润了。

"这儿没你什么事，跪安吧。"顺治连看也没看她一眼，冷冷地说道。

慧敏听着这冷冰冰的话，鼻子一酸，强忍着眼泪才没落下来，径直出了乾清宫。

佟妃见皇后走了，也感无聊，她虽想和皇上亲近，可贴不上去，就连自己已怀孕的大事当面说与太后和他听，他仍是不闻不问，好像自己和孩子与他没任何关系似的。

佟妃看了太后一眼，见太后也有不悦，自感再待下去没什么意思，便道："太后、皇上，臣妾来时忘了吃药，要回宫去服药。"

顺治鼻子里哼了一声，算是允了。太后说了句："药就别吃了，等太医诊断后再说，若是有喜了，只能吃保胎药，其他的药不能吃。"

"知道了，臣妾谨记太后教诲。"

皇后、佟妃先后离去，让孔四贞一下子陷入窘境：自己一出现，她们就走了，我待在这儿算什么？

"额娘、皇兄，金叶还在钦安殿等我，我也告辞了。"

顺治竟然伸手拉住四贞的手，眼含期望："贞妹，在这儿陪朕坐坐。母后又不是外人，咱娘仨说说话嘛。"

孔四贞偷偷去看太后，见那脸色早已阴沉了下来。如果是别的人，怕早已呵斥一番了。

孔四贞用力抽出手，讪讪笑道："皇兄，小妹真的有事，告辞了，日后再来看你。"

顺治用依依不舍的目光送四贞出了门，又从窗户中目送她出了乾清宫，这才收回目光，重新斜靠在床上，满脸的沮丧和失落。

太后尽量放缓语气，强压着怒火，轻声道："福临哪，听额娘的话，不要再生闷气了。你到今年都十六了吧，亲政也有两三年时间了，不小了，也该像个大人了。还要让额娘操心到什么时候？"

顺治面无表情，淡淡地说："母后不必为儿臣操心，有什么可操心的呢？一切都好好的。"

"要是一切都好好的，额娘天天烧香。瞧瞧今天，你对皇后不冷不热，对佟妃不闻不问，一见了孔丫头又说又笑，这些额娘可全看见了，这正常吗？还说这一切都是好好的吗？"

顺治听了这话，脸上立刻显出鄙夷的神情，愤愤地说道："母后看见没有，儿臣刚与贞妹说几句话，皇后就醋意大发，完全是个刁妇。那佟妃竟觍着脸，到处说自己有喜了，毫不知羞，是个泼妇。她们在母后眼里都是仙女，可在儿臣眼中都是癞蛤蟆。"

"胡说！"太后再也忍不住了，"皇后是蒙古草原的公主，品质高贵，容貌端庄；就是那佟丫头，也是我大清功臣佟氏之后，大家闺秀，怎么能说她们是癞蛤蟆？真是荒唐！对自己的妻妾如此侮辱，你还是男子汉吗？还是一国之君吗？"

顺治竟然笑了，笑得比哭还难看，声音里带着哭腔："母后，儿臣是男子汉吗？儿臣是一国之君吗？哪有男子汉整日为一个女人而气而怒却又无可奈何？哪有一国的君王整日生活在仇人的阴影中，生活在欲哭无泪、欲罢不能的无助、绝望中？儿臣愿意这样吗？不！我不愿意！可是你……就是你——儿臣的母后，一直压着我生活在这黑暗中……"

顺治气得浑身颤抖，用手指着太后，语无伦次。

啪！太后一个耳光打过去，愤然道："你这个不肖的逆子！额娘含辛茹苦，忍辱负重，费了多少心血，看了多少人的脸色，熬过多少个不眠之夜，忍受了多少次胆战心惊，才把你养大，今天额娘没得到你的报答，反让你用手指责。额娘的心伤透了，这是天神在惩罚我啊……"

庄太后泣不成声，痛心疾首。面前的顺治早已如泪人一般，跪地吼道："母后，你忍辱负重，儿臣就轻松愉快了吗？那儿皇帝是容易做的吗？七年，整整七年啊！儿臣每天晚上都在做噩梦，时时刻刻只想着一件事：杀死多尔衮！儿臣恨多尔衮，恨得想一口口把他吃掉！可儿臣不但不能吃他，还要笑脸对他，还要喊他'阿玛王'，还要看见母后与他共宿共眠，这是什么日子？这是一个天子的生活吗？儿臣一看到皇后，就想起那个仇人；一看到佟妃的媚笑，就看到母后对多尔衮的温情。儿臣受不了，实在是受不了啊……"

太后见顺治那痛苦的样子，心疼不已，后悔不该打他，可他为何如此固执啊！

"儿呀，多尔衮是仇人，你不是惩罚他了吗？挫他的骨，扬他的灰，悬他的头，毁他的墓，额娘一个字也没说呀，这还不能解你的恨吗？欺侮你的大臣你杀了十几个，多尔衮的党羽死的死，亡的亡，早已烟消云散，你为何还有这么大的愤怒？什么时候才能了断这段孽债？"

"不，我恨多尔衮！我恨多尔衮！直到死我都恨多尔衮！"顺治声嘶力竭地叫道，"我过去是为多尔衮做皇上，今天是为你做皇上！"

望着顺治那绝望的神情、痛苦不堪的样子，太后再也不忍心说什么了。

她的心在流血，她的眼在流泪，但她还是抱着儿子的头，放在膝上，无限温柔地抚摩着。

良久，母子都稍稍平静下来，太后轻声说道："福临哪，慧敏没有对不住你的地方呀！科尔沁也没有对不住大清的地方呀！"

顺治猛一起身，甩掉了太后的双手，立在她的面前冷冷地说道："皇后，皇后没有错，科尔沁也没有错。错的是儿臣，儿臣不该来到这个世界上！科尔沁，科尔沁，科尔沁对母后是那么重要吗？要用儿子去换科尔沁！"

说完这句话，顺治竟径直走出了乾清宫，头也不回，把太后扔在屋里。太后呆呆的，久久回不过神来。

一个声音一直在她耳边回荡：用儿子去换科尔沁！用儿子去换科尔沁！

"不，我不！……"

太后终于大声哭喊起来……

两日后，顺治躺在床上，吴良辅慌里慌张地跑来："皇上，太后懿旨到。"

顺治懒懒地接过懿旨，轻轻展开，马上坐了起来，上面只有一句话："废后之事，皇上自行裁酌。"

黄绫上似有点点泪痕。顺治精神大振，立刻传令："吴良辅，立刻传旨礼部及内院诸大臣，查历代废后事例具奏。"

"嗻。"吴良辅一路小跑，来到养心殿的东暖阁，高声道："皇上有旨，命礼部、内三院速速查阅前代废后事例上奏，不得有误！"

吴良辅那一声公鸭叫，像一根根花针扎在内大臣们的背上和心上，他们一个个呆若木鸡，面面相觑。

后宫不和，帝欲废后，在朝中不是秘密，但众臣感觉宫闱之事，传言多于事实。就是皇上有此念，但大清立国未久，皇帝的言行关乎国体，无缘无故，休妻废后，似乎不太可能。可今日圣命一下，众臣瞠目结舌。

对皇上废后之事震动最大的不是满人贵族，而是那些以封建礼教为法的汉官们。他们对皇上无故废后根本无法理解、接受。

顺治的胃口似乎大有好转，每膳的食量在增加，而每次用膳时太监们手上的盘子里花花绿绿的牌子也在增加。

按清制，凡遇到值班奏事引见的日子，文武大臣们在退朝后还有要事请求引见或奏请的，可在皇上用膳时递呈牌子。宗室王公贝勒用的是红牌，文职副都御史以上、武职副都统以上用绿牌，来京的外地官员则用粉牌，牌上写明奏牌人的姓名、家世、考绩、功勋等。

平时，顺治用膳时，牌子只有一两个盘子，可这几日，每次都是四五个盘子，可顺治一个也不看。

八月二十四日，顺治临朝听政。众臣刚行罢礼，大学士陈名夏出列，朗声道："臣陈名夏启奏陛下，近闻陛下有废后之意。臣以为夫妇乃王仪之首，自古帝王必慎始敬终，臣请陛下深思熟虑，慎重举动。"

顺治还没来得及说话，大学士冯铨也出列奏道："陛下，臣以为陈尚书所言极是。大清立国未久，无故废后，贻笑天下，臣也请陛下慎重行事。"

嗬，今天太阳从西边出来了。

这冯铨与陈名夏历来不合，势不两立，经常相互攻讦，今日竟成了盟友，真让人开眼。

"臣等附议。"

又有五人伏在地上。

顺治冷冷一笑："冯学士、陈学士，什么是'王仪之首'？什么是'无故废后'？你们自恃饱读诗书，明礼知教，死守旧理，墨守成规。朕问你们，什么是'君君臣臣，父父子子'？什么是忠孝？朕赐尔等高位，每岁奉以厚禄，让你们为朕排忧解难。今朕有难忧，你们不但不为朕排解，反而阻止朕，朕养尔等何用？尔等就用这来报答君恩吗？"

这顿臭骂，简直是狗血喷头。可众臣心里嘀咕：这皇上蛮不讲理，胡搅蛮缠。龙颜不悦，连冯、陈二位宠臣都遭此辱骂，何况他人呢？众臣胆战心惊，噤若寒蝉，再也无人敢说一句话。

"退朝！"顺治一甩手离席而去。

当面不敢说，背后仍是议论汹汹，各种奏折雪花似的飞向各部、内院。顺治虽不能一一阅读，但他已知众臣仍在力谏，只有拿出撒手锏。

两天后，皇帝的圣旨下到礼部：

今后乃睿王于朕幼冲时因亲订婚，未经选择。自册立之始，即与朕志意不协，宫闱参商已历三载，事上御下，淑善难期，不足仰承宗庙之重。谨于八月二十五日奏闻皇太后，降为静妃，移居侧宫。

众臣见旨，这才恍然大悟，原来皇上此意已得太后同意，所谓的议废，只不过是补办个手续而已。皇太后都同意了，谁还能挽回？

太后对这事也是经过痛苦的挣扎的。虽然做出这一抉择，非出己愿，但她清楚地知道，此事再拖下去，势必葬送儿子的性命。儿子才是大清真正的根啊。没有他，不论是科尔沁还是自己的地位，都会遭受灭顶之灾，蒙古女人的尊崇也会荡然无存。她在儿子与侄女之间，选择了儿子。

废皇后，历史上并非没有，但多因皇后秽乱内宫，或者谋弑夫皇，通敌叛国。今日顺治以"志意不协""无能之人"而废后，以感情的融洽与否作为标准，这明显可以看出满族汉族融合前的轨迹。

一场风波过去了，出现了短暂的平静，但这并非最终结局，而是又一个新风波的起点。中宫虚着，许多人都盯着它，一场新的风暴正悄悄地来临，比上一次更猛、更汹涌、更肆虐，直到让搏击者樯倾楫摧，葬身旋涡……

天刚亮，太后仍赖在床上。外面道边的枯草上结了一层薄霜。空气有些凉，但很清爽。

神武门前已排起了长长的马车，有一里多远，后面还有马车缓缓驶来，加入这支不断延长的车队。

这车队排列整齐，一辆接一辆。每辆车上都竖着不同颜色和标志的两盏灯，有的是红色，有的是粉红，有的是绿色。这一排长长的彩灯，在晨曦中依然光彩夺目。每辆车旁立着一个男人，大多是身着正装的青年人，从气度上看不是包衣车夫，大多是八旗子弟。

这就是"排车"。每届选秀之日，神武门外都有千余辆车排队。车上坐着的是一个个倾国倾城的绝代佳人，而赶车的多是她们的兄弟。

清廷对皇室和宗室的婚姻有一套特别的制度，皇室成员的妻子不可随便迎娶，要由皇宫统一选配，谓之"选秀"。

按清制，选秀每三年一次，凡旗籍官吏有年及十三岁的女儿，必须推选秀女，或备为内廷主位，选为后妃，或为皇子、皇孙指婚，或为亲王、郡王及亲、郡王之子指婚。每次选秀，均有千余名佳女参选，而选中者不过十之二三。这些被选中的秀女，最后能与皇族结亲的是少数，能入宫册封嫔妃的更是凤毛麟角。绝大多数秀女的命运是到宫中侍奉主子们，到二十岁时，再放出宫去择配。

中宫被废不久，内廷传出推选秀女的谕旨。立刻，北京城像开了锅，众说纷纭，议论纷纷，有说是为选后，有说是为选妃。

无论真实与否，总是给所有人一个美妙的希望。哪一个旗籍官吏都不会放弃这样一个机会。别说是选为皇后、妃嫔了，就是被选配给各亲、郡王做妻、做媳，也是与皇族结姻，一女当选，满门朱紫。

日上三竿，神武门洞开，从门内走出两个官吏，从第一辆一直数到最后一辆，再回到宫内。半个时辰后，那两位官员才回到门内，只听一声高喊："待选秀女一千零三十一名。"

随后，一名太监立在神武门前高喊："选秀女下车入宫，所有送选车马回府。"

顿时，皇宫后门迎来了又一个春天，百花齐放，争奇斗艳，一个个花容月貌的女子缓缓下车，鱼贯而入，皇宫北边的天空被映得艳丽无比。

送选的车马由神武门夹道出东华门，由崇文门大街直至北街市，还绕后门而出。来的时候排得整齐，走的时候也是井然有序。

这长长的一队佳人在太监的引领下来至贞顺门外，早有宫中太监搭建了长长的凉棚，供秀女休息等候。

在这队秀女中间，立着一位十四五岁的少女，身材高挑，线条均匀流畅；身着绛紫色丝绸旗装，头顶粉花凤冠，耳垂珍珠玉坠，颈戴金链；不长不圆的瓜子脸，两弯细眉如柳叶，一双大眼睛清澈透明，碧波荡漾，双眼皮，长睫毛，配上这双美目，另添几分娟秀；粉腮如雪，朱唇微启，露出一排洁白的玉齿，而那两颗虎牙，更添了三分妩媚；轻轻一笑，两个酒窝飞到腮边，让人神飞魂倒。

一个户部官吏来至她的面前，眼睁得很大。那女子浅浅一笑，忙奉上手中的粉牌。那官员一看，上写："董鄂氏，辽宁桓仁，十五岁，父，鄂硕，内大臣。"

官吏走出几步，仍不免回头偷看了她一眼，只见她正安详而立，如出水芙蓉，亭亭玉立。

佳人们五个一班，由太监领到宫内，不多时，就见有的丽人被太监从一个偏门引了出去。

快至中午的时候，董鄂氏和另四位少女被一个太监领进了贞顺门，穿过一进庭院，带至一座大堂。五人齐立于堂下，堂上有三个女官坐在椅上。她们仔细打量着每一个人，上上下下，又下下上上，看了一刻钟，三人均指指点点，目光聚集在董鄂氏身上。

女官们向一旁的太监示意，那太监高喊道："董鄂氏留牌，引储秀宫休息；佟氏、完颜氏、那木都鲁氏撂牌，引神武门偏殿休息。"

董鄂氏秀美的脸上泛起红光，她随着一名太监轻盈而去，偷偷望了望大内禁宫，脸上露出无限神往的神色。

谣言不攻自破。此次选秀，共有两百人入选，但一个也没被封为嫔妃，更不用说皇后了，只是听说有几位绝色佳人被指与亲王为婚。

佟妃腆着大肚子向慈宁宫走来。

她自从有了身孕，太后就把她当宝贝似的捧着，宫中所有的活动、所有的庆典不许她参加，她见了皇上、太后等人一律免行大礼。平时，御膳房专门有人为她做饭，太后又派了慈宁宫的两名宫女到景仁宫去侍奉她。

有了太后如此恩典，佟妃当然是投桃报李，每日都要到慈宁宫请安。

来到慈宁宫，里面有说笑声。

"姑姑，若景仁宫生个皇子，皇上会不会立她为中宫？"这是静妃的声音。

"傻丫头，皇后乃天下之母，岂是一般人所能承封的？你虽被废了，可满蒙联姻的国策不会变，这是先皇留下的规矩。这皇后还是在蒙古草原上。佟丫头仅为一般大臣之女，怎可立为后呢？"庄太后的声音坚决而又果敢。

"姑姑，儿臣一看那佟妃的得意样儿就生气，有什么呀，不就是靠勾引皇上才遂了愿，怀上龙种吗？若儿臣也像她似的，怕两个皇子都生出来了。"静妃虽然被废，但说话依然充满着傲气。江山易改，本性难移。

"你这个丫头，就是心气高、嘴硬，才有今天这个恶果。以后说话注意些，不要说这些像刀子一样的话，得罪人。"太后对静妃仍很关爱，血浓于水，这是真理。

小苏麻喇姑从宫外走来，她已成了慈宁宫的侍女。佟妃见有人来，忙在门外笑道："太后，儿臣给太后请安。"

屋里人闻声，忙转脸向外望。佟妃刚要弯下身子去行礼，太后忙笑道："我的乖儿，千万别多礼，动了胎气哀家可受不了。不是说了嘛，不论见了谁都不用行礼。"

佟妃想到刚才的对话，再来看太后的笑脸，总觉得太后的笑脸是罩在脸上的面具。

太后静静地看了佟妃片刻，笑道："佟妃，最近是不是想吃酸东西？"

佟妃粉面娇红，垂首斜目，喃喃道："太后怎知儿臣心中所想？"

太后微微笑道："在你刚进门时，哀家见你衣裾有光若龙绕，料定你腹中必为一皇子。酸男辣女嘛，哀家自然知道喽。"

一旁的静妃脸上挂着僵硬的笑，不出一声，本来佟妃该向她施礼的，但现在同为嫔妃，便没了这一礼节。

太后看出静妃的尴尬，对她笑道："哀家昔日在怀皇上的时候，也有此样，今日佟妃有此，生子必有大福。"

太后原本是想替静妃掩饰一下，可见静妃更为痛苦，脸上罩上一层薄霜。

"多谢太后吉言，一切都是托太后的福。"

场面不愉快，佟妃也不便久留，匆匆告辞而去。刚出了门，背后便传来静妃冷冷的声音："天天来请安，看起来挺孝顺的，其实是来打探消息的。姑姑，应早为皇上选后，让她也死了这条心。"

太后叹了口气道："这事急不得，有你这面镜子，姑姑一定要小心才行，若再出这样的事，还让不让姑姑活了？大方向定了，其他的，姑姑心里有数。"

佟妃一阵眩晕，两腿沉得迈不开步。她扶住廊下朱柱，立了良久，才轻轻离去……

一日，庄太后在院里给花浇水。

不知从什么时候开始，她对宫中的花有了兴趣，特别是对慈宁宫院内的几株菊花更是喜爱。那菊花也好像通人性，开出了大朵大朵的花，红的、白的，还有黑的、紫的，争相讨太后的欢心。

"儿臣给母后请安。"一个声音从身后传来。

太后转过身去，顺治正立在身后，笑眯眯的。

俗话说，心宽体胖，近日来，顺治精神比以前好，身体也比过去胖多了，黄瘦的脸庞开始泛着红润，瘦瘦的腮上有了一小块肉。可怜天下父母心，儿子的每一处细小的变化，母亲都可以清楚地看到。

"儿呀，今儿这么高兴，干什么去了？"太后与儿子的关系随着废后也有了缓和。

"母后，近来儿臣对汉字、汉书越读越喜欢，每日清晨到中午处理完军国大事就读书，有时记不住，早晨五更就起。现在儿臣已读完《史记》，正在读《资治通鉴》。"顺治不无得意，在太后面前，如数家珍。

庄太后也感到母子融洽带来的欢乐，看到儿子学有所成，做母亲的当然高兴。

"儿呀，要注意身体，千万别伤了龙体。读书重要，但还有比读书更重要的。"

"母后放心，儿臣已不是小孩子了，会照顾好自己的。"

太后见顺治今天特别高兴，便想趁此机会，和他讨论一下久放在她心中的大事。

"儿呀，你又要处理军国大事，又要读书，已经够忙的了。这宫里的事也该有人管一管了，总不能让额娘替你管一辈子吧？"太后的口气很温和。

顺治稍稍愣了一下，马上笑道："后宫之事，儿臣愿听母后的教诲，由母后做主。"

太后心中大喜，但口里却道："儿呀，少拿这话来哄骗额娘。自你亲政后，哪件事由额娘做主？什么事额娘都依着你，现在还拿谎话哄额娘开心。"

太后嘴上虽这么说，可心里却很开心。母子相亲，其乐融融。谁不想享受这天伦之乐呢？有时明知亲人说的不是真心话，但也不去说破，宁愿相信那是真的。

顺治隐隐有些不悦。太后似乎看出来了，语气更温和地说："儿呀，额娘这次还真看上两个女孩，姐妹俩仙女似的，不知吾儿喜不喜欢？"

"母后说的是谁？"

"就是你舅舅的孙女，你姐姐的两个女儿，年纪都在十三四岁，一对双胞胎。"

"母后，这不是乱套了吗？上次静妃是表妹还说得过去，这次皇后竟选母后的外孙女做儿媳，儿臣做舅舅的怎可能娶外甥女做皇后呢？说出来大家心里不舒服。"

顺治对这事有些不满，为何老揪住蒙古不放？难道除了蒙古草原上的女子，天下就没有漂亮女子了吗？

天涯何处无芳草，美女遍地是，这宫中就有，何必远远跑到蒙古去找？

太后也有些不满，儿子虽没有断然拒绝，但他对这事还是打了折扣的。有了上次的教训，这次一定要说服他再聘娶，不可再闹出乱子来。她压了压怒气，笑道："儿呀，不要用汉人的那套礼仪来束缚咱满人，依咱们的风俗，这样的婚事不是很平常、很美满吗？越亲这婚姻越牢固，亲上加亲不是更亲吗？"

顺治看太后那认真的样子，也不忍心拒绝，他顿了顿，说道："母后，儿臣有一个请求。请母后答应儿臣。"

太后稍稍一惊，怎么？谈条件，做交易？可一看顺治那坚毅的目光，她又软了下来，勉强地笑笑道："额娘可不希望儿子跟娘这样说话，有什么尽管说吧，我们母子可以商量商量。"

"母后，儿臣实在喜欢孔四贞，想收她为妃。"

太后一下子愣住了，嘴巴张着，说不出一个字。她以前也听说皇上与四贞之间关系亲密，但她始终认为那是顺治对四贞有兄妹之情，身为大清的皇帝，他怎么可能爱一个汉家女子呢？这简直是不可能的。

愣了很久，太后才回过神。她没有立刻训斥顺治，她了解儿子的脾气，那样会把事情闹僵。她缓缓地问道："四贞同意了吗？"

顺治摇摇头，低声道："儿臣没向她明说，从她的表情上看，她对儿臣的心迹是明白的，但对这事仍有顾忌。儿臣想，只要母后答应，四贞会答应的。"

"儿呀，四贞是你的妹妹，你怎能有这样的念头？还是快打消这荒唐的念头吧！"

顺治面有不悦，冷冷道："四贞不过是母后的义女，儿臣与她非亲非故的，有什么荒唐？汉人民间，娶干女儿做儿媳也是很平常、很多见的。"

入关有十来年了，汉人的习俗对满人也有了影响，特别是近来，顺治酷爱汉学，对汉人的文化、生活有了深入的了解。

太后沉默了，她做梦也没想到事情会发展到这一步。

当初恩养汉女时，她自己是破禁而为，起到了很好的政治效果。孔有德旧部非但没反清，反而为大清忘我杀敌。

南方另三大汉王也从太后恩养义女这件事上，看到满族对汉降臣的恩遇，稳定了边陲。现在儿子竟要娶这位汉家女，对汉人来说，这是天大的恩赐，但对满族八旗和蒙古来说，这不是天大的耻辱吗？再说，那孔四贞已许配给孔王爷的偏将孙延龄，皇上夺妻之恨会不会激起兵变？这个不孝的儿呀，为何老给额娘出难题呢？

"皇儿呀，额娘知道你心里有四贞，可她是个汉人呀！"

"汉人又怎么啦！咱们大清天下十有七八都是汉人，咱们这大清朝也离不了汉人，朝中为国操心最勤、最热心的全是汉官，他们补缺堵漏，斟酌损益，为大清忙得不可开交。在边关是几大汉王在平贼除寇。我们那些八旗子弟都在干些啥？楼是越盖越高，本事是越来越小，整日吃酒打牌、喝茶斗鸡，再过几年，怕他们连马都不会骑了。今日孔王爷为国捐躯，儿臣娶他女儿为妃，正可显示我大清对功臣的恩遇，又有何不妥呢？金叶嫁给吴应熊，儿臣为何不能娶孔四贞呢？满汉一家，儿臣若娶了孔四贞，满汉不是真成了一家了吗？"

顺治越说越有理，越说越激动，他在太后面前振振有词。

太后心里说：这是不可能的，是妄想！但嘴上却说："儿呀，这事不能急，刚才不是说四贞还没同意吗？也得让额娘问问四贞。"

顺治见太后并没一口回绝，便觉得有希望，所以也不进一步强求，告辞而去。

太后想了整整一个下午，也没有一个良策，只好对苏麻道："苏麻，快去通知海公公，传索大人来见。"

苏麻原是跟孔四贞进宫的。太后见这孩子可怜，便留在宫中，乌兰有事回蒙古去了，身边的事便由这个十岁的小女孩来侍候。

索尼急急地来到慈宁宫，施礼道："臣叩见太后。"

"快起来，索大人，坐下说话。"

"多谢太后。"

"索大人，最近皇上有没有动静？"

索尼不知太后何意，自然不敢乱说，回道："回太后，臣近日听说皇上一心埋头苦读，用心很专，没有什么动静。"

太后叹了一声，动情地说道："索大人，你也是三朝元老了，哀家信得过你，今日召你来，是让你帮哀家出出主意。"

索尼闻言十分感激，忙伏地道："太后待臣恩重如山，老臣愿为太后赴汤蹈火，在所不辞。"

太后苦笑道："索大人，哀家也没有这么危险的事让你去做，就是有，哀家也会选一个年轻人去，哪能让你这把年纪了还去干那惊险的事？今儿个只是请你帮哀家出个主意。"

"请太后明言，老臣一定效力。"

"近日，皇上向哀家提出要纳四贞为妃，索大人认为如何？"

索尼大惊，忙道："太后，此事万万不可。入关之初，我朝便立宫禁'宫中禁养汉女'。后因太后恩宠孔王爷，才收四贞为义女，恩养于内宫。此时若让皇上纳其为妃，必定引起轩然大波，朝野震荡，违我祖制，动我大清根基。"

太后叹息道："哀家又何尝不知呢？但这皇上生性倔强，上次废后，闹得天昏地暗，鸡飞狗跳。哀家和这后宫都经不起再折腾了，所以想请索大人想个万全之策。"

索尼挠挠头，低声道："臣听说孔四贞已由孔王许配给偏将孙延龄，能不能由太后出面，让他们早日完婚，断了皇上这念头？"

太后连连摇头："索大人，你是不了解皇上，若这么做，不是断他的念头，而是逼他造反，他会把这大清朝，把北京城闹得天地翻覆。眼下应想办法先稳住他。依哀家看，四贞那丫头虽性情开朗，但是一个正直、端庄的女孩子，很有贞节，她不会与皇上胡来的。所以，四贞不但不能嫁出去，而且对皇上与她的接触也不能限制，以免适得其反。"

索尼频频点头，献计道："太后，皇上只想纳孔四贞为妃，并未要聘她为后。臣以为可先为皇上立后，再纳妃，以稳定皇上。若皇后贤淑，定能拢住皇上的心，让他乐不思蜀，渐渐就会淡忘孔四贞，等他们日渐疏远，再嫁孔四贞出宫。"

太后连连点头："此所谓移花接木，让皇上转移感情，这是上策，只是不知皇上会不会答应？"

索尼沉思片刻道："太后，我朝上下，皇上最重汤若望，两人感情笃重，情同父子。老臣认为，若太后出面，请汤大人从中周旋，此事定能成功。"

太后一拍脑袋，笑笑道："瞧瞧，人老了，不中用了，脑子也不够用了，哀家一着急，把这茬儿给忘了，对！快叫汤大人入宫。"

在汤若望的劝说下，顺治终于同意先迎娶皇后。

顺治第二次大婚是在顺治十一年（1654年）五月举行的。

皇上大婚，皇宫内自然热闹。

宫中到处挂满了各式大红宫灯，千姿百态，形态各异。宫内各殿宇、门楼等处悬挂彩绸，铺设大红地毯，色泽艳丽，夺人眼目。

坤宁宫的东暖阁里里外外充满了喜气，墙上、宫灯上贴着大红的"囍"字，龙凤喜床上罩着五彩纳纱的百子帐，大红缎乡龙凤的"囍"字炕褥，朱红的彩乡百子被，被上压着装了珠宝、金银的锦盒和盛满谷料的宝瓶，地上铺满了大红地毯。

黄昏，金色的阳光在树梢上洒下一片金色的余晖，一辆小辇金凤顶大仪车从神武门悄悄入宫，进了顺贞门，入了后宫，来至一宫殿前停下。早有打扮崭新漂亮的命妇上前一打轿帘，扶出一位十四五岁的美女，一身艳装。

"请淑惠妃娘娘入宫。"

一个宫女款款施礼。

两名命妇笑吟吟地扶着惠妃向宫里走去。

惠妃不经意地看了一眼，到处是大红宫灯、大红的地毯、飘扬的彩绸，耳畔隐隐听到丝竹之声，宫门上嵌着"景阳宫"三个字。

她心里稍稍有些酸楚，眼前的一切都不是为了自己，而是为了只比自己早出生半个时辰的姐姐。

她是皇后，要堂堂正正、热热闹闹地从正门入正宫。而自己只是妃子，从后门入偏宫，冷冷清清、偷偷摸摸的。

掌灯时分，一队长长的迎亲仪仗队浩浩荡荡地进了大清门。队伍的中央，一乘九凤金辇百子喜轿被众多的彩色旗、幡等包围着，经天安门、端门、午门、太和门、内左门、乾清门，来至交泰殿前。

此时的交泰殿早已被打扮得五彩缤纷，焕然一新。殿内外人声鼎沸，宫女、太监来来往往，命妇、妃嫔如云。

凤辇刚停，就有两个命妇上前扶着皇后下辇，两旁礼炮轰响，钟鼓齐鸣。

大殿之上，大红"囍"字高悬于堂，八仙案上香烟袅袅，各种信物全用红纸包裹，陈于案上，两只高脚红烛正闪着高高的火苗。

皇后来至案前，礼宾司太监高喊："请新郎皇上入位——"

顺治在两位亲王的陪同下来到殿上，他看了看新娘，一下子就呆住了。不是新娘子长得漂亮，新娘身着大红的裙裾，头盖红绸，根本看不见长相如何，他是被新娘身旁的伴娘吸引住了。

在彩霞满地、美女如云的大殿上，在个个光彩照人的满蒙命妇中，她极为出色，让人一下子就可以发现她的美。那如花似玉的容颜，那雍容华贵的气质，那脱俗不凡的神情，是任何一个在场的女子都无法比拟的。特别是她那一身淡紫色的旗装，线条流畅，十分合体，在一片大红大绿之中，尤显得高贵。那双温柔闪动的美目，那跳跃的虎牙，那闪动的酒窝，无时无处不闪动着妩媚。

"皇上！皇上！"

身旁的吴良辅见皇上呆呆地站在那儿，忙小声提醒着。

那边的命妇也发现皇上在注视自己，不由得春心一荡。今日的皇上高大健壮，风流倜傥。那身明黄龙袍，衬着那张不是很好看，但是很有个性的脸，使他更有男子汉的气概。见皇上愣了神，她不由得移目他视，粉面飞红。

顺治感觉有人用肘抵了自己一下，这才发现和硕亲王正对着他笑呢。和硕亲王小声道："皇上，还没掀盖头就看傻了，待会掀了盖头，眼珠子还不飞出来？"

亲兄弟说个笑话，顺治怎会当真？他不由得笑了笑，来到那一团红云的身旁。

拜天地之后，众人簇拥着一对新人前往坤宁宫的东暖阁。有几个命妇向众人抛撒着喜糖、干果。

皇上大婚，当然没有人闹房，所以洞房里很静，倒是西暖阁里，铃声叮咚，琴声悠扬，十几个身着奇异服饰的萨满太太们正唱着喜歌。

几个衣着华丽的贵妇走进坤宁宫，看见新娘子坐在龙凤床上，而新郎则坐在南窗下的大炕上想心事。

"皇上，快揭盖头呀！"

说话的是个贵妇，徐娘半老。顺治心里不由得笑了，这豫亲王也够荒唐的，攻下金陵，那秦淮河上有多少美女，他偏要了个近三十岁的寡妇，不但带回京师，还为她请了封诰，满人私下都称她为"蛮子福晋"。

盖头一挑，皇后看到了一张宽宽的脸，一双大眼冷峻、深邃，显出一股阳刚之气，朱红丰厚的嘴唇四周生出淡黄的茸毛，没有她想象中的那黑黑的胡须。

皇后一阵欣喜，粉面顿时羞红，低垂美目，那身影转身而去，皇后的眼中见到的都是那闪闪发光的珍珠、美玉，耳畔似乎回响起执事官响亮的禀奏声：

"皇后大婚用品清单：金如意两柄、朝冠十顶、顶凤三只……"

每件物品上均饰着珍珠、钻石等，皇后虽为蒙古公主，却从没见过眼前的什么东珠、珊瑚、绿玉、琥珀、脂玉、金戒等物。那件明黄绸绣玉彩金龙珠宝棉被上有一百个栩栩如生、造型生动的胖娃娃，被面上缀满米粒大小的上万颗东珠。

这一对新人，像木偶似的任别人支使，对坐在南窗下大炕两端，中间放着膳桌，桌上摆满了饭菜。

命妇们已退至门外，房里只剩下一对新人。皇后见皇上坐在那儿低头沉思，渐渐摒弃了羞涩，露出蒙古女子的豪爽。她伸手掰开了精美的金葫芦，这原是两只精巧的酒杯，这"合卺"的"卺"就是瓢，把一只匏瓜剖成两个瓢，新人每人一个来对饮，俗称"合卺"。

"皇上，让臣妾敬皇上一杯！"皇后盈盈举杯，微笑着。

顺治瞟了她一眼，心中暗道：母后真会哄骗，说皇后美若天仙，美在何处？脸像个盘子，嘴这么大，脸上还有几颗雀斑，容貌连那个伴娘的十分之一也没有。那伴娘是谁的福晋，朕为何不认识？

"皇上，请喝下此酒。你我夫妻便能百年好合，白头到老。"

顺治不愿去看那张圆盘子脸，他脑子里闪现的是那对虎牙、那两个酒窝。他一扬脖子喝下去，心里骂道：什么百年好合、白头到老。

躺在温暖的新婚床上，抱着温柔的新娘，黑暗中，顺治的眼前总是浮现着那高挑的身影，拥在怀里的也是那紫袍下的胴体。黑暗中的皇后不知道这些，她更不知道，今日的婚礼和四年前的一模一样，今日的婚姻也和四年前的一模一样。

皇后早已听说了姑姑静妃的命运，也知道皇上性情古怪，所以事事小心，处处迎合圣意。然而越是这样，顺治越讨厌，所以蜜月没过一半，顺治便临幸他宫。

姐姐不得宠，妹妹也想试试，所以，皇上临幸景阳宫时，妹妹更加地小心。但女人讨男人的欢心，不能只靠漂亮，也不能只靠温顺，那是一门学问。

没出两个月，坤宁宫和景阳宫便静了下来，很少听到太监的高喊和姐妹迎驾的声音。

就在新婚的第二天，顺治似无意地问身边的吴良辅："吴公公，昨日伴娘是谁？朕为何不认识？"

吴良辅看看顺治那副好像无意的样子，心里暗暗笑道：吃着碗里，望着锅里，像个馋猫。

这话当然不敢说出声，说出来的是另一句话："皇上，那伴娘一位是和硕承泽亲王的福晋，一位是襄昭亲王的福晋。"

"襄亲王的福晋是何时入府的？"

和硕亲王是顺治的大哥，他当然认识大嫂了。而襄亲王是自己的十一弟，皇太极的小儿子，是麟趾宫懿靖大贵妃所生，年仅十四岁，他何时大婚，顺治不是很清楚。

吴良辅见皇上有兴趣，怎敢怠慢，忙道："皇上是贵人好忘事，也难怪，皇上日理万机，哪能记这么多的琐事呢？襄亲王两个月前刚刚大婚，襄王妃是董鄂氏，去年选秀入宫的。大婚时，皇上还送了份礼呢，原说去吃喜酒的，可后来皇上去和硕格格那边，一时就忘了。"

"去年选秀时入宫？"顺治不由得对太后心生不满。去年选秀，太后说没有什么好女子，所以后宫一个妃子也没纳，还把这个漂亮的女子送给了襄亲王。真不知她是怎么想的。

吴良辅说得不错，那襄亲王刚大婚不久，他的福晋便是去年选秀时留了牌，经过层层筛选，最后被大贵妃看中，指配给襄亲王博穆博果尔为妻的。

董鄂是一部落名，位于辽宁桓仁，明时称"东古""冬古"，清初时称"东果""栋鄂""董鄂"。女真尚未统一时，董鄂部隶属建州女真，但它实际上是独自为政。努尔哈赤十三副铠甲起兵时，首先征服了董鄂部，编入太祖军中，随太祖南征北战，立下汗马功劳。董鄂氏享受太祖盛恩，受高官厚爵。

入宫的董鄂氏乃鄂硕之女，其曾祖父抢布、祖父锡罕均立下赫赫战功，隶属于满族上三旗中的正白旗。鄂硕本人并无多大战功，而仅以军功袭职，任前锋统领兼佐领，累进一等子爵。

董鄂氏入亲王府后，于第二年便与襄亲王成婚，时年十六岁，长亲王两岁。

太后又过了几个月舒心的日子。她要感谢汤若望说服了倔强的儿子。大婚后，顺治安静多了，去孔四贞那儿也少了。虽不是天天回坤宁宫休息，但他对皇后也没说什么。男人嘛，总不能整日把心思都用在女人身上。

"苏麻，你去内务府传一声，今年中秋，哀家要在慈宁宫摆个家宴，一家子团聚团聚。"

"嘛。"苏麻领命，转身欲走，又被太后叫住，吩咐道："人不要多，就是宫中的嫔妃，命和硕亲王妃和襄亲王妃入侍吧。"

这"入侍"是清宫的旧制，大凡朝中有吉凶礼典，在京达官贵人的命妇，也就是封有品级的妻妾，都得入朝，到后宫去陪伴嫔妃们，也为宫中添些管事的人手。当然不是每次所有的人都去，而是轮流更番入侍。

今年是皇上大婚之年，太后想热闹热闹，现在也没什么缺憾了，只等皇后生个胖孙子继位。新娘子头一个中秋节，难免思乡，大家坐在一起乐乐，也可使皇后不孤寂。再说，现在太后年岁渐长，也喜欢热闹，乐意看着膝下儿女、孙子绕膝欢笑的场面。

既然是家宴，入侍的命妇应是最亲近的人。襄王妃也是新婚之妇，命她来宫中与皇后、嫔妃认识认识，以便日后方便来往，她是皇后的姑娌，还有和硕亲王妃。

中秋赏月应是晚上的事，客人上午就来了。太后传旨：中秋中午设宴，晚上在宫中赏月。作为入侍的命妇应该早来一些。

太后刚用罢早膳，换上龙袍，太监来奏："启奏太后，襄王妃来见。"

太后稍稍一愣，来这么早？但又不能拒之门外，传道："快请进来！"

一个飘飘的仙女进了慈宁宫，后面跟着几位侍女。太后有些傻了：选秀的时候，哀家见过这个丫头，当时没这么漂亮，现在你瞧瞧多水灵！怪不得人们常说"大姑娘吃了婆家的水，又长胳膊又长腿"，此言不假。

"臣妾给太后请安，祝太后吉祥！"董鄂氏轻轻飘下身，施礼道。

太后见了这可心的美人，心里很舒服，忙笑着说道："襄王妃，快平身吧。"

"谢太后，懿靖大贵妃给太后请安。"

"多谢大贵妃，难得她还记得哀家。大贵妃还好吗？"

董鄂氏轻轻一笑，像加了蜂蜜那么甜："托太后的福，大贵妃一切都好，襄王府一切顺利。"

"襄亲王快回京了吧？"太后关切地说。

董鄂氏面上稍稍有些灰色，但还是笑吟吟地说："襄王爷蒙皇上垂青，率兵在外，立有战功。眼下并没回京，不过也快了。"

董鄂氏还没坐，便向身后的宫女轻声道："把东西献上来，让太后尝尝鲜。"

说罢，几名宫女抬了两个筐子进宫，跪地不语。董鄂氏走过去，亲手揭去竹盖，取出几个蜜橘，又从另一筐拿出一个又红又大的石榴，笑吟吟地说道："太后，臣妾来时，大贵妃特请臣妾带些水果来，孝敬太后，请太后尝尝鲜。"

庄太后很高兴，接过一个蜜橘剥一瓣放在嘴里，马上有一股又香又甜又酸的汁液流出来，余香满口，沁人心脾。她不住地点头："好吃，好吃，又香又甜。"

"太后，这是襄亲王南征时，有人送的，放在地窖里，今日特拿来孝敬太后。"董鄂氏笑道。

吃了几颗，董鄂氏又掰开一个石榴，取出又红又白、如珍珠般的石榴籽送进太后嘴里。太后边吃边赞道："这是什么石榴，哀家为何从没吃过这么好吃的石榴？"

董鄂氏一边侍候着太后，一边道："太后，这颗石榴是大贵妃专门派人从关外老家带来的树苗，栽于府中。每年能结几十个石榴，谁也不舍得吃，专门留给大贵妃。今儿，她听说太后召臣妾入侍，特命臣妾摘了十几个进宫，孝敬太后。"

太后十分惊奇，道："怪不得呢，还是家乡的东西好啊。难得大贵妃这么待哀家，还是老姐妹有感情。回去后代哀家好好谢她，给她捎个信，没事的时候，常来宫中走走。"

"额娘，吃什么呢？有没有孩儿的份？"

孔四贞从外面进来了，她自从皇上大婚后，心里轻松多了，又恢复了往日的欢笑。

孔四贞见董鄂氏也在，觉得有些失礼，粉面微微有些娇羞，款款施礼道："襄王妃姐姐也在，小妹这旁有礼了。"

"瞧瞧，这丫头，让哀家惯坏了，看人家襄王妃多懂事！"太后笑着对董鄂氏说。

董鄂氏知道太后很宠爱这位汉人格格，微笑不语。孔四贞小声道："额娘看王妃姐姐好，明日也给皇上娶一个像董姐姐这样的人儿。"

董鄂氏一听，脸羞得通红，无声而笑。太后用手一指孔四贞，嗔怪道："这丫头，养你有用了，能和额娘犟嘴了。"

孔四贞忙上前又是抚胸，又是捶背。太后笑着伸手戳了一下她的额头："叫额娘怎么待你？让人又气又疼。"

孔四贞故意小嘴一扭，道："口口声声说疼孩儿，到现在还没吃上个蜜橘，让董姐姐说，这是真心话吗？"

太后捏个蜜橘塞到孔四贞的嘴里，又气又笑地说："把嘴堵上，看你还说不说。"

宫里立刻响起一阵开心的笑声。

人越来越多，慈宁宫渐渐热闹起来。

太后忙传旨，让太监们在殿上摆开两张桌子，准备迎接客人。

静妃来了，仍是那副高傲的神色，虽不是皇后，但仍有皇后的派头。

"皇后驾到——"太监一声高喊，慈宁宫外有几位宫女走来，后面正是新婚的皇后。静妃、襄王妃、孔四贞忙出门跪地相迎。皇后一一扶起众人，来至宫中。

皇后先向太后施礼，又向静妃施礼。论宫中的地位，她比静妃高，但论辈分，她又喊静妃为姑姑，所以进了屋又要行家人礼。

众人刚坐稳，就听外面有人道："太后，臣妾来迟了，给太后请安。"

来人刚到门槛里面，便对着太后跪下行礼。太后笑笑道："佟丫头，有些日子没来了，忙什么呢？"

佟氏现在已被册封为康妃，地位也不低，仅次于皇后、静妃，所以她在宫中，特别是在太后面前还是有一定地位的。

"太后，臣妾近日要为小祖宗操心，没时间来陪老祖宗了。臣妾难哪，老、小祖宗都要对得住才行。"

这话不但没使太后生气，反把她逗乐了。太后用手点着康妃道："你这个丫头，就是心直口快，我那宝贝孙子来了吗？"

"瞧瞧，还是疼自己的骨肉。曹嬷嬷快抱三阿哥给太后施礼。"

康妃见皇后也在，忙又给皇后跪地施礼，虽然自己年龄比她大，入宫比她早，但地位比人家低。

外面进来一个奶妈，身高体胖，怀里抱着一位小皇子，大约有一周岁，身穿小小的黄袍，头戴圆黄帽，小脸胖嘟嘟的，一双大眼扑闪扑闪的，很有精神。

"三阿哥给太祖母请安。"曹嬷嬷怀抱小孩跪地施礼。

太后马上站起来，急切地说："快起来，快起来，别吓着孩子，来来来，快让哀家抱抱。"

三阿哥瞪着一双大眼，望着太后的脸，突然咧开小嘴笑了起来，逗得太后惊喜万分，在那小脸上又是亲又是疼。三阿哥非但不哭，笑得更厉害了，那双小手在太后脸上挠来挠去，痒痒的。

"瞧瞧，这小祖宗有眼光呢，平日里除了奶妈，谁抱都闹。今天见了老祖宗，不但不哭，还笑，小小的年纪就知道拍祖宗的马屁。"

太后已有十几年没哄过小孩，今日见了这三阿哥特别兴奋，和小时候的福临一模一样。她不理康妃，只是双手举着小阿哥逗他玩儿，三阿哥被逗得咯咯大笑。

太后不忍心交出小阿哥，要抱在怀里玩玩。小阿哥的小手挠着她的耳朵、脸、头发，让她升起一种母亲的快感。

"曹嬷嬷，听说你也有个孩子没断奶，一人奶两个孩子，奶够吃吗？"

那曹嬷嬷是王府的包衣，丈夫姓曹名玺，随太宗打仗，立了些战功。

"回太后，奶够吃的，每次奴才都是先喂三阿哥，等三阿哥吃饱了再喂奴才的孩子。现在奴才的孩子已经断奶了。"

太后点点头，看看那奶妈也不像说谎。

"你家小孩多大了？男孩还是女孩？"

"回太后，是个男孩，比三阿哥大五个月。"

太后微微点头，细细回味着做母亲的感觉。

快中午了，慈宁宫里已挤满了两桌人。桌上放满了水果，有红苹果、青橘子、鸭梨、山西大枣、烟台的苹果、五河县的石榴，还有西域进贡的哈密瓜。

在这些水果中间还有一些糖炒板栗、蜜海棠、油酥核桃仁等干果。

太后坐在上席，看了看身边的空位，对众人道："先吃水果垫垫，等些时间再开席。"

众人像得到命令的战士，纷纷出去，特别是下面一桌，还有大阿哥、二阿哥两个皇子和几个公主，他们早已馋得流口水，嚷嚷着要吃。他们的母亲都是答应、贵人等级别很低的姜室，是顺治偷偷地与宫女苟合所生，她们怎敢在太后面前声张？只有暗地哄着孩子。现在有了命令，几个孩子先是拍手叫了一声，然后就是伸手去抢，甚至有两个孩子争夺了起来。

吃罢水果，太后又传旨："把前门外'胡坛'里的南洋月饼和'兴记'做的'自来红'大月饼端上来。"

南洋月饼风味独特，有甜的、咸的，馅有火腿、五仁、咸鸭蛋、豆沙之类的。北京的大月饼，有一尺那么大，上面绘着月宫蟾兔之类的画，吃起来味道也很好。

"皇上驾到——"

宫门外的太监一声高喊，宫里的众人纷纷后退离席，跪地接驾，也不管地上有瓜子壳、石榴皮了。

顺治虎步生风，来至太后面前施礼道："儿臣给母后请安！"

太后看着儿子那日渐沉稳的神态，不由得心喜，笑了笑道："儿呀，你再不来，女眷们怕要饿晕了。"

顺治轻轻一笑道："母后，儿臣谨记母后教诲，以天下为重，所以，一直等批完了奏折才来。"

太后点点头。顺治坐在太后身边，这才道："平身，入席吧！"

嫔妃们这才默默爬起身，各自坐好。顺治并不理睬身边的皇后，而是扫视了对面的众人一眼。他心里一惊，那个自己朝思暮想的人儿也在，就坐在孔四贞的身边。

"传旨，上酒菜。"太后道。

"额娘，皇兄如果再不来，怕我们只能吃几个橘子、啃块月饼就罢席了吧。"孔四贞笑道。

太后微微一笑，面对着皇上，道："这丫头没良心，额娘待她这么好，她还老怪额娘，明日快给她找个婆家嫁出去，省得她吵额娘。那个孙延龄怎么样了？一旦前方允许，马上调他进京迎亲。额娘也不养这个老闺女了。"

太后边说边看顺治和孔四贞两人。

她这话是笑谈，但也是试探。

顺治看了看孔四贞，四目相对，马上又各自分开。他脸上泛红，低垂着双目，不理太后。

孔四贞呢，也是粉面羞红，有些不自在，但她知道太后说的是笑话，故意道："额娘，您越是烦，女儿越不嫁，一直让您烦到老，永远在您身边。"

太后见情况不妙，忙笑道："好，好！额娘就养你这个老闺女，额娘是天下之母，你无论到哪儿，还是额娘的女儿，还是额娘养你。你若走了，没人吵额娘，怕额娘还过不惯呢！是不是？"

众人一起笑了起来。

孔四贞的脸红红的，脸上露出幸福的笑。

酒菜很丰盛，众人早饿了，都低头吃菜，气氛一下子沉闷了下来。只有康妃偶尔夹点菜对身后站着的曹嬷嬷道："给三阿哥喂点，小心别噎着。"说着又拿眼去看皇上，她希望皇上能抬头来看一看他们心血的结晶。可令她失望的是，皇上连瞟一眼也没有。

"你们这么饿？都埋头吃，这哪儿像过节？来，热闹热闹，各人都喝几杯。"太后沉不住气了，这场面太沉闷。

有皇上在座，谁敢大声吵闹？皇后瞪着一双杏眼痴痴地去看皇上，在这黛绿鸦青、姹紫嫣红之中，皇上真是英俊潇洒。

可皇上并没看她，而是无所顾忌地在看孔四贞，不，是襄王妃。

那襄王妃青髻高挽，一身淡蓝色的旗装，让那些红红绿绿的衣服黯然失色，只有孔四贞那身粉红色的长袍可与她媲美。她们又都坐在一起，所以牢牢吸引住了皇上的目光。

董鄂氏从未碰到过男人有如此温和甜蜜的目光。她心中一颤，忙羞怯地低下了头，粉面如三月桃花。

"怎么，斗鸡呢？想找人喝酒就说话，为何老盯着人家？"孔四贞突然大了胆，半嗔半笑道。

顺治被她这么一说，脸变红了，举杯道："来，陪皇兄喝一杯。"

轮到自己不好意思了，孔四贞有些窘，红着脸不知所措。

顺治把手伸过来，手中的酒杯里满满一杯酒。孔四贞突然抓起董鄂氏的一只手，去抓桌上的酒杯，又帮她举起手去碰皇上的杯，边碰边道："王妃姐姐，皇上找你喝酒呢，你为何不作声啊？"

她这一突如其来的举动不但让董鄂氏吓了一跳，就是顺治也没有心理准备，两人的手碰在一起，酒洒了一桌。

董鄂氏很温顺，又没看皇上，她不知是真是假，忙站起身，手又碰到皇上的手臂，是坚硬的、男人的手臂。她全身颤了一下，见自己杯中的酒洒在皇上手上，忙放下杯，掏出手帕去擦。

顺治也被她搞得不好意思，忙红着脸，把手缩回来，口中温和地说："没什么，没什么。来，朕陪王妃干一杯！"

董鄂氏再也不敢看那温柔的目光，端起的酒杯中注满了白酒，而粉面的酒窝里注满了红酒。

董鄂氏不知怎么喝下的两杯酒，坐在椅上，脸上热热的、红红的，不知是酒精的作用，还是心理的作用。旁边的孔四贞把头缩在桌子下面偷偷地乐。

开了个头，酒宴上的气氛开始活跃起来。顺治与众人喝了起来，到最后越喝越高兴，竟与那静妃也共喝了三杯，让在座的人都很吃惊。当然，也有人高兴，那就是太后。

在众人喧哗之中，嫔妃们的胆子也渐渐大了，一一给太后、皇上敬酒。她们想引来皇上那温柔的目光。可整个酒宴上，皇上的目光始终没离开董鄂氏，只是偶尔瞟一眼孔四贞。其他的人都不在皇上的目光照射范围之内。

皇后不知出于什么目的，突然道："襄王妃，今日是中秋节，襄亲王也没在府中，不如今夜就到坤宁宫，我们姐妹一起赏月吧，回去也是孤单。"

董鄂氏忙笑道："臣妾来时没和府中额娘说在这儿过夜，怕不妥吧。"

"让仆女回府说一声，就说宫里留下赏月。大贵妃是不会怪的。"

皇后的邀请，不遵那是对皇室的不恭，何况她回府后，也是一个人独守空房，在这花好月圆之夜，时光是难熬的。有皇后娘娘相邀，说说话，解解闷，十分难得。董鄂氏轻轻道："多谢皇后娘娘的恩赐。"

谁知这一夜，顺治酒后在交泰殿的后院被董鄂氏的琴声吸引，随后又与她以诗交心，爱意渐生。

躺在龙床上，顺治耳旁仍回荡着董鄂氏的歌声和说笑声。他看到了她凄婉的神情，她会不会像嫦娥似的，有后悔之心呢？……肯定有，不然的话，她为何要吟李商隐的那首诗呢？"嫦娥应悔偷灵药，碧海青天夜夜心。"

她有后悔之意，她对襄王府的生活不满，她对襄亲王不满……想到这，黑暗中，顺治的脸上露出了笑容。

顺治想得不错，这董鄂氏是一个感情细腻的女人，她所向往的是卿卿我我、两情相悦的甜蜜生活。

对选秀入宫，她没权利选择。把她指给襄亲王为妻，她心里还有一丝欣喜，幸亏没被选入宫中，即使被封为嫔妃，又能如何？几千粉黛，皇上却只有一个，几十个人甚至几百个人共有一个丈夫，她不乐意，她要自己拥有一个完整的丈夫。进王府，她能实现这个愿望。虽然王爷可能纳妾，但比起宫中的皇上，王爷的女人怕要少多了。

结婚后，她失望了，自己的丈夫不过是个半大孩子，什么也不懂，高兴的时候就要亲热，不高兴转身就睡。平时两人性情也不合，在一起根本没话说。自己虽然漂亮，但在襄王眼里，不过是件好衣服，是一只花瓶。新婚不久，他又主动请缨平叛，使她独守空闺，这种痛苦对董鄂氏这样的女子来说，是生不如死，没有情的日子是没办法活下去的。

可皇上不像传言说的那样，他的目光那样温柔，他的话语是那样富有蜜意，还有……还有他那健壮的身体，很有男子汉的气魄。这一切，都是那个十四岁的王爷所没有的。

偌大的宫中，有两个人正在黑夜中相互思念着。

吴良辅是个多聪明的人，他从近来皇上的闷闷不乐中，知道了一个秘密。

"皇上，奴才见皇上整日处理国务，常常心情不好，为何不去北海划划船，散散心呢？保重龙体要紧。"

顺治正在看书，又没心思，看看放放，听了吴良辅的话，摆手道："朕哪有闲心去划船！"

吴良辅俯身在顺治耳旁低语了几句。顺治像吃了兴奋剂，马上来了精神，惊疑道："如何使得？"

"皇上可派皇后的凤辇去襄王府接王妃，说皇后请王妃去北海秋游。"

顺治心中万分高兴，表面上却不动声色，冷冷地说道："此事要小心，尽量别让外人知道。"

"嗻。奴才办事请主子放心。"

这一见，更加使两个在爱情苦海中挣扎的男女相见恨晚，爱恋百生，彼此走进对方的心里。高高的宫墙，深深的王府，在他们面前都不复存在。

有了董鄂氏，那孔四贞自然就被放到了一边。皇上不再去钦安殿了，这个消息使太后高兴了很长时间，她以为自己的移花接木之术取得了空前的成功，避免了大清国一大丑闻的发生。但她不知道，移的花并没接到那根木上，正所谓"有心栽花花不开"。在她庆幸大清国避免了一件丑闻的时候，更大的一件丑闻已经发生了，它的冲击力远远大于她原以为要发生的那件丑闻。大清国有了一段风流艳史，有情人却有了一个赖以自慰的精神家园。

转眼已到初冬，皇上到南苑围猎，途中第一次遇到佛教僧人憨璞聪，他向顺治介绍佛学。顺治起初并未在意，因为当时顺治与董鄂氏早已是难舍难分，一日不见，如隔三秋。此次南苑围猎，顺治竟然违背祖制，偷偷命吴良辅把董鄂氏用凤辇接出府，混在随行的嫔妃中。虽然董鄂氏处处小心，但这样的事可以瞒过后宫的太后、满朝的大臣，却瞒不过宫中随行的宫女，一时间，宫中的嫔妃、宫女窃窃私语。

一日，太后闲来无事，在苏麻的引领下到御花园散步。

进了御花园，沿着花圃间的小道走着，刚至一假山前，忽闻假山后有人说笑："姐姐，在乾清宫当差怎样，一定能得不少赏吧？"

"得什么赏，皇上脾气古怪，不知什么时候就会挨罚，整日提心吊胆地过日子。"

"近日总会好点吧？皇上有了心上人，一定少不了你们的好处。"一个宫女说罢，咯咯笑了起来。

"近来日子好过些，皇上不那么凶了，王妃每次来都给赏钱。这次，王妃还随圣驾去了南苑，这事只有我们几个宫女知道，连索大人都不知道。皇上给我们每人五两银子的赏钱，王妃也给了五两。"

"他们风流快活，你们发财，这乾清宫还真是个福地。姐姐，你与吴公公说说，让妹妹也去乾清宫。"话还没说完，两个宫女吓得胆都破了——不知何时，太后扶着苏麻的肩正立在面前。

两个宫女瘫在地上，伏地磕头道："见过太后。"

庄太后阴着脸，厉声道："你们刚才说的是谁？那个王妃是谁？"

一个宫女抬头偷看了太后一眼，见太后盛怒，她不敢说。

"太后，这……"

"快说！此事若是真的便罢，若是你们背地乱说，小心你们的舌头。"

"回太后，此事真假奴才也不知，只知道襄王妃近日经常入宫，有时在乾清宫与皇上相见，有时皇上出宫。"

"襄王妃？"太后大惊失色，但她很快就恢复了平静。不会的，皇上再浑，也不会去勾引自己亲弟弟的媳妇。一定是这些宫女闲着没事，在宫里乱传。

"去，到花园门口跪着，什么时候哀家传旨让你们走，你们再走。"

"多谢太后！"二人磕头称谢。

太后再也没心思赏花了，而是立刻回到慈宁宫，传来海中天："海公公，去御花园把门口两名宫女带回来，先囚在宫中，此事不要让外人知道，就说是太后问她们话。"

"嗻。"海中天转身去了……

【第十一回】

好梦终圆成眷属，良宵易逝丧爱子

却说孝庄得知顺治与襄王妃之事后，先遣海中天出宫，接着便对苏麻喇姑说："苏麻，快去坤宁宫把皇后请来，对了，把景阳宫的淑惠妃也请来。"

不多时，皇后姐妹来到慈宁宫。太后很高兴，忙把二人召到身边坐下，关切地问道："近来身体如何？在宫中还过得惯吗？"

皇后忙道："多谢母后关心，儿臣过得很好。"

淑惠妃也道："儿臣也生活得很好，请太后放心。"

太后见她们很满足，心中略略宽慰，又道："皇上待你们如何？"

听了这话，姐妹俩脸上的微笑渐渐淡去，露出一丝悲哀。皇后低首道："皇上已有很久没临幸坤宁宫了，也没到景阳宫去。"

"你们知道皇上近日宠幸哪一宫？"

二人摇摇头，粉面羞红。皇后轻轻道："母后，儿臣谨记母后教诲，不敢过问皇上的日常琐事，只想管好后宫，侍奉好皇上。"

太后见这姐妹如此贤淑忠厚，不明白皇上为何对她们也如此淡漠，儿子对娘来说真是个谜。

"有没有听到其他风声？"太后故意问道。

皇后微笑道："母后，宫中的闲话多了，可儿臣一句也不听，一句也不信，儿臣相信亲眼看到的事。对皇上的事，儿臣没见过有什么不妥之事，所以，儿臣不相信。"

太后心中想：你们这两个傻丫头，皇上就是有心上人，能带到你们面前吗？她不由得叹了一声，语重心长地说道："你们呀，也不能太本分，遇事多长个心眼，不能信宫中的谣言，但也要做个有心人，想办法拢住皇上的心。你们也是哀家亲自选的，你们的姑姑被废，你们若再抓不住皇上，早为皇上生儿育女，让哀家怎么办啊？"

姐妹俩红着脸，喃喃道："儿臣谨记母后教诲。"

送走了皇后姐妹，康妃又来到了慈宁宫。太后对康妃很宠爱，一则她是太后亲自送入宫中的，又为皇上生了个皇子；二则，这康妃就是嘴巴厉害，但心地并不坏，她在宫中的日子并不十分舒畅。

康妃忙跪地道："臣妾给太后请安。"

太后见康妃神色凝重，知她心有恐惧，便笑笑道："平身吧，平时快语快舌的，今日见到哀家为何愁眉苦脸？"

康妃勉强笑笑道："儿臣谨记太后教诲，遇事不要急躁乱说。今太后召见，不知为何事，所以，儿臣不过小心了一些，并无愁苦。"

太后正色道："今日额娘问你话，你要如实回答，听到了吗？"

康妃心情更沉，她不知出了什么事，忙点点头，表情很严肃。

"皇上近日待你如何？"

康妃闻言，脸上表情更沉重，笼上了一层哀愁，幽幽道："太后，儿臣不敢乞求皇上恩宠，皇上已有数月没临幸景仁宫了，对三阿哥也了无亲情。儿臣听说，皇上正准备把阿哥们都送出宫，以避痘患。"

"这是皇上对阿哥们的关心，怎能说'了无亲情'呢？"

康妃听了这话，也不敢出声。她知道，自己在太后、皇上的眼中仍是二等妃嫔，第一等的还是那几位蒙古女人。

"皇上近来与谁亲近？"

康妃身子一颤，这才明白太后召自己的意图，但她不敢说，摇了摇头："儿臣不知。"

太后笑了，用手点点康妃道："佟丫头，你不要瞒额娘，这宫中的事，有几件事你不知道？把额娘惹恼了，在宫中有你的好吗？"

"太后不会是哄骗儿臣的吧？"康妃仍有疑惑，但她更不敢得罪太后。

太后仍是满脸的温和，笑道："佟丫头，额娘什么时候骗过你？你虽不是额娘家的亲人，但你也是额娘亲自选入宫中的，额娘待你不比静妃、皇后她们差，天地良心，你自己说说看。"

康妃忙道："儿臣知道太后待儿臣天高地厚。儿臣听宫女们说，皇上与襄王妃关系极为密切，儿臣不信，可有一次，儿臣亲眼见襄王妃从乾清宫出来，不知干什么。"

太后几乎晕过去，康妃这话不啻晴天霹雳，看来这事十有八九是真的。与弟媳妇悖理乱常，倘若传出去，岂不遭天下人耻笑？也有损大清国的尊严啊！况且襄亲王仍在，便与弟媳乱伦，在满族内也为人所不齿！这个浑球儿子，为何三千佳丽皆不爱，独留痴心宫墙外？你还要让额娘操多少心？

"佟丫头，这事万不可传出去，要出人命的啊！"太后似威吓，又像是哀求。

康妃当然知道这事的严重性，忙郑重点头："太后，这事儿臣只对太后说了，对其他人谁也没说过。以后，打死儿臣也不会再说半个字出去，请太后放心。"

太后相信她的话，她囚了宫女，告诫了康妃，封锁宫中消息。另一方面，太后立刻下了一道谕令到内三院：

命妇入侍，为大清昔日之俗，中原各朝前代所无。为严上下之体，杜绝嫌疑，特停止命妇入侍后妃之例。

内院诸臣面面相觑，不知何意。顺治见了诏书心中明白，自己与董鄂氏的事已经败露，太后之举，不过是想阻止他们相见而已。

不知是偶然还是故意的，太后的传谕刚下两日，皇上也下了一道圣旨：命三阿哥出宫别居，以避痘患。

康妃去找太后哭诉，太后对此也无能为力，因为皇上的理由很充分，无懈可击。

顺治十三年（1656年）四月，后宫的乾清、坤宁、景仁诸宫的修缮和其他新宫的扩建完工，按例应册立嫔妃。内务府上奏，请立嫔妃。顺治看了奏折不以为意。

庄太后以为这是个好机会，她立刻传谕内务府，遴选秀女，选立嫔妃。顿时，宫中又忙活开了。

在内务府忙着选嫔妃的时候，太后却把孔四贞召进了慈宁宫。

孔四贞出落得比以前更漂亮了，俗话说：女大十八变，孔四贞虽还不满十八，但却已长成一个大姑娘了。四年的宫廷生活，不但为她的成长提供了丰富的营养，也为她处世待人提供了经验。蓬生麻中，不扶自直，孔四贞也养成了端庄高雅的气质和雍容华贵的风度，说话虽仍有豪爽之气，却已去掉了许多轻浮，开朗但不显轻薄。

太后望着眼前这亭亭玉立的少女，不禁喜上眉梢，四年前，她刚入宫的情景又一一浮现在眼前，真是光阴如梭啊！

"四贞给母后请安。"孔四贞更成熟了，满面微笑地给太后施礼。

"快快平身，乖闺女，为何不常来看额娘了？"

孔四贞笑道："母后，儿臣不是常来给母后请安吗？若天天来，怕母后嫌吵。"

"你们天天来，额娘也不嫌吵。明明是自己懒，却把错推到额娘的身上，和你皇兄一个德行。"

听到太后把自己和皇兄并提，孔四贞不由得想起前一阵皇上一直缠着自己的事，但现在，他对自己不似以前那么狂热了，有时也去坐坐，但不再提以前那些事。

孔四贞有些娇羞，与太后说笑道："母后刚才还埋怨儿臣不来，今日刚来就烦了，让儿臣下次还敢来吗？"

太后温和地笑道："姑娘长大了，说话也不似以前那么直爽了，额娘就喜爱你这个闺女。"

娘俩又说了一阵子闲话，太后突然道："四贞啊，入宫快四年了吧，宫里过得惯吗？"

"母后，儿臣在宫中一直很愉快。有母后疼爱，儿臣怎会不高兴呢？和在家一样，现在皇宫就是儿臣的家。"

太后更高兴，忙道："好！好！皇宫就是你的家，以后，永远都是你的家。"

四贞脸上在笑，但心中一惊，太后今日这话不对了，以前从没说过这样的话。"皇宫永远都是你的家"，这是什么意思？

太后见四贞沉思不言，又道："四贞，你说额娘这些年待你如何？"

孔四贞大惊，忙道："母后，这话何意？四贞原本不过一降臣之女，死里逃生，千里奔哭。母后不嫌儿臣为汉女，恩养宫中，专掌父事，无论对先父、对四贞，还是对汉族将官，都是天高地厚之恩，四贞至死也难报一二。"

太后仍笑道："皇上对你又如何？"

四贞听了这话，粉面羞红，她一时不知太后问话何意，只好道："皇上对儿臣也是恩遇有加，视为兄妹，情同手足。"

太后长出了一口气，试探道："近来皇上还常去钦安殿吗？"

四贞明白太后的意思，反而不感到娇羞了，笑吟吟道："皇上还常去，多谈一些宫中、朝中趣闻，并未言及其他。"

孔四贞想告诉太后，请她放心，自己不会与皇上发展到让她担心的那一步。

太后突然说道："四贞啊，额娘想立你为东宫皇妃，助皇上一臂之力，不知你意下如何？"

孔四贞简直不敢相信自己的耳朵。她知道，昔日太后为了阻止自己与皇上的恋情，曾费了不少苦心，自己也为了不使她伤心，积极配合，才让皇上收住了那颗不安分的心。可眼下为何又有此说？

平心而论，孔四贞对这事颇感为难。开始的时候，太后不同意，自己呢，也只是小姑娘，只知道自己已许给孙延龄了，不可再改嫁他人。所以，对皇上的攻势，一直回避不应。现在长大了，又在宫中生活了几年，与皇上有了一段亲密的接触，对皇上的感情是复杂的。说爱，有爱，古时候，哪个女人不爱皇上？哪怕能见一眼也是三生有幸，何况能得皇上的宠幸。但皇宫如虎穴，各种阴谋层出不穷，不知何时便会陷入陷阱，皇上又是个变化无常的人，后宫妃子没几个受宠的。说不爱吧，在内心深处对皇上仍有一丝挂念。那孙延龄对自己，不过是一个符号，是一个道义上的符号，他人长得什么样，现在已经忘了，而皇上却天天生活在自己的眼前。

让孔四贞为难的不是自己爱不爱皇上，而是太后此举是什么意思？立汉女为妃是要冒风险的。之前太后一直反对，可现在又来个急转弯。真让人费解！

"怎么，很为难吗？"太后关切地问道，从表情中很容易看到急切、期望。

太后待自己不薄，不答应，这不是背恩吗？别说让自己嫁给皇上，就是让自己嫁给一个讨饭花子，自己也没得选择，可嫁给皇上……

她沉默了良久，终于微微点了点头。

太后很高兴，忙道："额娘知道，皇上待你好，以后要勤规劝他，把心思多用在治国安邦上，别老想着如何享乐、如何找女人。"

孔四贞突然想起宫中的谣传，说皇上与襄王妃有染，看他们俩也真是天造地设的一对，只可惜上苍摆错了位置。若他们一心想在一起，自己能阻止吗？

能不能阻止皇上与董鄂氏的恋情，孔四贞并没有把握，但太后把宝全押在孔四贞的身上。

一个月后，内务府上奏，拟立董鄂氏和佟氏为妃。

这里的董鄂氏并不是襄王妃，而是她的同族姐妹。佟氏当然不是康妃了，而是她的堂妹。

太后在内务府的奏折上朱批："孔有德女孔氏宜立为东宫皇妃。"

奏折发回内务府，诸臣大惊，茫然失措。这太后到底怎么了？此前下令停止命妇入侍，现在又推翻自己昔日的宫规，不但在宫中恩养汉女，现在还要把她立为东宫。这东宫之位仅次于中宫，按今天的话说，也算个副皇后。罢旧制，立孔氏，是太后昏头了，还是她另有苦衷？

内大臣索尼来劝："太后，昔日恩养汉女，已是违制，今又议立汉女为妃，大大逾制，恐有不妥，请太后三思。"

太后见索尼那副赤诚的神情，不忍心说他，他又怎知她心里的急啊！

"索大人，我大清入关已久，满汉之间也该通婚了，否则，满汉一家又从何说起？"

索尼闻太后此言，忙道："太后所言极是，然和硕格格乃有夫之人，早已许配孙延龄将军，若将她立为皇妃，恐孙氏结怨于朝廷，发生激变。"

太后叹了口气道："立四贞为皇妃，应是孔氏及旧部的荣耀，对孙将军可多做安抚，以后再择一格格嫁与他，他是不会做出傻事的。即使他有所行动，但在西南已不足为忧。当务之急，是寻几个内妃辅助皇上。"

索尼隐隐感到太后此时言不由衷，但也是被逼无奈，只好道："臣以为此事重大，应由议政会定议。另外，臣以为只立和硕格格一人为妃，过于显眼，可从汉臣中选一合适人家之女立为妃，以掩人耳目。"

太后点头道："此事由索大人去办吧。"

就在太后在后宫忙得晕头转向的时候，襄王府也已是危机四伏，最终闹出了大事，让太后多日的心血付之东流，只好眼睁睁地看着皇上往大清的列祖列宗脸上抹黑。

太后正在等索尼的消息。索尼没来，襄亲王倒找上门来了。

一日午后，太后刚要去睡午觉，执事太监慌慌张张地跑来，跪地奏道："启禀太后，襄亲王前来宫中请安。"

"博穆博果尔？他何时回师的？这孩子真懂事，也挺孝顺的，快请他进来。"

殿外进来一位大小伙子，有十五六岁，样子很腼腆，来至太后面前，尚没说话，脸已经红了，跪地道："儿臣给皇额娘请安！"

太后见襄亲王像个大姑娘似的，心里十分同情，忙笑道：

"王儿，快快请起，几时回京的？"

"回额娘，回京已有些时日，一直没来向额娘请安，请原谅。"

坐下之后，襄亲王向宫内外看了几遍，好像在找什么东西似的。太后忙笑道："王儿，你在找什么？"

襄亲王惊讶地问道："额娘，儿臣的福晋今日说太后在宫中设宴，让她入宫，此时，不知她在哪儿？府中的额娘让儿臣进宫给太后请安，顺便和她一起回府。"

太后听了这话，差点儿没气昏过去。福临呀，你也太大胆了，光天化日，竟敢做出如此勾当。那董鄂氏也未免猖狂，竟敢假传太后懿旨。这事不能当面说清，想必大贵妃已听到风声，特派儿子来探风的。

太后强压住怒火，勉强笑道："宴席刚散，襄亲王妃去中宫陪皇后说话，等一会儿额娘派人去叫。你们一道回府。"

"多谢额娘。"襄亲王不好再说什么，只好坐下陪太后说话。

"苏麻，快去坤宁宫说一声，襄亲王来了，让襄亲王妃来陪亲王一块儿回府。"

苏麻早已看见太后的眼色，应声而去，出了宫并没去坤宁宫，而是朝乾清宫跑去。

襄亲王十分耐心地陪太后拉着家常。苏麻回宫奏道："回太后，皇后娘娘说，襄亲王妃刚刚已回府了。"

襄亲王愣了一下，继而笑道："额娘，既然福晋已回府，儿臣也不打扰额娘了。儿臣这就回府。"

太后只是艰难地笑笑，她没有勇气面对襄亲王温和的目光，她感到脸上发热，这是干什么呀？是帮助儿子夺人爱妻。是助纣为虐，还是老牛舔犊？

襄亲王刚离开，太后马上传旨，请皇上进宫请安。

顺治来到面前，太后闭着眼，看也没看，对着地上的顺治道："皇儿，额娘问你，董鄂氏今日是不是进宫了？"

顺治见赖账是赖不掉的，刚才苏麻才从乾清宫回来，他只好硬着头皮答道："是的，她来过。"

"她来干什么？"

"她来教儿臣弹琴。中秋家宴时，儿臣曾听她弹过《春江花月夜》，儿臣苦练数月，竟不成曲，特请她入宫来教儿臣。"

太后差点儿气笑了，厉声道："她入宫教你弹琴，为何说是太后设宴？是谁假传懿旨？额娘早已下旨停止命妇入侍之例，还有人敢传此旨！"

"母后息怒，旨是儿臣传的，意在掩人耳目。"

"掩人耳目？既是让她入宫教琴，就可光明正大，奉旨入见，为何要掩人耳目？"

"这——"顺治一时无话可答，低垂着头，跪在地上。

太后越想越气，又训斥道："教你弹琴，宫中专有乐坊，什么样的乐师没有？哪种曲子不会弹？偏偏她襄亲王妃会弹什么《春江花月夜》，纯粹是无稽之谈！说，你们在一起都做了些什么？"

太后瞪大眼，愤怒地注视着顺治。顺治面红耳赤，忙低下了头，那些事，即使是对亲生母亲，也难以启齿。

"你胡闹也该有个分寸！不能忘了自己的身份！你是谁呀？你是皇上，当今的天子，能干那些苟且之事吗？"

顺治再也忍不住了，仰面道："母后，子曰，'男女居室，人之大伦；饮食男女，人之大欲'。有什么见不得人的？男欢女爱乃人之常情！"

太后见顺治不服，心中更气，一拍御案，怒声喝道："人之常情？什么常情？你别忘了，她可是你的亲弟媳妇。弟弟尚在，与弟媳乱伦，就是在咱满人眼里，也是为人所不齿，更何况汉人呢，难道你不怕遭天下人的耻笑吗？"

顺治忽地站了起来，双腿跪地太久，已有些麻木，所以起身后差点儿没站稳，晃了一下，立稳脚跟，冷冷笑道："儿臣不怕人耻笑，为了真爱，儿臣可付出一切。母后当年为了爱，不也下嫁多尔衮了吗？你为何不怕天下人耻笑？"

"你……放肆！"太后气得说不出话，本想站起来打他一个耳光，可没站起来，一下子跌坐在椅子上。

顺治看了一眼脸色苍白的太后，仍冷冷地说道："儿臣知道，母后一直看不惯儿臣，处处与儿臣作对。儿臣要废后，你压着儿臣两年。儿臣想纳孔四贞为妃，你偏要迎娶你的外孙女做皇后，一下子还来了两个。上次选秀，明明知道这董鄂氏如此美貌淑贤，你偏指配她与襄亲王为妻，还哄骗儿臣说，这次选秀没有好女子。你只想着让儿臣娶那蒙古草原上的女子，以便牢牢控制皇宫，控制朝廷。儿臣偏不！明日我就下旨废后，看看咱们谁的本领大！"

这一席话，简直像一把把刀子飞向太后，又像一阵阵数九寒冬的冽风吹向太后。她浑身冰冷，胸口憋闷，已说不出话来，只有用手挥动着让顺治离开。

顺治见太后气得脸色苍白也觉过分，但他不能轻易认错，否则日后便没有出头之日了，所以稍稍迟疑一下转身去了。

苏麻急忙传命太医。太医来到宫中，又是拍又是抚，忙活了好一阵子，又号了脉，轻声对太后道："太后的玉体没有大碍，不过是气怒所至，请太后息怒，保住玉体要紧。"

太后微闭双目，轻轻点头，太医开了两服药离去。

慈宁宫有一场暴风雨，襄亲王府自然也有一场风暴。

就在太后、顺治、董鄂氏他们还在相互僵持、忍耐的时候，一阵旋风卷过表面平静的皇宫和王府。

七月，顺治正在忍受难耐的酷热，心猿意马地批着奏章，吴良辅急急跑来，不知是急是喜，跪地奏道："皇上，襄亲王博穆博果尔昨晚薨。"

"什么？"顺治手中的朱笔掉了下来，随后一颗悬着的心也落到地上，"怎么死的？"

吴良辅摇摇头，低声道："不知道，王府的讣闻已送到宫中，请皇上过目。"

顺治接过讣闻并没有打开，不知是不忍心，还是没有勇气。他把讣闻放在御案上，身子向后一靠，闭上了眼睛……

过了片刻，他如梦方醒，起身向慈宁宫走去。

太后正坐在一张椅子上发呆，她似乎在等待着什么，对顺治的到来，不理不睬。

顺治知道太后还在生气，上次母子的争吵还没有一个结果，今天，他要请母亲原谅，并为自己做主。

"儿臣给母后请安。"

太后目光平视，十分平淡地说："额娘还能有什么安可请？你还没把额娘气死就已经是大孝了。"

"儿臣知错，儿臣不该与母后争吵，是儿臣不孝，请母后原谅。"

太后长叹了一声，凄惨地说道："额娘与你是前世的冤家对头，你处处与额娘作对，额娘所做的一切都是为了谁？难道你不明白吗？"

顺治听了这话，知道母亲已经原谅自己了。本来嘛，母亲怎会记儿子的仇呢？

"母后，襄亲王薨了。"

"你说什么？"太后忽地站起来，望着地上的顺治，半晌没说话。

"平身吧。"太后像泄了气的皮球，一下子跌坐在椅子上。

太后似乎轻松了一些，自言自语道："这孩子刚刚才十六岁，为什么突然死了呢？真是作孽啊！"说完，她突然转向顺治，厉声道，"皇儿打算如何处理此事？"

顺治忙低下头，轻声说："儿臣的心思母后知道，请母后帮儿臣一把。"

太后叹息着摇摇头，十分无奈地说道："你这个冤家，还要额娘为你操什么心？别人家养儿做了皇上，那皇太后是吃香的，喝辣的，天天享清福，你看额娘这个皇太后福没享多少，受了多少罪？操了多少心？"

顺治也感觉太后的话是真的，他很内疚。这也怪不得他一个人，形势所逼嘛，嘴里还是说点好听的："母后放心，儿臣今后一定不和母后争吵，让母后过上好日子，成为真正的皇太后。"

太后苦笑了一下："别专拣好听的说，现在要擦屁股了，又想起额娘了。以后额娘也不指望过多好的日子，只要别惹额娘生气就行了。"

母亲还是母亲，儿子还是儿子，这是任何东西也难以割断的。胳膊肘总是向内弯，哪个母亲不偏向自己的儿子呢！

太后专门拨一千两银子送到襄亲王府，以示安慰。顺治又亲自前往襄亲王府祭奠自己的兄弟。

襄亲王府一夜之间变成了大灵堂，门前大红灯笼上蒙上黑纱，二门外竖起了三丈高的红幡。和尚、喇嘛在灵堂里敲着木鱼，击着铜铃叽里咕噜念着超度亡灵的经。

身披黑纱悲泣不已的董鄂氏正跪在灵床前，见到皇上驾临，伏地恸哭不已，成了一个泪人儿。看着如梨花带雨般的心上人，顺治不知是心疼情人，还是伤心亲王早逝，双目中落下了几滴泪水。

亲王的生母大贵妃早已哭得肝肠欲断、声音嘶哑，但仍是哭天号地，口口声声念道："儿呀……你……你死得好冤哪！你……你怎么忍心扔下额娘去了呢？"

面对如此悲切的母亲，顺治无言以对，只有用泪水来表达一切。大贵妃见皇上来了，哭得更凶："皇上！你兄弟他……他……"

大贵妃竟背过气去，仆人忙把她架到房里，有人忙去请太医。

顺治没有勇气去看博穆博果尔的遗容。他只看见各种寿衣、一口红杉棺材、各种殉葬品。当有人打开亲王面上的白布时，顺治闭上了眼睛。他的心狂跳不已！

这年七月，就在襄亲王下葬后的第三天，礼部收到了后宫太后的懿旨："惊闻襄亲王英年早逝，亲王妃董鄂氏年仅十八，来日方长。念其孤苦无依，处境凄凉，特恩收董鄂氏为义女，恩养后宫。"

礼部接到懿旨后，立刻向皇上上奏："今太后已收襄亲王妃为义女，收于宫中，将择吉日于七月底册立董鄂氏为贤妃。"

顺治见了此奏，内心十分高兴，他应该感谢母亲。但他也不敢过于张扬，毕竟亲王刚死，人心未定，若此时急于纳董鄂氏为妃，恐生不测，于是在奏折上批道："此奏准许，然亲王薨逝未久。可于八月择吉册妃。"

顺治虽是天子，但他所行乃不义之事，终不敢胆大妄行，而是为自己的不义之举，掩上一把杂草遮盖。

八月底，仅为丈夫守孝二十七天的董鄂氏便匆匆脱下孝服，换上了宫中送来的盛装，在尚有泪痕的粉脸上扑上脂霜，摇身一变，成了宫中的"贤妃"。真不知这"贤"字从何而来？

王府的懿靖大贵妃先失儿子，又失儿媳，面对皇上抢媳逼弟，只有忍气吞声，泪流肚里，谁让人家是帝王之尊呢？

董鄂氏入宫，有情人终成眷属。太后在与儿子的多次争斗中，有进有退，母子之间互有胜负。太后可明显地感到儿子在一天天地长大，对朝政大权也一步步地握紧，太后已有些疲倦，她也想让儿子早日独当朝政。现在见儿子对后宫已无所求，便不再去冒风险，立四贞为皇妃遂成废议。只是作为试探气球使用的吏部左侍郎石申之女，早已被立为恪妃，无法更改，成了大清第一位汉人嫔妃。好在孔四贞并非完全钟情于皇上，只是为了报恩才同意太后之议，现在太后之议废，她也很乐意在宫中做她的格格。

董鄂氏与顺治完婚之后，夫妻恩爱甜蜜的同时，董鄂氏也为顺治提供了很多治国的建议。她的这些建议与思想，中肯恰当，成了指导顺治整饬吏治的重要方针。这一时期，也是顺治最为勤政、治国最有成效的时期。我们不应该忘记承乾宫那一夜夜明亮的灯光，不能忘记那灯光下伴在帝侧的身影。

董鄂氏给顺治的，不仅有嘘寒问暖、斟酒劝饭的妻子的关怀，还有工作上、思想上的支持，她虽然不直接干预朝政，但她为顺治提出了许多建设性的意见。清初吏治混乱，草菅人命屡见不鲜，而顺治的治国之策由"重剿"转为"重抚"，稳固了统治，缓和了社会矛盾，这与董鄂氏的规劝是有关系的。在她入宫的短短四年中，杀头的被免死，监押的被减罪，吏治也大为改变，这都与董鄂氏劝谏有关。顺治也承认，自己多次重审而少杀了不少无辜者，"亦多出后规劝之力"。这个"后"指的是董鄂氏。顺治一直把她当真正的皇后。

由此可知，董鄂氏与顺治之间，已完全超出了卿卿我我的小夫妻之间的恩爱。他们已相互影响，融为一体，董鄂氏不仅是顺治患难与共、建功立业的贤内助，还成了他的精神支柱和主心骨。

就在顺治和董鄂氏双宿双飞、共浴爱河的时候，后宫的佛堂里，庄太后正打坐蒲垫，闭目诵经礼佛。她的内心真的是如此平静吗？从她常常把念珠数来数去的动作上便可知她的心并没有完全沉静下来。

大凡有智谋的人，他们越是在焦躁不安时，越是装作安静，从太后偶尔微皱的眉头中可隐隐看出她内心的忧虑。董鄂氏入宫虽是自己下旨收她为义女，而后入宫立妃，但这一切都是不得已。如果不按常规，那个倔强的儿子会直接把她接进宫中，岂不让人笑掉大牙？皇上连一向钟情的孔四贞也不顾了，一心爱着董鄂氏，对他们的一丝阻挠，换来的必是千万次的反击。虽然儿子遂了心愿，但母子之间的结并没有解，应该找一种新的方法来缓解母子之间的关系，否则长此下去，对自己、对儿子都没好处。

太后正在想方设法去缓和矛盾，可儿子又发起了新一轮的进攻，且来势凶猛，为她所始料不及。

顺治十三年（1656年）十二月，顺治下诏礼部，正式册立董鄂妃为皇贵妃。此诏一下，满朝惊愕，最吃惊的还是后宫的太后和皇后。这董鄂氏入宫仅仅四个月，就由"贤妃"一跃成为"皇贵妃"，这一跳也太离谱了。贤妃仅为一般嫔妃，但皇贵妃是仅次于皇后的册号，董鄂氏一下子就站在皇后的御座旁，大有取而代之之势。

对这种违背祖制的行为，太后并没有制止，她知道制止是没有用的，只会起反作用。多年的斗争经验已形成了她稳重自持的风格。

事情比她想象的更糟，十四年（1657年）元月初六，良辰吉日，皇上传旨，满朝文武随皇上到保和殿，向皇贵妃进表奏贺。

顿时，保和殿上人头攒动，彩帛飞扬，鼓乐齐鸣。册封皇贵妃完全用册封皇后的礼仪。文武百官全立于殿外，后宫嫔妃除了太后和皇后未到，其余嫔妃全部立于殿上。百官祝贺时可以清楚地看到，太后的御座正空空地立在殿上，很刺眼，也很孤独。

大礼告成，诏告天下。宫内外一片訾议声，而礼典却异乎寻常地隆重。

这一切都瞒不过慈宁宫西暖阁里念佛的太后，她正在静等着一切，最终等来了她最想见却又最怕见的人。

"太后，皇贵妃前来请安。"苏麻在帘外轻声奏道。

太后一愣，手中的念珠哗啦一声落在地上。

这个女人很平常、很一般，完全没有静妃的高贵，也没有皇后的华丽。身着一袭紫色旗装，头上没一件珠玉之器，朴素、大方，当然很漂亮，完全像个一般大府里的太太，没一点皇宫中的气派，她靠着什么能引得儿子神魂颠倒？

"儿臣给母后请安。"声音还是那么温柔、那么有磁性，比原来的襄亲王妃少了点怯意，多了些自信，笑容还是如原来那么灿烂、可人。

"平身吧。"太后尽量放缓语气，努力从脸上挤出点笑来。

董鄂氏忙立在一旁，脸上仍带着微笑。

"坐，快坐吧！"太后突然想起，站在面前的已不是襄亲王妃，也不是贤妃，而是皇贵妃，她有坐的权利。

董鄂氏款款施礼道谢，而后挺小心地坐在旁边的椅子上。

太后说道："皇贵妃大册，哀家身体不适，没能躬逢盛典，实为憾事。"

太后说完，自己都觉得寒碜。自己是太后，根本不需参加皇贵妃的册封，今日为何又对她说这话呢，这不分明在讨好吗？

董鄂氏忙道："母后所言让儿臣坐立不安、无地自容。母后乃万金之躯，怎需参加儿臣的册典？该儿臣来请安才是。"

太后虽有敌意，但听她这话，心里很舒服。这孩子挺懂事。

一个宫女端上茶来。董鄂氏忙站起身，接过茶盘，亲自为太后奉上一杯茶，道："母后请喝杯热茶暖暖身子，大冷天的，打坐念经，注意保重玉体。"

这一举动，不仅那送茶的宫女吃惊，就是太后也感到吃惊。她哪有一丁点儿皇贵妃的架子，完全是一个普通的嫔妃。

太后忙笑道："好，好。"

还想说什么，可一时激动，没说出一句话来，只好端过茶杯，呷了一口。

喝得稍快了点，太后轻轻咳嗽了一下。董鄂氏忙上前接过茶杯放在案上，又用双手轻轻捶背，轻声道："母后，喝茶慢些，茶有点热，小心烫着。"

这话语，这关切，像一阵微风，吹拂着太后的心田。她深深地被董鄂氏感动了，自己的亲生女儿也不过如此。

但转念一想，她会不会是故意做给我看的，现在她正想讨好我，这种可能是有的，于是收起了感动，恢复了冷静。

"皇上最近如何？"

"回母后，皇上近日龙体安康，勤于政事，近日批阅奏本都到深夜。"

太后点了点头，又教训道："皇上日夜操劳，做妻妾的要体贴他，多劝他休息，保重龙体。"

董鄂氏明白太后话中的意思，粉面红了红，低首应道："儿臣时时关心皇上，体贴皇上。皇上不仅是皇太后的儿子，也是儿臣的夫君，儿臣会侍奉好皇上，让他精神愉快，龙体大安。"

这样的人儿没有什么可说的，无可挑剔，太后也没有责备的理由。

送走了董鄂氏，皇后又来了，她比以前清瘦了许多，身体依然苗条。太后不由得多看了几眼她的肚子，那肚子仍然沉默着，她不由得在心里叹了口气。

"儿臣给母后请安。"皇后悲切道。

太后十分怜爱地看了看她的脸，轻声道："平身吧！"

"母后，贤妃入宫仅四个月就越级册封为皇贵妃，后宫议论纷纷。"皇后怯怯地说。

太后十分平静地说道："议论什么？皇贵妃就是皇贵妃，你仍是皇后，怕什么？只要你行得正，就不怕他们。那个皇贵妃挺有心机的，刚才来请安，并没穿朝服，只是以普通家礼相见，言谈举止极为得体，你呀，以后真要注意。你不是她的对手！"

太后说着，不禁摇了摇头，脸上浮着极为复杂的表情。

太后和皇后正在惊恐地注视着董鄂氏的时候，迎面又刮起一阵狂风，让她们几乎喘不过气，睁不开眼。

元月二十五日，顺治公然下令：

太庙牌匾停书蒙古文，只书满、汉文。

旨令传到礼部、光禄寺、鸿胪寺、太庙。太后在慈宁宫也听到了此旨，她跌坐在椅子上，整整一个时辰没有说话，脑子里一片空白，乱哄哄地痛。

等她醒过神来的时候，感觉到儿子此举的矛头直接指向后宫、指向自己，他想完全摆脱太后，降低蒙古在后宫的地位。她没想到自己与儿子的关系竟到了这种势如水火的地步，更不明白为什么自己为大清基业所做的一切，换来的却是儿子的不解与怨恨。

太庙是清廷供奉祖宗神位的圣地，中殿供奉着太祖努尔哈赤和太宗皇太极的牌位，后殿供奉着太祖前的肇祖、兴祖、景祖、显祖等列位祖先及列后的牌位。由于满蒙之间的姻亲关系，特别是皇太极的五宫后妃均为蒙古女人，从而确定了蒙古女人在后宫中的特殊地位。因此，太庙的牌匾上书写蒙古文，这不仅是一种尊崇，也是蒙古王公在后宫统治地位的象征。现在，顺治要停书蒙古文，无疑意味着蒙古女人在后宫统治地位的结束，这是蒙古姻党，也是孝庄皇太后无论如何也不能接受的。

太后没说话，把自己关在佛堂里，她并没念经，只是面对着菩萨发呆。直到最后，她才咬咬牙，下定决心与儿子展开较量，要保住蒙古王公的地位和利益，保住自己在后宫的地位，她必须针锋相对。现在与儿子斗争的焦点就是承乾宫，只有消除承乾宫的女人，才能保住自己和蒙古草原的利益。

晚膳时，太后召来了海中天，屏退左右，对海中天道："海公公，你是哀家唯一信得过的人，马上通知索尼，在乾清宫和承乾宫安几个人，注意他们的动静，如有什么违制或不妥之处，及时禀告。"

海中天自然明白太后的意思，马上领命去办，一场无声的较量在宫闱里面悄悄展开。

太后很失望，一切并不像她想象的那样。董鄂氏不仅天生丽质，而且谙熟宫中的各种礼节，举止有度，言行得体，从各宫妃嫔处，及承乾宫的太监、宫女们那里传来的都是一片赞扬之声。那董鄂氏虽有杨贵妃"后宫佳丽三千人，三千宠爱于一身"的恩宠，但绝无杨氏的恃宠而骄。受宠但不骄横，位尊而不跋扈，对上对下，和蔼可亲，让人难以挑剔，无懈可击。

太后有些怀疑，那个如此美貌的人能如此忍气吞声？接下来的几件事，让她不得不佩服、感叹，甚至一度放弃了自己的计划。

这一日，太后正坐在宫中闭目养神，坤宁宫的宫女来见。

"启禀太后，皇后身体不适，特奉皇后之命，奏闻太后。"

太后一愣，她知道皇后与自己一样，都是心病，于是问道："皇后病情如何？"

"回太后，皇后憔悴忧虑，日久生疾，已病有十来天，现已卧床，才派奴才来奏，怕太后担心。"

太后这才知道皇后的心胸远没有自己豁达，竟郁忧成病。

"你先回吧，哀家马上就去。"

当太后来到坤宁宫时，宫女们都在院子里坐着，殿里没有人，众宫女见了太后忙跪地恭迎。太后很生气，皇后有病不在榻前照料，却在外面闲谈！她不理地上的宫女，气冲冲地进了宫。

一挑门帘，太后惊住了：皇后半坐在床上，身后用大红缎被垫着，身上半盖着厚被，床榻上坐着一人正一手持碗，一手给皇后喂药，那人正是董鄂妃。

董鄂妃见了太后，有些意外，忙过来跪地施礼："儿臣叩见母后，不知母后驾临，未能远迎，请恕罪。"

"平身吧。"太后多少有些感动，不好说什么，只有对皇后发火，"皇后，你生病应让宫女们侍候，怎能让皇贵妃亲自喂药，却让宫女们躲在外面清闲呢？"

皇后脸色苍白，但面有感激之色，忙道："母后，董妹妹一来就要亲自喂药，儿臣没有办法。"

董鄂氏忙道："太后请不要怪罪皇后和宫女们，是儿臣的错。儿臣嫌宫女们喂药不能及时，冷热不匀，特来照顾皇后姐姐，这是儿臣的义务。"

太后看董鄂氏脸上充满着真诚，她又能说什么呢？只好无言以对。

董鄂氏继续喂药，一边喂，一边安慰道："姐姐呀，不要老在床上躺着，人常说'走病卧疮'。生病的人要多走动走动，晒晒太阳，多进食，身子才会好起来。"

皇后点点头，大口喝药，刚喝完，董鄂氏已经把茶端到嘴边，皇后又漱了漱口。董鄂氏用手帕轻轻为她擦了擦嘴，又轻轻抽去一床被子，把皇后放倒在床上，轻轻地说：

"姐姐，刚吃好药，先躺一会儿，等舒服一些，妹妹扶你到外面走走。"

皇后眼中充满感激，吃力地点点头。

太后在一旁很感动，按理说，皇后生病，正是她皇贵妃专宠的天赐良机，可她居然来中宫端茶奉药，是出自真心，还是来作秀？太后一时不明白。

"皇儿啊，到底生了什么病？"太后关切地问道。

"母后，儿臣只是偶染风寒，请母后不必担心。"

太后点点头，平静地说道："凡事要看开一些，不必多虑。生病要及时治疗，不可延误。"

皇后点点头，董鄂氏笑道："姐姐，等你病好了，也常出宫走走。如果你愿意，妹妹也可常到中宫来陪陪你。"

皇后拉着董鄂氏的手，十分感激地说："多谢妹妹天天来为我喂药，真是难为你了，又要侍奉皇上，又要侍奉我，你也别累着，多保重。"

皇后的病并不见好转，反而一天天加重。当太后再次来到坤宁宫时，她吓了一跳，不是因为看见皇后那苍白的脸更加消瘦，而是看见床榻上，董鄂氏仍在，她的脸也消瘦了许多。当她向自己施礼时，太后又是一惊：那双大眼睛已失去了昔日的光泽，而布满了红红的血丝，声音也有些沙哑："儿臣给母后请安。"

太后一惊，不由得问道："眼睛为何这么红？"

董鄂氏笑了笑，轻轻道："昨晚没睡好。"

皇后躺在床上，含泪低声道："母后，董妹妹已五天五夜没合眼，一直守在床前。"

皇太后真的有些感动，她望了一眼满面安详的董鄂氏，低声道："皇儿也去休息休息，别熬垮了身体。"

董鄂氏听到太后喊自己为"皇儿"，似乎认下这个儿媳妇，心头一热，忙笑道："母后，儿臣不累，伺奉皇后姐姐是儿臣的责任嘛。"

皇太后见董鄂氏如此温顺谦和，心中的敌意也大大地减弱了。

春天真的来了，风更轻，云更白，太阳更暖和，宫中的柳树已长出黄黄的嫩芽。

太后正忙着为自己的几盆花草浇水。闲来无事，她在宫院内开了个小花圃，种了不少花草，没事的时候，就在小花圃里打发时光。

太后干得热了，脱去外面的罩褂，只穿着夹衣，正干得起劲儿，就听身后有一声娇娇的问安："儿臣给母后请安。"

太后一转脸，见董鄂氏正跪地请安，忙道："平身吧，额娘正忙着侍奉花呢，你先坐坐，马上就好。"

太后又埋头浇自己的花草，那些小草、小花刚长出小芽，很可爱，苏麻正指挥宫女们端水，交给太后，由她亲自浇。

太后身上被人披上了衣服，同时，手中的水盆也被人夺去："母后，穿上衣服，小心伤风，人常说'春天要暖，秋天要寒'。别以为天暖了，可风仍寒着呢。"

太后见董鄂氏那又嗔又笑的脸，心头一热，多像自己的闺女，儿女心疼父母正是这样儿。

太后边穿衣边笑道："你这丫头，真让人没话说，对谁都这么有心，也难怪皇上对你好。"

太后这次说的可是真心话，董鄂氏微笑道："母后，儿臣不是你女儿吗？谁家的女儿不疼自己的爹娘呢？"

太后笑笑不语，突然打了个喷嚏。董鄂氏马上放下手中的水盆，过来帮太后扣上衣扣，嘴里又道："瞧瞧，着凉了吧！上次皇后伤风，病了一个月。母后岁数大了，更要注意。苏麻，快去御膳房，为太后端碗姜汤来。"

太后笑道："什么事这么大惊小怪的？"

"母后，小心为好，母后玉体安康是做儿女的福分。"

不多时，苏麻端来了一碗热姜汤，董鄂氏亲自端给太后，让她趁热喝下。太后一时胃里热乎乎的，心里也热乎乎的。

庄太后对董鄂氏大感不解，她不知董鄂氏为何要如此对待自己。不但把皇后伺候得无微不至，对自己也是如此。人总是有感情的，庄太后对这位儿媳的态度有了很大的改变，婆媳之间的紧张气氛有了极大的缓和，她开始从心理上渐渐接纳了这个儿媳妇，但董鄂氏已在无意之中成了蒙古王公贵族在宫中独尊地位的严重威胁，太后不会对之放任自流。下面发生的一件事，立刻改变了太后好不容易才建立起来的对董鄂氏的好感。

就在不久后的一天，承乾宫传出喜讯：皇贵妃怀孕了。这一消息在后宫不胫而走。原本嫔妃怀孕是宫中的常事，但这事到了董鄂氏身上便不寻常了。因为近半年内，后宫嫔妃中除她以外，无一人怀孕。再加上皇上对她的宠爱，若生一皇子，将会危及中宫。明眼人很容易看到这一点。

正在太后惶惶不安之时，皇后也来到慈宁宫。两个蒙古女人见面，太后不经意地又看了皇后的细腰几眼，轻轻叹了口气。

皇后幽幽地说道："母后，承乾宫皇贵妃已有身孕，可儿臣与其他嫔妃连皇上的面也难见，终非喜事。"

太后阴着脸，白了她一眼，不满道："你入宫已近三年，年轻体壮，依然寡居后宫，这到底是为何？"

皇后十分委屈，不由得涕下，哽咽道："自儿臣入宫，皇上就对儿臣不喜欢，每次临幸总是闷闷不乐，后来皇上结识了董鄂氏便不再临幸中宫。现在，董鄂氏的承乾宫成了皇上的寝室，专宠长夜，儿臣又能如何？"

太后见她那委屈的神情，也不忍心再说她什么，叹口气道："皇后，承乾宫有喜，对你不妙。若她生下一皇子，依眼下董鄂氏所受的恩宠来看，未来的皇位必将是她儿子的，而未来的皇太后也非她莫属，你即使也封太后，不过是个摆设。那时，我们博尔济吉特氏一脉将被挤出后宫，你也只是一个无足轻重的角色了。"

皇后正为此事发愁，听了这话，更是一筹莫展，只能用乞求的目光看着太后："母后，应早早想办法，万一出现这等局面，儿臣如何收拾？"

太后怫然道："早想办法？有什么办法可想，总不能去承乾宫把她的身孕打掉吧？"

皇后更为惊恐，声音有些颤抖，怯怯道："依母后之意，我们只有坐以待毙，任其发展吗？"

皇太后的脸上泛起了冰冷的神色，目光中射出凶光，一字一顿道："这事急不得，要学会等待，静观事变，一切都还是未知数。"

皇后见太后如此坚定，知道她已有主张，便稍稍放下心。

这个夏季是清入关以来最热的一个夏季，酷热当头，烈日炎炎，整个皇宫像一座烧透了的砖窑，让人坐立不安，终日大汗淋漓。之后又连降大雨、冰雹，灾情不断。秋季又是阴雨绵绵，秋水成灾，让人胆战心惊。

太后就是在如此变化无常中经受着心理煎熬。董鄂氏也曾拖着孕躯来宫中请过安，太后仍如以前那样热情招待，但她始终感到心底有一丝凉意，脸上的笑自然少了温情。此后，随着董鄂妃身子的笨重，请安的次数渐渐少了，太后倒也乐得清静。

刚入九月，北方的冬天就到了，连绵的秋雨变成了细细的冷沙落下，随后就是纷纷雪花。

一队仪仗浩浩荡荡地出了正阳门，沿南城大街，向永定门而去，前面是三百仪仗兵手持各种幡、旌等物，后有宫女、太监引领。随从大臣缓步前行，几十位身穿黄马褂的侍卫簇拥着太后的凤辇，贴身宫女苏麻扶辇而行，辇内端坐着身着凤袍的太后，她的脸和外面的天气一样阴沉。整个夏季和秋季，天气糟透了，她的心情也糟透了。她要到外面去透透气，宫里的空气太闷。还有她更不愿看到的事将要发生：承乾宫的皇贵妃估计快要生了。她不想待在宫中，以免沾上这喜庆的气氛。

人马出了永定门，向南奔去，一直进了路旁那雄伟巍峨的皇家园林——南苑，这里是皇家春冬狩猎、讲武阅兵之处。

太后刚至南苑不到一个月，十月七日，承乾宫大喜临门，一个男孩洪亮的哭声响彻宫宇。一直等在外的顺治正坐立不安，一个宫女飞快跑来，跪地道：

"启奏皇上，皇贵妃娘娘生了个皇子。"

顺治听了竟呆呆地站在原地不动，慢慢跪在地上，对着上苍默默道：天神啊，你终于开恩了，让朕心想事成。

从地上爬起来，顺治急急向承乾宫走去，由于走得太急，有的宫女都来不及跪地施礼。

到了产房，一个宫女端盆热水出门，与刚想进门的顺治差点撞个满怀。那宫女吓得后退了几步才立住脚，忙跪地道："恭迎皇上！"

顺治理也不理，径直向里闯，还未至寝宫，早有两个产婆迎出，施礼道："恭贺皇上喜得皇子！"

"朕要重重赏你们。现在皇贵妃怎样？朕要见见她。"

一个产婆道："启奏皇上，产妇之室，一个月内不能进男人，否则会沾上晦气，影响母子健康，对皇上也不好，所以，奴才恳请皇上不要去产房。"

顺治听了此言，不敢乱闯，只好侧耳听听帘里的动静，隐隐听到母子均匀的呼吸声，这才面带微笑而去。

第二日上朝，顺治仍掩饰不住内心的喜悦，竟当着众臣的面道："诸位爱卿，皇贵妃昨日为朕生了一名皇子，此乃朕第一子也。"

众臣忙跪地恭贺道："臣等恭贺皇上，恭贺娘娘和皇子健康。"

顺治很高兴，摆摆手道："众卿平身。朕要大赦天下，所有官吏赏半年的俸禄。"

众臣大喜，齐跪地谢恩。

南苑的太后时时密切注视着宫中发生的一切。

内大臣索尼来到了南苑，他是奉懿旨来的，伏在地上道："臣索尼叩见太后。"

"索大人，平身吧。"太后的表情很平淡，见索尼立在一边，便道："朝中有何反应？"

索尼垂立一旁，小心答道："回太后，皇贵妃生一皇子，圣颜大喜，传旨大赦天下，赏百官半年的俸禄。朝中群臣一致以为皇上一定会立新生的皇子为太子。"

这虽然是太后早已料到的事，但她听了还是如同晴天惊雷，使她心惊肉跳，最可怕的事情终于发生了。

"乳娘寻到了吗？"

索尼低声奏道："新皇子的乳娘便是巽亲王府里的包衣李虎的妻子李氏。"

"此人怎样？"

"回太后，此人十分可靠，是微臣亲自挑选的。"

"李家有没有什么背景，与巽亲王关系如何？"

"这些臣已暗中调查过了，李虎不过是王府普通的包衣奴才，与朝中王公大臣和巽亲王均无亲密关系。"

"这事需办得稳妥、干净，不能有任何疏漏之处。"

索尼神色严肃，低声道："请太后放心，一切都十分可靠。"

太后这才满意地点了点头，目光中闪过一丝凶光。

董鄂妃身穿厚厚的棉衣，正端坐在宫院内晒太阳，脸色很苍白，宫中丰富的营养并没有完全补足她生产时大出血的损耗。绾儿正指挥着宫女、太监们收拾寝宫，娘娘产后刚满月，一切污物都要完全清理出去。

宫门外来了两个太监，进宫后伏在董鄂氏面前道："奴才给娘娘请安。"

皇贵妃见是内务府的太监，忙道："公公请起，不知太后和中宫有何吩咐？"

两个太监起身，微笑道："回娘娘，太后在南苑违和，谕令后宫嫔妃及亲王大臣们前去问安省视。明日，后宫嫔妃前往南苑。"

董鄂氏根本不知太后已去了南苑，更不知现在太后的身体欠安。她暗暗吃了一惊，表面上笑着对太监们道："两位这么冷的天还到处传谕，实在辛苦。绾儿，快取五两银子来，送与两位公公买碗热汤喝。"

二人感激不尽，施礼谢道："皇贵妃娘娘真是菩萨心肠，奴才感恩不尽。祝娘娘玉体安康，小皇子长命百岁。"

接过绾儿的银子，两个太监向贵妃告辞而去。到了宫外，一个道："这大冷天的，娘娘刚刚坐完月子，身子骨这么虚弱，内务府还传谕她去南苑，吃得住吗？"

另一个道："这哪是内务府能做得了主的，还不是太后的意思，这么好的人，为何会遭如此不公平的对待？"

"唉，宫里的事谁讲得清呢？还是少说两句吧！免得遭罪。"

第二日，天阴沉沉的，强劲的西北风刮在人的脸上，如刀割一般的疼痛。地面上仍有一些积水，前几日的雨雪经过短暂的阳光照射并没有蒸发尽，现在已结成厚厚的冰。

董鄂氏坐在小凤辇上，寒风从帘缝吹进来，使身穿厚厚棉衣的她仍感到一丝丝颤抖。绾儿早已把准备好的狗皮褥子放在她膝上，寒风仍能从裤管里吹进来。

凤辇在驿道上颠簸，每一次震抖，董鄂氏都会感到一丝疼痛袭来，她只有咬咬牙坚持着。

从后宫到南苑，大约有三十里，这段路对于静妃、康妃、淑惠妃、恪妃、贞妃、端妃等人来说，也许算不了什么，她们身体强壮，能抵御风寒。而董鄂妃却是体弱身衰的产妇，在这寒冬腊月让她坐三十里的车轿，确实有些残忍。

好不容易到了南苑。绾儿打开帘子时，董鄂氏已脸色苍白，双唇微微泛青，手脚都冻得有些麻木，费了好大的劲儿才下了辇。

众人来到太后的寝宫，刚进门，一股暖气扑面而来，一只大大的木炭炉正蹿出蓝蓝的火苗。太后拥被坐在床上，脸色红润，没有半点病态。见了众嫔妃，她故意呻吟了几句，对着苏麻说道："苏麻，快帮哀家揉揉，这头痛得厉害。"

董鄂妃与众妃齐跪地上，口呼道："臣妾给太后请安，祝太后健康长寿。"

太后瞟了一眼众嫔妃，故意高声道："平身吧，这大冷天的，让你们跑一趟，哀家不忍心。"

"臣妾前来探视，乃应尽之孝道。"众人又齐声道。

董鄂氏拖着弱躯，轻轻来到太后身边，对苏麻道："苏麻，你先歇歇，我给太后揉揉。"说罢，便在太后的太阳穴上轻轻地揉起来，边揉边道，"母后，天冷了，多穿点，多走走，多进食，这才有利康复。"

太后鼻子里哼了几声，算是对她的回应。

众嫔妃自然也会讨好太后，各人说了一大堆恭维和祝福的话。直到太后也感到烦了，这才淡淡地说道："皇贵妃心细，又有耐心，哀家就留她在南苑侍奉寝食，你们呢，都回去吧。"

董鄂氏忙施礼道："多谢太后恩典，能让儿臣为母后尽这份孝心。"

随后，董鄂氏眼睁睁地看着各宫的嫔妃上了凤辇，掉头回宫去了，只有自己孤零零地被留了下来。多少身强体壮的人不留，却偏偏让一个最需要别人照顾的人来照顾，根本没有人提及她是一个产后不久的弱妇。

南苑的白天是忙碌的。每日三餐要做，要喂，还要熬两次药。这些虽然都有宫女做，但董鄂妃却要仔细检查每一个环节，生怕出了差错，惹太后生气。吃饭、喂药均由她亲自过问。直到太后喝足吃饱后，她才能去用膳，冬天的饭出锅就凉，吃不温不凉的饭是经常的。

有时，太阳好，董鄂氏还要搀着太后去苑内散步，虽然有阳光照着，但寒风仍从裤管、袖管吹进体内。走在南苑内，一个是面色红润、身高体壮的中年妇女，一个是脸色苍白、穿着厚厚棉衣仍有寒意的少妇，不知底细的人，绝不知哪个是病人。

南苑的夜晚是寒冷的，每到夜里，董鄂氏总是陪太后说说话，等到太后睡了，自己才能去睡。虽然有炉子，但冬天的夜晚，寒气无处不在，坐久了自有凉意。太后睡在床上，盖着厚被，铺着皮褥子，当然不会感觉冷，而坐在床前的董鄂氏，仅凭一张皮褥子盖在膝上，自然不能抵御寒气。有时，太后还会有意无意说一声："冬天还这么温。"董鄂氏马上就会叫人把炉子放远一点，自己就要靠意志来抗寒了。每到深夜，躺到自己床上的时候，董鄂氏浑身像散了架似的，没有一丝力气。

一天又一天过去了，董鄂氏在南苑重复着烦琐而又费神的劳动。太后的病一点点地好了起来，而自己的身体却一天天地垮了下去。

有一日，太后大概看出了什么，便对正端着茶的董鄂氏道："皇贵妃，你侍奉额娘快两个月了，额娘的病也好得差不多了，明日回宫去吧。"

董鄂氏强装道："母后，儿臣一定要等母后完全康复再回宫。母后不愈，儿臣怎忍回宫呢？"

太后神态严肃道："回去吧！额娘也没有什么大碍了。"

当董鄂氏跌坐在凤辇上，蜷着身子行进在回宫的路上时，她的眼眶中溢出了泪水。并不是因为受累而感到委屈，而是她明显感受到太后对她的冷漠，自己这么体贴地侍奉，竟没换来太后只言片语的抚慰。为什么？是自己做错了什么，还是皇上对自己的宠爱引起了别人的忌恨？可这是我的错吗？

强忍着回到宫中，承乾宫的宫女、太监们早到宫门口迎接自己的主子了。当绾儿扶着皇贵妃走下凤辇时，所有的宫女、太监都愣住了，随后，有几个宫女转过身去，偷偷地抹眼泪。

"恭迎娘娘回宫！"声音中夹杂着啜泣声。董鄂氏对他们苦笑了笑，仍用温柔的声音说道："平身吧，本宫这些日子不在，皇上可好？皇子可好？"

总是先想着别人，何曾为自己想想，关心别人比关心自己更重要吗？

"回娘娘，皇上很好，一直念叨着娘娘，小皇子也挺好的。"

董鄂氏得到这样的答复便心满意足了，微笑着回到宫里。

"爱妃，爱妃回来了吗？"

"奴才恭迎皇上！"

"去、去，娘娘回宫没有？"

这是顺治热切的声音。宫里的董鄂氏原本浑无力气的弱躯中又迸发出无限的活力，她忙跑向殿外，立在门槛前，看到的是顺治那张由笑转怒的脸。他吃了一惊，像完全不认识面前的人，仔细打量了一番，原来的微笑凝固了，最后竟成了愤怒。

"爱妃，这些日子都干了些什么？怎么会变成这个样子？"

董鄂氏尽量露出灿烂的笑容，轻轻道："皇上，怎么了？"

"怎么啦？你自己看看！"顺治一手拉过她走到一面铜镜前。

镜中映出一张十分消瘦的脸，原来的润泽已完全褪去，一双大眼睛也失去了光泽，陷到眼窝里，陷得很深，那两个酒窝似乎也大了许多。

董鄂氏也很吃惊自己会瘦成这样，但她仍笑着安慰道："皇上，妾身侍奉太后，受点累也值得，干活总是要瘦人的，有什么大惊小怪的？"

顺治义愤填膺，大吼道："母后她有什么病？她有的是心病！"

十二月二十九日，太后的凤辇终于从南苑回到了慈宁宫。春节在即，新年到了，太后的微恙也好了。

凤辇到了午门，顺治率百官迎于楼下，顺治立于道旁，百官们跪在地上。

太后见儿子来迎，心中十分高兴，微笑着去看儿子，但看到的却是一张丝毫没有笑意的脸。一切都按君君臣臣的礼仪进行着。

到了慈宁宫，皇后率后宫嫔妃迎立于宫门外。太后在儿子那没得到的亲切和温情，却从皇后那儿得到了双倍的补偿。

当日，顺治颁诏大赦天下，以庆太后病愈。天下一片欢庆，可皇宫中却欢快不起来。

除夕之夜，皇上在后宫设宴为太后祝贺，同时也是皇室的年夜饭。母子都伪装得很好，宫内覆盖着一层薄薄的欢乐。

过了大年初一，又过了初二，顺治再也压不住心中的怒火，一封诏书传到中宫。皇后正沉浸在无限的幸福中，看了诏书，当场就吓呆了，只见诏书上写道："太后于南苑违和，谕令嫔妃、亲王大臣请安探视。众嫔妃躬去南苑，向太后请安、探望，唯有中宫畏路惧寒，躲于暖宫，不去探望，且连派人前去问安均无，此礼节疏阙，有违孝道。此行为焉能母仪天下？特停进中宫笺表，送议政王大臣议处。"

这诏的矛头直对皇后，意欲再度废后，皇后能不怕吗？

皇后拿着诏书慌慌张张地来到慈宁宫，见了皇太后，跪地哭道："母后，你要为儿臣做主啊！皇上无故向儿臣发难，来势汹汹，大有废后之心。"说罢，把诏书呈上。太后接过展读，良久没有说话，脸上的灰色越来越深。

"母后，快拿个主意吧，不能眼睁睁地看着蒙古女人的悲剧重演。董鄂氏入宫仅四个月便逾制册封为皇贵妃，现在又得皇子，皇上对她们母子的宠爱更甚，久有立她为后之心。此次皇上圣意，群臣尽知。"

太后见皇后那惊恐万分的模样，心里不知是气是怜，冷冷地说道："怕什么？让议政王大臣议罪又有何惧？哀家倒要看看他们会给你议个什么罪。皇上既然让议罪，总得先议个罪名才能对你下手吧。回去老老实实在宫里待着，该吃就吃，该喝就喝，无事就睡觉。"

皇后听了太后这话，心里这才略略放松，哀求道："母后，儿臣的一切全交给母后，生死荣辱全由母后做主。"

太后没说什么，皇后只得悻悻而去。

"太后，索大人求见。"苏麻附耳低声道。

"快请进来。"

索尼进宫施礼。太后看了看索尼，见他面有惶恐之色，不由得问道："索大人，此时来见哀家有何事？"

索尼见太后十分镇定，心中暗暗吃惊：这太后果然不简单，临危不惧，稳如泰山，真是大胸襟、大气魄。

"太后，恕微臣直言，皇上议皇后之罪，来者不善哪！"

"索大人，你怎么也乱了手脚？看见宫院的那棵树了吗？虽然树欲静而风不止，但树根不动，树梢不是白晃吗？"

"太后，臣以为皇上这股风不单是对树梢施威，也有摇撼树根之意。"

太后冷笑了笑："索大人，现在风力还没这么大，你不必担心，还是把主要精力放在正经事上。这边的事，哀家还能应付。"

"嗻。"索尼这才放下心，悄悄地退去。

索尼刚走，苏麻又奏道："太后，和硕承泽亲王硕塞给太后请安。"

庄太后一愣，硕塞这孩子怎么来了？他平时是不常来的，与自己也没什么亲情可言。

这硕塞是顺治的异母兄弟，是皇太极十一个儿子中的老大，生母是太宗侧妃叶赫那拉氏。在皇太极活下来的八个儿子中，真正参与打天下立下军功的只有豪格和硕塞。按太祖的封爵之例，侧妃、庶妃之子不得封和硕贝勒、和硕亲王。太宗崩时，硕塞已十五岁，但仍未受封。顺治登基，入主中原，普天同庆，硕塞才被封为多罗郡王。直到顺治亲政时，为加强自己的实力，这才打破祖制，加封硕塞为和硕亲王，所以这硕塞对顺治感恩不尽。这时，他是站在顺治的立场上来刺探太后情况的，还是真的来请安，太后心里并没有数。

"儿臣给皇额娘请安。"硕塞行大礼，用满话给太后请安。

太后忙笑脸相迎："快快请起，亲王怎么有时间来后宫？"

硕塞笑道："额娘，儿臣受皇上恩封，本应勤来宫中给额娘请安，一则军务繁忙，二则儿臣也不敢随意惊扰额娘，所以不能常给额娘请安，请原谅。"

太后笑道："只要你有这份孝心就行了。你与皇上是亲兄弟，平时多用心帮皇上治理国家，能使大清国泰民安，额娘也就满足了，心里不问自安，又何必要那俗套呢？"

"多谢额娘豁达，能体谅儿臣。今儿臣有一事想请教额娘，不知额娘能否答应儿臣？"

太后微微一愣，她不知硕塞会说什么，但他今日特来询问，不答应怕不妥。

"说吧，额娘没什么不好说的。"她很坦然，也很自信。

"近日皇上下旨，令议政王大臣议处皇后。儿臣身为亲王，实在不知应如何给皇后议罪，想请额娘给儿臣指条路。"

太后一时无言，沉吟片刻，微笑道："亲王，额娘怎知皇后有何罪呢？皇上让你们议罪，你们可按律议处。皇上已亲政多年，朝中之事都由皇上说了算，额娘也不便过问。后宫不得干政，这是祖训。"

硕塞见太后绵里藏针，进退有序，自然知道难从太后口中探得什么，但有一点可以肯定，从太后的表情来看，她已胸有成竹。

乾清宫西暖阁，顺治亲自召集议政王大臣会议。他沉着脸坐在御榻上，下面分坐着安亲王岳乐、和硕承泽亲王硕塞、多罗谦郡王瓦克达、简亲王济度、显襄亲王富寿等人，还有重臣鳌拜、苏克萨哈、遏必隆、索尼等人。

顺治扫视了众人一眼，冷笑道："朕昨日已传旨中宫及诸位大臣，今日就请各位议议这皇后不孝之罪。"

众人都去看坐在西首第一位的岳乐，他是这屋内议政王之首。

岳乐四十六岁了，其父为饶亲郡王阿巴泰，在诸王之中，他年龄最大，辈分最高，学问也数上等，为人老成持重，头脑清醒，很得顺治器重，是少年天子的得力助手。他坐首席，无人有异议。

岳乐看了看对面的硕塞，他们一左一右，是议政王中的头号人物。硕塞轻轻摇摇头，岳乐心里明白，头一垂，装聋作哑。其他人见岳乐不言，也都保持缄默。

坐在岳乐身边的简亲王济度看看身边的岳乐，似有不悦。这济度乃郑亲王之长子，刚刚承袭父亲的亲王爵，虽已位极人臣，但他内心仍有一丝不满，自己的父亲是大清国唯一的一位"叔王"，多尔衮和多铎的"叔王"封号早已被削，论威望、尊贵、军功，自己应在首位。现在，皇上把一位堂兄、一位亲兄列为一、二位，他能没有意见吗？

顺治见没有人说话，也感到很难堪。他完全明白，这是一场无声的战斗，他反击的对象不单单是那个遇事就会哭鼻子的皇后，若只有她，还需要这么繁杂吗？他完全可以直接下旨废后，但他不能，因为坤宁宫的后面还有一座慈宁宫。

"怎么不说话，都哑巴了吗？朕每年拿这么多的皇粮俸禄养活你们，你们就是这么报答朕的吗？"

岳乐见皇上想发怒，忙出面泼水救火："皇上息怒，臣以为皇上之意太突然，众人一时无法判断如何议皇后不孝之事。应让众臣思考两日，着礼部查一些旧例故事，方可议论，不知圣意如何？"

顺治心里一百个不答应，但见自己亲信的臣子这样说，他又有什么办法呢？只好道："那好吧，就给你们两日时间，仔细想想应该怎么做，两日后再议。"

众人如获大赦，纷纷告辞，只有硕塞单独留了下来。

当日晚上，顺治去慈宁宫请安。太后见了儿子，像无事一样，仍旧微笑着道："皇儿，最近在忙什么呢？"

顺治最怕看母亲那自然的笑，她明明知道一切，却仍装作不知，连对待自己的儿子也是如此。

"母后，儿臣正在令议政王大臣议处皇后。"顺治也不顾忌什么，直接明说，因为他今天来就是要发泄的。

太后好像很吃惊的样子，不解道："皇儿，皇后又犯了什么错，要议处她？"

"母后在南苑生病，诸亲王大臣、各宫嫔妃均前去探问，皇后畏寒惧途，不去探望，且不派人探问，此乃大逆不孝，不是错吗？"

太后微微一笑，轻松地说道："额娘还当是什么事呢，皇后不去探视，是额娘安排的。皇后乃后宫之主，母仪天下，怎可随便出入宫廷？按祖制，太后生病，可谕令嫔妃前去探望，但太后无权谕令皇后，所以，皇后不去南苑，于理于法都是适合的，没什么不妥，又怎样议处呢？"

顺治听到太后完全站在皇后的立场上说话，不由得气道："那为何让皇贵妃去探视？"

"放肆！"太后大不悦，"让皇贵妃去看看生病的太后又有何妨呢？为何皇儿会出此言？"

顺治也有些激动了，大声道："皇贵妃应该去探望，但后宫嫔妃那么多，为何偏偏留她侍奉？各宫的嫔妃哪个不是身强力壮，为何母后偏偏选中了皇贵妃？论地位、论身份都不应该是她！"

太后道："额娘留她是对她的恩宠。她虽贵为皇贵妃，但在后宫之中仍是一个妃子，除了皇后，太后有权召令任何一个嫔妃侍奉。"

"可她是一个刚刚生产的弱妇，母后难道不知？谁能忍心让一个产后的病妇去侍奉病人，天下有这样的理吗？"

顺治步步紧逼，太后似乎愣了一下，道："额娘入冬后便去了南苑，并不知宫中的情景，当时董鄂氏也没说明。"

"哈哈哈！"顺治突然狂笑起来，"额娘，你说这话不怕儿臣笑你虚伪吗？在这宫中、朝中还有什么额娘不知的事？"

"你这话是什么意思？是说额娘故意为之？"

顺治早已按捺不住，厉声道："母后，儿臣知道你对承乾宫不满，从她入宫到现在，你一直对她不冷不热，再加上坤宁宫的那个贱人在中间挑拨，你们便合起来对付她。母后，儿臣问你，凭良心说，她对你们怎么样？你们就是铁石心肠，也该被她的热心焐热了吧？自她入宫以来，宽仁待下，无丝毫嫉意。宫中之人做了好事，她立刻上奏；有了过失，她则竭力为之掩盖，从不背后夹杂上奏。若有些许美味之食，要让大家共享，方觉心安。对待宫中眷属，无论大小都一视同仁，年长的称婆婆，年少的则以姐妹相待，从无非礼之处，宫中凡是见到她的，没有不喜欢的，为何母后偏偏例外？母后自己想想，每次侍母后，均是悉心奉养，为之左右趋走，无异女侍，这仍不能得母后欢心吗？”

说到最后，顺治已是涕泪交流，声泪俱下。

面对儿子的责问，太后只有保持沉默，她无言以对，也不想过分刺激儿子。她只在心中暗想，只要你别干太出格的事，我是不会太伤你的，但你也不能太伤额娘的心。额娘这么做，全都是为了你，为了大清的千古基业啊。

顺治发泄一番，去了。庄太后又陷入了沉思：这样做对董鄂氏是不是太残酷了？她也是个很好的女人。唉，谁让皇帝如此痴迷你呢？董鄂氏，你知不知道，你已经站在蒙古草原与皇上的中间，皇上正用你当刀枪，去刺杀蒙古女人。要想维护蒙古的利益，必须折断你这柄匕首。皇儿啊、董鄂氏啊，你们能全怪额娘吗？谁让你们把额娘往死路上逼？

接下来的日子，皇宫进入了寒冬。宫外是冰天雪地，宫廷内也是天寒地冻，坚冰难摧。皇上天天在盛怒、在呵斥、在大骂那些臣子、太监，而慈宁宫却出奇地静，对外面的事置之不理，或者说，根本就不知道。

太后既不为皇后说情，也不劝阻顺治，而是静观其变。但明眼人都明白，她的沉默就是态度，她的冷漠就是反对。以她在宫中、朝中的权威和影响力，没有她的赞同和首肯，废后谈何容易！根本就不可能。临朝议政，无人敢出一言，下朝回府，也无半张奏折上呈，整个朝中、宫中陷入了僵局。

承乾宫里，顺治把茶杯重重摔在地上，大声骂道：“这些狗奴才，朕每年给他们那么多的俸禄，都喂了狗。喂狗见了朕还要摇摇尾巴，他们倒好，见了朕，垂着头，闭着嘴，一言不出。朕要他们何用？明日待朕上朝杀他几个，看他们开不开口！”

旁边的董鄂氏正垂泪而坐，听了这话，忙跪地说道：“皇上待臣妾的心意，臣妾领了，万万不可如此！”

“爱妃，快快起来！”

“不，皇上，自从臣妾入宫，皇上待妾身恩同天地，臣妾心里高兴，却也是整日惶惶不安。后宫乃是非之地，嫔妃如云，殿宇重重，各种错综复杂的矛盾交织在一起，稍有不慎，自己受侮事小，伤了皇上的明察，臣妾怎能担当得起！每日在这宫中，一要讨好太后、皇后这些蒙古后党；二要讨好各宫的嫔妃，她们是朝中不同势力在内宫中的代表，得罪一人，就会引起一股力量结怨于皇上，有害于国家。还有那些宫女、太监，他们虽地位卑微，却游刃于后宫中，盘根错节，也能兴风作浪，臣妾连他们也不敢得罪。皇上啊，别人都以为臣妾无限风光，专宠专爱，可臣妾内心的苦又有何人可知？每日行于宫中如履薄冰，四处小心，处处谨慎，靠的什么？图的什么？还不是皇上的那点爱吗？所以臣妾什么也不要，只要皇上能对臣妾恩恩爱爱就行了。现在皇上与太后、众臣为中宫而暗中争斗，臣妾不愿看到这样的场面。如果皇上爱臣妾就快快罢手，与太后、众臣和好，如果皇上坚持废皇后，妾必不敢生于世上。"

董鄂氏泪流满面，泣不成声，跪在顺治面前苦苦地劝谏。顺治也十分动情，上前抱住爱妃，哭作一团。

良久，二人稍稍平静，董鄂氏轻轻道："皇上，臣妾不稀罕什么皇贵妃、皇后，只要能与皇上和皇子平平安安地生活在一起，静静地走完以后的岁月，臣妾愿当牛做马。"

顺治一边抚着爱妃，一边愤愤道："爱妃，朕要爱你，就绝不会让你受委屈，你也不要太怯弱了。'人善被人欺，马善被人骑'，朕会为你做主。"

董鄂氏不禁泪下，愤然道："皇上还不理解臣妾的心吗？只要太后一息尚存，皇后与皇贵妃之间就会有一道无法逾越的天堑。再说，臣妾刚才已经说了，臣妾不要那徒有虚名的名分，只要皇上和皇子平安，让臣妾天天看着你们快乐地活着就满足了。请皇上不要再固执、再坚持了，好吗？"

旁观者清，当局者迷。顺治坚持与太后对抗，但董鄂氏却十分清醒地看到，那是一条死路。母子相争越久，怨恨越大，而这一切，最终都会转嫁到自己的头上，皇上反抗越强烈，自己遭受的打击就越大。皇上为何就不明白呢？看来自己是难逃厄运了。

不久，厄运终于降临到承乾宫，一下子便击倒了这个早已是容悴身瘰、形销骨立的女人，她终于撑不住了……

顺治十五年（1658年）正月二十一日，四皇子夭折了。

慈宁宫非常寂静，这种寂静从皇上下旨议罪中宫的时候就开始了，只有几个黄昏，有几个人悄悄来到宫里，又悄悄地离开。谁也不知他们说了些什么，就连小苏麻也被太后赶到宫门口把守宫门。

从慈宁宫的西暖阁传出有节奏的木鱼声，一个四十多岁的中年妇女端坐在一尊佛像前，闭目念经，一手执木槌，一手数念珠，一股香烟袅袅升起。

内务府总管索尼急速跑来，到了宫里，放轻了脚步，跪立在正堂，面对西暖阁，用太后刚好能听到的声音，又惊又喜地说道："太后，四皇子没了。"

声音不太大，但太后的耳边惊起了炸雷，小木槌一下子掉在地上，她愣住了。

"什么时候？"她回过神来，轻声道。

"昨日夜里，也不知何时去的。今天早晨，仆人喊乳母吃饭，屋里没人应，撞开门一看，乳母李虎之妻早已悬梁自尽，四皇子冰冷冷地躺在床上。"

太后闭上了眼，没说一句话，向后摆摆手，示意索尼离开。当索尼离开慈宁宫时，又传来了木鱼声，但声音已不如原来那么清脆、那么有节奏，明显可听出杂乱和慌张不安。

与慈宁宫形成鲜明对比的是承乾宫，此时宫内正乱作一团。

顺治正在堂下来回踱步，面前跪着几个太监、宫女。顺治一指地上的宫女，厉声喝道："说！四皇子到底是怎么死的？"

那宫女早吓得魂都飞了，一个劲地说："奴才该死，奴才该死，昨晚奴才把四阿哥放在床上的时候，他吃过奶刚睡着，没有任何生病的症状。"

"没生病怎么就没了？看你还嘴硬！"说着，顺治疯了似的把那个宫女踢倒在地，狠命向她身上跺去。

跺累了，又转身问那太监："说，四皇子怎么啦？"

那太监伏在地上，浑身颤抖，早已说不出话。顺治再也没力气打他，只得气急败坏地叫吴良辅："快……快传旨，把所有侍奉四皇子的人全部腰斩，把李虎一家全部绞死。"顺治几乎是从牙缝里一个字一个字地向外迸，每个字都在颤抖。

"嗻。"吴良辅转身去了。地上的几个太监、宫女当然是该杀之人，他们没敢喊饶命就被侍卫拖了出去。

按清制，皇子不论嫡庶，一坠地，概有保母持之出，付乳媪手。一皇子共用四十人，保母、乳母、针线、浆洗各八人，灯火上人、锅灶上人各四。这四十个人全为四阿哥殉了葬。

顺治越想越气，他又喊道："来人，宣内大臣索尼来见。"

早有一个太监小跑而去。不多时，索尼快步来至承乾宫，见顺治满脸愤怒，也不敢怠慢，伏地叩首："臣索尼叩见皇上！"

啪的一声，御案上的茶杯倒在地上。顺治不管茶水四流，用手一指索尼，喝道："索尼，你知罪吗？"

索尼吓得哆嗦了一下，听了皇上的话，他自然明白，伏地道："臣罪该万死。四皇子不幸夭折，臣定会查个水落石出。"

"查个什么劲，人都没了，查有何用？朕今天要问问你这个内务府的总管是如何管的？"

索尼一时语塞，他又能说什么呢？

"皇上，娘娘有请。"从内间走出一个太医。顺治看了一眼地上的索尼，没有再说什么，转身对太医道："皇贵妃的病如何？"

"回皇上，贵妃的病是产后受风寒，身体虚弱，此时又遭打击，可能需要精心照料，才能快速康复。"

顺治转身进了里屋。董鄂氏苍白的脸上没一点血色，躺在床上，吃力地转过脸，有气无力地说："皇上，人死不能……不能复生。不……不要诛杀太多，株连大臣。"

顺治望着心上人被折磨成这个样子，气得直跺脚，但气却发不出来。看着爱妃那乞求的目光，他懂得她的意思，对她点了点头。董鄂氏的嘴角露出一丝微笑，闭目休息。

顺治来到外间，对着地上的索尼大声道："滚！"

爱子夭折，爱妃病倒在床上，顺治的精神几近崩溃的边缘，他再也无力向别人责难了，他太累了。最后，他有气无力地对吴良辅说道："吴公公，传朕的旨意，加册四皇子为荣亲王，颁诏天下。"

慈宁宫里，太后正坐在椅子上，地下立着索尼。她平静地说道："索大人，传本宫懿旨，中宫笺表如旧制封进。"

索尼犹豫了一瞬，马上道："臣遵旨。"

谕令下到承乾宫，顺治看着笑了笑，随手扔到了墙角里。

从此，慈宁宫里又传出了木鱼声，整个后宫又恢复了正常。坐在佛像面前的太后，仍闭着眼，敲着木鱼，嘴里念的不是经，而是她的一句话：哀家胜利了，她再也生不出皇子了，死神在向她招手。

顺治慢慢地开始信仰佛教了，早在顺治十一年（1654年）的时候，他与董鄂妃去南苑碰到憨璞聪之后，便对佛教产生了兴趣。后来，每当他没事的时候，他便召憨和尚到万善殿宣讲佛法大意。那憨和尚极有口才，善于鼓动，没过多久顺治就开始钻研起佛经来。

顺治信佛的原因，除了佛教的临济宗师们为抗衡基督教，与其他宗派抢占佛教正统而故意靠近、拉拢他之外，还有重要的内因：顺治自幼受人遗弃，既没有母爱，也没有父爱。多尔衮对他的压制、庄太后对他的疏于关爱，使他的心灵成了感情的沙漠，所以他才会喜怒无常，才会从汤若望身上获得父爱，从董鄂妃身上获得母爱。这些爱可以弥补他成年后的一些感情需求，但从小遭受的心灵创伤与磨难给他造成了超乎常人的精神负担，他在一直寻求解脱的途径。他在基督教的十字架下寻到了人间真情，但未找到精神寄托。接触佛教后，他的心理痛苦得到了一丝解脱，精神上得到满足，佛教成了他摆脱心理痛苦的工具。

在当时的社会里，皇帝的爱好憎恶绝不仅仅是个人的私事，他的举手投足往往会超出他自身所难预料到的后果，给宫廷、社会造成极大的影响。越王好勇而民多轻死，楚灵王好细腰而国中多饿人。上有好者，下必有甚焉者矣！南唐二主爱好曲词，曲子词由民间俚曲而登大雅。宋徽宗喜道，国中和尚蓄发入观。顺治的潜心向佛，使世心为之一变，京城内外新寺迭出，香火旺盛，江浙一带礼佛修寺之风蔚为壮观。不但董鄂妃崇敬三宝，栖心禅学，连庄太后也拿起了念珠，还多次派近侍苏麻到万善殿，请和尚们开示参禅要领，并在慈宁宫西暖阁设佛堂，诚心向佛。

　　其实，孝庄太后学佛并不完全因为顺治的影响，她是想借共同爱好来缩短与儿子日益遥远的距离。

　　就在董鄂氏刚入宫，太后与儿子的关系再次紧张的时候，宁波天音寺的住持、临济宗的又一高僧木陈忞来到了京城。这个木陈忞和尚法名道忞，又号山翁，小号梦隐道人，俗姓林名莐，广东茶阳人，二十七岁弃儒入禅，辗转于江西、浙江、广东、山东等地寺院，弘扬佛法。

　　木陈忞刚到京师，由憨和尚引荐，来到了万善殿为顺治讲禅。那日，木陈忞正在打坐，忽有僧人来报："大师，皇上来了。"

　　木陈忞不慌不忙，迎至寺门外。顺治下轿后被众多侍从簇拥着前行。木陈忞来至顺治面前，并不施礼相迎，而是仔细端详了一番，吓得近侍卫目瞪口呆，拔剑在手。顺治也是一愣，从来没有人敢这么直视自己，他不由得疑道："大师，朕怎么啦？"

　　那木陈忞突然恭敬起来，跪地行佛家大礼，口中念道："阿弥陀佛，弟子叩见禅师大师。"

　　在场的人都惊呆了，顺治也是丈二和尚摸不着头脑。

　　"这……这是干什么？"

　　"皇上，贫僧一见就觉眼熟，仔细一打量，皇上乃是夙世为僧，是禅师转世为帝。"

　　所有的人都又惊又喜，特别是顺治，更是高兴，想不到自己竟是禅师转世。

　　"大师平身吧，朕是来向大师学禅的。"

　　"弟子不敢当，皇上乃大智慧、大善根，不学自明，弟子怎敢妄自尊大？"

　　顺治又想起憨和尚初见自己的话，难道自己真的是禅师转世吗？自己前世就与佛有缘吗？

　　讲起禅来，顺治才知道，这位道忞大师不愧为高僧，他的说教玄奥诡秘。临别时，木陈忞捧着一卷书道："皇上，贫僧有一本小书，想献给皇上御览，不知当不当？"

　　"大师的大作朕一定拜读。"顺治心中早佩服这和尚的才学，很乐意看他的书。

　　回到宫中，顺治展开一看，上书"从周录"，书中主要写古代伯夷与叔齐饿死首阳山，誓不从周的事，认为他们这是不明智，周王一代明君，应该归顺于他，誓死不降才是不忠不孝。

　　这书明显地表现出拥立新朝的态度，使顺治非常高兴，表明江南士人中有人已改变了反清的态度，认可新朝的合法性。

　　木陈忞有憨和尚做内应，自然明了宫中的一切，也托人向太后献了一本《从周录》。庄太后见后十分欢喜，对佛教的僧徒有了好感，对顺治礼佛也不加干预，还积极响应。庄太后是一个政治家，她有特殊的地位和信仰，入主中原后，武力上征服了中原，但在思想信仰上仍与中原汉人有强烈的冲突，需要寻求一种双方都能接受的宗教信仰来完成思想上的融合与统一。满族的萨满教汉人根本不接受，她只好挂上念珠，但她与儿子不同，顺治是真心向佛，几乎随佛而去；而太后只是嘴上有佛，心无释迦，她是一手握着念珠诵经，一手握着匕首刺向董鄂妃的。

高僧就是高僧，木陈忞不仅精于佛法，而且擅长诗词、戏曲、书法。顺治对他推崇备至，并请他为自己取法名慧囊，字山臒，号幼庵，并将字号刻成印章，用于御制丹青。

为了提高佛法境界，顺治于十五年（1658年）九月下诏请苏州报恩寺住持禅师玉林琇入宫。这位得道高僧并不急于见圣颜，他明白，大凡容易得到的东西，都不太珍贵，所以以先母未葬、有病卧床不起等为由，迟迟不赴诏。顺治求佛心切，不但不敢怪罪，反而下旨安慰，并有催促之意。玉林琇直到第二年二月才扭扭捏捏地来到西苑。顺治早已按捺不住，不顾君臣之礼，亲自登门来了。

顺治一边思索着什么，一边穿过前殿，踱进大雄宝殿。正中有佛祖金像，左有有求必应、坚毅严肃、身骑白象的普贤菩萨，右有聪明睿智、笑容可掬、跨着雄狮的文殊菩萨，两侧是瞠目龇牙的四大天王，正中香案上，青灯长明，紫烟缭绕，清脆的木鱼声响彻大殿。

"佛祖在上，受弟子一拜！"吴良辅见了佛祖神像，十分虔诚地跪了下去。他也早已吃斋信佛了。

顺治仰面看了看高至殿顶的如来佛祖像，心生敬意，自己堂堂大清天子在佛祖面前如此地渺小、庸俗。佛法无边，宇宙无限，自己虽贵为天子，仍有七情六欲，仍在苦海中挣扎，与那凡夫俗子一样微不足道，和那夜空的流星一样短暂，人生如梦，转瞬即逝。想到这些，顺治早已跪拜在佛祖脚下，明黄龙袍从皮大衣下角露了出来。

"阿弥陀佛，贫僧有孝在身，不能远迎万岁圣驾，罪过，罪过。"

顺治闻声而望，佛祖像后走出一个瘦小的和尚，身着一身素袍，从脸上看不出年龄，完全是十几岁孩童的脸，但颌下有几绺雪白的长须。

顺治忙起身道："这位大师是……"

"老衲乃报恩寺住持。"

顺治点了点头，与那玉林琇的目光相遇，顺治心中一惊，受到强烈的震撼！那目光中的安详脱俗让他心惊，让他心悦诚服。

"皇上，请到禅房休息。"顺治还在发呆，道忞和尚打破了僵局。

禅房是三间偏殿，窗明几净，素淡高雅，窗下长几上摆着几卷经书和纸砚，另有青灯一盏，窗外几株红梅傲雪怒放，几旁有两张禅床。

几人盘坐于竹床上。顺治见那玉林琇身着棉袍，盘腿打坐于竹床，稳如泰山，房内寒气逼人，而他竟毫无怯意。

顺治心中暗自佩服，口中道："大师，朕在宫中，无人敢在朕面前大声喘息，为何没有这禅房清爽洁净？"

玉林琇轻轻笑道："老衲以为，天子虽有佛心，然尘务缠身，六根未净，故有此感。"

顺治点了点头："朕欲事佛，然一时又抛不开凡务。请问大师，朕是了却尘务再事佛祖，还是抛却尘务皈依我佛？"

"尘务未了，凡心不净，即便皈依，亦难成正果。皇上贵为天子，代天牧民，尘务难却，不如事佛在心，等了却尘务之后，再皈佛门。圣上乃大智慧，久修梵行，必成正果。"

顺治叹了口气，沉默不言，顿觉阵阵寒气袭来。

"慈翁，把炭炉搬来，再给皇上添一张皮褥子！"

一个身披大红袈裟的和尚一手拎炉，一手拿褥走了进来。

"皇上，这是老衲的弟子茆溪森，人称慈翁和尚。"

那和尚放好炉子，向皇上微微施礼，把褥子盖在顺治膝上。

顺治见他也是慈眉善目、满面佛光，笑道："大师也坐吧。"

"谢皇上。"

禅房里有四个人，都打坐在竹床上。顺治沉默了片刻，长叹一声道："大师，朕深知心静则气平，可为何不能心静呢？常常与大臣们争吵，与后宫斗气。"

玉林琇笑笑道，"皇上，老衲讲个故事。佛陀住世时，有一位婆罗门来到佛前，拿了两个花瓶前来献佛。佛陀对他说：'放下！'婆罗门把他左手拿的那个花瓶放下。佛陀又说：'放下！'婆罗门又把右手拿的那个花瓶放下。然而，佛陀还是对他说：'放下！'这时，婆罗门说：'我已经两手空空，没有什么可以再放下了，请问，现在你要我放下什么？'佛陀说：'我并没有叫你放下手中的花瓶，我要你放下的是你的心境。当你把这些统统放下，再没有什么的时候，你将体味出生活的意义。'"

顺治听了淡淡一笑，面中仍有怀疑的神色，一旁的木陈忞道，"皇上，老衲也讲个故事。昔日，会元和尚带着徒弟赶路，在河边见一女子待渡，苦于河上无桥无舟，会元老和尚便背着那女子涉水过了河。回到庙里良久，徒弟问会元：'师傅，出家人不近女色，您怎么能背那个女子呢？'老和尚正色道：'我早已放下了，你怎么还背着呢？'"

顺治开心地笑了，似乎明白了什么……

【第十二回】

染病董鄂妃谢世，听偈顺治帝出家

顺治喜欢佛教，问完如何心静，他又问玉林琇道："大师，如何做才能算心中无物呢？'空'为何物？"

玉林琇笑道，"昔日禅宗五祖弘忍欲传第六代祖，便命弟子们各作一偈。大弟子神秀在塔上写了一偈：'身是菩提树，心如明镜台。时时勤拂拭，勿使惹尘埃。'一日夜里，塔上又有一偈云：'菩提本无树，明镜亦非台。本来无一物，何处惹尘埃！'皇上以为二偈哪个更优？"

顺治道："第二偈。"

玉林琇微笑不语。顺治若有所悟，又问道："大师，爱子近日夭折，爱妃痛不欲生，悲愤成疾，朕如何劝她？"

"皇上，人生百年，电光石火，生死之限凡俗者以生为乐，大智者以生为苦。皇子仙折定是前世修得正果的金童，转瞬即逝，早回极乐世界。我们应为之庆贺，又有何悲呢？"

一直在旁边没说话的茚溪森顺口吟道：

人生如梦又如戏，生有何欢死何惧？
如梦似幻何所依，梦醒却又在梦里。

"好，大师的这偈语说得好。"顺治不由得有些兴奋，脱口而出。

这三位都是得道高僧，他们三人共同对待一个内心充满痛苦、一心想解脱的人，很轻松地就把他向佛门拉近了一大步。顺治对玉林琇佩服得五体投地。

"大师，朕有一事相求。"顺治望着玉林琇道，脸色微红。

"老衲不敢，请皇上明言。"

"朕想请大师为朕起个名号，朕要拜大师为师。"

玉林琇一怔，他没想到这位少年天子真的有佛心。他有些怕了，原本接近皇上是想借皇上的力量来抗击洋教，使临济派成为天下佛教正宗，谁知这位天子还真想信佛。如果拒绝，以前的心血白费；如果答应，最后皇上要陷得太深，怕朝廷会有人出面干预。想到这，他只好道："皇上一心事佛，乃我佛一大盛事。参禅修性，益寿延年。老衲可收皇上为俗家弟子。"

"谢谢师父。"顺治起身要行礼，早被三人拦住，他们还没有修到敢让天子跪他们的胆子。

玉林琇沉吟了片刻，一捋白须道："圣上与慈翁同辈，均为'行'字辈。至于号嘛，请皇上选一个。"

玉林琇起身在案几上写了几个字，呈皇上御览。顺治看了一遍，字写得不错，只是名号不合适。

"师父，请拣个最丑的字才好。"

玉林琇随口吟道："世间哪有迷人物，原是痴人自着迷。这个'痴'字如何？"

顺治大喜，忙道："好，就叫行痴，朕对佛祖痴心一片。"

"妙！妙！"一旁的木陈忞和茆溪森也拍手叫道。

此后，顺治对佛学更为痴迷了，每日处理朝务之余，便到承乾宫，陪董鄂氏聊天说话，内容大多与佛祖有关。最后，连董鄂氏也对佛学产生了兴趣。

顺治十六年（1659年）七月。正是盛夏，北京进入了一年中最热的时候。

太阳刚出来，地上便像着了火。天灰蒙蒙的，地上白茫茫的，大街上的青石板泛着白光，道旁的柳树叶儿开始打卷儿，狗卧在树下，伸长舌头。

一匹驿马飞快地从街上驰来，急奔正阳门，离城门还很远，驿卒便扯着脖子高喊："江南四百里加急！江南四百里加急！"

守城的侍卫哪里敢拦，忙闪到了两边，那匹马冲入大清门，直奔兵部而去。

兵部衙内死沉沉的，整个衙门像个砖窑。兵部尚书蒙古固山额真明安达礼正在看一道奏折，热得满头是汗，身后两名侍从正用芭蕉扇为他扇风。

"报尚书大人，江南四百里加急！"

那个驿卒一头栽倒于衙内公堂上，浑身早已湿透，手里捏着一本奏折，上面贴了两根羽毛。

明安达礼一惊，看了奏折，身上的汗早没了，背上直出凉气，嘴上抖动："快，快备轿，入宫面圣。"

顺治正在乾清宫批奏，几个宫女为他扇风。

"皇上，大事不好！"还没进宫，那尚书便叫道，伏在地上，双手呈着一本奏折。

"何事让尚书如此惊慌？"

"启奏皇上，江南加急奏折。"

顺治接过展开一看，大吃一惊，上写道，"臣两江总督启奏陛下：南明唐王余孽郑成功部，长期占据金门，以海为凭，作乱犯上，久剿未死。今郑以'招讨大元帅'之名，请张煌言为监军，统率十七万水陆大军，沿海岸挥师北上，现已逼近长江口，请陛下速速派兵围剿。"

顺治把奏折又看了一遍，然后望着一旁的明安达礼："这事为何以前没有奏折？十七万匪贼难道是一夜之间从地下冒出来的吗？"

明安达礼十分为难地回道，"皇上，福建总督曾上奏，请求朝廷拨款发给厦门之地的渔民内迁，朝中国库吃紧，圣批：缓办。浙江巡抚上奏，请求增兵围剿，可还是缓办。"

顺治无言，连年的战乱，民生凋敝，哪有那么多的钱呢？各地又拖欠税粮，连富庶的江浙，也仍欠朝廷大量的银粮。

"尚书大人，你速召兵部众官，商讨对策，速速奏来。"

明安达礼见皇上对此事并不放在心上，好像前线的官员们有虚报的成分。他不敢怠慢，马上请求拜见太后。

"明安大人，何事来见哀家？"太后知道朝中出事了。明安达礼是蒙古的固山额真，他没有事是不会轻易来见太后的。

明安达礼伏地道："启奏太后，南方又有兵敌，请太后定夺。"

太后微微一笑。

"明安大人，皇上已经亲政数年，一切大事均由皇上裁决，哀家早已隐居后宫，军机大事又何必向哀家禀告？"

明安达礼忙道："太后，臣担心皇上对江南贼寇重视不够，这才请太后定夺。"

太后猛一吃惊："此言何意？江南形势如何？"

"太后，南明唐王余孽郑成功部已率十七万大军北上临安，皇上仍让兵部议奏。微臣怕误了大事，才来请见皇太后。"

"明安大人速与安亲王商量，速呈议政王大臣会议议处。"

第二日，江南又来六百里加急，郑成功已至吴县。顿时，朝中如临大敌，顺治马上召集众议政王大臣开会。会上众人面面相觑，一时不知如何是好。

奏折是一道一道地飞入皇宫，四百里加急，六百里加急。

就在顺治召集大臣们商讨对策的时候，郑成功已率大军沿江而上攻克了瓜洲、镇江等二十四县，围逼南京。江南父老争出，持牛、酒犒师，扶杖炷香，望见前明衣冠涕泪交下，以为十五年来所未见。江淮之地蠢蠢欲动，大有举国同起，驱除鞑虏之势。

消息传到北京，顺治正在主持议政王大臣会议，六百里加急直达乾清宫西暖阁。顺治展开一看，马上脸色苍白，浑身抖动，一时竟不知说什么好，惊慌道："安亲王，看来江南形势紧急，郑匪若沿运河而北上，不日可到京师，朕以为应早做退守关外之备。"

皇上此言一出，满屋子的人个个悲愤难当。

"皇上，中原乃我先祖浴血拼杀得来，怎可轻易放弃？"

"皇上，匪贼不过刚至镇江，不必惊慌，只要朝廷速调兵马前往围剿，贼寇孤军奋战，不能持久，我们可以守为攻，时间一久，贼匪不战自退。"

"皇上，臣愿前往。"

整个西暖阁乱作一团，人声嘈杂。顺治把奏折向案上一摔，怒道："你们谁爱去谁去！吴良辅，准备巡幸盛京。"

说罢，顺治怫然而去，众臣震撼，但圣意已决，又能奈何？

太后在慈宁宫正注视着乾清宫。不多时，索尼、鳌拜急匆匆地来了。

施礼后，太后问道："皇上如何应对时局？"

"皇上要巡幸盛京。"

"什么？"庄太后惊诧不已，大敌当前，皇上巡幸关外，这不是要逃跑吗？

"尔等身为议政大臣，为何不劝谏？"太后望着二人。

那鳌拜性情暴烈，愤然道："群臣均不愿出关，但皇上不让众臣说话，执意巡幸。劝谏又有何用？"

索尼见太后看着自己，忙点头道："鳌大人说的全是实情，现在皇上已是惊慌失措，吓得茫无头绪了。"

太后听了气得一时说不出话来。这几年儿子大了，政事自己也不再过问，不想他个子长高了胆却小了。

"你们不要惊慌，通知安亲王、和硕亲王，不要轻举妄动，马上商讨退兵之策，哀家去乾清宫。"

太后急急赶往乾清宫，刚进宫门，就见宫女、太监们出出进进，忙忙碌碌。跨进门槛，见顺治正有气无力地斜靠在榻上，一旁的吴良辅正指挥人收拾东西。

"太后驾到——"一声高喊，乾清宫的忙乱一下子停了下来。宫女、太监纷纷跪在地上。

顺治见母后来至屋内，忙起身迎接："母后为何来了？"

太后十分镇定，坐在殿内御椅上，看着顺治那副狼狈状，努力压住怒火，问道："这是要干什么？"

"回母后，儿臣要巡幸盛京。"顺治满脸的惊慌，一副懦弱不堪的样子。

"巡幸盛京？江南郑贼已围逼南京，大清危在旦夕，作为一国之君，现在重要的是稳住局势，运筹帷幄，准备退敌，怎能巡幸盛京？"

顺治也有些愤然，大声道："郑贼占据瓜洲，进逼南京，江南纷乱，黄淮欲动，西南贼寇，趁机反扑，内无可战之将，外无可将之兵，朝廷如何应付？若贼寇沿运河北上，可直逼京师，如何迎战？而且儿臣也不忍心看军民生灵涂炭，惨遭杀戮，情愿退关自守，安居一方。"

太后没想到顺治竟说出这样的话，气得一拍御案，怒斥道："孽子！如此胆怯怕死，卑劣惧战，竟然要将祖宗苦战得来的江山如此轻易放弃，还配做爱新觉罗家族的子孙吗？别忘了，你是大清的皇帝，是努尔哈赤的后代，当年英明汗王以十三副铠甲起兵，犹能统一女真，建立后金。你先皇统一蒙古，建大清国。你的皇叔、皇兄们，挥军入关，鼎定中原，灭闯贼，剿南明，诛大西军，才有今日之局面。无数先烈用热血换来的江山，你竟然弃之如草芥，祖宗的武勇精神哪里去了？你的身体里流的是不是爱新觉罗氏的血？"

这顿臭骂，让顺治摸不着门。他知道母后一直和自己作对，从小就对自己没有感情，直到今日还逼着自己做不愿做的事。现在爱子夭折，爱妃卧床，亲生母亲还在身后逼自己走上绝路，活在世上还有什么意思？慈翁和尚说得对："人生如梦又如戏，生有何欢死何惧？"今天，我要拼死让他们看看，自己的身体里流淌着爱新觉罗氏的血。

顺治脸色铁青，猛蹿两步，摘下墙上的宝剑，扬剑在手，一剑砍向一旁正要收拾东西的宫女，大吼一声："全都出去！朕不巡幸了，朕要御驾亲征，不能战胜郑贼，朕就战死江南，绝不给爱新觉罗氏丢脸！也让天下人看看，朕绝非贪生怕死之人。"

那宫女哼都没敢哼，便倒在了血泊中，众人大惊。太后更是惊呆了，她怀疑儿子是不是疯了。她骂他是想让他恢复理智，解除危机，但没想要他亲征，于是，她态度缓和了下来，尽量平静地说："皇儿亲征乃一国之大事，岂能……"

没等太后说完，顺治猛地转过脸来，两眼瞪着太后，一摆手打断了她的话："母后，请你不要再说什么，儿臣绝不会改变此志。"

说罢，奋力举剑，猛地劈向御椅，一道寒光，咔嚓一声，一把御椅被劈成了碎块。顺治用剑一指碎椅，大声喝道："有谁敢劝阻，与此椅同！"

说罢，看也不看他人，挥袖而去，留下满屋子吓坏了的太监、宫女，还有一位皇太后。

回到慈宁宫，太后越想越怕，皇上亲征是一国之大事，不到万不得已皇上是不应离京的。况且皇上离宫还要立太子，以防不测，文武百官全部随驾，现在没做任何准备，如何亲征？现在皇上的心态这么紊乱不定，若率军亲征，不要说取胜了，就是他自己的安危也不能保证。她了解自己的儿子，让他去，什么事都可能发生。但不让他去……

"苏麻，快去通知索大人，以太后的名义召集安亲王、鳌拜、苏克萨哈、明安达礼等人来宫中议事。"

不多时，众臣已齐聚建极殿，太后端坐御座，众人施礼后分坐两侧。

太后扫视了一下众人，这些都是勋戚重臣，关键时刻可以信赖。

"众卿家，哀家今日召你们来宫中，是因为我大清正面临危局，皇上一时激愤，要御驾亲征。在座诸位的先祖都是大清的功臣，你们现在正肩负着大清危亡的责任，请大家谈谈如何应对目前的局势。"

安亲王道："太后，眼下只能战而不可退，郑贼来势汹汹，但他孤军深入，并不可怕，可怕的是我军若有畏惧，不敢出战，两军交战勇者胜。"

"对，太后，我们没有退路，此时只要一退，将一发不可收拾，臣愿带兵去战。"说话的是鳌拜。

苏克萨哈很持重，此时道："太后，臣以为战是必战，但皇上不可亲征。皇上亲征要经过深思熟虑，还要制定一系列相应的对策，才可出兵，怕到那时，已经迟了。如果仓促亲征，不但胜负难料，还会动摇国家的根基，万万不可。"

索尼也道："太后，臣以为苏大人所言极是，亲征之事万不可行。皇上一时激愤，要亲征，到了阵前，若仍意气用事，定会酿成大祸。前朝英宗听信王振谗言，轻率亲征，结果明军大败，全军覆没，英宗被俘。请太后设法劝阻皇上。"

太后苦笑道："诸位谁愿去乾清宫劝谏？"大家都知道，皇上砍伤了一名宫女，还劈了一把御椅，谁的头也没那把御椅结实，谁愿意落得与那御椅一样的下场？

众人散去，太后犯难了，要打仗，又不能让皇上亲征。看起来挺简单，但任何政令的发布都须经过皇上之手。谁又能劝说皇上放弃亲征的念头呢？

"太后，不好啦，皇上已下令亲征了，城中到处都贴出了皇帝亲征的布告。"内大臣索尼一路小跑而来，跪地施礼，边喘气边奏道。

"快，再把几位大臣召来，哀家与他们商量一下。"

建极殿内一片沉默，每个人的脸上都十分严肃，当前形势紧迫，谁也想不出良策来。

太后一筹莫展，望着硕塞道："和硕亲王，你有办法劝阻皇上吗？"

"回皇额娘，儿臣已劝过皇上，圣意已决，无人可更改。"

"回太后，臣也劝过皇上，也没被采纳。"安亲王岳乐也奏道。

这两个亲王劝阻无效，朝中已无人可劝了。

"太后，汤若望可劝阻皇上。"说话的是苏克萨哈，他耿直，什么话都敢说。

太后不是没想到他，但今非昔比了，几年前，他与顺治情同祖孙，但现在，他们已经疏远了，皇上开始信奉佛祖，对汤若望的神教不屑一顾。汤若望自感没能留住皇上的信仰，不愿再踏上这块伤心之地，所以有几年没进宫了。他会来吗？他来了皇上会听他的吗？

但现在是一点办法也没有，所以哪怕有万分之一的希望，也要试一试。

太后迟疑了片刻，便道："那好吧，只有让他来试试了。索大人，你去请汤大人劝阻皇上。"

"嗻！"索尼不敢怠慢，忙命人备轿而去。

过了约一个时辰，索尼来奏："回太后，汤若望说身体不适，无法行走，不便进宫。"

太后失望了，她应该知道会有这样的事，但她不愿放弃这一丝希望："诸位若为大清尽忠，可前去请汤大人入宫。"

此后数日，汤若望的教堂门前热闹起来了，各位亲王、部臣、大小官吏们，如走马灯一样，逐一来请，车水马龙，川流不息，但他们都失望而归。汤若望不愿做违背自己意愿的事，他实在不愿再到宫中来，他也没有把握劝阻皇上，所以不想让别人更失望。

太后在慈宁宫沉默地数着前去的人，差不多能去的都去了，但没有一个人取得成功。

太后把索尼召来，从屋里取出一只小巧精致的匣子，交给了索尼："索大人，带着这个东西再去，亲手交给汤大人，什么话也别说。"

汤若望用颤抖的双手接过小匣子，不禁老泪盈眶。望着这匣子，他想起初次见到太后的情景，回忆起往日的岁月。

轻轻打开匣子，里面是一个金灿灿的十字架。汤若望的脸上升起了幸福、悲伤、迷惑的神色，他呆呆地望了片刻，又轻轻合上。

第二日，一位年近七旬的老者来至午门外，驼着背，背上有一根全白的小辫，颔下的胡须也全白了，满脸安详。侍从们都认识这位外国老人。

顺治正立在殿下看墙上挂的一张羊皮地图，他用手狠狠地点了点南京，又点了点瓜洲渡口。

"启奏皇上，钦天监监正汤大人求见。"吴良辅赔着小心，在一旁低声道。

"快宣他觐见。"顺治只是迟疑了片刻，便道。

吴良辅吃了一惊，马上又回过神来，忙宣旨去了。

汤若望低着头，快步来至乾清宫内，见皇上正在看地图，便走至他的近前，吃力地跪在地上，伏地呼道："臣汤若望叩见陛下！"

顺治转了一下脸，见汤若望正跪在身后，双手捧着一本奏疏。

一旁的吴良辅早已明白圣意，忙上前取过奏疏送与顺治。

地上的汤若望道："陛下，臣远涉重洋来到中国，又得陛下恩宠数年，不愿有所见而不言。今日臣冒死请劝陛下要以国家为重，不可使国家蒙受损失。"

这几句话语气很缓和，但字字饱含真情。一个离家万里的洋人，为了中国人自己的利益苦苦劝阻中国的皇帝，让人感动。

看完奏疏，顺治脸上的表情很安详，他无声地转过身，上前亲自扶起汤若望，轻轻地说："玛法，朕不早已免你一切大礼了吗？今日为何又要下跪？"

汤若望的眼睛有些湿润，口中喃喃道："多谢陛下！"

顺治扶着汤若望坐在御榻旁，自己也坐下，对吴良辅道："传朕的旨意，马上到四城贴布告，就说皇上亲征已作罢。"

汤若望在奏疏里写的什么使顺治马上回心转意，现在已无人可知，但汤若望是下了很大的决心才来的。他在来时专门同传教士苏纳、白乃心开过一次会，并写了一封信，然后做弥撒祈祷，洒泪而别。那次会议可能是他安排后事的会议，那封信可能是遗书。他是抱着死的决心来的，他不知现在皇上是否还信任自己，顶撞圣颜上谏是有一定危险的，但顺治见了他，心中的那份真情还在。另外，顺治可能也意识到自己一时冲动，与太后故意相左，于国于己都是不妥的。所以，就势转回头来。

慈宁宫的太后听到太监们禀报皇上出征已作罢论，这才松了一口气。朝野所有的人纷纷向汤若望致谢，太后也派人送去许多赠品。

花开花落，冬去春回，又是一个春天，南苑德寿寺竣工，顺治特传旨玄灵宫宴请木陈忞。顺治与木陈忞对坐在寺中禅床上，默默相对。顺治苦笑道："大师，朕整日劳碌，心烦至极，对青灯黄卷无限神往，'百年三万六千日，不及僧家半日闲'啊！"

木陈忞听顺治顺口就可说出偈语，不由得笑道："皇上不愧为高僧，禅师转世。"

顺治正色道："朕想前身的确是僧，今每常到寺，见僧家窗明几净，辄几不能去。朕于财宝固然不在意中，即妻孥亦觉风云聚散，没甚关情。若非皇太后一人挂念，便可随大师出家去。"

木陈忞闻言大惊，皇上说是挂念太后，不如说是太后劝阻。太后在朝中的威望，他木陈忞是知道的，若皇帝真的出了家，那太后能答应吗？"引诱皇帝出家"这样的罪名谁能担当得起？原本让皇帝礼佛不过是为了与洋教争夺地盘，在天下树立临济宗的正统地位，不想皇帝会真的迷上佛祖。这还了得！他忙劝道："皇上，出家事关国缘玄机，不可轻举妄动，菩萨们也往往变幻现身为天王、人王、神王或者宰辅，保国护民，济利众生。如果只图洁身自好出家，即使修行几劫，也不能成佛做祖。就如皇上您不现身为帝王，又怎么请来众多的和尚来兴扬法事，行此善行呢？万望皇上不要有出家之念。"

顺治一脸的失望，他没想到木陈忞会拒绝他出家的请求。

木陈忞从怀中掏出一张纸来，双手捧上："皇上，贫僧为修建德寿寺善举作了《敕建德寿记》一文，请皇上御览。"

顺治接过文章，展开一读，不住点头称赞："好，写得不错，有风骨，有文采。吴良辅，传朕的旨意，赏道忞大师白银千两用做修葺寺院。"

木陈忞此时劝阻了顺治的出家之念，但不久后，顺治再也经受不住打击，决心要"披缁山林，平身修道"了。

又是中秋佳节，顺治来到了慈宁宫给太后请安。这儿有亲生母亲，但他来这儿的次数并不多，只有在节日、生辰或太后生病时才来请安。

太后见儿子来了，按捺不住心中的惊喜，脸上的笑容也溢了出来。她虽然不喜欢儿子对一些事的处理，但毕竟是自己的儿子，母子之间能有多大的仇恨呢？

"儿臣给母后请安。"顺治神色很严肃，严肃中还带着一丝忧伤。

"皇儿，为何如此郁郁寡欢？"太后很关切，也很慈祥。

顺治并不去看她，他知道这一切都是表面文章，所以不冷不热道："母后，皇贵妃已卧床数月，恐大去之期不远。儿臣想请母后原谅，今日中秋家宴儿臣就不参加了，想在承乾宫陪陪她。"

太后心头一凉，一个嫔妃比母亲、皇后都重要，看来儿子与自己是越来越远了，但现在能说什么呢？他一个字也不会听。

顺治走了，中秋节的慈宁宫冷冷清清的。太后感到秋风已很凉了。

"皇祖母，孙儿玄烨向您请安！"一个天真、稚嫩的童音响彻宫宇。

太后正闭目养神，被这声音惊得一颤，睁眼望去，门槛外正跪着一个六七岁的小孩，身着黄袍。

"快快平身，来来来，让哀家瞧瞧。苏麻，快把好吃的端来，让三阿哥尝尝。"

此时的玄烨已经七岁了，有三尺多高，天庭饱满，地阁方圆，面如满月，目如晨星。后面的佟妃忙把他抱过门槛，他马上跑到太后膝下。

佟妃幸福满面，忙款款施礼道："臣妾给母后请安。"

"平身吧！佟丫头，今儿就让三阿哥陪哀家过节，你们各自找乐去吧。"

"多谢太后。玄烨，快谢皇祖母。"小玄烨正往嘴里填香蕉，听了母亲的话，马上给太后施礼，可嘴里说不出话来。太后看他那狼狈样，忙笑道："慢慢吃，别噎着。"说罢又转脸对佟妃道，"玄烨的痘好透了吧？"

佟妃很感激地说："多谢太后关怀，玄烨出痘若没有太后，怕难逃此劫，现在已彻底好了，开始入宫临朝了。"

这玄烨从一岁便以避痘为名被移出宫去，由曹玺之妻照料。两年前，出了天花，一连数日卧床，有一个月闭目昏睡，只进茶水。佟妃闻讯只能在宫中哭，没任何办法。太后闻讯，下旨专派两名太医看守，并请萨满太太跳舞，请汤若望神水喷洒。太后的苦心终于感动上苍，小玄烨被从死神手里夺了回来。

一轮明月下，玄烨倚在太后怀里，祖孙二人相依赏月。太后尽享天伦之乐，其乐无穷。

而此时，承乾宫里却死一般沉寂。董鄂氏躺在榻上，往日的容颜已完全失去，只剩下一张皮包着那副香骨。床边坐着另一位董鄂妃，和四年前的董鄂妃一模一样，她是鄂硕的次女、皇贵妃的妹妹，现在也已入宫，被封为贞妃。

皇贵妃看看顺治，又看看妹妹，艰难地笑了笑，轻轻对顺治道："皇上，臣妾今生能得到皇上如此宠爱，真是三生有幸。但臣妾命小福浅，无缘承受皇恩。以后，请皇上多照顾妹妹。"顺治望着病中的董鄂氏，无数往事映在眼前，不禁双目湿润。他为自己无力保护她而深感内疚。

董鄂氏拉着顺治的手，故作轻松地笑道，"皇上，臣妾近日想起一偈语，不知皇上能否参悟：'一口气不来，三尺身何托？'"

顺治心中一惊，随后紧紧握住爱妃的手，一言不发，两行热泪流了下来。

四日后，太后正坐在慈宁宫中闭目诵经，每诵一段，便拨下一个念珠。宫外传来急促的脚步声，太后拨动念珠的手指乱了，微微睁眼，只见索尼满头大汗地跑来："太后，承乾宫的皇贵妃病逝了。"

太后一惊，随后长长地出了口气，一颗心落了地。

"太后，皇上已封皇贵妃为'端敬皇后'，并命大臣们拟奏谥号。"

太后挥挥手，示意索尼退去。她需要安静一下，整整绷了四年多的弦终于松弛了下来，她感到累了，但同时一丝胜利的喜悦涌了上来。

乾清宫中，顺治像头无处发泄的怒狮，不停地踱步，两旁的大臣们战战兢兢。礼部尚书觉罗郎球跪地奏道："皇上，端敬皇后的谥号臣等议拟为'孝献庄和'，不知圣意如何？"

顺治把眼一瞪："为何只有四个字？"

"回皇上，端敬皇后生前为皇贵妃，依祖制，谥号只能是四个字。"

"放肆！朕已经封她为皇后，一切按皇后的礼制办。"

"这……"

"滚！"顺治见他还有疑虑，气得咬牙切齿。

觉罗郎球只好退了出来，与众臣商议。后又连去了三趟，都被顺治骂了回来，有一次皇上摔茶杯，差点伤了他。众臣知道，不把所有的好词全用上，是过不了这一关的。

最后，秘书院大学士王熙跪奏道："皇上，臣等已议，为端敬皇后拟的谥号为'孝献庄和至德宣仁温惠'十字。"

顺治一拍御案，大声喝道："区区十字怎能概括端敬皇后一生？为何谥号内没有'天圣'二字？"众臣俱惊，"天圣"二字是最尊崇的谥字，只有正宫皇后生子为帝才能有"承天辅圣"的字。若是妃嫔生子为帝，后封皇后，谥号中可有"育圣"等字。这董鄂氏生前并未封后，也无子嗣为帝，这种要求是太过分了。王熙忙道："皇上，只有正宫娘娘才可有'天圣'二字，端敬皇后若用此字，实为不妥。"

顺治刚想发怒，刘正宗也跪地道："皇上，端敬皇后的谥号已有十字，再加'端敬'已有十二字，先皇太宗的谥号仅为十五个字，若再加谥字，怕要超过先皇，太违礼制。请皇上三思。"

刘正宗早晋为文华殿大学士，又是多年的宠臣，所以敢冒帝威而谏。

众臣见皇上稍有犹豫，齐跪地劝阻，顺治这才作罢。

顺治令词臣作《端敬皇后祭文》，词臣也与礼部的觉罗郎球一样，被皇上骂退了三次。直到最后，中书舍人张宸的祭文在殿上宣读，顺治泪如泉涌，当堂下令升张宸为兵部督辅主事。

八月二十三日，皇上一道圣旨传下："端敬皇后病逝，京中文武百官五品以上者须随梓宫送丧，二品以上旗籍大官抬棺。诸王大臣的命妇皆须至景山寿椿殿哭丧，内大臣命妇哭临不哀者议处。"

此旨一下，满朝惶恐，但无一人敢出言相劝，谁都明白，这是皇上在发泄。

这一日，慈寿寺住持茚溪森和尚为总指挥，为皇贵妃举行颇有佛教气息的盛大葬礼。从皇宫到景山，沿街跪了两排太监、宫女和内廷侍卫，最前面有一红色招魂幡，宫廷乐坊和寺院的乐师组成了特殊的乐队，哀乐声声，佛号连天。后面是一百名和尚，手持佛珠，边走边诵超度经。后面是殉葬的物品，有纸的、布的，也有真的，车马轿船，样样俱全。各种幡，林林总总。巨大的梓宫居中，扶扛抬棺者均是二品以上八旗权勋，分班轮流执扛。棺后是顺治亲自督阵，百官身披白袍尾随而行。一时间，从皇宫到景山，人头攒动，纸钱翻飞，白幡飘飘，哭声震天。

梓宫一入寿椿殿，立刻哭声雷动，殿内外哀声一片。数百命妇早已吓得魂飞魄散，比丧考妣还伤心，简直就是有多大的劲儿就用多大的劲儿，能哭多大的声就哭多大的声。谁敢惜一点力气？皇上有旨："哭临不哀者议处。"什么是"哀"？什么是"不哀"？没泪也得流眼泪，谁愿意得罪皇上？

没过半个时辰，已有七位命妇哭不出声来，三位命妇背过气去，缓过气还继续哭，声音哑了，接着哭。整个景山天昏地暗，鸡飞狗跳。一个皇贵妃发丧，从未有过这样的场面，多尔衮的葬礼没有这么盛大，孝端皇太后的葬礼更无法比。这分明是皇上借机恣意发泄一种刻骨铭心的丧妻失子的仇恨，他聚集起最后一丝力气，凭借自己的万乘之尊，向母后的权威发起最后的反抗。

慈宁宫出奇地静，没有人来，大臣们都去了景山，皇宫中笼罩着一层恐惧。谁都知道皇上已经疯了，现在招惹他，绝没有好下场。内大臣索尼又来了，他是后勤部长，不需要陪着顺治跪在梓宫前面听和尚们念经。他要为葬礼准备东西，在景山和皇宫之间来回跑。

"太后。"索尼伏在地上，似乎有话要说。

"索大人，你不去景山，到这里干什么？难道不怕皇上发怒吗？"

索尼忙道："回太后，臣是回宫取东西，顺道来太后处请安。"

庄太后满面的平静，笑笑道："难得索大人有如此忠心，后宫搅翻了天，大人还来向哀家请安，真不易。有什么话尽快说吧。"

索尼十分佩服太后的镇静，稍稍犹豫了一下，说道："太后，皇贵妃病逝，举国哀痛，厚葬本无可非议，然皇上之举，实令人担心，现在众议汹汹，群情激荡。王公重臣们哀怨不已，若再发展下去，恐激起众怒，臣请太后出面干预。"

太后闻言点了点头："大人先去吧，哀家自有主张。"

索尼走后，太后并没有马上出宫，而是又反复思考了一下当前的形势，掂量着是否出面干预。对谥号之逾制，对葬礼花费之巨大、仪礼之隆重，她不会不知道，但她不闻不问。她不打算干预，因为她知道，此时她出面，顺治是听不进一个字的。她的只言片语都有可能激起母子之间的直接冲突，但现在也太不像话，一个皇贵妃去世，竟如此兴师动众，侵扰勋贵，难免不影响国家的尊严，再不劝阻必然激起众怒。

"苏麻，准备凤辇，去寿椿殿。"太后终于下定决心，出面干预。

从皇宫到景山，沿途白幡招扬，香案林立，还有众多的太监、宫女跪拜。离景山尚有百步之遥，就可听到命妇们杀猪般的号叫。

进了寿椿殿，只见大殿之上正停放着董鄂氏的梓宫，殿下有几百名和尚，身披袈裟，朗朗诵经，顺治坐在大殿的廊下，百官跪于院内。旁边的偏殿是命妇哭丧之所，哭声震天，将几百名和尚的诵经声压了下去，只能看见和尚的嘴在动，木鱼在敲，却听不到声音。太后下了凤辇，径直向偏殿而去。哭得头昏脑胀的命妇们见了太后，哭得更伤心，不过这次是真的伤心，掉的泪水也特别多。

"好了，大家都歇歇吧。"太后对跪在自己面前的命妇们说道。

哭声一下子小了。顺治一惊，向偏殿瞟了一眼，看见慈宁宫的太监、宫女来了，他心里明白了。

吴良辅低着头小跑过来，低声奏道："皇上，太后来了，在偏殿等着见皇上。"

顺治极不情愿地站起身，向偏殿而去。命妇们见皇上来了，又开始哭起来，只不过声音没原来大。

太后坐在殿上，一脸的平静。顺治忙施礼道："多谢母后躬临道场，儿臣给母后请安。"

太后轻轻道："皇上，人死不能复生。董鄂妃是个好孩子，人人疼爱，但她命薄福小，无命长寿。皇上对她情深义重，额娘心里明白，但让命妇们在此大哭号叫，让她死后仍不得安宁，不合她的心愿。额娘知道，董鄂丫头是个爱清静的人，还是让她清静一些为好。她生前从不奢靡铺张，从不对他人无礼，今日皇上让二品勋贵为她抬棺，也有违她的心愿，让她的品行受人非议，这能是皇上对她的恩赐吗？"

顺治坐于一旁，对母亲的话不置一词。太后不愿再说什么，看了一眼旁边的苏麻，严肃而又真切地说道："苏麻，代哀家去给董鄂妃上炷香。"

苏麻领命，随一引领太监去了正殿，跪在棺前，上香磕头。

礼毕，太后与苏麻一道而去。顺治送至殿门口，重又返回原来的御座上。

不多时，吴良辅在廊下高喊："皇上有旨，三品以上文武官员明日起轮番哭临；各命妇分为两班，上下午轮流哭临；其他官员每日来此做法事。"

太后出面，只是平息了一场古今罕见的痛哭大赛，除此之外，顺治仍毫不理会母后的态度，依然我行我素。

整整二十一天！百官每日都在寿椿殿守灵、做法事，只有旗籍大臣才能分几班在家休息一下。命妇们哭半日，休息半日。

法事做完后，茆溪森住持在寿椿殿前举行盛大的火葬仪式。董鄂氏的棺椁下面和四周已堆满了木柴，在众僧的诵经声中和命妇的哭叫声里，茆溪森和顺治一起，亲自点燃了木柴。不多时，董鄂氏的棺椁便淹没于火海之中。

火越烧越旺，诵经声越来越高。顺治看看火海中的爱妃，已随着烟火升腾了起来，一下子跌坐在御座上，整个世界都不存在了，自己也不存在了⋯⋯

大火烧了三天三夜才灭，两座供做法事的僧徒歇息的宫殿和堆放其中的珍贵陈设，连同大批的珍珠首饰，俱被大火焚烧。景山脚下多了一堆废墟，少了一座宫殿。

三日后，顺治传旨，请茆溪森和尚来收灵骨，顺治仍率百官亲视。

茆溪森带着大弟子白椎和尚在灰烬中仔细寻找，小心收拾董鄂氏的骨灰。顺治不由得亲自来到他们身旁观看。白椎低声对师父说道："皇上将来，也请师父接吗？"

茚和尚大惊，狠狠瞪了一眼鲁莽的弟子。这话问得太冒失，皇上仍健在，怎可说这样的话？茚和尚瞟了一眼身后的顺治，吓得面如土色，忙斥道："莫鲁莽！"

白椎和尚方知不妙，忙改口道："皇后光明在何处？"

茚和尚答道："无踪迹处不藏身。"说罢举起手中的白玉如意，高唱一偈，"左金鸟，右玉兔。皇后光明深且固。铁眼铜睛不敢窥，百万人天常守护。"

说得出的不是禅，这几句偈语是何意，无人知晓，但肯定是祝福的话。这几句套话掩饰了一幕危险，使顺治和百官都没在意白椎的第一句问话。

白椎和尚的插言绝非偶然，和尚们常常周旋于内廷的太监和皇帝的近侍之中，对顺治的身体状况了如指掌——他将不久于人世。只不过白椎太过冒失，把私下的议论说了出来。

火化结束以后，百官回府。顺治再下圣旨，将承乾宫三十名太监和宫女悉行赐死陪葬，全国均服丧，官吏一月，百姓三日。这场奇特而又盛大的葬礼至此才达到高潮，此后仍断断续续地进行着，直至顺治去世，才完全平息。

顺治失去了心爱的女人，太后失去了心爱的儿子。

董鄂氏死后，顺治还躲在养心殿，守着董鄂氏的一堆遗物发呆，旁边常有贞妃做伴，从她的身上，顺治看到董鄂妃模糊的影子。

十月，金秋送爽，红叶遍野。西苑万善殿内香光氤氲，佛祖像下紫烟缭绕，案前端坐两人，一个是住持和尚，另一个是满族青年，下面有近百名僧人打坐于地。

"皇上真的要出家吗？请三思。"那住持和尚很真诚地说道，他正是茚溪森。

顺治笑了笑，"大师兄，朕意已决。爱妃已逝，她在临死前，曾执朕手问朕：'人生一世，一口气不来，三尺躯何托？'朕一直在参她这一偈语。今日终于参悟了，她是让朕出家，离开这人世间的争权夺利、杀伐流血、明欺暗算的痛苦。"

顺治说到此，双目中露出无限的神往，口中轻轻吟道："恼恨当年一念差，龙袍换去紫袈裟。我本西方一衲子，缘何生在帝王家？"

茚溪森惊道："皇上真与佛门有缘，这偈语非一般弟子所能参悟。"

顺治如释重负，轻轻道："大师兄，开始吧！"

茚溪森点了点头，站了起来，顿时，殿内法器齐鸣，众僧诵经朗朗。顺治结跏趺坐，合十诵经。茚溪森对着佛祖行了大礼，伸手取过案上的剃刀，随着剃刀阵阵抖动，一缕缕青丝从顺治头上轻轻地飘落。

一阵秋风吹来，窗外的树叶哗哗作响。

紫禁城内乱作一团。诸亲王大臣知皇上已剃发入佛，一时无主，如无头苍蝇，不知东西南北，不敢多言，也不敢多动，只好待在家里，听候朝中的音讯。

最气的还是慈宁宫的太后，虽然大清不会因一个帝王的变故而崩溃，但皇上是九五至尊、万金之躯，又是国家威严和权威的代表，竟然闹着要出家，传出去岂不贻笑万年？福临、福临，你这个逆子！大清入关的第一位皇帝就要出家，难道我大清真的没有福分，不能主宰天下？你这荒唐的举动，让额娘多狼狈！祖宗的脸也让你丢尽了！不行！我要当面问问你，要你说说这到底是为了什么！

当太后的凤辇停到西苑的大门口时，茆溪森率全体僧侣迎接。太后下辇后，对茆溪森的笑脸竟不理睬，径直来到了禅房。

"大师，你那位师弟在哪儿？哀家要见他。"茆溪森望着太后阴云密布的脸，并无丝毫惧意，因为有皇上在，她并不能奈何任何人。

"太后，皇上刚刚剃发，不想见任何人。"

太后用手一指香案，厉声喝道："反了，竟连哀家也不见。你告诉他，哀家不是太后，是他额娘，在他出家之前，额娘要见他最后一面。"

茆溪森刚想说什么，从偏门中已走出一光头青年，一脸的羞涩和惶恐，轻轻道："儿臣叩见母后。"

太后差点没气晕过去，身子向后一仰，半日没缓过气来。这就是大清天子！这就是自己辛辛苦苦拉扯大的儿子！天神啊，自己为什么这么命苦？佛祖啊，你为何不看看大清几万万子民？你怎么忍心把他收归你的面前，让天下千万生灵再临危局？

"母后！"顺治的声音有些颤抖。

"你们都退下！"太后喝道。

房里只剩下母子俩，太后双眼盯着顺治道："儿呀，你为何要出家？"

"母后，儿臣实在厌烦了人世间的一切，什么功名、富贵、女色，儿臣都不想要了。"

"那祖宗的尊严呢？列祖列宗为你留下的千古基业呢？大清国天下的子民呢？你都不要了吗？"

顺治苦笑道："母后，昔日玛法曾说过，保罗的信中说，你赚得了整个世界，却失去了你自己，这样的生活有何意义呢？儿臣不孝，不能继承先祖基业，请母后再立一新帝吧。儿臣有四个儿子，先皇也有几个儿子在世，难道只有儿臣一个人能继承祖业吗？"

太后愤然道："立新帝是件易事吗？今日我大清虽在中原站稳，但天下并不太平，匪贼仍在四夷作乱，朝内党争不息，百废待兴。你正值壮年，正是大展宏图之时，却要背弃祖宗，出家遁世，你对得起祖宗吗？皇子都尚年幼，再立幼子为帝，谁敢担保不再出现你昔日的故事，难道你忘了我们母子那屈辱的生活了吗？若再出一个多尔衮，大清的基业会不会被摧垮？"

提到多尔衮，顺治的脸上罩上一层灰色，过了片刻，脸上的阴云渐渐散去，喃喃道："母后，儿臣不愿再想以前的事，贫富荣辱，都是过眼云烟。"

太后气极而泣道："儿呀，难道额娘你也不要了吗？你那三宫嫔妃、满堂儿女，难道都要额娘替你抚养吗？祖宗的千古基业、大清的万千子民都要额娘替你打理吗？你又怎么忍心看着我们老的老，小的小，为大清操劳？你的心真能静止如水吗？"

顺治扑通跪在太后面前，泣不成声："母后不要逼儿臣了，儿臣实在是不愿再坐到那个御座上。刚刚登基时，天天盼着坐御座；亲政后，真的坐上御座，才知坐在上面的滋味。外人都认为坐在上面很风光，但儿臣却如坐针毡，像坐在火山口，又像是坐在薄冰上，时时都有危险，这样的日子儿臣过够了，母后忍心把儿臣往绝路上逼吗？"

母子俩在禅房里相对而泣，一筹莫展。太后知道，劝告是徒劳的，自己如果再说，顺治一定会发怒，母子之间又会争得面红耳赤。现在儿子给自己留下足够的面子了，他是尽了多大的力才克制住的。

慈宁宫里的灯光亮了整整一夜，年近半百的太后终于想出对策：解铃还须系铃人。

苏州北城，远远可见一塔高耸入云。塔高九层，八面临风，重檐复宇，翼角翠飞，层层栏廊萦绕，宏伟壮丽。来至近处，塔在一寺内，寺庙正门乃一两层穿堂，红墙灰瓦，雕梁画栋，檐下有一横匾，上书"报恩寺"。

报恩寺原为孙权之母的舍宅，孙母死后孙权辟为寺庙，供奉母亲。后经历代扩建、修缮，建成江南名刹。整个寺庙曲槛回廊，殿宇重重，大雄宝殿、藏经楼、北寺塔，错落有致，寺内紫烟缭绕，诵经声朗朗。大门口，善男信女川流不息，往来不绝。

几匹快马从平门飞奔而来，直奔报恩寺，为首的是一身穿蓝夹袍的宫廷太监，后面是四个身穿黄马褂的大内侍卫。香客们见了这几个人，纷纷躲向两旁，闪出一条道来。

到了寺门口，几人翻身下马，早有门房僧人出门相迎："几位爷，有何贵干？"

那为首的太监扯着公鸭嗓子叫道："快请你们住持出来接旨！"

门房不敢怠慢，转身入寺。不多时，一个个子不高的瘦和尚走了出来，后面簇拥着数十个和尚。来至门口，瘦和尚双膝跪地，朗声道："报恩寺住持玉林琇接旨。"

太监展开圣旨，大声读道：

奉天承运，皇帝诏曰：朕久喜佛经，事佛甚敬。今骑马外出，偶因坐骑惊厥而有所省悟，特召报恩寺住持玉林琇大师入京证道。即日来京，不得有误，钦此！

玉林琇接旨后又惊又喜，看来皇上已对佛教着迷，对临济宗也很开恩。可此旨也有疑处，若"证道"，临济宗的高僧京中很多，自己的大弟子茆溪森就在西苑，还有木陈忞，为何千里迢迢来到江南找我呢？是皇上对我信任，还是另有隐情？

"请问公公，何时动身？"

"大师，皇上急着呢！请大师即刻动身，车马已由衙门准备停当。"

玉林琇更感到奇怪，上次召我进京，拖了几个月才去，这次为何这么急？难道京中出事了？不可能，皇上对佛教很虔诚的。

带着疑虑，玉林琇踏上了去北京的路程。到了京城，他们并没有去皇宫，而是直接去了宫外的一间寺院。

玉林琇正在吃惊，外面突然有人高喊："礼部尚书觉罗郎球大人到——"

玉林琇一惊，忙迎出门去，只见一位满族大臣来到了寺内，身后有数十位官吏随从。寒暄过后，觉罗郎球开门见山道："大师，此次太后下诏，并非请大师与皇上证道，而是来主持一次斩刑。"

"主持斩刑？"玉林琇惊呆了，出家人以慈悲为怀，从不杀生，为何让自己主持斩刑？

觉罗郎球见他疑惑，解释道："慈善寺住持茆溪森和尚，引诱皇上出家，罪大恶极，太后下旨斩首。姑念他为得道高僧，所以请大师来执刑，以佛教之礼相待。"

玉林琇这才明白，原来弟子已经闯下大祸，引诱皇上出家。这弟子也太糊涂了，怎能干这样的蠢事，惹来杀身之祸？可又一想，这里面还有疑虑，要杀茆溪森，对于太后来说太容易了，一个赤手空拳的出家人，杀了他，不过是走路踩死一只蚂蚁，又何必不远千里把自己找来执刑？因为自己是他的师父？这好像不是理由。

玉林琇正在疑惑，觉罗郎球笑道："大师，本官也知大师和令徒都是得道的高僧，杀之太可惜，但他犯的罪行无人敢保，除非……除非皇上答应蓄发还俗。"

玉林琇明白了，这一切都是做给人看的，只要让那个人回心转意，一切都会烟消云散。

西苑的一间寺院内堆满了柴薪，柴薪中央埋根木桩，茚溪森双手反缚，被捆于柱上。柴薪旁执刑僧人手持火炬，火炬上浓烟滚滚，烧得噼啪作响。

玉林琇打坐在殿上，厉声喝道："大胆狂徒，竟敢剃度万乘之尊的皇上，真不知天高地厚！陷天下黎民于苦海，我佛岂能容这等狂徒？今日为师必将你烧死，以赎其罪。你还有何言？"

茚溪森垂首立于木桩上，不出一言。旁边的执刑僧人用眼睛直盯着玉林琇，只等他一声令下，立刻点燃柴薪。

命令一直没下，好像在等茚溪森说话，可他好像在那儿睡着了，什么话也不说。

执刑僧人已等得不耐烦了，看看玉林琇不急不躁正仔细瞪着茚溪森，又看看太阳，快到中午了，手里的火炬也快燃尽了。

"大师，刀下留人！大师，刀下留人！"一名官吏一路小跑地来了，到了院内，当众宣道，"刑部传来急谕，皇上已答应蓄发还俗，速速将茚和尚无罪开释。"

玉林琇长长地舒了口气，起身离去，脸上带着一丝笑意。

这是一场闹剧。玉林琇虽然是皇上的入门法师，但如无人撑腰，他敢烧死为皇帝剃度，又是皇帝大师兄的茚和尚？明眼人一看就明白，这一切均由一只无形的大手在操纵着。这手从慈宁宫一直伸到慈善寺。与其说是玉林和尚阻止了顺治出家，倒不如说是庄太后。

刑部的官吏与玉林琇一同进了玉林琇的禅房。

那个官吏笑笑道："大师，现在皇上的身是留住了，但皇上的心还没留住，还要有劳大师。"玉林琇明白，顺治虽然答应还俗，但如果他佛心不泯，一心沉醉于莲台，不理朝政，这与无君又有何差别？现在正是趁热打铁的时候。

西苑万善殿的方丈室内，经过玉林琇的一系列巩固措施，顺治龙性佛心终于安稳下来。一直焦急不安的太后时时密切注视着这一切，现在她满心欢喜：总算没让大清丢脸，没让爱新觉罗的列祖列宗丢脸，昔日她只留住顺治的身，而没留住他的心，现在她终于留住了儿子的心。上苍像故意刁难庄太后，刚刚留住了儿子的心，但她又无法留住儿子的身。

正月初三，新年刚过，整个北京城还沉浸在新年的喜悦之中，鞭炮的火药味和从各家飘出的酒菜的香味弥漫在京城的上空，各种祝福声响彻大街小巷。

宣武门外有一古刹，红墙、灰瓦，东、西各有一砖塔，耸立入云，寺中有一座三层巨阁，高大雄伟，这正是悯忠寺。寺内梵宇崇阁，禅庐周备，是许多出家人的剃度之所。今天，这里迎来了一个非常特殊的出家人——当朝司礼监太监、皇上的大红人吴良辅。

用吴良辅做替身出家，不仅因为他是自己的近侍，还因为吴良辅在宫中的权势已大，与刘正宗沆瀣一气，朝中众臣已有议论。不久前，刘正宗被罢官，这个吴良辅也不宜留，跟了自己十几年，这条路也是最体面又最合适的路。比起刘正宗来，吴良辅幸运多了。

顺治就是顺治，他虽然有时发昏，做些不着边的傻事，但总的来看，他仍不失为明君。追求真爱无结果，遁入空门行不通，但他在关键时刻并没忘记自己代天牧民的人主身份。

在顺治感到欣慰的时候，太后也感到了一丝轻松，儿子留住了，两个相互勾结的佞臣也被驱逐出朝，她的面前似乎又是阳光。

两日后，塌天大祸降到了她的头上，索尼神色慌张地跑来，伏地不起："太后，不好了，皇上……皇上病了。"

太后也有些惊异，皇上前天还去看吴良辅剃度，能有什么大病，值得如此惊慌？

"皇上怎么啦？索大人为何如此惊慌？"

"太后，皇上从初二去悯忠寺回来就病了，高烧不退，御医诊断可能是出痘。"

"什么？"太后顿时一阵眩晕，身子向后一仰，脑子一片空白。

等她醒过来的时候，索尼和苏麻正在她面前高喊："太后！太后！"

太后瞪着索尼，半晌没说话，最后她有气无力地说道："快，快扶哀家去养心殿。"

慈宁宫到养心殿不过几百步的路程，可太后走了整整半个时辰，两边还有宫女挽着。她的双腿像灌了铅似的，一点儿也抬不起来。到了养心殿，三名御医忙跪地施礼，太后只是挥挥手，径自坐在椅上。

殿内很安静，宫女、太监们垂手而立。皇上生病，谁也不敢大声说话，走路也特别小心，人人心情都很悲痛。

"曹御医，皇上这病……"太后强打精神问道。

年龄最长的御医忙道："回太后，皇上可能是出痘。"

太后像泄了气的皮球，再也打不起精神。她最怕的事情还是出现了，如果是小孩，还有十分之二三的希望活下来，成人连十分之一的希望也没有。豫亲王便是出痘而死的。

天神啊，佛祖啊，主啊，你们都怎么啦，为何让哀家一个妇道人家遭受这么多的磨难？正值盛年、幼子尚小之际便失丈夫，为了儿子忍辱负重，好不容易把儿子拉扯大，谁知他又不听话，处处与额娘作对，母子之间争斗数年，现在刚刚缓和，儿子又出了天花。佛祖啊，哀家前世作了多少孽，让哀家受这么多的苦？快让哀家出那痘，换回儿子！有了儿子，大清便有希望；有了哀家，这大清的基业又要遭受什么样的灾难，谁也说不清。哀家愿用自己的命来换儿子的命！

"太后，太后。"庄太后正在胡思乱想，索尼又来到了慈宁宫。他看见太后满脸的疲惫，十分不安，便坚定地说道："太后，恕臣直言，今日大清全仰仗太后了，皇上有病卧床，太后一定要坚强起来，以防不测啊！"

太后见索尼也是愁眉苦脸的样子，不由得说道："索大人，宫中的事全靠你了，要密切注意动向。"

"回太后，刚才皇上传旨，单召大学士王熙入殿议事。"

太后虽然伤心，但却是一个意志坚强的人，为了大清的基业，她可以舍弃一切。听了索尼的话，她马上重振精神，轻声道："王熙？皇上与他所议何事？"

"不知道，是皇上单独召他，外人不知。"

"依索大人看，皇上今与王学士议何事呢？"

"立嗣。"这两个字像重锤，重重地敲在太后心上。皇上会立谁呢？正宫娘娘没有子嗣，其他嫔妃之子有四个：福全、常宁、隆禧、玄烨。这四个，皇上会立谁呢？

"索大人，依你之见，皇上会立谁？"

索尼忙道："回太后，恕臣无能，真的不知圣意。"

"那好吧，你快去吧，注意王熙的举动，也盯着朝中的亲王们。"

太后再也坐不住了，索尼说得对，皇上召王熙很有可能是立遗诏的，自然会牵扯到立太子的事。那么皇上会立谁呢？立福全，他是皇上四个活下来的皇子中的长子，其母亲宁悫妃也姓董鄂，刚册嫔妃不久，很有可能。常宁、隆禧，他们俩年龄小，其母亲位卑言微，虽列妃位，但不足以让皇上立她们的儿子为帝。玄烨，皇上不会看好他，从小皇上就对他没什么感情，刚满周岁就被撵出宫去，出了痘，皇上也没过问，可他最合适。

掌灯时分，太后草草用了晚膳后便坐在那儿思考，如何才能从王熙口中得知实情。正在这时，苏麻轻轻来到她身边，低声道："太后，内廷大学士王大人求见！"

"什么？哪个王大人？"太后不敢相信这是真的，但她早惊得站了起来。

"王熙大人。"

"快，快有请！"

庄太后一阵狂喜，"踏破铁鞋无觅处，得来全不费工夫"，正愁无法从他口中探出实情，他倒自己送上门来了。

"太后，微臣不敢向太后隐瞒，今日皇上召臣独奏，是向臣传谕立嗣之事。臣以为此事重大，特向太后奏报。"

太后和颜悦色道："王大人，皇上意欲立何人为太子？"

"启奏太后，皇上谕臣：'立从兄弟为新帝。'"

一声炸雷在太后头顶响起，她万万没想到自己的儿子会立他的兄弟为帝，而抛弃了他的儿子和额娘。太后五内如焚，肝胆欲裂，这个孽子，至死也不原谅自己的额娘！

又是一个不眠之夜，她反反复复想了很久，最后她决定，不能同意皇上的决议，她要推翻他，否则，自己就会从这宫中消失，即使不消失，也会成为毫无地位和尊严的人。

顺治万万没有想到王熙会去告密。这王熙本是一介汉官，虽得圣宠，但深知现在皇上已是日薄西山，来日不长，完全依靠不得。同时他深受儒家思想影响，皇太子应立长子为嗣，怎可另立他人呢？另外，他也知道庄太后在宫中、朝中的势力和威严，更知道宫廷斗争的险恶，他怎么敢在这关乎国本的大事上私自隐瞒呢？在面对皇上的传谕时，他不敢反对，他知道皇上的固执，他想的是如何向太后交代。所以，才有王熙主动上门告密，才有太后率众推翻皇上决议。

天刚亮，太后的懿旨便到了诸亲王府上和汤若望的教堂里，召他们马上入宫。

慈宁宫内，太后端坐上首，安亲王岳乐、承泽亲王硕塞、简亲王济度、显襄亲王富寿，几位亲王端坐两侧，汤若望坐在太后的旁边。庄太后看了看诸位亲王，严肃地说道："哀家请几位亲王来，主要是议皇上立嗣之事，请诸王各抒己见。"

大家听了一愣，都竖起耳朵仔细听。太后缓缓道："自古帝位以传子嗣长者，我大清昔日皇太极先帝猝崩，就有立兄弟为帝之争，后两黄旗众臣在三官庙宣誓，议立皇子，才立当今皇上为帝。今日，皇上又要立从兄弟为帝，诸王以为如何？"

此言一出，全场哗然，众人议论纷纷，均不解皇上为何做出这违制的决定。

首先表示反对的就是济度，他虽反对顺治，但也反对顺治把帝位让给从兄弟。他道："皇太后，臣以为皇上此议不妥，应择立一嗣子为上。"

太后心喜，她要的就是这个态度。但也有人反对，硕塞道："皇额娘，儿臣以为皇上自有他的考虑，择一从兄弟为帝，可免除许多不必要的麻烦和困难。"

这也有一定的道理，有人跟着点头附和。众人议了很久，也没有定义。安亲王岳乐说话了，他站起身，平静地说道："择嗣而立，千古定制，不可废改。当今皇上当初也是众臣宣誓而立为帝的，六岁登基，今日皇子有的已过十岁，完全可以立为新帝。臣以为应立子嗣为帝。"

安亲王如此一说，没有人再说什么，因为众人都看见太后正微笑点头呢，谁还自找没趣？这样，才形成定议。

太后见没人反对，这才笑道："既然大家都附安亲王之议，就随哀家入宫问安吧。汤大人，你先回教堂，然后再独自觐见。"

汤若望虽然没说一句话，但他的心思大家都知道。太后召他来，早已向诸亲王表明了态度，她要改变皇上的决定，并准备让汤若望进宫劝谏。所以，汤若望是太后手中的一个方向牌，明智的人如安亲王，早已看到了这一点。

太后和诸亲王来到了养心殿。顺治刚喝完药，躺在榻上，见母后带着众亲王来了，一时不明白什么意思。众亲王跪地施礼请安后，退立两侧。太后来至床沿坐下，问了几句病情后，便单刀直入："皇上，现在龙体欠安，想过立嗣一事吗？"

顺治一惊，他疑惑地看了看母亲，似乎预感到她已知晓一切，只得支吾不语："这……这个问题儿臣还没想过。"

庄太后见他支吾，并不点破，而是道："皇上身体欠安，立嗣大事应该早定，以安臣子之心，定国本之议。所幸皇上尚有四子，应择一立为嗣君。倘若皇上有何不测，诸亲王定会拥立你的儿子为君，誓死相辅。旁支左脉，有敢觊觎皇位者共诛之。"

太后这话是对皇上说的，也是对诸亲王说的，是相劝，更是威胁。

此言刚毕，诸亲王立刻齐跪于地，大声呼道："请皇上速做决断，定一皇子为嗣。"

顺治躺在床上，轻轻闭上眼睛，他有心坚持己见，但他知道，自己现在是孤木难支了。宫内外已全被太后控制、操纵，再坚持己见，也是徒劳。

沉默了很久，顺治才闭着眼，轻轻道："择一位年龄较长的皇子来立吧。"

"皇上，额娘以为应立玄烨为嗣。"庄太后十分平静，又十分镇定。

顺治有些疑惑，瞪着眼看着母亲。他不解，等着母亲的解释。

"皇上，玄烨虽不是长子，但他已出过痘，终生不会再有生命危险。为帝业稳定计，应立玄烨。"

众亲王觉得太后之言有理，纷纷附和："皇上，应立玄烨为嗣。"

顺治仔细想：不久前，自己曾派人问过汤若望，他也是说应立玄烨，看来只好如此了。于是点了点头，转过脸去，不再理任何人。

太后见大事已定，便对亲王们道："诸位都回吧，皇上要休息了。"

午后，小太监附在顺治耳边轻声道："皇上，钦天监汤大人求见。"

顺治摇了摇头，不再说话，他现在想静一静，不想见任何人。

跪在宫门外的汤若望听了太监不宣的传旨，只好起身，很深情地注视着养心殿，然后转过佝偻的身躯，悻悻而去。

初六夜，养心殿里死气沉沉，静寂无声，只有宫灯里的蜡烛偶尔燃出啪啪声。

顺治躺在榻上，浑身如火烧一般难受。他静静地注视着榻旁高台上的红烛一点点地燃尽，心中生出一丝悲哀和凄凉。自己大概和这根蜡烛差不多吧，不久将燃尽最后一滴油，从此在这个世界上消失。

鼓楼上传来三声悠扬的打更声，一阵眩晕刚过，顺治吃力地喊道："吴……来人。"

"奴才在！"一个小太监忙跑过来，跪在地上。

"传王熙即刻进殿议事。"

不多时，内廷大学士王熙跪到了榻前。顺治在榻上吃力地翻了下身，转身对着跪于床前的王熙道："朕患痘，势将不起，尔可详听朕言，速撰诏书，即就榻前书写。"

王熙闻言大悲，回想近年来皇上的恩宠，不由得泪流满面，泣不成声。

顺治咳嗽了几下，小太监忙用手帕去擦痰，咳出的全是鲜血。顺治催促道："君臣遇合，缘尽则离，尔不必如此悲痛，此何时，尚可迁延此事，致误大事？"

王熙这才伏地磕头，拭泪吞声，握笔草诏，伏在榻前。

此时的王熙是既伤心又担心，伤心是皇上病危；担心的是皇上特令在榻前书写，寸步难离，如何向皇太后交代，写好了，皇上加盖玺印，一字也难更改。

刚写完第一段，顺治又是一阵剧烈的咳嗽，吐的血更多了，他气喘吁吁，有些支持不住。王熙马上道："臣恐圣体过劳，请皇上详细口授圣衷，臣仔细写完后再交由皇上过目。"

此时的顺治已是奄奄一息，很想休息一下，他已经没有精力考虑自己最信赖的大臣还有没有其他意图。顺治将遗诏大意说了一遍，王熙忙起身卷起诏书匆匆退出养心殿，不由得长出了口气。

乾清门下两耳房内，王熙连夜拟诏，又反复修改，天亮时，他手捧诏书进殿交圣上御览。顺治哪还有气力去览，由王熙读给他听，对不妥之处当场指出来，令王熙修改。

王熙刚走出养心殿，迎面碰上了庄太后，王熙忙低头施礼。

"臣叩见太后。"

孝庄太后把手一挥，示意他走，二人四目交会，一切都心领神会。

太后来至榻前，顺治轻声道："母后，恕儿臣不能施礼相迎。"

太后坐在床沿上，用手轻轻拍了拍顺治的手，算是安慰安慰他。

"皇上，额娘听说皇上已立遗诏。新皇太小，不能亲政，不知辅政之事如何安排？"

"新君由母后议立，辅政之事由母后做主。"这话是真心的，还是赌气？谁也不清楚，不过，这事如果不在皇上生前就定下来，以后就难说了。

"皇上，辅政之事，事关国家安危，宜早做定议。额娘以为为防睿王故事，应废除摄政制，改为辅政制，由皇上挑选四位忠诚可靠的重臣委以重任，让他们佐理政务。一切政事经共同协商，凡欲奏事，共同启奏，使他们之间彼此牵制，难于独断专行。议之结果，必须经过太皇太后和皇帝的许可，才可以谕旨的名义发布天下。皇上以为如何？"

顺治是明君，虽在宫闱之内与母亲水火不容，但事关大清基业，他仍佩服母亲的才能，愿与母亲配合，于是点了点头，说道："母后之议甚好，不知哪几个可为托孤之臣？"

太后见儿子很配合，心中稍稍平静，略沉思了一下，道："辅政大臣不能由宗室诸王担任，可选用上三旗异姓重臣，以免诸王倚仗辈分、权势轻慢幼主，重演昔日之事。"

顺治点点头："这样也好，两黄旗是正旗，应以之为主，重臣如索尼、遏必隆、鳌拜等人志虑忠纯。"

太后对这三人也很满意，便点头道："这三位臣子对皇室都是忠心耿耿，可以信任，额娘以为苏克萨哈可为辅政之臣。"

"苏克萨哈？"顺治皱了皱眉，有些疑虑。

"皇上，苏克萨哈虽隶属正白旗，但此人刚正不阿，不事奉承。多尔衮专权时，他不但不得重用，反而受到百般打压，后首揭多尔衮之劣迹，立下首功，而他居功不傲，一直忠心耿耿，此乃贞良死节之人，大可信用。"

顺治听了母后的话，最终点点头，轻声道："以他的功绩，应排在遏必隆和鳌拜之前。"

太后也点点头，最终确定四位辅政大臣，他们依次是：索尼、苏克萨哈、遏必隆、鳌拜。顺治完成了生前最后一项重大任务。

初七中午，四位辅政大臣被召到养心殿。四人跪在榻前，泪流满面。顺治有气无力地说道："尔等都是朕任用多年，始终对朕忠心耿耿之人，今朕把幼主托付与尔等，尔等应竭尽全力，辅佐新君。为人臣者，能得托孤之信，为三生之幸，望尔等能效三国诸葛孔明，鞠躬尽瘁，而不法汉之霍光。"

这四人闻知自己将肩负辅君之重任，人人感激涕零，泪流满面，齐伏地而泣，不能出一言。顺治长长出了一口气，挥挥手，让他们退出了养心殿。

午饭后，王熙再次跪到了榻前。顺治平躺在榻，用颤抖的双手执着诏书，仔细看着。此时他的眼睛已不太好用了，看过几行，字迹就开始模糊，但他仍坚持看完，并用最后一点力气，指出了几处不妥。王熙一一记录下来，又捧诏去修改。

等他第三次来到榻前时，顺治的侍卫贾卜嘉捧奏与皇上，此时，几名太监、宫女正为顺治更衣，他已经没有力气再看了，只是大概看了一遍，上面写的什么内容，并没看清。顺治气喘吁吁地说："诏书由麻勒吉先收着，等朕更衣完毕，由麻勒吉和贾卜嘉两人捧诏去通知皇太后，并宣召诸王、贝勒、大臣们。"

说罢，顺治便躺下了，任由他人为自己换寿衣。殿外传来执事官贾卜嘉的传旨声："皇上有旨，朝中百官不散，并传谕民间毋炒豆、毋燃灯、毋泼水。"

午门外有百官，听到午门传旨官传出的旨意后，都明白了，皇上已经不行了。

子夜，养心殿传来一阵阵撕心裂肺的哭声，顺治终于走完了他漫长而又短暂、辉煌而又坎坷的一生。二十四个春夏秋冬伴着那说不尽的哀怨和苦痛，融入了茫茫的宇宙中。

正月初九清晨，金水桥畔，松柏垂泪，河水鸣咽。六部、寺、院、府百官齐跪于金水桥外，皇帝近侍麻勒吉、贾卜嘉分立两旁，大学士王熙正手捧遗诏，朗声而读。

金水桥外，顿时哭声雷动，白云低垂。养心殿前，哀声震天。

养心殿内，就在顺治的梓宫前，一张御榻已放好，八岁的玄炫身着天子服色，立在一旁，诸亲王、贝勒、四位辅政大臣分列两旁。庄太后坐在御座上，安详而又平静地看着众人。

王熙忙跪地奏道："太后，请皇上入座，接受群臣拜贺，以定君臣名分。"

太后点点头，看了看玄烨，招手道："快，玄烨，坐在御榻上。"

玄烨有一丝惊恐，他看了看太皇太后，得到了一个赞许、鼓励的眼神，这才移步来至御榻前，立了片刻，便坐了下来。

诸亲王立刻跪地，口中呼道："恭贺吾皇，祝吾皇万岁、万岁、万万岁！"

行过三跪九叩大礼后，玄烨十分镇定地说道："众爱卿平身！"

随后是四位辅政大臣跪拜新君。太后望着这四人，庄严地说："常人之间能托孤，乃至友；君臣之间能托孤，乃至信。尔等万不可辜负先皇之至信，同心协力，共辅幼主。"

年近七旬的索尼老泪纵横，道："臣老迈昏聩，仍得先皇和太后信任，虽死难报君恩之一二。"

苏克萨哈朗声道："皇上、太后，臣出身正白旗而受先皇和太后器重，虽肝脑涂地也难报皇恩，臣为大清赴汤蹈火，不惜此身。"

【第十三回】

辅龙种独揽朝政，撩虎须共赴黄泉

康熙继位了，众辅政大臣都开始表忠心，先是索尼和苏克萨哈，接着便是遏必隆，他也怯怯道："臣愿听皇上、太后的吩咐，尽心尽职，以报先帝之恩。"

鳌拜一捶胸脯，大声吼道："太后、皇上，臣今天的一切，都是先皇和太后给的，臣愿为皇上、太后上刀山，下火海。"

太后见四人都表了态，心中大喜，笑道："尔等忠勇可嘉，哀家甚感欣慰，日后应竭尽忠心。"

众臣平身后，太后道："新皇尚小，先皇大事诸位亲王应多劳些。安亲王，先皇丧事由你负责，承泽亲王负责内廷事宜，索尼等人筹备新皇登基大典。"

众臣一一领命而去。太后看了玄烨一眼，轻声说道："皇上，眼下急务应赐死贞妃，让她为先皇殉葬。另外，悯忠寺的吴良辅也是无用之人，先皇驾崩，他代替先皇出家之务已尽，也应殉先皇而去。"

玄烨见祖母处事果敢，心中十分敬佩，自己又是她一手拥立的，所以她的话不可不听，于是道："太皇太后，一切听从您的安排。贾卜勒——"

"奴才在。"

"马上到承乾宫传旨，赐贞妃为先皇殉葬。"

"嗻。"

"麻勒吉。"

"奴才在。"

"立刻去悯忠寺，传朕的旨意，令吴良辅自缢。"

"嗻。"麻勒吉领旨，随即带几名侍卫飞奔而去。

"太皇太后，皇阿玛的葬礼如何举行？是依我满俗土葬还是……"玄烨似乎也知道顺治对佛教痴迷，曾一度出家。所以他想征询祖母的意思。

太后叹了口气，轻声道："就依了你皇阿玛的心愿吧！请慈善寺住持茆和尚为先皇主持葬礼。"

说罢，祖孙俩几乎同时转身看看那巨大的梓宫，心中涌出别样的滋味。

庄太后曾因儿子为董鄂妃举行盛大葬礼而多加指责，可她自己却为儿子举行了一场更为盛大的葬礼。是内疚，是哀痛，还是两者都有？没有人能知道。

四个月前的一幕又在从皇宫到景山的路上重新上演了一次。不，这一次比上一次规模更宏大，一时间，白幡遮日，纸钱没膝，那巨大的梓宫足足用了六十多个八旗显贵才抬得动。

梓宫从养心殿移出，哭声震天。梓宫前跪立着新皇玄烨、二阿哥福全，还有另两个皇子，都是披麻戴孝，手执哭丧棒。诸亲王跪在皇子之后，百官人人身披白袍，满满地跪在殿前的空地上。梓宫前的纸钱盆内火焰熊熊。

稍事整理，终于起棺出宫，向景山而去。

就在众人围着梓宫跪地而泣时，众人看见乾清门的台基上有一位半百的老妇，身着黑丧袍，面南，手扶石基而立，垂首而泣，虽听不到她的哭声，但从那剧烈抖动的双肩可见她痛哭极哀。

儿子的梓宫从养心殿渐渐远去，宫中哭声沸天，渐去渐远，乾清门外的哭声才响了起来，似乎这时，她才醒悟过来，死去的是大清皇帝，也是自己的儿子。虽然儿子没少和自己争吵，甚至达到势不两立的地步，但那毕竟是儿子呀。古人言人生三大不幸：少年丧父，中年丧妻，老年丧子。自己是女人，经历了中年丧夫、老年丧子之痛，也算是人生不幸之至了。想想那以前活蹦乱跳的儿子，想想与自己大吵大闹的儿子，想想冷漠、暴怒的儿子，他再坏，再惹自己伤心，但还是自己的儿子呀！只要看见他在哭、在笑、在走路、在吃饭、在骂人，心里总是很踏实。现在儿子没了，他只能躺在那梓宫中，不哭、不笑，再也不会与自己争吵了。自己的心如同被人掏空了，有一种空落了的痛。与儿子就隔着那一层木板，但却是两个世界了，这中间的路有多远呢？不知道，只知道从今以后，再也看不到他的哭、他的笑、他的一切……儿呀，你能知道额娘现在的心吗？额娘胜利了吗？额娘终于可以安心过日子了吗？不！额娘不要这些！额娘要你！要儿子！要那个既让额娘伤心，又让额娘心疼的儿子啊！

当乾清门旁呜咽的哭声在皇宫中回荡的时候，梓宫已来至景山，梓宫太大，以致通不过景山大门，只得把宫墙拆了大大的一段。

寿皇殿上，顺治的梓宫刚刚放好，一口小尸棺也停放在了梓宫的旁边。众人都感到惊讶，但谁都不敢多问一句，只有一等侍卫费扬古夹在众人中，痛苦地哭着。

小棺内放的是贞妃的尸身，她是董鄂妃的小妹，秉性温良，很像她的姐姐。自董鄂妃死后，顺治一度移爱于贞妃。应该说顺治是一个重情义的人，董鄂妃刚入宫，要封贤妃，其父被擢内大臣，后晋封三等伯。费扬古是董鄂妃的弟弟，顺治十五年时，鄂硕死，其子费扬古十三岁袭爵，被封为一等侍卫，董鄂妃的妹妹也入宫被册封为贞妃。为了这点宠爱，贞妃竟付出了生命的代价。宫中无情，此言不假。

景山成了一座道场，四个月前，董鄂氏亡时，这里有数百名和尚诵经超度，葬后，仍有和尚在此为皇上的爱妃诵经，现在诵经声重又响起，比上次洪亮数倍。

百日之期过后，祭奠的大火烧了数日，茚溪森和尚一直在高声朗诵着偈语。在只有顺治才能明白的朗朗佛家偈语中，巨大的梓宫熊熊燃烧，直至成为一堆灰烬。顺治也随着缕缕青烟升到了西天乐土，最终离开了这块让他痛苦、让他烦恼的地方。

在维护自己在后宫中的地位和蒙古贵族利益的斗争中，庄太后取得了彻底的胜利。这个胜利虽然带有一定的偶然性，但她仍为此付出了惨重的代价。以儿子的生命换来的胜利，使她心中终生不得安宁，乾清门上空久久不去的哭声，似乎在诉说这一切……

又是一个春天。今年的春天特别好，刚出了二月，冰雪全都融化了。没有风，也没有沙，阳光照在大地上暖洋洋的，像江南的春天一样风和日丽，草长莺飞。到了四月，早已是绿树成荫，芳草鲜美了。

四月二十六日是新皇的登基大典，天还没亮，宫内外早已忙活起来，等到日出宫墙的时候，宫内外都已准备停当，各种幡、伞、扇、麾、节，灿若云霞，仪仗兵、侍卫、护从大臣、数百铁骑，立满宫内外。

身着崭新朝服的老臣索尼驼背趋步，来到慈宁宫。此时宫里也是一片忙碌，索尼偷偷向上一看，太皇太后正坐在殿上，旁边坐着康妃佟佳氏。这佟佳氏因儿子登基，按制已被册封为皇太后，等皇上登基大典结束，就可颁册封生母的诏书。只是这康妃已失去往日的容颜，原本是一个活泼开朗、一心要做皇后的人，后来在后宫渐渐失宠，比处于冷宫的静妃好不到哪去，心中忧郁，气郁于中而生病在身。现在病恹恹的，没多大精神，今天是儿子的登基大典，她强撑着病躯，脸上没什么笑意。

"臣给太皇太后、皇太后请安，时辰不早，请皇上速速起驾出宫。臣特来迎驾。"

孝庄太皇太后看看地上的索尼，一副老态龙钟的样子，很恭敬地伏在地上。她向内屋望了望，轻轻喊道："苏麻，还没整理好吗？快送皇上去乾清宫。"

苏麻从内屋拉出八岁的玄烨。他怯怯地望着地上的索尼，似有些为难，跪地给孝庄和母后请安，最后喃喃道："皇祖母，孙儿要阿姆一同去。"

立在旁边的曹玺之妻孙氏忙过来，牵着玄烨的手道："好阿哥，从今儿起，您就正式登基了，就是皇上了，怎可再任性？阿姆不过是一个奴才，怎可去那地方？"

玄烨从小不得顺治的宠爱，四岁后便出了宫，无父母疼爱，一直跟着孙氏。他们之间亲如母子，他与曹寅也如亲兄弟一样。

玄烨看了看太皇太后，又看看生母，固执地说道："苏麻告诉我，天下所有的人都要听皇上的，是不是？皇上的话就是金科玉律，任何人都不能改。那好，我现在就下圣旨，'阿姆陪我去。'"

苏麻在一旁抿着嘴笑，偷偷去看孝庄和佟佳氏。佟佳氏很感欣慰，自己的儿子说话倒像个皇帝的样子，她也去看孝庄。孝庄听了玄烨的话很高兴，这孩子小小年纪竟有这等气魄，日后若教育得当，定为一代明君。她道："玄烨，太皇太后和皇太后都去，还有这么多的大臣，为何偏偏让阿姆去？"

玄烨执拗地说："皇祖母，孙儿自幼与阿姆在一起。有了她，孙儿心里就不害怕。"

孝庄没有再说什么，微笑着点点头。跪在地上的索尼见这位新主子也是认死理的主儿，看准的事一定要做，很有君临天下之风，很感欣慰，又见太后点头，便瞪了旁边呆立的孙氏一眼，说道："还不谢恩？"

孙氏立刻跪在地上向玄烨叩头谢道："奴才孙氏谢主子恩典。"

孙氏还没起身，孝庄便起身向外走去，随后是皇太后。玄烨一手拉着孙氏，一手拽着苏麻走了出来，老臣索尼忙小跑了几步，对着宫院高喊："皇上起驾，乘舆侍候！"

坐在凤辇上的孝庄仿佛是在梦中。这前前后后的一切她最熟悉，就是今天的这个大典的过程，她闭上眼也知道是什么样的场面：先去天坛祭天，后回宫接受朝贺，再颁诏大赦天下，等等。眼前的这一幕，她已亲身经历了三次。孝庄斜眼望了望御辇上的玄烨，从侧影看去，他和顺治很相像。今天和十八年前的那一幕一模一样，只是御辇上的人是八岁而不是六岁，是孙子而不是儿子，自己也已是知天命的老妪而不再是风韵犹存的美妇。

回到宫中，皇上的御辇直入午门，到了武英殿，孝庄太皇太后、皇太后和皇上入殿休息。百官在午门外下马落轿，步入午门，齐集太和殿。

转了一圈，虽坐在辇上，玄烨仍热得冒出了汗。刚穿上新衣服，扣得又很严实，再加上小孩刚见这样的场面，多少有些紧张。孙氏正站在旁边，为他扇风。

"百官到齐，请皇上、太皇太后、皇太后临殿，接受百官朝贺！"一个太监跪在殿门外高声道。

玄烨急忙起身，小跑似的向外走去。苏麻伸手拉住了玄烨，低头附在他的耳旁道："皇上不要跑，要慢慢走，越尊严越体面！"

苏麻虽然只有十几岁，但已入宫多年，又在孝庄身边，经常出入皇帝身边，自然知道宫中的一些规矩。

玄烨马上回想起自己随班到朝时，见父亲临朝时那龙行虎步的威风，于是也放慢了脚步，两只小手背在身后，迈起了八字步，小小的胸膛挺得很高，昂着头，正视前方。他的这一举动，引得孝庄和佟佳氏一阵微笑。跟在后面的太监、侍卫们也非常惊奇，八岁的孩童有这等气势，正应了一句古话："有志不在年高，无志枉活百岁。"

玄烨刚坐稳，诸王、贝勒、贝子首先恭贺，接着是四位辅政大臣。四人上前，伏地。索尼不经意间竟见鳌拜比另两人都超前，几乎与自己并肩，于是狠狠瞪了他一眼。鳌拜自知理亏，在地上向后退了退。

按先帝排位，索尼是首位辅政大臣，苏克萨哈居二，遏必隆第三，他鳌拜排在末尾。

但鳌拜仅后退了半个身，和苏克萨哈并肩，只有遏必隆夹在第三位却落在最后。

"臣等恭贺皇上，祝吾皇万岁！万岁！万万岁！"

玄烨慢慢起身，走到四位大臣面前，一一看了看，又一一扶起。

玄烨回到御座坐下，看了四人一眼道："先皇大行之前谕朕，尔等都是满洲英豪，是忠义之臣，让朕听你们的话。"

四人闻言，不胜感激，先皇的遗命是对自己多大的信任！索尼不由得哽咽，跪地道："先帝待臣若此，臣定不负先皇之明。"

另外三个也跪地道："臣等不负先帝之明。"

孝庄在玄烨旁边发话了："尔等均为先朝老臣，志虑忠纯，贞良死节，尔等要好好扶保皇上，待皇上长大后自然不会亏待尔等。哀家也保定了皇上，朝野众臣均知哀家的本性，谁若惹翻哀家，定够他们受的！就这话，尔等明白吗？"

索尼久得孝庄信任，现在又凭外姓之臣而被任命为首席辅政大臣，能不感恩戴德吗？听了太后这话，马上道，"太皇太后，臣等四人愿立誓言：我等奉先帝遗诏，辅助幼主，当尽忠智，辅弼国务，不徇私情，不计仇怨，不结党羽，不受贿赂，绝不见利忘义，沽名钓誉以求富贵，唯以诚报先帝大恩。若有阴谋，违此誓言，天诛地灭。尔等愿否？"

其他三人随后宣誓。孝庄微笑道："若如此，也不枉先帝对尔等的信任。"

下面又是百官朝贺、上贺表。内侍大臣宣读诏书、大赦天下，改元次年为康熙元年，玄烨即为康熙大帝。

此后，又宣诏尊孝庄为太皇太后，尊生母康妃为皇太后。孝庄并没有什么感觉，倒是那佟佳氏感动得热泪盈眶。

随着当值太监高喊"退朝"，康熙站起来健步走下去。一名太监忙跟在身后，出了殿侧门，孙氏早立在门口。

"阿姆，回宫。"康熙伸手牵过孙氏的手，一蹦一跳地去了。孝庄太皇太后看到那两人亲密的背影，心中泛起一阵酸涩。

回到慈宁宫，孝庄坐在椅上不动也不言。苏麻以为她累了，轻轻上前道："太皇太后今日累了，还是上床歇歇吧。"

孝庄看着苏麻的脸，注视良久，把苏麻看得莫名其妙，吓得低头垂立一旁，不敢再说话。

"苏麻，明日去皇上那儿吧。"孝庄终于说话了，语气很平静，但很坚决。

"太皇太后，去皇上那儿有什么事？奴才现在就可以去。"苏麻以为太皇太后让她去皇上那儿取什么东西，或传什么话。

"苏麻，让你去，就不要再回来，就留在皇上那儿。"

苏麻闻言大惊，忙跪地泣道："太皇太后，奴才请您开恩，奴才犯了什么错，可以打，可以骂，但是不要赶奴才走。奴才哪儿也不想去，只想侍候太皇太后。"

苏麻说的是真心话。昔日她是一个讨饭花子，随孔四贞入宫，太后一眼就看中了她，并把她留在了身边，一晃已有十年了。乌兰回蒙古不回来了，这苏麻便成了太后的贴身侍仆，太后待她如亲人，苏麻自然不肯舍之而去。

孝庄厉声道："放肆！没等哀家把话说完就敢说不去，太放肆了，小心哀家罚你。"

苏麻见太皇太后真的动了怒，不敢出言，跪在地上不动。孝庄又道："苏麻呀，你说是哀家重要，还是皇上重要？"

"当然是太皇太后重要。"苏麻不假思索，脱口而出，说过后又觉不妥，忙补充道，"皇上也重要。"

"哪个最重要？"孝庄仍不放过。

"这……"苏麻没法说了，她真的不知该怎么说，在她的心里，应该是太皇太后重要，但她敢说皇上不重要吗？

"苏麻，你说话。在这个世界上，最最重要的是皇上，皇上乃万金之躯、九五之尊，没有皇上，哪有哀家这个太皇太后？当然，更没有你这个女官了。所以哀家要你去皇上那儿侍奉皇上。"

苏麻不解，小声道："皇上不是有孙嬷嬷吗？她可以照顾皇上。"

"你这个奴才，确实让哀家宠坏了，竟敢顶嘴。小心掌你的嘴。"孝庄并不太生气，脸上仍有一丝笑意，"你这个奴才到底是愿意不愿意？"

苏麻见太皇太后是动了真格的，哪敢再顶撞，于是道："奴才愿意。"

"单是愿意还不行，哀家要你像爱护自己的眼睛一样去看护皇上，要你像保护你的心肝一样保护皇上，你永远要做皇上的奴才，这能做到吗？你要说实话，能就是能，不能就是不能，不准有一丝虚假成分在里面，若以后让哀家发现你说假话，一定扒了你的皮！"孝庄满脸庄严，十分严厉地说。

苏麻这才明白，太后是对自己绝对信任才让自己去侍奉皇上的，换别的人远没这份荣耀。想到这里，她转悲为喜，笑道："奴才愿意。"

孝庄脸上仍没有一丝笑容，冷冷道："你对着上天发誓。"

"奴才发誓，若敢违背誓言，雷劈而死。"苏麻发出了毒誓。

孝庄这才露出了笑脸，轻轻道："苏麻，你知道哀家有多喜欢你吗？现在皇上太小，你要多操心，管好他的衣食住行，管好他的安全。这么重要的担子也只能交给你了。日后哀家一定会重重谢你。"

苏麻听了这话早已是泪流满面，伏地泣道："太皇太后请放心，只要奴才有一口气在，一定把一个好好的皇上交给太皇太后。"

"那就好，平身吧。去景仁宫把皇太后请来，马上就来。晚膳在这儿用。"

佟佳氏在一宫女的搀扶下来至慈宁宫，见了太后忙施大礼相见。孝庄笑道："你现在也是皇太后了，以后见了哀家行个便礼就行了，不必行此大礼。"

佟佳氏很恭敬地伏在地上，感激得一时说不出话来，少顷，眼含热泪地说道："额娘，儿臣没有额娘便不会有今日。什么皇后、皇太后的，都是额娘给的，儿臣怎能在额娘面前装大？"

孝庄微微笑着，心中暗想，昔日立玄烨并没有错，蒙古后妃没有一个有子嗣，只好退而求其次。玄烨的生母佟佳氏是自己亲选入宫的，她就是坐在了皇太后的位子上，对自己仍会毕恭毕敬，这后宫仍是自己说了算，今日想来，正如所愿。

孝庄看了看坐在旁边的佟佳氏，轻声道："佟丫头，做皇太后的滋味如何？"

佟佳氏苦笑了一下，轻轻道："额娘，昔日儿臣年幼无知，一心想向上爬。今日思来，不觉好笑。说出来不怕额娘生气，儿臣现在做上了皇太后，可心里反而很平静。"

孝庄原本想听到佟佳氏的又一堆感谢话，没想到却听到了这几句，一时无味，讪讪地笑了笑，而后又郑重其事地说："你的病也要好好治一治，有病的人，心情都不好。心情越不好，这病就越重。现在，你的好日子刚开始，要高高兴兴的，把身子骨养好，准备享清福。"

佟佳氏高兴不起来，喃喃道："儿臣怕没有那个福分，这病是一天天地加重，怕活不了多长时间了。"说着，佟佳氏突然跪下，泣道，"额娘，如果儿臣不幸，请额娘好好照顾玄烨，儿臣来世当牛做马，侍候额娘。"

孝庄本来心情很好，被这么一折腾，马上也悲伤起来，含泪道："快快起来，年纪轻轻的为何说这样的话？玄烨是你的儿子，也是哀家的孙子，哀家能不疼他吗？"

佟佳氏听了这话，才抹去泪水，轻轻起来坐在一旁。

孝庄本来是想与佟佳氏拉拉家常，再说正事，现在看来，只有直接进入正题了。于是，孝庄正色道："佟丫头，今日哀家请你来是想和你商量个事。"

佟佳氏忙道："额娘，有什么事尽管吩咐，还与儿臣商量什么？"

"那不行，你现在是皇太后了，哀家知道做娘的滋味，不和你商量怎么行？哀家想让苏麻去玄烨那儿，把那个阿姆辞了。皇上已登基了，按理也该把保姆、乳母全辞了。"

佟佳氏有些不解，望着孝庄道："额娘，玄烨从小与孙氏一起生活，情同母子，孙氏视如己出，由她照顾皇上，岂不更好？为何要换人呢？"

孝庄嗔笑道："你呀！让哀家怎么说呢？祖上为何规定皇子不许生母喂养？"

"怕日后外戚专权。"

"生母喂养会有外戚专权，阿姆喂养会不会出现阿姆一家受宠、鸡犬升天之事？现在玄烨已八岁，还不能离开阿姆，此事非同小可。一则，他只与阿姆亲近，疏远了皇太后、太皇太后；二则，他处处依赖人，怎能长大成人？怎能成为一言九鼎的皇上？"

佟佳氏这才明白孝庄的心思，愈加感到她对皇上的厚爱，不由得感激万分："多谢额娘关心，玄烨有额娘的关爱，儿臣也就放心了。他要明白额娘的苦心，一定会很高兴的。"

可玄烨一点儿也不高兴。上朝回来，还没进殿，便高喊："阿姆！阿姆！"

没有人答应，康熙很惊异，原本孙氏早应候在门口，可现在喊也不出来，难道病了？他不由得加快了脚步，差点儿撞到一个人身上。那人是跪在地上的。

"奴才恭迎圣驾！"

"苏麻？你怎么来了，太皇太后来了吗？"

"回皇上，奴才奉太皇太后的懿旨前来侍奉皇上，孙阿姆已被遣送回府了。"

"什么？为什么？"玄烨惊呆了，立在原地不动。

苏麻摇摇头，她不能回答，也不知道怎么回答。

康熙没有进宫，而是转身向外跑去。苏麻忙起身，在后面追，边追边喊："皇上！皇上！"

看到康熙径直向慈宁宫而去，苏麻这才停止呼喊，随着侍卫和太监尾随而去。

来至慈宁宫，康熙给孝庄行家礼："孙儿叩见皇祖母。"

孝庄正在宫里闲坐，见康熙阴着脸来了，后面还跟着苏麻，心里早明白了，笑道："平身吧。今日是谁惹我们皇帝了，这么不高兴？"

"皇祖母，为何让孙阿姆回府？"

"哟，我还说是什么事呢，因为这呀？过来，过来，你说说，皇祖母带你不好吗？"

康熙很顺从地来到孝庄的膝下。她伸手搂过康熙，拥在怀里，慈祥地笑着，爱抚着他的头，轻声道："以后，皇祖母带你好不好？"

"好！"康熙虽然很顺从，但目光中仍有一丝希望。

"玄烨呀，孙阿姆跟随你已经八年了，一年到头也不能回家，她能不想家吗？再说了，按照祖制，你八岁了，已登基做了皇帝，什么保姆、阿姆也该辞了，是不是？你是皇上，干什么事都要遵循祖制，不能胡来，明白吗？"

小康熙懂事地点了点头，像只迷路找不到归途的小狗，很乖地依在孝庄怀里。

"苏麻，你过来。"孝庄对着苏麻喊道。苏麻忙走过来，施了礼，站在一旁。太后对康熙道："这是苏麻姐姐，以后就由她奉候你，她会比孙阿姆更疼你，知道吗？"

康熙去看苏麻，苏麻忙微笑着点点头，伸手招呼道："来，皇上，咱们回宫。"

康熙很听话，走过来牵着苏麻的手，走出宫去。到了门口，康熙甩掉了她的手，独自回宫去了。

到了晚上，康熙又来了。行过礼后，他来到太后的旁边坐下，小心道："皇祖母，孙儿有一事相求，不知可否？"

孝庄笑了笑，道："你是皇上，还能有求人的事吗？不过，有什么事？哀家倒想听听。"

"孙儿想让曹寅到宫中陪孙儿一起读书。"

孝庄一怔，有些不解。康熙又道："孙儿从小跟阿姆长大，与曹寅同吃一乳，常常在一起玩儿，亲如兄弟。现在孙儿入宫，阿姆出宫，曹寅又不来，孙儿有些想他们。想请皇祖母开恩，准许曹寅入宫与孙儿一起习文练武，早晚也有个伴。"

孝庄见康熙如此急切，只好点了点头。在当时，八旗子弟都可被选为宫内侍卫，曹寅入宫，也属正常。

初夏时节的一个傍晚，慈宁宫内，四名辅政大臣齐跪于太皇太后面前。索尼道："西南云贵有奏，言孙延龄和平西王吴三桂时有矛盾，军队不稳。"

孝庄点了点头，沉思了片刻，挥挥手道：

"哀家知道了，你们去吧。"

孔四贞来到了慈宁宫，原来活泼好动、又说又笑的小姑娘已变成了沉稳老练的大姑娘了，自入宫至今已有十年，她也有二十三四岁，仍待字闺中，这在当时是极不正常的。

"儿臣给皇额娘请安。"孙四贞忙向孝庄施礼。

孝庄见孙四贞心事重重，沉默寡言，完全失去了往日的风采，不由得心酸。这么大的姑娘还没出嫁，不仅她本人心中不悦，就是太后也是心中有块石头悬着，但前几年顺治在宫中闹得正凶，谁敢娶她？别看顺治一心只宠董鄂氏，若嫁四贞，他马上就会闹起来。

"快过来，乖闺女，怎么不常来看额娘，躲在宫中干什么？想心事吗？"太后故意说笑，想缓解一下紧张的气氛。

孙四贞粉面微红，轻声道："儿臣一心想着如何侍奉额娘，其他的事不想。"

孙四贞边说边走到孝庄身旁坐下。孝庄看着她那冷漠的表面，心里不由得涌起一丝不安。

"乖闺女，近日朝廷要孙延龄回朝述职。依额娘看，你们把这婚事办了吧！也好了却这段十几年的姻缘，让老王爷在天之灵也安心了。"

孙四贞闻言，不由得眼圈发红，一股说不出的滋味涌上心头，低头喃喃道："额娘，儿臣不嫁，愿侍奉额娘一辈子。"

孙四贞说的是真心话，她真不想嫁人。原本与孙延龄有婚约，但入宫后，太后迟迟不许完婚，后又下谕立自己为皇妃，因顺治移情于董鄂氏，这才作罢。可这些年太后从没问过自己的婚事，是怕顺治呢，还是不舍得呢，谁也不知道。一拖就是十年，自己大好的青春都白白耗在宫中，似水流年，花开花落，何人能解此愁？

太后见孙四贞态度冷漠，只好赔笑道："那可不成。传出去别人会怎么说？说我这个老婆子偏心，自己养的闺女一个个全嫁出去了，而收养的却不嫁。哀家不成了后娘了吗？"

一句话说得孔四贞笑了起来。她也知道太后的难处，所以并不怨恨她。

"皇祖母，谁不愿嫁？朕还要吃喜糖呢。"不知何时，康熙已来到宫中，见了孔四贞，笑道，"原来四姑姑也在。给皇祖母、四姑姑请安！"

孔四贞忙起身，准备行礼，康熙忙道："四姑姑别客气，只要有喜糖吃，朕才不管什么礼不礼的。"

孔四贞羞得玉面飞红，她看了康熙一眼，面带微笑，忽然心中一怔。自己与佟妃几乎同时入宫，现在人家的儿子已成了皇上，长成半大小伙子了，而自己却成了老姑娘。

孝庄看了康熙一眼道："皇上，刚才四个辅臣进奏，西南孙延龄将军与吴三桂屡有不合，准备召孙将军进京述职，趁机把四姑姑的婚事办了。如何？"

"太好了，四姑姑，有什么条件尽管说，朕早想吃四姑姑的喜酒了。"

孔四贞到了这个份上，已没了退路，笑道："既然额娘和皇上都这么说，四贞又有何言呢？昔日四贞不过是一亡命之女，千里哭奔京师，皇额娘收四贞为义女，恩养宫中，视如己出，这天高地厚之恩，四贞上刀山下火海也难报一二，何况是给四贞嫁娶。"

孝庄真怕她再提昔日宫中旧事，听了此言，忙大喜道："你本来就是额娘的亲闺女，是不是？苏麻，传哀家旨意，四格格下嫁，所有嫁妆从厚！"

康熙像个小大人似的，在一旁道："皇祖母，什么从厚，四姑姑在宫里侍奉这么长时间，嫁妆应加倍才是。"

太后笑而不语。苏麻大声道："传太后、皇上旨意，和硕格格下嫁，嫁妆按例加倍！"

孔四贞很感激，施礼道："多谢额娘、皇上的大恩。"

苏麻见孔四贞又羞又喜，忙过来跪地道："奴才恭贺和硕格格，别人都是夫贵妻荣，孙将军可是妻贵夫荣啊！"

孔四贞望了苏麻一眼，昔日那个蓬头垢面的叫花子，也已出落成亭亭玉立的大美人。刚想骂她一句，可一想，她现在已是皇太后和皇上面前第一等的红人，怎可造次？只好伸玉指点了她一下，嗔怪道："早知当初不要你，看你还怎么取笑我。"

屋子里立刻充满了笑声。

不久之后，鳌拜得到了有关汤若望的上书，并借此机会大杀洋人，消灭洋教，并将汤若望、南怀仁等抓入牢房。等了几日，经过了南怀仁对日食的预测等事件，四大臣都下了决心要杀，以绝后患。

谁想第二日，索尼等四人手捧奏章来乾清宫上奏。康熙坐在御座上，身边站着苏麻喇姑和近侍张二毛。

"宣辅政大臣上殿——"

张二毛高喊了一声，四个辅臣鱼贯而入，刚至殿上，忽觉天旋地转。索尼年老几乎栽倒，苏克萨哈伸手扶住了他。遏必隆和鳌拜忙伏在地上。

"快，地震了，快保护皇上！"苏麻喇姑一声高喊，早已用身子护住了康熙，外面马上蹿出两名侍卫罩住了皇上，和张二毛扶着康熙出了大殿。

连震了三日，整个京城和皇宫像海上的船一样摇晃，皇上、太后、嫔妃们已不敢住在宫中，纷纷在宫院内搭起了帐篷。

京城一片惊慌，许多年久的民房震塌了，只有在废墟上搭起简陋的草棚。东北角的城墙断了数十丈。

伴着人们的惊慌，流言也慢慢传开了："为什么地震？听说朝中要废新历、杀洋人，上苍发怒了。"

"哪儿呀，听说钦天监里那个洋老头是先帝爷的玛法，现有人要杀他，先帝爷显了灵，警告他们一下。"

"简直就是倒行逆施，新法推行已有数年，为何要废？西洋人推算日食完全正确，还要杀人，简直是蛮不讲理，天理不容！"

种种议论在京中流传，最终传言也到了宫中。慈宁宫院内的帐篷里，孝庄正搂着康熙，身旁站着苏麻喇姑，篷外立着一等护卫索额图和一等侍卫费扬古。

"太皇太后，这次地震均因狱讼不公所致，汤大人何罪之有，要处凌迟？"苏麻喇姑在一旁愤愤道。

孝庄的脸上笼着一层灰色，搂着康熙不出一言，但从表面上看，她正在生气。

四名辅臣齐跪在孝庄面前，伏地不语。御座上的康熙和旁边的孝庄都是满脸冰霜。

"四位大人，此次京师闹地震你们都听到了什么？说与哀家听听。"孝庄冷冷道。

四人心里明白，此次天象示警，朝野震惊，纷纷议论狱讼不公，上苍发怒了，但他们敢说吗？没有人敢说一个字。

孝庄越想越气，抓起御案上辅臣原折，用力掷在地上，厉声喝道："汤若望乃先帝信任之臣，必须立刻释放，所有洋人，一个也不准杀，如若引起外患，何人负责？"

索尼跪在地上，直了直身子道："请太皇太后息怒。汤若望及其他洋人可免处罚，但新历法必废，李祖白等人必伏法。新历法乃昔日睿王为照顾汉人而定，今中原已定，应首崇满洲才能凝集八旗子弟，固国基，长治久安。"

"臣附议索大人。废新历系议政王会议定议，若完全推翻，恐遭众臣不满。再说，西洋人在中国传播洋教，毁我圣教，蛊惑人心，阻大清对汉民的归化。李祖白等人崇洋媚外，鼓吹西学，背家忘祖，罪当该诛。"鳌拜也向前挪了一步，奏道。

"臣也附议。应废新历，免汤若望等人之职，任命杨光先为钦天监正。"遏必隆瓮声瓮气地也在后面奏道。

苏克萨哈见自己孤零零地跪在后面，忐忑不安，按心愿他也想附三人之意，但他见太皇太后脸色难看，知道她心中不悦。汤若望是她的义父，又帮了她不少的忙，她怎能同意杀汤若望呢？现在辅臣已让步，太皇太后应顺水推舟才是，不可再驳辅臣之请，否则就会出现对峙局面，双方就不易收场了。于是，他道："太皇太后，臣以为汤若望乃先帝信任之臣，可以免罪，洋人应遣送回国，恢复我中华圣教。至于新历法之用废，臣请太皇太后尊重议政会之议。"

太皇太后早已明白了，汤若望可以不杀，洋人必遣，新历法必废。她一时也想不出什么理由说服四位辅臣，只好挥挥手道："你们跪安吧。"

不久后，钦天监里的李祖白等五个中国人被处斩于午门外。新历法废除，仍复行大统历，杨光先出任了钦天监正。野蛮战胜了文明，也造就了一段悲哀的历史。

汤若望刚入狱，又气又急，一夜间嘴歪眼斜，神情痴呆，吃饭也不能自理，多亏了南怀仁在狱中精心照料。出狱后，南怀仁把他抬到宣武门外的教堂里，由几个神父轮流照料，又活了两年，终老于教堂内，走完了他人生的最后一段路程。这两年，多亏孝庄多次恩赐赏了几千两银子，才没让他饿肚皮，总算得以善终。

通过对洋人的打击，鳌拜的势力愈加发展起来。

这天，鳌拜府里觥筹交错，众宾喧哗；慈宁宫中君臣相对，沉思无语。

孝庄坐在殿上，康熙坐在她的旁边。此时的康熙已年满十三岁，长成少年了，多了几分沉稳和老成。老臣索尼坐在太后的对面，索额图站在父亲身后，苏麻喇姑立在康熙的旁边。他们好像正在商量什么事。

孝庄看着索尼道："索大人，依你之见，应选谁来教皇上呢？"

索尼沉思了片刻，奏道："回太皇太后，皇上已年满十三，满、汉文也已通晓，不必再请教师授课。且皇上年岁渐长，政事也可处理一些，也没时间就读。依臣之见，可选一博学鸿儒，伴在君侧，赐之侍读，可时时为皇上传道、授业、解惑。"

太后点点头："此言甚是，现在天下太平，马上可得天下，但马上不可治天下，应多学汉书诗文。可选一二汉学大儒侍读。"

康熙在一旁道："索大人，千万别选那些迂腐的学究，朕学汉文不是应试科举，而是治国安邦，八股艺文不必学，只学治术，所以应选一开明的儒者。"

孝太后微笑着点点头，她为孙子的远见卓识高兴。索尼道："皇上所言极是，若说开明之儒者，应是那些视功名如粪土之流。他们无功名之累，治学方可脱八股之白，而此种人，多为江南才子，他们恃才傲物，浪迹天涯，不居于官场，怎可求而为师？臣倒有一个人选，不知圣意如何？"

"索大人所言何人？"太后问道。

"熊赐履。"

太后点点头，她听说过这个名字，好像是一个很有名的学子，在顺治年间参加了科举考试，取得了功名。

索尼见太后点头，心中大喜，又见康熙面有疑虑，便道："此人乃湖广有名的才子，出身世家，家学源远流长。早年家境较好，自恃才高，鄙视功名，游学于江南各地，颇有士名。后受我朝感化，进京取功名，前朝进士，与状元徐文元同榜，二人互有唱答。现在翰林院任御史。"

康熙听了熊赐履的履历，很感兴趣，便点头道："朕有这样的老师，定能学到好的学问。索额图，以后碰到一些什么才子、名流替朕多结交几位，朕要看看那些才子都是些什么人。"

"臣遵旨。"索额图忙领命。太后和索尼微微笑了起来。

这天在东便门，微服出宫的康熙在一个偶然的机会，自鳌拜的家犬手中救下两个人。此二人一个自称李贯，而另一个自称明珠。

在费扬古的引荐下，二人来到一顶轿前。轿帘轻轻拉开一条缝，露出一张十几岁少年的脸，红润饱满，双目炯炯。他对二人点点头，算是打招呼，马上又放下帘子，小轿继续前行。

李贯和明珠暗暗吃惊，京中乃藏龙卧虎之地，这位少年虽年轻，但气宇冲天，盛气凌云，不知是哪府的贝勒、贝子爷。

行不出二里，来至一酒楼，匾曰：徽州会馆。刚至门口，早有一人站在门口迎接，一人挑门帘，那人伸手扶过主人下了轿，快速向后房而去，边走边小声道："主子爷请慢行，小心脚下。"

来至正房，早有一三十多岁的书生立在门口，双手抱拳迎道："在下周南恭迎龙公子。"

龙公子微微一笑，抱了抱拳，算作还礼。

原来徽州会馆里住的是曾上书要求太后垂帘听政的周南，当年伏阙上书，偶遇索额图，索额图便把他带回府上，代他上交了奏书。后与周南交谈，才知他虽为秀才，但学识渊博，很有功底，便想留他在府中。无奈周南颇有儒生的清高，不愿在索府白食。索额图没办法，只好把他送到徽州会馆，每年给会馆送些银两供奉周南，由会馆出面挽留周南在京中游学，免费食宿。这周南原本就是个学究，哪得这等机会，便应了下来。每日由会馆提供食宿，自己则到京中各大名刹古园，游览交友。索额图也时常带一些名儒来与他交游，所以这周南便乐不思蜀了。

今日，听索额图说有位大府的龙公子学养很深，想来拜访，也很高兴，不想这公子太年轻了，仅仅十二三岁，周南有些不悦。

索额图把龙公子让到了主席，又让周南紧邻公子而坐，自己坐在周南旁边，费扬古让李贯和明珠坐在自己的身旁。

索额图笑对周南道："周先生，这位就是龙府的少爷龙公子。这位是龙府的管家费大人，这两位是……"

费扬古忙道："这两位是龙府的朋友，这是李贯，这是明珠。"

李贯和明珠起身向众人抱了拳，索额图微微点头。

坐在主位上的康熙看了看周南，其人相貌不扬，索额图老夸他有才学，今日倒要试试他的真本事。

"周先生，索大人常说先生乃饱学之士，为何不入闱科考，求取功名呢？"康熙微笑道。

周南闻声，轻轻笑道："功名功名，有功而名，若无功而得名，则名不副实。自古以来，武将攻城略地，因功而名；文人学士则全靠朝廷选拔。昔日选士由乡选改为九品官人之法，又由九品官人法改为科举选士。先古之士，可微公卿，游列国，说诸侯，择主而从。曹刿以布衣之躯与鲁庄公同驾，长勺之战，弱鲁而胜强齐。烛之武凭三寸不烂之舌，而退秦国数万之师。更有甚者，苏秦凭腹中之墨可舌战六国君臣，兴六国之师西向叩秦。此士子者皆能以功而得名。隋唐以来，科举盛行，风气大变，尚空谈，轻实务，文风浮泛，士品日下，既无安民之志，又无治国之才，图虚名，求俸禄者日众；保人主，富民生者寡。十年寒窗，专制八股之艺；'四书五经'，唯代圣人立言，发乎情，止乎理，言不由衷。朝廷以此取士，欲求国富民强，安能得焉？"

索额图边听边不时去看康熙，见主子并无愠色，这才松了口气，暗暗为周南捏了一把汗，这不是攻击朝廷科考吗？好在现在科举暂停。

有人听了觉得周先生的想法很有独到之处，可有人就听不习惯了，坐在下首的明珠脱口道："周先生，求俸禄者又有何错？民以食为天，人不吃饭岂能活下来？有俸禄又可改善生活，先生久居京城，不在享生活之乐吗？求俸之心又有何可责之处？"

周南看了看明珠，知道他是一心求取功名之人，便道："这位兄台所言极是，自古以来折磨读书人最多、最痛的就是'仕'与'隐'。这是读书人必走的两条路，有的仕，有的隐，有的因仕而隐，有的因隐而仕。所以古有孔孟儒学，又有老庄玄黄。姜太公垂钓渭水，封神拜相；谢灵运弃高宅深院而遁迹山林，在下不才，愿学隐士。古人云，小隐于林，大隐于市。李太白隐迹终南，屡屡回望长安；陶渊明结庐人境，采菊识酒，心远地偏。还有唐之王维，竟能隐于朝，乃千古至隐也。"

康熙笑道："王维不是隐士，他不过是空领俸禄，而学禅事佛，国之罪人。大隐于朝者，应是苏轼之流，宠辱皆忘，一心为民。"

"好！高！无怪乎索大人说龙公子才高学深，今日一见，果然不假，公子所言极是。"周南赞道。众人纷纷点头应和。

费扬古见大家谈笑风生，不由得插话道："周先生所言士人多隐，若辞官隐退，置君王何处？岂不违了君命？"

周南侃侃而谈，"天子之命系于民命，两者相较，民贵君轻。唐之魏徵曰：'民，水也；君，舟也，水能载舟，亦能覆舟。'所以孟子云：得道多助，失道寡助。得民心者江山稳，失民心者，江山易色。终必所然。士人生来先天下之忧而忧，后天下之乐而乐，以富天下百姓为己任。穷则独善其身，达则兼济天下。所以，士子隐与不隐，不在士人，而在天子，明君盛事，无人去隐。"

索额图听了这话，脸上不禁变色，瞟眼看康熙正全神贯注地听讲，这才稍稍心安。

"周先生，你以为天子怎样做才可得士子之心？"康熙问道。

"士为知己者死，女为悦己者容。天子欲得士人，使用上放心，生活上关心，感情上要交心，这样才能留住士人之心。"

康熙微微点头，他这才相信索额图所言，怪不得昔日朝廷为延揽江湖人才，常开博学鸿词科，江湖中真是藏龙卧虎，单这周南就非一般举子所能及，而他却只考取了秀才。熊赐履乃江南才子，名播天下，他在君前也不敢如此讲说。听此一席话，胜读十年书。

康熙一边想，一边看下首的二人，见明珠时常插话，长得像个满人，不知为何流落街头以卖艺为生，听他刚才所言，倒是一个热衷功名、有出世之志的人。

"这位来自哪儿？为何会流落街头？"

明珠见龙公子问自己，马上面有戚色，低首道："在下明珠，姓叶赫那拉，正黄旗人。说来祖上也是龙子凤孙，先父尼雅哈在多尔衮执政，统领上三旗时，在睿王帐下任佐领，从龙入关。后来多尔衮被挫骨扬灰，先父株连罢官，连羞带气，一病不起，至此家道衰落。后随族人流落蒙古，蒙古大公念及先父旧情，可怜我们，给了一小块地。不料去年秋天，鳌拜说正白旗的地原是镶黄旗的，昔日多尔衮硬行换去，现在重新换回来。蒙古大公赠的这块地正是正白旗的地，要重新交给镶黄旗人。我原想祖上是正黄旗人，鳌拜念及旧情，讲下情面，会留下来，可穆里玛铁面无私，在大雪天硬把我们全屯的人赶了出来，一把火烧了村子……惨哪！"

康熙暗暗吃惊，没想到面前这人原是正黄旗人，更没想到鳌拜竟敢私下抗旨圈地。他故作平静道："叶赫贝勒金台石是你什么人？"

明珠也是一惊，想不到这龙公子竟知道自己爷爷的名字，忙应道："正是在下的爷爷。"

康熙点点头，他从小就在满文老师的指导下学习国语、国史，从努尔哈赤诞生起，任何一件有影响的事都在国史中，这位叶赫金台石是在努尔哈赤平叶赫时归顺后金，后被封为贝勒的。

"你为什么会流落京城街头？为何不去换地的地方？"

明珠泣道："鳌拜指定所换之地远在河南，这冰天雪地，走不到地方，早饿毙雪中。在下来到京师想投奔先父的朋友，混口饭吃，谁知人情薄如纸，无人理在下，只好流浪街头以卖艺为生。不想今日又遇上官爷，多亏费大人和李大侠相救。"

费扬古摇摇头道："不是在下救你，是龙公子见你功夫很好，派在下前去相救。"

明珠忙起身向龙公子施礼道："多亏公子爷相救。"

康熙点点头，又道：

"你先父何在？家人何在？"

明珠闻言，泪如断线珍珠，泣道："全家赶往京师，不想在热河太平镇又遇上了一股匪盗，全家惊恐。先父让在下与小叔先走，自己断后抵抗，在下与小叔只得逃跑。可怜先父难抵匪盗，被杀身亡。匪盗一路狂追，又用箭射死了小叔，只剩明珠一人逃离了虎口。"

言罢，明珠泣不成声。康熙劝道："不必悲伤，你是有功名的人，又通文墨，将来会有晋身的机会。"

康熙又转向李贯，刚想问什么，忽见曹寅挂剑从外面快步走来，附在耳边轻声道："太皇太后有请。"

康熙知道朝中出事了，马上站起来，对索额图道："快回府，费大人，好生安置明珠和李大侠。"

说罢起身，众仆从匆匆而去，只留下明珠、李贯、周南和费扬古四人。

回到宫中，径直来到慈宁宫，远远看见太皇太后正满脸阴云坐在殿上，旁立一位大臣，是户部尚书、正白旗大臣苏纳海。

苏纳海见了皇上，马上跪地："臣苏纳海叩见皇上。"

"平身吧。"康熙边招呼苏纳海，边给太后施礼。太后挥挥手道："不必多礼，快快与苏大人商量一下朝政。"

苏纳海忙奏道："启奏皇上，鳌拜私自下令要把镶黄旗和正白旗的土地交换，并已私派官吏到河南、直隶、山东等地推行换地令。臣以为土地分拨已久，且康熙三年（1664年）奉有民间土地不许再圈之旨。此地不能更换，请皇上、太皇太后下旨将鳌拜之议驳回，停止换地。"

康熙瞟了一眼太皇太后案上的奏折，对苏纳海道："这儿没什么事，苏大人跪安吧！"

苏纳海见皇上没表态便赶自己走，一时不知所措，只好忐忑而去。

康熙望着孝庄的脸，祖孙对视良久，康熙才道："刚才孙儿在京城大街上碰到叶赫贝勒的后代，也被圈地，流落街头以卖艺为生。昔日叶赫氏有功于大清，让其后代流落街头必使忠臣心寒，此过与朝廷处置不当有关，但直接原因乃鳌拜圈地。"

孝庄愤然道："这四位辅臣也太胆大妄为，竟敢私自下令换地，全然不顾哀家谕令。索尼、鳌拜等人均为两黄旗重臣，一直忠于皇上，此时怎会如此狂妄？看来任何人一旦掌权，都会生野心，不可不防啊！"

"太皇太后如何处置此事？"康熙问道。

"索尼、鳌拜都是老臣，哀家素日待他们不薄，对此事可能一时头昏，哀家下谕责斥。诏懿旨中止勘换。他们若还承认哀家是太皇太后，必定会罢手。"孝庄很自信地说。

一道谕令下到六部、各寺、院、议政王等处，谕令道：

"治国之要，莫先安民"，此乃太宗遗训，行之多年，治国有效。圈地乃入关之初，为养八旗之兵，稳定国势而定的权宜之策。今军民安居乐业，天下和平，圈地早应禁止，康熙三年朝廷特下谕令：民间之地禁止再圈、再换。今辅政大臣，为己利所动，竟敢私自下令，调换两旗之地，兴师动众，侵财扰民，旗民汹惧，民怒沸腾。尔原本先帝顾命大臣，怎能不思国家之安，而擅动国策，悖妄之至。特下旨立命停止换地，以巩国基，安万民之心。

众人看了太皇太后的谕令，长长出了口气，心想这事将要中止了。

但谁料鳌拜不仅没有听从，反而下了决心要抗旨，而且也开始蓄谋报复上报的苏纳海等人。

康熙五年（1666年）三月，鳌拜以辅臣定议下令换地。换地令一出，所涉三省十个州县顿时乱作一团。原来是小规模地圈换，偷偷地掩人耳目，现在是正大光明的了。

换地令下到户部，侍郎马尔赛对苏纳海道："苏大人，鳌大人的换地令已下，请大人速派换地官员，勘换土地。"

苏纳海看了一眼马尔赛那得意的神色，严肃道："两旗土地已种二十余年，土地难以丈量，三省正白旗人又不肯指出地界，一些镶黄旗人也不愿换，不肯受地。本官已下令三省，撤回换地官员，候明旨进止。"

马尔赛一听，就知道这苏纳海已公然对抗鳌拜，于是马上跑去向鳌拜等人告密。

在苏纳海再次反击时，苏克萨哈也接到了直隶、山东、河南三省总督朱昌祚和直隶巡抚王登联的联名上疏。苏克萨哈看罢奏疏，马上动身进宫，要求面见皇上。

苏克萨哈脸色苍白、步履踉跄地走进上书房，伏地叩首道："皇上，臣有下属急疏，敬请御览。"

康熙正与曹寅一起读书，忽见苏克萨哈如此紧张的模样，也很惊异，忙问：

"苏大人有何要奏？"

苏克萨哈忙从袖中抽出奏疏，曹寅接过递给康熙。打开一看，康熙惊住了，额上渗出汗来，只见上面写道：

圈地乃先朝陋规，太祖时即欲免除。今入关定轿，抚有中华，更应休养生息，扶植农桑，富国强民。陛下登基之初已废圈地，康熙三年又重申此令。今不知何故，强令正白、镶黄两旗换地，京江各州县一闻圈丈，自去年秋收后周围五百里尽抛弃不耕，民地之待圈者，寸壤未耕；旗地之待圈者，半犁未下，早已荒凉极目。且因旧业难守，百姓有米者已粜卖干净，无资财者也要远徙他地。寒冬腊月，霜雪填壑，即使远徙，哪有栖身之处？故仍相聚本地，人多地少，难以为生。况且所谓地丁相依，土地被圈占而丁身仍在，虽赋税免除而徭役仍存。百姓糊口尚难，又以何纳赋徭之资？国家的课税必减，无论男女老幼，环泣于臣等马前，无论旗民汉人，均怨声鼎沸，千百士子，纷纷上书，请罢圈地。今京东各州、县旗民失地者不下数十万，田荒粮竭，何以为生？百姓又怎能不铤而走险？……换地之令，倘若果真出自皇帝钦令，臣等又何敢越职陈奏？奈何他人弄权，矫旨颁诏，将圈地之命强加于民，臣等又何敢不言？

"砰"的一声，康熙的拳头砸在案上，"嚯"地站了起来，刚想发作，忽又想起苏麻常叮咛的"万事毋急"，马上又克制了自己。

上书房里静得能听到各人的心跳，曹寅立在一旁。苏麻听到捶案声，也来到了门口，不敢进来。康熙哼了一声对苏克萨哈道："此奏理应交与辅臣们定议，再呈御览。为何僭越了？是不是苏大人的地也被换了，心中不快？"

苏克萨哈有些吃惊，没想到自己冒死送疏，得到的竟是皇上的这句话，心中愤然，道："此三省百姓所遭之苦，奴才内心之苦何足道？奴才一心为朝廷着想，不想再挑事端，特奏请皇上。"

康熙冷冷道："你所奏之事，朕自当细细体察。尔与鳌拜等人共为辅政重臣，同受先帝之托，应同心协力，不应参与党派之争。跪安吧！"

苏克萨哈越想越气，自己一心尽忠，上奏皇上，可皇上竟如此冷淡。

康熙早已又气又惊又怕，他万没想到鳌拜会公然抗旨，但他也不知应如何处理，所以不能过早暴露心迹。另外，苏克萨哈是正白旗人，鳌拜是镶黄旗人，正是此次纠纷的两旗之人，他们之间有没有党争派斗？所以康熙并没表态，他不想让人看出他支持哪一方，在事实真相未弄清楚之前，更是如此。

帝王就是帝王，自有帝王的一套处世哲学。康熙六岁就读了《帝王心鉴》，他知道皇帝的尊严，不但要靠天意，靠仁义和智信，还要让臣子们永远摸不着心迹，庙谟越深，躬虑越远，臣子们越感神秘。神秘的东西总是尊贵的。

苏克萨哈刚走，康熙便把奏疏塞进袖中，对曹寅等人道："朕去后宫请安，尔等在此哪儿也别去。"

到了慈宁宫，康熙才缓过一口气来，身上已隐隐出了一身的汗。

孝庄见康熙满头大汗，气喘吁吁而来，不由得大惊，忙问道："皇上，出了什么事，如此惊慌？"

康熙没说话，从袖中抽出奏疏递与孝庄。孝庄展开一看，立刻大惊失色。看完之后，她满脸的惊恐，呆呆地怔了半响，才道："这奏疏是何人呈上来的？"

"苏克萨哈。"

"苏克萨哈？"太后仍心悸不已，望着孙子，她有一种难言的不安，惊恐道，"皇上怎么看这事？"

康熙也没主意，疑道："他们会不会是派系争斗？先朝就有'北南之争'。"

太后摇摇头："不会的。苏克萨哈为人耿直，不会因区区小事而失节操。若无圈地之事，他万不敢妄言上奏。"

"皇祖母以为此事该如何处置？"

孝庄思虑良久，最后道："把这奏疏仍送归苏克萨哈，让他交辅臣们商议，定议后再上奏。我们不能乱了方寸，先看看辅臣们的意见。"

康熙点头，立刻派人把奏疏送回苏府，静候音讯。

苏克萨哈接过侍卫曹寅送来的奏折，一下子跌坐在椅子上。查克旦忙问道："曹侍卫，皇上发回奏疏，有何圣谕？"

曹寅见苏氏父子十分沮丧，也不好说什么，只有传谕："圣上有旨，差苏大人把奏疏交辅政大臣定议后再上奏。"

苏克萨哈把奏疏轻轻放在案上，一言不发，眉头紧皱。查克旦把曹寅送出府门，回到客厅，见父亲仍在那儿呆坐，轻声道："父亲，皇上退回奏疏意欲何为？皇上对我们父子是不是不再信任了？"

苏克萨哈轻声道："圣意难揣，此次发还奏疏，绝非喜事，你我父子多加小心，少说话。"

查克旦点头，望着苏克萨哈说道："明日廷议，我们父子不要说话，说了也没用。罢不罢圈地，不在我们，而在皇上和太皇太后，他们早知此事的危害，若圣上无力回天，我们岂不是以卵击石，徒劳无益？"

苏克萨哈瞪了儿子一眼，愤然道："为父身为辅臣，怎可对此置若罔闻？有没有益是次要，重要的是让皇上知道有人反对圈地。畏难避死，算什么忠臣？"

查克旦不敢再说什么，他知道父亲的脾气。苏克萨哈幽幽地说道："这次怕朱昌祚、王登联凶多吉少了。"

乾清宫的东暖阁，四位辅政大臣正在议事，苏克萨哈把朱昌祚的奏疏拿出来传阅。鳌拜没看完就扔在了地上，暴怒道："怪不得换地之事迟迟不能进行，朝中有人反对，地方上还有人抵抗。结党抗旨，该当何罪？"

鳌拜先看看索尼，后来又把目光停在苏克萨哈的脸上，一动不动地盯着。

苏克萨哈并不畏惧，而是朗声说道："本官以为二位所奏是事实，圈地令早已被废，再行换地才是抗旨。"

"苏大人，依你之言是我鳌拜抗旨？我们受先帝之托，辅佐幼主，理应遵循先祖和太宗之法。圈地又为何不行？若不是有人结党抗旨，为何反对的均为正白旗人？这奏疏又为何送到苏大人的手上？"

苏克萨哈也站了起来，厉声道："鳌大人，不要以小人之心度君子之腹，在下虽为正白旗人，但不是为自己的私利而反对圈地，是为三省百姓请命。"

"好啦，你们都坐下，身为辅政大臣，还有点大臣的风度吗？这事也怪不得鳌大人，昔日多尔衮凭什么把镶黄旗的地换给正白旗？"索尼颤巍巍地说。

听话要听音，刨树要刨根。听了这话，就已知道索尼是站在什么立场上了。

遏必隆也站了起来，走到二人中间，笑道："坐下，坐下，二位大人，都是为了朝廷，不必大动肝火嘛，我们同朝为官，又共列辅臣，怎能为这事伤了和气？依本官看，此事交议政王会议商议如何？"

遏必隆看了看鳌拜，又看了看苏克萨哈，见二人都不说话，便从地上捡起奏疏，掸了掸上面的灰尘，笑道："此事就这么定了，明日议政会再议此事。"

议政会如期举行，议政王、议政大臣、各部尚书坐了满满一屋子。

安亲王岳乐主持会议，此时的议政王已是今非昔比了。有四位辅臣，议政王成了一个摆设，毫无实权。岳乐忙宣布开会，鳌拜突然站起身，大声喝道："来人，把苏纳海拿下！"

众人大惊，还没回过神来，早已在门外等候的纳莫已率侍卫蹿入屋里，把苏纳海拿住。苏纳海不服，大声吵道："鳌拜，你凭什么抓人？本尚书乃当朝一品大臣，岂是你说拿就拿的？"

"来人，摘下他的顶戴花翎。"鳌拜冷冷一笑，"昨日辅臣定议，苏纳海与朱昌祚、王登联三人结党抗旨，纷纷妄奏，辅臣已命吏部革去三人的职务。阿思哈大人，是不是？"

吏部尚书阿思哈忙起身道："正是如此，吏部会议，革三人之职，交议政会议处。"

苏克萨哈又去看索尼，索尼目光斜视，对面前之事不闻不问。苏克萨哈知道，自己反对也没有用，白白让人怀疑与他们三人结党，只好思索如何营救三人。

鳌拜见苏克萨哈重重坐下，朗声道："苏纳海身为户部尚书，对朝廷旨意不理不睬，拨地迟误，并与朱昌祚、王登联结党，纷纷妄奏，抗旨不遵，违背祖制，欺君罔上，大逆不道，理应处死。"

此言一出，屋子里一下子静了下来，没有人敢说话。

"我反对。苏纳海等人并没有违旨，废止圈地，在康熙三年就有谕令，禁止圈、换土地，此乃太皇太后和皇上之意，不为违旨。三人共为社稷分忧，共同抵制圈地，怎能说是结党呢？"苏克萨哈义正词严，针锋相对。

"遏必隆，你的意见呢？"鳌拜瞪着遏必隆，逼他表态。

"本官附议鳌大人，三人理应处死。"遏必隆是镶黄旗人，当然偏向鳌拜。一旦圈地成功，他不但可得良田，而且田产也会增多。

索尼是正黄旗人，换地没有他的事，所以不愿介入其中，只好说道："两旗换地之争，本官不想介入。此次换地始于昔日睿王，情有可谅。"

大家看得很清楚，四位辅臣有两个赞同，一人中立，一人反对，三对一。形势明朗后，阿思哈、噶褚哈、班布尔善纷纷附议鳌拜，众亲王多是镶黄旗人，见鳌拜占上风，也纷纷倒向鳌拜。虽有豫亲王多尼等人反对，但大局已定，苏纳海三人被论死。

朱昌祚的奏疏和议政会论死三人的奏议被一同呈给了康熙，他看了奏议，惊得半晌说不出话。三位大臣被论死，非同儿戏，自己一点不知情，辅臣们和议政会便定议了。

康熙阴着脸，对立在一旁的苏麻道："苏麻，太皇太后起床了没有？"

孝庄身体不适，昨日康熙去了两次，现在还要去。

"太皇太后已好多了，想必已起床了吧。"

"快，去慈宁宫给太皇太后请安。"

孝庄坐在床上，看到康熙送来的奏议，十分震惊，想不到鳌拜再次矫旨。这不是错杀几个人的问题，这是一种威胁、一种挑战。她看到孙儿脸上的一丝阴影。

"皇祖母，这鳌拜也太专横了，敢一错再错，多次矫诏。孙儿以为，此次要驳回他的奏请，给他点颜色看看。"康熙愤然道。

孝庄摇了摇头，无奈地说道："孙儿，此事万不可如此，眼下这局面不可妄动。"

康熙一惊，望着孝庄道："皇祖母，鳌拜不过一辅臣，为何如此？昔日多尔衮死后，郑亲王当政时，皇祖母不也是一脚踢掉了他，今日为何不能一脚踢掉鳌拜，他比亲王还厉害吗？"

孝庄叹了口气，道："晚了。他是先帝的顾命大臣，名正言顺，现在又有满朝大臣们的支持，连索尼、遏必隆也支持他，权高势众，非济尔哈朗可比。咱们没有一击就中的把握，若贸然出击，不但于事无补，反会将自己逼上绝路。"

康熙更为惊恐，忧道："有何良策可解眼下之急？"

"对鳌拜只有等待，慢慢寻求对策，万不可惊动他；对三位大臣，皇上可亲召尽量保住他们的性命。留得青山在，不怕没柴烧。实在不得已，也只有随他去了。"

四位辅臣来到养心殿，共同赴圣上之召。见到坐在御座上的康熙，四人赐座一旁，等候圣训，还没等皇上说话，鳌拜便道："皇上，朱昌祚的奏折和议政会的奏议已御览了吧？"

康熙心中不悦，这人也太性急了，没等问他，他倒先问起来了，于是道："昨夜已批阅了，朕留中了。"

"留中"就是暂时扣下不发，不直接表态。

鳌拜微微抬头，不卑不亢，揖手道："皇上，苏纳海、朱昌祚、王登联身为封疆大吏、国家重臣，不遵圣训，欺君罔上，已无人臣之礼，现宣斩首，不知皇上为何将大逆不道之奏留中？"

这话说得很响亮、很有底气，震得暖阁抖动。康熙不由得暗自怒道：大逆不道的应是你。但他表面上仍微微笑道："满汉人等已和睦相处二十余年，并无隔阂，两旗之地也已耕种日久，今日若再换圈地，挑起事端，让百姓背井离乡，不为善政吧？朱昌祚之疏虽有不实之词，朕观其本意，三人倒是一片赤诚。"

鳌拜霍地站了起来，愤然道："满汉杂居，旗人日久皆被汉化，失我祖家古朴之制，理应圈地而居。"

"鳌大人，汉民难道不是我朝子民吗？"一旁的苏克萨哈忍不住出言相讥道。

"苏大人当然会反对圈地，你现在种的良田沃土，二十年前就应该是我们镶黄旗的，都因多尔衮以权势相压，强行换去，现在换回天经地义，理所当然。"

索尼见鳌拜在君前无礼，厉声道："鳌大人，别再翻陈年旧账了。"说罢，又转脸对康熙道，"皇上，此次圈地情有可原。苏纳海等人竟敢抗旨不遵，理应重惩。"

康熙见索尼也为鳌拜开脱，只好来问遏必隆："遏爱卿意下如何？"

遏必隆早已变成鳌拜面前的一条狗，忙道："臣附议鳌大人。"

康熙见苏克萨哈愤愤独坐，一语不发，便明白他的心思，也不问他了，平静地说："三人虽有无礼之处，但念其所为纯出于公心，应从轻发落……"

没等康熙说完，鳌拜就愤然卷起衣袖，高举拳头，厉声咆哮："欺君之罪，本应凌迟处死，今斩首于市，已是从轻发落。皇上如此优柔不决，何以警戒后人？不斩三人，老臣誓死不容！"

不知鳌拜是气急败坏，还是感到步入穷途，此刻竟敢如此嚣张，君前无礼，根本没把康熙放在眼里。

康熙铁青着脸，默不作声，但鳌拜仍立在那儿喘粗气，索尼低首不语，遏必隆笑望康熙。苏克萨哈闭着眼，胸脯剧烈地起伏。

"请皇上圣裁！"鳌拜离座向上走去。康熙一惊，瞪着鳌拜。鳌拜碰到圣目，自感心虚，忙低下头。

康熙沉默良久，长出了一口气，叹了一声，抓起笔，写了两行，加盖玉玺，起身道："念三人乃大清重臣，留个全尸吧。"说完，黯然神伤，径直甩手而去。鳌拜像饿狗碰上一堆热屎一样，忙冲了上去，抓起御案上的圣旨，只见上面写道："苏纳海、朱昌祚、王登联不遵上命，着即处斩，钦此！"

鳌拜很高兴，捧旨而去，连看索尼一眼也没有。三人这才知道，自己的辅臣之名已打了折扣。

刑部大狱里，吏部尚书阿思哈手捧圣旨对着牢中三人宣道：

奉天承运，皇帝诏曰：苏纳海、朱昌祚、王登联不遵上命，着即处斩，绞死午门，钦此！

合上圣旨，阿思哈不无得意地笑道："三位大人，请上路吧！"

苏纳海突然吼道："阿思哈，快把我们的朝服拿来。皇上圣旨中并没有革我们的职，我们仍是当朝大员。我们要穿着朝服上刑场，否则我们就撞死在狱中。"

阿思哈一怔，忙看了一遍圣旨，真没有革职之词，是皇上忘了，还是特意的，谁也不知道。他只好跑到鳌拜面前，气喘吁吁道："鳌大人，不好了！不好了！"

"什么事如此惊慌？"鳌拜满脸的不悦。

"鳌大人，苏纳海说圣旨上没有革职，他们闹着要穿朝服上刑场，否则就撞墙而死。你看这……"

鳌拜也是一怔。想了想，当时皇上不知是气还是急，圣旨下得太草、太简单。再去讨旨，自讨没趣，不让他们穿朝服，真撞死狱中也不好交差。最后只好挥挥手道："去，去，去，给他们穿上，看他们又能如何？穿上朝服也难逃一死，死到临头还穷讲究！"

"大人，这监斩官还是让刑部的人担任吧，原本这事就该刑部管，下官插手怕人议论。"阿思哈怯怯地说。

鳌拜瞪了他一眼，不满道："太小心了吧？让刑部侍郎吴法监斩吧。"

"多谢大人！"阿思哈遇赦似的跑去了。

就这样，三位重臣身着朝服含冤而死。

【第十四回】

鳌拜骄横欺圣主，康熙多智擒逆贼

鳌拜在与皇权和同僚的争斗中屡屡获胜，他的信心增强了，欲望也膨胀了，这不能不引起慈宁宫的忧虑。一个新的计划诞生了。

慈宁宫内灯火辉煌。孝庄望着身旁的康熙一天天地长高，心中略略宽慰，笑笑道："孙儿，今年十三了吧？该娶亲了，你父皇就是十三岁娶亲，十四岁亲政。想没想过聘什么样的皇后？"

孝庄自与儿子争斗了十几年，自己的想法也改变了许多，凡事不能强求，特别是婚姻之事，要与孙儿多商量、多劝导他们。

康熙稍稍有些羞涩，摇摇头道："孙儿从没想过这些事，不过，皇祖母一直认为蒙古是我大清的龙兴之地，儿臣也想聘个蒙古公主为皇后。"

孝庄闻言，眼泪差点儿掉下来了。这话若是从儿子嘴里说出来，她会高兴得如何啊！母子成仇，儿子英年早逝，这一切的一切都与这个夙愿有关，可儿子以生命的代价与自己斗，结果两败俱伤。三位蒙古皇后、嫔妃，无一人生下儿女，断送了自己的美好愿望，倒是这孙儿能懂得自己的苦心，但现在这一切又都不重要了。她笑了笑，摇了摇头。

康熙不解，大惊道："皇祖母，你与先皇争了十几年，不就是为了这个吗？为何现在又不同意了呢？孙儿要让蒙古女人永远是大清的皇后。"

孝庄叹息了一声，对康熙道："孙儿，你以为皇祖母是为了自己要立蒙古女人为皇后的吗？我朝入关不久，立足未稳，必须依靠蒙古的力量才可定鼎中原，安抚中华。可是你先父不懂此心，一味追求男女之情。孙儿啊，皇上能全为了情吗？不能！平常之人可以为情而死，为情而生，可皇帝要代天牧民，要以天下为重。"

康熙点了点头，很懂事地说道："一切听从皇祖母的安排。"

孝庄沉默了一会儿，慢慢地说："现在天下太平了，蒙古对大清的作用已经成为次要的了。眼下能使大清稳定的不是外方四夷，而是朝内的四位辅臣。"

康熙完全明白祖母说的话。鳌拜日益跋扈，确实令人担忧。

"皇祖母，鳌拜其人昔日并非如此，为何会变成这等模样？"

孝庄苦笑道："人总是会变的，时位之易人也。"

"此人很有野心，不除必有后患。皇祖母，不如趁他现在翅膀未硬，势力未强，设计铲除，以防后患。"

孝庄摇摇头道："万万不可，他虽跋扈，但并无大错，朝中重臣多与他有关系，索尼多病，无人可除他。"

康熙惊道："难道就这样眼看他一天天强大起来，养虎为患吗？"

孝庄笑道："强大的猎物一时无法猎取，可用栅栏把它围住，等它慢慢衰老、消瘦，再捕获它。"

康熙用疑惑的目光看着太后，他不明白这话的意思。太后笑道："四位辅臣如果有三位听从圣命，他鳌拜再强大，也不过是笼中困兽。"

"如何才能使三位辅臣听从圣命？换地时，索尼、遏必隆都听鳌拜的。"康熙很着急。

孝庄面带微笑，十分自信地说："索尼、遏必隆依附他，只不过是明哲保身。如果索、遏两家都成了皇亲，自会站到皇上这一边，苏克萨哈本来就忠于皇室，这不就成了三对一了吗？像昔日鳌拜对付苏克萨哈一样。"

康熙恍然大悟，笑道："皇祖母是说让索、遏两府的秀女入宫为妃，就可拢住二人之心，困住鳌拜。"

太后点头笑道："不仅为妃，还要选一位做皇后，这是在内部。另外，在外部还要扶植咱们自己的力量，多用正白旗人。除此之外，你还有一支力量可用。"

"还有谁？"

"你舅舅。他们一家都是名将之后，显赫大族。内拉辅臣，外结强援，方可使鳌拜不敢轻举妄动。"

康熙闻言点了点头，用十分感激的目光看着祖母，她为了自己孙子的皇位，可谓殚精竭虑，绞尽脑汁。

不久，孝庄传懿旨：令天下选秀女入宫，以备皇上大婚。

大清朝野顿时喧闹起来，八旗凡有可选之女悉数入京选秀。人人都明白，皇上不会再从蒙古选皇后。谁不想去碰碰运气？假如女儿被选入宫，那可是光宗耀祖的事。

神武门外格外热闹，参选人数之多为历年罕见。每辆车旁送选的人都满怀希望，坐在车内的每位秀女也抱着同样的心情，只不过比自己的父兄们多了一份羞涩和忐忑。

到了下午，被留牌的秀女都集中在一个宫院内。众秀女立在殿下，文静的低着头想心事，开朗的便几个人聚在一起，小声说着话。

一名老太监带着一个小太监跑了过来。到了殿内，老太监看了看众秀女，清了清嗓子，高声道："传太皇太后懿旨，令索尼之孙赫舍里氏、遏必隆之女钮祜禄氏、佟国维之女佟佳氏去储秀宫见驾。"

人群中走出三名女子，两个太监做前导，过殿穿院，一路而去。

储秀宫内早已准备就绪，三名秀女鱼贯而入。孝庄面带微笑，很慈祥、和蔼地说道："抬起头来，让哀家看看。"

三人齐抬起头，目视前方。孝庄很满意，不住地点头，她从每个人的脸上，隐隐可以看出她们的父亲是谁。太后看了一遍，最后把目光停在索尼的孙女赫舍里氏脸上，这女子说不上有多漂亮，但很文静、很有气质，孝庄暗暗点点头。

后宫太皇太后传出懿旨，着四位辅臣及议政会议立皇后。此旨一出，立刻在朝中掀起了一层轩然大波。

但后宫懿旨传下后，如泥牛入海，杳无消息，没有人奏议立后之事。

慈宁宫中，太皇太后与康熙在焦急地等待辅臣的奏议，可一份奏折也没等到。康熙道："皇祖母，懿旨已下多日，辅臣无动于衷，按兵不动，为何如此？"

太皇太后皱起眉头，略略沉思了片刻道："这种局面早在我预料之中，辅臣如此，是在等着后宫确定皇后人选，若合他们之意，则上奏赞成；若不合，则上奏反对。他们把主动权抓在手中，而陷皇室于被动。"

康熙点了点头，望着孝庄道："现在皇室应如何应对呢？总不能一直在这儿耗着吧？"

孝庄冷冷笑道："当然不会，既然他们不议，皇上传旨，议立赫舍里氏为皇后。"康熙望着祖母那坚毅的目光点了点头。

圣旨传下，顿时朝野震惊，这可是大清首次在八旗下人中选立皇后。

最气的当数鳌拜，但他一直找不到一个好的方案来阻止。他不愿让索府有皇后，同样也不想让遏府出皇后，那都会对自己构成威胁，但如何才能阻止这种局面的形成呢？

鳌拜像头发怒的公牛一般在后花厅里来回踱步，越想越气。

"来人，去遏府，请遏大人进宫见驾！"厅外早有一位侍从应声而去。

当鳌拜来到午门的时候，遏必隆的轿子也到了午门，正站在轿旁等他。两人见了面也不寒暄，只相互看了一眼，便进了午门，请求见驾。

康熙正在储秀宫中读书，忽听小太监张二毛跪地奏道："启奏皇上，鳌大人和遏大人求见！"

康熙一惊，没想到二人反应这么快，他们来干什么呢？是祝贺？好像不会。是反对？这很有可能。康熙看了旁边的曹寅一眼，只见他正佩长剑立在一旁，檐下的费扬古也立在那儿。康熙这才稍稍放心，忙命苏麻去请太皇太后，这才宣鳌拜、遏必隆进殿。

随着张二毛一声高喝，鳌拜和遏必隆急急地跨进殿来。行礼完毕，二人刚起身，就见张二毛又慌里慌张地跑来，跪地道："启奏皇上，苏大人求见。"

众人一惊，在这个时候苏克萨哈也来了，他来干什么？也为立皇后的事？

"宣他进来。"康熙不假思索地传出圣谕。这下可气坏了鳌拜，这算什么事？皇上召见大臣应一个个地来，哪有像这样召见的？几位大臣同时召见，还是死对头的几位大臣。这样的召见让人如何奏议？

就在鳌拜愤愤然的时候，苏克萨哈已跨进殿内，伏地道："臣苏克萨哈叩见皇上，祝吾皇万岁、万岁、万万岁！"

"苏爱卿平身吧！"

苏克萨哈起身，抬头看见一旁的鳌拜和遏必隆，便缓步走到另一侧，垂手立在一旁。

"苏大人，有何事要奏？"康熙不给鳌拜先说话的机会，而先让苏克萨哈说。

"启奏皇上，臣以为议立索府赫舍里氏为后不妥。皇后应出身高贵，岂能选立满人下人之女？臣请圣上三思。"

此言一出，康熙惊得一时说不出话来，愣愣地看着苏克萨哈。旁边的人也惊得眼珠子差点掉下来。鳌拜一阵大喜，忙大声道："皇上，臣等附议苏大人之奏，皇后绝不可选下人之女，辱没我大清的尊严。"

康熙见眼前的局势不利，只好道："任何事都在变嘛，前朝选蒙古公主为后，今朝为何不能选满人之女为后呢？"

鳌拜愤愤然，厉声吼道："索尼不过是八旗王公的一个包衣奴才，选他的后人为皇后，有损大清的尊严，皇上若一意孤行，是自取其辱。"

"是谁在皇上面前大呼小叫的？太放肆了！"一个声音从殿外传来，虽是女人的声音，却很严厉、很威严。

众人一看，太皇太后在苏麻的搀扶下已来至殿前。鳌拜在康熙面前无所顾忌，但见了孝庄，心理上还是有些惧怕，忙迎至门口跪地施礼，旁边的遏必隆和苏克萨哈也跪在地上迎接。

孝庄早已听到他们的对话，心中极为不悦，对三人的施礼相迎很冷漠，径直走到御座旁，康熙忙起身相迎。祖孙俩坐好后，孝庄这才冷冷地对地上的三人道："平身吧！"

三人松了一口气，缓缓起身立在一旁。鳌拜仍不甘心，前跨一步，十分坚决地奏道："启奏太皇太后，议立索尼孙女赫舍里氏为皇后，臣等以为不妥。"

太皇太后不说话，满脸怒色。鳌拜知道她不高兴，但他并不甘心，便用目光去偷瞪遏必隆。遏必隆想缩头也不行，一则，有鳌拜在旁示意要自己出来说话；二则，这事也牵扯到自身的利益。所以，他抖着双腿奏道："臣附议鳌大人之议，我大清应选高贵之女为后。请太皇太后和皇上圣裁。"

苏克萨哈也跪地道："臣以为选后之事非同儿戏，太皇太后应慎重考虑，选合适之女为后。"

孝庄十分生气：苏克萨哈，你在这儿起什么哄？为何附和鳌拜之议？她用手一拍御案，瞪着苏克萨哈道："你们都想干什么？开始的时候，后宫传旨，让你们议立皇后，没一个人上奏，现在后宫让你们议立赫舍里氏为后，你们群起而反对，这不是故意和皇上、后宫作对吗？满洲下人之女如何立不得皇后？哀家心意已定，不必再议，你们跪安吧！"

说罢，孝庄起身，携着康熙拂袖而去。

议婚选后已定，翰林院开始奉旨撰写册文、宗文，礼部制作金册、金宝，再备彩礼及龙亭、节案、册案、宝案等，然后由钦天监选吉日行纳彩礼。由此拉开了皇帝大婚典礼的序幕。

七月，大婚进行曲达到了高潮：纳彩、大征、册立、奉迎、合卺、庆贺和赐宴等许多繁缛的礼仪一个个地举行。索尼的孙女赫舍里氏被册封为皇后，遏必隆的女儿钮祜禄氏和康熙的舅舅佟国维的女儿佟佳氏被封为妃嫔。一个新的政治婚姻就此缔结。

鳌宅的后花园厅内一片叫骂声。穆里玛愤然起身，一捶案几道："看索尼那老东西美的，真让人憋气。可惜大哥没有女儿，否则的话，今天的皇后就不会是索府的女人。"

赛本得大骂道："呸，索尼那老狗还能活几日，皇上想依仗他来压我们，办不到！"

鳌拜本来就十分怨恨，听了他两人的话，更是勃然大怒，啪的一声，把茶杯摔在地上，心中的怒气还没发泄完，飞起一脚，把一个案几踢翻在地，口中吼道："谁也别想压我！谁要压我，我就叫谁死！"

大学士班布尔善刚进门，就听到摔杯掀案的声音和愤愤地叫骂。他愣了一下，看了片刻后走进屋子，轻轻一笑道："鳌大人，躲在家里生闷气有何益处？应想办法遏制对手才是上策。"

鳌拜见班布尔善进了厅，便望着他道："班大人有何良策？请明示。"

班布尔善刚刚坐下，忙挺了挺身道："鳌大人，别人都在向皇上身边靠，我们也不能疏远，一旦远了，在皇上面前说话做事就没分量了。"

"别人成了皇亲，自然与皇上靠近，我们不是皇亲，如何向皇上靠近？"穆里玛不解道。

班布尔善轻蔑地笑了笑，见鳌拜正在注视着自己，忙讨好似的笑道："鳌大人分管内政，索尼分管外务，皇宫的管理正在大人的权限之内，为何不把皇宫控制起来呢？多派心腹去宫中任侍卫，一可刺探宫中密情，二可阻断皇室与外界的联系。一旦皇上耳目不明，信息不通，一切自会听从大人安排，他们虽为皇亲又能如何？"

鳌拜不住地点头，大声道："班大人此言甚是，控制皇宫是万全之策。赛本得、纳莫，你们抓紧时间在本旗中挑选几十人，准备入宫。"

赛本得、纳莫本来就是宫中侍卫，但势单力薄，不能形成气候，现在叔叔要派几十个侍卫入宫，由自己私下领着，可在宫中做些手脚。

几人正在商量如何在皇宫安插亲信，兵部尚书噶褚哈匆匆而来，见了众人也不寒暄，径直到了鳌拜面前，神色严肃地说道："大人，吴三桂又有折子来，向兵部索军费和军粮，这次是狮子大开口，向朝廷要白银一百万两、粮食二百万石。在下向索大人说了，索大人不愿给吴三桂钱粮。"

鳌拜一拍案几，吼道："吴三桂也太张狂了。自恃军功，藐视朝廷，自铸金银，自煮私盐，每年不但不向朝廷交一个钱，还伸手向朝廷要军费粮饷。居心叵测，一个子也不给！"

班布尔善把手一摆："且慢！鳌大人，此事应慎重处理，不可轻率，索尼不愿给钱，若大人愿意给钱，日后吴三桂知道了，定会感激大人。大人别忘了，吴三桂可是手握数十万重兵的王爷。一旦与他结恩，内控皇宫，外接强援，大人在朝中说话的分量自然也就不同于昔日了。"

鳌拜愣了片刻，回过神来哈哈大笑："班大人不愧是诸葛再现。不过，吴三桂十分狡诈，为人刁钻，不能轻易结交。"

班布尔善笑道："吴三桂再强大，他仍需要朝中有人支持他，否则，其势力再强，也只是地方一藩，若朝中无人庇护，终有一天他会被朝廷吃掉的。像大人这样的辅臣，是他吴三桂早已想找的靠山，不需大人出头，吴三桂会主动上门道谢、结交的，何有不易结交之忧？"

第二天，辅臣与兵部、户部议吴三桂的奏折。索尼道："吴三桂屯兵西南三省，名为剿寇，然多年未曾出兵打仗，只是屯兵垦田，铸钱煮盐，每年还向朝廷讨要大量的钱粮军饷。朝廷若不加以限制，日后必成祸患，所以本官以为，此次吴三桂上奏讨钱粮，宜予驳回。"

鳌拜腾地站了起来，怒道："此事万万不可，吴三桂拥兵数十万，据守边疆。若不给粮饷，吴氏不愿剿寇，边陲贼寇定会横行，百姓遭殃。更有甚者，吴氏若得不到朝廷粮饷，心生他志，索大人，你能负得了这个责任吗？"

索尼见鳌拜怒目圆睁，不时向自己挥拳，气得一时说不出话来。坐在旁边的苏克萨哈看不下去，冷冷道："吴三桂承沐皇恩，得封汉王，又是大清皇亲，怎会生有二心？眼下国库并不充盈，只要向吴三桂好言相劝，他会理解朝廷的难处的。"

遏必隆怯怯地道："吴三桂是前朝叛将，现在得封王爵，权高位重，官大心志也大，什么事都会发生。还应小心为上，宁可信其有，不可信其无。为稳妥计，吴王所要钱粮应如数拨发。"

索尼态度有些缓和，仍坚持道："就是给，国库中一时也拿不出这笔钱粮，慢慢筹措，一旦筹齐再拨付吧！"

"不行！"鳌拜一挥手，没等索尼把话说完，便打断了他的话，"拖延只会让吴三桂生疑，噶褚哈，你能保证吴三桂不出意外吗？"

兵部尚书噶褚哈忙道："下官不能。吴三桂生性倔强，不易劝阻。"

"既然如此，马大人，快快筹措粮钱，尽快拨给云贵。"鳌拜完全以第一辅臣的口吻命令户部尚书马尔赛。马尔赛是他一手提拔的，当然对老领导言听计从。

索尼见鳌拜如此专横，完全没把自己放在眼里，心中大怒，可又一时说不出一句话来。

鳌拜见无人出言，心中得意，急忙命人拟奏。

康熙仍像往常一样来至毓庆宫读书，看辅臣的奏议，苏麻跟在身后。刚至宫院，康熙就感觉气氛不对，仔细看看跪在地上的侍卫，个个都是新面孔，心中不由得一惊。正当他迟疑之际，一位侍卫跪地奏道："臣恭迎圣驾！"

这个人康熙认识，他是赛本得，原在乾清门外当值，不知为何到了毓庆宫。

"你原在乾清门外，今日为何到了这儿？"

赛本得忙道："启奏皇上，臣已升为三品侍卫，奉辅臣定议，从乾清门调往毓庆宫当值。"

康熙明白了，赛本得是鳌拜的侄子，这一切可能与鳌拜有关。

来至殿内，康熙与苏麻相互望了一眼，微微点了点头，二人心中都掠过了一丝不安。

刚看了一会儿书，就听门外有嘈杂之声，康熙仔细听了听，像是有人争吵。他向苏麻使了个眼色，苏麻转身出了门。不多时，苏麻便回来了，面有愤怒之色。

来至康熙身旁，苏麻小声道："皇上，曹寅被赛本得挡在外面不让进。"

"为什么？"

"因为曹寅只是六品侍卫，不能进宫贴近皇上，赛本得把他挡到门外。"

"宣赛本得进宫！"康熙十分生气，马上传旨召见赛本得。

随着张二毛的一声高喊，赛本得跑进殿来，跪在地上道："臣叩见皇上！"

康熙用手一指赛本得，大声道："赛本得，你竟如此大胆，敢拦曹侍卫，你不知道他是朕的侍读吗？"

赛本得并无惧色，而是慷慨奏道："皇上，臣奉命保卫皇上的安全，就要按宫规办事，曹侍卫只是六品侍从，不可接近皇上。这全是为了皇上着想。"

康熙见他说得冠冕堂皇，心中更气，瞪着地上的赛本得道："如果是朕传旨让他进宫，你也敢拦阻吗？"

"臣不敢！"

"那好！传朕的旨意，宣曹侍卫入宫。"

张二毛脸上浮出得意的笑，高喊道："皇上有旨，宣曹侍卫入宫见驾！"

曹寅大步走来，伏在地上道："臣曹寅叩见皇上！"

康熙看看地上并肩跪立的曹寅和赛本得，心中有股说不出的滋味，稍停了片刻，心生一计，高声道："曹寅听旨，朕擢升你为三品侍卫，今后在宫中可随时见驾。"

曹寅伏在地上，听了皇上的封赐，十分感激，忙磕头谢恩："臣谢主隆恩。"

"曹寅，随驾！"康熙说罢起身，径直走出殿外，苏麻紧跟而去，曹寅忙起身，尾随而去，扔下赛本得那儿发呆。

康熙不回头，也不说话，拐了几个弯来到储秀宫。刚坐定，康熙便传旨："宣侍卫费扬古见驾！"

执事太监应声而去。不多时，费扬古匆匆跑来，跪地施礼，平身后，康熙道："费扬古，宫中侍卫为何调动？何人下令所为？"

费扬古忙道："奴才不知内情，侍卫均是内务府所派。"

康熙点了点头，他心里明白，这一切绝不是内务府所为，肯定有一个人插手后宫，应加防范。宫中可信之人除了曹寅，便是费扬古了。

"费扬古，上次朕去徽州会馆，你碰到的明珠、李贯二人现在何处？"康熙突然想起此事。

"回皇上，二人正在奴才府中。上次奉旨结识二人，奴才知道皇上有招纳二人之意，便将二人留于府中。二人在府中习武读书，并无异常。"

康熙点了点头，不再说什么，突然又想起了什么，问道："你在哪儿当值？"

"奴才在乾清门当值。"

"日后多留神进出后宫之人。注意宫中的侍卫调动情况，如有异常，应及时上奏。"

"嗻。"费扬古领旨而去。

"宣侍卫内大臣噶布喇见驾！"

不多时，来了一个内务府官吏，跪地道："启奏皇上，索府的索尼大人病重，噶布喇大人已请假三日在家侍奉，奴才特来御前听命，请皇上降旨。"

康熙仿佛明白了什么，把手一挥："你去吧，朕只是想和噶布喇大人说说话，既然他不在，那就算了。"

内务府的小吏并没怀疑什么，因为噶布喇是皇上的岳父，传他来说说话是很正常的。

那人走后，康熙对曹寅道："曹侍卫，朕以后就在这储秀宫批奏读书，你马上招几个亲信侍卫把守此宫。"

"嗻。"曹寅忙领旨。一旁的苏麻道："皇上的安危全交给你了，一定要把储秀宫守好，不许任何人随便进出。"

康熙没有心思坐下来看书、批奏，心中有一种不祥之兆。从上次换地的事开始，他心中就对鳌拜有一种厌恶感，当时就想将其拉出去砍了，可康熙知道自己还没有那个能力，只有等到亲政以后才有可能铲除他。没想到现在鳌拜竟敢趁索尼病重期间，换掉宫廷侍卫，来势汹汹，其心不善，应早做准备。

来到慈宁宫，太皇太后看了一眼康熙，见他心神不定，知他有事要说，便笑道："皇上不在宫中看书，为何这时来慈宁宫？"

康熙迟疑了片刻道："皇祖母，孙儿今日去毓庆宫，才知那里的侍卫被人调换了，来了不少新的侍卫。"

太皇太后心中大惊，但表面上仍表现得很沉着，从容平静地说："是谁下令换的？"

"据侍卫说是内务府下的令，可毓庆宫当值执事是鳌拜的侄子。孙儿召见内务府的官员才知，侍卫内大臣噶布喇已请假三日，索尼病重，在家侍奉。据孙儿猜测，此乃鳌拜所为。"

孝庄点了点头，自言自语道："鳌拜太不像话，竟敢趁索尼病重，私调侍卫，自恃朝中再无钳制他之人。"孝庄转脸对苏麻道，"鳌拜的侍卫换到哪儿了？"

"回太皇太后，鳌拜的侍卫多在外围宫殿，皇上办公的毓庆宫由赛本得当执事，现在皇上已提升曹寅为三品侍卫，执事储秀宫，乾清宫由费扬古当值，此两处可保皇上安全。"

孝庄点了点头，亲切地说道："苏麻，哀家待你如何你心里知道，你在哀家面前发过誓，若皇上有一丁点闪失，哀家拿你是问。"

苏麻忙跪地泣道："请太皇太后放心，苏麻就是为皇上死一万次，也难报太皇太后和皇上恩遇之一二。苏麻愿为皇上赴汤蹈火，虽肝脑涂地，在所不辞。"

"好，有你这句话，哀家就放心了。"孝庄笑笑对康熙道，"凡事要小心，狡兔三窟，在宫中的行迹要尽量保密。"

从此，康熙的行踪变得很神秘，只有苏麻、张二毛两人知道康熙在储秀宫，其他的人都不知皇上在哪儿。百官的奏折，先放在毓庆宫，再由毓庆宫的执事太监送至内宫，然后由内宫的人送往坤宁宫，再由张二毛去坤宁宫取，送到储秀宫，经过几个地方的辗转，不知底细的人不会知道皇上行踪。

康熙坐在储秀宫中，张二毛抱着一个黄色匣子，里面全是皇上要批的奏折。康熙翻看的一份份奏折已被辅臣们看过，上面已写上处理意见，当然最后都要加上"请皇上圣裁"这么一句话。连康熙也知道，这只是一句客套话。

有一份奏折使康熙吃了一惊，这份奏折是索尼上奏的，上写道：

臣索尼启奏陛下：先皇创业未终而英年崩殂。陛下八岁登基，位尊九五，臣等受先帝殊遇，奉命辅政。数年来臣观陛下素有雄才大略，有千古名君之遗风，近来学业也有长进，已能亲政理国。臣等老迈多病，已无力辅政。昔日先帝世祖亦十四岁亲政，今陛下年德相符，臣奏请陛下亲政。让臣在临终前交政于陛下，九泉之下也好面见先帝。臣盼有此日，切切！

让康熙吃惊的不仅是这份奏折是索尼上的，也不仅是他请求皇上亲政，更为重要的是，这份奏折上并没有辅臣们的意见。也就是说，不知鳌拜他们的意见是什么。

康熙把这份奏折放在旁边，又翻看其他的，折上早有辅臣们草拟了处理意见，大多数是用朱笔圈了一下，便算同意了。

看了一会儿，康熙又把索尼的奏折拿过来看了一遍，越看越坐不住，于是把索尼的折子往袖筒里一塞，对苏麻说："走，去慈宁宫。"

孝庄看罢索尼的奏折，望着康熙道："皇上有何想法？"

"太皇太后，孙儿早看不惯鳌拜所为，今日索尼上奏请求孙儿亲政，孙儿以为正可趁此良机亲政，以免朝政失控。"

孝庄完全明白康熙的意思，摇了摇头道："皇上万不可意气用事。索尼上奏请求皇上亲政，并非辅臣们的定议，而是他一人之议。为何辅臣们不在奏上拟议？就是说明他们对这事有所保留，想来试探皇上的心思。所以，此事万万不可操之过急，古人云，欲速则不达。"

"依太皇太后之意，应如何处置此事？"

孝庄思考片刻，正色道："此奏可明发辅臣们商议，定议后再呈御览。若他们诚心想请皇上亲政，自会定议；若他们不想让皇上亲政，皇上就是亲政，他们心里也不乐意，仍不会放权的。没有实权，又要'亲政'这个虚名何用？"

康熙听了祖母的一席话，这才如醍醐灌顶，不住地点头。

索尼的奏折发了下去，议了数日也没有回音。孝庄已完全明白了辅臣们的意思，幸亏劝阻康熙，若他强行亲政，怕会激起突变。正在她想如何处理这事时，侍卫内大臣噶布喇急急跑来，进了门伏地泣道："臣叩见太皇太后，问太皇太后安，代父向太皇太后请安。"

"平身吧，索大人贵恙快好了吧？"

噶布喇垂手立在一旁，道："我父已昏睡多日，今日醒来便命臣来慈宁宫向太皇太后请安。我父卧床数日，蒙太皇太后和皇上深恩，宫中御医已多次登府调治，无奈年老体衰，良医也无力回天，恐大去之期不远。"

孝庄听了这话，心中酸酸的。年长之人都有怀旧思想，回想当年，索尼对自己、对先帝、对太宗均可谓赤胆忠心，可现在他却不能再为大清出力了，只有派儿子来请安以尽一点忠心。想到此，孝庄安慰道："索大人一生忠心耿耿，为大清立下汗马功劳，哀家是不会忘了他的。你们也不必难过，生老病死，人之常理。做儿孙的在老人有生之年尽了孝，也算是回报了先人之恩。在索大人余下的时日好生侍候，让他无憾无悔。"

"臣谨遵太皇太后教诲。"噶布喇早已是泪流满面。

"来人，把那支高丽人参送与索大人，让他补补身子。"孝庄又吩咐道。一个宫女忙从里屋捧出一个精致的匣子递给噶布喇。噶布喇忙跪地谢恩，泪流满面。

孝庄强装欢笑道："这是去年高丽进贡的，是上等野参，回府后给索大人补补。传哀家的话，让他好好安心养病，哀家还等着他到慈宁宫说话呢！"

孝庄说着话，不知不觉泪水便涌了出来，她偷偷地拭去泪水。地上的噶布喇又感激又悲伤，早已哽咽起来，若不是君前不得无礼，怕他早哭出声来。

噶布喇走后，孝庄越想越不是滋味，如果索尼去世，朝中的形势对皇上更不利。想着想着，她突然一惊，今日这事有些蹊跷，索尼为何要专门派儿子来请安？他是不是有话要说？

她决心亲自去一趟索府，可看看身边这些人，哪个能陪自己去呢？海中天老了，已回家去了。来了个李强小太监。苏麻走后，再也没一个贴心的侍女了。只有蒙娃还算伶俐，但比苏麻仍差了许多。

"蒙娃，去传苏麻喇姑来见。"

当苏麻来到慈宁宫的时候，孝庄对殿上的宫女、太监们道："你们下去吧，哀家与苏麻有话要说。"

苏麻见太后神色庄重，又屏退左右，知道一定有要事，便静静地立在那儿，听太后吩咐。

"苏麻，回去后找几个贴心侍卫，哀家要出宫西山进香，准备两顶轿子，你陪哀家前往，注意保密。"说罢，太后又压低了声音，交代了苏麻应办的事，苏麻——记在心上。

一大早，皇宫中便出了两顶轿子：一顶八抬绿呢御轿，慈宁宫的贴身宫女蒙娃紧随轿旁；另一顶四人抬的红顶小轿，轿前有四名大内侍卫，轿后也有四名侍卫，两侧各有两名侍卫随从，一等侍卫费扬古紧贴着御轿。

一行人匆匆向西山慈善寺而去。刚出皇宫不远，大轿里传出敲击声，轿夫落轿，蒙娃忙附到帘前，倾听轿内吩咐。片刻后，蒙娃高声叫道："传太皇太后懿旨，着苏麻去悯忠寺代太皇太后进香，再到西山候驾，由侍卫费扬古亲自护送。"

费扬古心中不悦，一个御前丫头，竟让我这堂堂一品侍卫护送，这不是辱没人吗？他正在迟疑，那顶小轿却已起轿而去，蒙娃也跟了上去。费扬古没办法，只好带着两名侍卫紧跟而去，那顶大轿向西山而去。

没走两百步，费扬古发现势头不对，小轿走得很快，根本不是去悯忠寺，而是直奔丰宜园玉皇庙街而去。

费扬古还在纳闷，忽见小轿停在一处高宅大院前，抬头一望，两层门楼的檐下有一横匾：索府。

蒙娃走到门前敲门。大门紧闭，拍了几下，大门才开了一条缝，从门缝中露出一个人头，望了望门外的一顶小轿，又看看门口站立的小宫女，问道："你们要干什么？"

"我们家婆婆想见索大人。"

"府上的主子有令，任何人不见，请你们回去吧！"说罢把大门重新关上，并上了闩。

蒙娃只好退到轿旁，俯身把耳朵贴在轿帘上，忽见帘子一动，从里面送出一柄玉如意来。蒙娃接过玉如意，又拍起大门来。

开门的还是刚才那人，他伸出头看了看，十分不悦，面带怒色道："怎么又是你，刚才不是对你说了吗？我们家主子不见任何人。"

蒙娃把玉如意递过来，小声道："我们家主子说，把这柄玉如意递进去，如果府上的主人不愿见，我们马上就走。"

那门房有些不耐烦，伸手接过去，又把大门闩上。

不多时，就听府内一阵骚乱，随后，府门大开，索额图、噶布喇亲率全府人等跪在门内。费扬古还在纳闷，小轿已抬进了大门。

到了二门内，索额图挥挥手，家人和仆人全退下，关闭二门。蒙娃才挑起门帘，搀出一个人来。费扬古差点惊倒在地，从轿上下来的哪是什么苏麻，分明是太皇太后。

索额图、噶布喇一前一后跪在地上磕头道："臣叩迎太皇太后！"

孝庄微微笑道："快平身，哀家今日是微服来探望索大人，此事不可让下人知道，你们也不必拘礼。"

索额图忙上前来扶太皇太后，噶布喇在前引路，直趋后堂。

来至正房，府内内眷全在堂上，见了太皇太后忙跪地迎驾。噶布喇来至索尼病榻前，跪地泣道："阿玛，太皇太后看你来了。"

病榻上的索尼昏昏沉沉，半卧在榻上，忽听太皇太后来了，马上睁开眼，用浑浊的目光望了望，马上嘴唇动了几下，伸出一只手去，并挣扎着要起身，但努力了两次也没起来。孝庄上前拉着索尼，那只手又瘦又冷，像握着一根铁棍。

"索大人，你躺好，哀家今日去西山上香，顺道来看看你。"说罢，孝庄便坐在索额图送过来的凳上，双手握着索尼的手微笑着。

索尼摇摇头，无力地闭上眼，两行混浊的泪水无声地流了下来。孝庄见此情景，不觉心里一酸，眼圈发热，强忍着泪水，无言地用手轻轻拍着索尼的手。

过了一会儿，索尼睁开双眼，嘴唇嚅动，想说什么话却又说不出来。索额图忙上前俯下身子，仍听不清父亲说些什么，便呆呆地看着他。索尼颤巍巍地伸出一个指头指了指床头柜。索额图会意，忙爬上床打开床头柜，里面有一只上了封条的黑匣子。索额图把匣子抱下来双手捧在索尼面前。索尼伸出颤抖的双手去撕封条，努力了几次最终也没撕开，只好目视着孝庄身后的费扬古。

费扬古以为索尼求自己帮忙打开封条，马上前来帮他，可索尼却把匣子捂住。费扬古这才知道索尼是对自己不放心。孝庄笑道："索大人，费侍卫是可以信赖的。"

费扬古跪在地上，慷慨地说道："太皇太后，今日之事唯太皇太后、索大人父子三人在此，若我泄露半点秘密，五雷轰顶，不得好死。"

索额图见状忙出来圆场道："费大人不必介意，家父也是为了稳妥才如此小心的。"

索尼把匣子递给太皇太后，孝庄把它又交给了费扬古。费扬古小心地撕下封条，打开一看，里面有一份奏折和一份白折子遗书。他看了看孝庄道："太皇太后，这里有一份遗折、一份遗嘱。"

孝庄挺了挺身子，冷静地说道："念给哀家听听。"

费扬古感觉责任重大，忙跪在地上。索额图、噶布喇也伏在地上。费扬古取出遗折读道：

臣本八旗旗民，随主子在白山黑水间奔走，受太宗皇恩，立微功而受显位，从龙入关，效命御前，位列黄旗大臣。世祖念臣忠诚，以老悖之年，忝在辅政之列，今日不能匡圣君臻于隆治，死且有愧！今大限将至，无常迫命，衔恨无涯，有不得不言于上者，请密陈之：辅臣鳌拜，臣久察其心，颇有狼顾之意，唯罪未昭彰，难以剪除。臣恐其有异志，上宜速筹善策，剪此凶顽，以免养痈于前而贻害于后哉！

孝庄听了这话，望着索尼那枯黄的脸，十分感激。这才是忠臣，临死之际想的不是子孙后代，而是国家，是皇上。自己没有看错人，可惜，现在朝中这样的忠臣太少了。

费扬古又打开了遗嘱，只见纸上乃一行行沾满泪斑之字，上写道：

吾儿索额图、噶布喇：吾平日之诲早已铭记于心，今将长行，再留数语示之：吾家受皇恩，如春风浩荡，吾以老迈之年而受命于先帝，以下人之身，有女封后。然吾未能匡正朝政，使小人得志。吾死之后，汝当代吾尽忠，善保冲主，竭尽身命报效于圣上，赎吾罪于一二，不得惜身营私，坏吾素志。至嘱至嘱！若背吾训，黄泉之下，不得与吾相见！

费扬古读着读着，不由得哽咽了，眼眶发热，地上的索额图和噶布喇早已是失声泣血，流泪不已。孝庄强作笑颜，对索尼道："索大人肝胆赤诚，哀家已知。望爱卿一心养病，早日康愈，哀家在慈宁宫等你说话。"

索尼见孝庄起身，慌忙张嘴示意仆人前来。两名仆人和索额图挽起他，索尼仍不满意，挣扎着要下床，送太后一程。仆人无奈，只好架起他。孝庄忙劝阻："索大人，你重病缠身，不必送了。"

索尼两眼含泪，无限留恋地望着太皇太后。孝庄不愿再看下去，转身出了屋。索额图和噶布喇跪在二门内送驾，孝庄十分悲痛对地上的二人道："尔等不必过哀，好好侍奉父亲，用药到太医院去抓。"

到了小轿内，孝庄这才抹了一下眼泪，匆匆离开索府，直奔西山。

慈善寺的住持憨和尚又吃了一惊，刚才迎进的是八抬御轿，走下来的是御前侍女苏麻，现在迎进的是小轿，下来的却是当朝第一伟人太皇太后。他不知今日孝庄太皇太后唱的是哪出戏，也不敢问，只有小心侍候太皇太后烧香献佛。

刚回到慈宁宫，康熙便来了，见了孝庄道："太皇太后，为何去西山进香不告诉孙儿一声，多派几名侍卫？"

孝庄笑了道："我一个老太婆去进香，又何必兴师动众呢？再说，去的人越多越不安全。"

康熙点点头。孝庄见众宫女、太监正忙着端茶送水，便道："你们都下去吧！哀家与皇上说说话。"

众人退后，孝庄望着满脸疑惑的康熙，低声说道："今日哀家去看望索尼了，怕他没有几日可活了，他在遗折中要朝廷速除鳌拜。索尼一死，怕朝中再也无人可钳制鳌拜了。"

康熙很吃惊，慢慢道："皇祖母怎可微服出宫去探病臣？这事若让朝臣知道必定议论。"

孝庄道："索尼日前专门派噶布喇前来请安，哀家估计他有话要说，又不便进宫，所以哀家便去了索府。果然，索尼出示了遗折和遗嘱。"

"如何铲除鳌拜？"康熙疑道。

孝庄心中也没有底，皱眉道："鳌拜虽专横，但其罪不彰，一时无法定罪，另外，他的实力又很强，不到万不得已，不可轻举妄动。"

康熙点点头，若有所思道："今宫中侍卫已被鳌拜换了许多，应重新选拔忠于皇室的侍卫。孙儿想在内宫建一骑射地，练习骑射，以备不测。"

孝庄沉思道："祖宗骑射开基，武备不可弛，用人行政，各敬以承天，虚公裁决。非但后宫要建一骑射场，还要下旨天下，练兵备战。"

康熙忽然想起了什么："昔在多尔衮手下有个佐领尼雅哈，受睿王株连，家道败落，其子明珠竟流落街头，以卖艺为生。孙儿怕此事让朝臣心寒，想恢复明珠父亲的旧爵，让明珠世袭。那明珠颇有一些文才武略，日后必有大用。"

"是呀！时过境迁，一些有功之臣，虽犯了罪，但不能将其斩尽杀绝，冷酷无情，让皇家落个兔死狗烹的恶名。"

祖孙俩正谈着话，听外面苏麻道："皇上，熊大人奏请皇上，今日的课还上不上？"

"当然上喽！学业岂可荒废！"说罢，康熙起身告辞了祖母，前往储秀宫。

到了储秀宫，熊赐履正坐在凳上等皇上，见了康熙忙跪地迎驾。康熙笑着扶起他："熊大人请起，现在你是老师，朕应给你行礼才是，怎能让大人行礼呢？"

熊赐履受宠若惊，连连道："臣不敢！臣不敢！"

康熙坐在一个案前，苏麻忙从书架上取过《后汉书》放在案上。熊赐履也怯怯地坐在凳上，见皇上已准备好，便开讲："今儿讲《后汉书》。班氏之《汉书》有不少佳篇妙构，范晔之《后汉书》也有不少篇是上等辞篇，可传唱千古，只是范氏太过虚夸，伤了他的名声。"

熊赐履讲了这席话，见皇上不言，知他在认真听，继续讲道："文人相轻，自古亦然。此乃曹丕之言，文人天生就有傲气，看不起别人，对自己都充满自信。像范氏就曾夸自己的《后汉书》是天下之奇作，其中的中等篇章就可赶上贾谊的《过秦论》。所以说，清高自重原是美德，但自视过高，便为狂妄，遭后人讥笑。"

康熙笑道："人还是有点自信的好，一个人若没有自信就会唯唯诺诺，胸无大志，自古凡成功者无不是自信者。"

熊赐履讲得很投入，听了这位天子学生的话，立刻道："皇上所言极是。不过人不可过于自信，过于张扬，否则就会引火烧身。比如《后汉书》中有位质帝刘缵八岁登基，就因为……"熊赐履讲到这儿，突然掩口不语，他意识到讲质帝有些不妥，所以，说了半句话便不再说了。

康熙仍等着听下文，见熊赐履说了半句不说了，待在那儿不知如何是好，便道："熊学士，为何讲了半句话不说了呢？有何难开口的？"

熊赐履见躲是躲不过去了，便壮了壮胆，大声道："质帝刘缵八岁登基，顺帝终前把江山托付给大将军梁冀。谁知梁冀成了托孤之臣后，私欲膨胀，独断专横。这小皇帝聪颖过人，如能长成，必为一代明君贤主。可惜这位小皇帝锋芒太露，当面指斥大将军梁冀为'跋扈将军'。梁氏恨之入骨，暗以毒饼为饵，使少年英主死于殿中，登基仅几个月便死于非命，实在令人惋惜。"

康熙暗暗吃惊，他似乎明白了熊赐履为何犹豫再三不肯讲。这质帝八岁登基和自己相似，权臣独断专横也与今日相似。只不过质帝由于锋芒太露而夭折，而自己今后会有什么样的结局，没有人知道。

"熊学士，梁冀专横若此，毒死皇帝为何没自立呢？"康熙最担心的是大臣篡位。

熊赐履笑道："当时东汉气数未尽，百官之中尚有不少不畏死之士大胆议论朝政。前有王莽之辙，梁冀不能不有所顾忌。"

康熙顿了顿，正色道："依先生之见，质帝欲除梁冀，应作何策？"

熊赐履似乎明白了点什么，沉思片刻道："凡事应审时度势，以梁冀之恶，四面树敌，触犯众怒，人心丧失。若能韬晦等待时机，古人云'大勇若怯，大智若愚'，外做大智若愚之相，内蓄敢死勇士，结纳贤臣，扶植正论，诛一悍将，不过几力士而已。"

康熙闻言大喜，不禁微笑颔首。

第二日，索尼病逝，孝庄闻之心情十分沉重，一方面是失去忠臣，四朝元老，为大清立下汗马功劳，痛失栋梁，怎能不使人主伤心呢？另一方面，索尼一死，辅臣中无人可抑制鳌拜，权力的天平就会失衡。

索额图来宫中报丧，康熙把他留了下来，一同去慈宁宫，熊赐履也跟在后面一同前往。刚刚到了慈宁宫，太皇太后便把几人迎进密室，望着索额图和熊赐履道："尔等为皇上肱股之臣，今日政局正处十字路口，二位以为当务之急为何？"

索额图虽家有大丧，但见太皇太后和皇上如此惊惶，马上忘却家事，一心为朝廷效力，慷慨说道："臣以为，当今要务乃皇上亲政，皇上一日不亲政，政局一日不稳。"

熊赐履道："臣以为索大人所言极是，皇上亲政，可政出有名。如若辅臣还政于皇上，万事皆无，若真有人不愿还政，则陷他于不忠不义之地，他日讨伐也师出有名。若皇上不亲政，何来还政之说？"

接着几人又密议良久才散，太皇太后下决心支持康熙亲政，并做好了最坏的打算。

第二日，太皇太后传懿旨，在交泰殿召见三辅臣。交泰殿上气氛庄严，三位辅臣心思各异，等着召见。随着一声"太皇太后驾到"的高喊，三人均伏在地上恭迎圣驾。

"三位爱卿平身吧。好久不见，哀家怪想念大家的，今日召来说说话。"孝庄温和地笑道。听了这话，三人心中稍稍宽慰了许多，纷纷起身。

"坐，坐。"太后仍是满面笑容，"日子过得真快，不知不觉众位已辅佐皇上七年了。你们为大清立了大功了，哀家不会忘了大家的。唉，人活一世，转眼即逝，索尼已先我们而去了，哀家不知不觉已到知天命之年。"

孝庄说着，神情极哀。鳌拜忙道："太皇太后不必伤心，生老病死，人之常情，况且太皇太后玉体健康，定能长命百岁。"

"好，好，哀家一定会保重身体的，你们几位也要保重身体。大清江山已定，好日子还在后面，我们要好好享几年清福。"

遏必隆见太皇太后今日很高兴，也趁机向太皇太后进献了一些养生之道。君臣交谈，其乐融融。谈到最后，太皇太后笑道。"索尼已作古了，他生前上了一奏，要皇上亲政，哀家已把此奏发给几位，不知几位议得如何了？"

几人这才知道，今日的召见刚刚进入正题。苏克萨哈首先奏道："启奏太皇太后，臣附议索大人之奏，请皇上亲政。"

太后微笑着点点头，又去看遏必隆。遏必隆低垂着头，不时地去偷看鳌拜。

"臣也同意皇上亲政，世祖也是十四岁亲政，今皇上也已十四岁，理应亲政。"鳌拜也十分真挚地说道。

遏必隆这才发现自己落后，身为皇亲，理应率先支持皇上亲政，于是道："皇上已长大成人，有亲政的能力，早该亲政了。"

太皇太后仔细观察了每个人的表情，她能看出谁是真心拥护，谁是表面应付，谁是随声附和，但她不愿点破，而是装作满心欢喜，道："众卿都是大清忠臣，为了江山社稷，任劳任怨，无怨无悔。既然诸位都同意皇上亲政，皇上就应亲政，亲政后，众卿仍要尽心辅佐，不负先帝之托。"

三人忙跪地道："谨遵太皇太后的教诲。臣将尽心辅佐皇上，让大清江山流传千古，万年长青。"随后，皇上连下了几诏：厚葬索尼，加赐鳌拜为一等公，以其子那摩佛袭二等公位。六月初十，太皇太后下诏，皇上亲政，于七月初七举行亲政大典。

朝中早已忍够了鳌拜专横之苦的大臣们，无不欢欣鼓舞，但一些英明之士心里明白，有些事，表面上太顺利并不是件好事，它可能掩盖着一些让人担心的东西。

索尼去世后，鳌拜独占大权，所有奏折除送过鳌拜阅览的，其他就算有康熙批示都无人执行。可见鳌拜专权之霸道。

这天议政王岳乐满腹心事，急匆匆地径直走进大内。前面的张二毛引领着他过门穿院，几经周折，向后宫而去。岳乐怀中像揣了只兔子，越走心里越慌。

到了储秀宫，张二毛转身一笑："王爷请！"

岳乐急急向里去，刚踏进殿门不由得一愣，只见康熙腰中悬剑，坐在御座上。身后有一男一女，男的便是侍卫曹寅，一手按剑，神色庄严；女的手执如意，面容肃穆，她便是苏麻。再一抬头，更为吃惊，御座上盘腿高坐的是太皇太后。

岳乐非常惶恐，忙行了三跪九叩之礼，口中称道："奴才岳乐叩见太皇太后、皇上！"

太皇太后手一挥，微笑道："平身吧，给王爷看座！"

早有张二毛搬张凳子过来，岳乐欠着身子坐了下来，他不知今日召见何事，只好低头等候吩咐。偌大的宫殿只有这四五个人，说话的声音嗡嗡地作响。

"皇叔，朕已亲政，然鳌拜仍无还政之举，你以为如何处置？"康熙单刀直入，一语惊天。岳乐昔日很得顺治的宠信，从感情上说他愿意帮助面前的祖孙二人。但先帝托孤之臣是四位辅臣，皇室近族已成了陪衬，有职无权，能有何作为？

岳乐抬头看看皇上，只见太皇太后和皇上都在盯着自己，于是挺挺身子道："奴才愿为太皇太后和皇上赴汤蹈火，请皇上明示。"

康熙点头示意，苏麻捧着案上的一道奏折送至岳乐面前。岳乐展开一看，是苏克萨哈的奏折，皇上的朱红十分醒目。

看罢奏折，安亲王岳乐抬起头望着皇上，一时难揣圣意。太皇太后开口道："安亲王是先帝的宠王，先帝在世时，常夸你是宗室之栋梁，对皇室忠心耿耿。虽然先帝托孤于四辅臣，但真正在关键时刻能帮我们孤儿寡母不受人欺侮的，还是自己的爷们。现在索尼已死，鳌拜迟迟不愿归政，终为心腹之患。现在南方有三藩，台湾沦于郑氏之手，北边还有个罗刹国，朝中再这样下去，怎能安抚四夷，平定天下？"

岳乐沉思片刻，跪地奏道："鳌拜桀骜不驯，举朝皆知。然他身为先帝顾命重臣，执掌兵部，噶布喇守孝，他又接领侍卫内大臣之职，宫中侍卫大多为他的人，万一事有不虞，反贻害皇上，请圣上三思！"

"这倒是实情，此事之难，我们祖孙自然知道，所以才请你来，此事势在必行。哀家已示意苏克萨哈上奏辞职，你可去问苏克萨哈辞职之因，然后上书弹奏鳌拜。他若愿辞辅臣之职，可保他一切无事；若有异常，只有请王爷召集我皇室贵胄，为保皇室而战了。这个脓包儿现在不挤，会越来越大，总有一天会有人唱逼宫戏，有谁能做定国王呢？"

岳乐已明白，太皇太后已经暗示，事成之后，自己的这安亲王爵也世袭罔替，永为大清宠信之王，但世上没有免费的午餐，得到的越多，付出的就越大。扳倒鳌拜是件易事吗？但事到如今，也只好骑虎而行了，于公于私他都愿意这样做。

"圣明如鉴，奴才已明白，即日上书弹劾。"

孝庄和康熙自以为事情进展很顺利，稍稍心宽，与岳乐拉起家常。

突然，费扬古从外面急急跑来，一手抚剑，满脸是汗，到了御前跪地奏道："太皇太后、皇上，大事不好！奴才刚才在乾清门听说鳌拜已令大内侍卫和兵部包围了苏大人府宅。"

"什么？消息可靠吗？"康熙惊得半天说不出话，岳乐一屁股跌坐在凳上，只有孝庄还算冷静。

"回太皇太后，奴才在乾清门当值，见今日不当值的侍卫全部被调出宫去。奴才向一守值侍卫打听，才知是去苏府拿人，说是皇上的旨意。"

康熙一拍案儿，厉声喝道："鳌拜竟敢私改御批，公然抗旨不遵，不除能行吗？"

孝庄摇摇头，长叹一声道："皇上，眼下已不是除鳌拜了，而是想办法如何救苏克萨哈全家的性命。"

康熙对费扬古道："你马上回去，把乾清宫把持好，朕马上去乾清宫。"

孝庄见康熙气势汹汹，安慰道："皇上，别忘了你说的话，欲擒故纵，眼下只有忍一忍了。"正说着，张二毛忙跑进殿，跪地道："皇上，鳌大人求见。"

"知道了，朕马上就到，曹寅陪朕一块儿去。太皇太后、安亲王都请回吧。"

"苏麻，你也去陪皇上。皇上千万要小心，不要让鳌拜看出后宫的意图。"

来到乾清宫，远远就看见鳌拜正跪在宫外候驾。康熙在曹寅和苏麻的护卫下，健步来到殿内，坐在御座上，一挥手，张二毛高声叫道："宣辅政大臣鳌大人见驾。"

鳌拜似乎早已不耐烦了，听到喊声，忙来到殿上，行礼后，还没等康熙把"免礼"二字说完，便起身而立。康熙十分恼怒，但想起祖母的提醒，只好耐着性子与他周旋。

"鳌大人，有何事要见朕？"康熙平静地说道。

"皇上，臣已命人把苏克萨哈全家提到刑部大狱，请皇上发落。"

康熙故作惊讶道："鳌大人，苏克萨哈上奏请辞，朕让安亲王去问问他原因，没听安亲王上奏，爱卿为何就把苏大人抓起来了？"

鳌拜面有怒色，愤愤道："皇上，苏克萨哈身为顾命重臣，不知仰报天恩，却大肆狂吠，欺蔑主上。臣接圣上朱批，十分气愤，禀旨差人捉拿苏克萨哈。"

康熙笑道："鳌大人，朕只是让安亲王去问问他为何请辞，并没传旨捉拿苏府众人！"

鳌拜毫无惧色，一挥老拳，大声吼道："苏克萨哈如此目无圣上，分明欺人主年幼，理应交议政王大臣会议议处，怎能只让安亲王问问了事？若不严惩苏克萨哈，又怎可维护圣上尊严？"

康熙看见鳌拜那张变形的脸，恨不得一脚踹上去，但康熙还是拿鳌拜毫无办法，只好作出让步，道："苏克萨哈上书请辞是有不妥，就让议政大臣会上议了吧。"康熙以为，议政王岳乐已知圣意，让议政王大臣会议议处，也不会议成重罪。

议政会在乾清宫东暖阁举行。安亲王岳乐主持，在殿外，费扬古只听到鳌拜的怒喝声不时从殿里传出来。

骑射场已建成了，比原来那个骑射场扩大一倍，拆去了十几间旧屋和一段宫墙，把原来两个小院连成一个大院。康熙在场上骑了几圈马，又射了一会儿箭，意犹未尽，又在场内舞了一阵子剑，直到大汗淋漓，这才感到心里很舒服，于是收剑回宫。刚到储秀宫，就见张二毛跪地道："皇上，安亲王和鳌大人在乾清宫求见。"康熙毫无表情，只忙着洗漱、换衣服，苏麻在旁小声说着什么。

到了乾清宫，殿外跪着索额图、熊赐履、阿思哈、马尔赛、噶褚哈等部院大臣，他们个个表情麻木。来到殿上，只见鳌拜和岳乐站在那里，见了康熙，二人忙跪地施礼。

康熙若无其事地坐在御榻上，望了望二人，笑笑道："二位爱卿平身。有何事要奏？"

岳乐抬头看见了康熙那犀利的目光，忙畏缩着低下了头，手里捧着一份奏折不出一言。旁边的鳌拜见他说不出话，忙道："臣启奏皇上，苏克萨哈请守寝陵一案，奴才等已奉旨议过，奏请皇上降旨。"

康熙瞥了一眼鳌拜，此时他的嘴角正浮出一丝微笑。康熙最恨他这副得意的神情，但表面上仍平静地问："议的何罪？"

鳌拜一把夺过安亲王手中的折子，展开朗声读道："苏克萨哈世受皇恩，身为国家重臣，但他不知报恩，却贪恋权欲，对皇上亲政而颇生怨恨，不愿归政，故以请辞要挟皇上，大放厥词，欺主犯上……"

"慢！"康熙终于忍不住，厉声喝道，"苏克萨哈不过是请辞，怎么会有如此大逆不道之罪？不可妄议啊！"

鳌拜不去看康熙脸色的变化，提高了嗓门："皇上，苏克萨哈绝非只想辞职这么简单，他若没有异志，绝不会如此狂妄！"康熙望着地上的安亲王，心中有气：你为议政王，却不发一言，让鳌拜大放厥词，朕要你这议政王何用？

"安亲王，苏克萨哈犯了这么大的罪，按律该如何处置？"

安亲王完全能听出皇上的怪罪之意，但这事能怪我吗？皇上、太皇太后都拿鳌拜没办法，我又能对他如何？议政会上，全是他们同党发言，稍有人说话，鳌拜便厉声呵斥，甚至卷袖挥拳。他人又能怎样呢？

"回皇上，欺主犯上，应以谋反罪论处。应凌……凌迟处死，全家抄斩……"

话音未落，只听啪的一声，康熙一拳击在御案上。他再也忍不住了，厉声道："牵强附会，危言耸听，苏大人不过说句气话，也不至于犯下如此重罪！"

"皇上，臣以为苏克萨哈说的并非气话，而是心里话，在心为志，发言成语，若他心无二志，怎可如此？臣等议将苏克萨哈和其子内大臣查克旦磔死，余子六人、孙一人、兄弟之子两人皆应斩决籍没。族人白亦赫吐为虎作伥，亦应斩决。"鳌拜不顾康熙反对，仍大声读议奏。

康熙无法再坐下去，立身道："此议未旨，不允所请！"说罢，不顾一切地冲出大殿，气汹汹地离开乾清宫。

"皇上！皇上！"鳌拜也很气愤，起身高喊，康熙不理他，径直而去。鳌拜气得把奏议扔在地上，愤愤而去。

康熙径直来到慈宁宫，一屁股坐在孝庄的旁边，胸脯仍一起一伏，愤愤道："这个鳌拜越来越放肆了，竟敢私改御批，妄抓大臣，把持议政会，把苏克萨哈全族男子无论老少，一律斩草除根，其心何等歹毒！"

孝庄听了也感吃惊，没想到鳌拜出手这么快、这么狠。可眼下又能怎么样呢？只有等待时机，绝不能君臣闹翻。

"皇上，此时绝不可与鳌拜闹翻，只有好言相劝，力保苏克萨哈。如果鳌拜一意坚持，也只能用苏克萨哈的头来换大清几年的平安。"

"太皇太后，上次诛杀苏纳海三人，就已使忠臣心寒，今日若苏克萨哈再被诛族，必使朝臣再失信心，我大清还有何正义可言？"

孝庄长叹了一声："皇上，大丈夫能屈能伸，人在屋檐下，不得不低头。昔日多尔衮专横时，先帝便是靠着装成一副不学无术的样子，才没使多尔衮有篡位之心。现在的鳌拜比多尔衮好多了，他的罪行还没完全彰示。"

康熙叹息了一声，无声而去。苏麻紧跟身后，但不敢劝一句。

一整夜，康熙没有睡，他想不出什么办法可保苏府一族人不死。

不知不觉，宫外传来鸡鸣声，鸡鸣三遍，康熙已经坐在了乾清门外。此时，天上仍是满天星斗，乾清门外听政是顺治留下的老规矩，但先帝爷没有康熙起得这么早。

朝臣们陆陆续续地来了，乾清门外人声嘈杂，低声议论纷纷。

五更整，殿前执事高喊："早朝开始，百官上朝——"

百官鱼贯而入，分列两侧，刚刚站稳，就见康熙已健步走到御榻前坐了下来。百官施礼后，鳌拜闪身出列，伏在地上道："臣有本奏皇上，苏克萨哈罪大恶极，请皇上早做圣断，早早结案，臣等也好安心处理其他公务。"

康熙极力压住内心的不满，尽量用缓和的语气说道："鳌大人办事认真，朕已了解。此案所议确有未当之处，理应重议，不必急躁。"

鳌拜厉声奏道："皇上，不杀苏克萨哈，众议难平！"

康熙已读过《中庸》，他要用中原圣人来劝他，于是道，"鳌大人，人常道，'严于律己，宽以待人'。尔与苏克萨哈均为先帝宠臣、国家之栋梁，诛杀大臣乃国家大事，岂可草率？再者，圣人学尚中庸，处人以极刑，终非圣人之道，尔与苏克萨哈虽有矛盾，但不能挟私报复。"康熙这话绵中藏针，话中有话，告诫鳌拜不要挟私报复，又向他表明要多行仁义。鳌拜根本听不进这些话，竟然捶胸挥拳，大声吼道："皇上此言让臣不解，臣与苏克萨哈虽有矛盾，但也是因公而有隙，怎是挟私而报复？对人宽待，那是妇人之仁，对待像蛇一样的恶人也要宽恕、怜悯吗？"

百官在两侧垂立，空旷的乾清门外广场上只有君臣二人的争吵声在回荡。

"皇上，臣有本奏，平西王又上奏催要军饷。请圣上裁决。"泰必图怕君臣之间吵翻，又没法去劝，见他们沉默相持，忙出列奏道。

鳌拜正在与康熙较劲，忽然半路杀出个程咬金，不由得大怒，狠狠瞪了泰必图一眼，上前夺过他手中的奏折，愤然道："兵部的折子先由部里会议后再上奏，你为何不议而妄奏？去！等皇上处理完苏克萨哈的事，再说三藩的军饷。"

泰必图遭到鳌拜的呵斥，只好乖乖归列，不敢再奏，御前的空气更加凝重。

康熙见这样相持下去双方都下不了台，便起身拂袖而去。张二毛一愣，忙喊了声"退朝"，随后追了上去，只留下面面相觑的百官。

早膳也没用，康熙一直在储秀宫里生闷气。这鳌拜越来越放肆，竟敢在百官面前大闹朝堂，呵斥部院大臣，甚至在御前拦截奏章，哪还有一点儿为人臣的样子？

苏麻小声道："皇上，熊大人来了，上午的课还上不上？"

"宣他进来！朕正要找他。"

熊赐履进了殿，见太皇太后也在，忙跪地施礼。康熙见了熊赐履道："熊先生，今日再给朕讲讲后汉质帝的故事，朕一时记不住。"

熊赐履笑道："皇上，人常说，宰相肚中能撑船。皇上应比宰相更有度量才是，小不忍则乱大谋，质帝之事便是明证。"

"依先生之见，皇上应该怎么做才为上策？"孝庄也很心急，只不过不表现出来而已。

"要稳，越稳对方越乱；对方没乱，而自乱阵脚，必败也。先要稳定政局，再要稳住对方，不要让对方惊觉。皇上，同是一只老虎，是发怒的老虎好打，还是睡着的老虎好打？道理其实很简单，只不过旁观者清而当局者迷。"

"怎样才可使老虎睡觉？"康熙与孝庄几乎同时问道。

"老虎只有吃饱喝足了又没有威胁的时候才会睡觉。这需要皇上做出一定的牺牲去满足他，让他感到没什么威胁，这才会麻痹大意。"

"熊先生是说让朕舍弃苏大人？"

熊赐履沉默了片刻，最终道："此事不能再纠缠下去了，时间越长，对皇上越不利，一旦鳌拜心生怨恨，怕起激变。请皇上三思。"

康熙沉思良久，长长叹了口气，幽幽道："又让朕杀忠臣，昔日已杀了三位，今日再杀，朕成什么样的国君了？"

孝庄劝道："皇上，来日方长，为了大清的基业，只好牺牲几位忠臣了，用他们的头来换取皇上的时间。只要皇上记住了他们是忠臣，他们的血就不会白流。"

三日后，康熙正在乾清宫批奏折，张二毛伏地道："皇上，鳌大人请见。"

没等康熙说话，外面便传来了吵闹声："鳌大人，皇上没空，你不能进见！赛本得、纳莫，你们今日不当值，为何挂剑入宫？"这是费扬古的声音。

"闪开！"一声厉吼，是鳌拜的声音，随后传来一阵骚乱声。数十名侍卫立刻抽刀在手，守住殿门。殿上两名侍卫也立在康熙面前，准备搏斗，誓死保卫皇上。

"何人在殿前争吵？快宣鳌大人进殿！"康熙故意大声说道。

侍卫们向两边闪开，露出一条道来，费扬古双手按剑倒退入殿，后面是鳌拜，满脸怒容，他的身后竟然跟着赛本得和纳莫。

"费侍卫，退立一旁，不得对鳌大人无礼！"康熙对费扬古呵斥道。费扬古忙退到御座旁，与另两名侍卫密切注视着门口的动静，准备随时出击保护皇上。

赛本得、纳莫仗剑立在殿外，鳌拜昂首进了大殿，伏地奏道："皇上，不知苏克萨哈一案是否裁定？"

康熙见他那在君前无礼的样子，心中恨得咬牙切齿，但表面上仍笑笑，道："鳌大人，这几日太皇太后一直在朕面前说起鳌大人，说昔日鳌大人如何拥立先帝继位，又如何从龙入关，与多尔衮争斗，保护先帝和太皇太后。朕自卿辅政来，也知卿一腔赤胆忠心，只不过性情暴躁，常常让人误会。苏克萨哈妄言上奏，要挟皇上，的确欺主，不过念其昔日有功，还应从宽处理。"

鳌拜听了前面的话十分入耳，暗自得意，但后面的话又在为苏克萨哈说情。不杀了他，自己日后如何在百官面前扬眉？说得再好，也得杀苏克萨哈。他昂起头，愤然道："既然皇上说了，依臣之见就把苏克萨哈处以绞刑，保留全尸，也算皇上对他的恩典。"

康熙一时无语，鳌拜马上爬起身，大声道："臣这就去监刑了！"一个长揖，转身去了，到了门口对着赛本得二人吼道，"混账东西，还站在这儿干什么，还不去护法场！"说罢，叔侄三人扬长而去。殿里的费扬古长出了一口气，还剑于鞘。康熙感到一股悲哀袭上心头，再也没有心思批奏。

费扬古急匆匆地回到府中，管家董福忙来书屋侍候。费扬古道："董福，快去把明珠找来。"没多时，明珠来到了书房，一身武士打扮，头上满是汗，见费扬古一脸的严肃，不敢造次，静立一旁。

费扬古一努嘴，仆人们全退了出去，董福把门关上。屋子里立刻静了下来，明珠不知出了何事，讪讪笑道："费大人，出了什么事，这样神神秘秘的？"

费扬古从袖中抽出一卷黄绢，严厉地瞪了明珠一眼，压低声音威严地说道："明珠听旨！"明珠听了这四个字，心中大惊，马上伏在地上，不敢出声。

"明珠先祖有功于大清，其父虽在睿王帐下听令，并没有劣迹，受睿王株连，于情不忍。特恢复明珠祖上旧爵，令明珠袭爵，奉旨后入宫，任四品侍卫，钦此。"

明珠简直不敢相信自己的耳朵，像做梦一样，不但祖上的爵位恢复了，自己还要入宫任御前侍卫。这真是天上掉下来的美事。

明珠稀里糊涂地跟着费扬古也不知怎么进的宫。费扬古进了殿，见太皇太后、皇上正在商量什么，熊赐履和索额图也坐在殿上。

"启奏皇上，明珠已在殿外。"

康熙不假思索，向张二毛道："宣他上殿。"

"宣明珠上殿——"明珠正在想如何说话，忽听这声喊，忙跑了进去，根本没看殿上有何人，便伏地道："臣明珠叩见皇上，吾皇万岁、万岁、万万岁！"

康熙向下望了望，见明珠一身的武装，身材也很魁梧，十分高兴，笑道："平身吧。朕让你世袭父职，先在宫中任侍卫，等外任有缺，再改放外任。"

"多谢圣上恩典，臣终生感恩圣上。"

"明珠啊，你祖上可都是忠臣，就算你父亲曾在睿王帐前听令，也无劣迹，所以皇上才复了你的爵位。日后要想着朝廷的好处。"这是一个女人的声音。

明珠吃惊，不由得抬头一望，只见御榻上盘膝高坐一位五十多岁的妇人。明珠明白，她可能就是当今德高望重的太皇太后。于是忙又跪地，连磕了三个头，朗声道："臣叩见太皇太后。臣流落街头，沦为乞儿，皇上念旧情，恢臣旧爵，是臣的再生父母。臣日后甘愿为皇上效犬马之力，肝脑涂地也在所不辞。"

康熙看了看费扬古，吩咐道："费大人，领明珠去内务府报到，领官服，分他到毓庆宫当值。"

"皇上，毓庆宫是赛本得在那儿，让他去不合适吧？"

"与敌周旋讲究虚虚实实，真真假假，你中有我，我中有你。先让他去那儿待一段时间，日后还有大用。"

明珠去后，熊赐履道："皇上，现在宫中缺的就是明珠这样的人，外结贤臣，内养勇士，是制胜的关键。"

孝庄有些担心，望着熊赐履道："熊先生，如何才能铲除权臣？"

熊赐履略略沉思道："回太皇太后，大凡权臣均手握重兵，结党于朝，外有强援，内有朋党。对其处置稍有不慎，便会激起突变，引发事端，古今此类事多矣。"

康熙闻言点头："听先生之言，已有除贼之计。有何办法？"

熊赐履看看殿上仍有宫女、太监多人，便有意顿了顿。太皇太后一示意，众人全部退下，就连苏麻喇姑和曹寅也退了下去。熊赐履见殿上只剩下四人，小声道："太皇太后、皇上，见过蜗牛吗？它虽然身体很软，可外面有一个厚厚的外壳，外人很难伤害它。若想伤它，只有把它引出来，趁其不备，才可一举歼灭。"

索额图闻言点头赞许，道："先生之计有道理，不过鳌拜的耳目遍及京城，府内侍卫如云，京中重兵在握，就是皇宫中的侍卫也多是他的手下，整个京城都是他的壳，又能把他引到哪儿呢？"

熊赐履笑了笑，自信地说："索大人，鳌拜的势力再强大，也不可能把整个京城都变成他的外壳。我们坐的地方，他的势力能到吗？大人可曾记得，汉初吕后铲除韩信时是在什么地方？"

索额图点点头，很佩服这一妙招，但他看见太皇太后和康熙都是满脸的迷茫，忙道："西汉时，韩信为汉王立下奇功，手握重兵，功高盖主。刘邦要铲除他，怕遭韩信的反抗，一直无计可施。后来吕后生出一计，传懿旨召韩信入后宫。韩信见后宫都是宫女，赤手空拳，他的戒心全无，很轻松地进了吕后的宫中。正在他与吕氏说话之际，宫女们争相给他献殷勤，扇风捶背，最后把绳索套在了他的脖子上。一代悍将，惨死于几个宫女之手。吕后不动声色，用韩信意想不到的方法杀了他。"

孝庄听了这个典故很受启发，不断地点头，暗自思索着。康熙见天色已晚，便对索、熊二人道："今日所言，乃国家机密，虽妻子父母不可语。一旦泄露，后果不堪。"送走两个心腹大臣，祖孙俩意犹未尽，都在想刚才所讲西汉吕氏的故事。孝庄自言自语道："吕后高明，以天下最弱之人捉杀天下最强之人，乃神算也。"

"皇祖母，我们能否用这种方法？"

孝庄沉思了好一会儿，才缓缓摇头："不可。韩信与吕氏相处多年，以弟嫂相称，可召他进内宫。而今哀家召鳌拜觐见，他不但不会放松警惕，反而会更加小心，万一不慎，会事与愿违。"

"如何才能万无一失，出奇制胜呢？"

孝庄十分镇定，谆谆教诲："以弱胜强必须保证两点，一是'奇'，一是'快'。只有出奇兵，攻其不备，战必胜，胜必速才可。吕后擒韩信，以宫女捉贼，可谓'奇'。可妙计不可再用，不过，天下最弱之人不过妇孺。吕后用宫女，我们可在小孩身上做做文章。谁会对小孩存戒备之心？"

"小孩？"康熙有些不解，"儿臣听说鳌拜力大无比，勇猛善战，小孩子怎么去对付这凶神恶煞？"

孝庄很自信地笑道："皇上，鳌拜虽勇猛，然十分粗鲁，不善注重小节，鳌拜尤喜布库，若招募数十名十二三岁内侍，以陪皇上习布库为名，天天训练，一则可保皇上安全，再则可作制敌奇兵。"

康熙大喜，连连点头："怪不得人常说'姜还是老的辣'，太皇太后真是神人，出此妙招。"孝庄马上沉下脸，严肃地说："别高兴得太早，此事仍要细细琢磨，静心安排，确保万无一失，才可出奇制胜。哪怕有一点点疏漏，都会功败垂成，我们祖孙也会落个悲惨下场。"

康熙郑重地点点头，马上又想起一事来："皇祖母，这群娃娃交给谁调理呢？"

孝庄语重心长道："这是关键的一步，这支奇兵到底奇不奇，主要在保密上，既要让娃娃们努力去练习，练一身过硬的本领，又不能让他们知道朝廷的意图，包括教练也是如此。"

"明珠怎么样？他刚刚入宫，对一切知之甚少，与朝中诸臣又无瓜葛。他以乞丐之身，一步登天，定会对朝廷感恩不尽，非常可靠。"

孝庄点了点头，又有些不放心，便道："把他宣来，哀家要盘问盘问他。"

明珠再次来到殿上，孝庄看他穿着官服比刚才威风多了，不由得对伏在地上的明珠道："明珠，现在穿上这身官服感觉如何？"

明珠伏地道："臣多谢太皇太后和皇上的恩赐，臣终生难忘，愿为皇上效犬马之劳。"

"明珠啊，若有人给你更大的官做，你还会说这样的话吗？"孝庄半真半假地说。

明珠大惊，他不明白太皇太后的意思，但有一点是可以肯定的，自己做官大小，只有皇上才能定夺。如果有人敢擅自封别人官职，一定是大逆不道、心怀二志之人。自己只能忠于皇上，其他的人都是次要的，于是忙道："太皇太后、皇上，恕臣愚昧，不懂太皇太后之言。不过臣虽愚，有一事却很清楚，臣的心中只有皇上，再没有第二个人。于皇上有益的事，臣会竭尽全力去做；于皇上有害的事，臣不但不会去干，还会尽力抵之。"

孝庄微笑不语，向康熙点了点头。康熙正色道："明珠，朕交给你一个任务，从明日起，从八旗子弟中挑选二十名十岁左右的少年，练习布库，以陪朕练习此祖传之技。"

明珠一愣，忙伏地道："皇上，臣愿在御前效力，以生命来保皇上安全。只是为何派臣去带一群娃娃练什么布库？"

康熙不悦，厉声道："大胆！刚才还口口声声说有益朝廷之事要尽力去做，原来这是一句假话，朕刚派你干事，你就不从，忠心何在？"

"皇上息怒，奴才不是想违抗圣意，奴才是想用自己的一切来保皇上安危。"

孝庄在一旁冷冷道："真是死脑筋，保皇上只有在御前吗？凡是为大清效力的臣子都是保卫皇上。再说，你还在宫中，为皇上训练布库对手，如果皇上武艺高了，你也算尽了一份力了。"

明珠一时不明白为什么要这样做，但他可以看出皇上交的这份差事很重要，从太皇太后和皇上的眼神中他能看出这一点。既然如此，他还有什么可说的呢？于是道："臣遵旨，一定把皇上交给的娃娃训练成优秀的布库高手。"

孝庄脸上浮出了微笑，对明珠道："你在京中也无处落脚，就在宫中腾间房住下，练习的地方就在钦安殿吧，那地方僻静，是个练武的好地方。通知御用监，在钦安殿内腾几间房子，让他们住在那儿，安心练武。"

不知什么时候，肃穆的大内中来了一群憨头虎脑的小伙子。寂静的钦安殿热闹起来，每天都可见一群身穿清一色摔跤服的少年们，在院内练把式、竖蜻蜓、跳跤步、冲拳踢腿。宫中都知道，这是善扑营，少年均是奉旨从侍卫和执事人家中选出陪皇上做扑击之戏的布库娃。

就在院内少年们认真练武时，门外的花丛中露出了贼眉鼠眼的两颗头颅，两双贼眼死死盯着宫门，记下每一个出入钦安殿的人。观察了整整一天，那两人才悄悄退去，出了御花园大摇大摆地走在宫中，原来是侍卫赛本得和纳莫。

二人若无其事地在宫中转了一圈，赛本得低声与纳莫耳语了几句，纳莫点点头，赛本得出了宫门，一溜烟打马去了鳌拜府。

鳌宅正在宴请宾客，听了他二人汇报，鳌拜啪地一拍桌子，哼了一声，怒道："苏纳海、苏克萨哈敢与我作对，我能把他们送上断头台，若还有人敢与我作对，照样可以把他……"

下面的话没说出口，但在场的人都感到了一种恐惧，朝中还有谁敢与鳌拜作对呢？

此时，储秀宫中康熙面对一份奏折踌躇不已，他用笔在"天下治乱系宰相所为"一句旁边重重地画了几道杠，沉思了良久，一时拿不准该如何处置此奏。

这是熊赐履亲自上的奏疏，长达数页，足有万言，纵论当今天下之势，疏中针砭时弊，痛斥恶政，并隐隐把矛头指向鳌拜。此奏若留中不发，则枉费了熊赐履的一番苦心；若明发，又恐引起鳌拜的不满。

康熙犹豫不决，把奏疏塞进了衣袖中，直奔慈宁宫。

康熙急匆匆走来，苏麻在后面紧追慢赶，两名贴身侍卫一路小跑。见此情景，孝庄心中一动，她知道朝中又出大事了，马上警觉起来。

康熙没坐稳，便从袖中抽出熊赐履的万言书递给了孝庄。孝庄立刻展开奏疏，认真地看了起来。

康熙端坐在那儿，不时打量着祖母的表情变化。孝庄的脸色始终很严肃，后来越来越庄重。看完奏疏，她沉思了片刻，把疏轻轻放于案上，睖着康熙道："皇上如何处理此疏？"

"孙儿想留中不发，以免激怒鳌拜，打草惊蛇，使苏克萨哈的悲剧重演。"

孝庄摇了摇头，康熙马上领会，道："孙儿马上明发各部院大臣，奏议朝廷行政之失。"

孝庄仍是摇头，康熙不解，惊异地望着祖母。孝庄语气严肃地说道："皇上能明白熊赐履上书的意图吗？"

这次轮到康熙摇头了，孝庄轻轻一笑道："熊赐履在为皇上制造舆论，留中不发，熊赐履的苦心白费；若下旨奏议行政之失，必引起鳌拜警觉。应把奏疏明发各部院，让大臣们都知道朝政积习未除皆因宰相所至。同时皇上再下旨斥责熊赐履妄奏，以麻痹鳌拜，这才是两全之策。"

康熙不住地点头，十分感激祖母指点迷津。

第二日早朝，康熙仔细打量百官的神态，见无人出奏，便道："朕有一道奏折，已差人抄了些，现发给各位部院大臣们看。"

一挥手，执事太监捧一托盘，上有厚厚一摞奏折，来至众臣面前。众人打开一看，不由得吃惊，有几人头上还渗出了汗来。

熊赐履接到别人手抄的一份自己的奏疏，心里暗暗吃惊。他不明白皇上为何要这么做，只好赔着小心，静静等着皇上的发落。

众臣看罢这份万言疏，都偷偷去看鳌拜。鳌拜看完，回头看看熊赐履，目光中流露出一股杀气，但他没立刻发作，又转过脸看皇上。

康熙见群臣纷纷小声地交头接耳，"啪"地一拍御案，不由得提高了声音，喝道："熊赐履！"

"臣在！"

"尔以为是朕的老师，便可妄行冒奏，竟敢说我大清腐败无能，天下政事凋敝，以此妄奏，沽取虚名，朕岂能姑息，让天下说朕纵师妄论？今罚尔半年俸禄，闭门思过一个月。"

康熙大发雷霆，满朝皆惊。对自己的恩师尚且如此，若换成旁人，岂不要议处治罪？大臣上疏言事，无可厚非，不知皇上为何如此。

索额图听了皇上的话，心里暗暗思虑：这是不是皇上为麻痹鳌拜而为？同时又可保护恩师。若让鳌拜抓住把柄，岂不要走苏克萨哈的老路？既然如此，这出戏就要演到底，还要演得如真的一样，让别人看不出破绽。于是他向前一步，出列奏道："皇上息怒，臣以为大臣上书言事，乃其本分，即使言过些许，也可原谅，不必惊动圣怒。臣观熊赐履所言虽有不实之处，但其似无沽名之心，皇上若如此斥责，怕堵塞言路，遮蔽圣听。"

康熙见索额图出面保熊赐履，马上意识到索额图的意图，故意怒道："熊赐履恃恩放肆，妄议朝政，朕绝不能饶他，否则，怎可让群臣知道，应如何保持我朝正确的言论！"

熊赐履听了这话，似乎明白了一些，忙伏地道："臣知罪，愿领罪受罚，能让我朝言事之风大兴，臣虽死无憾，何惜半年之俸！"

鳌拜的脸上浮起一丝不易察觉的冷笑，奏道："皇上能不庇宠臣，怒斥恩师，可见圣上深明大义，有贤君明主之风，老臣甚感欣慰。"

这完全是一种居高临下的口吻，口气还有些许幸灾乐祸的味道。

新年快到了，宫里已开始准备置办过年的货物。钦安殿内众少年入宫已有半年多，从未回家。新年将至，谁不想回家团聚呢？练习时，有几个便松松垮垮，敷衍了事。

"皇上驾到——"一声高喊，场里的众人全停下来，跪在地上。明珠伏地道："臣恭迎圣驾。"

康熙忙道："明珠，平身吧！怎么，那边几位又犯错了？"

明珠见皇上问那几个刚才倒立、现在也已跪在地上的人，便道："回皇上，那几个小子自恃布库之技已超过皇上，便不愿再练，臣让他们自罚倒立。"

康熙闻言，来至二狗子几人面前，仔细看看每个人，见个个长得虎头虎脑，心中暗喜，不忍多责备他们，便心平气和道："二狗子，朕招尔等已有半年，让朕看看你们技艺如何。"

二狗子几人不敢怠慢，忙起身向院子正中间走去，几个对练起来，摔打钩绊，两两一对扭在一起，几个回合不分胜负。康熙坐在场边草地上观看。

二狗子与一个对手扭了十几个回合，也没有分出胜负来。他心中有些急，可一直无法取胜。对方的力量也挺大，一用力把他向后推。他连连倒退，就势向后一躺，双脚一缩，正蹬住对方的小腹。没等人看明白，二狗子已把对手重重摔在地上，与此同时，一个鲤鱼打挺跃起身，压在对方身上。

"好！"康熙不由得鼓掌喝彩。二狗子罢住手拉起同伴，满脸得意地跪在地上。

"多谢皇上夸奖！奴才献丑了。"旁边的明珠见二狗子很得意，心中有气，也不说话，大步而去，随后一手提一巨大的石锁，健步如飞地走来，把两个石锁向地上一扔，对二狗子和他的对手道："一人一个石锁，提着在院内走一圈。"

二狗子二人不敢说什么，缓缓起身，一人提一个石锁。这石锁太重了，一个就两三百斤，二人用尽全力才提起石锁，慢慢走去。开始的时候，脚步还算稳，没走二十步，脚下便乱了。

康熙见了他们的狼狈样，正想让明珠饶过他们，就见张二毛急匆匆地跑来，低声道："皇上，鳌大人求见。"

"现在在哪？"

"就在宫院外。"

"哈哈，皇上，布库练得如何？"鳌拜没等宣就大步走了进来，边走边看场内二狗子双手提着石锁，满头是汗，步履蹒跚的狼狈样，脸上露出鄙夷的神色。

康熙见鳌拜如此随便，心中不悦，脸上却露出微笑："久闻卿武功不凡，今儿能否演示一下让朕看看，也让这些奴才们开开眼界？"

"奴才不过是花拳绣腿、雕虫小技，怎可在圣上面前献丑？"鳌拜说着，已把大缨帽和朝珠一并摘掉，递与身边的纳莫，快步向门口而去。还没等众人反应过来，就见鳌拜已从门口回来，双手举起门口的一只大狮子。那只狮子足足有五六百斤，鳌拜单手举过头顶，行走如飞，在院内转了一圈，来至康熙等人面前。只见他面不改色，气不发喘，微微一笑，稍停片刻，突然一提气，猛地将石狮扔向半空。众人大惊，不禁惊呼起来。而鳌拜不慌不忙，两腿扎下马步，伸出单掌去接那石狮子。石狮子落在手上，像落在弹簧上，向下落了下去，在距地面有一尺高的时候，又弹了起来，稳稳落在手上。这一手连一向沉稳的康熙也不由得惊呼，他只是听说鳌拜武功卓绝，勇冠三军，没想到他会有如此神力。

鳌拜转身而去，又把石狮放回原处，返身来至圣前，双手拍了拍尘土，跪地道："皇上，老臣献丑了。"

此时的康熙早已惊得说不出话来，正在这时，苏麻喇姑和曹寅也从外面急急赶来。

康熙立起身，拍拍身上的尘土，看了一眼鳌拜，冷静地说道："卿若有事要奏，可去乾清宫等朕。"说罢，扬长而去。鳌拜看了看场内惊呆的几十个黄毛小子，脸上浮出轻蔑的冷笑，转身而去。

众人走后良久，这里的人才回过神来。明珠厉声道："刚刚都看见了吧，人外有人，天外有天，在这个院子练得不错，可出了门就要栽跟头，井底之蛙！以后谁再偷懒，定要打他四十大板，赶出钦安殿。"

下面的练习比以往任何时候都认真、都卖力气，人人都知道自己的那点本事实在是微不足道。整个钦安殿内没了往日的笑语，只有摔打声和飞溅的汗水。

"太皇太后驾到——"一声高喊，一群人簇拥着一位老妇人走了进来。

明珠急忙跑到门口，伏地道："臣明珠恭迎太皇太后。"

太皇太后看见跪着的明珠一身武装，满脸汗水，忙道："快快平身，辛苦了。"

慈宁宫太监李强早用一块黄绢盖着一只石凳，蒙娃扶着太皇太后坐在凳上。她对跪在地上、个个汗流满面的少年笑笑道："平身吧，都到这边来，让哀家看看。"

众少年谢恩，起身走来，立在孝庄面前。孝庄对着一个个子较小、满脸是汗的少年招招手，笑道："过来，让哀家看看。"那少年忙向前走了几步，跪在孝庄脚下。孝庄伸手抚了抚他的头，十分慈祥地问："叫什么名字？"

"乌查。"

"多大了？"

"十一岁。"小乌查并不胆怯，坐在他面前的不是太皇太后，而是慈祥的老奶奶。

"乖乖儿，十一岁就入宫，真难为你爹娘了。你爹是谁？"

"大学士图海。"

"图海？"孝庄吃了一惊，她知道图海原是多尔衮手下的一员悍将，十三四岁便威震三军，从龙入关，立有赫赫战功。多尔衮专政时很器重他，授予他大学士衔，他是当年最年轻的大学士，后因多尔衮事受株连，流贬漠北。

"你阿玛现在何处？"孝庄见这孩子挺可爱，再想想昔日的图海也很忠心，不过是站错了队受了株连。

"多谢太皇太后的关心，阿玛在皇上登基大赦天下时，得受皇恩，结束流放，披甲当差，效力军中，今在太平川任把总。我和额娘居在京中老宅。"

孝庄点了点，她知道图海是个难得的人才，日后定有用得着的地方。再看这小乌查，不愧为将门虎子，年仅十一岁便有大将风仪，便笑着对他说："你怕鳌拜吗？"

小乌查一挺胸脯，昂然道："启奏太皇太后，奴才不怕。虽然鳌大人力大无穷，但是奴才长大后一定会超过他。"

"好！"孝庄拍了拍乌查的头，又抬头望着众少年，大声道，"尔等均奉旨在此苦练本领，望尔等能不负皇恩，苦练功夫，个个都练成身怀绝技的壮士，超过鳌拜，成为天下第一武士。"

众人齐跪于地，山呼道："奴才一定谨记太皇太后的教诲。"

"蒙娃，去慈宁宫取一千两金子来，每个小武士五十两，明珠二百两，剩下的留在这儿，奖给勤快之人。"

明珠忙跪地道："多谢太皇太后的恩典。奴才奉旨练兵，职责如此，怎敢受太皇太后的金子？"

"算了，这是哀家的一点心意，权作过年的赏礼。只要你们一心跟着皇上，听皇上的话，日后金银有的是！高官厚禄也有的是！"

"多谢太皇太后，奴才等一定效忠皇上，誓死跟皇上走！"众人一起高呼。

"好、好、好。你们练吧，今日哀家到花园看看花，顺道来看看你们，现在该去看花了。"

乾清宫，康熙刚从慈宁宫来到这里坐下，鳌拜便已经立在殿下。康熙看了鳌拜一眼，回想起刚才的一幕，不禁又惊又怕又恨，但他还是强压住，平静地说："鳌大人有何事如此着急？"

鳌拜从袖中抽出一奏，双手奉呈头顶道："平西王吴三桂急需调江宁的五百万石粮食作军粮，请皇上定夺！"康熙一副心不在焉的样子，挥挥手道："朕只想如何才能练成卿的那身神功，这种事，朕就不看了，以前比这大的事，卿都办得很好，此事还要朕操心吗？卿什么时候闲暇，能否教朕几手？"

鳌拜偷偷去看皇上，见他满脸真诚，不由得心中好笑，毕竟还是个十四岁的孩子，见有比自己强的人，就想向人家学习。我这身功夫能传你吗？就是能传，我愿意吗？心中这样想，但是口中却道："奴才不敢，皇上乃一国之君，奴才不过一武夫耳，怎敢妄称帝师？皇上还是下谕，选一位大臣去江宁督办此事。因这数目太大，朝廷必派才能出众之臣前往，才不负圣命。"

康熙有些不耐烦，挥挥手道："卿看让谁去，就叫谁去吧，朕还想去练练臂力。卿能单臂举一只石狮子，朕连一个石锁也举不起。"

鳌拜心中笑道：多无知，只看到别人的功绩，却没看到别人为此流的汗水，我七岁投师习武，直到二十岁才学成这一身的功夫，你能坚持这么长时间吗？你又吃得了那种苦吗？见皇上如此厌于朝政，他很高兴，忙道："依奴才的意思，还是让索额图去江宁。"

康熙点点头，然后惊道："不行，不行，前几天奉天将军六百里加急，说北方的罗刹国一再犯边。朕已派索额图着手准备平乱之事，一旦春暖花开，罗刹国人再不退，便要发动勇猛的打击。索额图正在查找有关情况，怎能让他去押粮呢？等等看，若春天后罗刹人退了，再派索额图去，若罗刹国不退，便要对东北用兵。"

鳌拜心喜，去东北更好，离京更远，而且白山黑水，气候严寒，比起江宁来，条件差多了，看来，不必纠缠索额图了，于是又道："皇上认为谁去江宁更好？"

康熙被纠缠不过，只好道："得了，得了，让遏必隆去吧，他在京中也没别的事，也干不了什么事。"

鳌拜一听，这人还算合适，遏必隆虽依附自己，但也算是个皇亲，真到了关键的时候，还真不知他这个滑头会做出什么事来。皇上把他支出京，对自己也有好处。

"嗻。"鳌拜心满意足，领旨而去。

大年初二，按照惯例，百官要上朝向皇上朝贺新年。

康熙坐上御座，张二毛便扯着脖子喊："皇上临朝，请百官朝贺！"

话音刚落，便有一个人走上大殿。康熙见了，大吃一惊，只见此人身穿一件黄袍，俨如皇帝，只从顶上那帽子才知是一位大臣，此人正是当朝太师鳌拜。

鳌拜并不理睬康熙的惊愕，大大咧咧地来至御前，跪地道："奴才恭贺皇上新年万事如意，龙体安康！"康熙恨不能一脚把他踢出殿去，但一想起钦安殿的一幕，他又有些畏惧，只好道："平身吧，给太师赐座。"

鳌拜嘴里称谢，身子早已起来，也不客气，大大方方地坐在太师椅上。

此后是遏必隆、院部大臣，他们先向皇上贺喜，后向鳌拜贺喜，只有索额图一人只向皇上贺喜，然后退立一旁。鳌拜面带微笑，可心中恨得咬牙切齿，不时瞪一眼索额图。群臣拜后，垂立两侧，见上面两人坐着，衣袍相似，仅有顶戴之别，不由得使人想起昔日的多尔衮，但没有人敢说一个字。

回到储秀宫，康熙气得坐立不安，在地上踱着步。旁边的苏麻忙问道："何事让皇上生这么大的气？"

"鳌拜上朝竟敢穿黄袍，与朕仅帽子不同，狂妄至何种地步！百官还都向他朝贺，没一人敢出言相奏。"

苏麻也是一怔，不再说话，门口的曹寅高叫道："太皇太后驾到！"

康熙忙出门去接。孝庄在蒙娃的搀扶下来到殿内，坐在御座上，康熙闷闷不乐地坐在旁边。孝庄见屋内没有别人，便道："皇上，是不是为今日鳌拜的事生气？"

康熙一惊，忙道："皇祖母怎么会知道此事？"

孝庄笑道："刚才索额图已去了后宫，也到了慈宁宫，他要弹劾鳌拜，所以哀家到这边来看看。"

康熙愤然道："这个鳌拜太可恶，越来越专横，在钦安殿竟敢在孙儿的面前卖弄武功，恐吓孙儿，今日上朝又穿黄袍，根本没把孙儿放在眼里。"

"皇上，什么事都不能急，要慢慢来，现在已到了关键时刻，一定要沉住气，鳌拜越是骄纵，越说明他已经被我们麻痹了。现在要着手收网了，能否网住这条大鱼，还不知道，所以要处处小心啊！"

康熙听了这话，气消了一半，忙道："皇祖母，现在应该怎么做？"

孝庄举起一只手，紧紧攥成一个拳头，冷静而又果敢地说："现在要把所有的力量集中在一起，攥成一个拳头，对准敌人的心脏，迅速出拳，给敌人致命的一击。记住，皇上，我们只有一次机会，绝没有第二次，所以，这一拳要狠、要稳、要准、要快。"

康熙显然被祖母所感染，也紧紧攥成一个拳头，重重捶在案几上，目光中流露出坚毅和果敢，牙关紧咬，慢慢道："皇祖母，如何集中力量？"

孝庄沉思片刻道："明日索额图会上书弹劾鳌拜，一则可为朝廷制造舆论，二则皇上可就势免去他侍郎之职，让他重回宫中，在御前行走。这样，宫中已有费扬古、曹寅，再加上明珠、索额图，还有内侍大臣噶布喇及其旧属。所有的力量都要集中于内廷，集中全部力量做最后的一搏。"

孝庄说得慷慨悲愤，激起了康熙的雄心，就连旁边的苏麻和曹寅也很激动，齐跪在地上，哽咽道："请太皇太后、皇上放心，奴才一定尽自己的全部力量保卫太皇太后和皇上，即使肝脑涂地，在所不辞。"

孝庄不禁泪眼朦胧，走到两人面前，一手抚一个人的头，无限爱怜地说道："你们都是皇上最贴身的人了，等你们肝脑涂地之时，我祖孙怕也好不到哪儿去了。所以真正到了那个时候，你们不要想着如何保护皇上，而是想如何去杀死对手，最好的防御就是进攻。"

第二日早朝，鳌拜丝毫没看出来皇上的变化，仍同往常一样出列奏道："皇上，奴才上次当面奏陈之事，请皇上传旨，让遏大人早日起程，平西王又上了两道奏折催要。"

"那好吧，遏必隆，朕派你去江宁处理军粮之事，闲暇时可游游江南名胜，养养病。"

遏必隆颤巍巍地出列，跪在地上，边叩头边道："奴才领旨，感谢圣上关怀，臣一定办好此事，让皇上和平西王都满意。"

康熙意味深长地看了他一眼，没说什么，但遏必隆从皇上的一瞥中似乎看出点什么。

阿思哈出列奏道："皇上，奴才近日接到广西上奏，有人在去年考核官吏中徇私枉法，请圣上裁决。"

康熙闻言，心中不由得大喜，脸上却阴沉着，厉声喝道："政治清明乃立国之本。先祖在时对贪官污吏恨之入骨，今日岂能容此等小人坏我官场政风？朕令卿为钦差，亲自去广西查办此事。"阿思哈一愣，他没想到皇上会这么快拍板让自己以钦差的身份去广西。那里不但路途遥远，而且人烟稀少，瘴气弥漫，没有什么京官愿去。可现在皇上已下谕，又怎能抗旨呢？

鳌拜看出了阿思哈的心思，忙道："皇上，阿大人主管吏部，岂能离京远行？依奴才之见，还是另选吏部他人前往为宜。"

康熙笑道："阿大人乃一部之首，更应该事事躬亲，整顿吏治。广西远离京城，山高皇帝远，那里的官吏也骄横得很，去的官若级别低，怕威镇不住。依朕看，只有让阿大人辛苦一趟了。"在这样的小事上若要同皇上一争到底，鳌拜自己也觉得太过分，百官也会反对，所以只好忍了下来，不再力争。

朝廷上刚刚平静了一会儿，索额图走了出来，不慌不忙，从容道："皇上，臣有一事请奏。鳌太师身为国家宰辅，德高望重，受百官敬仰，本无可非议，但鳌太师居功自傲，在君前不恭，竟当廷身穿黄袍上朝，臣以为有失人臣之仪。"

鳌拜一听，差点气炸了肺：这小子也太狂了，那日百官都朝贺，唯有他不朝贺，老夫不找他的事，他却找上门来了。不给他点颜色看看，不知道自己的厉害。

鳌拜刚想说什么，忽见皇上勃然大怒，一拍御案，大声喝道："索额图，尔太胆大妄为，竟敢当朝参劾宰辅。鳌大人身为太师，黄袍乃朕御赐，为何不能穿？来人，摘去索额图的顶戴花翎，革去吏部侍郎之职，挂甲入宫，效力御前，任行走侍卫！"

康熙这顿臭骂铺天盖地，不容别人插话。所以有人想为索额图求情也没机会，鳌拜想说几句也没机会。

转眼间，清明节到了，修坟扫墓成了头等大事，这日上朝，康熙道："大清入关日久，盛京皇陵虽有奴才们守着，想必日久失修。朕本想巡幸盛京，祭祖修坟，无奈国事缠身，不能成行。经太皇太后同意，朕决定派和硕承泽亲王硕塞和大学士班布尔善一道奉旨去盛京，祭扫先祖，修缮皇陵。尔等即日启程，顺道走冒瑞山，也祭扫一下先帝之陵，等赶到盛京，也就到清明节了，代朕祭扫先祖。"

两人领旨而去，回府略作收拾便上路去了盛京。班布尔善虽感到皇上之举有些唐突，但他不敢抗旨不遵。自己身为宗室，能代皇上去祭列祖列宗，这是一种荣耀，无论于公于私他都没有拒绝的理由。这一招是经高人指点的，是谁呢？他看了索额图一眼，又向鳌拜送去意味深长的一瞥。

这一日临朝，康熙大大吃了一惊，原本鳌拜站的地方空着。这是自亲政以来从未有过的事，康熙很关切地问："鳌太师为何没上朝？"

吏部当值官吏忙出列道："启奏皇上，鳌太师突染疾病不能上朝，今早已差人到吏部请假。"康熙点了点头，又看看众臣，原来辅臣一个也没来，他一下子轻松了许多，仿佛自己真正成了皇帝，但又一想，这只是暂时的，暂时的平静和沉默可能正酝酿着一个更大的风暴，鳌拜称病不朝，绝非正常。他暗暗收起刚才的得意，又悄悄绷紧了心中的那根弦。

不知鳌拜是真的生病，还是有其他原因，一连数日不上朝。康熙感觉这有些不正常，便急急来到慈宁宫。孝庄见了他神色慌张的样子，忙问道："皇上，何事如此惊慌？"

"太皇太后，鳌拜已有十几日不上朝了，孙儿怕这里面有诈。"

孝庄也吃了一惊，鳌拜此举确实反常，他历来对公事很认真，从未缺席过，如今突然称病不朝，一定有原因，于是道："快召索额图、熊赐履进宫，把明珠也传来。大家商量一下对策。"

康熙点头，忙传命出去，不多时，三人来到了慈宁宫，见过太皇太后和皇上，分坐于殿下。康熙看看众人，道："鳌拜不上朝已有数日，其中是否有诈？"

熊赐履沉思了良久，说道："此次鳌拜突然称病不朝有两种原因：一种是前段时间皇上纷纷遣其党羽出京，使鳌拜感到情况不妙，所以不敢轻易出府，赖在家里，朝廷若想对他下手，绝非易事。他是在拖延时间，等着党羽回京。第二种可能是鳌拜向朝廷示威，想试探一下皇上的忍耐程度，摸清底牌再见机行事。"

索额图点点头："鳌拜这两种心思都有。他在以静制动，暗中观察，伺机而动。皇上一定要多加小心。"

孝庄有些释然，望着康熙道："看来皇上有些事做得急了些，打草惊蛇了。鳌拜乃三朝老臣，身经百战，有丰富的经验，这一切均瞒不过他。"

康熙有些着急，忙道："如何才能使他消除疑虑呢？"

这是个难题，面对鳌拜这样老奸巨猾的人，一般的计谋很容易被他识破，如果这样的话，后果将更糟。沉默了很长时间，索额图抬起头，望着康熙，欲言又止。

康熙道："索大人有话可放心地说出来，朕不是正在与大家商讨吗？不必顾忌。"

索额图这才鼓足勇气，说道："此事只有皇上亲自去鳌宅探视，以释鳌拜疑心。"

"什么？你是让皇上亲自去鳌宅？"孝庄十分吃惊地问道。

索额图坚定地点点头："不入虎穴，焉得虎子？只有皇上去府中探视，才可消除鳌拜的疑虑，让他感到皇上的关怀。"

康熙闻言，慷慨请行："朕可以去鳌宅，只要能使鳌拜信任朝廷，去探视他也不为过。"

"不行，鳌拜久怀异志，专横跋扈，此次称病居心叵测，皇上不过十四五岁，岂能贸然去虎穴，与虎谋皮？万一不测，我大清千古基业何托？哀家又如何对得起列祖列宗？"孝庄态度十分坚决。

场面马上冷静了下来，太皇太后说的这种结果谁也不能保证一定不会出现，但不这样做又无其他办法。沉默了良久，熊赐履开口说话："太皇太后所言极是，皇上的安全是头等大事，依奴才看，皇上若去鳌府似乎不会有太大的危险。其一，圣驾前往，索大人和费扬古可挑心腹侍卫护驾，再令明珠率着善扑营的小子们乔装成市民在府外接应。其二，皇上探视可微服前往，给鳌拜一个措手不及，出其不意，以奇制胜。另外，皇上去鳌宅还有好处，一则可消除鳌拜疑虑，二则可探听虚实，看看鳌宅里的情况到底如何。依奴才愚见，鳌拜不到万不得已，是不会冒天下之大不韪冒犯天颜的。"

康熙点点头，觉得熊赐履说得有道理，便有了一种初生牛犊不怕虎的气概，笑道："此事就这么定了，朕要去看看他鳌拜到底是真病，还是装病！"

孝庄仍在摇头，皱着眉头道："万一出了差错，谁能担当得起？皇上要三思啊，要慎之再慎。"

"皇祖母，依目前情况，鳌拜还不至于对孙儿怎么样，再说还有这么多的大内侍卫护驾，不会出什么问题。"康熙劝慰道。

孝庄思虑了再三，最后不得不点头同意，轻声说："皇上快去快回，哀家就在宫中等你回来。"

鳌拜府的门前突然多了一些推车的、卖小吃的和三三两两的行人。

一顶绿呢大轿来到府门，索额图、费扬古执剑在前，另有四名侍卫按刀在后。看门人经常见这样的大轿，早已习以为常，只是带来的侍卫不同寻常，个个气宇轩昂，不知轿内何人，马上跑来道："请问是哪府的主子爷来访？让奴才通报一声。"

索额图一亮腰牌，低声道："圣上闻听鳌大人病了，特来看看。"门房将信将疑，突然见轿帘打开一条缝，里面真坐着十几岁的少年天子。那门房吓得伏地而泣，连声道："奴才瞎了眼，没看出圣驾莅临，罪该万死。容奴才入报一声，请鳌大人摆香案接驾。"

"算了。"轿上的康熙威严地说道，"鳌大人生病多日就不必打搅了，你带朕去病榻看看就行了，不要惊动他。"

门房哪敢怠慢，忙在前面带路。大轿径直而去，到了二门，康熙落轿步行。

府中仆人不知来者是谁，但见此人虽年少却气宇盖天。

"皇上，奴才不知皇上驾临，迎驾来迟，罪该万死。"有一人跪在地上。索额图认识，这人是宫中侍卫纳莫。

纳莫这一声惊呼，吓得四周仆人大惊失色，纷纷跪在地上，不敢抬头，远远的有一个早已飞快地跑进后院报信去了。

鳌拜来不及多想，马上道："那摩佛，快代为父迎驾。"

那摩佛急急而去，鳌拜则小跑着去卧室装病。

那摩佛刚到后院门内，就见索额图、费扬古陪着康熙走来，忙跪地道："奴才不知圣驾莅临，迎驾来迟，请皇上恕罪。家父生病多日，奴才代家父恭迎圣驾。"

康熙微微一笑，挥挥手道："平身吧。朕闻鳌大人久病不愈，甚为挂念，今日特来看看。"

"多谢圣上关怀，主子爷驾临寒舍，是我莫大的荣幸。"

那摩佛起身在前引路，费扬古、索额图仔细观察着府内的一切，走过一个水榭，来到池边的一个堂屋，有几个侍女端着茶水出出进进。

刚至堂门口，两个仆人架着一人走出，正是鳌拜。鳌拜见了康熙，马上伏在地上，感激而泣道："奴才何德何能，身有小疾，竟让皇上御驾亲临，臣虽万死，也难报圣恩。"

康熙忙上前扶起他，安慰道："鳌卿乃大清栋梁，当朝宰辅，贵体欠安让朕心中不安。目下国事维艰，卿要快快养好病，辅佐朕共创千古基业。"

鳌拜心中涌起一股暖流，看来皇上对自己还是倚重的，并非像有人所说的那样，皇上对自己已怀疑了。想到这里，鳌拜心里十分感动，不由得泪水涟涟。

康熙没进之前，费扬古抢在前面进入堂内。里面的设施并不奢华，靠墙一排楠木书架，厅内摆张檀木长几，周围有几把椅子，墙角立一高大的自鸣钟，迎门放了张大木榻，上铺大红猩毡，两头压着两个软枕，可倚可靠，可坐可躺，无论是坐是躺，都可看到水榭的全景。费扬古立在榻前，准备迎康熙来榻上坐。

鳌拜在仆人的搀扶下正向堂内走，康熙在旁扶着他。鳌拜猛一抬头，见费扬古正站在榻前，顿时红润的脸上立刻有一种惊慌，脸色苍白。费扬古心里一动，见鳌拜不时用眼角扫视西头那枕头，便飞身上前，用手一掀枕头，一屋子的人全惊呆了：一把冷飕飕、寒气逼人的长匕首正躺在榻上，此时，鳌拜离榻仅两步之遥。

费扬古伸手抓过匕首，冷冷地瞪着鳌拜，晃了晃手中寒光闪闪的匕首道："鳌大人，这是……"

一时间，空气仿佛凝结，众人屏住呼吸。索额图跨步移近康熙，一手按剑，门口的几名侍卫也抽刀在手。旁边刚赶来的鳌宅侍卫纳莫等人也立在堂前，手握剑柄。鳌拜见到这场面，头上渗出了点点冷汗。

康熙心中一惊，马上笑道："刀不离身乃我满人故俗，不足异也。入关以来，已很少有人像鳌大人这样遵从祖制了，武备不可弛，乃我祖训，朕正准备下旨切责呢。今见鳌大人仍有这等警惕之心，可嘉可贺。行了行了，把刀收起来吧。"

鳌拜马上伏地谢恩："多谢皇上圣恩。若皇上预先知会驾临奴才府宅，仅此一条，就可满门抄斩。"

在危难之中，鳌拜仍没忘了为自己开脱。康熙笑道："朕知道鳌大人乃三朝元老，历来忠心耿耿，从无异志，怎会治你的罪呢？"

康熙已微笑着坐在榻上，费扬古和索额图紧靠着他站着。鳌拜坐在榻的另一头，低着头，不敢直视康熙。

康熙随后与他寒暄了几句，便摆驾回宫。

回到储秀宫，远远地看见太皇太后正站在殿门内向外张望着，看到康熙的轿子落地，忙走出大殿，快速向轿子走来，边走边道："我的儿，把皇祖母吓死了，没什么不顺吧？"

康熙一时哽咽了，扑到祖母怀里，祖孙俩紧紧地抱在一起，过了很久才回到殿内。索额图和费扬古也跟着入殿。

分别落座后，孝庄很关切地问："皇上此行有没有发现异常？"

康熙回想刚才的一幕，仍心有余悸，怒道："鳌拜的枕下随时都有一把刀，说明他早有异志，此贼不除，怕有后患。"

孝庄沉思片刻，坚定地说道："先下手为强，赶在鳌拜的党羽返京之前动手除了他。"

索额图和费扬古在一旁也点头，看到孝庄那坚定的神情，心中充满了信心。

时值初夏，太阳刚出来便暖暖的。钦安殿内一片繁忙，有的踢腿，有的冲拳，有的两两对打，还有几个手举石锁在场内健步如飞。

明珠见大家练得都很卖力，十分高兴，不由得性起，也加入了徒弟的行列，练了起来。

"皇上驾到——"一声高喝，场内顿时静了下来，众人纷纷罢手跪在地上。明珠急忙奔出去，伏在康熙面前：

"奴才明珠恭迎圣驾！"

"明珠，快集合所有的勇士到钦安殿，朕有话对尔等说。"说罢，径向钦安殿而去。

明珠一惊，见康熙急匆匆而去，知道有要事，不敢怠慢。不久，众勇士已齐集于钦安殿内。康熙端坐于御榻上，用威严的目光扫视众人一遍，见个个满面英武，便朗声道："尔等均为朕亲信之人、腹心之士，现在朕问尔等是害怕朕，还是害怕鳌拜？"

众人不假思索，齐声道："独畏皇上！"

"好！"康熙脸上露出兴奋之色，大声道，"尔等知道朕召尔练布库为何吗？"

众人一惊，皇上为何会说出这样的话，组建扑善营不是专门为皇上做陪练的吗？

康熙见大家面有疑色，十分镇定地说："朕召尔等练布库，并非仅仅为了陪朕练布库，还有更重要的事，那就是保护朕，为朕除去专横的逆臣，尔等有此决心和信心吗？"

众人闻言，个个慷慨激昂，纷纷跪地道："愿为皇上赴汤蹈火，弑逆贼，保圣驾。"

"上酒！"康熙一挥手，早有太监抬上一坛陈酒，另有宫女在案上陈放数十只小瓷碗。一名太监掀开坛口，顿时，一股酒香扑来，大殿里弥漫着陈酿的醇香。

康熙健步走下御座，来至酒坛前，把中指放在口中，用力咬破，一滴鲜血滴入坛中。明珠马上起身，也效仿皇上，咬破中指，滴血入坛。后面的勇士们也一一效法。最后，康熙亲自执坛，为小碗倒满酒，清冽的酒中夹着淡淡的血色。

康熙双手端起一碗，立在殿下，明珠也端了一碗，众勇士也一一取了一碗。康熙面对众人，十分动情地说道："朕的成败荣辱、大清江山的稳固与否，全仰仗诸位，朕愿与诸位同生死、共患难。"说罢，一仰脖子，饮了那碗血酒。

明珠十分激动，跪地泣道："士为知己者死，今日奴才能得皇上如此器重，虽死犹荣。奴才愿为大清效力，誓死保卫皇上，保卫大清！"

众勇士也纷纷跪地，齐声呼道："奴才愿为大清效力，誓死保卫皇上，保卫大清，誓与大清共存亡。"说罢，众人也饮下了手中的血酒，而后把碗重重地摔在地上，一时间，大殿上群情激昂。

康熙向明珠使了个眼色，转身而去。明珠会意，马上解散众人去自行练功，自己紧随皇上而去。

不久，鳌拜在家中收到平西王的六百里加急，得知遏必隆并没有将事办好，忍不住怒发冲冠。气了一会儿，鳌拜终于坐不住了，对仆人高喊道："更衣，爷要上朝！"

鳌拜毫无顾忌，仍如往常一样来到乾清宫。侍卫、太监们见了他，仍很恭敬，纷纷施礼，鳌拜微笑着点点头。

见到了张二毛，鳌拜道："有劳张公公给皇上通报一声，老臣有要事求见皇上。"

张二毛接过鳌拜的腰牌，转身入宫。鳌拜等了很长时间，也不见皇上露面，也不见张二毛回来。他心中很诧异，顿时警觉起来，一转脸，见张二毛正急匆匆地赶来，对他道："皇上有要事相商，召辅政大臣鳌拜入内廷议事。"

鳌拜一惊，轻声道："何事竟使皇上不能出朝相议？"

张二毛笑了笑，转过身来，低声耳语道："皇上正在练布库，方在兴头上。"

鳌拜脸上现出不屑的神色，鼻子里哼了一声，心中暗道：真是乳臭未干的孩子。再看看宫门两边的侍卫，都是自己的人，侄子赛本得正把守着宫门，于是放心大胆地跟着张二毛独自步入了宫门。

来到钦安殿，远远见康熙身穿武服盘坐在草地之上，正在观看众小童摔跤。

张二毛紧走几步，跪在康熙身旁，小声道："启奏皇上，鳌大人到了。"

康熙马上起身相迎，脸上泛着潮红，头发全被汗水浸湿，正贴在前额上。鳌拜忙施了礼，粗声粗气地问道："不知皇上相召，有何要事相商？"

康熙微微一笑，说道："其实也没有什么要事。听说卿是大清第一勇士，擅长布库，上次卿又表演了大力神功，很让这些小子们佩服。可他们不知天高地厚，竟想跟卿较量较量布库，不知卿意如何？"

鳌拜差点没把鼻子气歪，吴三桂左一奏右一折地讨要粮饷，皇上不催办这事，反在这儿练什么布库，这成什么话？但是同时，他的心中又轻松了许多，朝中的事还必须由自己亲自操办，否则事办不成，自己刚病了没一个月，朝廷的事便没人过问了。

正在他想心事的时候，一个布库小童已站在他的面前。鳌拜轻蔑地看了他一眼，冷冷一笑，轻轻掖好衣角，蹲好马步。那小童毫无惧色，猛扑上来。鳌拜并不躲闪，一伸手抓住了小童的一只胳膊，猛一用力，像鹰抓小鸡似的把小童高高举起。那小童在空中四肢乱蹬，被重重摔在地上，痛苦地呻吟着。

鳌拜刚想收势，早有两个小童又如猴子般跳到他的身上，想全力把他扭倒。鳌拜一沉气，像一尊千斤的活佛，任凭两小童左搬右按，纹丝不动。突然，鳌拜伸出两手，一手抓一个，又举到高空，扔了出去。

"好！真不愧为天下第一勇士。"康熙鼓掌赞道。鳌拜仰面哈哈大笑。

忽然，十几个小童扭转身形，如猛虎下山般同时扑向鳌拜。鳌拜猛一惊，马上迎战。俗话说：好汉难敌四手，饿虎还怕群狼。鳌拜再厉害，同时对付十几个经过专门训练的小侍卫，一时也没办法。不一会儿，鳌拜便被众小童摔倒在地，压在身下，扳腿的扳腿，抓手的抓手，七手八脚地把他捆了起来。鳌拜用力挣扎着，厉声地叫骂，但是没有人理睬。再仔细看，不知何时，费扬古和明珠已蹿至他的面前，用刀架在了他的脖子上。鳌拜再看康熙，康熙早已变成了另外一个人，正用轻蔑、锐利、嘲笑的目光瞪着自己。他一下子全明白了，无力地瘫倒在地上。

"费扬古，把鳌拜关进宫中死牢！"说罢，康熙转身而去。明珠率几名侍卫紧随其后，一路小跑，直奔慈宁宫。

进了慈宁宫，康熙兴高采烈，高喊道："太皇太后，孙儿回来了，鳌拜被捉住了！"

一路高喊着跑进宫中。此时的孝庄正端坐在榻上，见康熙跑进来，竟呆呆地坐在那儿一动不动。哨的一声，她手中的匕首不觉滑落在地上。康熙猛地扑上来，祖孙俩紧紧抱在一起，热泪纷飞。良久，孝庄才回过神来，又惊又喜，拭着康熙的泪水道："乖儿啊，皇祖母担心此举成败，成功了，那是咱们莫大的幸事；倘若失败，那是咱们莫大的悲哀，哀家只好一死了之。"

康熙很激动，忙为祖母拭去热泪，大声道："孙儿成功了！孙儿成功了！"

索额图、费扬古先后来至慈宁宫，与明珠一起静立殿下，不敢打搅了祖孙俩的喜悦。平静之后，康熙忙道："费扬古、明珠，你们马上去内务府传旨，把赛本得、纳莫二人拿住，凡鳌拜选的侍卫全部换下来，着内领侍卫大臣噶布喇马上接管大内，清除贼党。"

"嗻。"费扬古和明珠率善扑营直奔内务府。康熙对索额图道："快传旨，召议政王大臣于乾清宫议事。"

众大臣纷纷入宫，见宫内戒备森严，卫兵侍卫频频调动，个个心惊胆战，不知出了何事，立在乾清宫前，纷纷小声议论着。

"皇上驾到！"一声高喊，就见康熙健步走上大殿，身后紧跟着明珠和费扬古，每人都是手执长剑。

众人惊了一下，忙伏地施礼，平身后，退立两旁。

康熙用威严的目光扫视了一眼众人，朗声道："鳌拜结党专横，欺君犯上，朕已将其拿住，令议政王大臣立刻严勘他及同党之罪。"

此言一出，无异于晴天霹雳，有几个人当场便瘫在了地上。

"来人，摘去噶褚哈、泰必图、迈音达三人的顶戴花翎，收监入狱，等候处置。"

侍卫蹿上来，把瘫在地上的几人的顶子拿下来，拖了出去。

"安亲王听旨，朕命尔马上去鳌宅传旨，捉拿鳌拜全家和其弟穆里玛。"

"嗻。"安亲王岳乐领旨而去。

"索额图！马上拟旨，着和硕承泽亲王把班布尔善拿下，解往京师；着钦差大臣阿思哈、直隶总督莫洛回京述职，差江宁织造曹玺速送遏必隆回京。"

一切都很顺利，穆里玛、赛本得、纳莫一一落网，鳌拜全家及族人全部被关进大狱。

【第十五回】

天子撤藩激叛乱，孝庄筹兵定后方

　　鳌拜被除三月之后，安亲王岳乐求见康熙，当面奏道："启奏皇上，奴才领旨议处鳌拜等人罪行，经议政王大臣众议，共有三十款大罪，议将鳌拜革职立斩，其亲子及弟亦斩，妻并孙为奴，家产籍没；族人有官职及在护军者，均应革退，各鞭一百，披甲当差；其侄赛本得、纳莫凌迟处死。其同党大学士班布尔善、尚书阿思哈、噶褚哈、马尔赛及其以下九人革职立斩，妻子为奴，家产籍没。"

　　康熙点点头，突然问道："为何没议遏必隆？"

　　岳乐一愣，面有难色，他心中暗道：遏必隆乃皇亲，谁敢妄议？再说，他不过是依附于鳌拜，并无多大的劣迹。于是道："回皇上，奴才奉旨办差，皇上没说议遏必隆，奴才不敢妄议。"

　　康熙想了想，确实没说要议遏必隆，只好作罢。遏必隆也绝非专横之人，只不过助纣为虐罢了，革了他的职，给他敲敲警钟就行了。

　　"传旨，召鳌拜上殿。"康熙高声道。

　　不多久，鳌拜被带到殿上，打开了手铐。此时的他早已失去了往日的威风，低垂着头，伏在地上。过了一会儿，他抬起头，看看康熙，又看看岳乐，无言以对。

　　"鳌拜，你知罪吗？"

　　鳌拜再次伏在地上，低声道："臣知罪。"

　　"安亲王，把议政会的奏议给他看看。"

　　岳乐忙把议政会的上奏递给了他。鳌拜看了上面的文字，不知是惭愧，还是惋惜，沉默了良久，用抖动的双手解开衣扣，袒露出左肩，用手挠着那条长长的伤疤。康熙和岳乐都知道这条伤疤是当年他为了救太宗皇帝，被敌人砍的一刀。那条手臂差点废了。

大殿里一阵沉默，鳌拜黯然神伤，幽幽道："这条伤疤每逢阴天下雨，总是奇痒无比，看来天又要下雨了。"

康熙多少有些动容，挥挥手，让侍卫把他押了下去。

慈宁宫里灯火通明，祖孙俩相对而坐，已没了胜利的喜悦。当康熙向祖母诉说着鳌拜在殿上的一幕时，孝庄也有些感动，她不禁回想起过去：鳌拜经过了多少枪林箭雨，又在刀光剑影中一次又一次地保卫了皇室，为大清三代皇帝都立下了汗马功劳。救过太宗的命，保过世祖的驾，辅过康熙的政，这样的重臣，杀了他确实让她难过。

孝庄动了恻隐之心，望着康熙道："为君之道，宽以待人，行仁政，兴王道。此事不必株连过多，除朝中罪大恶极者外，其他人等可免死从轻。鳌拜还是不杀为宜，遏必隆重罪就免了吧，其他的内外各官，凡畏其权势或苟图幸进而依附者，从宽不咎。"

康熙点头，祖母用心已神会，可旁边的苏麻不解，愤愤道："太皇太后，鳌拜专横跋扈，欺君犯上，妄杀苏纳海、苏克萨哈等国家忠良，十恶不赦，为何不杀？被诛杀的忠臣在九泉之下岂不寒心？"

这话也只有苏麻敢说，她虽是宫女，但很得孝庄和康熙的厚爱，为人爽直，所以敢说这样的话。

孝庄也想起了苏纳海和苏克萨哈，一时心里难过，眼睛不禁湿润了。过了许久，才长叹一声，似自言自语地说道："死了，都死了，大清的开国功勋都去了。多尔衮虽有罪，但他毕竟是大清的开国功臣，落了个悲惨的下场；苏克萨哈也为大清立了不朽的功勋，也被杀了。如果再杀鳌拜，会让人感觉到鸟尽弓藏、兔死狗烹，使忠臣心寒，志士伤怀，还是宽容一些的好。"

是夜，康熙手握笔管，略略沉思，疾笔写道：

鳌拜系朝勋大吏，受国厚恩，奉皇考遗诏，辅佐政务，本宜尽忠报国，不意他却结党专权，紊乱国政。罔上行私，欺藐朕躬，肆意妄为。文武官员，欲合尽出其门，内外要路，俱伊之奸党，凡事先于私家商定乃行。昔日排陷不与之合者，诛杀大臣，种种奸恶，罄竹难书。朕知之已久，但鳌拜乃先帝顾命重臣，受累朝宠眷甚厚，犹望其改恶从善，以保全功名，然其罪恶甚多，暴虐肆行，负皇考之托，致天下失望。朕命诸王大臣公议，俱得实情。其罪有三十数……

写到这儿，康熙写不下去了，他站了起来，在屋内走了一圈，沉思了许久，这才下定决心，又提笔写道：

……本当依议处分，但念鳌拜效力多年，为大清三代帝王效忠，且得先帝倚重，朕不忍诛，姑从宽免死，着革职没籍，终生拘禁。

康熙长长地出了一口气，又想了想，继续写道：

遏必隆身为辅臣，知其恶而缄默，明哲保身，有负先帝之托，其咎难辞，朕念他并无结党事，免其重罪，削去其太师及公爵之位。班布尔善、阿思哈、噶褚哈、穆尔玛、泰必图、迈音达、莫洛、世哈系部院大臣，皆附鳌拜权势，结党行私，狼狈为奸，罪在不赦，全部正法。其他均依议政会奏议。

写完了这份谕旨，康熙松了一口气。看看自鸣钟，已是丑时三刻，天也快亮了，可他没有一点困意，重又坐了下来，重新拿起笔，又拟了几道旨：着令刑部为苏克萨哈、苏纳海等以下为鳌拜处死、革职、降级者，一一据实平反昭雪；着令吏部整顿议政王大臣会议，废除辅政大臣，收回批红权……

拟好了谕旨，康熙搓了搓手，转脸看了看自鸣钟，已是寅时四刻。远处景山的鼓楼上传来了鼓声，康熙精神一振，新的一天已经开始了，再过不久，东方就会升起一轮崭新的太阳。他十分兴奋，高声道："来人，侍朕上朝！"

又是一个春天的早晨，太阳还没有爬上宫墙，天空中弥漫着微微湿润的气息，风很轻，还很有凉意。

康熙身穿一件普通的羊毛呢绒外套，疾步从乾清宫向后宫走去，内侍张二毛紧跟着他。此时的康熙已年满二十，完全长成英俊青年，十几年的政治生涯，使他比同龄人更显得老成持重。

每天早晨，他都会从这儿去慈宁宫。自智擒鳌拜以后，他大权独揽，但无论大小事，都要与祖母商量，每天早朝后都按时到后宫请安，下午退朝后再去一次，有时，一天多达三次。

慈宁宫内，当年那位风姿绰约的美妇已被岁月的风霜摧成了老态龙钟的老太太，那张娇美的脸也悄悄爬上了皱纹，原本坚挺的背，也被这么多的历史重负压得微微有些驼。但她眼不花，耳不聋，精神仍很矍铄，见了康熙马上笑道："乖乖儿，退朝了。"

康熙毕恭毕敬地行了礼，然后扶着祖母道："皇祖母，外面空气好，早晨可在院子里走走嘛，活动活动筋骨，增加些饭量，身体才会强壮。"

孝庄一边扶着孙子向外走，一边笑道："看着皇上现在这样子，哀家也就放心了，现在就是死了也没什么可挂念的了。"

康熙嗔怪道："皇祖母，大清早咋说这么不吉利的话，老迁了不成？您多活一年，就是孙儿一年的福分。孙儿可不愿意听这话。"

孝庄边走边道："生老病死，人之常情，没什么忌讳的。皇上现在已掌稳朝纲，又整顿了吏治，天下也算太平了。"

康熙唉了一声，忧心忡忡道："皇祖母，天下并不太平啊，孙儿有三件大事急需要办：漕运不济，黄河泛滥，三藩割据。这三件事已成心头大患，尤其是三藩，他们的势力越来越大，胃口也越来越大，现在天下所收银粮一半要供养他们。孙儿担心再不撤藩，怕要不了几年，大清就养不起他们了。"

孝庄微微点头："藩要撤，但一定要稳妥。三位汉王都是功臣，为大清立下了汗马功劳，只要他们自愿撤藩，一定要优厚待之，万不可让汉人说我们诛杀功臣，卸磨杀驴，激起事变。"

康熙点头不语，他知道三位藩王不会自愿撤藩的。转了几圈，该用早膳了，御膳房的太监把早点送到慈宁宫，孝庄笑道："皇上，就在这儿用膳吧！"

"好，孙儿陪皇祖母用膳。"康熙见祖母很想和自己多待一会儿，便爽快地答应了。

孝庄很高兴，马上吩咐道："皇上在此用膳，吩咐御膳房再送两笼小包子来，外加两盒点心。"

慈宁宫的膳食是很简朴的，早膳就是几笼小肉包、两盒甜点心，还有八宝粥稀饭，所用的器皿也是瓷的，并没有金银器，这和一般人家的用餐差不多，绝不是贵为帝王所追求的那样奢靡。康熙早已深受祖母的影响，对如此普通的膳食也习以为常。

刚刚吃罢饭，康熙见祖母很高兴，忙从袖中抽出一折来，递与孝庄道："太皇太后，孙儿以为，大清当以儒学治天下，所以，闲暇之时，想了十六条，请太皇太后御览，若觉得可行，儿臣想颁诏天下，以此治国。"

孝庄接过折子展开一看，一行行娟秀的楷书映入眼帘，上写道：

敦孝悌，以重人伦；笃宗族，以昭雍睦；和乡党，以息争讼；重农桑，以足衣食；尚节俭，以惜财用；隆学校，以端士习；黜异端，以崇正学；讲法律，以儆愚顽；明礼让，以厚风俗；务本业，以定民志；训子弟，以禁非为；息诬告，以全良善；诫匿逃，以免株连；完钱粮，以免催科；联保甲，以弭盗贼；解雠忿，以重身命。

孝庄边看边点头，不住地赞道："好！很好！若天下之民都能以此为戒，我大清定能国泰民安，成为天下礼仪之邦。"

孝庄说着说着，对孙子油然生起一阵爱怜，不由得谆谆教诲道："古人都说做君主很难，芸芸众生，只有天子可身临其上，百姓的生存、子民的抚育，皆赖君而行。唯多思治国之道，使四海康泰富饶，安居乐业、帝业永固、万世无疆方可焉！皇上待民尚宽厚仁慈、温良恭敬，然须时时留意为帝之感仪，出语要三思，为政要精勤，以继先祖遗志，则哀家无愧于心矣。"

康熙见祖母孜孜教诲，很受感动，忙应道："孙儿一定谨记太皇太后教诲，勤政爱民，创一代不朽伟业。"

祖孙俩正说着话，忽见张二毛又匆匆跑来跪地奏道："启奏皇上，兵部尚书明珠大人在宫外求见。"

康熙有些吃惊，有什么急事，明珠竟追到慈宁宫来了，马上道："快宣他入宫。"

明珠在擒鳌拜时立了大功，训练善扑营立下奇功一件，后又被派往山西，调查山西巡抚穆尔赛一案，不但查清了事实真相，还挖出了吏部尚书兼内阁大学士勒德洪，名重朝野，被康熙委以重任，执掌兵部。

明珠进了宫，先给皇上施礼，再给太皇太后施礼，平身后立在一旁。

"有何要事，追朕到后宫来了？"

明珠忙奏道："启奏皇上，奴才刚刚收到平南王尚可喜的六百里加急，不敢延缓，斗胆觐见。"说罢，明珠上前一步，从袖中抽出一封奏折，递了上去。康熙接过来，展开一看，脸上的表情顿时严肃起来，看完后又递给明珠。明珠一看，只见上书：

臣蒙受皇恩，得以封王，代主子镇守一方，今奴才年老体衰，常常梦思故里。有诗云：'胡马依北风，越鸟巢南枝。'狐死首丘，叶落归根，兽犹如此，人何以堪？是故奴才大胆上奏，恳请陛下能体谅奴才，让奴才在有生之年，归还辽东。为报皇恩，奴才愿留犬子代父尽忠。

明珠看毕，抬头去看康熙。康熙平静地说："谈谈你的看法。"

明珠不敢推诿，忙道："依奴才之见，尚可喜想告老还乡是真。"

"他没有其他意图？"康熙追问道。

明珠沉思了一会儿，点头道："平南王有以子袭爵之意。"

康熙笑了笑："朕早在等他们告老还乡就势撤藩。他倒想到朕前面去了，老的还没走，小的便在那地方算着接班，看来朕的皇位要世袭，他们的王位也是世袭了。"

孝庄虽没看奏折，但从他们君臣的谈话中已听出奏折的内容了，问康熙道：

"皇上打算如何处理此事？"

"平南王可以归还辽东，朝廷安排专门人员护送他衣锦还乡，并拨专款在其老家赐建豪宅，颐养天年，也可在京都择宅而居，但其子不可袭职，所守之藩撤除，并入周围四省。明珠，按朕的意思，草拟诏书。"

孝庄有些惊异，忙道："皇上，君无戏言，做事应三思，如下旨撤藩，激起突变，怕后患无穷。"

"皇祖母，不撤藩才后患无穷。此次上书的是平南王，他的势力最弱，年龄最大，孙儿下令撤藩，可试探其他二王的态度，若他们按兵不动，朝廷只撤平南王，等他们二王年老时，可依例撤藩；若他们反对，朝廷则会另想对策。"

孝庄见孙子误解了自己的意思，笑笑道："哀家不是反对撤藩，而是提醒皇上做事要三思慎重，不可意气用事。"

康熙点头道："皇祖母见教得是，容孙儿再与诸臣商量商量。"

孝庄见孙子已很成熟，十分高兴，也十分放心，望着他与明珠远去的背影，会心地笑了。

最终的诏书还是按康熙的意思下发南国。京中百官在静候南方音讯。在南国，此诏引起了极大的震动，震动的余波迅速波及京师，一时间议论汹汹。

乾清宫东暖阁，内阁大臣们分坐四周的榻上，康熙坐在靠北墙的御榻上，两封奏折在众臣手中传阅着。

"众卿，此次靖南王和平西王上疏请求撤藩，众卿以为如何？"

明珠明白皇上的意思，马上站出来，奏道："三藩拥兵自重，排斥朝廷，独自为政，挟制督抚，在藩内铸钱煮盐，贩洋开矿，扩充实力。又以'边疆未靖'要挟军需，天下财赋半耗于三藩。而且三藩还四方罗致人才，结党营私，不但藩内官员由他们任命，还向全国选派文官武将，吏兵二部不得掣肘，时称'西选'，今西选之官几遍天下，三藩还是大清的三藩吗？它只不过还在用这面旗来遮挡他们割据的真相，藩镇割据历来为国家所忌。应早撤三藩，以固国本。"

安亲王岳乐点头道："三藩确已成心腹之忧，不撤必有后患。"

康熙见吏部尚书索额图一直沉默不语，便问道："索大人，你有何看法？"

"臣以为撤藩之事万万不可。大清虽入关已久，然国库空虚，军力松弛，八旗军队早已没有骁勇善战之遗风，饱食终日，骄逸自安。吴三桂等久有异志，武备不弛，兵强马壮，一旦激起巨变，必将动摇国基。"

吵了整整一个上午，谁也说服不了谁，众议无果而散。康熙没有表态，耳朵被吵得乱鸣，他的内心对撤藩也有了动摇，听了那么多大臣的建议，毕竟是有益处的。

众人散去，康熙来到了慈宁宫，他要听听祖母的意见。孝庄见他愁眉苦脸的样子，心中已猜出几分，笑着问道："廷议如何？"

"皇祖母，依你之见，是否应撤藩？"

孝庄面对康熙这句话，沉思了很长时间，最终下定了决心，说了句："三藩之患，早晚都要解决，长痛不如短痛，时间越长，三藩势力越强，大清国力越弱，倘若再放纵，必将养虎为患。从此次二王上疏请求撤藩来看，他们已做好了充分的准备，再延误下去，对大清不利。"

康熙一拳击在案上，愤然道："这个藩朕撤定了，疮越长越大，越长越深，既然必须挖去，不如早挖。"说罢，起身而去。得到了祖母的支持，康熙有了主心骨，更坚定了他撤藩的信心和决心。

下午，众臣继续廷议。康熙不等大臣们说话，首先发言："上午众卿议了半日，也不知三藩是撤还是不撤。朕想了一上午，终于想通了，天下大权，唯一人操定，不可旁落。吴逆等蓄谋已久，不早图之，养痈成患，何以善后？况且其势已成，撤亦反，不撤亦反，不若先发制之，所以朕已给吴三桂写好了手诏。"

康熙从案上拿起一封诏书，在手中晃了晃，望着明珠道："明珠，读给众卿听听，有不妥之处，卿等奏明。"

明珠忙接过手诏，展开读道：

自古以来，帝王平定天下，皆依赖武臣之力，天下一统，四海宁谧之时，必振旅班师，休养士卒，对封疆重吏，也多放还故里，颐养天年，恩延万世，宠奉永固，此乃莫大之恩典。今王爷年事已高，军疲旅劳，久驻蛮荒之地，恋乡情切，而地方业已安定，所以允之所请，搬移安插，一切事宜皆由朝廷各部详细安排，王爷所到之日，必会有华丽安逸的府宅，不必挂念。

众臣一听，都明白这不过是一道撤藩令罢了，见皇上态度如此坚决，何人敢说个"不"字呢？大殿内静悄悄的，只有明珠的声音在回荡。

康熙十二年（1673年）十二月二十一日，正值隆冬时节，天阴沉沉的，西北风不大，但很凛冽，吹在人的脸上像刀刮一样，风中还夹着雪粒。

两匹快马飞也似的驰进京城，马上的人伏在鞍上，一只手扬起马鞭，狠狠地抽在马屁股上。马引颈长嘶，四蹄腾空，沿街的行人早吓得纷纷向两旁躲闪。

来到兵部门前，两马勒住，马上的人几乎是滚落下来的，趔趄了几番，最终抱住门前一棵树，大口喘着粗气，不能说话。

里面跑出几个小吏，看了门外两个人，大吃一惊：一个是兵部郎中党务礼，另一个乃户部员外郎萨穆哈，两人是朝廷派往云南的使臣，此时他们已全然没有京官的威严，满头大汗，脸色苍白，嘴唇干裂，张着大嘴，只能出气不能出声；

身边的马，浑身已被汗水湿透，汗水顺着四蹄往下流。

党务礼看着前来的小吏，费了很大力气，才断断续续道："吴……吴三桂……已……已反。"说完一头栽到地上，昏死过去。有人忙跑进去禀告，其他人七手八脚地抬着二人去休息。

明珠听了汇报，犹如晴天霹雳，虽已预想到吴三桂会反，但预想变成现实，仍让他吃了一惊。

来不及扶正衣冠，明珠便向宫中跑去，到了宫门口，对侍卫连连道："快，快禀告皇上，本官有要紧事相告。"

康熙正在与户部尚书魏忠亭商量筹措军饷的事，张二毛急急地奏道："皇上，明珠大人正在殿外有要事求见。"

"快宣！"

明珠几乎是小跑着来到御前，跪地奏道："皇上，吴三桂已反了。"

魏忠亭闻言，大惊失色，用惊恐不定的目光望着康熙。而康熙则泰然自若，仍在捧一奏折认真看着，良久，发现魏忠亭和明珠十分着急的样子，才平静地说道："急有何用？吴三桂反叛朕早已料到，现在朕正在盘算多长时间可战胜他，要用多少兵力，耗费多少粮饷。"

二人见皇上如此镇定，稍稍宽心。康熙道："魏大人，国库有多少银两？粮库有多少粮食？一旦打起仗，粮草能维持多久？你心中有数吗？"

魏忠亭胸有成竹，奏道："国库钱粮尚可维持半年左右。"

"那好，朕命你马上草拟诏书，告谕天下：现在国家正处于危难之际，大户人家要有粮出粮，有钱出钱，明年丰收应注意节俭，力争募集一年的粮饷，不准把负担转嫁于百姓，增加的部分全由大户人家承担。"

"臣一要圣谕，二要时间，有此二条，定可完成圣命。"

康熙十分坚定地说："圣谕可以给，但时间不能随意改动，一定要保证前方将士的粮饷。误了战机，朕拿你是问。"

"嗻。"魏忠亭知道皇上的脾气，说出的话从不更改，再争也毫无意义。康熙这才有时间和明珠说话："明珠，马上颁布诏书，各地抓紧练兵，兵部立刻再招募新兵二十万，各地派专人训练，补做不足兵源。"

朝廷还没谋划好如何对付吴三桂，平南王尚可喜之子尚之信和靖南王耿精忠也发起叛乱，以响应吴三桂。

乾清宫一片嘈杂，康熙坐在御榻上，面对案上堆积如山的报警急疏，面有焦急之色。殿下的众臣个个惊慌失措，人心惶惶，一筹莫展，不知所措。

"众卿对时局有何高见，可快快奏来，能有平息三藩叛乱之策，朕当重奖。"康熙见众人只是小声议论，没有一个人当面陈奏，便悬赏众臣，求救国之策。

康熙此言一出，原本嗡嗡乱响的大殿，一下子静了下来，个个都低垂着头，只听到几十颗心在跳。

"皇上，臣有一策可平三藩之乱。"众人循声望去，原来是吏部尚书索额图。他一向沉默寡言，今日却主动献策，让人生奇。

康熙也有些意外，忙道："索大人有何良策？"

"西汉景帝时，各地封王割据，威胁朝廷。景帝听信近臣晁错之议，下令废王，激起七王叛乱。景帝只好诛晁错以谢藩邦。今日三藩作乱，根在撤藩，若皇上效仿古人，前议三藩当撤者，皆宜正以国法，下令停止撤藩，三藩之乱自息。"

索额图言之确确，掷地有声，大殿内顿时充斥着一股杀气，空气也好像凝结了。稍停片刻，有人附和道："索大人所言极是，若诛首倡撤藩之人，三藩自会平息。"

"臣请皇上为大清江山，忍痛割爱，昔日为擒鳌拜，皇上可舍苏克萨哈之头，今日又何惜一二大臣之头呢？"

这边议论纷纷，有些人则惊悸不已。明珠低着头，偷偷去望康熙，不敢出言相驳。

啪！康熙一拍御案，朗声道："朕自少时即认为三藩势焰日炽，不可不撤。岂因吴三桂反叛，便诿过于人？此出朕意，他人何罪！太皇太后也倡撤藩之议，是否也治她的罪？"

这话一说，众人马上噤若寒蝉，无人敢出大气。索额图见圣意已决，只好低首垂立，不再多言。旁边的明珠长长地出了口气，轻轻举袖拭了拭额上的汗珠。

康熙顿了顿，态度坚决地说道："着刑部立刻捕捉吴三桂之子及全家，议吴三桂之罪状，差吏部削吴三桂官爵，兵部定议出兵之事。"

康熙与孝庄相对而坐，祖孙俩沉默了很长时间，孝庄道："皇上准备派何人带兵进剿？"

康熙忙道："孙儿正想请教皇祖母，朝中何人可挂帅出征？"

孝庄沉思了良久，自言自语道："入关日久，武备松弛，八旗官兵多没经战场，昔日名将都已作古，新一代王公大臣，大多生于安乐之中，定难胜任。只有安亲王还算合适，昔日身经百战，有带兵经验。若让他挂帅，再遣几位勇猛大将，也许可抵三藩之兵。"

康熙点了点头，他与祖母有同感。安亲王为人忠厚持重，年龄又长，又有带兵经验，是可靠之人。

十日后，康熙下令，倾全国之兵南下进剿。孝庄十分关注战场的军情，总盼着有好消息传来，可前线传来的都是不利的消息。仅仅数月，云贵川湘鄂闽六省尽失，台湾郑成功之子郑经也趁机反攻。吴三桂的兵马分三路北上，饮马长江，西线已突破长江，进入陕西、甘肃。孝庄再也坐不住了，对太监李强道："传哀家的懿旨，召兵部尚书明珠入宫。"

不多时，明珠急急地跑来，进了殿便伏在地上，口中呼道："奴才明珠叩见太皇太后。"

孝庄心中不悦，瞥一眼地上的明珠，脸上罩上了一层霜，冷冷道："明珠啊，你身为兵部尚书，昔日因练兵有方屡受嘉奖，为何战事一开，大清的军队一败千里？"

明珠闻言大骇，伏地叩头道："奴才无能。大清入关已久，又有鳌拜专权数年，武备松弛，官兵贪图安逸。前线满族将领和士兵贪生怕死，将领在阵前观望逗留，不思振旅湍进，有的还和士兵一道自作伤痕，有时，因一人受伤，即数十人扶拥送回，如此兵马焉能取胜？昔日我八旗官兵骁勇善战，所向披靡，战无不胜。现在却是这等局面。奴才练兵，仅为禁卫之师，今举国之兵皆如此，奴才又有何策？"

孝庄听了也大吃一惊，她原本也知八旗官兵不如以往，但不知竟退化到如此地步，于是又道："明珠啊，这等局面如何扭转，总不能坐等吴三桂杀到京师吧？"

"奴才以为应调先帝整顿的绿营兵作为平叛主力，或许可扭转不利战局。"

"此事向皇上进言了吗？"

"还没有，奴才还没想好，不敢妄奏，今日太皇太后问起，奴才这才大胆进言。"

"蒙娃，快去乾清宫，请皇上入宫请安。"孝庄心急如焚，巴不得马上就能听到前线胜利的消息。

康熙不知祖母如此急着召见有何事，急匆匆地来见。

孝庄用焦急的目光注视着康熙，心中又急又没办法，很无奈地说道："皇上，前线战事真让人担心，不知可有良策能扭转局面？"

康熙故作镇定地笑笑道："太皇太后不必担心。吴三桂久怀异志，对谋反早有准备。朝廷对他多有松懈，不加防备，今战事一开，他自然占上风，并无可忧之处，一旦他锋芒过后，朝廷自会扭转不利局面，阻住他前进的步伐。"

"皇上有何良策？"

康熙慷慨道："太皇太后，孙儿决定处死吴贼之子吴应熊和孙子吴世霖，以寒老贼之胆，绝群奸之望，激励三军之心。"

孝庄点点头："明珠以为可用绿营兵做平叛主力，替下八旗兵，皇上以为如何？"

康熙颇踌躇了一阵，疑道："绿营兵均为汉兵汉将，以汉人去打汉人，万一阵前倒戈，后果不堪设想。"

孝庄也觉得有道理，又看了看明珠。明珠忙道："皇上也许过忧了。大清入关至久，中原汉人已归化我朝。绿营兵虽为汉兵汉将，但多受我大清皇恩，受先帝和皇上两代帝王恩泽，定会尽忠于皇上。再说，吴三桂举兵进南夷，在昆明以弓弦绞杀南明永历帝于闹市，已寒汉人之心，今虽以复明相号召，但无人相信他。绿营兵将自然不会听信吴贼之言背弃恩主。"

"不错，大人之言有理，绿营兵是我大清优养多年的兵卒，不会背恩。皇上应信任他们，委以重任。"孝庄坚定地说道。

"那好，朕马上下诏，令全国绿营兵悉数调往前线。"康熙相信祖母的眼光，她从没做错过大事，在用人上也有独特之处。

"哀家愿拿一万两供奉之银，奖励前方将士。"孝庄满怀激昂。

"太皇太后，孙儿不愿您过得太苦。您年事已高，生活依然如此清苦，是孙儿不孝。现在您食无珍味，衣无绸缎，孙儿再难，也不在乎一万两银子。"

孝庄一拍案儿，大怒道："皇上此言差矣，哀家拿出的不仅是一万两银子，而是哀家的一片心意。将士们若听到此讯，定会加倍努力，忘我杀敌。再说了，国家有难，人人都应尽力，这样才能团结民心，同仇敌忾。"

康熙忙谢罪道："太皇太后息怒，恕孙儿无知，惹太皇太后生气。"

明珠马上出来圆场："太皇太后不必动怒，皇上也是一片孝心，既然太皇太后如此深明大义，胸怀天下，三军将士定会奋勇杀敌，以报圣恩。"

孝庄这才稍稍息怒。明珠忙献策道："太皇太后、皇上，奴才以为眼下用兵之策应剿、抚并用。"

孝庄和康熙都望着他，目光中充满疑虑。明珠忙道："现在三藩叛乱，但平南、靖南二王只是受吴三桂之诱，随从作乱，其他的叛将王辅臣、孙延龄等也是望风而动。如果朝廷下令停撤平南、靖南二藩，对归降的叛军即以保全，恩养安插，赦其以往，不复究治，定可瓦解叛军，孤立吴贼，扭转今日不利的局面。"

孝庄和康熙相互看了一眼，点了点头，以为此言有理。

多年养成的习惯使孝庄每天天刚亮就要起床，在院子里走一走，特别是上了年纪，晚上睡眠时间更短，起得也更早。

清晨，孝庄正在为心爱的花浇水，太监李强跪地奏道："太皇太后，金叶公主在宫门外求见。"

孝庄手中的浇花水壶抖了几下，水洒湿了双脚，蒙娃见状，忙上前帮她。孝庄把水壶交给蒙娃，对李强道："宣她入宫。"

孝庄回屋坐在榻上，脑海里想起二十年前的一幕。当年，吴三桂在云南立下伟功，为了褒奖也为了拉拢他，由自己做主，将一直心高气傲的十四格格——和硕公主金叶下嫁给吴三桂之子吴应熊。金叶公主乃皇太极的十四女，父皇已逝，生母乃宫中一般的嫔妃，自然不敢反抗，所以金叶自嫁后一直没回过宫，她的怨恨由此可见。今日回宫必定为夫、子被斩之事，面对她，该说些什么呢？

"皇额娘，儿臣给额娘请安。"孝庄正在沉思着，一个带着哭腔的声音传来。她抬头望去，只见殿前正跪着一个三十多岁的妇人，身着旗装，仍是宫中公主样打扮。

孝庄望着当年天真活泼、性格开朗的金叶已由一个小女孩长成一位持重老成的妇人，真恍如梦境一般。

"儿啊，快过来，这么多年也不进宫来看看额娘，让额娘多想你。今日来了，要让额娘好好看看。"

孝庄十分亲热，一则她感觉当年有些委屈了金叶，再则，上了年纪的人总喜欢儿女绕膝以尽天伦之乐。虽然金叶不是自己亲生的，论辈分仍是自己的女儿。

太后的一片热情并没得到回应，金叶仍跪在地上，抬起泪眼望着孝庄哭道："皇额娘一定要为女儿做主，答应不杀额驸，女儿才敢起来。"

孝庄闻言有些不悦，这不是威吓吗？杀吴应熊乃时局所需，岂是自己一人所能扭转的？但面对金叶，她又不忍心呵斥，只得强压不悦耐着性子劝道："儿啊，吴应熊乃吴三桂之子，如今吴三桂已经造反，他就是大清的仇敌，杀了他们，可激励军心，以壮国威。吾儿应割舍儿女之情为大清着想才是。"

"皇额娘要儿臣为大清着想，大清是否为儿臣着想了？当年，皇额娘明知吴应熊是吴三桂之子，为何强迫儿臣下嫁？如今儿臣与吴应熊共同生活了二十年，生儿育女，和睦相处，虽不能说是相敬如宾、举案齐眉，但也是恩爱夫妻。儿臣开始时心有不满，但也认了，相夫教子，过着一个女人应过的生活。可现在突然要杀他们，让儿臣抛夫别子，面临生死抉择，儿臣岂能心安！一日夫妻百日恩，何况二十年！儿臣的一生全交给了他。额娘也是女人，是过来人，应知道孤儿寡母的艰辛。额娘难道愿意看到儿臣过那种痛苦的生活？"

孝庄不禁动容，离开御榻，来至金叶面前，扶她起身。金叶仍伏地上不肯起身："皇额娘不答应，儿臣就跪死在额娘面前。"

孝庄沉下了脸，强忍怒气道："儿啊，吴应熊是叛臣之子，吾儿岂能护他？"

"但他也是儿臣的夫君啊！对大清来说他是叛逆，但对儿臣来说，他是好丈夫。各人所站角度不同，所看到的自然各异，请额娘也替儿臣想想。"

"放肆！国家面临危难，你不为大清着想，却时时只想到自己，你还是爱新觉罗的子孙吗？"孝庄十分生气，一拍案几愤然道。

金叶公主毫不示弱，冷笑了几声，人自站起来大声吼道："儿臣是爱新觉罗氏的女儿吗？当年为了你儿子的江山能坐稳强行将儿臣嫁给吴应熊，现在为了你孙子又要杀了他。你们把儿臣当什么？需要拉拢他，就把儿臣作为礼物送给他；现在用不着他了，又像杀一只鸡似的杀了他，让儿臣忍受失去夫、子之痛，儿臣是爱新觉罗的后人吗？儿臣连一个普通女人都不如！如果额娘还知道儿臣的身上流淌着爱新觉罗氏的血，就应该替儿臣多想想！"

孝庄被金叶一番话说得哑口无言，是呀，一个女人就应该这么苦吗？但这是没办法的事，个人之利与国家之利相冲突，个人应服从国家。孝庄稍稍平静了一下，冷冷道："此事关乎大清千古基业，吾儿应多为大清着想。"

金叶十分绝望，涕泪交流，望着孝庄道："皇额娘，儿臣记得幼时，皇阿玛去世时额娘痛不欲生，一意要殉葬，为何今日就不能体会儿臣的心呢？既然额娘不能应儿臣之愿，儿臣活着也没意思，今日就死在额娘面前。"

说罢，没等众人反应过来便一头向宫柱撞去，顿时头破血流。孝庄大惊，两名侍卫蹿上殿来抱住了金叶。金叶血流满面，用绝望的眼神看了孝庄一眼，两行热泪混着鲜血流了下来，慢慢闭上眼，昏死过去。

金叶大闹慈宁宫的事不胫而走，康熙闻讯赶来，这时的慈宁宫早已恢复平静。孝庄正坐于榻上，闭目念佛，闻听康熙来了，这才睁开眼笑迎孙儿。

"皇祖母，吴应熊是不是就不杀了？"康熙怕惹祖母生气被迫放宽政策。

孝庄颇犹豫了一会儿，最终说道："皇上定过的事就要执行，不能因为金叶公主而误了国家大事。她的事由哀家顶着，做女人哪个能事事顺心？"

三日后，吴应熊和他年仅十几岁的儿子吴世霖被砍头示众，京中一时人心大快。金叶醒来后一直不说话，只是呆呆地望着，不知是撞坏了脑袋还是悲愤至极，原本活泼开朗的公主变成了一个呆痴痴的废人。

孝庄得知此事，对蒙娃道："传哀家懿旨，把金叶公主接进后宫，派专人侍奉，所需银两从慈宁宫例银中支出。"

处理好金叶公主的事，孝庄又想起了另一位公主，自己最宠爱的义女——和硕格格孔四贞。

紧邻皇宫的东华门外，有一处气势雄伟的建筑，高大的门楼，高高的宫墙，殿宇错落的大院，显示出主人地位的显赫。

一顶小轿从东华门出来，来到门楼前停下，从轿中走出一位宫廷女官。门房认识，她是慈宁宫的贴身侍女蒙娃。

"哟，蒙姑娘吉祥，在下给蒙姑娘施礼了。"门房孔有良讨好似的迎上去施礼请安。

蒙娃没时间和他打哈哈，正色道："快带我去见四格格，太皇太后有旨，传四格格入宫呢！"

孔有良一路引着蒙娃，向后院而去，穿过厅堂，绕过几处堂宇，来到后院，远远听到有喊杀声和弓弦声。

这是一个练武场，很大，既能跑马，也可练兵，各种兵器和各种练武器具一应俱全。东墙根下还有一排箭靶子，场地中间正有人在练箭法。一个年近三十岁的女人正在指导一对八九岁的男女少年练箭。

孔良友忙跑过来，跪地道："格格，宫里来人了！"

那妇人抬头向这边一望，笑了，忙走过来，她那依旧妩媚的脸上已有了岁月沧桑的痕迹。蒙娃见孔四贞走来，忙跪地道："奴才给格格请安！"

孔四贞挽起了蒙娃，亲切地说道："蒙娃，皇额娘还好吧，宫中有什么事让你跑一趟？"

"太皇太后很好，很想格格，所以差奴才来见格格，请格格马上进宫。"

"娘，我们也进宫看望姥姥。"两个孩子不知何时跑了过来，扯住孔四贞的衣襟嚷道。

孔四贞很慈爱地看着自己的一双儿女，抚着他们的头，很慈祥地说道："乖孩子，听娘的话，老实地待在府内，娘去见姥姥有重要的事商量，不许胡闹！"

孩子懂事地点了点头，又跑去练箭了，几个侍女在旁侍候着。

孔四贞收拾了一番，坐顶轿子来到慈宁宫，没等孔四贞落轿，蒙娃早已下轿去通报。孔四贞远远见孝庄由蒙娃搀着，微笑着立在宫院内等候她。孔四贞紧走几步，伏地道："儿臣给皇额娘请安。"

"快起来！快起来！"孝庄的脸笑成一朵花，"我的儿，平时为何不来宫中看看额娘？今日若不派蒙娃去，怕还见不到你呢！"

孔四贞感到一股暖流涌遍全身，忙笑道："儿臣不孝，没能常来看额娘，请原谅。"

孝庄上前拉着孔四贞的手，轻轻地拍了拍，十分疼爱地笑道："算了，额娘也知道你忙，又要处理军务又要带孩子，不容易，只要额娘看到你平平安安的，很愉快地生活，也就放心了。宫中有人陪我这个老太婆。"

母女携手进了殿相邻而坐，拉起了家常。孔四贞见她脸色有些憔悴，不由得问道："皇额娘，脸色为何如此苍白？是不是病了？年纪大了，要注意身体。"

"唉！"孝庄长叹了一声，"眼下三藩作乱，天下不稳，哀家也睡不好觉，老是惦记着战事。"

孔四贞激昂地说道："皇额娘，若不是膝下一双儿女，儿臣愿意披甲上阵，平定叛乱。"

孝庄嗔怪道："傻孩子，额娘怎会舍得让你去冲锋陷阵！万一有个三长两短，怎能对得起九泉下的老王爷？你不要想着杀敌的事！"

孔四贞很感激，眼泪快下来了，哽咽道："额娘待四贞天高地厚，今生怕难报此恩了，来世当牛做马，侍候额娘。"

孝庄笑了笑："额娘有你这句话就知足了。"

母女俩又说了好一阵子知心话。最后，孝庄长叹了一口气。孔四贞知道母亲有话要说，便急切地问道："皇额娘今日召儿臣，不是单单拉家常，有事请额娘明言。"

孝庄见四贞说了这话，也不好再掩饰，只好很严肃又很无奈地说："三藩作乱，我军出师不利，节节败退，贼兵长驱直入，云、贵、川、湘、鄂、闽六省尽失，眼下广西政局不稳。孙延龄代吾儿执兵权，镇守两广，若有不测，整个江南再也没有一块可守之地，从而失去反攻的机会。且广西失守，云贵吴贼便可和闽浙的尚、耿两贼连成一片，粮草互通，兵马并肩，朝廷若再想分而围之，怕难之又难。所以广西成了朝廷的一块飞地，也是朝廷反攻逆贼的根据地，广西万不可再失。"

听话要听音，孔四贞此时才明白今日母后召见自己的真正目的，于是道："皇额娘放心，儿臣马上收拾，准备南下，收回兵权，为朝廷守住这块飞地。"

孝庄很动情地说道："吾儿要能南下，那是再好不过的事了，但现在兵荒马乱，逆贼已占湖南，切断了去广西的路，吾儿一妇道人家，如何能到广西？再说家中还有一双儿女，如何处置？"

孔四贞双膝跪地，眼泪汪汪地说道："皇额娘，昔日四贞不过是一降臣之孤女，千里奔京，先帝和皇额娘待四贞恩宠有加，养在宫中，又封为格格。四贞对此没齿难忘，虽万死也难报一二。今日国家有难，正是四贞为国出力以报皇恩的时候，怎能惜此三尺之身？再说，尚之信、耿精忠、吴三桂与家父交往多年，其部下许多是家父的朋友和世交，他们能把我怎么样？即使四贞不幸被捕，他们也会将我送往广西。只要到了父亲的守地，孔家的旧奴仍在，四贞的威信尚存，孙延龄绝无可反之理，广西的所有城头上，仍会飘扬着大清的龙旗。一双儿女就暂留京中，等到三藩平定后，再接他们南去。儿女尚小，一切需皇额娘费心。等凯旋之时，儿臣再来谢额娘。"

孝庄被孔四贞的这段话感动了，眼睛湿润了，对孔四贞喃喃地道："应该说感谢的是我，你的儿女额娘把他们接进皇宫恩养。他们就是娘的命根子、眼珠子，谁也不能动他们一根毫毛。"

孔四贞起身，犹豫了一会儿，才道："额娘，儿臣想去见见苏麻。毕竟相识一场也算缘分吧。"

孝庄脸上有些不自然的神色，没有说话，只是点了点头。苏麻执意出家，让孝庄很是伤心了一阵子，但见她态度坚决，也只好开恩了。

说起苏麻的出家，孝庄至今仍不解，自己和皇上待她不薄，没想到她会自请出家，这是为什么呢？

苏麻应孝庄之命去侍奉康熙，尽心尽力，康熙待她很有情义，完全有可能被皇上临幸，成为后宫中的一员。但她答应过太皇太后，永远把皇上当主人对待，所以她不愿失信，便多次拒绝了康熙的求欢，自绝了第一条路。当然，她久居深宫，十分了解宫中嫔妃的生活，绝大多数人都是过着凄苦、孤独的生活，先帝时的两位皇后和整个后宫嫔妃都不得宠爱，凄苦一生。就算董鄂妃得到宠爱了又能如何呢，不也是命丧宫闱了吗？佟妃用尽心机，最终成了皇太后，但心智耗尽，仅做了一年皇太后便饮恨九泉。皇宫是天堂，又是地狱，不居此并不遗憾。苏麻与一般女孩还不一样，人家第一条路走不通，可走第二条路，回到家由父母张罗着找个婆家，可她举目无亲，出了宫连个栖身的窝都没有。二十岁的大姑娘，在宫中过了十年锦衣玉食的生活，养成了高雅端庄的气质，难道还能像从前那样流浪街头、沿街乞讨吗？原来能做，可现在是万万不能了，由俭入奢易，由奢入俭难啊！

当然，苏麻若愿去四格格府，也不失为一个好去处，孔四贞也曾多次劝她去，但寄人篱下三年五年尚可，可居一生那是万万不行的。老在宫中侍奉主子，有违祖制、宫规，虽太皇太后和皇上不说，可内务府要秉公办事。这两条路走不通，摆在苏麻面前的只有一条路可走了，那就是出家。先前宫中太后信佛，先帝信佛，董鄂妃也信佛，所以苏麻对佛家教义并不陌生，对出家礼佛也很神往，很自然会走出家这条路。

苏麻要出家，孝庄和康熙都觉不忍，但见她态度坚决，只好在宫中专辟一宫，供她出家。

朝廷采取的一系列措施，终于初见成效，战事出现了转机。

鼓楼敲三鼓，乾清门外就已是人头攒动、灯火辉煌了，文武百官早已立在乾清门外，静候皇上临朝。

"皇上驾到——"随着张二毛一声高喊，康熙步履坚定地跨上御座，看了看百官，十分欣慰，虽国难当头，但大臣们都很努力，没有松懈倦怠之人。

明珠等皇上刚坐稳便出列奏道："启奏皇上，臣昨天接到孙延龄奏折，言四格格已到广西，广西六万旧属仍听命于朝廷。"

康熙点点头，面带喜悦之色，连连道："此乃和硕格格之功。传旨，奖孙延龄黄马褂一件，对其儿女优抚厚养。"

"皇上，臣还接到平南、靖南两王的奏折，他们对皇上下令停撤他们二藩，表示感谢。"

"好，传朕的旨意：凡弃敌投降的，不咎既往，恩养安置。"

听了这两个好消息，康熙很高兴，朗声道："三藩之乱，皆因吴三桂心怀异志而起。今日，其他二藩已投降，天下仅吴三桂一人叛乱，朕要他死无葬身之地。"

消息传到慈宁宫，孝庄很兴奋，对蒙娃道："传哀家懿旨，赏前方将士黄金千两，拿宫银五千两捐献军费。"

这日早朝，明珠又详细汇报了前方的战况：吴三桂已成孤军，奋战在江西、浙江、湖广和陕西三线上。湖广主战场安亲王已取得大胜，东、西两线也转守为攻，贼兵节节败退。朝中君臣闻之欢欣鼓舞。

理藩院尚书出列奏道："启奏皇上，西藏达赖喇嘛已来京两日，请求朝见，请皇上早传圣谕，使达赖得以朝见天颜。"

康熙闻言，略略沉思一下道："今日上午在养心殿，朕召见达赖。"

日上三竿，乾清宫外来了一位身着藏袍、袒着右肩的僧侣，后面随着两名小僧侣和几名侍卫。来到殿外，那藏僧伏在地上叩首，走几步，又伏在地上叩首，一直到了大殿，那僧侣伏地叩头，虔诚地拜道："西藏达赖喇嘛拜见皇上，吾皇万岁、万岁、万万岁！"

"高僧请起，来人，赐座！"康熙传旨道。达赖起身，双手捧起一根洁白的哈达，献给康熙，内侍忙接过，给康熙挂在颈上。

君臣落座之后，康熙仔细询问了西藏的有关情况，当他得知西藏政局稳定时，很高兴。达赖见皇上对西藏如此关心，也很感激，君臣之间其乐融融。

闲谈了半日，最终达赖道："启奏皇上，出家人以慈悲为怀，君主也应爱惜百姓。现在国内大乱，百姓生灵涂炭，民不聊生，大江南北，哀鸿遍野。臣请皇上多思民苦，早日息兵。"

康熙早听说这达赖与吴三桂关系不错，果然是来为吴三桂说情的，不由得愤然道："朕何尝不想安民息战，天下安定！可吴三桂心怀异志，悍然反叛，让朕怎么办？难道眼睁睁看着他打到京城？"

达赖明显感到康熙在生气，不由得笑道："平西王也是身不由己，他手下悍将太多，又有一些是强盗出身，害怕撤藩后朝廷秋后算账，所以挟持王爷作乱。"

康熙冷冷一笑，顺手拿起一卷纸道："看看这上面都写了什么？这也是别人挟持的吗？"

达赖从内侍手中接过来，展开一读，原来是一封讨清檄文，只见上面写道："本镇独居关外，矢尽兵穷，泪干有血，心痛无声。不得已歃血定盟，许虏藩封，暂借夷兵十万，身为前驱，斩将入关，不意狡虏逆天背誓，乘我内虚，雄踞燕京，窃我先朝神器，变我中国冠裳，方知拒虎进狼之非，莫挽抱薪救火之误。本镇锥心呕血，追悔莫及，避居穷址，养晦待时，选将练兵，密图兴复。"

下面是吴三桂亲笔签名，加盖私章和官印。达赖为吴三桂的辩解之词不攻自破，只好道："平西王也不愿眼见百姓流血，只要皇上给他留一方养口之土，划江而治，就可罢兵。"

康熙闻言哈哈大笑："吴三桂乃明末一弁卒，背主之贰臣，摇尾乞怜，世祖皇帝才优擢封王。其子尚公主为额驸，朕又亲加亲王之爵，所受皇恩不但超越群臣，且为古今所罕见。而他却辜负此殊恩，构衅残民，天下共愤。朕乃天下百姓之主，岂容裂土罢兵？倘若他果真能悔罪归来，倒可免其不死！"

达赖见康熙态度坚决，目光冷峻，已知无力回天，只好垂首无言。

就在康熙意气风发，准备全力以赴恢复大业之时，后院又失了火。

康熙正在乾清宫批阅前方战报，明珠急匆匆地跑来，面如土色，来到殿内，伏地道："皇……皇上，大事不好！布尔尼又叛乱了，此时正准备挥师南下，请皇上圣裁。"

说罢，明珠把一封粘了三根鸡毛的奏折呈上。康熙接过那封六百里加急奏折，展开一看，原来是凉城总兵上的奏折，上写道：

蒙古察哈尔首领布尔尼心怀异志，久有不臣之心，妄图重振林丹汗之声威，称霸草原。今趁我大清在南方平叛之机，兴兵作乱，劫民掠城，不日即会南下京师，请皇上早做准备。

看了这封奏折，康熙差点傻了，愣了很长时间才回过神来，问明珠道："卿以为如何处置此事？"

明珠忙奏道："皇上，南方战事正紧，京中诸旅悉奉圣命南征，举国之兵都调至江南拒贼，此时京中一无兵马，二无良将，奴才无……无计可施。"

康熙也有些恐慌，忙传旨："快宣吏部尚书索额图！"

索额图觐见，看了奏折，一时也惊得呆若木鸡，呆呆地望着康熙，不解皇上召自己的用意。

"索大人，人家都说你是'三眼索相'，对全国大大小小的官员都了如指掌，今日给朕说说，何人可带兵去平布尔尼的叛乱？"

索额图沉思良久，无奈地摇摇头。

"皇上，我朝息兵多年，武备松弛，将官骄逸。今三藩作乱，倾举国之兵，遣全营之将，尚没取胜，哪还有兵将可遣？"

"难道连一个带兵之人都没有吗？"康熙又急又气，愤然道。

"皇上息怒，眼下出征察哈尔，只有请明珠辛苦一趟，领兵北上，尚有取胜的可能。"索额图无奈地奏道。

康熙气得一甩手，在御案前来回踱步，口中愤愤道："明珠乃兵部尚书，是朕的御前参谋，如遣他出征，朕如何处理每天如雪片的奏报？此议万万不可。"

明珠听了索额图的进言，心中大惊，也十分恐惧，听了皇上的话后，心里稍稍安定了些，低垂着头，不出一声。

康熙心乱如麻，挥挥手，让二人退去，自己在宫内来回踱步，思考着如何处理这棘手的事。想了半日，也无万全之策，他只好出了宫，向慈宁宫而来。

孝庄正用小铲为几株月季松土，忽见皇上面带焦虑，急匆匆而来，忙放下手中的活计，迎了上来，惊异地问道："皇上，发生了什么事？"

康熙施了礼，见祖母如此惊恐，努力强压着恐慌，强装笑颜道："没什么，蒙古草原上出了点事，孙儿想来跟皇祖母说一声。"

"蒙古草原？出了什么事？"康熙那比哭还难看的脸早已告诉她，朝中出事了。此时听说是蒙古草原有事，更加担心。蒙古可是大清的大后方，前院的事正闹得不可开交，后院再失火，更是雪上加霜。

"布尔尼反了。"康熙低声说道。

孝庄猛一惊，差点没站稳。康熙急忙伸手去搀祖母，明显地感到她浑身在颤抖。

其实，察哈尔并没多少兵力，但布尔尼叛乱的时机对大清极为不利。大清正集全力在南方平叛，他却在背后扎一刀。察哈尔距京师不过二三百里，倘若布尔尼举兵南下，兵锋直指京师，朝发夕至，瞬间可达，与南方的三藩形成南北夹击之势，京师的安危，千钧一发，危如倾巢之卵。

孝庄很快便收住了惊恐，十分镇定地对康熙道："皇上，越是危急之时，越要保持冷静，慌乱不但不能解决任何问题，反而会加剧混乱，为帝者若遇事惊恐，只能消弭自身的士气。一定要沉着应战，左右兼顾。"

祖母的一番安抚，使康熙渐渐平静了下来，又恢复了往日的沉静与果敢。他用感激的目光望望祖母，心中有一股说不出的感情。

"皇上对布尔尼有何打算？"孝庄十分镇定地问道，她的目光中充满了期待和鼓励。

康熙显然受了感染，应道："孙儿想听听皇祖母的教诲。"

"奏折上的可信，也不可全信。对布尔尼作乱，宜先派一人前去招抚，一则可安定军心，再则也可探其虚实，以图对策。"

康熙点点头："孙儿也是这么想的，明日即派理藩院侍郎前往察哈尔。"

"这只是一手，还要做好武力平叛的准备，任何一个叛乱者都不会善罢甘休，只有吃到苦头以后，才会罢兵归降。皇上准备派谁前往？"孝庄道。

康熙有些不安地说道："孙儿刚刚召见过明珠和索额图，他们也没有合适的人选。索额图荐举明珠前往，孙儿以为明珠在朝中可帮孙儿谋划全局的形势，处理前线战报，他若离京，孙儿一时找不到合适的人替代他。"

孝庄赞许地点点头："皇上所虑甚是，明珠留在朝中很有用处。率兵征讨察哈尔，哀家倒有一个人选，不知皇上意下如何？"

"皇祖母多年来从没看错过人，今日所荐定可胜任，不知是哪一位？"康熙着急道。

"图海。"

"图海？"康熙有些吃惊，他从没听说过这个人，祖母推荐他能行吗？

孝庄见康熙迟疑，笑笑道："皇上可能没听说过这个人，他原来是多尔衮手下的一名战将，作战勇猛，屡立奇功，后授大学士衔。先帝亲政后，尽废睿王所属，图海被流放北国，现在太平川任把总，此人才略出众，可当其职。"

康熙立刻点头道："孙儿马上下诏，召图海进京。"

圣旨传出，使者北去，图海南来。五日后，图海跪在了乾清宫康熙的面前："罪臣图海叩见皇上。"

康熙看看下面的图海身材魁梧，声若洪钟，虽跪在地上，但仍能从身影中看出一股轩昂之气。

"平身吧。"康熙尽量放缓语气，看着图海垂立一旁，继续道，"朕对卿不熟悉，近得太皇太后所荐，说卿昔日勇冠三军，屡立战功，因睿王而受牵连，外放江湖。今国家危难，正是用人之际，朕特召卿回京，为国效力。"

图海低着头，上前一步道："能得太皇太后和皇上的器重，奴才虽死犹荣，愿为国效犬马之劳，以报皇恩。"

"好，朕就喜欢像卿这样的志士。此时北方察哈尔的布尔尼作乱，兵屯古北口。朕恢复卿昔日之衔，加封抚远大将军，率兵扫平察哈尔。"

图海简直不敢相信自己的耳朵，刚才还是一个从八品的把总，现在一下子跃升二品，又加封大将军衔，驾云也升不了这么快。他仍站着发呆，旁边的索额图小声道："图将军还不谢恩，难道要抗旨不遵吗？"

有了这句提醒，图海才如梦方醒，双膝跪地，带着泣声道："臣谢主隆恩。"

图海激动得一下子起不来。康熙却有些不自然，讪讪地笑道："图将军，古人云，千军易得，良将难求。朕今日却不同了，良将易得，可兵马难求。你这个将军可是个光杆司令，卿有何想法？"

这话说得很心酸，很不是滋味，连一旁的明珠也感觉皇上有些滑稽可笑。京中一兵一卒也没有，封个"大将军"，岂不是天大的笑话？

图海不理解康熙的意思，他以为皇上不准备让自己带太多的兵，所以道："皇上，奴才以为，兵不在多而在精，将不在勇而在谋。奴才只需一万兵马就可扫平布尔尼，解除皇上的后顾之忧。"

索额图和明珠心中暗暗发笑，一万兵马？一千也没有呀！康熙很不自然，红着脸道："图将军，朕不瞒你，现在京中连朕的善扑营在内，不过五千兵马，九门站岗之兵尚且不能轮换，哪有一万兵马交卿平叛？"

图海这才明白，皇上封自己的官只是个口头虚职，没有一兵一卒可调，没有兵哪来的"大将军"？这不是蒙人吗？可一想，皇上若有兵有将，还会从千里之外把自己召来吗？

明珠在旁道："正因京中无兵可派，才召将军入京。今皇上既授将军兵符，将军自可树旗招兵。"

图海沉思片刻，微微笑道："皇上，臣有一议可使朝廷在三日内得精兵数万。不知可否？"

众人一惊，这图海是不是这些年在荒原上待出毛病来了，有什么法子能在三日之内从京中得数万精兵？

康熙也很吃惊，不解地望着图海，半信半疑。那图海不慌不忙，平静地奏道："皇上，京中禁旅、宿卫尽出南征，但各王府、侯宅仍有数万家奴在各府保家护院。这些人乃我八旗精壮之人，自幼习武，骑射刀枪之术比军旅中人强上百倍，可谓个个骁勇善战，武功高强，若能尽调而为我用，定是一支劲旅。布尔尼万余精兵，定会不堪一击，马到而定。"

此言一出，康熙君臣大惊，暗暗称奇，难怪太皇太后推荐此人，真乃奇才。若能如此，京师可保，大清王朝逢凶化吉，但这些家奴是各府留在家中保卫妻儿老小和万贯家私的，岂能轻易奉召出征？

索额图笑笑道："图将军所言甚是，只是各府家奴是府内豢养多年的宿卫心腹，各府岂肯交给朝廷？"

康熙微微点头，又看看明珠。明珠也是无可奈何，低头奏道："索大人所言极是，上次招兵，兵部就专门下过部议，请求各王公贝勒、近卫大臣出兵，可应者寥寥。臣以为此事不易办到，若朝廷下旨强征，各府不满，即使出兵，必是老弱残疾之兵。且各王公、贝勒、旗主、近卫大臣又是皇上近臣，奴才们执行圣命又怎能保证公平执法？若执法不公，又会引起激变。"

图海见他们君臣面有难色，上前献计道："此事万不可强求，只能依靠皇上圣威，让朝中诸臣自觉自愿出兵。"

康熙听了图海的建议，马上有了主意，立刻传命道："两位大人先和图将军商量出兵之事，征兵之事由朕亲自想办法。"

三人去后，康熙马上来到慈宁宫，把图海的建议一说，孝庄大喜，点头赞道："不愧是一代名将，智勇双全，先帝弃之不用是浪费人才，太可惜了。皇上不用担心，这事由哀家出面，保证三日内，让皇上有一支精兵可发往蒙古。"

说着，孝庄走到御案前，手书一道懿旨，加盖上慈宁宫的关防宝印，对李强道："拿哀家的懿旨到京中各王、贝勒、贝子、旗主及二品以上大臣府上一一宣谕，请府上主事之人，明日上午到交泰殿外，哀家请他们喝茶。"

天还没亮，交泰殿前早已忙活开了。太监、宫女正抬桌子、搬凳子，布置茶壶、茶碗。太阳还没出来，交泰殿外的平台上和殿下已整整齐齐摆了几百张桌子，桌上均放着茶壶和茶碗，数百名宫女静立桌旁。不远处，侍卫双手握刀，背对着站立。

太阳刚刚升到树梢就已有人来了。乾清宫太监张二毛和慈宁宫太监李强立在宫门口迎接各府的宾客。渐渐地人越来越多，一时间交泰殿外人来人往，熙熙攘攘，有王府的老王爷，有少王爷，还有各位大臣，有的已老得走不动路，但这次是太皇太后亲自派大内太监到各府逐个宣谕，谁能不买这个账？再说，能得太皇太后相邀，这是天大的荣耀，而且，这位太皇太后素日体恤下人，优待从臣，德高望重，青年的一代，也极想亲眼看看这位极富传奇色彩的老人。所以，原来准备的一百多张桌子早已坐满，只得临时又加一些桌子。

快至辰时，忽见窗外来了几个人，抬着一顶小轿径直来到宫内。众人以为是太皇太后，可下轿后才看清来的原是康亲王杰书。他已八旬高龄，老年中风症使他嘴歪眼斜，无法行走，但他听说太皇太后请人喝茶，仍孩子似的闹着要来。家人没办法，用轿子把他抬了来。入宫后，经皇上恩准，一直抬到交泰殿前，由两名家奴连架带抬，安放在大殿的道席桌上。

没多时，皇上亲率近侍大臣也来了，众人齐起身跪地叩迎圣驾。康熙见来了这么多人，十分感动，顿时热泪盈眶，向众人挥挥手，一时无法出声。

辰时三刻，正在众人翘首之时，交泰殿内走出了几名宫女，随后在康熙亲自搀扶下，一位老太太走了出来。只见她身穿极普通的麻布深青长袍，头上没有任何首饰，手拄一根包金拐杖，一头银丝梳得丝丝不乱，高盘脑后，一顶凤冠显示着老太太的身份。

有些人惊呆了：这就是名播天下、位极天朝的一代名后吗？她的衣着和一般府内的老太太差不多，甚至还不如大府的老太太。只有从那顶凤冠和那高贵的气质、优雅的风度，可以看出她的不凡。

"奴才叩见太皇太后，祝太皇太后吉祥。"前面的人齐刷刷地跪在地上，后面的人这才如梦方醒，伏在地上随声高呼。

孝庄一眼就看见最前面的杰书亲王，他正在两名家奴的搀扶下伏地施礼。孝庄快步来至面前，弯腰亲自去搀："老王爷请起，这么大岁数了还管着府里的事吗？该让年轻人干啦！"

旁边的一位忙道："启奏太皇太后，老王爷早已不管事，可他听说是太皇太后请喝茶，便闹着要来。"

"好！好！还是老熟人有感情，老爷子快平身吧，其他的各位卿等也平身吧。"

孝庄看了看，除了皇上带来的大臣和出征在外的王公们，京中各府的人差不多都来了。孝庄很高兴，立在台阶前，高声道："众位卿公，今日哀家请大家来，想和大家商量个事。在座的各位府上先祖，大多是太宗的近臣，从龙入关，为大清立下汗马功劳，哀家在此代列祖列宗谢谢大家。"说着，竟向众人鞠了一躬。下面的人个个惶恐，不敢出一言。孝庄接着道："眼下大清有难，大家世受皇恩，绝不会坐视不管。今日哀家向大家讨个人情，请各府把精锐家奴派出来组成一支劲旅，北征察哈尔，待事成之后，哀家再一一致谢，不知可否？"

站在首桌的杰书忙伏地，嘴里咕噜着什么，旁边管家模样的人忙跪地道："王爷愿尽遣家奴，随军出征。"

一旁的遏必隆也颤巍巍地伏地道："奴才也愿尽遣家奴。"

顿时，所有的人都跪了下来，山呼道："奴才愿尽遣家奴，随军出征。"

孝庄忍不住流出了眼泪，她用手拭去泪水，伸手从桌上端起一碗茶，大声道："众位卿等，现在大清正穷，哀家无钱买酒请卿等喝，只能清茶一杯，以茶代酒，等日后大清有钱了，一定会补上这个人情。"说罢，一仰脖子喝完了茶。众人也纷纷端起茶碗喝了起来。

众人散后，康熙扶着孝庄坐在榻上，十分感激地说："今日多亏了皇祖母，孙儿一定不会忘记今日。"

孝庄笑笑道："这样的话就不必说了。现在军队有了，粮饷有没有着落？"

"孙儿用内宫俸银五万两用于这支新建的军队。等日后再慢慢想办法。"

"慈宁宫也出一万两。"

"皇祖母，慈宁宫生活太苦，孙儿实在不忍心再收这一万两银子。"

"这是什么话，难道哀家冻着了，饿着了？比起老百姓，宫里的日子好过多了。"

三日后，一支三万七千人的军队由图海率领着悄悄离开了京城。

十二日后，古北口传来捷报，图海夜围敌军，突然袭击，布尔尼猝不及防，大败而逃。康熙和孝庄闻后大喜，从此康熙更佩服祖母的眼力，对祖母更加尊敬。

战事越来越向有利于朝廷的方向发展，朝中的康熙和慈宁宫的孝庄略略舒了一口气，又有一件要事提上了议事日程。

这一日，孝庄无事正在念佛，乾清宫新来的小太监李德全来到了慈宁宫，跪地道："启奏太皇太后，奴才奉皇上旨意，来送奏折，请太皇太后御览。"

孝庄接过奏折一看，原来是熊赐履上给太皇太后的奏疏，只见上写道：

臣熊赐履启奏太皇太后：古之君子讲究修身、齐家、治天下，先家而后国。皇上虽贵为天子，然同此理，今中宫已虚多年，犹寻常家之不全，后宫无人管理，臣请太皇太后早日议立皇后。

孝庄暗暗点头。皇后赫舍里氏早在康熙十三年（1674年）五月生下二皇子允礽后，患产后风，当日死去。当时，南方战事正紧，无暇顾及，今日三藩之乱已趋于平静，仅有吴三桂的残兵败将龟缩在云南，已成瓮中之鳖。立后问题也应提上议事日程了，皇后之位虽不比皇帝尊贵，但她是宫廷的脸面，正如熊赐履所说，没有中宫，皇上的家就不算完整。可立谁为后呢？若按地位排有两个人合适：一个是遏必隆之女钮祜禄氏，另一个是佟国维之女佟佳氏。这二人与原来的皇后赫舍里氏同时入宫，被册封为嫔妃。

这二人应选谁呢？

【第十六回】

闻梵音梦醒钟粹，望险路缘止五台

　　要为康熙选立新皇后了，可是钮祜禄氏和佟佳氏之间选谁，一时让人难以决定。钮祜禄氏出生于大清开国元勋额亦都府内。遏必隆又是先帝的顾命大臣，虽未尽辅臣之职，依附于鳌拜，但并无劣迹，先被削了爵位，后又念其劳苦功高，不久又复了他的爵位，所以钮祜禄氏的出身比佟佳氏要高。佟佳氏乃皇上的舅舅佟国维之女。这对表姐弟感情很好，皇上对佟家也是皇恩浩荡，把外祖父一家抬入镶黄旗中，再加皇上的生母已被尊为皇太后，且佟家身为名将之后，许多人在南方作战，并立了大功，地位也很显赫，连皇上都写诗赞曰："领袖高门称退让，英华雅望冠椒房。谦和不持勋臣贵，谨格能承宠眷长。"这二人可谓势均力敌，旗鼓相当，一时无法选择。

　　孝庄沉思良久，并无主意，她想听听孙子的意见。儿女之事并不能强求，原来自己做主为儿子选后，结果闹得母子成仇，儿子英年早逝。这样的悲剧再不能重演。

　　"蒙娃，快去乾清宫传旨，有请皇上。"孝庄把孙子召来，祖孙俩要面对面地谈一谈这件事。

　　康熙来到了慈宁宫，紧挨着祖母坐下。孝庄很慈爱地望着他，轻轻笑道："皇上有没有考虑立后的事？"

　　康熙笑笑道："三藩未平，孙儿还没考虑过这事。今熊赐履上书太皇太后，提及此事，孙儿一切听皇祖母的。"

　　孝庄微微点头，笑道："儿女之事还是皇上自己拿主意。哀家想问问皇上，后宫之中哪位嫔妃贤惠？"

　　康熙略略思考了一下，笑道："佟佳氏。"

　　皇上的回答并不出孝庄所料。她早知皇上的心思，不过，此事她不想强求，只是提醒道："佟佳氏的出身并不高，朝中会不会有异议？钮祜禄氏倒也挺合适的。其父虽昔日依附权臣，然无劣迹，仍封太师之爵，出身较高。"

康熙听出了祖母话里的意思，那钮祜禄氏倒也贤惠，只是过于内向，不喜欢谈话，自然难讨人喜欢。

"皇祖母，佟家出身名将世家，从龙入关时，佟图赖屡立奇功，官至礼部侍郎，授定南将军；在三藩叛乱时，佟家又率其炮兵，攻城克地，立下大功，是大清的有功之臣。若封其女为后，正可显示我朝清明之政。"

孝庄摇摇头，语重心长地说："立功与封后是两码事，万不可纠缠在一起，否则，必有大患在后。昔日吕氏遍封子侄，差点让刘邦辛辛苦苦打下的江山易主。汉武帝时，依赖外戚霍光，结果霍氏一人升天，仙及鸡犬，一门大小均位列朝纲，搞得皇宫乌烟瘴气。唐玄宗宠幸杨玉环，结果杨氏满门高官，其族兄杨国忠竟兼领四十多职，权倾天下，后与安禄山争权，激发安史之乱。这些历史都说明后党不可宠。今佟氏有佟岱任浙闽总督，佟养量任宣大总督，佟延年、佟凤彩分任甘肃、四川巡抚，有人私下戏称大清为'佟半朝'。前有惠章皇后，今若再封佟佳氏为后，一门连出两后，又有近在咫尺的庞大势力，皇上不怕外戚专权吗？"

康熙幡然醒悟。他明白了祖母为何要立钮祜禄氏为后，而压佟佳氏，原来是怕外戚专权，此乃高瞻远瞩，非一般人所能及，心中不由得生起一股敬意。

康熙就是康熙，他不同于他的父亲，他知道什么是公，什么是私；哪个轻，哪个重。这也正是孝庄看重康熙的原因。

"孙儿一切听太皇太后的。"康熙真诚地说道。孝庄满意地点点头，目光中充满了幸福。不久，康熙发布圣谕："恭奉圣祖母太皇太后慈谕，册立遏必隆之女为皇后。册立佟国维之女为贵妃。"

时节虽是隆冬，西北风凛冽似刀，但畅春园内却是喜气洋洋，温暖如春。一处大殿上，摆着几排酒宴桌，黑压压地坐着一片人。水榭上的戏台传来锣鼓声和咿咿呀呀的唱戏声。

"太皇太后驾到，文武百官随圣上离席跪接太皇太后。"熊赐履立于殿上高声喊道。顿时，殿内一片纷乱，跪了黑压压的一大片人。康熙也起身迎至殿外。

满头银发的孝庄在钮祜禄氏和佟佳氏的搀扶下，颤巍巍地走来。康熙忙上前跪地迎接。孝庄摆摆手吩咐道："算了，算了，不必用那么多的礼节，让他们依旧吃酒听戏，哀家才高兴。老了，走不动了，本不想来凑这个热闹，可佟丫头老是说三藩平定，乃开国第一大喜事，皇上高兴，哀家不来，怕扫了大家的兴，所以才来乐和乐和。"

康熙忙道："皇祖母，平三藩也有您的一份功劳，怎能不庆祝庆祝？这里风大，要不要为皇祖母搭个毡帐？"

孝庄摆摆手："算了，算了，皮袍子都穿上了，还要什么毡帐，快让他们开宴吧！大冷天，让他们等久了会受凉的。"

孝庄坐在了最上席，康熙挨着祖母坐着，皇后和贵妃陪在左右，下面是大臣们，论官职高低，一一排列。

开宴后，索额图双手捧杯来至孝庄席前，双膝跪地，朗声道："三藩平定，天下太平，此乃太皇太后和皇上之功。奴才愿代百官为太皇太后敬酒，祝太皇太后寿比南山，福如东海。"

孝庄很高兴，乐呵呵道："大清能有今日，全系诸位卿等之功。哀家不胜酒力，请众卿见谅。既然索大人愿代百官敬这杯酒，哀家便喝了，此后，不许再有人敬哀家。"

百官纷纷道："愿推索大人为代表，恭敬太皇太后一杯。"

太皇太后饮了一杯，索额图又为康熙敬酒，康熙并不推辞，君臣共饮。此后，明珠、熊赐履、张英、高士奇等臣子一一敬酒。

酒酣耳热之际，有一臣子跪地道："皇上，国家大庆，为君之功，臣请为皇上上一尊号，上可示龙德，下可表百臣之心。"

众人一看，此人乃康熙新近宠臣李光地。李光地原为康熙八年（1669年）恩科进士，得中第五，名噪一时，为一方知名士子。康熙十二年（1673年），李光地出任会试主考官后，朝廷恩赐回乡省亲，他便春风得意地回到了福建安溪老家，刚到家没过三个月，耿精忠反叛，李光地身陷贼地。耿精忠素闻他的大名，许以高官网罗，李光地竟然方巾大袖，欣然而往。到了福州，李光地遇见了同样身处沦陷区的同榜进士陈梦雷，陈拒不接受耿精忠之劝，被耿降职，闭门在家。闻得李光地来降，忙出面相劝，并向他详细讲述了耿逆之狂悖、逆党之庸暗、兵势之强弱、间谍之机宜。李光地这才恍然大悟，忙把贼地情况写成暗折，封于蜡丸，送到京中。康熙得此密报，根据李光地的建议用兵，节节胜利，后李光地又苦劝耿精忠归降，为平三藩之乱立了奇功。李光地回京，隐去受降之事，康熙连升他四级，成了御前的红人。

李光地此议马上得到群臣的响应，纷纷跪地道："奴才愿为皇上上一尊号。"

康熙虽喝了几杯，但还没醉，对李光地之奏断然拒绝："师旅疲于征调，被创者未起，百姓敝于转输，困苦者未苏，且因军兴不给，裁减官员俸禄及各项钱粮，并增加各项银两仍未复旧，每一轸念，甚歉于怀。君臣之间，全无战绩可言，上尊号一事，断不可行。"

众臣见皇上词严意决，不敢再奏。康熙见身旁的祖母正微笑点头，心中一动，马上道："太皇太后历经三朝，辅立两帝，运筹帷幄于后宫而不临朝擅权，节俭爱民。朕请为太皇太后上尊号。"

众臣闻言，纷纷赞同。孝庄摇摇头，再三辞谢："哀家一介妇人，无功于臣民，如受徽号实感不安。"

康熙马上起身，跪于席前，十分真诚地说道："国家凡有大庆，必归美于尊亲，臣下也光荣。若太皇太后不允，群臣也觉脸上无光。"

孝庄见孙子说得很真诚，又看百官跪地不起，不好拂了大家的美意，只得笑笑道："既然大家这么看重哀家，若再拒辞，怕伤众卿之心，哀家就由你们去办吧。不过这是大清君臣共同的荣耀，不必归于个人。"

康熙大喜，起身道："张英、高士奇、李光地，朕命你们马上为太皇太后拟尊号，并草拟诏书，大赦天下。"

三个人听了，一齐跪地领旨。

两年后，康熙对台用兵，一举收复了台湾，完成了天下统一的大业。在康熙除逆正位、统一天下的过程中，孝庄作出了无可比拟的贡献，影响和塑造了一代伟岸之君。

一大早，孝庄在蒙娃的搀扶下，行走于慈宁宫外的院落内。蒙娃明显地感觉到太皇太后的反常。往日散步时，太皇太后总是笑呵呵的，边走边唠叨着陈年往事，有些往日的琐屑小事她都记得清清楚楚，不厌其烦的诉说让人心烦。可近来她沉默了，不再絮叨，微微可听叹息之声，偶尔还会见她伫立宫院内，静静地抬头遥望着外面的天空出神。蒙娃自然不敢问，只有更小心地侍候，唯恐太皇太后发怒。

"蒙娃，搀哀家去钟粹宫。"孝庄双手拄着拐棍，出神地望着远方。

"太皇太后若有事，奴才可传苏麻喇姑来慈宁宫。"蒙娃小心道。

"没什么事，哀家只是想看看出家人是如何生活的。你不必声张，现在就搀哀家去。"

钟粹宫在后宫的东北角，是个很僻静的地方，苏麻在此修行。因为是佛堂，所以很静，门口也没有什么侍卫、宫女之类的人。只有阵阵的木鱼声传出来，更增添了佛堂的幽静。

进了宫门，迎面有一香案，案上有一香炉，三炷香正燃起紫烟，袅袅升起。殿内是一佛堂，有一尊金身佛像端坐殿内。像前有一尼姑，布帽素袍，盘坐于蒲垫之上，一边敲木鱼，一边诵经。木鱼声声，经声琅琅，应和着外面的微风和暖暖的阳光，恬静、安详。

"慧真大师真是佛门中人，诵经如此虔诚，哀家真不想打扰。"孝庄微微一笑，朗声说道。

木鱼声立刻停了下来，那尼姑转过脸来，忙起身跪地，单掌施礼道："阿弥陀佛，罪过，罪过，不知太皇太后驾临，小尼有失远迎。"

孝庄打量了一下苏麻。她比昔日持重、成熟了许多，一身缁衣映着略显苍白的面孔，神情中多了点淡漠、冷峻，使人感觉她有些脱俗。

"苏麻，这地方蛮清静的。怪不得昔日死活要出家，到了这儿还真让人静心。"

苏麻起身过去搀着孝庄，似嗔似怪道："太皇太后以万金之躯，亲临贫尼栖身之所，让贫尼如何承受得起？有事派人来传一声，贫尼自会前往。怎能让太皇太后莅临敝所呢？"

孝庄叹了口气，满脸怅然道："唉，人老了，总是想过去的事，心神难定啊。这几日老想看看你出家后过着什么样的生活，所以就来看了。古人说，见佛就上香，就让哀家上炷香吧。"

孝庄说罢，跨进大殿，苏麻忙燃上一炷香递与她。老人甩去拐杖，双手捏香跪在佛像前，十分虔诚地举了几举，闭上双眼，口中念念有词，而后把香插于炉内，磕了三个头，这才在二人的搀扶下起身，在苏麻的引导下去了旁边的禅房。

禅房内很素净，没有帷帐，也没有地毡。房间内只有一个香案，案上有一香炉，案后的墙上悬着一张菩萨盘坐莲花上的图，旁边有几个凳子，窗下有一长案，案几上有一盏青灯，旁边整整齐齐地摆放着黄卷。整个屋子，窗明几净，清新淡雅。

"真是好境界，好去处。"孝庄嘴里喃喃说道，被苏麻搀在上首坐下。

"太皇太后像有什么心事，不知能否说与小尼听听？"苏麻赔着笑，直言不讳道。

孝庄用手点了点她，笑笑道："不愧跟哀家这么多年，一眼就看出了哀家有心事。唉，这些天，哀家老想出家人的事。苏麻，今天你要跟哀家说实话，昔日为何要出家？是哀家待你不好，还是皇上待你不好？"

苏麻十分镇定，微微一笑道："太皇太后，小尼原是一个乞儿，得四格格之恩养进了宫，太皇太后对小尼宠爱有加，皇上也是十分宠幸，何来不好之说？小尼出家实在是出于佛缘。小尼虽贱为御前宫女，但也是锦衣玉食，大富大贵。由一流浪街头的乞儿到御前侍女，让小尼看到了人生无常，荣华富贵，功名利禄都是过眼云烟。这些年来，小尼亲眼见了多少人权重天下，富极一时，可到头来都是乐极而悲，死的死，贬的贬，转眼间成为云烟。"

苏麻说得心平气和，孝庄听得心悦诚服，她已年过古稀，对此更有感悟。人生如梦，一点不错，昔日美丽的蒙古少女，转眼间成了历经沧桑的老太婆，天还是天，地还是地，但人已不是那个人了。

苏麻陷入了沉思，不禁又道："作为女人更可怜，生在世上，比男人又多了一个'爱'字。昔日董鄂妃与先帝爷恩爱缠绵，梦想天长地久、地老天荒，可仅仅四年便香消玉殒，化为烟云。慧敏皇后，长夜孤灯，独守冷宫，虽贵为天下之母，又有何用？众多嫔妃为得天幸，望眼欲穿，十四入宫门，四十寂寞生。为了什么苦苦等候，苦苦追求？"

苏麻提及顺治和董鄂妃，正戳在孝庄的痛处，她不由得老泪纵横，唏嘘不已，良久也道："苏麻啊，不瞒你说，哀家这些日子天天做梦。有一次梦见一身披金甲之人伏在哀家面前哭泣。昨晚哀家竟看见先帝身披袈裟在五台山上遥望京师。苏麻，给哀家说说，这到底是怎么啦？"

苏麻一愣，但马上又明白了，人年老以后常常会思念往事，昔日的失子之痛让老人不得安心，于是劝道："身披金甲之人乃佛前之神，专门向世人讨心愿的。先帝在时，曾想去五台山进香，但身染重病，终未如愿。太皇太后见先帝立于五台山上，就是先帝托梦，要了此心愿。"

孝庄恍然大悟，马上道："哀家要驾临五台山进香。"

苏麻和蒙娃都吓了一跳，太皇太后已经七十一岁高龄，五台山山高路远，并非易事。蒙娃忙劝道："太皇太后如此高龄，怎能受此劳苦？可派一重臣代行。"

孝庄白了她一眼，径自对苏麻道："你愿陪哀家同行吗？"

苏麻忙道："五台山乃佛祖讲法之地，小尼若能亲往佛山，一瞻佛祖，三生有幸。小尼愿陪太皇太后前往，以了太皇太后的心愿。"

"好，陪哀家去见皇上。"

来到乾清宫，康熙正与几位上书房的臣子们商讨东北罗刹国的事，忽听太皇太后驾到，抬头看时，祖母已在一位尼姑的搀扶下来到了殿上。他忙起身来迎："太皇太后，有事派人来传一声，为何亲自来了？"

"也没什么大事。"孝庄边说边坐在御榻上，明珠、索额图、张英、高士奇四位臣子忙伏在地上，施礼相见。

等几人起身后，康熙才坐在孝庄身旁，仔细打量着苏麻。苏麻微微一笑，跪地施礼："贫尼叩见皇上。"

"平身吧。"康熙有一种异样的心情，默默打量着她。自从出家以后，她比以前更硬朗，也更冷漠，让人不敢正视。

"太皇太后有何事亲临乾清宫？"康熙忙收回目光，转脸去看祖母。

孝庄微微叹了口气："哀家近日老是心神不定，晚上老做梦。想出京巡幸巡幸，解解闷。"

康熙忙笑道："如此小事何劳太皇太后费心？也该出京看看，老是待在宫里，怪闷人的。不知太皇太后想到哪儿去？"

"五台山。"孝庄神色庄重，目视前方，若有所思。

"五台山？"众人大惊，五台山距离京城近千里远，还要翻过太行山，七十多岁高龄的太皇太后怎能翻山越岭、长途颠簸呢？明珠瞪大了眼，十分不解。索额图明知太皇太后所言不妥，但他头一低，佯装没听见。

康熙笑道："眼下天下太平，大清昌盛，太皇太后若想上香求佛祖赐福大清子民，可选京郊的寺庙，孙儿率百官陪伴太皇太后前往。"

明珠听出皇上之意，忙道："太皇太后，五台山山高路远，车马劳顿，太皇太后的玉体怕吃不消。再说，天下初定，有很多急务待办，奴才以为此时太皇太后不宜出巡。是不是，索大人？"

明珠见索额图又在装聋作哑，故意将了他一军，转脸质问道。索额图正在沉吟，摸不清太皇太后为何要巡幸五台山，只有装糊涂为好，便随声附和道："奴才实在不明白太皇太后为何要西巡五台山。拜佛可在京城近郊，望老佛爷保重贵体。"

索额图的疑问不无道理。大清皇室为何对五台山情有独钟？皇上已三次巡幸，这次太皇太后又要亲自去，五台山上有皇家的什么呢？

孝庄对二人之言理也不理，径自道："京郊寺院怎与五台山比？那是释迦佛祖居住说法之地，真佛藏身之所。"

苏麻在这样的场合本不想多说话，但见眼前大家很难堪，于是双手合十，插言道："上五台山是太皇太后数年的夙愿，近日老佛爷又曾梦见金甲神将来讨愿心，老佛爷曾应许向五台山献玉佛一尊，一个月前，京都又发生地震，怕是佛祖不满，所以老佛爷才有亲上五台山之念。"

孝庄微微点点头，她对苏麻的解释很满意："慧真大师说到哀家的心窝里去了。"

康熙忙道："地震是孙儿失德于民，招致天怨，与太皇太后何干？请太皇太后不必多虑。"

孝庄看了看康熙，叹了口气道："哀家已是黄土埋到脖子上的人了，还为自己祈求什么？一心是企盼皇上帝位永固，天下太平也就安心了，所以五台山哀家是去定了，皇上若太忙，哀家一个人去，还有苏麻相伴呢。"

"孙儿不敢！"康熙忙笑道，"祖母出巡，当然由孙儿陪伴，一同前往，京中的大小事由，交与明珠与索额图。"

孝庄见康熙终于松口了，十分高兴："哀家有皇上和苏麻相陪，就是死在宫外也心甘。"

康熙起身道："太皇太后，眼下正是盛夏，孙儿以为可先去古北口外避暑，等到秋季从古北口直接去五台山，不知太皇太后意下如何？"

"一切听从皇上安排。"孝庄孩子似的笑了。

每次太皇太后出巡，都是康熙亲自陪同，这次祖孙同往五台山事佛，是大清以来的第一次，礼部上奏，以最隆重的礼仪送太皇太后和皇上西行。礼部忙了近半个月，才理出个头绪。京中大小官吏都知皇上和太皇太后为地震之事尊天敬祖，西行五台山事佛上香，祈福佑民，很受感动。

从天安门至正阳门，数百名部院大臣、入京述职的外省大吏，挨次跪地，静候圣驾。

羽盖出了天安门。

一百二十面门旗过完，就见费扬古气宇轩昂地骑在马上，后有善扑营侍卫乌查、二狗子等四十名，一色金甲戎装，红顶翠羽。数万名禁军手持大刀、弓矢，浩浩荡荡地护着太皇太后和皇上的御辇。

到了京郊潭柘寺，康熙在辇上传旨，到寺内祭祀一下，求神仙保佑祖孙巡幸一路平安。

"皇上，此行是出古北口避暑，这么兴师动众，既惊扰地方又行动迟缓，不如把这仪仗遣回京师，祖孙二人带几十名贴身侍卫，前往塞外，一路上看看风景，与皇上说说话。"孝庄对这铺排的场面有些不满，对康熙道。

康熙也觉得带这么多人出巡不合适，也不方便，于是传旨道："费大人，传朕的旨意，所有仪仗尽遣回京，朕用骑驾伴太皇太后前行，尔与众侍卫保驾，禁军留五百人以备不测。"

费扬古出去传旨，屋内的康熙又道："皇祖母，是不是直接取道古北口去塞外？"

孝庄略略迟疑了一下，坚定地说道："既然出来了，哀家想到东陵去看看先帝，皇上也可拜祭先帝和母后。"

康熙出生时父亲十七岁，母亲十五岁，他们自己本身还是孩子，再加上清规戒律，刚一落地便由奶妈抚养。八岁时，父亲驾崩；十岁时，母后仙逝。父母对他来说只是一个模糊的影子，所以对东陵中孝陵里的父母，只有道义上的忠孝之念，并无多少真情可言。可他对眼前的祖母充满了感激和依恋之情，在他幼小时，他从祖母那儿得到了人间亲情。祖母不仅选立自己为帝，而且精心照料，教诲他成长，并帮他出谋划策，治理朝政。这祖孙之间有着不同寻常的深厚的依恋之情，无论出巡、谒陵、避暑，从不离开左右，现在祖母提出去东陵，康熙自然不会反对。

两日后，这支神秘而又庄严的队伍来到了崇山峻岭中。

穿过陡峭的山口，豁然开朗，别有洞天。迎面是一片方圆数百丈的平原，绿茵如盖。平原的北边是一座巍峨的高山，此山比两边的山都高，即昌瑞山。山南麓，已有一座高大的坟墓；另一侧，有人正在修墓，这就是被历代风水先生称为"万年龙虎抱"的风水宝地，那座高大的陵墓下便埋葬着大清入关后的第一位皇帝，孝庄太皇太后的儿子、康熙的父亲——顺治帝福临。

　　车舆来到陵门前，早有守陵的禁军和官吏跪在大门外迎驾。康熙翻身下马，上前来搀孝庄。众侍卫分列两侧，禁军们也围住了陵门。

　　进了陵门，迎面有一穿堂，两侧有宫室，供谒陵人休息。过了穿堂，有一片宫宇，那是皇上的行宫。

　　山里的夏夜是寂静的，山里的夏夜又是热闹的。一轮皎洁的明月挂在东面的山头，大地白茫茫的，空气中弥漫着一股泥土的气息，混合着野草和各种花香。许多叫不出名字的虫子高唱着只有它们自己才能懂的歌。

　　山坡上有一座巨大的陵墓，墓前的石碑上依稀可见有一行字："体天隆运定统建极英睿钦文显武大德弘功至仁纯孝章皇帝之墓"。碑前有一很大的平台，上面摆满了各种各样的时令水果和一些酒菜。三根香燃起三个红点，朦胧的月光下，可见紫烟袅袅。

　　"福临哪，额娘来看你了，你的儿子也来看你了，你就安心吧！"

　　月光下可见两个人正站在巨大的陵墓前，一个老人手拄拐杖，一个青年人搀扶着她。老人伸出手，轻轻抚摩着陵墓，就像轻轻抚着儿子的脸一样。

　　康熙看着祖母那欲哭无泪、欲言又止的神情也很伤心，不禁想起白天祭拜时，祖母立在陵前良久不去，默默地焚香祷祝，又在默默地诉说着什么。是祈祷？还是忏悔？无人知道。

　　孝庄抚着陵墓走了一圈，最后在墓前一个平台上坐下来，康熙也依在她的身旁坐下。

　　"福临啊，额娘对不住你，不该逼你啊！"月光下，孝庄仍在幽幽地说。康熙不愿打断她，也不去劝她。他知道，祖母心中有一个流血的伤口，她虽极力地掩饰，但伤口仍在不断流血，任何人也抚慰不了，只有让她把痛苦发泄出来，伤口才会慢慢愈合。

　　"唉，玄烨呀，哀家老是梦见你父皇，他一会儿对哀家笑，一会儿对哀家哭，搅得哀家心神不宁，老做噩梦。"

　　康熙知道祖母老了，对儿子的思念和内疚也与日俱增，不由得劝道："皇祖母不必伤心，孙儿明白您的心情，当年所做的一切，都是一个母亲应该做的。"

　　听了这话，孝庄更伤心，竟嘤嘤地哭出声来，双手抓住孙子的手，像个委屈的孩子似的，哭泣道："玄烨呀，难得你如此设身处地地为哀家着想。不知哀家做错了什么事，上苍要早早地带走你父皇，竟不给我们母子一个沟通的机会，让我们在两个世界里仍相互思念而又相互仇恨。"

　　"皇祖母不必如此，人已不在这么多年了，还这样自责和内疚有何用呢？是皇阿玛放错了自己的位置，不按皇帝的要求去做，固执地去追求应该舍弃的东西。这是命运，是大清的一劫，又能怪谁呢？"

听了孙子的话，孝庄不但没停止哭，反而更伤心了，用手拍打着陵墓，大声道："福临啊，我的儿，你听听，这是你儿子说的话。如果你听到了，还会怨恨额娘吗？儿啊，快了，额娘快能见到你了，九泉之下，我们母子不要再争了。现在你的儿子已主持朝政，天下一统，繁荣昌盛，我们娘俩应该高兴才是，你说对吗？"

康熙也不由得热泪满面，跪在墓前给先帝磕了几个响头，轻轻道："皇阿玛，请你不要再怨恨皇祖母了，你们都是为了大清的千古基业。今日儿臣已在努力地做，请你们放心，儿臣不会给祖宗丢脸。皇阿玛，九泉之下你也放心，生前没尽的孝道，儿臣已替你尽了，儿臣一定会好好侍奉皇祖母，让她老人家安安稳稳地颐养天年。"

祖孙俩祷告了很久，这才渐渐平静。孝庄又道："玄烨呀，你知道哀家为何三番五次地让你去五台山吗？"

康熙一惊，摇摇头，这是他心中的一个谜，也是他心中的一个痛。此前，他已三次巡幸五台山，每次都是祖母亲自要求他去的。这一次祖母竟然要亲自去，不但朝中百官不解，就是他自己也不明白，但他不愿伤祖母的心，所以仍很高兴地答应她，并陪伴她一道前往。现在听祖母在问，他有些意外，忙摇摇头。

"唉！不知为什么，这些年老是做梦，一梦就梦见你皇阿玛身穿袈裟跪在地上哭，说是佛祖不许他出家。每次见他如此，哀家心里就刀绞一般。你皇阿玛生前就一心想出家，但被哀家劝住，他死后仍想当和尚，可还不能实现心愿，怎不让哀家伤心？所以请孙儿去五台山上香，乞请佛祖开恩，了却你皇阿玛的心愿。这次佛祖终于同意了你皇阿玛的请求，允许他去五台山修炼。哀家一定要去五台山当面向佛祖致谢。"

康熙这才恍然明白祖母为何以七十多岁的高龄亲临五台山，原来是为了去谢恩。拳拳之心，日月可鉴，真是可怜天下父母心啊！

"太皇太后、皇上，该回去了，夜已深了，小心着凉。"远处传来苏麻急切的喊声。不多时，苏麻来到祖孙二人面前，见到他们，很是感动，忙把手中的夹衣披在孝庄身上，把康熙的长袍替他重新穿好，搀着孝庄往回走。此时，已是月挂中天，大地上白茫茫的，白天的炎热已完全散去，一阵微风吹来，有些许凉意。

深秋，在通往五台山的驿道上，人欢马嘶，车轮滚滚。康熙仍骑在一匹高大的枣红马上，贴着御辇前行。辇上的孝庄已穿上夹衣，一脸的安详。御辇另一侧的苏麻骑一匹白马，侍驾而行。辇前有费扬古，辇后有张英、高士奇，后面还有六部官吏。

迎面是一道漫坡，驿道要从坡的半腰绕过去。御辇行在山坡上，道路崎岖不平，起伏跌宕，颠簸不已。到了一处险地，驿道悬挂在一块悬峭地，只有两辆辇车宽，下面就是深渊，路面上也不平坦，御辇上下起伏。康熙见状，忙翻身下马，亲自手扶车辇，护于车旁。众侍卫也纷纷下马，沿着道边的悬崖站成一道人墙，护着车辇和皇上。

车子一颠，蹦起很高。康熙一手抓住祖母的手，一面低声道："皇祖母，手要抓牢扶手，两脚要用力蹬着车底，小心别摔下来。"

孝庄在辇内笑道："别担心，哀家能挺住。皇上也要注意安全啊！"

祖孙俩相互关心、相互鼓励着，不知不觉穿过了这处险地。下了山，前面又有了平坦大道，康熙才在祖母和众臣的劝说下重新上马伴祖母而行。

山越来越多，路越来越难走，都是盘山而行，翻过一个又一个山头。拉御辇的马鼻孔中喘着粗气，吃力地拉着辇前行，康熙胯下的御马也开始微微出汗。

天飘起了雨，前面的路也开始消失在雾中。众人很吃惊，在这里是绝没有驿站的，若在这道上赶不到驿站，下起大雨很危险，可继续走，也有危险。费扬古从前面转回来，跪于马前奏道："启奏皇上，天已下雨，是否继续前行？"

"在这荒山野岭，无处避雨，还是继续赶路吧！天气不好，走慢点，一定要注意安全。"

"嘛。"费扬古领旨而去。这支人马仍缓慢前行，御辇的四周聚集了许多侍卫，随时准备保护皇上和御辇。

雨越下越大，天地间全笼罩在雨雾中。山路上的雨水从上向下流去，山路变得又滑又泥泞。康熙下马，冒着雨，双手扶着御辇前行。一名侍卫忙上前给他罩上黄伞。康熙用手一拨，对着前面的赶马侍卫道："走慢点，注意安全！"

孝庄敞开帘子，看见康熙正淋着雨，扶辇而行，身上的衣服已淋湿了，雨水顺着脸向下流。她很心疼，忙道："快，快上来，小心着凉。"

康熙拍拍祖母伸出的手，劝道："皇祖母快抓住扶手，注意安全。不要管孙儿的事。"

大约过了一个时辰，车辇才到了稍稍平坦的山路，雨也小了许多。康熙这才在众人的劝说下，重新上了马。众人望着皇上浑身湿透的龙袍和溅满了泥水的脚，莫不感慨万分，赞服不已。

御辇在山中艰难跋涉，行了十几日，终于来到了五台山下的龙泉关。

孝庄与康熙住于行宫内，其他的臣子住在行宫内的一些偏房小屋。康熙刚刚安顿停当，便传命费扬古带人前去探路。

半日后，费扬古回来了，满脸的沮丧和失望，跪在康熙面前道："奴才无能，无法把御辇抬上山，请皇上恕罪！"

　　康熙见费扬古脸上汗迹斑斑，身上也沾了不少泥土，知道他与侍卫们是费了不少劲，尽了最大的努力，不能责备他，只好对他笑了笑，摇摇头道："费大人，朕知道尔等已尽力了，回去休息吧。"

　　康熙很为难，怎样才能把祖母抬上山呢？五台山上的路原本就陡，一个人空手而行，只有身强体壮者才能登临绝顶，现在要抬个辇车上山是很难。康熙想着，暗自摇摇头，起身向祖母的住处走去。

　　孝庄虽然心情很好，兴致很高，但毕竟是七十多岁的人了，一路颠簸，十分疲乏，在行宫休息了两天，这才略略好些，正在苏麻的陪同下在宫中走动，准备上山。

　　"皇祖母，一路劳顿，身体如何？"康熙一边施礼，一边请安。

　　"人老了，不中用了。坐了几天的车，身子骨就不灵活，腰酸背痛。休息了两天，现在好多了。皇上，什么时候可以上山？"孝庄边活动着手脚边问道。

　　康熙见她那认真、急切的神色，不忍心告诉她无法把御辇抬上去，但事实如此，哄骗她一时，但不能永远骗下去，只好笑道："皇祖母来到了五台山，其诚心佛祖一定会知道。这山依孙儿看就不必上了，让孙儿代皇祖母去各寺上香事佛吧。"

　　老太太正在兴头上，忽然有人浇了盆冷水，很不高兴，瞪着康熙道："皇上此言何意？是不是哀家老了，拖人家的后腿？明日哀家自己上山去！"

　　康熙忙赔笑道："皇祖母言重了，孙儿岂敢嫌弃皇祖母拖累！只是山路太陡，御辇确实无法上山。"

　　孝庄十分激动，她没想其他的，只想着如何去佛祖面前上香，乞请佛祖保佑儿子在另一世界能获得新生，赐福给孙儿和大清子民，对康熙的话一点儿也听不进去："皇上，哀家已七十多岁了，还能来几次五台山？这次哀家下了这么大的决心，从京师不远千里，来到山下，不让哀家上山，哀家能答应吗？明日就是走，哀家也要走到山顶。"

　　康熙见祖母铁了心要上山，他也没办法，只好笑应道："既然皇祖母坚持要上山，孙儿不敢再劝。明日孙儿一定努力，尽最大的可能让您老人家登上绝顶，了却凤愿。"

　　回到自己的行宫，康熙马上召来费扬古、张英、高士奇几个人商量。众人听了皇上谈及太皇太后的心思，谁也没办法劝阻她，只好商量如何才能把御辇抬上山。

　　大家面面相觑，良久，费扬古道："太皇太后若想上山，只有让侍卫把她背上去。否则，无法上山。"

　　"那成何体统？堂堂当朝太皇太后伏在侍卫背上登山，一则不雅，二则不安全，万一出了一点儿差错，如何向满朝文武和天下百姓交代？臣以为不可。太皇太后现在坚持要上山，等到明日，当她亲眼看见确实无法上时，太皇太后会体谅下人的。"张英分析道。

"人年纪大了，都很固执，太皇太后不会难为大家的。臣认为只要大家尽力了，无论能否上去，太皇太后都会谅解的。"

"那好吧，事已至此，只有这样了。费大人，马上挑几个身体魁梧的侍卫，今晚好好休息，明日抬辇。"

孝庄起了个大早，天刚亮，她便起了床，在宫内走走。这是她几十年来养成的习惯，不喜欢睡懒觉。宫中的侍卫、随从早在忙活了，有的检查御辇的车轮、刹车等，有的准备一些上山必备的东西。

太阳刚出来，太皇太后的御辇便出了行宫，向五台山上驶去。

开始的路很平缓，御辇可以轻松前行。渐渐地，山坡开始陡了，马拉着辇开始吃力，御辇在崎岖的山道上颠簸，前行的速度慢了下来。康熙弃马步行，费扬古、张英、高士奇等人都步行在御辇周围，来保卫太皇太后和皇上。

峰回路转，山突然陡峭起来，前行的路只有几个人并排那么宽，用马拉辇就不行了。于是费扬古一挥手，马上拥上来几名身强力壮的侍卫，个个虎背熊腰，像堵墙似的。他们卸去御马，每人抓住辇车一端的杆头，齐喝了一声，便把太后连同辇车抬在了肩上。

前面有几名侍卫徒手开道，每个抬辇的侍卫身旁都有一名侍卫护着抬辇人，搀着他们前行。康熙和苏麻分在辇的两侧，都是一手抓辇，另一手由内侍扶着。山道两侧由侍卫排列成两道人墙，组成第二道保护线。

山越来越险峻，路越来越陡。前面的侍卫在前拉前面的抬辇人，后面的侍卫便在后面托，一步一步地上去。整个御辇十分倾斜，里面的人只有双手抓住扶手，身上用力向前倾，才能达到平衡。

"皇祖母，千万要小心啊，手要抓牢。"康熙边走边气喘吁吁地说。

辇内的孝庄也是十分紧张，腾出一只手来，轻轻拍了拍康熙扶在辇上的手，低声道："皇上也要小心啊！"

又上了几十个台阶，路稍稍平缓了些，众人长出了一口气，脚下也渐渐放快。但康熙知道，更难的路还在上面。

日出三竿，众人已行到山腰，御辇停在了一个山坡上。康熙与苏麻从辇中扶出孝庄，只见她神色庄严，十分紧张，脸上已失去了常有的微笑，虽极力控制，可仍喘着粗气。

康熙捡了块石头，苏麻走过来擦擦上面的灰尘，蒙上一小块黄绸，扶孝庄坐了下来。

"皇祖母，还能坚持吗？"康熙很关切地问，脸上仍是微笑。

"还行吧！不知到达山顶还有多远？"

康熙一指那边道："前面这段最陡，如果能上去的话，到山顶就不远了。"

孝庄顺着他指的地方一看，吓了一跳。辇前是一座峭壁，几乎有九十度的垂直石梯。几名侍卫正四肢并用地在石梯上爬行，费扬古站在下面指手画脚。

"他们在干什么？"孝庄不明白，望着康熙道。

"侍卫们先爬上去，拴两条绳索，让抬辇的人能牵索而上，更安全些。"

孝庄点点头，又看看那峭壁，努力想象着侍卫们如何抬着辇在上面爬行，想着想着，不由得出了一身冷汗。

"啊——"突然一声惊叫。众人大惊，齐向绝壁望去，就见有一团黑影像块石头似的从崖上滚下来，下面的侍卫用手去抓，可几个人都没抓住，那团黑影从绝壁上滚落，坠入山下。

"怎么回事？"康熙一惊，大声喝道。费扬古急匆匆跑来，跪地道："启奏太皇太后、皇上，刚才侍卫二狗子在攀崖时，不小心一脚蹬空，已坠下山崖，生死不知，请皇上圣裁。"

祖孙俩大吃一惊，从那么高的地方坠崖，哪有生还的可能？沉默了良久，康熙才传旨："派两个人下山去找，活要见人，死要见尸。"

"嗻。"费扬古领旨而去。张英从那边小跑而来，伏地道："太皇太后，奴才奉劝太皇太后不要上山了。侍卫们徒手而上，犹有坠崖之险，何况抬辇呢，万一有不测，奴才无法回朝面见群臣。"

康熙听了，也跪地道："皇祖母，孙儿也请皇祖母下山，由孙儿代礼诸寺，以了心愿。"

孝庄再次看看那峭壁，她也动摇了，就是不抬辇，由人背也上不去。自己步行更不行，在平地走路仍蹒跚摇晃，何况在峭壁上呢？

沉默良久，又不由得抬头望了几眼山顶，看那缥缈不定的云雾。她的目光中流露出无限的神往和无奈，最终叹了口气，点点头道："看来哀家很难实现凤愿了。唉，人老了就没用了，若年轻十岁，哀家就是爬也要爬上去，现在是没办法了。皇上，只有劳皇上登山代礼诸寺了。"

众人闻言大喜，康熙忙道："孙儿一定把皇祖母的话捎到佛祖那儿，也把老人家的心思说与佛祖听，孙儿以为他会原谅的。"

"唉——"孝庄又长叹了一声，再一次抬头遥望那烟云缥缈的山顶，突然起身跪在地上，对着山顶磕了三个头，默默祈祷了一番，起身回到辇内。

"送太皇太后下山——"张英高声喊道。

众人抬起辇往回走，康熙仍亲自扶辇下山。

"皇上不必送了，还是上山吧！"孝庄劝道，"一上一下多累人，待会如何能上去？"

"皇祖母放心，孙儿二十多岁，年纪轻轻，再走两趟也没关系。孙儿送下这陡坡再上山。"

下坡比上坡更难，众人走得更慢。下了陡坡，康熙扶着辇道："皇祖母，孙儿去了，回到行宫好好休息。"

孝庄重又走下辇，十分关切地望着康熙，心疼地说："皇上若累了，可明日再上山，一上一下，并非易事。"

"孙儿不累，今日清凉寺为佛祖举行开光大典，住持还等着孙儿呢。皇祖母回宫吧，孙儿一定会代皇祖母向佛祖上香，并向佛祖说明一切。"

孝庄点点头，挥挥手道："去吧，路上小心！"

康熙带着几个近臣和十几个侍卫返身而去，重新攀登那段山路。孝庄伫立山下，遥望着那高高的山顶，那里是儿子生前魂牵梦绕的地方，再看孙儿已率人肩荷着一颗滴着血泪的母亲的心去了，她默默地祈祷：儿啊，愿佛祖开恩，收你为徒，你就在九泉下好好修炼吧！

翻过那道山背，爬过那座峭壁，上面是一个大大的平台，眼前一下子开阔了。遥望四周有五座山峰耸立于眼前，这正是"五台山"之名的来由吧。

山上的人很多，不知从什么地方上的山，善男信女慕名前来，此时的山道上虔诚的香客正络绎不绝。

从这个平台到清凉寺有数百步之遥。远远望见那五个大铜塔在阳光的映照下熠熠生辉，金碧辉煌。宝殿里烟雾缭绕，佛塔中不时传来雄浑而略显凄怆的钟声。

康熙有些口渴，转身走向道旁的一处茶亭，此处不大，已有几个人坐在那儿喝茶，只剩下几个凳子。康熙一使眼色，侍卫们佯装香客在茶亭四周坐地休息，他与张英、高士奇、费扬古四人走进茶亭。

"老哥，今日不对，为何山门还不开？"邻桌的一个四十岁左右的茶客对同桌的一个留有花白胡须的人说道。

"今日特殊，老朽听说皇上和太皇太后要亲临清凉寺。大概方丈正在候驾吧。"那老者一捋胡须，很自得地说。

"太皇太后也要来？前几次皇上来过，这次皇上和太皇太后一起来。晚生听说那太皇太后已年逾七十，为何皇家对五台山如此情有独钟？"那位年轻人不解地问道。

老者端起茶喝了一口，又向四周望了一下，见这边几个人气宇轩昂，便想卖弄一番，故意高声笑道："小老弟，这里面的事就一言难尽了。皇家与五台山有一段特殊渊源……"

【第十七回】

一朝红颜终须老，千秋功过任评说

听了对皇家的议论，康熙一愣，他不知那老者又会编排出什么花样来。这次巡幸五台山，虽礼部下了诏，但太皇太后不愿太声张，所以一路上并没惊扰地方，只是召见了几个地方大员。过往州县时，一般不再召见官吏。上山前，孝庄又嘱咐康熙不要太张扬，最好微服上山，所以君臣一行并没被人发现。

"老哥，皇家与五台山能有何渊源？"年轻人追问不已。

老者淡淡一笑，手捋胡须，随口吟道："双成明靓影徘徊，玉作屏风璧作台。蓬露凋残千里草，清凉山下六龙来。"

年轻人忙道："这诗晚生倒是听说过，是江左三大家之一的吴梅村所写。这与皇家有何关系？"

老者点头道："老弟知道吴先生做过什么官吗？顺治十年（1653年），他曾任过弘文院侍讲，后又任国子监祭酒，是先帝和皇子们的老师，当今皇上是否师从于他不得而知。但是他也算接近皇室的人了，自然知道皇室的一些秘密。他在游清凉山时，曾写过一首诗，曰《清凉山赞佛诗》，诗中有'回首长安城，缟素惨不欢。房星竟未动，天降白玉棺'句，老弟，你说皇家与五台山有没有渊源？"

"你是说先帝他没崩，而是来五台山当和尚了？"年轻人又惊又喜，脱口说道。

老者忙用手掩其口，大惊道："此地岂可胡言？小心隔墙有耳。"

坐在旁边的康熙听了二人的对话，惊得一时说不出话来。先帝崩时，自己仅八岁，记忆中一片模糊，只知道景山的宫中燃起大火，先帝巨大的梓宫连同宫殿全着了火，自己就跪在不远处的偏殿，火光烤得人脸上发痛。这两个人说的是真的？怪不得祖母三番五次地要朕巡幸五台山，这一次还要亲自来！可不对呀，朕朦朦胧胧记得，在宫中见到过皇阿玛躺在病床上，当时有许多太医诊治，其中还有两个洋医生。先帝怎么会到五台山当和尚了呢？前几次来，也没见到过先帝呀。

康熙刚想说什么，转脸见邻桌二人早已离去。康熙有些怅然，低声对费扬古道："传朕的旨，佛祖开光大典，朕就不参加了。让方丈派一高僧陪朕到后山佛祖讲法处为佛祖上香。"费扬古应声而去。不多时，山门大开，众人一拥而上，费扬古却带了一名僧人来到茶亭。那僧人也不多说，低头引着几人向后山走去。

在几个寺庙一一上了香，又暗暗把祖母亲临五台山之事说给佛祖听，请佛祖能体谅一位七旬老人的心情。康熙感觉这次上香，比前三次更虔诚，也更心动。

登至五台山顶，康熙回头看看费扬古、张英等人，轻声道："你们下去吧，让朕在此静一静。"费扬古默默点头，向后面众人一挥手，众官员、侍卫纷纷后退至百步外。康熙看看身后的众人，又看看前面一座小山峰，峰顶距脚下约有几百步之遥，路并不太陡。康熙轻轻迈步，独自去登那个峰顶。

踏上那个顶峰，回顾四周，群山环抱，起伏连绵，向阳的山坡苍松翠柏，郁郁葱葱，山谷中烟雾缭绕，恍若仙境。

不远处的山顶上，清凉寺静静地立在那儿，登高俯视。那座古寺青砖灰瓦，朱栋雕栏，三进院落，殿宇整齐，大门口人来人往，川流不息。善男信女，神色虔诚。寺内紫烟袅袅。一阵清脆的钟声在群山中回荡，更添了几分幽静，清凉寺，真的"清凉"。再想想刚才茶馆中香客的议论，康熙心中不禁一惊，皇阿玛，你真是个谜啊！皇祖母不了解你，民间的百姓更不会了解你，他们编排的故事，是揶揄，还是怀念？皇儿不知啊！

九泉关的行宫内灯火辉煌，太皇太后下榻的宫中，孝庄半卧在榻上。康熙坐在榻前，仔细汇报了在五台山各寺上香的情况。孝庄不时点头。

最后，康熙忍不住问道："皇祖母，先帝来过五台山吗？"

孝庄一惊，她感到孙儿问这个问题有些不正常，望着康熙道："先帝生前有意巡幸五台山，可就在临行前突然生病而崩，凤愿未了。哀家每想此事便觉不安，这才让皇上多次巡幸五台山，以了却先帝的心愿。今日皇上问这事，是不是听到了什么？"

康熙点点头，他相信祖母的话。想起五台山上两位茶客的对话，他不由得叹道："先帝仙逝多年，民间仍有人在编排先帝，不知何故？"

"他们都说些什么？"康熙迟疑良久，叹息道："井市无聊之人附会吴梅村之诗，妄言先帝未崩，到五台山出家为僧。中伤先帝，实在可恶，孙儿定要下旨严查。"

孝庄也长叹了一声："算了。百姓传言不过捕风捉影，如何去查？只能惊扰百姓。唉，也难怪世人妄言，你父皇也太任性、太偏执了，一会儿为个'情'字闹得鸡犬不宁，死去活来，竟使两位皇后冷落中宫，却与那个董鄂妃如胶似漆；一会儿又看破红尘，要落发为僧，竟然连法名都取好了，并已削发。当时呀，真气得没法说，可现在想想，哀家又觉得对不起他。他短短的一生活得太累、太苦，少年时，在多尔衮的淫威之下不敢出口大气，后来又与哀家争斗得你死我活，母子反目，最后仅活了二十四岁就……就去了，这……这是为什么呀？"

说着说着，孝庄泣不成声，哭了起来。康熙忙劝道："皇祖母休要伤心，现在孙儿已长大，大清的江山也已稳固，九泉之下的先帝会体谅皇祖母的苦心，他会原谅过去的一切的。"

"儿呀，额娘想你啊，额娘对不住你啊……"一声凄厉的哭喊撕破了寂静的夜空，在五台山上飘荡……

又是一个盛夏。太阳像一团火，烤得大地到处泛红。杨柳的叶子打着卷，没精打采地垂着。地上的石板和远处的宫顶都泛着耀眼的日光。知了在高声地叫，令人更添烦躁和不安。

高大的宫中虽有高门大窗，但也闷热无比。慈宁宫内，孝庄半卧在凉榻上，四名宫女正为她打扇子，每个宫女的脸上都流着汗水，身上的衣服也湿了许多地方。

一个小太监从外面跑来，跪在殿前小声道："启奏太皇太后，皇上的信使从塞外回京，为太皇太后送来皇上亲献的当地特产。"

听说皇上派人回京，孝庄马上睁开眼传命道："快宣进殿来！"

皇上出京多日，出塞避暑，原本要和太皇太后一起去的，但孝庄自打从五台山回来后，不知是完成了心愿，还是心灵得到一丝慰藉，她强撑着的精神骤然松弛下来，身体状况每况愈下，日渐消瘦，精力也大不如前，所以不愿再离京。分开数日，祖孙之间相互思念，今日皇上派使回京，孝庄自然高兴。

御前侍卫乌查跪在太皇太后榻前，满脸汗水，伏地奏道："启奏太皇太后，奴才奉旨回京向太皇太后请安，并有御笔亲书一封，进献当地特产若干。"

说罢，双手奉上皇上的亲笔书信，又向外一摆手，几个宫人抬着几小箱东西上殿。孝庄展开书信，只见上面写道：

　·孙儿初到盛京，亲手网得鲢、鳙等鱼，用羊汤浸泡保鲜。又有山中野味，林中榛果、山核桃及朝鲜国所贡奉的柿饼、松果、栗子、银杏等，一并派使带回，敬献祖母品尝。只希望能博得祖母一笑，孙儿也就万分荣幸了……

看完信，孝庄心里热乎乎的，如同有一股春风拂过心田，笑道："难得皇上有如此孝心，哀家不吃心里也高兴。乌查，回去传哀家旨意，说哀家想念皇上，盼皇上早日回来。"

"嗻。"乌查忙领旨而去。慈宁宫中，孝庄再也睡不着了。

第二天一早，慈宁宫的宫女发觉有些不对，往日太皇太后早已唤人起床，可今天没有，宫里静悄悄的。蒙娃有些惊异，难道太皇太后已喊过，没有人听到？这不可能！

又过了一会儿，宫里仍无动静。蒙娃没办法，只好不召而进，到了榻前，只见太皇太后满脸潮红，嘴唇干裂，正喃喃自语。

"太皇太后，太皇太后，您怎么啦？"蒙娃忙惊呼数声。

孝庄也没睁眼，只是转了转头，表示听到了，又睡去。蒙娃用手试了试额头，很烫，蒙娃忙惊道："快，快传太医，太皇太后病了。"

外面的近侍忙跑去找太医，不多时，两名太医来到宫中，望、闻、问、切后，开了一服药。蒙娃问道："王御医，太皇太后的病情如何？"

那王御医顿了顿道："太皇太后已七十高龄，任何小病都不能忽视。人老了，身子骨就不硬朗了，哪怕一个小病也能惹大祸。眼下太皇太后得的是风寒，应马上告诉皇后和京外的皇上。"蒙娃点头，忙差了两名宫女去坤宁宫禀告皇后钮祜禄氏。皇后闻言大惊，急急来到慈宁宫。"皇祖母，你怎么啦？"钮祜禄氏跪在孝庄的病榻前，凄声呼着。孝庄微微睁了下眼，看了看眼前的一切，又闭上了。

一个宫女端来了一碗冒着热气的药，钮祜禄氏接过来，用小勺子搅动着药汤。良久，才用小勺一勺勺地喂孝庄吃。

一直到了晚上，孝庄的热才退了一些，神志清醒了许多。她望望四周惊恐万状的后宫嫔妃，艰难地笑了笑，低声道："这是怎么啦？你们都站在那儿发什么呆？"

钮祜禄氏忙道："皇祖母高烧不退，奴才们吓坏了，儿臣也很担心。现在皇祖母好了，儿臣和奴才们的心一下子亮堂多了。"

一个宫女悄悄过来，附在皇后的耳边小声奏道："皇后娘娘，明珠大人来了。"

"宣他进来！"

明珠来到殿内，见太皇太后躺在榻上，身上盖着薄被子，皇后跪立在榻前，六宫嫔妃全跪在殿内。

"奴才给太皇太后请安。奴才闻太皇太后龙体欠安，十分不安，特来问安。请太皇太后安心养病，玉体早日康复。"明珠现在已是朝中重臣，深得皇上信任。此次皇上出塞避暑，京中之事全托于明珠。

"明珠，你过来。"孝庄道。明珠以膝代步，来到榻前，伏在地上。孝庄很吃力地大声说道："哀家这病怕一时也好不了，不过也没什么大碍，皇上正在塞外，不要惊了他。哀家困了，你们也跪安吧！"孝庄挥了挥手，又闭上眼。

皇后、嫔妃和明珠等人退了出来。到了一间殿，皇后坐在上首，望着明珠道："明珠认为是否要奏闻皇上？"

明珠忙道："太皇太后已是七十多岁高龄，虽是小疾也不可忽视。奴才以为此事应立刻奏闻皇上。皇上乃忠孝之君，对太皇太后孝顺之至，万一有一点闪失，奴才和娘娘都担当不起啊！"皇后也觉得明珠所言极是，于是道："此事就由大人起草奏章，明日以六百里加急奏闻皇上。"

五日后，康熙驰马回宫，直奔慈宁宫。到了殿内，见祖母躺在病榻上，面泛潮红，嘴唇干裂，双目紧闭，不由得心生悲痛，双膝跪在榻前，泣道："皇祖母，恕孙儿不孝，在皇祖母生病时，没能在榻前侍奉。"

孝庄听到孙子的声音，马上睁开眼，艰难地笑了笑，吃力地举起一只手来抚康熙的脸。那只手很烫，康熙双手抚着那只手，十分伤心。他知道祖母正在发高烧，把那只手轻轻放回榻上，转脸问皇后："吃药了吗？"

"回皇上，刚刚喂完药。皇祖母正在发烧，喝药后，热向外来，所以身上更烫。"

康熙见祖母昏睡，十分心急，起身来到外间。三名御医伏在地上，等候皇上垂询。

"王御医，太皇太后的病情如何？"

"回皇上，太皇太后此次染上风寒症。此病即便是年轻人染上，也没有一定病愈的把握，更何况是七十多岁的老人。奴才无能，对此苦无良策，眼下能做的，只有稳定病情，延续时日，至于太皇太后能否康复，奴才没有把握。"

康熙闻言，顿时，一股悲伤涌了上来，不禁潸然泪下。另一御医见康熙伤心垂泪，忙伏地劝道："皇上不必悲伤。太皇太后此病乃衰老所致，身子骨各处的机能都已衰退，并非一两服药剂就可奏效，但并非一点希望没有。太皇太后终生坎坷，为大清立下了不朽功勋，上苍一定会赐福给太皇太后和皇上，奇迹一定会出现。请皇上放心。"

康熙知道这是御医安慰自己的话，奇迹出现的可能是微乎其微的，于是挥挥手道："罢了，尔等就候在慈宁宫中，随时待传，跪安吧！"

御医退后，康熙对身旁的李德全道："传朕的旨，着内阁大臣至慈宁宫见驾。"

李德全应声而去。不多时，众人陆续来到慈宁宫，康熙在偏殿召见了众臣。上书房大臣张英、高士奇、明珠、索额图，吏部尚书科尔坤，户部尚书佛伦，工部尚书熊一潇和大学士李光地、余国柱等人分立两侧，见皇上表情冷漠，满脸哀伤，谁也不敢出大气。

康熙传旨道："尔等皆为朕宠信之臣，今太皇太后病危，朕要侍候于榻前，朝野之事便托付给众卿了。尔等要不负朕之期望，今后凡非紧要事，勿得奏闻。"

众臣闻言，十分感动，纷纷跪地道："请皇上注意保重龙体！"

康熙无言，挥挥手道："跪安吧！"

众臣退去，康熙对李德全道："把朕的铺盖行李搬到慈宁宫来，在太皇太后的病榻前铺一张简便的御榻，朕要日夜守护。今后非重大奏折，就不必进呈御览了。"

慈宁宫东暖阁太皇太后的病榻前，地上铺上了一条毡垫，上铺一床黄丝绸被，旁边放一小几。康熙从外面走进来，见一宫女正跪在太皇太后面前喂药。那药可能有些烫，孝庄在咽药时，皱了一下眉。康熙见状，飞步上前，夺过药碗，一脚把宫女踢倒在地，怒目低喝："滚！"那宫女吓得浑身如筛糠，跪伏在地，一动不动。

康熙端起药碗，舀一勺放在嘴前吹吹，然后亲自用舌尖试试汤药热不热，等到不凉不热时，才放到祖母的唇边，慢慢喂下，十分小心，十分有耐性，让宫女、太监们真心敬佩他的孝心。

晚上，康熙席地危坐，隔幔静候，见祖母昏睡，只好取过几封奏折来阅。

"水，水……"病榻上的孝庄梦呓般地说着。康熙马上扔下奏折，趋身榻前，向早已倒好的凉茶里再添些热的，试试温度适当，端至祖母嘴边，用小勺一点点喂水。喝了半碗茶，孝庄又安稳地睡去。

康熙看了看昏睡中的祖母，很安详，没有一丝痛苦，只是因为发烧，气息不太均匀，胸脯起伏不定。也不知是何时，康熙恍惚中感到脸上痒痒的，猛一惊，睁开眼一看，大吃一惊，此时的祖母早已醒来，正用那苍老的手在轻轻抚着伏在榻上睡着的孙儿的脸，目光中充满慈爱。

"皇祖母醒了，还有没有烧？"康熙伸手在祖母的额上试试，头上凉凉的、湿淋淋的，祖母刚刚出了大汗，烧已退了。

孝庄端详着孙儿，看他那略显疲惫的脸，心疼地说道："儿呀，快去睡吧，哀家的病一时半刻也难痊愈。你若熬坏了身体，大清的江山还指望谁呢？"

康熙望着祖母那苍白的脸，心中泛出一股酸涩，忙笑笑安慰道："孙儿刚才也睡了一觉，现在不困了。皇祖母已昏睡几日了，应好好休息，别多说话。"

孝庄安详地笑了笑，轻轻拍了拍康熙的手，十分平静地说道："哀家已七十五岁，玄烨，你也长大成人了，大清江山后继有人，现在哀家就是死了也能瞑目了。玄烨呀，不要伤心，不要多管哀家的病，处理好国事。"

康熙喉咙里像有什么东西堵着，一时说不出话，良久才道："皇祖母别想这么多，不过偶染风寒，凭宫内御医的本领，皇祖母的病一定会好的，别老是想死呀什么的，多不吉利。"

孝庄笑笑道："儿呀，别再哄祖母开心啦，人总是要死的，谁也挡不了。说老实话，过去，哀家怕死，不是留恋世上这花花绿绿的生活，是怕哀家死了，大清的江山无人照管，九泉之下有何颜面去见列祖列宗？现在哀家不怕死了，孙儿长大了，大清有人了，死也就死了，没什么不放心的了。"

康熙闻言，眼泪下来了，哽咽道："皇祖母为大清操碎了心，孙儿不孝，不能让皇祖母享享清福。"

"不必自责，哀家很享福。孙儿如此孝顺，大清又稳如磐石，哀家还有何求？"孝庄满脸的幸福，笑道，"别说这些了，给哀家说说盛京的事，太宗的陵墓都好吧？"

康熙忙道："列祖列宗的陵墓修缮得很好，皇祖母不要担心。现在的盛京天还是那样蓝，水还是那样黑，山还是那样白。盛京比从前更大、更漂亮了。"

孝庄听着孙儿的话，双眼中流露出无限的神往，仿佛时间又回到了七十年前。"天苍苍，野茫茫，风吹草低见牛羊。"一位美丽漂亮的蒙古公主，正立在一个大毡包前看蓝天，看白云，看雪山，看山下如云的牛羊。随着一阵清脆的马蹄声，少女的视野中出现了一位王子，威风凛凛地立在马上，身后是如虎的属下。少女羞红了脸，转身进了蒙古包。一瞬间，少女不见了，变成了一个老太婆，躺在高大的宫殿里的病榻上。

"唉，都过去了。"孝庄长叹了一声。康熙知道祖母又在回忆以往的事，老年人都喜欢怀旧，喜欢说说昔日的故人旧事。他笑笑道："皇祖母又在想过去的事吗？"

孝庄幽幽地说道："玄烨呀，哀家一直在想这辈子不容易，大清的江山能有今天的局面，是哀家没想到的。想想当初，太宗驾崩的那个晚上，多尔衮一直想继位，豪格也想登基，眼见一场大难就要降临，一旦血染宫闱，就没有大清了，甚至连后金都会消失。多亏范文程、索尼、鳌拜等人支持哀家的折中方案，你皇阿玛才得以继大位，建大清，挥师入关。人哪，一旦有了权势，欲望就会膨胀，多尔衮应该说是大清国的开国元勋，缔造了大清，但他太过跋扈，留下恶名。只是苦了你皇阿玛……"

说到这儿，孝庄说不下去了，双眼闪动着泪花。康熙用手帕为她拭去，劝道："皇祖母，别再说了，好好休息吧。"孝庄不听，仍沉浸在往事中，低声道："哀家这一辈子最对不起的就是你皇阿玛了。他小的时候，不在哀家面前，无法管教。等他稍长后，他对多尔衮不满，常常与多尔衮口角，哀家被迫周旋于多尔衮与儿子之间。玄烨呀，现在可能有人对哀家下嫁不理解，但在当时，又有什么办法啊？只有哀家下嫁，多尔衮才不会撕破脸皮与义子争位。可先帝不理解，对哀家一直不冷不热，母子之间形同路人，以致后来反目为仇，又是夺妃，又是出家，把哀家折腾得晕头转向。他自己也英年早逝，扔下大清千古基业和自己的母后不顾，径自而去。玄烨，现在哀家感觉也算对得起你皇阿玛，他扔下的祖业并没有丢，反而比以前更强大；他的儿子没有丢，现在都已成人。哀家也对得起他，可为什么一想这事，这心就像有万支箭穿心一样，痛啊，痛啊！"

一口气说了这么多，孝庄有些气喘吁吁，剧烈地咳嗽起来，康熙忙抱起她的头，一边拍着背，一边劝道："别说了，别说了，好好休息吧。"

一阵咳嗽后，康熙把祖母安放好，又端来茶水，喝口水压一压，孝庄的气息慢慢恢复了平和，不再说话。康熙伏在榻边，祖孙俩静静地想着，不知不觉，都睡去了。

一连数日，康熙昼夜衣不解带，目不交睫。孝庄每次醒来，都看到孙子在自己的眼前，精神上有很大的安慰，但当她看到孙子那日渐憔悴的脸时，又有些不忍心。

"玄烨呀，看来哀家的病三天两天不会好，你不必在这儿日夜陪伴，保住龙体要紧。"

康熙笑着安慰道："皇祖母不必担心，孙儿只有亲自在榻前陪伴才能放心。皇祖母生病，孙儿无论在哪儿也不会心安哪！"孝庄望着康熙，鼻子一酸，泪水在眼眶中打转。自己一辈子经了多少苦难：后宫争宠，母子争斗，壮年丧夫，老年丧子，没想到晚境能有如此孝顺的孙子相伴，这一生也没枉过。

这一日，天刚亮，康熙下了早朝，心事重重地向慈宁宫走来。他脑子里乱极了，东北罗刹国、西北的噶尔丹都在虎视中原；朝内索额图和明珠势不两立，相互明争暗斗；宫中的祖母又病重卧床。这一切都让人心焦。

刚到宫门口，就见一宫女双手捧着药罐，可能太烫，那宫女捧着药边跑边呻吟，一脸的痛苦，眼见坚持不住。康熙忙上前，两手接过药，手烫得火辣辣地痛，但他并没松手，而是快步进殿，放在茶几上。那宫女刚才被烫得晕头转向，不知是谁帮了自己，待定神一看，早吓得魂飞天外。自己怕烫，竟把药交给皇上，若烫伤了皇上，那是灭门之灾。她忙伏在地上，动也不敢动。

康熙狠狠瞪了地上的宫女一眼，本想呵斥一番，但一想，祖母卧床多日，这些宫女、太监忙前忙后，小心侍奉，也很辛苦，于是道："日后做事要小心！快去拿药碗来！"

地上的宫女浑身颤抖，正惶恐地等着惩罚，听了皇上这话，早已泣不成声："多谢皇上！多谢皇上！"

孝庄早已醒了，听到外面的一切，当康熙来喂药时，她轻声道："皇上别生气，对宫里的这些宫人不能太凶，她们也不容易。刚才皇上对下人就很好，日后她们会记住皇上的恩德的。"

"孙儿记下了皇祖母的教诲。皇祖母一定要安心养病，早日康复，才是孙儿的福分，是大清的福分。"

转眼一个多月过去了，孝庄的病时好时坏，神志时清时昏。康熙仍是日夜守护在榻前，只有早朝时才离开一会儿。到了冬天，天越来越冷，孝庄的病也日益加重，一连多日，高烧不退，人也处于昏迷之中。紫禁城内忙乱了起来，太医院的御医们走马灯似的来往穿梭于太医院和慈宁宫之间。

康熙命人把所有的奏折全部移出慈宁宫，全身心地守护祖母。

王御医跪在榻前，手把着孝庄的脉搏沉思良久，抬头看看焦虑的皇上，无可奈何地摇摇头。康熙顿时感觉有一股寒风从后背吹进来，不禁打了个寒噤，胸口一阵绞痛。

来到慈宁宫正殿，康熙传旨："宣上书房大臣见驾！"

没过多久，索额图、明珠、张英、高士奇等人来到慈宁宫，见皇上满面愁云，知道太皇太后的病情加重，不敢多说话，静立两侧。

康熙沉吟了很久，长叹一声道："看来太皇太后是闯不过这一关了。众卿都是朕的得力大臣，现在要办两件急事，一件是准备后事，另一件议立太皇太后的安葬地。太皇太后的后事交由索额图吧，尔曾居宫中多年，对宫中的各方面都熟悉，人也熟悉，办起事来容易。明珠马上召集内阁大臣，议安葬之所。"

众人闻言大惊，只有索额图心中暗喜，皇上照顾自己，让自己置办后事，这事只要皇家有银子，并无难处。可太皇太后葬地却是个难事，若按大清律法，太皇太后是太宗的五宫嫔妃之一，其子和孙均立为帝，理应与太宗合葬。可她偏偏下嫁了多尔衮，按道理说，她已不是太宗的嫔妃了，应该是睿王妃了。把她葬在清盛京昭陵，那不是给太宗扣屎盆子吗？可若不葬昭陵，凭当今皇上对祖母的那份情意，皇上是万万不会同意的。

明珠自然也感觉到这事太难办，但又不敢抗旨，紧皱眉头，不知说什么好。旁边的张英生性耿直，凭着皇上对自己的宠信，斗胆进言："皇上，奴才冒死进言，请皇上明示圣意，奴才也好按圣意行事。"明珠感激地看了张英一眼：还是汉人有骨气，重气节，敢直言犯上。这话问得很委婉，但也很尖锐，话语中已包含了自己的态度。

康熙自然知道朝中众汉臣的态度。祖母当年下嫁虽迫不得已，也确实得到了满族贵族们的认可，可现在朝中掌握大权的人有不少是汉人，汉人讲究这些。就是现在的满臣也已深受汉人的影响，思想上已基本汉化，他们也不会同意让太皇太后与太宗合葬。如果不让太皇太后归葬昭陵，先帝的脸面、朕的脸面放在哪儿？老人家一生为大清耗尽了最后一滴心血，死后连皇陵都不能进吗？这让做儿子的、做孙子的于心何忍？

面对张英的疑问，康熙不动声色，沉着脸道："朕不是交给明珠去办了吗？一切由他召集大臣们议后再奏。"

碰了个不软不硬的钉子，张英不敢再说，其他人也不出言，只好默默退去。

众臣退后，康熙再下一旨："命各位亲王、郡王及其福晋进宫探视。"

这是一种礼节，老人快去世之前，要让亲戚朋友前去探望，见上最后一面。各位王爷接旨后哪敢怠慢，立刻带着福晋、王子入宫探视。

康熙二十六年（1687年）十二月二十日，这是一个寒风凛冽的日子，天阴沉沉的，天地间一片昏暗，不知何时竟飘起了雪花。

一队车仗在御林军的护送下浩浩荡荡地出了午门，向城南缓缓而行。中间的御辇上端坐着康熙，索额图、明珠、熊赐履、李光地、张英、高士奇等人拥在御辇旁，扶辇而行。内侍大臣费扬古在辇前缓缓前行。安亲王岳乐、和硕承泽亲王硕塞、豫亲王多尼等，尾随御辇后，文武百官在后随行。

雪渐渐大了，原来是小片的雪花，稀稀拉拉的，现在，大片大片的雪花纷纷扬扬，远处的宫殿、房屋已微微泛白。到了城南的天坛，仪仗分列两侧，御辇驶入院内，禁军、侍卫分立四周。康熙在小太监李德全的搀扶下，走下辇车，向天坛而去。天坛中间设一香案，案上香炉里三炷香正飘起紫烟，在纷纷的雪花中袅袅而升。一头牛、一头猪和一只羊已敬献在案上，另有许多水果、山果之类的祭品。康熙稳步向香案走去，一名内侍忙上前为他撑伞。他一把推开，冒着雪跪在了香案前，各位亲王、郡王和百官齐跪于后。众禁军侍卫也跪在了雪地里。

对着香案，康熙取过一炷香，点燃后双手捧香，对天遥拜，非常虔诚地磕了三个响头。顿时，百感交集，泪流满面，双手捧着祝文，泣声读道：

朕忆自弱龄，早失怙恃，承奉祖母膝下三十余年，鞠养教诲，以至有成。设无祖母太皇太后，朕断不能有今日成立，罔极之恩，毕生难报。今天不怜朕，让太皇太后玉体欠安，病情日重，朕愿减己寿以益太皇太后，让朕祖孙相依，再尽孝道……

读着读着，他悲痛呜咽，再也读不下去了。祝文字字伤心，句句动人，身后的诸王大臣深为此景所感动，早已潸然泪下，呜咽难语，几位亲王和张英诸人伏地而泣。此时，天坛四周肃穆庄严，乌云低垂，雪花纷飞，干枯的树枝在寒风中瑟瑟抖动。寒风吹打着殿宇，如哀伤者用颤抖的嗓音唱着呜咽的哀歌……苍天有知，定会被这场面和康熙的挚爱真情所感动，天若有情天亦老，苍天无情，奇迹最终也没有发生。

就在康熙向天祷祝的时候，孝庄从昏迷中醒来，躺在病榻上，在静静的宫中聆听着天籁。

"太皇太后，皇上去天坛为太皇太后祭天祈福去了。"蒙娃跪在榻前，附在她耳边轻声道。孝庄闻言，轻轻一笑。她知道自己已经被死神操纵于股掌之中了，谁也救不了自己。死亡真的要来临，她反而平静了。虽然，她曾多次想象自己会如何死去，以何种方式离开这个世界，可每次都是在一丝惊悸和莫名的恐惧中结束这种幻想，但今天不行了，她不能不想到"死"。她曾对孙儿说自己不怕死，那是她安慰孙儿的。她是怕死的，不是留恋这个世界，而是有一块心病，她不知该如何向孙儿说。现在孙子已长大成人，颇有千古帝王的风范，大清在他手上一定会固若金汤，永垂帝统。可对儿子她愧疚太多，将孙子抚育成人，保住大清的基业，儿子若九泉之下有知，会原谅自己的。最令她难以面对的是死去已四十年的丈夫，自己下嫁多尔衮，无论对自己、对丈夫，在今天看来都是有辱名节的事。若葬于盛京，定会遭到反对、诋毁与猜疑，即使凭孙儿的帝威勉强行事，对后世子孙来说，也是一个难言的尴尬。怎样做才能既不损皇族的尊严，又不让孙子为难呢？没有办法做到这一点，看来，这次又要牺牲自己来维护皇室的荣誉与尊严了。

从天坛回到宫中，康熙在乾清宫召见了索额图和明珠。二人明白皇上召见的意思，但圣上不问又不能说，只好静候垂询。

"索大人，事情办得如何？"

"启奏皇上，一切都很顺利，所有需用之物基本准备好了。"

康熙满意地点点头，转过脸来问明珠："明珠为何还没上奏？"

明珠面带难色，支吾良久，最终只好硬着头皮说道："奴才请皇上恕罪，臣召众人议，大家议论汹汹，众说纷纭，有人说太皇太后功高盖世，是大清的荣耀，理应归葬昭陵，但更多的人说……说……"明珠低着头，最终还是没敢说出来下面的话。康熙自然知道后面的内容，脸气得铁青，怒视着明珠。明珠不用看就知道皇上此时的表情和心理，早吓得噤若寒蝉，不敢大声喘气，静等着皇上发落。

"跪安吧。"康熙兀自起身去了里屋，扔下明珠、索额图在大殿之上。二人只好默默退了出来，相互对视了一下，彼此心照不宣，却没有说话，各自回府去了。

孝庄慢慢睁开眼，大殿的屋顶旋转了起来，良久，才慢慢停下来。头很重很重，无论如何努力也抬不起来了，自己的手脚也已失去知觉，不知在何处。

"皇祖母！"耳旁隐隐有个声音，眼前出现了一张熟悉的面孔。她艰难地转动了一下头，只见榻前跪满了人，最前面的是孙子康熙，后面是皇后、皇贵妃及后宫的嫔妃，几位小皇子也跪在大人的后面。他们虽然对榻上的病人不太熟悉，但他们知道，那是大清国最伟大的人。

孝庄头脑十分清醒，她知道这可能是回光返照，自己的大行之期就在今日，心中的话必须说出，否则就没机会了。她张开嘴，用力说道："你们都……都下去吧，哀家要和皇上说……说几句话……"

众人一一退出，偌大的暖阁里只剩下病榻上行将离去的病人和跪在榻前的亲人。

孝庄望着早已是泪流满面的康熙，自己也一阵阵地心酸，两行混浊的泪水情不自禁地流了出来。她张了几次嘴，可喉头像堵上了一块石头，心中有千言万语，却不知从何说起。时间在一分一秒地过去，祖孙俩就这样默默地对视着，任由泪水泗流。康熙伸出手，轻轻拭去祖母颊上的泪水，轻声安慰道："皇祖母，有什么话就说吧。"

一阵阵的眩晕袭来，孝庄感到死神在向她招手。于是，她鼓足了全身最后一丝力气，一下子抓住孙子的手，做出了她一生中最后一个决定："玄烨，哀家去后，勉自节哀，以万机为重。太宗文皇帝的梓宫安奉已久，不可为哀家轻动。

况且哀家心恋你父皇和你，不忍远去，务必于孝陵近地为哀家择一地方安葬，这样……哀家……的心里就没……没什么遗憾了……"

一口气说了这么多话，孝庄又昏了过去。康熙听了这些话心如刀绞，他完全能理解祖母内心的苦衷，伏在榻上大哭道："不！不！孙儿做不到！皇祖母为大清耗尽了心血，最终不能按理归葬，这不是让孙儿不孝吗？孙儿又怎么忍心啊？"无论康熙怎么大哭大喊，孝庄再也不理。两颗硕大的泪水从她紧闭的双眼中溢出，嘴微微张开，气息又急又短，胸脯剧烈地起伏。

"来人！快来人！"康熙大声喊道。

两名御医飞快进屋，跪在榻前，仔细打量了一下，轻轻地摇头。康熙突然感觉自己的手在抖，在痛，这才看见祖母的一只手仍死死握住自己的手，很紧，很紧……抖了一下，再也没力了……

御医伏在地上，低声道："皇上，太皇太后驾崩了！"

康熙这才如梦方醒，仔细望着祖母，见她原本泛着红晕的脸开始变得苍白，剧烈起伏的胸脯也停了下来，紧握着自己手的那只手渐渐地变凉。孝庄双眼紧闭，表情很安详。

"皇祖母，你不能走啊！你怎么就忍心丢下孙儿去了啊！"康熙终于醒了过来，伏在祖母的身上大哭起来。

一时间，守候在外的后宫妃嫔和在殿外等候的诸王大臣，个个扑地痛哭，哀声四起，声震殿宇。此时的康熙哀恸已极，顿足捶胸，呼天抢地。

猛然间，康熙向后一仰，背过气去，众人吓得再也不敢哭，皇后惊叫道："太医！太医！"顿时，殿内一片混乱，两名侍卫过来把康熙平放于榻上。两名太医一个把脉，一个掐人中、扎虎口，过了良久，康熙才哭出声来。

众人再也不敢大哭，内侍把康熙抬到慈宁宫的西暖阁。这里是孝庄的佛堂，现在皇上需要安静一会儿，又不能远离，只好在此将就一下。

又过了好一会儿，康熙才渐渐回过神来，慢慢坐起来，见小太监李德全正跪在榻前，便传旨道："宣诸王大臣上殿哭灵！"

殿外诸王大臣闻旨，纷纷以膝代步，伏在太皇太后灵榻前痛哭不已。哭声传来，康熙也忍不住地流泪。

而后，康熙端坐正殿召见群臣。群臣跪地，康熙诏告了太皇太后遗言，声如泣血地说道："朕八岁时先父世祖章皇帝便去世了，十一岁时太后又舍朕而去。早年双亲亡故，未能久依膝下，以享天伦，父母音容笑貌仅存依稀，全靠圣祖母太皇太后抚育训导，三十年才有今日之成。朕竭尽心力，备尽孝道，朝夕侍奉，不敢稍有懈怠。太皇太后玉体欠安，朕亲自捧汤奉药，数十日不离病榻，只望太皇太后可得痊愈，永享清福，然病不见轻；朕又向天虔诚祈祷，不想朕的一片心意竟被上苍捐弃。朕五内俱焚，回想太皇太后对朕的恩育教养，难以回报，虽悲痛哀号，也难表朕之心情。朕要在宫中为太皇太后持服守孝二十七个月，以表朕对太皇太后的孝心。今着令大学士为太皇太后拟谥号，着礼部诏告天下，举国服丧，百日内不准嫁娶，不准娱乐欢宴。"

群臣忙跪地接旨，开始时还没注意，待回过神来，大为惊惧，皇上要在宫中守孝二十七个月，朝政由何人处理？

群臣慢慢退去，只有明珠落在后面，不时偷窥康熙。见众人退去，转身跪地独奏："皇上，奴才深知皇上对太皇太后感情至深，但也不可弃朝政而不顾！奴才请求皇上遵照太皇太后遗诏而行，'勉自节哀，以万机为重'。请皇上按旧制，以日易月，持服二十七日才不负太皇太后在天之灵。"

啪！康熙一拍御案，用手一指："你……放肆！你仗着有些旧勋，恃宠自傲，竟敢在太皇太后的灵前指责朕。明珠，你长了几个脑袋，竟敢欺君罔上！"

明珠听到这些，早吓得屁滚尿流，背上直出寒气。他万万没想到皇上会生这么大的气，急忙磕头如捣蒜，连声道："奴才罪该万死，奴才知罪。请皇上息怒。"

康熙虽生这么大的气，可他静心一想，这明珠所言并没什么过失，只是他没办好太皇太后的归葬之事，自己心中不快，但这不能全归罪于明珠。于是，他自己找坡下来："朕念在太皇太后的大丧之期，不治尔罪，日后再敢如此，定斩不赦！"

明珠是康熙的宠臣，曾帮康熙铲除鳌拜。平定三藩时，又坚定地站在康熙一边，立主撤藩。当时，三藩作乱，索额图要康熙学昔日景帝斩晁错而息乱，被康熙顶了回去。不久，又调明珠任兵部尚书，授武英殿大学士，累加太子太师的尊号。三藩平后，明珠更受康熙的信任，有一次，康熙竟在朝堂之内，当着群臣的面说："三藩乱起之时，有人请求诛杀明珠等力主撤藩者，朕若是真听他们的，今日我们就都已含冤九泉了！"这话说得明珠神采飞扬，而身旁的索额图则是满脸灰暗，低首无语。

康熙渐渐发现，自己倚重的这位权臣，竟私下与大学士余国柱、李之芳，吏部尚书科尔坤，户部尚书佛伦，工部尚书熊一满等人，结党营私，同索额图等人相互攻讦。正准备动手治治他，不让多尔衮、鳌拜等人重现，又赶上太皇太后病重，东北、西北吃紧，只好放一放。今日借题发挥，先给他敲个警钟，让他有所警觉。

到了晚上，太皇太后的灵榇移到慈宁宫的大殿之上，康熙身披孝服伏在榇旁守灵。

整整一夜，近侍听到灵堂之上哭无停声。康熙一直在哭，茶饭不入口。

第二日，小太监李德全奏道："启奏皇上，大学士李光地求见。"

"不见，朕要好好陪太皇太后。传朕的旨意，任何人都不见！"康熙知道这些人要说什么，他不想见他们。

又过了一日，李德全在殿门外徘徊良久，最终还是下了决心，跨过殿内，跪地道："大学士张英求见。"

康熙把眼一瞪，厉声道："朕的旨意你忘了吗？他张英敢抗旨不遵？"

李德全伏地泣道："皇上，奴才长三个脑袋也不敢忘圣旨。张大人已从早晨起在殿外跪了两个时辰，现在他后面又有许多人在殿外跪着，奴才迫不得已才来奏闻圣上。张大人他们说，奴才若不奏闻，他们就永远跪下去。"

康熙两眼一闭，不再理睬，李德全只好悄然退下。

日近中午，御膳房的太监把膳食抬到灵堂。小太监李德全低声道："皇上，请用午膳。"

"朕不想吃，让他们抬去吧。"

李德全说道："皇上每日只吃一顿饭，怎能保重龙体？奴才恳请皇上以大清江山为重，进些饭食。"

"好吧，把稀饭端上来，朕喝两碗，其他的，都抬去吧。"

李德全还想说什么，康熙对他挥挥手，他只得退到殿外。喝完稀饭，康熙见李德全仍在殿门口边踱步边搓手，不禁惊异，大声道："李德全，你在殿门口来回晃什么？"

李德全忙跪地道："皇上，奴才看见张大人他们仍跪在宫外。这大冷天，他们已跪在冰地上半日了，奴才实在不忍心，又不敢上奏，心里发急，便想踱步，惊扰了圣驾，乞求皇上治罪。"

康熙一愣，这张英还真敢不避帝威，冒死上奏，朕倒要看看他要奏什么。

"传朕的旨意，宣上书房大臣张英上殿。"

李德全大喜，起身向外奔去，出了殿门高喊："传皇上口谕，宣上书房张大人上殿。"

张英快步前来，远远地康熙就见他的双膝已湿了一大片。张英跪地道："臣叩见皇上，请皇上节哀。"

"张英，朕听说你在冰地上跪了半日，要奏何事？快与朕说说。"

张英见康熙双眼红肿，不知是哭的还是熬夜所致，脸色也很憔悴，心中一阵难过，慨然奏道："启奏皇上，奴才奏皇上不孝！"

"什么？"康熙一时没反应过来，再一想，不禁大惊。

"张英，朕有何不孝？"

张英见康熙面有怒色，毫无惧色，朗声道："奴才奏皇上不孝有二。其一，太皇太后遗诏，要皇上'以万机为重'，可皇上连日不进食，万一龙体欠安，大清江山何人可托？不遵先人遗训，能算是孝吗？其二，皇上下谕，要为太皇太后持服守孝二十七个月，此事看似孝道，实则大不孝。皇上只顾拘于家理，而弃国于不顾。试想想，一国两年多无人理政，国将不国，万一大清江山有所闪失，不但皇上要受非议，就是太皇太后也会遭后人责难，让先人受责，这能算是孝吗？

奴才冒死上奏，请皇上三思。"

康熙闻言，暗暗称赞这张英乃死节贞良之臣，不由得点头道："爱卿敢于直言，朕很高兴。太皇太后驾崩，朕一时悲痛过度，一切还听爱卿所言。"

张英忙磕头泣道："皇上真乃千古明君，深明大义，让奴才五体投地，臣还有一事要奏。"

康熙又是一愣，望着张英道："卿还有何事？速速奏来。"

张英望了望殿上的侍卫、宫女。康熙会意，令众人退下。张英这才道："皇上心有难处，奴才明白，但此事绝不可在宫中拖延。太皇太后的梓宫停在宫中，数日不葬，一则违背太皇太后的遗训，二则皇上也无法全心理政。依奴才之见，可遵太皇太后之训，在孝陵近地择地起宫殿供奉梓宫，停棺不葬，待日后寻机再做打算。这样既可遵照太皇太后遗言，不附葬昭陵，顾全皇家的尊严，又可拖延时日，寻机而定。不安葬就谈不上违制与否，既免群臣的非议、反驳，也维护太皇太后的名誉。一旦时机成熟，皇上可依圣意发丧安葬。"康熙大惊，自己苦想了三日，才想出这权宜之策，不料张英也想到了，此人日后可予重用，但圣意岂可妄测？于是冷冷道："此事要等朕与诸王、贝勒商量后再定。"此后，礼部上奏，大学士为太皇太后拟的谥号为"孝庄仁宣诚宪恭懿翊天启圣文皇后"。康熙下旨恩准。

二十七日后，康熙在昌瑞山清东陵的孝陵附近为孝庄举行了俭朴的葬礼。从京都到遵化的路上，既没有众多的香案，也没有万人跪送的场面，只有康熙亲自披麻戴孝，扶柩而行，诸王大臣护从。既没有董鄂妃葬礼上那种万人痛哭、王公抬棺的场面，也没有顺治葬礼上满车的珍珠焚于一炬的奢华，绚烂至极归于平淡。康熙深知祖母一生勤俭朴素，所以为她举行了一个俭朴的葬礼。

此后，每年清明，昌瑞山下的五间大殿都会迎来康熙和百官，三十余年，风雨无阻，始终如一。每次面对祖母的梓宫，这位千古名君都会感慨万千，伫立灵前默默地祈祷祝福。是思念，是感激，还是……

康熙六十一年（1722年）十一月十三日，康熙病逝于畅春园。康熙穷其一生也没安葬他敬重的祖母，也没看到他祖母的葬地，是喜？是忧？他们祖孙九泉相见会说些什么？怕只有九泉下的人才会知道。

雍正三年（1725年），雍正下令，在大殿内起地陵，就地安葬。暂安奉殿遂成孝庄之墓，因其在皇太极昭陵以西，故称昭西陵。

岁月绵绵，往事悠悠。

几百年过去了，红墙斑驳，古墓苍苍。每至晨昏，钟磬清远，诵祝微闻，古碑荒冢，昏鸦残照。只有这处古墓东眺千里之遥的昭陵，又如守护神似的孤悬于陵门外，日日望着儿孙绕于膝下。清风微吟，在低诉着这位"统两朝之养孝，极三世之尊亲"的一代名后的功绩和慈爱。